SUSAN SONTAG

EN AMÉRIQUE

DU MÊME AUTEUR
CHEZ CHRISTIAN BOURGOIS ÉDITEUR

À la rencontre d'Artaud
La Maladie comme métaphore
L'Écriture même : à propos de Roland Barthes
Le Sida et ses métaphores
Sur la photographie
L'Amant du volcan
Devant la douleur des autres
Temps forts
Garder le sens mais altérer la forme
Renaître, Journal, volume I
Journal, volume II
Debriefing

DU MÊME AUTEUR
DANS LA COLLECTION TITRES

Sur la photographie
L'Écriture même : à propos de Roland Barthes
La Maladie comme métaphore / Le Sida et ses métaphores
Le Bienfaiteur
L'œuvre parle
Derniers recours
L'Amant du volcan
Sous le signe de Saturne

SUSAN SONTAG

EN AMÉRIQUE

TRADUIT DE L'ANGLAIS (ÉTATS-UNIS)
PAR **JEAN GUILOINEAU**

CHRISTIAN BOURGOIS ÉDITEUR

TITRE ORIGINAL
IN AMERICA

ISBN : 978-2-267-04496-6

AVERTISSEMENT

En Amérique s'inspire de l'histoire d'Helena Modrzejewska, la plus célèbre actrice polonaise, qui a émigré aux États-Unis en 1876, accompagnée de son mari, le comte Karol Chłapowski, de son fils Rudolf âgé de quinze ans, du jeune journaliste et futur auteur de *Quo Vadis*, Henryk Sienkiewicz, et de quelques amis ; de leur bref séjour à Anaheim, en Californie ; et, par la suite, de la carrière triomphale d'Helena sur la scène américaine, sous le nom d'Helena Modjeska.

« S'inspire », pas moins et pas plus. La plupart des personnages du roman sont inventés et ceux qui ne le sont pas diffèrent de façon radicale de leurs modèles réels.

Cependant, je dois beaucoup aux livres écrits par et sur Helena Modjeska et Henryk Sienkiewicz pour les matériaux et anecdotes utilisés (ou modifiés) ainsi qu'à Paolo Dilonardo, Karla Eoff, Kasia Górska, Peter Perrone, Robert Walsh et, plus particulièrement, Benedict Yeoman, qui m'ont aidée à mener à bien ce projet. Merci également à Minda Rae Amiran, Jarosław Anders, Steven Barclay, Anne Hollander, James Leverett, John Maxtone-Graham, Larry McMurtry et Miranda Spieler.

Je suis très reconnaissante d'avoir pu passer un mois au Rockefeller Center, à Bellagio, en 1997.

S. S.

À mes amis de Sarajevo

« *America will be !* »

Langston HUGHES

Zéro

Hésitante, non, frissonnante, je m'étais introduite dans une réception donnée dans la salle à manger privée d'un hôtel. À l'intérieur, je sentais encore l'hiver, mais aucune des femmes en robe du soir et aucun des hommes en redingote qui se pressaient dans la longue salle obscure ne semblait remarquer la fraîcheur, aussi j'eus le poêle carrelé dans un coin, au fond, pour moi toute seule. Je me collai à l'énorme appareil qui montait jusqu'au plafond – j'aurais préféré le feu ronflant d'une cheminée, mais je me trouvais ici, où les pièces sont chauffées par des poêles –, puis me massai les joues et les paumes pour y faire revenir un peu de chaleur. Quand je me sentis réchauffée, ou plus calme, je me risquai dans cette partie de la salle à manger. Par une fenêtre, à travers l'épais canevas des flocons de neige silencieux éclairés par le cercle de la lune, je regardai en bas la rangée de traîneaux et de fiacres, les cochers emmitouflés dans des couvertures grossières qui somnolaient sur leurs sièges et les chevaux raides et tachetés de neige, qui baissaient la tête. J'entendis l'horloge d'une église proche sonner dix heures. Quelques invités s'étaient rassemblés autour de l'énorme desserte de chêne près de la fenêtre. Je me tournai à moitié, je les écoutai parler dans une langue que je ne connais pas (je me trouvais dans un pays où je n'étais venue qu'une fois, treize ans plus tôt), mais je ne sais comment – et je ne me posai même pas la question –, les mots qui me parvenaient avaient un sens. Des propos violents au sujet d'une femme et d'un homme, des bribes d'information que je transformai bientôt en supposant que ces deux-là étaient, pourquoi pas, mariés. Puis, avec la même véhémence, la discussion concerna une femme et deux hommes, aussi, sans douter un seul instant qu'il s'agissait de la même femme, j'en conclus que si le premier homme était son mari, le second devait être son amant, en me reprochant d'avoir une imagination si conventionnelle. Mais qu'il s'agît d'une femme et d'un homme ou de la femme et de deux hommes, je n'avais toujours pas compris pourquoi on parlait d'eux. Si l'histoire était familière à chacun, il n'était pas nécessaire de la rappeler, bien sûr. Mais peut-être les invités parlaient-ils ainsi délibérément afin qu'on ne les comprenne pas trop clairement parce que, par exemple, la femme et l'homme, ou les deux hommes, s'ils étaient bien deux, se trouvaient aussi à la réception. Ce qui m'amena à regarder une par une les femmes de la pièce, qui avaient toutes des coiffures légères, et, autant que je peux juger des robes de cette époque, étaient élégamment vêtues, afin de voir si l'une d'elles se distinguait des autres. Dès que je regardai avec cette idée en tête, je la vis, et je me demandai pourquoi je ne l'avais pas remarquée plus tôt. Elle ne semblait plus de la première jeunesse, comme on disait alors d'une femme séduisante qui avait passé trente ans, de taille moyenne, le dos droit, avec une masse de cheveux blond cendré dans laquelle elle enfonçait nerveusement quelques mèches échappées, et n'était pas d'une beauté exceptionnelle. Mais plus je l'observai, plus elle devint irrésistible. Ce pouvait être, ce devait être, la femme dont ils parlaient. Quand elle se déplaçait dans la pièce, elle était toujours entourée ; quand elle parlait, on l'écoutait toujours. Je crus avoir compris son prénom, Helena ou Maryna – et en supposant que cela m'aiderait à déchiffrer l'histoire si je pouvais identifier le couple ou le trio, quel meilleur point de départ que de leur donner des prénoms, je décidai de penser à elle comme Maryna. Puis je cherchai les deux hommes. Tout d'abord, je tâchai de découvrir celui qu'on pourrait considérer comme un mari. S'il s'agissait d'un homme amoureux tel que ne manquerait pas de l'être le mari de cette Helena, je veux dire Maryna, alors je le trouverais tout près d'elle, et quelqu'un d'autre ne le distrairait jamais longtemps. À peu près sûre, alors que je gardais Maryna dans ma ligne de mire, qu'à l'évidence c'était elle qui donnait cette soirée ou qu'on la donnait en son honneur, je constatai qu'elle était suivie d'un homme barbu au visage anguleux, avec de beaux cheveux blonds, coiffés en arrière, ce qui découvrait son haut front noble et puissamment bombé, qui approuvait avec affabilité tout ce qu'elle disait. Je pensai que ce devait être le mari. Il fallait maintenant que je trouve l'autre homme, qui, s'il était l'amant – ou, ce qui était tout aussi intéressant, se révélait ne pas être l'amant –, serait probablement plus jeune que l'aristocrate à l'allure engageante. Si le mari était dans la trentaine, et avait un an ou deux de moins que sa femme, tout en faisant bien sûr beaucoup plus âgé qu'elle, je supposai que ce deuxième homme aurait dans les vingt-cinq ans, qu'il serait plutôt beau et, à cause du manque d'assurance lié à la jeunesse ou plus vraisemblablement à une position sociale inférieure, habillé avec un peu trop de recherche. Ce serait, voyons, un journaliste plein d'avenir ou un avocat. Parmi les hommes de la soirée répondant à cette description, celui qui me parut le mieux convenir était un type costaud qui portait des lunettes et qui, au moment où je l'aperçus, se permettait des familiarités avec la domestique qui disposait la plus belle argenterie et le plus beau cristal de l'hôtel sur l'immense table à l'autre bout de la pièce. Je le vis qui lui murmurait à l'oreille, lui caressait l'épaule et jouait avec sa natte. Il serait amusant, pensai-je, que ce fût l'amant de ma belle aux cheveux blond cendré : non pas un célibataire inhibé mais un coureur invétéré. C'est lui, ce doit être lui, conclus-je avec une certitude enjouée, tout en décidant également de garder un autre jeune homme en réserve pour ce rôle, un garçon mince portant un gilet jaune, à la Werther, si je me persuadais qu'un soupirant plus chaste ou en tout cas plus circonspect conviendrait mieux à la personnalité des deux premiers. Puis je dirigeai mon attention vers un autre groupe d'invités, mais après avoir tendu une oreille vigilante pendant quelques minutes, je ne pus rien apprendre de plus de l'histoire dont eux aussi parlaient. Peut-être pensez-vous qu'entretemps j'avais entendu le prénom des deux hommes. Ou au moins celui du mari. Mais aucun de ceux qui s'adressaient à l'homme debout pas très loin de moi à présent dans le groupe qui entourait étroitement la femme, j'étais sûre qu'il s'agissait du mari, n'employa jamais son prénom, aussi, réconfortée par le cadeau inattendu du prénom de la femme – oui, je sais que cela aurait pu être Helena, mais j'avais décidé que ce serait, que ce devait être, Maryna –, je résolus de découvrir le prénom de l'homme avec ou sans indice. Comment pouvait-il bien, je parle du mari, s'appeler ? Adam. Jan. Zygmunt. J'essayai de penser au prénom qui lui correspondrait le mieux. Car chaque personne a ce genre de prénom, en général celui qu'on lui a donné. Finalement, j'entendis quelqu'un l'appeler... Karol. Je ne peux expliquer pourquoi ce prénom ne me plut pas ; peut-être qu'irritée de ne pouvoir comprendre l'histoire, je me déchargeai simplement de ma frustration sur cet homme au visage long et pâle et aux traits réguliers pour qui ses parents avaient choisi un prénom aux sonorités si harmonieuses. Je ne doutais pas de ce que j'avais entendu, je ne pouvais pas affirmer que je n'en étais pas sûre, comme pour le prénom de sa femme (Maryna ou Helena), et cependant je jugeai qu'il ne pouvait s'appeler Karol, que j'avais mal compris son prénom, et je m'autorisai à le rebaptiser Bogdan. Je sais que ce n'est pas un prénom aussi séduisant que Karol dans la langue que j'écris, mais j'ai l'intention de m'y habituer et j'espère qu'il résistera à l'usage. Ensuite, je tournai mon esprit vers l'autre homme, c'est ainsi que je pensais à lui, qui s'était affalé dans un canapé de cuir pour écrire quelque chose dans un carnet (cela semblait trop long pour être un rendez-vous avec la domestique). Certaine de ne pas encore connaître son prénom car je ne l'avais ni entendu ni mal compris, je me devais d'être arbitraire, de foncer tête baissée et d'en faire un Richard, leur Richard : Ryszard. Quant à sa doublure au gilet jaune, j'allais vite maintenant, je l'appellerais Tadeusz ; je commençais à penser que je n'en aurais pas l'usage, au moins dans ce rôle, et pourtant il me sembla plus facile de lui donner un prénom maintenant, alors que j'étais en humeur de baptiser. Puis j'écoutai à nouveau les conversations, en essayant de préciser ce que j'avais compris de l'histoire qui, de façon encore plus sensible, troublait la plupart des personnes invitées au dîner. Ce n'était pas, je devinai au moins cela, que la femme s'apprêtait à quitter son mari pour l'autre homme. J'en étais sûre, même si le plumitif assis sur le canapé était bien l'amant de la femme aux cheveux blond cendré. Je savais qu'il devait y avoir quelques aventures amoureuses et quelques adultères dans cette soirée, comme dans tout endroit où se trouvent des personnes pleines d'entrain et sur leur trente et un qui sont amis, collègues, parents. Mais, bien que ce soit précisément ce qu'on espère entendre quand on apprend une histoire sur une femme et un homme, ou une femme et deux hommes, ce n'était pas ce qui agitait ces invités ce soir. J'entendis : « Mais son devoir est ici. C'est irresponsable et sans aucun… » et : « Mais il lui a demandé de foncer. Il est vrai qu'il… » et : « Mais toute idée noble ressemble à une folie. Après tout, elle… » et, d'un ton ferme : « Que Dieu les prenne sous Sa protection » ; cette dernière remarque fut prononcée par une femme âgée, coiffée d'un chapeau de velours mauve, qui se signa. Ce n'est pas de cette façon que les gens parlent d'une aventure amoureuse. Mais, comme certaines aventures amoureuses, celle-ci portait la marque de la témérité ; et elle semblait s'attirer autant de censeurs que de défenseurs. Et si, au premier abord, l'histoire ne concernait apparemment que la femme et l'homme (Maryna, Bogdan), ou la femme et les deux hommes (Maryna, Bogdan, Ryszard), elle semblait parfois inclure plus que ces deux ou trois-là, parce que j'entendis certains invités, debout dans la pièce, un verre de vin chaud dans une main et faisant de grands gestes de l'autre, dire *nous* (et pas seulement *ils*), et aussi d'autres prénoms, Barbara et Aleksander, Julian et

Wanda, des personnes qui ne semblaient pas se trouver parmi les spectateurs qui jugeaient, mais jouer un rôle dans l'histoire, celui de conspirateurs peut-être. J'allais sans doute trop vite maintenant. Mais conspiration ou non, cette pensée venait naturellement à l'esprit, car tous ces gens malgré leur esbroufe et leur aisance n'avaient pas réussi à faire mieux que de naître dans un pays soumis depuis des décennies aux décrets vengeurs d'une triple occupation étrangère, et plus d'une action banale, par là j'entends ce que les gens de mon pays considéreraient comme l'exercice normal de la liberté, y aurait pris un caractère de conspiration. Et même si ce qu'ils avaient fait ou prévoyaient de faire se révélait légal, j'avais déjà réussi à comprendre que d'autres, et pas seulement quelques-uns, jouaient un rôle dans l'histoire de cette femme et de cet homme, ou de cette femme et de ces deux hommes (vous connaissez leurs prénoms), y compris parmi ceux qui près de moi continuaient à se demander si c'était « bien » ou « mal ». Je ne sais pourquoi j'ai mis ces mots entre guillemets, ce n'est pas seulement parce que je les ai entendus ; ce doit être parce qu'à l'époque à laquelle je vis, on les emploie avec beaucoup moins d'assurance et même en s'excusant si l'on n'est pas un bigot plein de suffisance ou un meurtrier vengeur, alors que ce qui fascinait surtout ces gens, dans leur époque, c'était qu'ils savaient, ou pensaient savoir, ce que signifiaient le « bien » et le « mal ». En fait, ils se seraient sentis tout à fait dépourvus sans leur « bien » et leur « mal », leur « bon » et leur « mauvais », qui à mon époque continuent à mener une vie gémissante et atrophiée, ainsi que leurs autres termes, aujourd'hui complètement discrédités, « civilisé » et « barbare », « noble » et « vulgaire », ou ceux devenus aujourd'hui incompréhensibles, « altruisme » et « égoïsme » – excusez les guillemets (je n'en mettrai plus), je ne les utilise ici que pour souligner l'intensité particulière et poignante de ces termes. Et je me rendis compte que cela expliquait peut-être, en partie, ma présence dans cette pièce. Car j'étais émue par leur façon de posséder ces mots et de considérer qu'ils les contraignaient à agir. Je n'entendais qu'ardeur et sincérité dans ces expressions qu'ils prononçaient d'une voix douce : « devrions-nous », « ils ne devraient pas », « comment peut-il », « comment peut-elle », « comment peuvent-ils », « à leur place », « elle n'a pas le droit », « mais l'honneur exige »... Ces répétitions me ravissaient. Oserais-je dire que j'étais de tout cœur avec eux ? Presque. Ces mots redoutés, redoutés par d'autres (pas par moi), ressemblaient à des caresses. Agréablement engourdie, je me sentais entraînée par leur musique... mais j'entendis un homme chauve, avec une petite barbe taillée en pointe, observer d'une voix plus tranchante que les précédentes : « Bien sûr qu'ils le peuvent, si elle le veut. Il est riche. » C'était une petite touche de réalité. Quel que fût le sujet de leur discussion, cela semblait exiger de l'argent, beaucoup d'argent. En outre, il se pouvait fort bien que personne ici ne fût vraiment riche, même si l'un d'eux avait un titre de noblesse, l'homme dont j'avais fait le mari, et si tout le monde exhibait les signes d'une prospérité ordinaire. Une autre preuve de leur statut : des bribes de leurs conversations passaient régulièrement dans la seule langue étrangère que je parle bien. Parce que je savais qu'à cette époque, dans leur partie du monde, la petite noblesse ainsi que les membres des professions libérales bavardaient souvent dans la langue de la lointaine France, qui faisait autorité.

Et à l'instant même où je me disais que c'était un soulagement d'entendre de temps en temps du français, la femme aux cheveux blond cendré, ma Maryna, s'écria : « Oh, ne parlons plus français ! » Quel dommage, parce que c'était elle qui parlait le français le plus vivant. Elle avait une voix grave qui s'attardait de façon délicieuse sur les voyelles finales. Et elle se déplaçait comme elle parlait, sur un rythme différent des autres : avec une pause à la fin de chaque geste élégant, dans l'aisance de chaque mouvement d'un corps qui avait perdu sa sveltesse, tandis qu'elle passait, comme pour recevoir leur hommage, d'un groupe d'invités à l'autre. Mais parfois, elle semblait irritée. À d'autres moments, je le voyais bien, mais je ne sais pas si quelqu'un d'autre s'en rendait compte, elle paraissait simplement lasse. Je me demandai si elle avait été malade récemment. Elle ne souriait pas souvent, sauf au petit garçon, je n'ai pas encore mentionné qu'il y avait un petit garçon dans la pièce, avec un regard d'adulte et des cheveux farineux, qui s'imposa à moi comme le fils de Maryna. Il lui ressemblait tellement, il n'avait rien de l'homme que j'avais choisi comme mari, celui que j'avais appelé Bogdan, et cela m'amenait à me demander si j'avais repéré le bon candidat. Mais il arrive souvent que quelqu'un ressemble à l'un de ses parents quand il est enfant, puis une fois adulte, il ressemble à l'autre de façon tout aussi exclusive, au lieu de montrer un mélange ingénieux et unique des traits du père et de la mère. Le petit garçon essayait d'attirer l'attention de Maryna. Où se trouvait sa nounou ? N'était-il pas un peu tard pour qu'un enfant de son âge, il avait environ sept ans, fût encore debout ? Ces questions me rappelèrent à quel point j'avais une image floue de leur vie en dehors de cette grande salle froide. En les observant dans une soirée, avec leur bonne conduite et leur vigilance attendrissante, je ne pouvais savoir par exemple si la soirée se terminerait pour les maris et leurs épouses dans un grand lit, dans deux lits poussés l'un contre l'autre, ou dans deux lits séparés par un ravin couvert d'un tapis ou par une porte close. À mon avis, si je devais avoir un avis, d'après la coutume familiale de Bogdan et non celle de Maryna, ils ne partageaient pas la même chambre. Et j'étais toujours incapable de nommer l'acte ou le projet dont les invités débattaient le « bien » ou le « mal », ou c'est ce que je pensais – même si je recevais en rafales de nouvelles informations, maintenant c'était eux qui allaient trop vite, que je mettrai aussi entre guillemets, mais seulement pour m'en souvenir : des mots comme « abandonner son public », « symbole national », « crise de nerfs », « quelque chose d'irrévocable », « noble sauvage » et « Nipu ». Oui, Nipu. Il se trouve que j'avais lu autrefois (dans une traduction française) le livre intitulé *Les Aventures de M. Nicholas Wisdom*, qui décrit le séjour de Wisdom dans une communauté idéale, totalement isolée, en fait c'est une île, appelée Nipu. Mais je n'aurais jamais imaginé que quelqu'un évoquerait ici ce classique de leur littérature nationale, écrit exactement un siècle avant que les invités soient réunis dans la salle à manger privée d'un hôtel et que je réfléchisse à leur sujet. Ce récit de la vie dans une société parfaite, naïvement influencé par Voltaire et Rousseau, reflétait les illusions vieillottes d'une époque révolue. Ces gens devaient sans aucun doute se sentir bien loin de ces conceptions des lumières, lumières avec un L majuscule. L'histoire de leur pays implacablement démembré, pensai-je, les avait immunisés contre toute foi en la perfectibilité de l'homme ou contre toute société idéale. (Et guéris, pour toujours, de cette autre illusion puissante avec un E majuscule : comme l'avait déclaré leur plus grand poète, l'amère expérience avait appris à son pays que « le mot Européen n'avait aucune valeur politique. Cette nation, attaquée par un ennemi formidable, avait de son côté tous les livres, tous les journaux, toutes les voix éloquentes d'Europe ; et toute cette armée de mots n'avait pas donné naissance à une seule action. ») Cependant, ici, ils se trouvaient dans cette pièce somptueuse avec poutres apparentes et tapis persans, au cœur de cette ville magnifique et ancienne, et ils évoquaient Nipu, ce projet austère pour une vie dépouillée de tout artifice, à la fois parfaite, courtoise et rustique. Je commençai à me demander si je n'étais pas tombée sur une assemblée de romantiques attardés (l'époque romantique était dépassée depuis longtemps) et j'eus peur pour eux, pour les illusions qu'ils entretenaient peut-être encore. Mais ils n'étaient sans doute que des patriotes, d'une espèce à la grandiloquence inhabituelle. Je devrais peut-être signaler que j'avais entendu plusieurs fois le mot « patrie », mais pas une seule fois « le Christ parmi les nations » – comme les patriotes de leur époque avaient l'habitude de désigner leur nation martyre. Je savais que le souvenir de l'injustice teintait chaque sentiment chez ces gens, dont le pays avait disparu de la carte de l'Europe. Effrayée par la renaissance fatale du nationalisme et des sentiments tribaux de mon époque, en particulier (on ne peut être qu'en un seul endroit à la fois) par le destin d'une petite nation européenne, étroitement liée de façon tribale et, pour cette raison, impunément détruite, avec l'assentiment ou la connivence des grandes puissances européennes (j'avais passé presque trois ans dans Sarajevo assiégée), je me suis demandé s'ils pouvaient être aussi lassés que moi par la question nationale et par la trahison et la tromperie de l'Europe. Mais que pouvait bien signifier le fait d'appeler quelqu'un – ce devait absolument être la femme aux cheveux blond cendré, la femme que j'avais décidé d'appeler Maryna – un « symbole national » ? Si je supposais qu'elle était révérée de façon si distinctive, non pas parce qu'elle était la fille ou la veuve de quelqu'un mais pour ses propres talents, quels pouvaient-ils bien être ? Je ne pouvais réécrire l'histoire : je devais reconnaître qu'une femme de son temps et de son pays, connue et admirée d'un vaste public, était vraisemblablement montée sur scène. Car à l'époque – huit années seulement après la naissance de l'héroïne suprême de ma petite enfance, Maria Skłodowska, la future Mme Curie –, il n'y avait guère d'autre carrière enviable pour une femme (il ne pouvait donc s'agir d'une gouvernante, d'une institutrice ou d'une prostituée). Elle était trop âgée pour être danseuse. C'est vrai, elle aurait pu être chanteuse. Mais il aurait été plus illustre, plus patriotique, d'être, j'étais sûre qu'elle l'était, actrice. Et cela expliquerait pourquoi sa grande allure s'imposait aux autres comme de la beauté ; les gestes précis, le regard impérieux ; et la façon dont parfois elle ruminait et hésitait, sans conséquences. Pour moi, elle *ressemblait* à une actrice. Et je me dis que je devais accorder plus d'importance à l'évidence, que les gens ressemblent surtout à ce qu'ils sont. J'avais observé un autre homme, que je décidai d'appeler Henryk, un homme maigre, affalé dans un fauteuil et qui avait trop bu. Avec sa barbiche, son attitude négligée et son regard mélancolique, il avait tout du médecin dans une pièce de Tchekhov, ce qu'il pouvait être, parce qu'il y avait de grandes chances de trouver un médecin dans toute société cultivée de l'époque. Et si ma Maryna était effectivement actrice, je pouvais être sûre qu'il y avait ici d'autres gens de théâtre : par exemple, l'homme éminent dans la suite de Maryna – je choisis l'homme grand et glabre à la voix de stentor qui s'était mis, je ne comprenais pas pourquoi, à malmener Tadeusz –, même si la présence d'autres actrices, au moins de la génération de Maryna, semblait moins certaine (elles seraient des rivales). Plus vraisemblablement, je trouverais le directeur du principal théâtre de la ville, dont elle animait chaque année la saison, comme vedette invitée. Et elle ne manquerait pas de compter un critique dramatique parmi ses amis, quelqu'un qui lui décernerait à coup sûr les critiques élogieuses qu'elle avait méritées (c'était un soupirant autrefois éconduit, non sans ménagement). En outre, comme il convient à une réunion mondaine, quelqu'un devait être banquier et il devait y avoir un juge… J'allais peut-être trop vite. Je me retournai vers le poêle et, en prenant une grande respiration, je posai les mains sur les carreaux de faïence vert bouteille brûlants, alors que je n'avais plus du tout froid, puis je revins près de la fenêtre pour regarder la nuit. La neige qui tombait était mêlée de grésil qui frappait contre les vitres. Quand je me retournai vers les invités, un gros homme avec un face-à-main disait : « Écoutez. » Presque personne ne s'arrêta de parler. « *Mes enfants* *[1], beugla-t-il, voilà le bruit que fait la grêle. Pas celui des petits pois secs dans une timbale ! »

1. Tous les mots en italique suivis d'un astérisque sont en français dans le texte.

Maryna sourit. Je souris aussi, pour un autre motif (peu m'importait d'avoir raison) : ainsi je me trouvais bien parmi des gens de théâtre. Je décidai que cet homme devait être régisseur car il s'inquiétait de trouver des effets. Et je le baptisai Czesław en l'honneur de mon poète vivant préféré. Passons maintenant au reste de la distribution, me dis-je avec une confiance retrouvée. J'avais encore à identifier les autres femmes, et je me rendis compte que six d'entre elles pouvaient être les épouses de l'acteur principal, du directeur du théâtre, du critique, du banquier, du juge et du régisseur. Le médecin aux vêtements fripés, je pensais qu'il était médecin parce qu'il ressemblait à Astrov dans *Oncle Vania*, je supposai qu'il n'était pas uniquement non marié mais non mariable. (Et il fallait que je garde aussi mon Ryszard célibataire afin qu'il pût mieux flirter et soupirer, tout en soupçonnant que, beaucoup plus tard, il se révélerait non seulement de l'espèce marieuse mais à se marier trois fois.) Puis je revins aux autres femmes et je m'arrêtai un instant pour me demander si je ne m'étais pas trompée au sujet de Maryna. Si elle avait trop de succès pour garder un ex-mentor à ses côtés, tout en n'étant pas assez âgée pour ne pas se sentir menacée par les jeunes, elle pouvait avoir accepté une actrice plus jeune dans son cercle d'amis ; et je la trouvai rapidement, une femme délicate et pâle avec un gros médaillon sur la poitrine, qui ne cessait de relever ses cheveux en arrière d'un geste qui ressemblait beaucoup à celui de Maryna. Oh, et une des femmes pouvait être une parente ; effectivement, quelqu'un à qui je trouvai une ressemblance suffisante avec Bogdan pour être sa sœur parlait en ce moment au médecin, penchée sur la chaise où il était assis ; je pense qu'elle avait remarqué qu'il était un peu ivre. Je me demandai aussi si je pouvais trouver un juif, un jeune peintre prénommé Jakub, rentré récemment d'un séjour de deux ans dans la société artistique cosmopolite de Rome. Mais pour autant que je puisse en juger, il n'y avait qu'un peintre, pas juif, qui s'appelait Michal : un rouquin à la démarche raide, d'une trentaine d'années, qui avait perdu une jambe à dix-huit ans dans le Soulèvement. Enfin (pour l'instant), il me sembla que lors d'une soirée de cette importance et de cette composition, il devrait y avoir au moins deux étrangers, mais j'eus beau examiner minutieusement les invités, je ne pus trouver que celui que j'avais déjà remarqué : un gros barbu, un diamant sur son épingle de cravate, avec qui tout à l'heure quelques personnes, qui se tenaient près d'une autre haute fenêtre, avaient parlé allemand. Ce pouvait être un imprésario prêt à engager la jeune protégée de Maryna pour quelques petits rôles, au printemps suivant, dans son théâtre de Vienne. Je le supposai, qu'il était de Vienne, parce que je reconnus son accent ; ma mémoire a une bonne oreille, même si je n'ai jamais appris à parler ou à comprendre correctement l'allemand. Bien sûr, je ne m'étonnai pas qu'ils fussent tous extrêmement doués pour les langues ; jusqu'à présent, les gens cultivés de ce pays, rétabli sur la carte d'Europe il y a à peine quatre-vingts ans, ont toujours été remarquablement polyglottes. Mais moi, qui ne maîtrisais que les langues romanes (je jargonne en allemand, je connais le nom d'une vingtaine d'espèces de poissons en japonais, je me suis imprégnée d'un peu de bosniaque, et je comprends tout juste quelques mots de la langue du pays dans lequel cette salle à manger se trouvait), moi, comme je l'ai indiqué, je réussissais à saisir l'essentiel de ce qu'ils disaient. Pourtant, encore me fallait-il comprendre ce dont ils parlaient vraiment. Car en admettant que j'aie raison, sur le fait de savoir qui était actrice, qui régisseur et le reste, cela ne m'aidait pas beaucoup à dénouer le nœud de leur conversation pour savoir si ce que la femme, Maryna, et l'homme, Bogdan, ou les deux hommes, Bogdan et Ryszard, faisaient ou avaient l'intention de faire, était bien ou mal. (Comme vous le voyez, je me suis passée de mes petites béquilles, les guillemets.) Mais même ceux qui disaient que c'était mal semblaient tempérer leur jugement quand on en venait à Maryna. Il était évident que tout le monde l'admirait énormément, pas seulement son mari et l'homme (Ryszard, peut-être Tadeusz) qui pouvait être ou non son amant. Je ne doutais pas que tous les hommes et plusieurs femmes fussent au moins un peu amoureux de Maryna. Mais il y avait plus, ou moins, que de l'amour. Elle les ensorcelait. Je me demandai si elle pouvait m'ensorceler, si j'étais comme eux, pas seulement quelqu'un qui les observait, qui essayait de les percer à jour. Je pensais avoir le temps pour leurs sentiments, leur histoire ; et la mienne. Ils avaient l'air – et je me promettais d'être comme eux, en leur nom – infatigables. Cependant, cela ne calmait pas mon impatience. J'attendais une rapide délivrance : entendre quelque chose, une phrase, qui me donnerait l'objet et le sens de ce qui les préoccupait. Il me vint l'idée que j'avais peut-être écouté avec trop d'avidité. Peut-être, me dis-je, ne devrais-je pas écouter avec encore plus d'attention mais réfléchir à ce que j'avais déjà entendu. (L'expression « crise de nerfs » avait commencé à me tourner dans la tête.) Peut-être, me dis-je, devrais-je simplement m'en aller. (Et que penser de « abandonner son public » ?) Peut-être que si je descendais simplement l'escalier et sortais dans la tempête de neige pour marcher un peu (ou si je m'arrêtais dans un amoncellement de neige, près des cochers perchés sur leurs sièges et des chevaux patients) réussirais-je à comprendre ce qui les absorbait. Je devais reconnaître aussi que j'avais envie d'un peu d'air frais. Quand j'étais entrée dans la pièce, aucun des invités ne semblait faire attention à la fraîcheur, mais maintenant ils ne semblaient pas remarquer non plus qu'il faisait trop chaud. L'horloge de l'église voisine sonna onze fois et j'entendis l'écho lointain, assez mal synchronisé, d'autres églises de la ville. Une grosse femme au visage rubicond assorti à son tablier rouge tomate entra, portant une brassée de bûches, elle me frôla et ouvrit la petite porte du poêle qu'elle rechargea. Je me demandai si la cheminée tirait comme elle le devait, en sachant que je ne pouvais rien attendre de mieux des becs de gaz à l'alimentation irrégulière et qui par conséquent fuyaient et crachaient comme toujours à cette époque, avant l'arrivée du gaz naturel ; mais, même s'il était inévitable que moi, une enfant du néon et des lampes à halogène, j'apprécie l'éclairage au gaz, contrairement à ceux qui se trouvaient dans cette pièce, je n'étais pas habituée à son odeur âcre. Et bien sûr, beaucoup d'hommes fumaient. Ryszard, qui avait dessiné la caricature des invités pour amuser l'enfant à moitié endormi que je tenais pour le fils de Maryna, tirait des bouffées d'une grosse pipe en écume de mer abondamment sculptée – exactement le fétiche qu'on peut s'attendre à trouver dans les mains des jeunes gens ambitieux et peu sûrs d'eux. Plusieurs hommes plus âgés avaient allumé des cigares de Virginie. Et Maryna, installée dans une vaste bergère à oreilles, tenait une longue cigarette turque d'une main languissante – exactement la chose peu recommandable qu'on peut autoriser à une actrice célèbre. Elle pouvait porter un pantalon, comme George Sand, si elle le voulait, et je pouvais tout à fait l'imaginer en Rosalinde ; elle aurait fait une merveilleuse Rosalinde, bien qu'un peu âgée pour le rôle, mais cela n'a jamais arrêté une actrice célèbre : certaines ont joué Juliette à cinquante ans, et ont triomphé. Je voyais aussi Maryna dans Nora ou Hedda Gabler, car on était à l'époque de l'ascension d'Ibsen… mais peut-être ne voudrait-elle pas plus jouer Hedda que Lady Macbeth, ce qui signifierait qu'elle ne comptait pas vraiment parmi les grandes actrices, celles qui ne craignent pas de jouer les monstres. J'espérais que son orgueil ne l'empêchait pas d'être une vraie artiste. Ni son amour-propre. Elle parlait à l'imprésario de Vienne, il arborait un sourire prudent, et les autres s'étaient approchés pour écouter. Mon Tadeusz s'était enfin arraché aux beaux discours de l'acteur principal – j'entendis leurs derniers mots : « Une pure folie » (l'acteur) et « Rien n'est irrévocable » (Tadeusz) – et il se tenait maintenant près du fauteuil de Maryna, les pouces dans les emmanchures de son gilet jaune : un geste pas du tout werthérien, mais qui aurait pu lui reprocher de s'éloigner de son modèle, d'être heureux, de se sentir sûr de lui, simplement parce qu'il se trouvait près d'elle ? Ryszard, un peu à l'écart, avait ressorti son carnet. Elle leva les yeux et demanda : « Qu'écrivez-vous ? » Il remit vivement le carnet dans sa poche et murmura : « Une description de vous. Je la mettrai dans un roman (il secoua la tête), si je trouve le temps, avec tout ce que nous avons à faire maintenant, d'écrire un roman. » L'homme que j'avais défini comme critique dramatique lui donna une tape dans le dos. « Une raison supplémentaire, jeune homme, pour ne pas vous embarquer dans cette sottise », dit-il d'un ton jovial. Mais Maryna avait déjà baissé les yeux. Elle s'adressait à l'imprésario en demeurant tout à fait maîtresse d'elle-même. « Oh, ce n'est absolument pas suffisant », dit-elle. Je voyais de plus en plus la femme autoritaire, qui n'avait pas besoin de persuader, dont la parole avait force de loi. Je me souviens de la première fois où j'ai vu une diva de près : cela fait plus de trente ans, j'étais à New York, très pauvre, et un riche soupirant m'avait invitée à dîner au Lutèce où, peu de temps après l'arrivée des premiers mets délicats dans mon assiette, mon attention fut électrisée par (en y réfléchissant bien) la femme au visage connu, avec de hautes pommettes, des cheveux aile de corbeau, une bouche charnue peinte en rouge, qui dînait à la table voisine en compagnie d'un homme âgé à qui elle dit à haute voix : « Monsieur Bing. (Pause.) Soit nous faisons les choses à la manière de la Callas, soit nous ne les faisons pas du tout. » Et le M. Bing en question resta silencieux quelques instants – comme moi. Maintenant, je savais que Maryna, ma Maryna, devait avoir eu ses moments à la Callas, si elle était bien ce que je pensais, mais pas ce soir, pensai-je, quand elle se trouvait avec des amis, quand elle aurait préféré se montrer cajoleuse. Mais je voyais que l'irritation agrandissait ses yeux bleu-gris. Comme elle devait désirer, je commençais à la connaître, comme elle devait désirer se lever de son fauteuil, affligeant tout le monde, et quitter la pièce. Pour s'enfuir ; pour faire une sortie ; pas simplement pour prendre un peu l'air, comme moi. Car cela ne m'aurait pas dérangée de m'esquiver pendant un quart d'heure, même sous le grésil – et pourtant, en général je crains le froid (j'ai grandi dans le sud de l'Arizona et dans le sud de la Californie). Mais je n'osais pas m'en aller, de peur de rater quelque chose qu'on dirait en mon absence et qui m'aurait éclairée. Et je vis que ce n'était pas le moment de descendre dans la rue sous la neige. À l'autre bout de la longue table, le maître d'hôtel faisait un signe discret à Bogdan, alors que ses quatre subalternes se penchaient à l'unisson pour allumer les quatre chandeliers d'argent à trois branches. Maryna se leva, défroissant le devant de sa robe vert cendré d'une main et éteignant sa cigarette de l'autre. « Chers amis, commença-t-elle. Vous avez attendu si longtemps. Vous vous êtes montrés si patients. » Elle jeta un regard discret vers Bogdan. « Oui », dit-il. Puis, d'une main lasse et tendre, qui ajoutait quelque chose aux expressions d'époux parfait qui traversaient son visage, il lui prit le bras. Comme je me sentais heureuse de ne pas m'être dérobée quand j'avais eu envie de le faire, mais d'être restée à ma place. J'espérais que lorsque les invités seraient en train de dîner, les bribes de conversation que j'avais surprises s'uniraient et que je saisirais enfin ce qui les captivait. Car je pensais qu'il était même possible que tous ces invités qui se tournaient, se levaient, s'attardaient, se glissaient vers la longue table à l'une des extrémités de la pièce, au premier étage de l'hôtel (dans mon pays c'eût été le deuxième étage), étaient dans le secret de ce contrat ou de ce projet, dont on discutait toujours la pertinence ou l'erreur, tout en gardant à l'esprit que, quel que soit le nombre de ceux qui étaient au courant, dans tout ce qui est entrepris seulement par deux êtres, l'un est plus responsable que l'autre (bien que personne ne soit sans aucune responsabilité, s'il y a consentement, il y a responsabilité) et avec, par exemple, vingt personnes – en réalité j'avais compté, il y en avait vingt-sept dans la pièce –, non seulement l'une d'elles serait plus responsable que les autres, mais quelqu'un tiendrait la barre, quand bien même cette personne, si c'était une femme, refuserait sans aucun doute, à cette époque, le nom de chef. Restait cependant à expliquer : pourquoi quelqu'un suit-il quelqu'un d'autre ? Ou, tout aussi énigmatique, pourquoi quelqu'un refuse-t-il de suivre ? (Écrire c'est comme suivre et conduire, en même temps.) J'observai comment chacun obéit à l'ordre longtemps attendu de s'asseoir pour être servi. Cela ne me dérangeait pas de me contenter d'observer et d'écouter, cela ne me dérange jamais, en particulier pendant une soirée ; pourtant j'imaginai qu'on m'aurait fait une place à la table, si les invités avaient pris conscience de ma présence, de l'intrusion d'une étrangère aussi exotique. (Qu'on pût me chasser dans la rue enneigée ne m'avait jamais traversé l'esprit.) Pas invitée, pas vue, je pouvais les regarder aussi longtemps que je le voulais, et même les dévisager : de mauvaises manières qui ne me sont pas habituelles parce que c'est risquer de s'attirer le même regard en retour. Lorsque j'étais enfant, je veux dire comme beaucoup d'enfants solitaires, j'ai souvent souhaité être invisible, pour mieux observer – je veux dire, pour ne pas être observée. Mais parfois je jouais aussi à ne pas voir du tout. Vers treize ans, après que ma famille eut déménagé de Tucson à Los Angeles, cette façon de marcher les yeux fermés dans la nouvelle maison quand j'étais seule et sans témoins devint, je m'en souviens, un de mes jeux préférés. (Mon aventure la plus mémorable dans le monde des aveugles fut quand, lors d'un trajet en pleine nuit vers les toilettes, il y eut un tremblement de terre.) J'aime me sentir réduite à mes propres ressources. N'avoir d'autre possibilité que de m'en sortir seule. « Il est temps », murmura le juge d'un ton irrité à sa femme. Elle sourit et posa deux doigts sur ses lèvres. « Y aura-t-il de la glace au dessert ? » demanda le petit garçon. Les invités s'approchaient de la table, Ryszard en tête, impatient de voir à quelle distance on l'avait placé de Maryna, avec Tadeusz sur les talons, mais Ryszard pressa le pas et atteignit la table le premier. Je le vis chercher son carton des yeux et son sourire me dit qu'il n'était pas mécontent. Quand tous les invités eurent occupé leur chaise, alors qu'ils dépliaient encore leurs serviettes amidonnées et dressées, l'escouade des garçons commença à servir les entrées. Je m'étais aussi avancée, et j'étais assise, les jambes croisées, dans la profonde embrasure d'une haute fenêtre à cette extrémité de la pièce, et tandis que j'essayais de saisir les premiers mots prononcés à table, je dus faire taire certains mots qui me trottaient dans la tête : « soupe à l'oseille », « carpe *à la juive** », « sole *au gratin** », « sanglier sauce cerise »... Les guillemets ne servent qu'à indiquer ce que je n'ai pas la patience de décrire immédiatement ; j'aurai bien le temps de le faire, pensais-je, quand j'aurai compris l'histoire. Je savais qu'on les avait fait attendre (comme, à ma façon, j'avais moi-même attendu), cependant je fus un peu surprise de voir tout le monde attaquer le festin sans plus de cérémonie. Croyais-je qu'ils diraient le bénédicité ? Je le suppose. Et une personne, la sœur plutôt laide de Bogdan, marmonna en effet longuement quelque chose entre ses dents avant de lever sa fourchette ; je suis sûre qu'elle récitait une prière. J'espérais qu'ils n'étaient pas lassés de discuter, mais pour le moment l'attention de chacun semblait accaparée par le somptueux repas. J'observais toute la gamme des comportements de ceux qui mangeaient, du délicat au vorace, accompagnés de commentaires hauts en couleur sur les mets et même sur la tempête de neige. Mon Dieu, pas le mauvais temps ! Revenez, nobles idéalistes que j'avais rappelés du passé. À dire vrai, tous ne faisaient pas que manger. Je vis que le médecin préférait de loin le champagne et le vin de Hongrie au second plat. (« Dinde farcie aux noix », « grouse à dos noir et perdrix au four »...) Et la jeune actrice, qui ne quittait jamais des yeux le visage nacré et sans rides de Maryna, mâchait au ralenti ; il ne manquait presque rien dans son assiette. Comme elle, comme la plupart des invités, j'avais du mal à ne pas rester concentrée sur Maryna. Je me demandais quel était son âge véritable ; après tout, c'était une actrice. Si cela avait eu lieu aujourd'hui, j'aurais dit qu'elle était dans la quarantaine (la forte poitrine, la mâchoire lourde, les mouvements étudiés, la robe encombrante). Mais, comme je savais que même les gens aisés vieillissaient plus vite à l'époque, et que celui qui n'était pas pauvre présentait, d'après nos critères, un excès de poids, je ne lui donnai pas plus de trente-cinq ans. Je n'ai pas précisé que je n'avais pas cessé de jouer avec l'âge apparent de chaque personne dans la pièce : Ryszard, qui avait l'air bien avancé dans la trentaine, devait avoir vingt-cinq ans, et ainsi de suite. En remontant dans le passé, je m'attendais à trouver quelques frustrations (le poêle imposant qui dissimulait la flamme au lieu d'une cheminée à mi-hauteur et flamboyante) et quelques ajustements (évaluer l'âge de toute personne au-delà de vingt-cinq ans, et en déduire dix ans), ainsi que les compensations et les éclaircissements évidents. La conversation était passée des plaisanteries sur les plats à un assaut d'éloges sur la prestation de Maryna ce soir. Elle acceptait les compliments avec une modestie aussi constante que charmante. « C'était véritablement splendide », dit Ryszard, le visage brillant d'admiration. « Vous vous êtes vraiment surpassée, si cela est possible », dit le jeune peintre. « Elle se surpasse toujours », dit l'acteur principal avec élégance, sur un ton de reproche. Se dissociant de cette ardeur naïve, Maryna restait tout à fait immobile, c'est à peine si elle respirait, et tenait un mouchoir de batiste contre sa joue gauche. « *È sempre brava* », confia le médecin au serveur perplexe qui remplissait son verre. À la suite d'une accalmie des voix et d'un retour consciencieux vers le repas, bien sûr je m'attendais à quelque chose d'autre, le critique se dressa en chancelant, son verre de vodka à la main. « À vous, *Madame**. » Chaque verre, sauf celui de Maryna, s'éleva. « Au triomphe de ce soir. » Le médecin amena doucement son verre vers sa bouche. « Attendez, pas si vite, Henryk », s'écria le critique avec une sévérité moqueuse. « Vous ne voyez pas que je n'ai pas fini ? » Le médecin grogna et se remit en position pour porter un toast. Le critique s'éclaircit la voix, puis il entonna : « Et à cet art sublime et patriotique que vous honorez de votre beauté et de votre génie. Au théâtre ! » Maryna hocha la tête vers lui et vers les autres, en faisant une petite moue, puis elle murmura quelque chose à l'imprésario, assis à sa droite. « Ce n'est pas juste, ce n'est pas un toast mais trois », protesta gaiement le médecin. « Trois toasts, trois infusions de cette excellente vodka ! » dit-il en faisant des signes à l'un des serveurs. « Non, chère Maryna, que je ne souscrive de tout cœur aux sentiments exprimés à l'instant », ajouta-t-il, alors qu'on remplissait son verre. Il le leva à nouveau : « À votre représentation de demain. » Et il fit cul sec. Ensuite Bogdan, à l'autre bout de la table, se dressa. « Pour ne pas contrarier notre ami assoiffé, dit-il, je me limiterai à un seul toast. Et c'est (verre en l'air) à l'amitié. » « Bravo ! » cria Ryszard. « Oui, reprit Bogdan, et à notre camaraderie. » La camaraderie, pensai-je. Quel est le sens de ce mot ? « Écoutez, il le fait aussi », avait hurlé le médecin, la vodka déjà aux lèvres, et il but avec tant d'avidité qu'il en renversa sur sa chemise de lin. « Il ne peut s'en empêcher », s'exclama le juge, en riant. « Qui, moi ? » demanda le médecin en s'essuyant la bouche. Tout le monde rit, sauf Maryna et Bogdan. « Je veux dire, précisa Bogdan d'une voix solennelle, à ce que nous pouvons accomplir ensemble. » Applaudissements. « Bravo ! intervint Tadeusz. Je suis prêt. » Un silence gêné, dans lequel tout le monde se tourna vers Maryna. Elle prit son verre et le porta contre son front. Puis, sans se mettre debout, elle le leva au-dessus de sa tête. « Je n'ai vraiment qu'un seul toast à porter, non pas trois qui n'en feraient soi-disant qu'un. » Elle adressa un sourire affectueux à Bogdan. « Je bois à une… divisée en trois. Qui quelque jour sera une seule. » Une pause théâtrale. « À notre patrie. » Les applaudissements éclatèrent. « *Brava* », fit le peintre. Des toasts pour plaire à tout le monde – qui, apparemment, avaient comme principal effet de noyer chacun dans la mélancolie. Le petit garçon (Piotr ? Roman ?) quitta sa chaise pour aller retrouver Maryna sur la pointe des pieds et lui murmurer quelque chose que je ne pus entendre.

Elle secoua la tête d'un air fâché (je suis désolée de le dire) et il revint vers son siège à côté de la sœur de Bogdan ; celle-ci le prit sur ses genoux et il s'endormit la tête sur son épaule. Je ne retins pas grand-chose de la conversation obscure qui s'ensuivit. J'aimerais dire que je me sentais simplement songeuse, et que j'avais donc fermé les yeux pour monter l'échelon suivant dans l'obscurité. « Vous m'avez donné tant de choses sur lesquelles réfléchir », dit une voix lugubre. « Bien sûr, je veux élargir mes horizons », dit une voix mélodieuse. « Aucune appréhension, absolument aucune ? » demanda une voix irritée et sûre d'elle. « Comme je vous admire », dit une voix triste. « Irrévocable », entendis-je à nouveau. Et je rouvris les yeux. Ce pouvait être le médecin, qui avait enfoui son visage dans ses mains. Avais-je manqué quelque chose ? J'avais l'esprit ballotté par des idées stupides. J'entendis quelqu'un dire d'une voix traînante (c'est tout ce que j'en retins) « … avec mon frère de lait, Marek, leur fils », et alors que j'identifiais celui qui parlait comme l'homme empâté aux joues non rasées, assis à côté de la femme du banquier, je me dis : Quel enfant glouton tu dus être, accroché aux seins de cette campagnarde ! Le repas me semblait interminable et je n'avais pas essayé d'en suivre le cours, supposant qu'il s'agissait d'un dîner *à la française**, en trois actes, et que, chaque fois que je le voudrais, je pourrais jeter un coup d'œil à l'un des petits menus manuscrits disposés près de chaque couvert, comme des programmes de théâtre, pour savoir combien il restait de plats à venir. Et, comme s'il avait lu dans ma pensée bien que je fusse là pour lire dans la sienne, Bogdan murmura : « Nous ne devrions pas manger comme cela. Moi, par exemple, je serais heureux de manger simplement. » J'espérais qu'ils s'approchaient du dessert. Bogdan avait reposé sa fourchette et son couteau. « *Quo vadis ?* » dit le juge. « Où vas-tu ? » Ryszard sourit et sortit son carnet. « Où, oui. Et comment », dit le banquier. « Tout doit être soigneusement pensé. Aucune raison de se hâter. » Il y eut un bref silence, comme si chacun réfléchissait vraiment. Puis j'entendis une voix qui psalmodiait quelque chose comme :

Venus des montagnes chargés de lourdes et terribles
croix]
Ils voyaient dans le lointain la terre promise
Ils voyaient la lumière bleue dans la vallée
Vers laquelle leur tribu avançait…

C'était la femme âgée au chapeau mauve. « Il nous faut un piano », l'interrompit le régisseur. « Je ne peux entendre plus longtemps ce poème sans la partition de Chopin. » La femme âgée, je n'avais pas encore décidé si elle était l'épouse ou la tante restée vieille fille de quelqu'un, peut-être celle de Bogdan, sembla froissée. « Continuez, s'il vous plaît », dit la jeune actrice, Krystyna, j'ai oublié de signaler que j'avais imaginé son prénom. « Je n'avais pas l'intention d'en dire plus », répondit la vieille femme avec aigreur. « Comment cela continue-t-il ? » s'écria le peintre. « Comment cela continue-t-il ? Vous le savez très bien. » Et il reprit de sa voix retentissante de baryton :

Et cependant ils n'arriveront jamais !
Ne s'assiéront jamais au festin de la vie,
Et seront peut-être oubliés, oubliés, oubliés.

C'était un excellent diseur. « Exactement », conclut la femme âgée. Puis il se passa quelque chose d'un peu déconcertant. Maryna leva les bras et déclama de sa voix chaude d'alto :

Comme les flots roulant vers les galets des rives,
Vers l'éternelle fin se hâtent nos instants ;
Chacun vient remplacer en vagues successives
Le flot qui le précède en un effort constant.

Et durant quelques minutes, je ne me rendis pas compte qu'elle récitait en anglais. Je ne saurais dire ce que je crus d'abord entendre, car dans cette réunion je n'aurais pas été étonnée d'entendre parler n'importe quelle langue (sauf le russe, la langue du plus haï des trois oppresseurs de la nation). Une autre langue étrangère que je ne connais pas mais que, sans savoir pourquoi, j'étais capable de comprendre ce soir ? Pendant ce temps, la jeune actrice s'était exclamée :

Alors trouvons ensemble un sûr moyen de fuir,
Où aller, ce qu'il faut emporter avec nous.
Tu ne peux porter seule un revers de fortune,
Ni garder tes chagrins, cherchant à m'en exclure ;
Car, par le ciel, que nos douleurs ont fait pâlir,
Que tu le veuilles ou non, je t'accompagnerai.

Sa voix blanche trembla et s'arrêta. Si vous connaissiez *Comme il vous plaira*, vous auriez reconnu les vers – bien sûr, elle était Celia s'adressant à Rosalinde-Maryna – mais ils étaient à peine intelligibles car elle avait un accent encore plus prononcé que celui de

Maryna. Elle, Maryna, ne semblait pas très contente. « J'ai massacré le merveilleux anglais de Shakespeare », l'entendis-je chuchoter au critique dramatique assis à sa gauche. « Pas du tout, s'écria-t-il, vous l'avez magnifiquement dit. » « Absolument pas », répliqua sèchement Maryna. Et elle avait tout à fait raison. J'espérais qu'ils feraient mieux quand ils pratiqueraient davantage la langue anglaise, comme j'imaginais qu'ils allaient le faire, si j'avais compris quelque chose à leur discussion. Ils continueront sans aucun doute à parler anglais avec un accent, comme tant de gens dans mon pays, comme mes arrière-grands-parents (maternels) et mes grands-parents (paternels), contrairement à leurs enfants, bien sûr. Car il faut signaler, pourquoi pas maintenant, que mes quatre grands-parents sont tous nés dans ce pays (c'est-à-dire un pays qui avait cessé d'exister quelque quatre-vingts ans plus tôt), en réalité, nés autour de l'année même au cours de laquelle j'avais voyagé en esprit afin de me retrouver dans cette pièce, avec ces conversations d'autrefois, bien que les gens qui avaient engendré le couple qui m'avait engendrée fussent tout à fait différents de ces gens, en fait il s'agissait de pauvres villageois naïfs qui exerçaient les métiers de colporteur, aubergiste, bûcheron, ou qui étudiaient le Talmud. Comme j'avais supposé que nul ici n'était juif, j'espérais, c'était une pensée nouvelle, que je n'entendrais personne émettre une remarque antisémite ; je n'en avais pas entendu et, d'une certaine façon, j'avais l'intuition qu'ils étaient plutôt philosémites. Mais le fait que ce fût le pays que mes ancêtres avaient choisi de quitter dans des entreponts surpeuplés ne me lie pas vraiment à ces gens, même si, comme on peut le penser, cela fit peut-être vibrer pour moi le nom de ce pays d'une façon particulière et m'a peut-être attirée dans cette pièce plutôt qu'ailleurs ; j'avais essayé d'évoquer la salle à manger d'un hôtel à la même époque à Sarajevo et j'avais échoué, je devais donc accepter l'endroit où j'avais posé pied. Mais le passé est le plus grand des pays, et il y a une raison qui explique qu'on cède au désir de situer des histoires dans le passé : presque tout ce qui est bon semble appartenir au passé, ce qui est peut-être une illusion, mais chaque période qui précède ma naissance me rend nostalgique ; on est plus libéré des inhibitions modernes, peut-être parce qu'on ne porte aucune responsabilité pour le passé ; parfois j'ai tout simplement honte de l'époque dans laquelle je vis. Et ce passé sera aussi le présent, parce que c'était moi, dans la salle à manger privée de l'hôtel, qui semais des graines de prédiction. Je n'étais pas d'ici, j'étais une présence étrangère, et je devais me pencher pour entendre, je ne comprenais pas tout, mais même ce que j'interprétais mal serait une sorte de vérité, au moins sur l'époque dans laquelle je vis plutôt que sur celle où se situe leur histoire. « Nous devons toujours exiger plus de nous-mêmes », dit Maryna d'une voix sévère. « Toujours. Ou est-ce que je parle seulement pour moi-même ? » Ah, c'était une remarque attachante. J'ai un faible pour le sérieux, pour ce qui nécessite un effort. Si j'avais considéré Maryna comme un personnage de roman, j'aurais aimé qu'elle eût quelque chose de Dorothea Brooke (je me souviens quand j'ai lu pour la première fois *Middlemarch :* je venais d'avoir dix-huit ans et au tiers du livre j'ai fondu en larmes parce que je me suis rendu compte que non seulement *j'étais* Dorothea mais que, quelques mois plus tôt, j'avais épousé M. Casaubon), cependant il n'y avait rien de soumis ni de modeste, je le voyais bien, dans cette femme aux cheveux blond cendré et aux yeux bleu-gris intenses et candides. Elle voulait se montrer bonne envers les autres, mais elle ne se laisserait jamais entraîner jusqu'à s'oublier elle-même. Pour quelqu'un dont l'ambition était de monter sur les planches, être une femme ne représentait pas un obstacle ; elle avait mené une vie de compétition et avait gagné. Mais je pensai que je pourrais supporter une bonne dose de vanité et de narcissisme tant qu'elle garderait le désir de progresser, et je conclus que ce serait le cas quand j'observai le contraste entre les expressions d'impatience et d'attention extrême qui traversaient son visage, et la façon particulière qu'elle avait de se tenir très, très immobile. Il est étrange de songer que quelqu'un aurait pu me décrire, chaudement installée dans la profonde embrasure de la fenêtre, alors que je la décris. En fait, je suis plutôt impulsive (j'ai épousé M. Casaubon alors que je ne le connaissais que depuis dix jours) et j'ai un certain goût pour le risque, mais j'aime aussi la longue retraite, blottie dans un coin, qu'entraîne la préoccupation de mes devoirs (il m'a fallu neuf ans pour décider que j'avais le droit, le droit moral, de divorcer d'avec M. Casaubon), aussi m'était-il facile de me sentir indulgente envers ces gens embourbés dans leur dîner, dans leur débat sur ce que quelques-uns d'entre eux allaient faire. Et il m'était facile de me sentir exaspérée à cause d'eux. Tous se tenaient convenablement. Je n'avais surpris aucun batifolage sous la table. Personne n'avait montré de signes de fatigue, sauf le petit garçon bien sûr, qui se frottait les yeux, pelotonné sur les genoux d'une autre femme, au lieu d'être chez lui, bordé dans son lit. Un fils unique sans doute, et sa mère avait voulu l'avoir près d'elle ce soir, même si je ne l'avais pas vue s'occuper de lui pendant les deux heures passées à table. Malgré leurs rares moments d'animation à propos de ce qui les préoccupait, ils me semblaient un peu trop posés. À quoi pouvais-je attribuer leur immobilité ? Aux plats trop cuits qu'on continuait à apporter sur la table ? À la platitude éternelle des classes pensantes ? À la lourdeur de la fin du dix-neuvième siècle ? À ma propre répugnance à imaginer quelque chose de plus vivant ? Mais il est vrai qu'il restait encore du temps pour qu'il se passe quelque chose de très animé. Quelqu'un pouvait avoir une crise cardiaque ou frapper un autre convive sur la tête, éclater en sanglots ou pousser des gémissements, ou jeter un verre de vin à un visage offensant. Mais cela paraissait aussi invraisemblable que le fait que je puisse quitter mon siège devant la fenêtre pour danser sur la table ou cracher dans la soupe ou caresser un genou ou mordre la cheville de quelqu'un. Des pensées embrumées : j'avais besoin d'air. Sur un signe de Bogdan, un des serveurs ouvrit la fenêtre à l'autre bout de la pièce, là où je m'étais tapie en arrivant. J'entendis l'explosion des cris de la rue et des hennissements de chevaux. Il était un peu plus de une heure du matin si je me fiais à l'horloge de l'église qui sonnait (et, oui, à ma montre ; j'ai reconnu que je m'impatientais). Je n'étais pas allée au théâtre à dix-neuf heures pour la représentation de ce soir, et bien sûr j'aurais aimé l'avoir vue, comme eux. Certains d'entre eux devaient aussi s'impatienter. Mais personne ne se lèverait avant Maryna. J'avais presque abandonné l'espoir que leur controverse sur le bien et le mal de ce dont ils parlaient pût atteindre son point culminant ce soir, quel que soit le temps qu'ils passeraient à table et que je resterais à côté, à les regarder, les écouter, penser à eux. Car il est dans la nature de tels débats, sur le bien et le mal, qu'on peut toujours avoir des doutes et une nouvelle idée le lendemain, qu'en repensant à la conversation de la veille on s'écrie : Comme j'ai été bête de dire ceci, ou d'avoir été d'accord avec cela. Étais-je sous l'influence d'un tel, ou à moitié endormie, était-ce de l'étourderie, mon thermostat moral était-il baissé ? Aussi, le lendemain matin, on est d'avis contraire (on pense peut-être différemment à cause de ce qu'on a soutenu la veille au soir, une opinion qu'il fallait mettre sur le tapis pour qu'elle cède la place à celle-ci, la bonne), on a une sorte de gueule de bois morale, mais on se sent calme parce que l'on sait à présent qu'on est sur la bonne voie, tout en soupçonnant avec crainte qu'on pensera peut-être différemment demain ; et pendant ce temps, le moment de prendre la décision pour laquelle on hésite encore, de faire ou non quelque chose, se rapproche. C'est peut-être maintenant. Puis Maryna quitta son siège, elle prit une cigarette dans son réticule à perles d'or, et se glissa au centre de la pièce. Les autres se levèrent et je crus qu'ils allaient tous s'en aller. Mais seul Ryszard baisa la main de Maryna de façon exubérante, avant de faire le tour de l'assistance en posant ses lèvres sur le poignet de chacune des autres femmes de la pièce, et je le soupçonnai de vouloir couronner sa soirée par un arrêt dans sa maison de tolérance préférée. Puis le directeur du théâtre et sa femme prirent congé, suivis du banquier, du juge et de leurs femmes, et de l'acteur principal, du régisseur et de quelques autres. Personne d'autre ne paraissait prêt à quitter les lieux. Le médecin ouvrit la bouteille de tokay sur la crédence. On réveilla et prépara le petit Piotr (je lui avais tardivement donné un prénom) pour partir, puis on l'installa sur la bergère en attendant. Maryna se laissa aller contre le dossier avec une démonstration charmante de langueur, entourée de Bogdan, de Tadeusz, de la jeune actrice, de l'imprésario, de la sœur de Bogdan, du médecin et du peintre unijambiste. C'était la dernière chance pour que la conversation aboutît et pour qu'une décision fût définitivement verrouillée. « Alors, dit Maryna avec un rire énergique, bien sûr, je ne suis pas toujours d'accord avec moi-même. » Une pensée encourageante. Ils continuèrent à parler calmement. J'allais continuer à écouter. Quand j'étais enfant, tout en reconnaissant que j'apprenais bien, j'étais sûre de n'être pas « vraiment intelligente » (veuillez ignorer les guillemets) d'après ce que j'en comprenais dans les livres et les biographies, et dans mon entourage personne ne semblait non plus « vraiment intelligent » (même requête). Pourtant, je pensais pouvoir faire tout ce à quoi s'attaquerait mon esprit (je deviendrais chimiste, comme Mme Curie), je croyais que la ténacité et une attention plus aiguë que celle des autres à ce qui était important me conduiraient là où je voulais aller. Et ainsi, maintenant, je pensais que si j'écoutais, observais et réfléchissais, en prenant tout le temps nécessaire, je comprendrais les gens qui se trouvaient dans cette pièce, que leurs histoires me parleraient, quoique je ne sois pas en mesure d'expliquer comment je pouvais savoir cela. Il y a tant d'histoires à raconter, il est difficile de dire pourquoi c'est l'une plutôt qu'une autre, ce doit être parce qu'avec cette histoire-là on sent que l'on peut raconter de nombreuses histoires, qu'il y aura en elle une nécessité ; je me rends compte que je m'explique mal. Je ne peux pas m'expliquer. Il faut que ce soit comme de tomber amoureux. Quel que soit ce qui explique pourquoi l'on choisit cette histoire-là – elle peut, en fait, tirer sa substance d'un chagrin ou d'un désir d'enfance –, cela n'explique pas grand-chose. Une histoire, j'entends une longue histoire, un roman, c'est comme un tour-du-monde-en-quatre-vingts-jours : on se souvient à peine du début quand on arrive à la fin. Mais même un long voyage doit commencer quelque part ; par exemple, dans une pièce. Chacun de nous porte une pièce en lui, qui attend qu'on y mette des meubles et des gens, et si l'on écoute attentivement, peut-être en faisant taire tous les bruits de la pièce où l'on se trouve, on peut entendre les bruits de cette autre pièce qu'on a dans la tête. On peut entendre les craquements du feu et le tic-tac de la pendule ou (si la fenêtre est ouverte) le cri d'un cocher ou le *vroum-vroum* d'une moto dans la ruelle. Ou l'on peut ne rien entendre de tout cela, si des voix remplissent la pièce. Des gens bruyants ou calmes sont peut-être assis pour dîner et ils disent des choses que l'on ne comprend pas très bien, espérons que ce n'est pas parce que la télévision est allumée, et le son au maximum, mais l'on comprendra l'essentiel. Au début, ce ne seront que des phrases, un nom, un murmure insistant, ou un cri. S'il y a des cris, non, des hurlements, et si l'on voit quelque chose qui ressemble à un lit, il reste à espérer que ce n'est pas une pièce où l'on torture quelqu'un, mais plutôt une pièce où quelqu'un donne naissance, bien que ces bruits soient eux aussi insupportables. On peut espérer se trouver parmi des gens au grand cœur, la passion est une belle chose, ainsi que la compréhension, la possibilité de comprendre quelque chose, ce qui est une passion, ce qui est un voyage aussi. Les serveurs apportaient leurs manteaux à Maryna et aux autres. Ils s'apprêtaient à partir. Avec un frisson d'anticipation, je décidai de les suivre à l'extérieur, dans le monde.

Un

Ce fut peut-être la gifle que lui donna Gabriela Ebert, quelques minutes après cinq heures de l'après-midi (je n'en fus pas témoin), qui rendit quelque chose, non, tout (je n'avais pu le savoir non plus) un peu plus clair. En arrivant au théâtre, avec une ponctualité inflexible, deux heures avant le lever de rideau, Maryna était allée directement dans son repaire de star, où son habilleuse, Zofia, l'avait dévêtue en ne lui laissant que sa chemise et son corset, et l'avait aidée à enfiler un peignoir doublé de fourrure et des pantoufles, puis Maryna l'avait envoyée repasser son costume de scène dans une pièce voisine, elle avait rapproché les bougies de chaque côté du miroir, elle s'était penchée au-dessus du plateau de pots et de fioles de maquillage en désordre, déjà ouverts, pour un examen plus approfondi de ce masque bien trop familier, son vrai visage, le sous-visage de l'actrice, quand derrière elle il lui sembla qu'on enfonçait la porte, et devant elle, partageant le miroir avec elle, se précipitant sur elle, elle vit le visage sinistre et rouge de son auguste rivale qui hurlait l'injure absurde, elle se rejeta sur le dossier de sa chaise, se retourna, aperçut le bras qui descendait juste avant qu'une grimace involontaire lui fît fermer les paupières et découvrir les dents de la mâchoire supérieure en lui raccourcissant le nez, et elle sentit le choc et la brûlure d'une grande main garnie de bagues contre son visage.

Le tout se passa si rapidement et si bruyamment – elle garda les paupières baissées, la porte se referma en claquant – et la pièce tachetée d'ombre aux lampes à gaz chuintantes retomba dans un tel silence, que cela aurait pu être un mauvais rêve : elle avait fait de mauvais rêves. Maryna appliqua la paume de sa main sur son visage outragé.

« Zofia ? Zofia ! »

Bruit de la porte qu'on ouvre doucement. Babil angoissé de Bogdan. « Que diable voulait-elle ? Si je n'avais pas été dans le couloir avec Jan, je l'aurais arrêtée, comment ose-t-elle faire irruption chez vous ainsi !

— Ce n'est rien », répondit Maryna en rouvrant les yeux et laissant retomber sa main. « Rien. » C'est-à-dire : le bourdonnement de la douleur sur sa joue. Et la migraine qui menaçait à présent de l'autre côté de sa tête, qu'elle avait l'intention de maintenir à distance par un exercice de volonté familier, jusqu'à la fin de la soirée. Elle se pencha en avant pour attacher ses cheveux dans une serviette, puis elle se leva et se dirigea vers la table de toilette, où elle se savonna et se frotta vigoureusement le visage et le cou, avant de se sécher en se tapotant la peau avec un linge moelleux.

« J'ai toujours su qu'elle ne voudrait pas…

— C'est très bien », dit Maryna. Pas à lui. À Zofia, qui hésitait près de la porte entrouverte en tenant le costume sur ses bras tendus.

Bogdan lui fit signe d'entrer et ferma la porte un peu plus violemment qu'il ne l'avait voulu. Maryna quitta son peignoir et enfila la robe lie-de-vin ornée de galons d'or (« Non, non, ne la boutonne pas dans le dos ! »), elle pivota lentement sur elle-même, une fois, deux fois, devant la psyché, elle se fit un signe d'approbation de la tête, elle envoya Zofia réparer la boucle décousue de sa chaussure et faire chauffer le fer à friser, puis elle se rassit devant sa coiffeuse.

« Que voulait Gabriela ?

— Rien.

— Maryna ? »

Elle prit une houppette de duvet et étala sur son visage et sur sa gorge une couche de Poudre Perle.

« Elle est venue me souhaiter bonne chance pour ce soir.

— Vraiment ?

— Très généreux de sa part, n'est-ce pas, dans la mesure où elle pensait que le rôle lui revenait.

— Très généreux », répondit-il. Et, pensa-t-il, pas du tout le genre de Gabriela.

Il la regarda se remettre trois fois de la poudre, s'apposer du rouge sur les pommettes, sous les yeux et sous le menton, se noircir les yeux, et trois fois ôter le tout à l'aide d'une éponge.

« Maryna ?

— Parfois, je pense que tout cela ne sert à rien, dit-elle d'une voix blanche, en recommençant à se mettre du noir sur les paupières.

— Tout cela ? »

Elle plongea un mince pinceau en poil de chameau dans la coupelle de terre de Sienne et dessina un trait sous les cils de sa paupière inférieure.

Bogdan eut l'impression qu'elle abusait du khôl, ce qui rendait ses beaux yeux tristes, ou simplement plus vieux.

« Maryna, regardez-moi !

— Cher Bogdan, je ne vous regarderai pas. » Elle s'appliqua encore du khôl sur les sourcils. « Et vous ne m'écouterez pas. Vous devriez être insensible à mes crises de nerfs, à présent. Des nerfs d'actrice. Celle-ci est légèrement plus forte que d'habitude, mais c'est un soir de première. Ne faites pas attention à moi. »

Comme si cela était possible ! Il se pencha et posa ses lèvres sur sa nuque. « Maryna...

— Quoi ?

— Vous vous souvenez que j'ai réservé la salle au Saski pour quelques-uns d'entre nous, après, afin de fêter...

— Appelez Zofia pour moi, voulez-vous ? » Elle avait commencé à mélanger le henné.

« Pardonnez-moi d'avoir parlé d'un souper alors que vous vous préparez pour une représentation. Mais on peut l'annuler si vous vous sentez trop...

— N'en faites rien », murmura-t-elle. Elle mêlait un peu de rose de Hollande et de la poudre d'antimoine avec un fond de blanc pour se poudrer les mains et les bras. « Bogdan ? »

Il ne répondit pas.

« Je me réjouis à l'avance de ce souper, dit-elle, et elle tendit le bras derrière elle pour saisir une main gantée qu'elle posa sur son épaule.

— Quelque chose vous trouble.

— Tout me trouble, rétorqua-t-elle sèchement. Soyez assez aimable pour me laisser m'y complaire. La vieille routière a besoin d'une petite stimulation pour donner le meilleur d'elle-même ! »

Maryna n'aimait pas mentir à Bogdan, la seule personne parmi toutes celles qui l'aimaient, ou prétendaient l'aimer, en qui elle eût vraiment confiance. Mais elle était dans l'incapacité d'accepter son indignation ou son empressement à la consoler. Elle pensait que cela lui ferait peut-être du bien de garder pour elle cet incident stupéfiant.

Parfois, on a besoin de recevoir une claque en plein visage pour réaliser ce qu'on ressent vraiment.

Quand on reçoit une gifle de la vie, on se dit : C'est la vie.

On se sent fort. On veut se sentir fort. L'important, c'est d'avancer.

Comme elle l'avait toujours fait, de façon résolue, ou presque : il y avait eu tant à ignorer. Mais si l'on a un tempérament stoïque, et quelque talent pour le respect de soi, si l'on a travaillé dur avec un autre talent donné par Dieu, et si l'on a été récompensé exactement comme on avait osé l'espérer pour son zèle et sa persévérance, en réalité, le succès est arrivé plus rapidement qu'on ne s'y était attendu (ou peut-être, pense-t-on sincèrement, qu'on ne l'avait mérité), on peut alors considérer comme mesquin de se rappeler les affronts et d'entretenir des griefs. Se sentir offensée c'était être faible – comme s'inquiéter de savoir si l'on était heureux ou non.

Maintenant, on éprouve une douleur inattendue, autour de laquelle les sentiments étouffés peuvent se cristalliser.

On doit maintenir ses idéaux loin du sol pour qu'ils ne soient pas profanés. Et couper tout lien avec les malheurs et les insultes aussi, de peur qu'ils ne s'enracinent et n'étranglent votre âme.

Prendre la gifle pour ce qu'elle était, le commentaire frénétique d'une rivale jalouse à cause de son succès irréfutable – cela aurait été quelque chose à partager avec Bogdan et à oublier aussitôt. La prendre comme un emblème, une injonction à répondre aux besoins murmurés qu'elle avait nourris pendant des mois – cela valait la peine qu'elle le garde pour elle, et même qu'elle le chérisse. Oui, elle chérirait la gifle de cette pauvre Gabriela. Si cette gifle avait été un sourire de nouveau-né, elle aurait souri en se le rappelant, si elle avait été une photo, elle l'aurait encadrée et l'aurait gardée sur sa coiffeuse, si elle avait été une chevelure, elle aurait demandé qu'on en fasse une perruque… Oh, je vois, se dit-elle, je deviens complètement folle. Cela pouvait-il être aussi simple ? Elle en avait ri sur le moment, mais elle constata avec répugnance que la main qui posait du henné sur ses lèvres tremblait. Le désespoir est une erreur, se dit-elle, le mien autant que celui de Gabriela, et elle ne veut que ce que j'ai. Le désespoir est toujours une erreur.

Crise dans une vie d'actrice. Jouer c'était essayer d'égaler les autres acteurs et, à sa grande surprise (en réalité, pas du tout à sa grande surprise), se découvrir meilleure que les autres – y compris l'auteur pitoyable de cette gifle. Cela ne suffisait-il pas ? Non. Désormais cela ne suffisait plus.

Elle avait aimé être actrice parce que le théâtre lui apparaissait tout simplement comme la vérité. Une vérité plus haute. En jouant dans une pièce, une grande pièce, on devenait meilleur qu'on ne l'était en réalité. On ne disait que des mots sculptés, essentiels, exaltants. On avait toujours l'air aussi belle qu'on pouvait l'être, grâce aux artifices, à son âge. Chacun de ses mouvements avait une signification vaste et généreuse. On se sentait grandi par ce qu'il vous était donné d'exprimer sur scène. À présent il pouvait arriver qu'au milieu d'une noble tirade de son Shakespeare bien-aimé, de Schiller ou de Słowacki, alors qu'elle pivotait dans son lourd costume, qu'elle faisait des gestes, qu'elle déclamait, qu'elle savait le public fasciné par son art, elle ne se sentît pas plus qu'elle-même. L'ancien frisson de la transfiguration de soi avait disparu. Même le trac – ce choc nécessaire aux vrais professionnels – l'avait abandonnée. La gifle de Gabriela l'avait réveillée. Une heure plus tard, Maryna mit sa perruque et sa couronne de papier mâché, jeta un dernier regard au miroir, et sortit pour donner une représentation que même elle aurait pu reconnaître, d'après ses propres critères, pas trop mauvaise.

Bogdan était tellement fasciné par la majesté de Maryna qui marchait vers son exécution, qu'au début de l'ovation, il était toujours rivé à son fauteuil au premier rang de sa loge, les mains serrant la balustrade. Puis, galvanisé, il se glissa entre sa sœur, l'imprésario de Vienne, Ryszard et les autres invités, et au second rappel il s'était frayé un chemin en coulisse.

« Ma-gni-fique », articula-t-il silencieusement quand elle revint du troisième rappel afin d'attendre près de lui, en coulisse, que le volume du bruit lui assure un autre retour sur la scène jonchée de fleurs.

« Si vous le pensez, j'en suis heureuse.

— Écoutez-les.

— Eux ! Que savent-ils s'ils n'ont jamais rien vu de mieux que moi ? »

Elle accepta quatre autres rappels, puis Bogdan l'accompagna jusqu'à la porte de sa loge. Elle pensait qu'elle allait s'autoriser à se sentir satisfaite de son interprétation. Mais une fois à l'intérieur, sans dire un mot elle poussa un gémissement et éclata en sanglots.

« Oh, *Madame* !* » Zofia semblait sur le point de pleurer, elle aussi.

Bouleversée par l'angoisse qui se lisait sur le visage de la jeune fille et pour la consoler, Maryna se jeta dans ses bras.

« Là, là », murmura-t-elle tandis que Zofia la serrait contre elle, puis ouvrait un bras et caressait délicatement la masse de cheveux frisés et empesés de Maryna.

Maryna se libéra à contrecœur de l'étreinte ferme de la jeune fille, et la regarda dans les yeux avec tendresse. « Tu as le cœur bon, Zofia.

— Je ne supporte pas de vous voir triste, *Madame**.

— Je ne suis pas triste, je suis… Ne sois pas triste pour moi.

— *Madame**, j'étais dans les coulisses pendant presque tout le dernier acte, et quand vous marchiez vers la mort, je ne vous ai jamais vue mourir aussi bien, vous étiez si merveilleuse que je n'ai pu m'empêcher de pleurer.

— Alors nous avons assez pleuré toutes les deux, n'est-ce pas ? » Maryna éclata de rire. « Au travail, petite sotte, au travail. Pourquoi sommes-nous là toutes les deux à lambiner ? »

Débarrassée de son majestueux costume et ayant revêtu le peignoir doublé de fourrure, Maryna effaça le visage de Mary Stuart et y reposa rapidement le masque discret qui convenait à l'épouse de Bogdan Dembowski. Zofia, qui reniflait discrètement (« Assez, Zofia ! »), se tenait derrière sa chaise, et portait dans ses bras la robe vert cendré que Maryna avait choisie cet après-midi pour le souper que Bogdan donnait à l'hôtel Saski. Elle enfila lentement la robe devant la psyché, revint vers la coiffeuse où elle défit ses boucles et brossa et rebrossa ses cheveux, puis elle les releva et s'approcha du miroir pour se regarder, elle ajouta un peu de cire fondue sur ses cils, se redressa, s'inspecta une nouvelle fois, en écoutant le tapage de plus en plus fort dans le couloir, prit plusieurs respirations bruyantes et cadencées et ouvrit la porte à la vague déferlante de cris et d'applaudissements.

Parmi les admirateurs qui avaient suffisamment de relations pour être admis dans les coulisses, il y avait quelques connaissances mais, à part Ryszard, qui serrait un bouquet de fleurs de soie contre sa large poitrine, elle ne vit pas d'amis proches : on avait demandé aux invités à la soirée de se rendre directement à l'hôtel. Et plus d'une centaine de personnes attendaient devant l'entrée des artistes malgré le temps de chien. Bogdan lui offrit l'abri de son parapluie-épée à poignée d'ivoire afin qu'elle puisse s'attarder une quinzaine de minutes sous la neige et elle serait restée quinze minutes de plus s'il n'avait éloigné d'un geste les admirateurs plus timides avec leur programme non dédicacé, puis il escorta Maryna à travers la foule jusqu'au traîneau qui les attendait. Finalement, Ryszard abandonna son bouquet dans les mains de Maryna en disant que l'hôtel Saski n'était qu'à sept rues de là et qu'il préférait marcher.

Il était étrange que, dans sa ville natale, elle reçût des amis dans un hôtel, mais depuis cinq ans – ses talents l'ayant conduite inexorablement jusqu'au sommet, un engagement à vie au Théâtre Impérial de Varsovie – elle n'avait plus d'appartement à Cracovie.

« Étrange », dit-elle. À Bogdan, à personne, à elle-même. Bogdan fronça les sourcils.

Un coup de tonnerre, comme le claquement d'un coup de feu, alors qu'ils arrivaient à l'hôtel. Un hurlement, non, seulement un cri : un cocher en colère.

Ils gravirent l'escalier de marbre couvert d'un tapis.

« Vous allez bien ?

— Évidemment, je vais bien. Ce n'est qu'une autre entrée en scène.

— Et j'ai le privilège de vous ouvrir la porte. »

Ce fut au tour de Maryna de froncer les sourcils.

Et comment aurait-il pu ne pas y avoir d'applaudissements et de visages rayonnants, l'accueil habituel pour une soirée de première – mais elle avait vraiment donné une magnifique représentation –, lorsque Bogdan ouvrit la porte (en réponse à son « Et *vous*, Bogdan, vous allez bien ? » il avait soupiré et lui avait pris la main) et qu'elle fit son entrée. Piotr se précipita dans ses bras. Elle étreignit la sœur de Bogdan et lui donna les fleurs en soie de Ryszard ; elle s'abandonna à l'étreinte de Krystyna dont les yeux s'étaient emplis de larmes. Quand les invités, rassemblés autour d'elle, eurent tous rendu hommage à sa prestation, elle regarda chaque visage et déclama joyeusement :

Puissiez-vous ne jamais voir de meilleur festin,
Vous qui formez le clan de mes amis de bouche !

Et cela fit rire tout le monde, ce qui signifie, je suppose (je n'étais pas encore arrivée), qu'elle avait dit le texte de Timon en polonais, pas en anglais, mais ce qui signifie aussi que, à part Maryna, personne n'avait lu *Timon d'Athènes*, car dans la pièce ce festin n'est pas joyeux, surtout pour celui qui le donne. Puis les invités se dispersèrent dans la grande salle, évoquant entre eux sa prestation et, ensuite, la question plus vaste qui était d'actualité (c'est plus ou moins à ce moment-là que j'arrivai, frigorifiée et impatiente d'entrer dans l'histoire), tandis que Maryna s'était obligée à des pensées plus humbles et moins moqueuses. Pas de rivales jalouses ici. Il s'agissait de ses amis, ceux qui lui voulaient du bien. Où était sa gratitude ? Elle haïssait ses mécontentements. Si je peux avoir une nouvelle vie, pensait-elle, je ne me plaindrai plus jamais.

« Maryna ? »

Pas de réponse.

« Maryna, quelque chose ne va pas ?

— Quelque chose pourrait ne pas aller… docteur ? »

Il secoua la tête. « Oh, je vois.

— Henryk.

— C'est mieux.

— Je vous trouble.

— Oui (il sourit) vous me troublez, Maryna. Mais seulement dans mes rêves, jamais dans mon cabinet de consultation. » Puis, avant qu'elle ait pu lui reprocher de flirter avec elle : « La splendeur de votre représentation d'hier soir », expliqua-t-il.

Il vit qu'elle hésitait encore. « Entrez (il tendit la main), asseyez-vous (il désigna d'un geste un canapé recouvert de tapisserie) et dites-moi. »

Deux pas dans la pièce, elle s'adossa à une bibliothèque. « Vous ne vous asseyez pas ?

— Asseyez-vous, *vous*. Et je continuerai ma promenade… ici.

— Vous êtes venue à pied par ce temps ? Était-ce bien prudent ?

— Henryk, je vous en prie ! »

Il s'assit sur le coin de son bureau.

Elle commença à arpenter la pièce. « Si je suis venue ici, c'était pour vous harceler de questions au sujet de Stefan ; a-t-il vraiment…

— Mais je vous ai dit, l'interrompit Henryk, qu'on notait déjà une remarquable amélioration de ses poumons. Contre un ennemi si puissant, la lutte que mènent le médecin et le malade ne peut qu'être longue. Mais je pense que nous sommes en train de triompher, votre frère et moi.

— Vous débitez des inepties, Henryk. On ne vous l'a jamais dit ?

— Maryna, que se passe-t-il ?

— Tout le monde débite des inepties…

— Maryna…

— Y compris moi-même.

— Ainsi (il soupira) ce n'est pas à propos de Stefan que vous vouliez me consulter. »

Elle secoua la tête.

« Alors laissez-moi deviner, reprit-il, en risquant un sourire.

— Vous vous moquez de moi, mon vieil ami, dit Maryna d'un air sombre. Vous pensez aux nerfs des femmes. Voire pire.

— Moi ? (il frappa sur le bureau) moi, votre vieil ami, comme vous le reconnaissez, je vous en remercie, je ne prends *pas* ma Maryna au sérieux ? » Il lui lança un regard sévère. « De quoi s'agit-il ? De vos migraines ?

— Non, ce n'est pas à propos (elle s'assit brusquement) de moi. Je veux dire, de mes migraines.

— Je vais prendre votre pouls, dit-il en s'approchant d'elle. Vous avez les joues rouges. Je ne serais pas surpris que vous ayez un peu de fièvre. » Il lui tint le poignet pendant quelques instants en silence, puis le relâcha et regarda à nouveau son visage. « Pas de fièvre. Vous êtes en excellente santé.

— Je vous avais dit qu'il n'y avait rien.

— Ah, cela signifie que vous voulez vous plaindre. Eh bien, vous trouverez en moi le plus patient des auditeurs. Plaignez-vous, ma chère Maryna », s'écria-t-il gaiement. Il ne vit pas les larmes dans ses yeux. « Plaignez-vous !

— C'est peut-être mon frère, après tout.

— Mais je vous ai dit…

— Excusez-moi (elle se releva), je me rends ridicule.

— Jamais ! Ne partez pas, je vous en prie. » Il se dressa pour lui barrer le chemin de la porte. « Vous avez vraiment de la fièvre.

— Vous avez dit que je n'en avais pas.

— L'esprit peut s'échauffer, tout comme le corps.

— Que pensez-vous de la volonté, Henryk ? Le pouvoir de la volonté.

— Quel genre de question est-ce là ?

— Je veux dire, pensez-vous que l'on peut faire tout ce que l'on veut ?

— *Vous*, vous pouvez faire tout ce que vous voulez, ma chère. Nous sommes tous vos serviteurs et vos complices. » Il lui prit la main et s'inclina pour l'embrasser. « Oh (elle retira sa main), vous êtes abominable, ne me flattez pas ! »

Il la regarda fixement pendant quelques instants

avec une douce expression de surprise. « Maryna, très chère, dit-il d'un ton apaisant. Votre expérience ne vous a-t-elle pas tout appris sur la façon dont les autres vous répondent ?

— L'expérience est un professeur passif, Henryk.

— Mais elle…

— Au paradis (elle posa sur lui ses yeux gris et brillants), il n'y aura plus d'expériences. Seulement la béatitude. Là, nous serons capables de nous dire la vérité. Ou de ne plus parler du tout.

— Depuis quand croyez-vous au paradis ? Je vous envie.

— J'y ai toujours cru. Depuis l'enfance. Et plus je vieillis plus j'y crois, parce que le paradis est quelque chose de nécessaire.

— Vous ne trouvez pas cela… difficile de croire au paradis ?

— Oh, gémit-elle, le problème ce n'est pas le paradis. Le problème c'est moi, moi qui suis si malheureuse.

— Vous parlez comme l'artiste que vous êtes. Quelqu'un qui a votre tempérament aura toujours…

— Je savais que vous diriez cela ! » Elle tapa du pied. « Je vous l'ordonne, je vous en implore, ne parlez pas de mon tempérament ! »

(Oui, elle avait été malade. Les nerfs. Oui, elle était encore malade, tous ses amis, à l'exception de son médecin, en parlaient entre eux.)

« Ainsi, vous croyez au paradis, murmura-t-il d'une voix à nouveau apaisante.

— Oui, et quand j'arriverai aux portes du paradis, je dirai : Est-ce *cela* votre paradis ? Ces personnages éthérés, vêtus de robes blanches, qui volent parmi les nuages blancs ? Où puis-je m'asseoir ? Où y a-t-il de l'eau ?

— Maryna… » Il lui prit la main et la ramena vers le canapé. « Je vais vous servir un fond de cognac. Cela nous fera du bien à tous les deux.

— Vous buvez trop, Henryk.

— Tenez. » Il lui tendit un verre et tira une chaise pour s'asseoir en face d'elle. « Vous ne vous sentez pas mieux ? »

Elle but le cognac à petites gorgées puis s'appuya sur le dossier du canapé avant de le regarder sans rien dire.

« Qu'y a-t-il ?

— Je pense que je vais mourir très bientôt, si je n'accomplis pas quelque chose de téméraire… de grandiose. L'an dernier, j'ai cru que j'allais mourir, vous savez.

— Mais vous n'êtes pas morte.

— Doit-on mourir pour prouver qu'on est sincère ? »

Extrait d'une lettre adressée à personne, c'est-à-dire à elle-même :

Ce n'est pas parce que mon frère, mon frère bien-aimé, se meurt et qu'il ne me restera personne à vénérer… Ce n'est pas parce que ma mère, notre mère bien-aimée, me tape sur les nerfs, oh, comme j'aimerais la faire taire… Ce n'est pas parce que je ne suis pas moi non plus une bonne mère (comment pourrais-je l'être ? je suis actrice)… Ce n'est pas parce que mon mari, qui n'est pas le père de mon fils, est si bon et qu'il fera tout ce que je veux… ce n'est pas parce que tout le monde m'applaudit, parce qu'ils ne peuvent imaginer que je pourrais être plus éclatante ou plus différente que je ne le suis déjà… Ce n'est pas parce que j'ai trente-cinq ans ni parce que je vis dans un vieux pays et que je ne veux pas être vieille (je n'ai pas l'intention de devenir comme ma mère)… Ce n'est pas parce que certains critiques se montrent condescendants, maintenant qu'on me compare à des actrices plus jeunes, alors que les ovations qui suivent chaque représentation ne sont pas moins étourdissantes (sinon quelle est la signification des applaudissements ?)… Ce n'est pas parce que j'ai été malade (les nerfs) et que j'ai dû cesser de jouer pendant trois mois, seulement trois mois (je ne me sens pas bien quand je ne travaille pas)… Ce n'est pas parce que je crois au paradis… Oh, et ce n'est pas parce que la police me surveille toujours et continue à établir des rapports sur moi, bien que toutes ces déclarations imprudentes et ces espoirs soient passés depuis longtemps (mon Dieu, treize ans depuis le Soulèvement)… Ce n'est pour aucune de ces raisons que j'ai décidé de faire quelque chose que personne ne veut me voir faire, que chacun considère comme une folie, et que je veux que quelques-uns le fassent avec moi, bien qu'ils ne le veuillent pas ; même Bogdan, qui veut toujours ce que je veux (comme il me l'a promis lorsque nous nous sommes mariés), ne le veut pas vraiment. Mais il le doit.

« Peut-être, dit-elle, est-ce une malédiction que d'être originaire de quelque part. Vous voyez, dit-elle, le monde est très grand. Je veux dire que le monde se divise en de nombreuses régions. Le monde, comme notre pauvre Pologne, peut toujours être divisé. Et subdivisé. On finit par occuper un espace de plus en plus petit. Pourtant, on se sent chez soi dans ce petit espace…

— Sur cette scène, dit l'ami avec obligeance.

— Si vous voulez, répondit-elle froidement. Cette scène. » Puis elle fronça les sourcils. « Vous n'essayez tout de même pas de me rappeler que le monde entier est un théâtre ? »

« Mais comment pouvez-vous quitter votre place, qui est ici ?

— Ma place, ma place, s'exclama-t-elle. Je n'en ai pas !

— Vous ne pouvez abandonner vos…

— … amis ? s'écria-t-elle.

— En réalité, Irena et moi, nous pensions à votre public.

— Qui a dit que j'abandonnais mon public ? M'oubliera-t-il si je choisis de m'absenter ? Non. M'accueillera-t-il à nouveau si je choisis de revenir ? Oui. Quant à mes amis…

— Oui ?

— Vous pouvez être assurés que je n'ai nulle intention d'abandonner mes amis. »

« Mes amis, répéta-t-elle, sont bien plus dangereux que mes ennemis. Je pense à leur approbation. Leurs attentes. Ils me veulent comme je suis, et je ne peux les décevoir entièrement. Ils cesseraient peut-être de m'aimer.

« Je le leur ai expliqué. Mais j'aurais pu le leur annoncer, comme un caprice. Récemment, j'ai cru être prête à le faire. Lors d'un souper dans un hôtel, un soir de première. Je m'apprêtais à lever mon verre : Je m'en vais. Bientôt. Pour toujours. Quelqu'un se serait écrié : Oh, *Madame**, comment pouvez-vous ? Et j'aurais répondu : Je le peux, je le peux. Mais je n'en ai pas eu le courage. À la place, j'ai porté un toast à notre pauvre pays démembré. »

L'amour de son pays, de ses amis, de sa famille, de la scène… oh, et l'amour de Dieu : l'amour, le mot, venait aisément aux lèvres de Maryna – et pourtant elle attendait bien peu de l'amour romantique, l'essence du théâtre.

Enfant, elle était sérieuse et obéissante. Elle pensait que Dieu la surveillait en permanence, et qu'il notait dans un grand registre marron (c'est ainsi qu'elle l'imaginait) chacune de ses pensées et de ses actions. Elle se tenait droite et regardait toujours les gens dans les yeux. Elle était sûre que Dieu approuvait cette attitude. Elle avait compris assez tôt qu'il était vain de se plaindre et qu'il valait mieux ne pas se confier à quiconque. Dieu savait à quel point elle était faible, mais il lui pardonnait parce qu'elle faisait vraiment des efforts. En retour, elle décida de ne pas demander à Dieu ce qu'elle ne méritait peut-être pas, que ce fût par ses propres talents ou par la force de sa volonté. Elle ne voulait pas forcer Sa générosité.

Soit, elle pouvait ne pas dire la vérité. Mais elle mettait tant d'énergie à dire *quelque chose*, et à se faire écouter des autres. Une femme ne pouvait pas dire grand-chose. Une diva pouvait dire beaucoup. En tant que diva, avec ce qu'on permettait à une diva, elle pourrait piquer des colères, elle pourrait demander l'impossible, elle pourrait mentir.

Il aurait été bien qu'elle sortît de nulle part pour devenir une star. Il aurait été également bien qu'elle fût d'un charmant lignage aux multiples talents. L'histoire de la famille qu'elle avait inventée, son enfance heureuse mais passée dans l'indigence, mêlait habilement des éléments des deux.

Elle était la plus jeune des dix enfants de sa mère – il y en avait eu six d'un premier lit, puis quatre autres après son remariage avec un professeur de collège qui enseignait le latin – et, comme Maryna avait l'habitude de le dire, ayant eu deux demi-frères déjà comédiens lorsqu'elle avait quatre ans et qu'elle apprenait à lire, comment aurait-elle pu ne pas vouloir suivre leur exemple ? En fait, au début, Maryna n'avait pas rêvé d'une vie d'actrice. Elle voulait être soldat ; et quand elle avait compris qu'en tant que fille, on ne lui permettrait jamais de porter les armes, elle avait voulu être un poète dont les hommes réciteraient les odes patriotiques lorsqu'ils défileraient pour exiger la liberté de leur pays. Mais son père, sans toutefois décourager son appétit de lecture, semblait penser qu'il était plus convenable pour une fille d'être dans la musique plutôt que dans les livres. Lui-même, après avoir préparé ses cours du lendemain, fuyait les soirées bruyantes de la famille en jouant de la flûte.

De tout cela, ce qu'elle racontait volontiers à ses amis, c'était que son père lui avait appris à jouer de la flûte.

Étaient bannis de son récit : le désaccord effrayant qui existait entre ses parents, les jérémiades de sa mère, son père endormi sur César ou Virgile, les railleries des enfants des voisins quand elle avait six ans, qui disaient que le professeur de latin n'était pas son vrai père mais quelqu'un qui avait loué une chambre dans leur appartement (ils avaient toujours eu besoin de prendre des pensionnaires), quelqu'un comme l'homme plus âgé, mi-allemand, mi-polonais, qui s'était installé dans l'appartement avec le titre de pensionnaire quand elle avait onze ans, deux ans après la mort de son père, et qui n'était pas venu dans son lit (en lui arrachant la promesse de ne rien dire à sa mère) avant qu'elle ait quatorze ans – elle pouvait considérer comme une chance d'y avoir échappé jusqu'à un âge aussi avancé, tel avait été le commentaire de sa mère.

« Je viens d'une famille dans laquelle nous étions de nombreux frères et sœurs, mais seulement quatre d'entre nous – Stefan, Adam, Józefina et moi-même – sont montés sur les planches. Bien sûr, un seul avait véritablement du génie et ce n'était pas moi. Non (elle leva la main), ne dites pas le contraire. »

Maryna aimait déclarer que le talent de Stefan était le plus naturel, qu'elle n'avait réussi que par un travail assidu et beaucoup d'application : elle s'était toujours sentie coupable à cause de la rapidité avec laquelle sa carrière avait éclipsé celle de son frère.

« Et nous étions pauvres. Plus pauvres encore après la mort de notre père, alors que je n'avais que neuf ans. Mon père mort, ma mère a travaillé dans une pâtisserie, dans la même rue que l'appartement où nous étions nés, qui a disparu dans le Grand Incendie de Cracovie. » Elle marqua une pause. « Quand j'étais jeune, je pensais que je ne pourrais pas vivre sans luxe ni confort. » Un maître d'hôtel décharné servait le champagne. « Puis j'ai pensé que je ne pourrais pas vivre sans mes amis.

— Et maintenant ?

— Maintenant je pense que je peux vivre sans rien.

— Ce qui revient au même que tout vouloir », répliqua son ami astucieux.

Elle avait sept ans quand elle entra pour la première fois dans un théâtre. On y jouait *Don Carlos*. La pièce semblait traiter de l'amour, puis des cœurs brisés, puis de quelque chose de beaucoup mieux quand, à la fin, le malheureux Carlos s'en alla combattre pour la liberté de la Hollande asservie. (Qu'il n'aille jamais en Hollande – qu'au dernier moment de la pièce le roi, père de Carlos, donne l'ordre qu'on arrête son fils et qu'on l'exécute – était trop horrible pour qu'on pût l'accepter.) Elle fut totalement bouleversée par le message de liberté de Schiller, à tel point que finalement il chassa de son esprit la raison pour laquelle, malgré son jeune âge, on l'avait emmenée au théâtre. C'était pour voir son demi-frère Stefan jouer pour la première fois à Cracovie, dans un des rôles principaux. Parce que, au fur et à mesure que la pièce se déroulait, elle s'était rendu compte avec un sentiment grandissant d'humiliation qu'elle ne le reconnaissait pas. Elle avait regardé tous les hommes qui allaient et venaient sur la scène et parmi eux elle n'avait pas vu son frère, qui était beau garçon. L'un était trop gros, un autre trop âgé (Stefan avait dix-neuf ans), un autre encore trop grand. Le seul qui n'était ni trop gros ni trop vieux ni trop grand, un homme avec une perruque couleur argent et du rouge sur le visage, et qui tenait le rôle du fidèle Posa, ne lui ressemblait pas du tout. Mais elle ne pouvait demander à ses parents lequel était Stefan. On la jugerait désespérément stupide et on ne l'emmènerait plus jamais au théâtre.

Après la représentation, quand elle accompagna sa mère en coulisse et que Stefan apparut, rayonnant, son visage osseux à la forte mâchoire et au front haut débarrassé de tout maquillage, elle ne put se résoudre à lui demander quel rôle il avait joué (pouvait-il vraiment avoir joué Posa ?) et elle lui dit simplement qu'il était merveilleux, merveilleux.

Puis elle se rendit compte – cela lui parut un calcul très ingénieux d'adulte – qu'il y avait une façon de s'assurer d'être autorisée à revenir dans un théâtre. C'était de devenir actrice elle-même. Qui pourrait interdire le théâtre à un acteur ? En fait, les acteurs semblaient si bien accueillis qu'apparemment ils n'avaient pas à emprunter l'entrée normale (elle supposait cependant qu'ils devaient quand même acheter des billets) mais passaient par une porte de derrière.

« Cette nuit-là (elle racontait l'histoire à un ami en riant d'elle-même), j'ai fait le serment, debout, la bouche collée à la vitre glacée de la petite fenêtre de la chambre que je partageais avec cinq de mes frères et sœurs… non, pas dans l'appartement où j'étais née mais dans le nouveau (cela se passait un an après l'Incendie)… que je ne vivrais que pour le théâtre. Bien sûr, je ne savais pas si je pourrais devenir actrice. Et pendant longtemps Stefan et même Adam firent tout ce qu'ils purent pour me décourager avec des images effrayantes de la vie d'acteur : le travail pénible et l'ennui, les gages médiocres, les directeurs de théâtre malhonnêtes, le public ignorant et ingrat, les critiques malveillants. Sans parler des chambres d'hôtel glaciales et crasseuses aux parquets grinçants, de la nourriture grasse et du thé refroidi, des voyages interminables sur des routes peu sûres dans des voitures aux ressorts fatigués, mais…

(elle marqua une pause, avant d'expliquer) c'était ce que j'aimais.

— Les inconvénients ?

— Oui, le voyage ! Être un vagabond. On va quelque part, on fait plaisir aux gens et on n'a jamais à les revoir.

— Mais ce doit être plus confortable maintenant, depuis que vous voyagez en train.

— Vous ne m'écoutez pas. Vous ne comprenez pas, s'écria-t-elle. Cela me convenait de ne pas avoir de chez-soi ! »

« Je vois encore cet incendie (elle disait cela à Ryszard) et je le sens. Le feu me terrifiera toujours. J'avais dix ans. De l'autre côté de la place, au début, réfugiés comme tant d'autres sous le porche de l'église des Dominicains, nous avons regardé nos fenêtres fondre, les fenêtres depuis lesquelles mes frères s'amusaient à viser les soldats autrichiens avec leurs fusils de bois – combien cela effrayait notre mère. Elle disait que nous avions de la chance de nous être échappés et d'avoir la vie sauve, et c'était tout ce que nous avions pu sauver, parce que tout a brûlé, même l'église, et l'appartement dans lequel nous avons emménagé après l'incendie était encore plus petit. Pourtant, aussi petit fût-il, ma mère prit un nouveau pensionnaire – nous avions toujours eu des pensionnaires dans l'appartement de la rue Grodzka –, il s'agissait de M. Załężowski, Heinrich Załężowski, qui était très gentil et qui me donnait des leçons d'allemand. Bien sûr, je n'avais pas eu de problèmes avec le latin ; notre père nous l'avait enseigné ; mais j'ignorais que j'avais le don des langues. M. Załężowski était étranger, de Königsberg, son vrai nom était Siebelmeyer, et pourtant il était devenu l'un des nôtres et avait pris un nom polonais. M. Załężowski était un patriote. À dix-sept ans il avait combattu lors du Soulèvement de 1830. Mes frères l'adoraient. Ma mère semblait aussi beaucoup l'aimer et, pendant quelque temps, mes frères et moi, nous avons pensé que mon tuteur allemand barbu et bourru allait bientôt devenir notre beau-père à tous. Mais il apparut qu'il s'était beaucoup attaché à moi, malgré mon jeune âge, et en dépit de l'écart de vingt-sept ans qui nous séparait, je n'eus pas le courage de repousser l'affection d'un homme si délicat et qui pouvait m'apprendre tant de choses. Lui croyait en mon avenir au théâtre, alors que Stefan essayait toujours de me décourager, même après que j'eus passé une audition catastrophique devant une célèbre actrice de Varsovie (non, je ne vous dirai pas son nom) qui me dit que je n'avais absolument aucun talent. Aucun ! Et il proposa de me lancer sur scène. Car quelques années auparavant, tout en se cachant de la police, M. Załężowski avait dirigé une compagnie de théâtre ambulant, et il suggéra que nous pourrions nous rendre pour quelque temps à Bochnia afin de reformer cette troupe avec quelques acteurs dont il savait qu'ils cherchaient du travail. De cette façon il aurait les moyens d'assurer la direction de ma carrière.

« Ainsi, quand j'eus seize ans, avec la bénédiction mouillée de larmes de ma mère, car je ne l'aurais pas fait sans cela, M. Załężowski et moi, nous nous mariâmes et nous quittâmes Cracovie pour cette ville dans laquelle il avait encore des relations. C'est là que je fis mes débuts à dix-sept ans, dans *Une fenêtre au premier étage* de Korzeniowski, dans le rôle de l'épouse qui, comme vous vous en souvenez, sur le point d'être infidèle, est sauvée par le cri de son bébé malade. À l'époque, le public n'était pas très raffiné. Les gens aimaient les sentiments simples et la morale. Mais M. Załężowski voulait me faire interpréter de grandes pièces, des auteurs allemands et Shakespeare, et en quelques mois j'avais appris les rôles de Gretchen, de Juliette, de Desdémone et…

« Pourquoi est-ce que je vous raconte tout cela ? dit-elle, agacée. On croirait que ce fut facile ! »

« Bien sûr, ce ne fut pas facile, dit l'ami d'un ton apaisant.

— Mais si ! s'écria-t-elle. Parce qu'à l'époque, moi qui n'étais qu'ambition, j'étais aussi peu raffinée que le public. Je me souviens de l'effet que produisit sur moi un petit livre intitulé *L'Hygiène de l'âme*, dans lequel l'auteur, un certain Feuchtersleben, essaie de démontrer que nous pouvons obtenir tout ce que nous désirons si nous le désirons avec assez de force. Obéissant à l'esprit de cette utopie, je quittai mon lit – c'était en pleine nuit – et, tapant du pied sur le plancher, je m'écriai : "Eh bien, je le dois et je le peux !" Cela réveilla la nourrice, mon bébé se mit à pleurer et je me glissai dans mon lit en rêvant à de futurs lauriers.

— Vous étiez très jeune alors.

— J'avais déjà vingt ans. Non, pas si jeune. Et ma fille, mon bébé… vous savez ce qui est arrivé. La diphtérie. Pendant que j'étais en tournée.

— Oui.

— Je ne pus me rendre auprès d'elle. M. Załężowski, mon mari, me fit remarquer qu'on ne pouvait jouer les pièces sans moi et qu'on ne nous engagerait plus jamais dans un théâtre si nous ne respections pas notre contrat.

— Cela dut être atroce pour vous.

— Cela l'est toujours. Je la pleure chaque jour de ma vie. J'aime Piotr, mais je ne m'étais jamais imaginée avec un fils. J'avais toujours pensé à une fille.

— Mais les lauriers… vous ne vous trompiez pas au sujet des lauriers.

— Oui, je reconnais que depuis le début je n'ai joué que des rôles principaux. Mais cela ne change rien. Il est étonnant de voir comme on s'habitue aux applaudissements. »

Tout comme Stefan et d'autres l'avaient découragée, Maryna considérait qu'il était de son devoir de décourager les jeunes qui rêvaient de monter sur scène et qui recherchaient son appui. Elle avait mis Krystyna en garde : « Vous n'imaginez pas les humiliations que vous aurez à subir. Même si vous réussissez (elle secoua la tête), et, un jour, *parce que* vous aurez réussi. »

Mais même si Maryna n'avait pas l'intention d'encourager les jeunes, elle le faisait néanmoins, parce qu'elle aimait enseigner, et raconter les anecdotes de sa vie.

« M. Załężowski, Heinrich Załężowski, avait l'habitude de dire : "Cela ne sert à rien de potasser tes rôles jour et nuit. Tu vas te ruiner la santé et te donner trop d'idées. Crois-moi, les acteurs n'ont pas besoin de penser !" » Elle rit. « Bien sûr, je trouvais cela grotesque. J'*aime* beaucoup les idées.

— Oui, réussit à placer un de ses protégés, les idées sont…

— Mais je savais qu'il était inutile de discuter avec lui. Aussi répondis-je humblement, j'étais encore très jeune et lui beaucoup plus âgé, et c'était mon mari : "Alors que dois-je faire ?" "L'assiduité, l'assiduité quotidienne !" hurla-t-il. (Pourquoi les gens de théâtre crient-ils autant ?) Comme si je ne faisais pas preuve d'assiduité ! »

Elle pressa les doigts contre ses tempes. Une nouvelle migraine en coulisse.

« Et l'assiduité ne suffit pas. Je peux étudier un rôle pendant très longtemps et n'être pas pour autant prête à le jouer. J'apprends le texte, je le déclame en marchant de long en large, imaginant comment je tournerai la tête et bougerai les mains, ressentant *tout* ce que ressent mon personnage. Mais cela ne suffit pas. Je dois le *voir*. Et me *voir* comme elle. Et parfois, qui sait pourquoi, je ne peux pas. L'image n'est pas nette ou elle ne veut pas rester dans mon esprit. Parce que c'est l'avenir – que personne ne peut connaître. »

Ce fut à ce moment que le jeune acteur qui écoutait Maryna commença à avoir des craintes.

« Oui, voilà ce que signifie préparer un rôle, c'est comme regarder dans l'avenir. Ou espérer savoir comment se déroulera un voyage. »

D'un air songeur, elle dit : « Je ne suis pas courageuse, vous savez. Je me connais très bien. Et je n'ai pas non plus l'esprit très rapide. Je me décrirais comme ayant… l'esprit lent.

— Mais…

— Pas rapide. Pas intelligente. Juste un peu au-dessus du médiocre. Vraiment. Mais j'ai toujours compris (elle eut un sourire implacable) que je pouvais triompher par pur entêtement, en m'appliquant plus que n'importe qui. »

« Vous devriez peut-être vous reposer.
— Non, répondit-elle. Je ne veux pas me reposer. Je veux travailler.
— Qui travaille plus que vous ?
— Je veux la paix.
— La paix ?
— Je veux respirer de l'air pur. Je veux laver mes vêtements dans un ruisseau étincelant.
— Vous ? Vous lavez vos vêtements ? Quand ? Quand en auriez-vous le temps ? Et où ?
— Oh, il ne s'agit pas de vêtements ! s'écria-t-elle. N'y a-t-il personne pour me comprendre ? »

« Paris, suggéra quelqu'un. Malgré la présence là-bas de tant de nos compatriotes mélancoliques et magnanimes, Paris est une ville gaie et pleine de possibilités. Et vous ne seriez jamais une exilée *comme les autres**. Vous aimeriez…
— Non, pas Paris. »

« C'est vrai, je ne suis pas satisfaite. Avant tout, ajouta-t-elle, de moi.
— Vous ne devriez pas…
— Il est bon d'être heureux, mais il est vulgaire de *vouloir* l'être. Et si l'on *est* heureux, il est vulgaire de le savoir. Cela rend suffisant. Ce qui compte c'est

le respect de soi, et on ne le gardera que tant qu'on restera fidèle à ses idéaux. Il est si facile d'accepter des compromis, quand on a connu un minimum de succès. »

« Évidemment, je ne suis pas fanatique, dit-elle, mais peut-être trop pointilleuse. Par exemple, je ne peux m'empêcher de penser qu'une personne qui éternue de façon absurde manque aussi de respect de soi. Sinon, pourquoi accepter quelque chose d'aussi déplaisant ? Ce devrait être une question de concentration et de décision d'éternuer avec grâce et franchise. Comme pour une poignée de main. Je me souviens d'une conversation avec quelqu'un que je connais depuis des années, un homme subtil, un médecin, dont l'amitié m'est chère, quand, au beau milieu d'une phrase, nous parlions de la théorie de Fourier sur les douze passions radicales, il sembla brusquement envahi par l'émotion. Il émit un son perçant puis il dit “kichh” – il le dit deux fois et ferma les yeux. Qu'a-t-il dit ? me demandai-je, en regardant fixement son visage tacheté. Je compris quand je le vis tâtonner pour trouver son mouchoir. Mais après cela, il fut difficile de continuer à parler d'Harmonie idéale et de Calcul de l'attraction ! »

« Je pense… » commença-t-elle d'une voix solennelle.

Puis elle s'arrêta.

Quelles sottises tout cela !

« Continuez », dit Bogdan.

Oui, quelle sottise de ressentir ce qu'elle ressentait. Ou

peut-être pas. Il était vraiment horrible d'imposer cette insatisfaction, si c'était de cela qu'il s'agissait, à Bogdan, qui prenait tout ce qu'elle disait au pied de la lettre. Pourquoi avait-elle toujours envie de dire quelque chose qui lui ferait froncer les sourcils et serrer les mâchoires ? « Je pense à quel point vous êtes bon avec moi », dit-elle, en blottissant son visage dans le cou de Bogdan, recherchant le réconfort et le pardon de son corps.

Elle fronça les sourcils. « Oui. Je déteste me plaindre mais…

— Mais ? » C'était Ryszard qui parlait.

« J'adore poser. » Elle se frappa le front de la main, et gémit : « Oh, oh, oh ! », puis elle eut un sourire timide.

Le jeune homme semblait affligé. (Oui, elle avait été malade. Tous ses amis le disaient.)

« Est-ce que je pose ? demanda-t-elle, les yeux brillants. Dites-le-moi, fidèle cavalier. »

Ryszard ne répondit pas.

« Et si je pose, continua-t-elle d'une voix implacable, pourquoi ? »

Il secoua la tête.

« Ne soyez pas inquiet. N'alliez-vous pas dire : Parce que vous êtes actrice ?

— Oui, une grande actrice, répondit-il.

— Merci.

— J'ai dit quelque chose de stupide. Pardonnez-moi.

— Non, dit-elle. Ce n'est peut-être pas de la pose. Même si je ne peux le contrôler. »

« J'essaie vraiment de maîtriser mes sentiments, croyez-moi !

— Maîtriser vos sentiments ? s'écria le critique, un critique très amical. Pour quelle raison, chère madame ? C'est la profusion de vos sentiments qui ravit le public.

— J'ai toujours eu besoin de m'identifier avec chacune des héroïnes tragiques que je joue. Je souffre avec elles, je verse de vraies larmes et souvent je ne peux les arrêter quand le rideau est tombé, je dois rester allongée et immobile dans ma loge en attendant que mes forces reviennent. Tout au long de ma carrière, je n'ai jamais réussi à donner une représentation sans éprouver les souffrances de mon personnage. » Elle fit une grimace. « Je considère cela comme une faiblesse.

— Non !

— Que dirait mon public si je décidais d'interpréter des rôles comiques ? On ne considère pas la comédie (elle rit) comme mon point fort.

— Quels rôles comiques ? » demanda prudemment le critique.

Si l'on commence trop haut, on n'a nulle part où aller.

« Je me souviens (elle se confiait à Ryszard), je me souviens d'une fois où j'ai perdu tout contrôle ; le résultat fut un désastre et pourtant je n'étais pas prête à en payer le prix. Je jouais *Adrienne Lecouvreur*, une de mes pièces préférées. Jouer une actrice est un rôle de choix, et Lecouvreur était la plus grande de son temps. Le régisseur de scène était passé, j'avais quitté ma loge, je me tenais en coulisse, le moment de mon entrée était venu et, bien que ce ne fût pas la première fois que j'interprétais ce rôle, je me rendis compte que j'avais le trac. Cela m'arrivait souvent. Si j'avais seulement le cœur qui battait et les mains moites, cela ne me dérangeait pas. Au contraire, je considérais cela comme un signe de professionnalisme. Si je n'avais pas quelque émoi et de la fièvre avant d'entrer en scène, je donnerais sans aucun doute une mauvaise représentation. Cependant, ce soir-là, c'était pire que d'habitude – pas la peur qui paralyse (j'avais connu cela aussi !) mais celle qui vous fait perdre la tête. J'entrai en scène, toute la salle applaudit, et cela continua pendant plusieurs minutes. En signe de reconnaissance, je fis une profonde révérence, les mains croisées, posées sur mon genou droit, et la tête baissée, et alors que l'hommage s'achevait et que je relevais la tête, je me dis : Vous allez voir, vous allez voir de quoi je suis capable. Rachel avait créé le rôle, elle avait une voix plus forte, plus grave que la mienne, et les gens se souviennent encore du temps où elle vint jouer la pièce à Varsovie, bien des années plus tôt, mais tout le monde pense que mon Adrienne est superbe, et ce soir-là je me dis que j'allais donner la meilleure interprétation de ma vie. Et dans cet état d'esprit totalement bloqué, j'entamai ma scène – et j'attaquai les premières phrases trop haut. J'étais perdue. Une fois lancée, il m'était impossible de baisser le ton. Adrienne est en coulisse à la Comédie-Française, elle étudie un nouveau rôle mais n'arrive pas à se concentrer, son sang bat dans ses veines, car elle s'attend à retrouver l'homme dont elle vient de tomber amoureuse. Et au moment où elle parle de sa nouvelle passion secrète à son confident, le souffleur, qui est amoureux d'elle sans oser le lui avouer, j'ai hurlé, hurlé comme l'actrice la plus dépourvue de talent. Ayant commencé ainsi, imaginez ce que je suis devenue quand le prince, l'homme en question, dont Adrienne ignore la véritable identité, entre dans le foyer. Comme tout acteur un peu expérimenté vous le dira, je n'avais pas le choix, je devais continuer. Je ne pouvais que monter plus haut au fur et à mesure que le sentiment à exprimer devenait plus fort et plus pathétique. J'ai soupiré, je me suis tortillée, et tout était sincère. Au cinquième acte, quand Adrienne embrasse un bouquet de fleurs empoisonnées envoyé par sa rivale dans l'affection du prince, ma souffrance physique est devenue atroce, et les bras que j'ai tendus vers l'acteur principal tandis que j'agonisais étaient tordus par un désir véritable. Quand le rideau est tombé, il m'a transportée inconsciente dans ma loge. »

« J'aime vos histoires », dit Ryszard. Ce qui signifiait, bien sûr : Je vous aime. « Et parce que j'aime vos histoires, poursuivit-il (mais ceci n'avait absolument aucun sens), je vais faire le plus grand sacrifice que puisse faire un écrivain.

— Et de quoi peut-il bien s'agir ?

— Même si j'écris une centaine de romans…

— Une centaine de romans ! s'écria-t-elle. Vaste programme. Quand on pense (elle sourit) que vous n'en avez écrit que deux.

— Attendez, dit-il, c'est un instant solennel. Je fais un serment.

— Quel acteur !

— Voici mon serment, Maryna. » Il leva la main. « Même si j'écris une centaine de romans, il n'y en aura jamais un dont le personnage principal sera une grande actrice. »

Ils se trouvaient dans sa loge. Ryszard, assis sur un tabouret bas, faisait un croquis d'elle. Elle marchait de long en large, lui offrant son étonnante silhouette.

« Un mot à propos du maquillage, dit-elle d'une voix songeuse. J'ai une image idiote dans la tête, je ne mets pas tout cela (elle montra du doigt le plateau de flacons et de fioles) sur mon visage, ce vieux visage (elle rit), je ne me transforme pas pour paraître différente de ce que je suis vraiment (elle soupira), je peux rester moi-même et tenir tous les rôles que j'aime (elle secoua la tête), ce qui est impossible.

— Pourquoi impossible ? demanda Ryszard. Pourquoi ne pouvez-vous pas ?

— Vous parlez comme l'écrivain que vous êtes. » Elle sourit. Il brûlait d'envie de lui prendre la main. « Aucun écrivain ne peut comprendre que jouer n'est pas une question de sincérité. Ce n'est même pas une question de sentiment, c'est une illusion. C'est une question d'apparence. De décision. Ce devrait être à propos de l'*absence* de sentiment.

— Ce ne peut être vrai. Vous m'avez dit que vous ressentiez, jusqu'au malaise physique, toutes les émotions des personnages que vous interprétez.

— Oh, quelle importance ce que je dis de moi-même !

— Mais vous…

— Ryszard, je parle de la façon de devenir meilleure actrice. Je ne sais pas si je suis si bonne que cela, je suis seulement meilleure que les autres. Et pourquoi la plupart des acteurs sont-ils si mauvais ? Ils pensent qu'être excessif est la meilleure façon de montrer un sentiment fort. Ils ne savent pas comment jouer. Ils ne savent pas comment dissimuler. J'essaie d'apprendre cela à nos jeunes acteurs. Je me souviens de ce que m'a dit plus d'une fois M. Załężowski quand il me réprimandait. "Ne prends pas ton impétuosité pour du génie", disait-il. "Il y a beaucoup à élaguer avant que tu puisses devenir… quelqu'un." Il avait raison. Plus qu'il ne le sut jamais, car M. Załężowski était vraiment un homme (elle choisissait les mots avec beaucoup de soin) de la vieille école. »

« Imaginez, dit-elle à Krystyna, que vous êtes une jeune fille et que vous vivez avec un homme beaucoup plus âgé que vous, un étranger. Il vous a promis le mariage mais il y a un empêchement légal, une épouse quelque part, et pourtant bien sûr vous dites que c'est votre mari. Et un bébé arrive. Parfois, cet homme est sévère, mais vous l'aimez et vous trouvez des excuses à tout ce qu'il fait et dont vous souffrez. Pour le moment, votre maison n'est qu'une chambre mal meublée dans une ville minière triste, loin de la jolie ville dans laquelle vous êtes née et de la maison pleine d'amour de votre enfance. Imaginez la chambre. Une fenêtre sale. Un poêle. Une armoire. Un grand lit. Un berceau dans un coin avec votre petite fille, qui dort comme une bienheureuse. La table de bois très simple et deux chaises. Vous dînez. Et lui, après avoir englouti le repas frugal que vous lui avez préparé et s'être essuyé la bouche sur sa manche, déclare qu'il vous quitte. Il se lève de table. Vous le suivez jusqu'à la porte, en le suppliant. Il claque la porte. En fait, il va revenir. Oh oui, vous ne vous débarrasserez pas aussi facilement de cette brute, mais vous ne pouvez le savoir. Pour vous, il est définitivement parti. Maintenant, que faites-vous ? Montrez-moi. Vous êtes dans les affres du désespoir. Montrez-moi. Non. Allez là-bas, près de la porte. »

Debout près de la porte, Krystyna hésita un moment, puis éclata en sanglots. Elle s'avança en titubant jusqu'au centre de la pièce, ses épaules se soulevaient ; ensuite elle s'effondra sur une chaise et se laissa tomber sur la table, les bras tendus devant elle, et posa le côté droit de sa tête sur ses bras ; puis elle tomba à genoux, leva les bras selon un angle de quarante-cinq degrés, et joignit les mains ; puis…

« Non ! Non ! Non ! »

Krystyna rougit et se remit sur ses pieds.

« Mais *Madame**, je vous ai vue faire cela. Rappelez-vous, quand vous jouiez…

— Non !

— Dites-moi ce que je dois faire.

— Vous revenez lentement dans la pièce… mais pas trop lentement… vous ramassez les assiettes… vous vous asseyez sur la chaise, en vous affaissant un peu. Vous regardez fixement la table.

— C'est tout ?

— Oui.

— Je ne fais pas de prière ?

— J'ai dit : c'est tout. »

Mon Dieu, oh mon Dieu, se dit-elle, ce n'est pas que Maryna fût vraiment croyante sauf quand elle était angoissée (mais quand n'était-elle pas angoissée désormais ?), oh Dieu tout-puissant sois miséricordieux ! Délivre-moi de cette insatisfaction, ou donne-moi les moyens de réaliser mon désir. Pendant quelque temps l'angoisse s'est apaisée, mais maintenant tout ce que voit Bogdan ce sont les obstacles, il a décidé que c'était de la folie, et il se demande pourquoi il devrait tout abandonner, il veut que je lui promette que nous reviendrons. Je dois parler à Bogdan ce soir. Je le ferai asseoir sur son lit, je prendrai ses chères mains dans les miennes et je le regarderai dans les yeux, non, je ne veux pas le soudoyer par une démonstration d'émotion, quand je l'ai convaincu ce ne fut pas avec des artifices de théâtreuse – oh, mon Dieu, comme je suis découragée. Et cependant, Bogdan doit admettre ceci : j'ai fait tout ce que je pouvais faire, compte tenu de mes capacités. J'ai donné à notre pays ce que j'avais à lui donner, soucieuse de son importance patriotique. Penser qu'à Varsovie la seule tribune officielle sur laquelle les Polonais ont le droit de parler en langue polonaise est une scène ! J'ai été humble, j'ai été prudente. Et j'ai été reconnaissante, quand je devais l'être. Envers Heinrich aussi, malgré toutes ses trahisons, malgré ses retours brutaux dans ma vie et dans mon lit à chaque fois que cela lui chantait – envers Heinrich surtout. Il ne pourrait me reprocher mon ingratitude. Et ma chère amie, l'épouse de l'administrateur russe des théâtres, savait à quel point je lui étais reconnaissante de sa protection. Tout ce qui devint possible ici à Varsovie on le dut à son intervention. Quand je décidai que le moment était venu de proposer mon Ophélie au public de Varsovie, et que le responsable de la censure refusa au théâtre l'autorisation de monter *Hamlet* – parce qu'on y montrait le meurtre d'un roi ! –, elle l'invita chez elle et le persuada que ce meurtre n'était qu'une affaire de famille, que par conséquent il était parfaitement inoffensif, et on nous donna l'autorisation. Ce ne fut qu'un exemple de sa bonté envers moi. Mais depuis que Mme Demichova est morte, il n'y a plus personne pour me protéger. Si elle vivait toujours, ils n'auraient jamais osé monter cette pièce, cette… comédie, sur une actrice vieillissante dont le mari est issu d'une famille de riches propriétaires terriens et dont les réceptions du mardi sont présentées de façon si inamicales. Bien sûr, je m'en rends compte à présent, qu'une actrice populaire soit arrivée aux premiers rangs de la société grâce à son mariage, cela devait susciter la moquerie. Quelle impudence ! Des commérages frivoles de salon, nos conversations patriotiques élevées ? Cela ne compte-t-il pas qu'elles soient suffisamment patriotiques et élevées pour avoir éveillé la vigilance des autorités russes, qui postent deux policiers à notre porte chaque mardi, afin d'observer et de noter les noms de chacun de nos invités et de demander à ceux venus de l'étranger leur adresse et la nature de leurs relations avec nous ? Mais ce que font nos oppresseurs ne m'étonne jamais. Ce sont les critiques ! Ce sont les acteurs jaloux et les auteurs dramatiques médiocres ! Si je savais haïr, peut-être la haine me soulagerait-elle. Il faudrait que j'aie un front d'acier et un cœur de pierre – mais quel véritable artiste possède une telle armure ? Seul celui qui ressent peut produire des sentiments, seul celui qui aime peut inspirer l'amour. Et souffrirais-je moins si j'apparaissais froide et hautaine ? Non, non, ce ne serait que du théâtre ! Oui, une vie publique ne convient pas à une femme. Sa maison est l'endroit qu'il lui faut. Elle y règne – inaccessible, inviolable ! Mais une femme qui a osé redresser la tête au-dessus des autres, qui a tendu une main impatiente vers les lauriers, qui n'a pas hésité à exposer devant les foules tout ce que son âme contenait d'enthousiasme et de désespoir – cette femme a donné à tous le droit de fouiller dans les recoins les plus secrets de sa vie. Pour les curieux rien n'est plus amusant que quelques propos d'actrice surpris au cours d'une conversation innocente, ou la rumeur d'une liaison irrégulière, ou un malentendu dans son couple. Oh mon Dieu, mon Dieu, ma vie doit-elle être l'expiation éternelle des péchés, les miens et ceux des autres ? Cependant rien de tout cela n'aurait d'importance si j'étais la seule touchée. Mais quand la cruauté et la méchanceté essaient de griffer ceux qui me sont chers, alors je commence à haïr ce pilori qu'on appelle la scène. Bogdan, le généreux et l'altruiste Bogdan, ne peut me protéger. Il se contente de faire remarquer comme une évidence que l'actrice de cette comédie, c'est moi, dans la mesure où elle a un époux totalement soumis, né et élevé à Poznań, comme s'il était indifférent à la façon dont lui-même est insulté. Mais pour un homme comme Bogdan c'est soit le silence, soit ce qui s'est passé il y a deux ans, quand derrière mon dos il a provoqué un critique en duel, ici, à Varsovie ; heureusement pour Bogdan, les critiques sont des lâches. J'en ai le cœur brisé. Maintenant le frère de Bogdan va vraiment me haïr. J'entends tout le monde parler de cette comédie depuis que les représentations ont commencé la semaine dernière, mais bien sûr personne n'en souffle mot devant nous. Samedi nous avons dîné avec le critique de la *Gazeta Polska*, mais Bogdan n'a rien dit, l'autre non plus. Quand je l'ai revu, il vient toujours à nos mardis, j'ai eu envie de l'entraîner dans un coin pour lui demander s'il était fâché contre moi – je pense que beaucoup de gens sont fâchés contre moi parce que je joue beaucoup de pièces étrangères –, mais la conversation, qui tournait autour de la véritable liberté et des souffrances de notre nation, était tellement captivante que j'ai eu honte de me préoccuper de mes propres angoisses. À la place, j'ai écrit deux lettres, calmes, indignées, graves, une à son journal, l'autre au directeur du théâtre, un de mes admirateurs, à ce qu'il prétend, mais je ne les ai pas postées. J'aurais dû savoir que si l'on a du succès, un jour, bien avant qu'on soit lassé, le public se retourne contre vous – je ne pense pas seulement à cette pièce. Le public est inconstant. Mon public veut aimer un visage nouveau, plus jeune. Oui, le public doit être mécontent de moi, et je ne peux mieux jouer, pas à Varsovie. Nous devons nous enfuir d'ici. Bogdan ne doit pas payer pour l'hostilité qui m'entoure, bien qu'assurément beaucoup de gens me défendent. Des amis accuseront la pièce de m'avoir chassée, même ceux qui savent que je songe depuis quelque temps à partir à l'étranger. Mais ils m'accuseront aussi de m'être sentie offensée, offensée au point de finalement m'en aller. Bogdan, qui regrette d'avoir accepté que nous partions, ne me perd jamais de vue, et je me rends bien compte qu'il espère guider mon esprit confus – en tant qu'époux, il considère sans aucun doute que c'est son devoir. Je devrais lui en être reconnaissante. Je lui en suis reconnaissante. Oh mon Dieu, mon Dieu, j'ai attendu avec tant de ferveur ce changement – qui a été si difficile à organiser – et maintenant tout est fichu ! Je n'attends plus ce départ avec impatience, les gens penseront que je m'enfuis, moi qui ai toujours attendu quelque chose. Dans mon enfance, j'attendais Noël, et pourtant nous étions si pauvres, nous n'avions jamais de cadeaux ; puis j'ai attendu de grandir, oh comme j'ai attendu cela, je ne prétendrai pas avoir été heureuse dans cette chambre minuscule et sombre avec mes petits frères et sœurs, mais je ne me sentais pas petite, je rêvais du moment où je serais libre, et forte, et loin, et les gens… Non, je ne dirai pas de mal de mon enfance. J'*étais* heureuse, je savais que j'avais une lumière en moi, je pensais à l'avenir avec une telle confiance. Oh mon Dieu, n'abandonnez pas votre faible enfant. Je suis déboussolée et lassée du théâtre !

Deux

Dieu est un acteur, lui aussi.

Il apparaît depuis d'innombrables saisons dans une grande variété de costumes anciens. Il anime beaucoup de tragédies et quelques comédies ; multiforme – bien qu'Il interprète en général des rôles masculins – et toujours sculptural, impérieux, dernièrement (nous sommes dans la seconde moitié du dix-neuvième siècle) Il a eu de mauvaises critiques, mais pas suffisamment pour arrêter le spectacle. Son nom familier et si cher continue à mousser sur les lèvres de chacun. Sa participation confère toujours une importance incontestée à toute œuvre dramatique.

Le vent se lève. Les constellations palpitent. La terre tourne. Les gens se reproduisent. (Bientôt ils seront plus nombreux à marcher sur le sol qu'à reposer dessous !) L'histoire s'épaissit. Les peuples de couleur gémissent. Les peuples pâles (les préférés de Dieu) rêvent de conquête et d'évasion. Des deltas et des estuaires d'hommes. Il les pousse vers l'ouest, là où un espace plus vaste attend d'être rempli. Il est onze heures du matin, heure d'Europe. Il ne porte ni les toges royales ni le costume paysan pour lesquels Il a souvent une prédilection, aujourd'hui Il est Dieu le Chef de Bureau,

Sa tenue est un costume trois-pièces en worsted, chemise blanche amidonnée, manchettes, nœud papillon, et – Dieu, Lui aussi, veut être moderne – Il mâche une chique. Les couleurs dominantes du décor sont le jaune et le brun : le bois blond de Son fauteuil pivotant et de Son immense bureau ; les fixations lisses en cuivre du bureau, aux tiroirs bourrés de papiers ; le cuivre usé, légèrement cabossé, de la lampe à col de cygne, du crachoir tout proche. Les coudes posés sur le bureau surchargé de livres comptables, Il a consulté des rapports sur l'état de la population, des bulletins économiques, des vues d'ensemble de la terre. Maintenant, Il vient de noter quelque chose dans un des registres.

Les histoires se mêlent. Les obstacles chancellent. Les familles se séparent. Des nouvelles arrivent. Dieu l'Agent de Voyage a expédié des messagers partout pour annoncer qu'un Nouveau Monde nous fait signe, où les pauvres peuvent devenir riches, où tous sont égaux devant la loi, où les rues sont pavées d'or (ceci pour les paysans illettrés) et la terre est donnée (idem) ou vendue à des prix très bas (ceci pour ceux qui savent lire). Des villages commencent à se vider, les plus courageux ou les plus désespérés sont les premiers à partir. Des hordes de paysans sans terre déferlent vers la mer (Bremerhaven, Hambourg, Anvers, Le Havre, Southampton, Liverpool) et se laissent entasser dans la cale de navires puants. Depuis les villes encroûtées, qui s'étalent sous la voûte de la nuit toutes lumières allumées, on remarque à peine le flot des départs – mais il est régulier. Dieu jette un coup d'œil aux horaires d'embarquement. Finies, les horreurs de la traite des Noirs, Il se rend grâce à Lui-même : seulement ceux qui *veulent* partir. Et aussi – Il s'en rend grâce également – les traversées de l'Atlantique deviennent plus sûres, même si cinq de Ses fidèles Franciscaines ont péri l'an dernier quand le *Deutschland* a coulé devant la côte traîtresse du Kent, peu de temps après avoir quitté le port de Bremerhaven pour l'Amérique du Nord. Et plus rapides : avec les nouveaux paquebots cela ne prend que huit jours. Bien sûr, Dieu attend avec impatience le jour où les gens pourront traverser les océans en beaucoup moins de temps. Et finalement, se déplacer encore plus rapidement, par le ciel. Dieu aime la vitesse autant que toute personne pâle. Tout s'accélère aujourd'hui, tout va plus vite. C'est peut-être une bonne chose car il y a toujours plus de gens.

Dieu professe l'impatience. Ce qui ne signifie pas qu'Il soit vraiment impatient. Il fait du… théâtre. (C'est une sorte de grand acteur, qui ne sent rien ou essaie de ne rien sentir. De rester à distance, impassible. Contrairement à Maryna qui ressent tout, et qui est si nerveuse.) Mais les gens que Dieu, le Premier Moteur, chasse vers de nouvelles destinées sont vraiment impatients, impatients de s'en aller vers des lieux considérés comme libres du poids du passé, vers des lieux qu'on n'a pas besoin de préserver mais qui, au contraire, s'offrent à l'infini pour être refaits, ils sont impatients de se débarrasser des attentes du passé, de repartir à zéro avec un fardeau plus léger. Plus ils iront vite, plus léger sera leur fardeau.

Et Dieu encourage tout cela. Ce désir de nouveau, de vide, d'absence de passé. Ce rêve de transformer la vie en un pur avenir. Peut-être n'a-t-Il pas le choix – bien que ce faisant, Dieu la Star signe Sa condamnation à mort en tant qu'acteur, en tant que star des stars. Plus jamais Il n'aura le premier rôle dans aucune pièce de quelque importance à laquelle assistera le public le plus convoité et le plus cultivé. Au mieux, à partir de maintenant, Il aura des petits rôles – sauf dans les trous perdus où les gens n'ont jamais vu de pièces sans lui. Tout ce déplacement du public équivaudra à la fin de Sa carrière.

Dieu sait-il tout cela ? Probablement. Mais cela ne l'arrêtera pas : c'est un acteur ambulant.

Dieu crache.

En mai 1876, alors qu'elle n'avait que trente-cinq ans et était au sommet de sa gloire, Maryna Załężowska annula ses derniers engagements pour la saison au Théâtre Impérial de Varsovie – ainsi que ses engagements comme actrice invitée au Théâtre Polski de Cracovie, au Théâtre Wielki de Poznań, au Théâtre du Comte Skarbek de Lvov – et s'enfuit à cent dix kilomètres au sud de Cracovie, sa ville natale, où la soirée dans la salle à manger privée de l'hôtel Saski avait eu lieu en décembre 1875, jusqu'au village de montagne de Zakopane, où elle passait en général un mois à la fin de l'été. L'accompagnaient son mari, Bogdan Dembowski, son fils de sept ans, Piotr, sa sœur veuve, Józefina, le peintre Jakub Goldberg, le *jeune premier** Tadeusz Bulanda, et le professeur Julian Solski et sa femme, Wanda. Cette nouvelle fut si désagréable à son public qu'un journal de Varsovie se vengea en annonçant qu'elle prenait une retraite prématurée, ce que le Théâtre Impérial (avec lequel elle avait un contrat à vie) démentit aussitôt. Deux critiques cruels suggérèrent que le moment était venu de reconnaître que la plus célèbre actrice de Pologne commençait à être sur le retour. Des admirateurs, en particulier ses ardents disciples parmi les étudiants, se demandèrent avec inquiétude si elle était tombée gravement malade. L'année précédente, Maryna avait eu une attaque de fièvre typhoïde et, bien qu'elle ne fût restée clouée au lit que quinze jours, elle n'était pas remontée sur scène avant plusieurs mois. Selon la rumeur, sa fièvre était si forte qu'elle avait perdu tous ses cheveux. Elle avait *effectivement* perdu tous ses cheveux. Et ils avaient tous repoussé.

De quoi s'agissait-il cette fois, se demandaient les amis qui ne partageaient pas le secret. La fragilité pulmonaire était endémique dans la grande famille de Maryna. La tuberculose avait emporté son père à l'âge de quarante ans, puis quelque temps plus tard deux de ses sœurs ; et l'an dernier son frère préféré, un acteur autrefois très connu, dont toute la célébrité reposait maintenant sur le fait qu'il était le frère de Maryna, était tombé malade. Le médecin de Stefan à Cracovie, son ami Henryk Tyszyński, avait espéré l'envoyer avec eux respirer l'air pur de la montagne, mais il était trop faible pour supporter l'épreuve du voyage, deux jours à être brinquebalé sur des routes étroites et défoncées dans un chariot de paysan. Maryna elle-même pouvait-elle être… ? Était-ce son tour de succomber à… ? « Mais non, disait-elle, en fronçant les sourcils. J'ai des poumons sains. Je suis forte comme un bœuf. »

Ce qui était vrai… et Maryna, depuis longtemps encline à transformer ses mécontentements en un idéal de santé physique, se consacrait à améliorer encore sa forme. Varsovie, comme toute ville très peuplée, était malsaine. La vie d'acteur était malsaine ; épuisante ; minée par des angoisses dégradantes. De plus en plus, au lieu de supposer que le temps qu'elle pourrait libérer pour voyager devrait être utilisé à se cultiver dans les théâtres et les musées d'une grande capitale, Vienne ou même Paris, ou à se livrer aux usages du monde dans une villégiature comme Baden-Baden ou Carlsbad, Maryna, ses proches à sa suite, choisissait la simplicité purifiante de la vie rustique ainsi que la vivaient les privilégiés. Le charme de Zakopane, parmi beaucoup d'autres villages possibles, résidait dans son paysage particulièrement enchanteur avec les pics majestueux des Tatras, les seules montagnes à la frontière sud de la Pologne, et dans les nombreuses coutumes et le dialecte savoureux des autochtones à la peau basanée, qui semblaient aussi exotiques à ces citadins que des Indiens d'Amérique. Ils avaient contemplé de grands montagnards agiles qui dansaient, au cours d'une fête du milieu de l'été, avec un ours brun apprivoisé et enchaîné. Ils s'étaient liés d'amitié avec le barde du village – oui, Zakopane avait encore un barde, porteur de faux souvenirs mélodieux sur des querelles fatales et de tristes histoires d'amour du passé. Au cours des cinq années où Maryna et Bogdan y avaient passé une partie de l'été, ils s'étaient délectés de leur attachement croissant au village et de la dignité de ses habitants assez frustes, et ils avaient évoqué l'idée de s'y retirer pour de bon, un jour, avec un groupe d'amis, pour se consacrer à l'art et à un mode de vie sain. Sur l'ardoise vierge du village isolé de Zakopane, à la sauvagerie polie, ils écriraient leur propre conception d'une communauté idéale.

Une part de son charme tenait à la difficulté d'y accéder. L'hiver rendait les routes impraticables pendant des mois, et même quand, à partir de mai, le voyage devenait possible, le seul moyen de transport était un véhicule du village. Ce n'était pas la charrette familière et ordinaire des fermiers de la proche campagne, mais une sorte de longue chose en bois, recouverte d'une toile tendue sur un cadre de noisetier, comme une roulotte de gitans – non, plutôt comme ces gravures ou ces oléographies de l'Ouest américain. Il fallait trouver quelques-uns de ces chariots à Cracovie, sur le principal marché d'alimentation, où quelques montagnards descendaient chaque semaine de Zakopane ; quand ils en avaient déchargé les carcasses de mouton, les vestes en peau de mouton et les meules de fromage fumé au lait de brebis, couvertes de dessins compliqués, ils rentraient au village à vide.

Le simple fait de se mettre en route était déjà une aventure. Ils laissaient la lumière du matin envahir l'intérieur sombre du chariot à la forte odeur où le conducteur donnait galamment sa veste en peau de mouton à Madame Maryna en guise d'oreiller, ils s'entassaient parmi leurs sacs, et tandis qu'ils bavardaient et grimaçaient de plaisir, le montagnard enfonçait son chapeau à larges bords sur sa tête, mettait ses deux percherons en route et ils sortaient de la ville pour descendre dans la plaine au sud de Cracovie. Paix à leurs os ! Une croix pittoresque à l'écart du chemin, un lieu de pèlerinage ou, mieux, une petite chapelle dédiée à Marie à un carrefour, leur fournissait une excuse pour sauter du chariot et se dégourdir les jambes pendant que le conducteur faisait des génuflexions et marmonnait quelques prières. Puis la voiture attaquait la montée des collines de Beskid, et tandis que les collines se rapprochaient les chevaux ralentissaient l'allure et se mettaient au pas. Avec le temps passé à un pique-nique rapide pour manger ce qu'ils avaient apporté de Cracovie, ils n'atteignaient le hameau du sommet qu'en fin d'après-midi et, après que le conducteur eut négocié, ils dînaient chez des paysans et s'endormaient profondément avant la nuit, les femmes dans des cabanes, les hommes dans des granges. Le jour n'était pas levé quand, à trois heures du matin, ils se hissaient dans le chariot grinçant pour la seconde partie du voyage qui – après les violents cahots de la longue descente effectuée pour l'essentiel au trot – offrait une halte très attendue un peu avant midi dans la seule ville de la route, Nowy Targ, où ils pouvaient se laver, prendre un repas copieux et boire le vin exécrable de l'aubergiste juif. Rassasiés, mais ils auraient bientôt faim à nouveau, ils regagnaient le chariot, qui reprenait sa route entre les grasses prairies, en suivant un ruisseau d'eau vive. Plus loin, là-haut, s'élevant dans un ciel de plus en plus bleu, il y avait la falaise de granit et de calcaire des monts Tatras, couronnée par le double pic du mont Giewont. Ils mâchonnaient du fromage sec et du jambon fumé acheté à Nowy Targ au moment où la vallée se rétrécissait et tandis que le chariot entamait sa dernière montée cahoteuse. Ceux qui choisissaient de suivre à pied pendant quelque temps, Maryna en était toujours, se voyaient à chaque fois récompensés par ce qu'ils apercevaient entre les bois de pins et de sapins noirs, un ours, un loup ou un cerf, ou encore par un agréable échange de salutations, en toute égalité, sur le bas-côté de la route (« Béni soit le nom de Jésus ! » « Par tous les siècles, amen ! »), avec un berger portant une longue cape blanche et le couvre-chef particulier des hommes, un chapeau de feutre noir planté d'une plume d'aigle, qu'il ôtait en voyant l'air accueillant des personnes de qualité venues de la grand-ville. Il s'en fallait encore de trois heures pour atteindre la haute vallée, à quelque neuf cents mètres d'altitude, où se nichait le village, et les chevaux fatigués, sentant l'écurie et aspirant à l'oubli, pressaient le pas. Avec un peu de chance, au coucher du soleil, leur chariot cliquetant atteindrait le village où ils retrouveraient leur vie paysanne empruntée.

Pendant quelques semaines, un mois environ, ils occupaient une cabane carrée et peu élevée, comprenant quatre pièces dont deux pouvaient être utilisées comme chambres : les femmes et Piotr dormaient dans l'une, les hommes dans l'autre. Comme chaque habitation de Zakopane, cette cabane était une sculpture ingénieuse de rondins d'épicéa (les forêts d'épicéas abondaient dans la région) avec des assemblages à queue d'aronde, alors que les quelques chaises et tables assez lourdes et les sommiers à lattes étaient fabriqués en bois de mélèze rosé, beaucoup plus coûteux. Quelques minutes après leur arrivée, ils avaient ouvert en grand les fenêtres aux vitres ternes pour chasser les relents d'ail, rangé dans les placards et sur les portemanteaux leurs quelques affaires – emporter le minimum faisait partie de l'aventure –, et ils étaient prêts à profiter de leur liberté sans obstacles. En principe, pour les citadins, la vie à la campagne est un vide délicieux, un temps débarrassé du travail, des obligations et des habitudes quotidiennes. N'étaient-ils pas en vacances ? Si, bien sûr. Cela leur donnait-il plus de temps pour eux-mêmes ? Non. Les tâches obligatoires et absorbantes des citadins à la campagne réussissaient à remplir toutes leurs journées. Manger. Faire de l'exercice. Parler. Lire. Jouer. Et, bien entendu, assurer les corvées ménagères, car se passer de domestiques faisait aussi partie de l'aventure. Les hommes balayaient, coupaient du bois, allaient chercher de l'eau pour le bain et la lessive. Laver le linge, le battre et l'étendre au-dehors pour qu'il sèche, c'était le travail des femmes. « Notre phalanstère », disait Maryna, en évoquant le nom du bâtiment principal dans une communauté idéale telle que l'avait envisagée le grand Fourier. Seule la cuisine était laissée aux soins de la propriétaire de la cabane, Mme Bachleda, une veuve âgée qui s'installait dans la famille de sa sœur pendant le séjour lucratif des citadins. La journée s'organisait autour de ses repas copieux. Pendant le petit déjeuner, lait caillé et pain noir, ils se répartissaient les tâches et organisaient les excursions. En fin de matinée, le groupe entier se mettait en route pour une promenade dans la vallée, ils emportaient un pique-nique composé de pain noir, de fromage de brebis, d'ail cru et de baies de canneberge. Les soirées, après un dîner de choucroute, de mouton et de pommes de terre bouillies, étaient consacrées à des lectures à voix haute. Shakespeare. Que pouvait-il y avoir de plus sain ?

En tant que personnes dotées de conscience morale, Maryna et Bogdan n'auraient pu accepter d'être là comme de simples vacanciers et ils avaient passé avec le village un contrat tacite de bienfaisance qui allait bien au-delà de l'apport d'argent que leur présence annuelle injectait dans l'économie locale de subsistance. Maryna et ses amis n'ignoraient pas que, si Zakopane leur était salutaire, la santé des deux mille villageois laissait beaucoup à désirer. Heureusement, un des amis qui avait suivi Maryna à Zakopane était le fidèle Henryk. Bientôt, il passa plus de temps au village qu'elle, en confiant ses patients de Cracovie à un confrère pendant trois bons mois, et il soigna gratuitement les villageois. Au début, ils se montrèrent méfiants, une bouche pleine de dents gâtées, un goitre ou du rachitisme ne leur posaient aucun problème et ils ne trouvaient rien d'anormal dans la mort des nouveau-nés ou la maladie de quelqu'un de plus de trente-cinq ans. Ses petits discours sur les principes d'hygiène sonnaient à leurs oreilles comme du charabia – jusqu'à ce qu'ils voient combien de vies ses soins (et la nourriture qu'il apportait de Cracovie) avaient sauvées, le deuxième été de sa présence, en 1873, quand le choléra frappa. Et parmi les amis de Maryna, il était le seul à comprendre l'essentiel de ce que disaient ces montagnards des Tatras, même quand ils parlaient rapidement ; leur dialecte contenait en effet des quantités de mots désignant les objets de tous les jours qui ne ressemblaient en rien à leurs équivalents en polonais officiel. Son professeur était un patient reconnaissant, le prêtre du village.

La partie du contrat qui concernait les villageois (ils n'avaient pas donné consciemment leur consentement) était : ne pas changer. Leurs visiteurs cosmopolites pensaient qu'ils y pouvaient quelque chose. Bogdan eut l'idée de mettre sur pied une société folklorique, et Ryszard d'apprendre le dialecte afin de transcrire les contes de fées et les histoires de chasse du barde du village. Henryk songeait à un musée scientifique qui montrerait aux villageois, pour leur édification, les splendeurs de la forteresse alpine qui se dressait au-dessus d'eux, telles que l'impressionnante variété de mousses qu'il avait recueillies en escaladant les rochers. Maryna était d'avis d'ouvrir une école de dentelle pour les filles du village, ce qui aiderait l'économie chancelante et permettrait de protéger un artisanat local menacé. L'été précédent, elle avait pris des cours auprès d'une vieille ratatinée et borgne qui avait la réputation d'être la meilleure dentellière de Zakopane et, sous les gloussements des femmes du village, elle s'était essayée à la sculpture sur bois.

Jusqu'ici, la difficulté d'accès avait protégé le village, ses coutumes ancestrales, l'uniformité de comportement et les riches traditions de récitation orale. Les visages étaient coulés dans quelques moules seulement et il n'y avait que quelques noms de famille. Le village possédait néanmoins une rue boueuse, une église en bois et un cimetière. Une vraie communauté ! Mais Maryna et ses amis n'étaient pas les seuls étrangers. Il n'y avait pas encore de chalets (imitant, en style fleuri, la simplicité des cabanes en bois des montagnards), de sanatoriums (il se passerait encore dix ans avant que Zakopane accède au statut officiel de station climatique), et une voie ferrée pour Cracovie (assurant toute l'année l'accès au village) ne serait construite que dans treize ans. Cependant, Zakopane était sur le point de devenir à la mode pendant les mois d'été, parce que la plus célèbre actrice de Pologne et son mari y prenaient leurs vacances. Quand ils vinrent la première fois, il n'y avait qu'une façon de séjourner à Zakopane : dormir et manger dans une cabane de montagnard. Deux étés plus tard, quand Ryszard fut invité pour la première fois à les accompagner, le village comptait une auberge assez mal tenue et à côté deux petites maisons où l'on vous servait une nourriture monotone et hors de prix, et un vin imbuvable. Et il y avait des touristes, une poignée, qui logeaient à l'hôtel et fréquentaient les restaurants.

Quelle différence entre les occupations de ces touristes et le régime sain que suivait Maryna. Chaque journée, quel que soit le temps, commençait par un bain matinal dans le ruisseau derrière la cabane, suivi d'une promenade solitaire avant le petit déjeuner. Elle parcourait les prairies détrempées, cueillait des champignons inconnus sur des troncs d'arbres pourrissants et osait les manger sur place, déclamait du Shakespeare aux chèvres. Elle épuisait un riche répertoire de manies, prises dans l'enthousiasme avant d'être abandonnées. Certaines concernaient son régime alimentaire : pendant des jours et des jours, elle ne buvait que du lait de brebis, puis rien d'autre que de la soupe de choux marinés. Il y avait aussi les exercices de respiration, tirés d'un livre du professeur Liebermeister, et des exercices mentaux : une heure par jour, elle restait allongée, immobile, dans l'herbe, et se concentrait pour retrouver un souvenir heureux. N'importe quel souvenir heureux ! Ce fut le commencement de sa période de « pensées positives », que des spécialistes d'automanipulation prêchaient aux hommes pour en faire de meilleurs vendeurs d'eux-mêmes, et que des médecins prescrivaient aux femmes, en particulier à celles qui souffraient des « nerfs » ou de « neurasthénie » – quand ils ne leur prescrivaient pas tout simplement de ne pas penser du tout. Penser (comme vivre en ville) était supposé mauvais pour la santé, en particulier la santé des femmes.

Mais Henryk n'était pas comme cela, pas comme les autres médecins. Il pouvait dire : Faites confiance au bon air de Zakopane pour qu'il exerce ses pouvoirs curatifs. Henryk était un grand adepte de l'air. Mais il ne disait pas : Reposez-vous, faites le vide dans votre esprit, limitez-vous à des activités féminines comme la dentelle. Et il n'y avait personne à qui Maryna aimait autant parler qu'à Henryk. Si seulement il n'avait pas été aussi manifestement amoureux. Cela convenait à des jeunes gens comme Ryszard et Tadeusz, de tomber amoureux d'elle ; elle connaissait le pouvoir d'une actrice en vogue pour inspirer de telles toquades téméraires, parfaitement sincères et tout à fait superficielles. Mais que cet homme plus âgé, intelligent et mélancolique, soupirât à cause d'un amour non avoué la peinait. Elle aurait souhaité le voir éternuer.

« Éternuez, Henryk !

— Excusez-moi ?

— J'aime vous entendre éternuer. Je vous trouve ridicule.

— Je *suis* ridicule. »

Maryna éternua. « Vous voyez comme je le fais avec élégance ? »

C'était en septembre de l'année précédente, et ils se trouvaient dans une pièce remplie de soleil, dans la cabane qu'Henryk avait louée pour l'été. Avec une table, deux chaises et un banc en bois de mélèze, des murs nus à l'exception d'une rangée d'images grossièrement colorées sur verre, représentant des bergers et des bandits, et peintes par des bergers et des bandits locaux, la pièce ne ressemblait pas à un salon et encore moins à une salle de consultation. Seul le buffet digne de contenir des scalpels, des forceps, des cathéters, des scies à tenon, des spéculums, un microscope, un stéthoscope, des fioles bouchées, et des livres de médecine écornés – une modeste sélection en provenance de son cabinet de Cracovie très bien équipé – confirmait sa profession.

« Êtes-vous en train de me dire que vous avez un

rhume ? Cela ne m'étonnerait guère étant donné que vous marchez pieds nus dans l'herbe et que vous vous baignez à l'aube dans un ruisseau glacé.

— Je n'ai (elle toussa) pas de rhume.

— Bien sûr que non. » Il s'approcha du banc où elle était assise et tendit sa main ouverte.

« Ah, le bon air de Zakopane », dit Maryna en lui abandonnant son poignet délicat.

Il ferma les yeux et resta debout au-dessus d'elle. Une minute passa. De sa main libre Maryna atteignit l'assiette de framboises au bout du banc et en mangea lentement trois. Une autre minute était passée.

« Henryk ! »

Il rouvrit les yeux et sourit malicieusement. « J'aime prendre votre pouls.

— Je l'ai remarqué.

— Et je peux vous rassurer (il reposa sa main sur ses genoux) vous êtes en très bonne santé.

— Arrêtez, Henryk. Prenez une framboise.

— Et vos migraines ?

— J'ai toujours mal à la tête.

— Même à Zakopane ?

— Il faut seulement que je me détende. Comme vous le savez, j'ai rarement un vrai mal de tête quand je travaille trop. »

Il était retourné près de la table. « Et cependant votre instinct ne vous trompe pas quand il vous dit de venir chercher refuge ici chaque fois que vous le pouvez en fuyant le tohu-bohu de Varsovie et les tournées.

— Quel refuge ? s'écria-t-elle. Reconnaissez-le, mon ami, ce n'est plus vraiment le village inconnu que nous avons découvert quand nous sommes arrivés ici il y a quatre ans.

— Quand *vous* êtes arrivée ici, chère Maryna. Rappelez-vous que vous avez été la première personne célèbre à venir ici chaque été. J'ai simplement suivi.

— Pas vous, dit-elle. Je parle de tous les autres. »

Henryk pencha la tête, l'index sur son menton barbu, et regarda par la fenêtre la vue sur le Giewont qu'il aimait tant et le sommet lointain du Kasprowy.

« À quoi vous attendez-vous, puisque chaque fois que Bogdan et vous venez, quelques personnes de plus découvrent les beautés de l'endroit. C'est vous qui amenez le plus de monde dans le village.

— Au moins, ce sont mes amis. Mais maintenant il y a des gens que je ne connais même pas dans ce soi-disant hôtel qu'a ouvert le vieux Czarniak. Un hôtel à Zakopane !

— Là où vous allez, tout le monde suit, dit-il en souriant.

— Et les étrangers ? Ne me dites pas qu'ils sont là à cause de moi. Des Anglais, Dieu soit loué ! » Elle marqua une pause, redevenant actrice. « Si nous devons avoir des touristes, autant que ce soit des Anglais. Au moins, nous n'avons pas d'Allemands.

— Attendez, dit-il. Ils vont venir. »

Cette année, le séjour était différent. Tout d'abord, ils arrivèrent bien plus tôt, et pas pour des vacances. Bogdan avait proposé qu'ils rassemblent tous ceux qui participaient au projet – leur projet : il n'avait pas été difficile de faire revenir Bogdan sur son idée. Maryna pensait qu'ils ne devraient inviter que quelques amis, ceux qui hésitaient. Ryszard et les autres, sur lesquels elle savait déjà pouvoir compter, n'avaient pas besoin de venir.

Après être allés chercher Piotr à Cracovie – deux ans plus tôt Maryna avait éloigné l'enfant de Varsovie où la langue de l'enseignement dans les écoles était le russe, pour qu'il aille vivre avec sa propre mère à Cracovie, où la loi autrichienne plus clémente autorisait l'enseignement en langue polonaise –, Maryna et Bogdan passèrent pendant une semaine l'après-midi dans l'appartement de Stefan, où Henryk, qui les rassurait avec circonspection, les rejoignait souvent. Stefan gardait à présent le lit la plupart du temps. Le matin qui suivit leur arrivée, Bogdan alla lui-même sur la place du marché pour mettre tout au point avec un des montagnards sûr de rester quelque temps en ville après avoir vendu son chargement de mouton et de fromage. Des visages connus se groupèrent autour de lui, pour lui offrir leurs services et leurs chariots. Bogdan choisit un très grand type aux cheveux bruns et raides qui parlait de façon un peu plus intelligible que les autres, et dans son mélange comique de polonais cultivé et de patois montagnard, il lui demanda de dire à la vieille veuve dont ils avaient loué la cabane en septembre dernier de la préparer pour l'arrivée de sa femme, de lui-même, de son beau-fils et de cinq autres personnes. L'homme, un certain Jedrek, devait se tenir prêt à les emmener au village dans une semaine. Il déclara que ce serait un honneur inoubliable de conduire le comte et la comtesse et leurs amis dans son chariot.

Ils n'avaient connu que l'été, quand les montagnes, au-dessus de la limite des arbres, n'étaient pas encore couvertes de neige et quand les prairies n'avaient plus de fleurs. Maintenant, la neige recouvrait encore les hautes montagnes – les hivers sont longs et durs dans les Tatras –, mais alors que le chariot cheminait entre les prairies vertes tapissées de crocus violets, un violet avec une pointe de bleu sombre, les passagers de Jedrek pouvaient difficilement ne pas croire que c'était le printemps. Maryna arriva au village dans un grand état d'excitation, puis elle se crispa – des sentiments qu'elle définit comme l'exaltation qui suit la prise d'une grande décision et l'énervement qui succède à l'inconfort du voyage. Ce ne pouvait être une migraine, elle en était sûre, bien que ce vertige et cette énergie sans objet ne fussent pas très différents de ce qu'elle ressentait parfois, trois ou quatre heures avant le déclenchement d'un mal de tête. Non, ce ne pouvait en être une. Mais alors qu'elle admirait le coucher du soleil avec Bogdan, elle dut reconnaître que quelque chose n'allait pas dans la façon dont elle voyait, elle avait des éblouissements, des tremblements, des zigzags et des jets de lumière dans les yeux, le soleil semblait en ébullition, elle ne pouvait plus ignorer le battement dans sa tempe droite et la pression sur sa nuque. Elle qui n'avait jamais annulé une représentation à cause d'une migraine s'effondra pendant vingt-quatre heures, couchée dans la chambre obscure, une serviette serrée autour de la tête, dans une stupeur hébétée et pesante. Piotr entrait et sortait sur la pointe des pieds, et lui demandait quand elle allait se lever ; il avait manifestement besoin d'être rassuré, et elle faisait l'effort de le garder près d'elle quelques instants. Tout allait bien si elle lui caressait les cheveux et lui embrassait la main en ayant les yeux fermés. À chaque fois qu'elle les rouvrait, Piotr lui apparaissait tout petit et très loin, comme Bogdan, accroupi près du lit, qui lui demandait une nouvelle fois ce qu'il pouvait lui apporter – ils semblaient avoir une sorte de treillis devant le visage. Il y avait suffisamment de visages qui regardaient par les nœuds obscurs des poutres du plafond, qui lui semblaient placées juste au-dessus d'elle, qui l'écrasaient, miroitaient, scintillaient. Tout ce qu'elle voulait c'était qu'on la laissât seule. Pour vomir. Pour dormir.

La migraine qu'elle eut plus tard au cours de ce séjour fut bénigne, comparée à celle-ci, une des plus douloureuses dont Maryna se souvînt. Mais quand elle fut remise, elle devint très énervée. Elle connut de longues nuits d'insomnie, pendant lesquelles elle regardait les ombres sur le mur (elle gardait une lampe à huile allumée), écoutait la respiration gênée de Piotr, les ronflements de Józefina, la toux de Wanda et l'aboiement d'un chien de berger. Chaque nuit, Piotr se glissait dans son lit pour lui dire qu'il avait besoin d'aller au petit coin, au-dehors, et qu'elle devait l'accompagner parce qu'une horrible sorcière qui ressemblait à la vieille Mme Bachleda vivait dans la cour. Et quand ils revenaient dans la chambre, il voulait se coucher à nouveau dans le lit de sa mère parce que, expliquait-il, la sorcière essaierait de le tuer dans ses rêves. Il ne servait à rien que Maryna lui dît qu'il était bien trop grand pour ces frayeurs enfantines. Mais très vite, quand elle l'entendait respirer bruyamment par la bouche, ce qui signifiait qu'il dormait, elle pouvait le porter sur son matelas et ressortir pour contempler l'obscurité éclaboussée d'étoiles. Enfin, quelques heures avant l'aube, c'était à son tour de s'endormir. Et aussi de faire d'étranges rêves : sa mère était un oiseau, Bogdan avait un couteau avec lequel il se blessait, quelque chose de terrible pendait dans un arbre.

Elle était souvent fatiguée. Et parfois, elle se sentait « dangereusement bien », comme elle le disait, car une énergie exceptionnelle ou une bonne humeur extraordinaire pouvait être le signe que le lendemain elle aurait une migraine qui la rendrait impotente. Les pensées bouffonnes, le besoin incontrôlable de rire, de chanter, de siffler, de danser – elle paierait tout cela. Convaincue que les maux de tête étaient dus à un relâchement de ses efforts, elle faisait des marches encore plus fatigantes ; on aurait dit qu'elle avait réuni ses amis autour d'elle surtout pour mieux les quitter.

Elle marchait en partie pour s'épuiser – et n'avait pas besoin de compagnie. Bogdan l'aidait à s'habiller, il lui mettait tendrement ses bottes et la regardait s'éloigner vers le sud-ouest, jusqu'à ce qu'elle eût disparu. Du village à l'herbage le plus haut qui conduisait au mont Giewont, il y avait environ sept kilomètres. De là elle coupait par la forêt et suivait un chemin qui la menait, à bout de souffle, sur un plateau encore plus élevé, couvert d'herbe, de buissons rabougris et de fleurs des montagnes ; dans un hommage vertigineux au meurtre d'Adrienne Lecouvreur à qui l'on avait offert des fleurs empoisonnées, elle cueillait un bouquet d'edelweiss, embrassait les fleurs sans parfum et levait le visage vers le soleil. Elle aurait aimé gravir le sommet du Giewont, ce qu'elle avait fait les étés précédents avec Bogdan, des amis et un guide du village. Mais, effrayée par les sombres pensées qui lui encombraient l'esprit, elle n'osait pas tenter l'escalade seule. Même pour s'aventurer dans les contreforts des montagnes entre les plaques de neige et monter un peu sur les versants, elle voulait que Bogdan, Bogdan seul, l'accompagnât.

Bogdan avait une allure plus rapide que celle de Maryna et cela ne lui faisait rien de marcher derrière lui. Ainsi, elle se sentait à la fois accompagnée et seule.

Mais elle le faisait revenir à côté d'elle, quand elle voyait quelque chose qui aurait pu lui échapper. Un corbeau sur un arbre. La silhouette d'une cabane. Une croix sur une hauteur. Un groupe de chamois ou un bouquetin sur une pente escarpée. L'aigle qui descend en piqué sur une marmotte malchanceuse.

« Attendez, criait-elle, vous avez vu ? » ou : « Je veux vous montrer quelque chose.

— Quoi ?

— Là-haut. »

Il regardait dans la direction qu'elle indiquait.

« D'ici. Revenez ici. »

Il revenait à mi-chemin et regardait à nouveau.

« Non, ici même. »

Elle lui prenait le bras et le ramenait à l'endroit où elle s'était arrêtée pour admirer, afin qu'il mette ses pieds bottés exactement… là. Puis, debout à côté de lui, elle l'observait qui voyait ce qu'elle avait vu et restait l'air pensif, immobile pendant une minute, pour montrer qu'il avait bien vu.

Quel tyran je fais, se disait parfois Maryna. Mais cela ne semble pas le déranger. Il est tellement gentil, tellement patient, tellement conjugal. C'était cela la vraie liberté, la véritable satisfaction du mariage, non ? Pouvoir demander à quelqu'un, exiger légitimement de quelqu'un, de voir ce que vous aviez vu. Exactement ce que vous aviez vu.

Extrait d'une lettre que Maryna confia à un montagnard qui s'en allait au marché de Cracovie, afin qu'il la poste dès son arrivée :

Ryszard, qu'avez-vous fait, pensé, projeté ? Étant

donné la bonne opinion que vous avez ordinairement de vous-même, je ne devrais peut-être pas vous avouer que vous avez manqué à tous, ici. N'en éprouvez cependant aucune suffisance. C'est peut-être simplement parce que nous avons perdu nos occupations habituelles. Tout d'abord, il a neigé pendant deux jours – oui, de la neige en mai ! Et nous venons d'avoir trois jours de pluie glacée, aussi Bogdan et moi et les amis n'avons eu d'autre choix que de nous décréter assignés à domicile. Et maintenant, je me souviens à quoi cela ressemblait d'être une enfant dans une famille nombreuse, à qui l'on a refusé la permission de sortir. Car, ainsi claquemurés, nous avons épuisé tous les sujets de conversation, même ceux qui nous préoccupent le plus, et malgré l'intérêt extrême de ce que Bogdan nous a raconté sur une colonie dans un des États de la Nouvelle-Angleterre qui s'appelle Brook Farm. Alors, allez-vous dire, amusez-vous bien. Mais nous nous sommes amusés ! J'ai inventé des jeux de mime pour ceux qui voulaient exercer leurs talents de comédien (il n'aurait pas été juste que j'y participe) ; Bogdan a battu Jakub et Julian aux échecs ; nous avons composé des chansons, des gaies et des tristes (Tadeusz apprend à jouer du *gęśle*, cette sorte de violon que nous avons entendu dans les campements de bergers) ; nous nous sommes récité du Mickiewicz et la totalité de *Comme il vous plaira* et de *La Nuit des rois*. Et, oui, il pleut toujours.

Devinez ce que nous avons fait aujourd'hui ? Nous avons été réduits à nous distraire en tuant des mouches. Réellement ! Ce matin, dans les jouets de Piotr, j'ai trouvé deux petits arcs, Julian a fabriqué des flèches avec des allumettes munies d'une aiguille à une extrémité et, à tour de rôle, nous avons visé les mouches endormies qui décorent les murs de bois de la pièce dans laquelle nous sommes assis, et nous applaudissions quand une par une nos victimes tombaient à nos pieds. Que dites-vous d'une telle occupation pour Juliette ou Mary Stuart ?

Quoi qu'il en soit, n'allez pas supposer que c'est parce que je m'ennuie que je vous invite à nous rejoindre. Nous sommes sûrs de rester au moins encore deux semaines, période pendant laquelle le temps devrait s'améliorer et nous devrions beaucoup discuter, et je me rends compte que, puisque Julian semble maintenant tout à fait convaincu et impatient, vous devriez être ici vous aussi, afin que nous puissions régler certains détails du nouveau projet dans lequel vous jouez un rôle de premier plan. Et vous pourrez rassurer Wanda qui est désespérée à cause de leur séparation imminente, en lui promettant que vous garderez son mari à l'œil et que vous veillerez à ce qu'il ne s'expose à aucun danger inutile, bien que, vous connaissant tous les deux, je pense que ce sera l'inverse ! Aussi, considérez-vous invité – si (oui, il y a un si) vous me donnez votre parole sur un sujet délicat. Que veut ma chère Maryna que je ne lui accorderais pas volontiers, allez-vous penser. Je connais votre cœur chaleureux. Mais je sais aussi autre chose à votre sujet. Me pardonnerez-vous ma franchise ? Vous devez me promettre de vous conduire comme un gentleman avec les jeunes filles d'ici. Oui, Ryszard, je connais vos mauvaises habitudes. Mais pas à Zakopane, je vous en supplie ! Vous êtes mon invité. Il se peut que je revienne ici, j'ai des obligations envers ces gens. Nous comprenons-nous bien, mon ami, oui ? Alors venez, cher Ryszard.

Mortifié quand il reçut la lettre de Maryna, et bien décidé à faire tout ce qu'elle lui demandait, quoi que ce fût, Ryszard quitta Varsovie le lendemain. Dès son arrivée à Cracovie, il rendit visite à Henryk afin de lui demander de l'aide pour organiser son voyage jusqu'au village. Non seulement Henryk l'accompagna au marché pour trouver un conducteur de confiance, mais il décida sur un coup de tête de partir lui aussi. L'état de Stefan n'empirerait sûrement pas de façon alarmante s'il ne s'en allait qu'une dizaine de jours. Si Ryszard était invité, et par Maryna elle-même, comment pouvait-il rester éloigné ?

Ryszard s'installa dans la cabane du barde du village, en partie pour poursuivre la tâche entreprise l'été précédent consistant à compiler les contes du vieil homme, en partie pour échapper à l'œil vigilant de Maryna si, malgré ses meilleures intentions, il succombait aux charmes crasseux d'une des filles du village.

« Ah, la vie collective, dit Henryk à Bogdan quand on lui expliqua qu'un matelas l'attendait dans le dortoir des hommes. Je vous prie de ne pas vous offenser si j'habite chez Czarniak.

— L'hôtel ? demanda Bogdan. Vous n'êtes pas sérieux. J'espère que vous transportez un désinfectant dans votre sacoche pour le matelas qu'on va vous donner là-bas. »

Quand il n'était pas appelé pour une urgence médicale (un accouchement par le siège, une jambe écrasée, un appendice rompu), Henryk se trouvait presque toujours dans la cabane, à la disposition de Maryna, où il jouait avec Piotr. L'enfant lui semblait intelligent, aussi décida-t-il de lui enseigner les nouvelles théories de l'évolution.

« À votre place, dit-il à Piotr, je réfléchirais à deux fois avant de dire aux prêtres de votre école qu'un ami de votre illustre mère a ne serait-ce que mentionné le nom de ce grand Anglais, M. Darwin.

— Mais je ne pourrai pas leur dire, répliqua l'enfant. Maman dit que je ne retournerai jamais dans cette école.

— Et savez-vous pourquoi vous n'y retournerez pas ?

— Je crois, dit Piotr.

— Pourquoi ?

— Parce que nous allons monter sur un bateau.

— Et que ferez-vous sur ce bateau ?

— Nous verrons des baleines.

— Qui sont des animaux de quelle espèce ?

— Des mammifères !

— Excellent.

— Henryk ! » C'était Ryszard qui revenait de promenade. « Ne bourrez pas la tête de ce garçon avec des choses inutiles. Racontez-lui des histoires. Stimulez son imagination. Rendez-le audacieux.

— Oh, j'aimerais une histoire, s'écria Piotr. Racontez-moi l'histoire d'une sorcière et comment elle se fait tuer. Quand on la fait griller. Dans un poêle. Et alors elle…

— Vous devriez raconter les histoires, dit Ryszard.

— Je connais des histoires, moi aussi, dit Henryk. Mais elles ne me rendent pas audacieux. »

Elle devenait silencieuse, elle qui avait toujours été si loquace. Comme ceux qui étaient réunis ici voulaient lui faire plaisir !

Maryna observait Tadeusz et Ryszard qui l'observaient les yeux remplis d'adoration. Elle aurait aimé être amoureuse, car aimer d'un amour désespéré éveille ce qu'on a de meilleur en soi. Mais quand le mariage y met fin, c'est une délivrance. L'amour rend les hommes forts, sûrs d'eux. Il rend les femmes faibles.

L'amitié cependant… c'était une autre affaire. Les amis rendent fort. Comment ferait-elle sans Henryk ? Ils étaient en forêt, assis sur la souche d'un pin, près d'un carré de baies. Piotr jouait à côté avec un grand arc et des flèches.

« Je n'avais jamais aimé les forêts, dit Henryk. Mais je commence. Tout ce que j'ai à faire c'est d'imaginer que chaque arbre est un semblable. Coincé dans cette forêt mélancolique. Enraciné ici. Qui agite ses feuilles. Au secours ! Au secours ! crie l'arbre, je suis…

— Ne soyez pas pathétique, mon cher Henryk.

— Pourquoi pas ? Je m'amuse.

— Soyez pathétique, mon cher Henryk.

— Très bien. Où en étais-je ? Oh, mes arbres. Pas de forêt de Birnam qui marche vers Dunsinane pour eux. Puis on les coupe, ce qui n'est pas le genre d'évasion qu'ils avaient en tête. Vous voulez goûter ? »

Maryna prit la flasque de vodka qu'il lui tendait.

« Imaginez, dit-elle quelques instants plus tard, ce que cela signifie de s'être mis dans la tête que votre destin a voulu quelque chose, que vous devez obéir à votre étoile. Quoi qu'en pense les autres.

— Maryna, vous parlez de vous-même comme si vous étiez complètement seule. Mais ce qui me frappe c'est que vous tenez absolument à en entraîner d'autres avec vous.

— On ne peut donner de représentation sans d'autres gens.

— À la vérité, je pensais à Zakopane. Vous êtes fâchée de ne pouvoir garder le Zakopane que vous avez découvert, mais il faut que vous sachiez qu'il ne peut rester comme il était. Je pense qu'il ne le devrait pas. La vie est dure pour les gens ici. Mais ce n'est pas une tribu d'Indiens nomades d'Amérique du Nord. C'est un village confiné de bergers en Europe dont les misérables moyens d'existence se réduisent. La terre a toujours été trop pauvre pour y faire une vraie culture, et vous le savez, n'est-ce pas, la mine de fer doit fermer dans quelques années. Comment vont-ils vivre alors, s'ils ne peuvent plus vendre leurs humbles parures, leurs petits bibelots de bois, leurs montagnes, les paysages, le bon air ?

— Imaginez-vous vraiment que je ne me préoccupe pas…

— Et, comme je l'ai souvent fait remarquer, continua-t-il en s'échauffant, vous, encouragée par ce cher et indispensable Bogdan, vous avez mis tout cela en route. Même si cela devait arriver de toute façon. Comment se pourrait-il que de plus en plus de gens n'aient pas entendu parler de Zakopane ? Vous vouliez d'autres personnes autour de vous. Votre communauté.

— Vous me trouvez naïve. »

Il secoua la tête.

« Vous trouvez que je suis prétentieuse.

— Oh (il rit) il n'y a rien de mal à être prétentieux, Maryna. Je confesse cet adorable défaut moi-même. C'est une spécialité polonaise, comme l'idéalisme. Mais je pense vraiment que vous ne devriez pas confondre une maison spartiate avec un phalanstère.

— Je sais que vous n'aimez pas Fourier.

— Pour moi, il ne s'agit pas d'aimer ou de ne pas aimer votre sage utopique. Je n'y peux rien si j'ai quelques connaissances sur la nature humaine. Pour un médecin, c'est difficile à éviter.

— Et vous pensez que je pourrais être l'actrice que je suis sans avoir quelques connaissances sur la nature humaine.

— Ne vous mettez pas en colère contre moi. » Il soupira. « Peut-être suis-je jaloux parce que… je ne peux faire partie de votre groupe. Je dois rester ici.

— Mais si vous vouliez, vous pourriez, quand nous…

— Non, je suis trop vieux.

— Quelle stupidité ! Quel âge avez-vous ? Cinquante ans ? Même pas !

— Maryna…

— Croyez-vous que je ne me sente pas vieille ? Mais cela ne m'empêche pas de…

— Je ne peux pas. » Il leva la main. « Maryna, je ne peux pas. »

Le temps se réchauffa, tout le groupe, sauf Henryk et Ryszard, avait passé l'après-midi dans la forêt, et maintenant ils étaient réunis devant la cabane dans la lumière déclinante. Agréablement fatigués, un peu las de parler, ils attendaient leur dîner composé d'une soupe et de deux espèces de champignons, les bruns délicatement fripés qu'ils avaient trouvés aujourd'hui dans un bois de sapins, et les *rydz* orange sombre, savoureux, conservés dans du vinaigre, qu'ils avaient cueillis en forêt en septembre dernier. Bogdan avait installé des rails dans l'herbe pour que Piotr joue avec son train de bois. Maryna écrivait une lettre sur une petite table près de la lampe à huile que Tadeusz avait allumée pour elle : un croissant de lune et deux planètes étaient apparus dans le ciel pâle. Wanda changeait les boutons d'une chemise de lin brodée qu'elle avait achetée pour Julian. Józefina et Julian se disputaient à voix basse au-dessus d'une partie de cartes. Jakub dessinait les joueurs de cartes. Le cri d'une chouette annonça le *bêêê* d'un mouton têtu, alors que de l'intérieur venait le bruit du beurre qui grésillait dans le poêlon rudimentaire de Mme Bachleda – bruit délicieux !

Henryk était passé en se promenant, il s'était versé un verre d'arak et, assis sur la troisième chaise devant la table des joueurs de cartes, il essayait de se concentrer sur un livre. Ryszard, qui avait choisi de passer la journée en forêt avec son propriétaire (tuer des animaux en compagnie d'un autre homme était la façon la plus agréable d'échapper aux tentations auxquelles Maryna avait fait allusion), arriva le dernier. Il avait tiré une chaise près de la table de Maryna, sorti son carnet et commencé à rédiger une histoire de chasse que le vieil homme lui avait racontée après qu'ils eurent tué leur second renard.

Bogdan faisait les cent pas. « Je n'ai rien fait d'éreintant et pourtant je suis fatigué », dit-il.

Henryk ferma son livre brusquement. « Vous n'êtes pas malade ?

— Je ne pense pas.

— Vous n'avez pas goûté de champignons inconnus aujourd'hui ?

— Moi si, répondit Tadeusz.

— Et comment vous sentez-vous, jeune homme ?

— Cela ne pourrait aller mieux !

— Parce que vous n'êtes pas censé manger tout ce qui vous semble alléchant dans la forêt.

— Tout le monde le sait, marmonna Bogdan. Mais si quelqu'un s'est montré imprudent, nous avons un médecin avec nous cette semaine.

— À votre place, dit Henryk, je ne ferais pas plus confiance aux médecins qu'aux champignons. » Il jouait avec son verre vide. « Aimeriez-vous entendre un conte édifiant sur les deux ? » Il rit. « C'est une histoire épouvantable. »

Ryszard leva les yeux de son carnet.

« Vous n'avez sans doute pas entendu parler de Schobert. Aujourd'hui, personne ne joue plus ses compositions écrites pour le clavecin. » Il fit une pause. « Il vivait à Paris. Il était célèbre dans toute l'Europe.

— Vous voulez parler de Schubert ? demanda Wanda.

— Ne lui répondez pas, dit Julian.

— J'ai bien peur qu'il s'agisse de Schobert », dit Henryk.

Il se leva, alluma lentement sa pipe, et boutonna sa veste comme s'il allait partir en promenade.

« Vous allez enfin nous raconter une histoire, dit Ryszard.

— Eh bien, c'est une histoire assez désagréable. » Henryk se rassit. « Je me demande pourquoi j'ai eu l'idée de vous la raconter.

— Henryk, vous nous mettez l'eau à la bouche », dit Maryna.

Henryk tapa sa pipe contre la semelle de sa botte. « Serait-ce parce que j'ai une petite soif ? » Józefina lui tendit la bouteille d'arak.

Il en but une lampée. « Courage », dit Maryna.

Henryk regarda ses auditeurs qui attendaient et sourit.

« Eh bien, il semble que cet homme, cet homme de valeur, cet admirable artiste, avait vraiment un faible pour les champignons et il avait organisé une partie de campagne, je pense que c'était en forêt de Saint-Germain-en-Laye, peu importe, avec sa femme, l'aîné de ses deux jeunes enfants, et quatre amis parmi lesquels se trouvait un médecin. Ils arrivèrent à l'orée de la forêt dans deux équipages, ils descendirent et commencèrent à marcher. Schobert se mit à chercher des champignons et tout au long de la journée, il cueillit ce qui, pensait-il, composait un panier de choix. En fin d'après-midi, le groupe se rendit à Marly, dans une auberge où Schobert était connu, et il demanda qu'on leur prépare un dîner auquel ils contribueraient avec leurs champignons. Le cuisinier de l'auberge jeta un coup d'œil aux champignons, assura à ses hôtes qu'ils étaient mauvais, et refusa même d'y toucher. Schobert dit au cuisinier de faire ce qu'on lui demandait. Mais un des amis lui demanda si vraiment ils pouvaient être mauvais. Absurdité, dit l'ami médecin. Agacés par l'obstination du cuisinier, même si bien sûr c'étaient eux qui se montraient obstinés, ils s'en allèrent dans une auberge du Bois de Boulogne où le maître d'hôtel refusa lui aussi de préparer les champignons. Plus obstinés que jamais, car le médecin insistait en affirmant que les champignons étaient bons, ils quittèrent aussi cette auberge.

— En route pour le désastre, murmura Ryszard.

— La nuit était tombée et, tout le monde reconnaissant avoir très faim, ils revinrent à Paris, chez Schobert. Il donna les champignons à sa domestique afin qu'elle les prépare pour le dîner…

— Oh, fit Wanda.

— … et tous les sept, y compris le médecin qui prétendait tout savoir sur les champignons, la bonne qui avait dû se laisser tenter en les préparant, et le chien qui avait dû mendier une bouchée auprès de la bonne, furent empoisonnés. Comme ils succombèrent ensemble, ils restèrent sans aucune assistance jusqu'au lendemain à midi, un mercredi, quand un élève de Schobert arriva pour sa leçon et les découvrit tous qui se tordaient de douleur sur le parquet. On ne pouvait plus rien pour eux. L'enfant de cinq ans mourut le premier. Schobert survécut jusqu'au vendredi. Sa femme ne mourut que le lundi suivant. Deux personnes vécurent dix jours de plus. De la petite famille de Schobert, seul resta l'enfant de trois ans qu'ils n'avaient pas emmené en promenade et qui dormait quand tout le monde revint. »

Piotr ricana bruyamment.

« Rentrez vous laver les mains, Piotr », dit Bogdan.

L'enfant continua à faire rouler ses trains. « Badaboum ! » dit-il. « C'est un accident de chemin de fer.

— Piotr !

— Quelle histoire sinistre, dit Jakub, qui se tenait entre les rondins à l'entrée de la cabane. Ils n'avaient qu'à écouter le cuisinier de la première auberge, ou le maître d'hôtel de la seconde.

— Des domestiques ? s'écria Ryszard. Qui à l'époque ne se considérait pas comme supérieur à des domestiques ? C'est une parfaite histoire de l'*Ancien Régime**.

— Imaginez, qu'on puisse placer une telle confiance dans un médecin, dit Henryk.

— Imaginez, qu'un médecin soit si certain d'être un expert en champignons, dit Ryszard.

— Mais c'est Schobert qui aimait tant les champignons, dit Bogdan. C'est de la faute de Schobert. C'était le chef de famille et il était responsable de la promenade.

— Mais un médecin, dit Wanda. Un homme de science.

— Je suppose que je devrais protéger les illusions de ma femme sur les hommes de science, dit Julian, mais la vérité c'est qu'ils sont coupables tous les deux.

— Non, la responsabilité est celle de Schobert, dit Józefina. Personne n'osait le contredire. Pensez à la force de sa personnalité. Un grand musicien, quelqu'un que tout le monde admirait…

— Qu'en pensez-vous ? » demanda Tadeusz, le premier à se sentir mal à l'aise parce que Maryna ne participait pas à la conversation. Elle secoua la tête. « Si quelqu'un disait que les champignons que nous avons ramassés étaient vénéneux, mais que *vous* vouliez les manger…

— Vous ne me suivriez certainement pas.

— Je vous suivrais peut-être.

— Bravo ! » dit Henryk.

Tout le monde regardait Maryna, dans l'attente.

« Mais je ne suis pas tellement entêtée, s'écria-t-elle. Je ne m'obstinerais pas à manger des champignons si quelqu'un les disait vénéneux. » Elle s'arrêta. « Pour qui me prenez-vous ? (Pour qui la prenaient-ils ? Leur reine.) Oh, mes chers amis… »

Maryna n'avait aucun désir de s'attarder après début juin, quand arriveraient les premiers estivants. Les hommes passaient leurs dernières heures au village où ils achetèrent des couvertures en peau de mouton et six hachettes solides de fabrication artisanale qui servaient aussi d'armes aux montagnards. De retour à Cracovie, elle rendit visite à Stefan, d'une pâleur et d'une maigreur alarmantes, avant de continuer son voyage jusqu'à Varsovie avec Bogdan et Piotr, en compagnie de Ryszard et de Tadeusz. Là, Tadeusz apprit qu'on lui avait enfin proposé un contrat au Théâtre Impérial que Maryna, voyant à quel point il redoutait de la décevoir, lui conseilla chaudement d'accepter, en abandonnant par conséquent toute idée de se joindre à eux. Elle fit à Tadeusz l'honneur de l'accompagner lorsqu'il signa son contrat et elle resta avec lui pour discuter tranquillement de ses propres projets avec le directeur fanfaron et bienveillant qui ne voulait pas entendre parler d'autre chose que d'une année d'absence, pas plus. Bogdan était occupé à trouver l'argent nécessaire pour leur grande aventure, et cela fournit au policier chargé de le suivre partout une nouvelle liste de noms que d'autres policiers fileraient à leur tour : ceux qui venaient voir leur appartement et leurs meubles, que Bogdan avait mis en vente.

Cependant, deux semaines plus tard, ils revenaient précipitamment à Cracovie pour Stefan qui, séparé de sa femme depuis longtemps, était maintenant tout à fait incapable de s'occuper de lui-même et s'était installé dans l'appartement de leur mère. Le soir de leur arrivée, Stefan ferma les yeux et, avec un soupir bruyant, il tomba dans le coma. Maryna s'agenouilla près du lit, elle posa ses lèvres sur son front et pleura silencieusement. Le visage moite sur l'oreiller était étrangement jeune, osseux, comme lorsqu'elle l'avait vu pour la première fois sur une scène, sans reconnaître l'ami tant aimé de Don Carlos et de son père si méchant ; le visage du jeune homme merveilleusement beau qu'elle avait adoré enfant. Inimaginable de penser que sa dernière heure était arrivée.

Mère était tout à fait écrasée par la douleur, écrivit-elle à Ryszard, mais Adam était là, ainsi que Józefina, Andrzej et le petit Jarek. Henryk, qui ne nous a jamais quittés, a fait ce qu'il a pu, mais il était impossible de retenir mon cher frère. Je l'ai serré toute la nuit dans mes bras, et son corps est devenu sec et léger comme du petit bois alors que le sang lui coulait de la bouche, et il s'est éteint.

La mort de Stefan fut aussi l'adieu de Maryna à sa famille.

Bogdan dut également faire une visite d'adieu : à sa famille, de riches propriétaires terriens qui vivaient sur de grandes fermes, à l'ouest de la Pologne sous autorité prussienne. Maryna était allée une seule fois sur le principal domaine Dembowski, en 1870, après qu'elle eut accepté la proposition de mariage de Bogdan – mais pas pour y séjourner, car Ignacy, le frère aîné de Bogdan et chef de famille, refusa même de la rencontrer, tout en disant à Bogdan que lui, bien entendu, serait toujours accueilli à bras ouverts. Ils prirent des chambres dans une auberge proche.

Deux jours avant leur départ, Bogdan emmena Maryna dans le manoir tentaculaire aux piliers blancs pour qu'elle rencontre sa grand-mère, qui lui avait fait savoir qu'elle, bien sûr, ne s'opposait pas à son mariage. Bogdan, qui serrait la main de sa femme, l'avait entraînée dans la succession des pièces sur les parquets cirés et brillants (elle se souvenait de leur éclat), comme s'ils étaient des enfants pas sages fuyant le juste courroux d'un adulte, ou des enfants en pénitence fuyant la tyrannie d'ogre d'un adulte – tant il avait peur de tomber sur son frère dans une de ces immenses pièces aux meubles clairsemés. Bogdan, pressé, haletant, semblait être retombé dans une vulnérabilité inquiétante, dans cette maison où il avait passé son enfance. Maryna ne voulait pas se sentir comme une enfant. C'était en partie pour ne plus se sentir comme une enfant qu'elle était devenue actrice.

Ils atteignirent le salon de sa grand-mère, au premier étage. Bogdan s'inclina et lui baisa la main, puis il tomba à genoux pour la laisser lui serrer la tête dans ses bras, tandis que derrière lui, Maryna faisait une révérence qui n'était absolument pas une révérence de théâtre, et à son tour elle baisa la main de la vieille femme. Puis il les laissa seules.

Maryna n'avait jamais rencontré quelqu'un comme la grand-mère de Bogdan. Née en 1791, l'année précédant le Second Partage, alors que le dernier roi de Pologne, Stanisław August Poniatowski, était toujours sur le trône, c'était une survivante d'une époque lointaine, à l'esprit plus libre. Elle considérait que ses petits-enfants, peut-être à l'exception de Bogdan, étaient des imbéciles. Surtout Ignacy, l'aîné – comme elle l'expliqua à Maryna d'une voix rapide, avec un éclair dans ses yeux chassieux.

« C'est un être imbu de lui-même, *ma chère**, voilà tout. Un poseur épouvantable. Et ne vous attendez pas à ce qu'il s'attendrisse ni qu'il change d'avis. Pour lui, le bien-être de son jeune frère ne vaut rien à côté d'une vaine idée de dignité familiale. Est-ce là qu'en est arrivée notre aristocratie polonaise audacieuse et virile ? Écœurant ! J'ai peine à croire que je suis parente de ce sot sentencieux qui adore la mère de Dieu. Mais c'est ainsi, *mon enfant**. L'époque moderne. *Que voulez-vous* ?* Et il se dit fils de l'Église. D'après ce que je comprends, Jésus considérait l'amour fraternel d'un œil favorable. Maintenant, vous voyez le vrai visage de notre religion. Un chrétien ne devrait-il pas se réjouir qu'une femme aussi charmante et aussi accomplie que vous soit arrivée pour rendre son frère heureux ? *Mais non**. Vous le rendez effectivement heureux, j'espère. Vous savez ce que j'entends par heureux ? »

Maryna était plus étonnée par le mépris de la vieille dame à l'égard de la religion – elle n'avait jamais entendu quelqu'un insulter l'Église – que par la question impertinente qu'elle avait posée à la fin de sa tirade. Bogdan lui avait signalé que sa grand-mère était réputée pour avoir eu de nombreux amants au cours de son mariage, long et agité de disputes, avec l'homme à l'épée, le général Dembowski. Considérant qu'elle n'était pas autorisée à répondre, Maryna rougit avec bienséance et modestie : elle pouvait rougir aussi facilement que pleurer, à volonté. Mais la vieille dame ne s'en laissait pas conter.

« Eh bien ? » dit-elle.

Maryna s'avoua vaincue : « Bien sûr, j'essaie.

— Ah, vous essayez. »

Cette fois, Maryna ne put ni ne voulut répondre.

« Essayer n'est qu'une toute petite partie de la chose, *ma chère**. L'attrait existe ou n'existe pas. J'aurais cru que vous, une actrice, étiez au courant de ces choses. Ne me dites pas que les actrices ne méritent absolument pas leur intéressante réputation ? Un peu seulement ?

Allez (un sourire découvrit ses gencives édentées), vous me faites perdre mes illusions.

— Je ne veux pas vous faire perdre vos illusions ! répondit Maryna avec chaleur.

— Très bien ! Parce que quelque chose me trouble à propos de Bogdan. *C'est un sérieux. Trop sérieux peut-être**. Bien sûr, il est trop intelligent pour se croire obligé de se mettre à plat ventre devant des prêtres ignorants qui marmonnent du latin barbare. Contrairement à Ignacy, Bogdan réfléchit. Il a la trempe d'un esprit libre. C'est pour cela qu'il vous a choisie. Mais pourtant, je me suis inquiétée à son sujet. Il n'a jamais eu d'aventures amoureuses comme son frère, ou comme les autres jeunes gens de son milieu. Et la chasteté, *ma fille**, est un des grands vices. Avoir vingt-huit ans et ne toujours rien connaître des femmes ! Vous avez une grande responsabilité. C'est le seul défaut que je lui reproche, mais vous êtes arrivée pour corriger tout cela, sauf bien sûr, ce qui expliquerait tout ce mystère, car il y a des hommes comme ça, ainsi que vous devez le savoir, appartenant au monde du théâtre, s'il…

— Il m'aime vraiment », l'interrompit Maryna en ressentant un pincement d'angoisse. « Et je l'aime.

— Je vois que ma franchise vous déplaît.

— Peut-être. Mais votre confiance m'honore. Vous ne me diriez sûrement pas cela si vous ne pensiez pas que j'aime Bogdan et que j'ai l'intention de faire tout ce qui est en mon pouvoir pour être une bonne épouse.

— Joliment dit, *mon enfant**. Une charmante façon de vous en tirer. Eh bien, je ne vous questionnerai plus à ce sujet. Promettez-moi seulement que vous ne le quitterez pas quand il cessera de vous rendre heureuse – car il cessera, vous avez un esprit impatient et ce n'est pas un homme qui sait posséder entièrement une femme – ou quand vous serez amoureuse de quelqu'un d'autre.

— Je vous le promets », dit Maryna avec gravité. Elle tomba à genoux et baissa la tête.

La vieille dame éclata de rire. « Debout, debout ! Vous n'êtes pas sur scène. Bien sûr, votre promesse ne vaut rien. » Une main osseuse se tendit et lui saisit le bras. « Mais cependant je vous obligerai à la tenir.

— *Grand-mère** ? » Bogdan était à la porte.

« *Oui, mon garçon, entre**. J'en ai fini avec ta fiancée et tu peux l'emmener en sachant qu'elle me plaît tout à fait. Elle est peut-être trop bonne pour toi. Venez me rendre visite tous les deux une fois par an, mais *rappelle-toi**, seulement quand ton frère est en voyage. Vous recevrez une lettre de moi quand vous pourrez venir. »

Maryna était furieuse que la famille de Bogdan ne la considère pas comme une épouse digne de lui parce que… Pour quelle raison ? Parce qu'elle était veuve ? Ils ne pouvaient savoir qu'Heinrich n'avait pas pu l'épouser ni qu'il n'était pas mort ; à cause de sa santé défaillante, il avait décidé de retourner en Prusse, et il lui avait promis, elle pensait que la promesse était sincère, de ne jamais revenir dans sa vie. Parce qu'elle avait un enfant ? Pouvaient-ils être abjects au point de soupçonner que feu M. Załężowski, son mari, n'était pas le père de Piotr ? Mais il l'était ! Non, elle était certaine que la raison était qu'Ignacy réprouvait la passion que son jeune frère avait toujours eue pour le théâtre. Même si Maryna trouvait agréable que la comtesse douairière

Dembrowska ne partageât pas le mépris de la famille pour les actrices, elle savait aussi que tant que le frère aîné ne l'aurait pas acceptée, elle ne le serait jamais par les autres. Maryna supposait que la vieille dame distinguée avait quelque influence sur Ignacy – mais soit elle n'en avait pas, soit elle dédaigna de l'utiliser, et Maryna ne l'avait jamais revue. À chaque fois que Bogdan était convoqué pour sa visite annuelle, Maryna était en pleine saison à Varsovie, ou en tournée.

Ils ne l'avaient jamais acceptée. Finalement, elle avait gagné l'amour de la sœur célibataire de Bogdan, Izabela, mais l'opposition d'Ignacy n'avait fait que se renforcer avec le temps et Bogdan cessa d'avoir toute relation avec son frère, sa fierté lui dictant même de renoncer, en dehors de son revenu tiré des différentes propriétés familiales, à la part qui lui était due sur les propriétés exploitées par Ignacy. Mais maintenant Bogdan n'avait plus d'autre choix que de demander une répartition juste de cet argent. Il écrivit à Ignacy pour lui expliquer la raison de son arrivée imminente. Un investissement, dit-il. Un excellent investissement. Il écrivit à sa grand-mère pour lui demander l'autorisation de lui rendre une visite imprévue. Maryna dit qu'elle souhaitait elle aussi aller dire au revoir à sa grand-mère.

Dès qu'ils furent arrivés et installés dans leurs chambres à l'auberge, Bogdan et Maryna louèrent une voiture et se rendirent au manoir. L'intendant dit à Bogdan que le comte le recevrait dans une heure au bureau de la propriété et que la comtesse douairière était dans la bibliothèque.

Ils la trouvèrent couverte de châles dans un fauteuil haut et profond, en train de lire. « Toi », dit-elle à Bogdan. Elle portait une coiffe de dentelle blanche et on voyait des taches de fard rouge sur son visage noueux. « Je ne sais pas si vous êtes en retard ou en avance. En retard, je suppose. »

Bogdan bégaya : « Je ne pensais pas…

— Mais pas trop en retard. »

À côté d'elle, il y avait une table basse avec un grand verre rempli d'un liquide épais et blanc que Maryna ne put identifier avant qu'on leur apporte des verres, à Bogdan et à elle : c'était de la bière chaude avec de la crème et des morceaux de fromage blanc finement coupés qui flottaient dedans. « *À votre santé, mes chers** », murmura la vieille femme, et elle porta son verre à sa bouche édentée. Puis elle regarda Maryna et fronça les sourcils.

« Vous êtes en deuil.

— Mon frère. » Et, se rappelant le genre de déclaration impertinente de la comtesse douairière, Maryna ajouta : « Mon frère préféré.

— Et quel âge avait-il ? Il devait être très jeune.

— Non, il avait quarante-huit ans.

— C'est jeune !

— Nous savions que Stefan était très malade et qu'il ne guérirait sûrement pas, mais bien sûr on n'est jamais vraiment préparé à…

— On n'est jamais préparé à rien. *Ah oui**. Mais la mort de quelqu'un est toujours une libération pour quelqu'un d'autre. Contrairement à ce qu'on dit en général, *la vie est longue. Figurez-vous**, je ne parle pas de moi-même. C'est très long même pour ceux qui ne parviennent pas à une longévité spectaculaire. *Alors, mes enfants** (elle ne regardait que Bogdan), voici ce que j'ai à vous dire : votre folie me plaît, *cela vous convient**. Mais puis-je demander pourquoi ?

— Pour de nombreuses raisons, dit Bogdan.

— Oui, nombreuses, dit Maryna.

— Trop nombreuses, j'en ai peur. Enfin, vous trouverez la vraie *sur la route**. » Brusquement, sa tête tomba sur sa poitrine, comme si elle s'était endormie ou…

« Bogdan ? murmura Maryna.

— Oui ! (elle avait rouvert les yeux) une longue vie est entièrement gâchée pour la plupart des gens, qui rapidement perdent tout leur enthousiasme ou leurs rêves et qui ont encore toutes ces années devant eux. Un nouveau départ maintenant, ce serait quelque chose. Quelque chose de rare. À moins que, comme le font généralement les gens, on réussisse à faire que sa nouvelle vie soit comme l'ancienne.

— Je pense, dit Bogdan, qu'il y a peu de chance que cela arrive.

— Tu ne deviens pas plus intelligent, dit sa grand-mère. Quel genre de livres lis-tu actuellement ?

— Des livres pratiques, répondit Bogdan. Des livres sur l'élevage, la viticulture, la menuiserie, l'exploitation de la terre, la…

— Quelle tristesse.

— Il lit de la poésie avec moi, intervint Maryna. Nous lisons Shakespeare ensemble.

— Ne le défendez pas. C'est un idiot. Vous n'êtes pas si intelligente vous-même, du moins vous ne l'étiez pas quand je vous ai rencontrée il y a six ans, et maintenant vous l'êtes plus que lui. »

Bogdan se pencha et embrassa tendrement sa grand-mère sur la joue. Une main minuscule rendue noueuse par les rhumatismes s'éleva et lui caressa le sommet de la tête.

« C'est le seul que j'aime, dit-elle à Maryna.

— Je sais. Et vous êtes la seule qu'il est désespéré de quitter.

— C'est absurde !

— *Bonne-maman** ! s'écria Bogdan.

— *Pas de sentiment, je te le défends. Alors, mes chers imbéciles**, il est temps que vous partiez. Nous ne nous reverrons plus.

— Mais je reviendrai !

— Et je ne serai plus là. » Elle ouvrit la main droite, en regarda la paume, puis elle la leva lentement. « La bénédiction d'une athée sur vous, mes enfants. » Maryna baissa la tête. « *Bis ! Bis** ! » dit joyeusement la vieille dame. « Et un conseil, oui ? Ne faites jamais rien par désespoir. Et, *écoutez-moi bien**, n'inventez pas trop de raisons pour expliquer ce que vous avez décidé de faire. »

Tout le monde se demande pourquoi nous partons, se dit Maryna. Qu'ils s'interrogent. Qu'ils inventent. Ne racontent-ils pas toujours des mensonges sur moi ? Moi aussi je peux mentir. Je ne dois aucune explication à personne.

Mais les autres ont besoin de raisons, ou c'est ce qu'ils se disent :

« Parce que c'est ma femme, et que je dois prendre soin d'elle. Parce que je peux montrer à mon frère que je suis homme pratique, un fils viril de la terre, pas seulement un amateur de théâtre, et le directeur d'un journal patriotique que les autorités ont rapidement fermé. Parce que je ne supporte plus d'être suivi en permanence par la police. »

« Parce que je suis curieux, c'est mon métier, c'est ce que devrait être un journaliste, parce que je veux voyager, parce que je l'aime, parce que je suis jeune, parce que j'aime ce pays, parce que je dois m'enfuir de ce pays, parce que j'aime chasser, parce que Nina dit qu'elle est enceinte et espère que je vais l'épouser, parce que j'ai lu tant de livres sur ce pays, Fenimore Cooper, Mayne Reid et les autres, parce que j'ai l'intention d'écrire beaucoup de livres, parce que… »

« Parce que c'est ma mère et qu'elle m'a promis de m'emmener à l'Exposition du Centenaire, quelle que soit cette exposition. »

« Parce que moi, une fille simple, je vais devenir sa domestique. Parce que, parmi toutes les autres candidates de l'orphelinat, bien plus jolies et bien meilleures cuisinières et couturières que moi, elle m'a choisie. »

« Parce que c'est là que naît l'avenir. »

« Parce que mon mari veut partir. »

« Peut-être parce que je ne peux pas être seulement polonais, même là-bas, mais je ne serai pas seulement juif. »

« Parce que je veux vivre dans un pays libre. »

« Parce que la vie là-bas sera meilleure pour les enfants. »

« Parce que c'est une aventure. »

« Parce que les gens devraient vivre en harmonie, comme le dit Fourier, bien que – ce doit être très exaltant d'après tout ce que j'ai entendu dire –, je dois l'avouer, chaque fois que j'ai essayé de lire son article sur le travail comme la clef du bonheur de l'homme, mes yeux se soient mis à…

— Alors oubliez Fourier ! Shakespeare, dit Maryna. Pensez à Shakespeare.

— Mais il y a tout dans Shakespeare.

— Exactement. Comme en Amérique. L'Amérique est censée tout signifier. »

Et, avec le ton déclamatoire d'un acteur de la vieille école, une voix qui veut se faire entendre jusqu'au dernier rang du plus haut balcon :

« Hâtez-vous, hâtez-vous. Des foules déferlent et passent devant vous. L'histoire passe en grondant, et se transforme en géographie : une terre libre aussi loin que l'esprit peut voir. Des conducteurs de chariots couverts avancent en fouettant leurs chevaux comme s'ils pouvaient rivaliser avec les trains qui relient à présent les deux côtes – il y a une tempête de crachats ! »

Et ainsi ils partirent en Amérique.

Trois

Ryszard et Julian partirent les premiers pour repérer un endroit, sur la rive ouest du continent, qui répondrait aux rêves des futurs émigrants. Fin juin, ils se rendirent à Liverpool, port d'attache des célèbres navires battant le pavillon rouge à deux pointes avec l'étoile à cinq branches, dont un levait l'ancre pour New York chaque jeudi. Les six steamers de la White Star Line qui faisaient la traversée de l'Atlantique nord étaient annoncés comme les plus luxueux, les plus rapides, les plus sûrs ; et celui sur lequel ils réservèrent un passage, le S.S. *Germanic*, était aussi le plus récent, ayant été construit pour remplacer l'*Atlantic* qui, en 1873, après avoir été pourchassé par des vents terribles sur tout l'océan, émergea dans une éclaircie et s'écrasa par l'avant sur la côte de granit de Nouvelle-Écosse, entraînant avec lui par le fond cinq cent quarante-six personnes : le plus grand désastre transatlantique du siècle, douze fois plus de victimes que lors du naufrage six mois plus tôt du *Deutschland* de la North German Lloyd, en provenance de Bremerhaven.

« Vous savez, dit Ryszard, si je devais y survivre, j'aimerais assez être pris dans un naufrage.

— Je préfère les aventures sur le plancher des vaches », répondit Julian.

Partir de Liverpool plutôt que de Bremerhaven, le port d'où les Polonais embarquaient d'habitude pour l'Amérique, avait été une idée de Julian. Autrefois, il avait passé un an en Angleterre et maîtrisait les quelques phrases essentielles de conversation polie dans cette langue difficile et importante, si curieusement dépourvue de déclinaisons et de genres. Ryszard, qui au cours des derniers mois avait travaillé dur pour maîtriser l'anglais, avait très peu voyagé à l'étranger : il avait vu Vienne, Berlin et Saint-Pétersbourg, les capitales des maîtres de la Pologne. Ryszard, qui voulait tout connaître, n'était jamais allé en Angleterre.

Il était content d'avoir un compagnon pour ce voyage dans l'inconnu ; il n'aurait pas accepté seul la responsabilité de leur mission. Mais il était contrarié par la façon dont Julian, à l'amabilité implacable, son aîné de dix ans et voyageur des plus accomplis, prenait en charge les formalités et les expériences : il fit découvrir à Ryszard l'abondance d'un petit déjeuner anglais, il lui fit des cours sur la condition misérable de la classe ouvrière anglaise, il lui expliqua les transformations provoquées par l'usage toujours plus intensif de la puissance de la vapeur dans les transports et l'industrie, et il dépensa leur argent dans une agence de Waterloo Road pour acheter des billets de première classe. Ryszard avait fait remarquer qu'ils pourraient voyager de façon plus économique – le *Germanic*, contrairement aux autres paquebots de ligne de la White Star pour New York, n'avait pas de seconde classe –, mais Julian, comme toujours, avait son idée. « Nous mènerons une vie simple en Amérique », dit-il avec un geste de la main. Comme si lui, Ryszard – mais pas Julian, jamais –, était le Polonais de province. Ou un des élèves de Julian. Ou, à Dieu ne plaise, la docile Wanda ; il avait entendu Julian traiter sa femme avec condescendance sur le même ton professoral. Cela devait changer, cela allait changer, se promit Ryszard, quand ils atteignirent les docks pour monter à bord du magnifique bâtiment avec ses quatre mâts et ses deux cheminées trapues rose saumon au sommet noir et incliné, ses marins qui hurlaient et les émigrants silencieux, apeurés, qu'on dirigeait avec leur literie, leurs panières d'osier et leurs valises en carton dans les escaliers de fer très raides vers les profondeurs du navire : c'est alors qu'il se changerait en homme du monde, quelqu'un qui sait toujours comment se comporter. On est ce que l'on pense être, se dit Ryszard. On est tout ce que l'on *ose* penser être. Et être libre de penser que l'on est ce que l'on n'est pas (pas encore), quelque chose qui vaut mieux que ce que l'on est – n'était-ce pas la vraie liberté promise par le pays vers lequel il se dirigeait ?

Fils d'employé et petit-fils de paysans, Ryszard avait une conscience aiguë de l'importance du maintien et du savoir-vivre dans l'impression que l'on donne aux autres, et il n'était pas disposé à s'autoriser un relâchement simplement parce qu'il avait lu (tous les voyageurs étaient d'accord sur ce point) que les bonnes manières comptaient peu dans le Nouveau Monde. Il avait observé Julian glisser quelques pièces aux porteurs qui hissèrent leurs caisses et malles-cabines sur la passerelle, et au type costaud qui les conduisit jusqu'à leur cabine au milieu du navire. Le pourboire est toujours une question délicate pour le voyageur inexpérimenté. Et comment diable Julian était-il à ce point au courant du protocole d'un navire, pour savoir qu'après être montés à bord, ils étaient censés s'assurer aussitôt de la place où ils prendraient leurs repas au cours des huit jours de traversée ? Il suivit Julian qui, en homme plus âgé, le conduisit sans hésiter vers le Salon (« la salle à manger », dit-il à Ryszard), une immense pièce à coupole qui s'étendait sur toute la largeur du navire, avec des murs recouverts de lambris en ronce d'érable, des pilastres de chêne marquetés de bois de rose, deux cheminées de marbre, une estrade à une extrémité avec un piano à queue, et quatre longues tables entourées de rangées de fauteuils tapissés fixés au sol. À l'entrée, une douzaine de passagers se pressaient autour d'un podium sur lequel trônait un homme barbu vêtu d'un uniforme noir impressionnant avec, sur les manches, deux galons d'or séparés par une bande blanche. « Le capitaine ? » murmura imprudemment Ryszard. « Le chef steward », dit Julian.

Dès que Julian eut négocié leurs places – ils seraient à la deuxième table – et fut reparti vers leur cabine pour défaire ses bagages, Ryszard obtint une place à la table numéro trois. Puis il rejoignit Julian qui lui rappela une nouvelle fois qu'en dehors de la Pologne, un homme ne doit pas automatiquement, quand on lui présente une femme, lui baiser la main (« Je crains que ce ne soit considéré comme quelque peu démodé, en particulier là où nous allons »), et tout de suite après, comme s'il voulait effacer cette allusion au fait qu'il avait déjà la nostalgie du Vieux Monde en démontrant qu'il se sentait en parfaite harmonie avec le nouveau, il attira l'attention de Ryszard sur un lavabo escamotable ingénieusement conçu et il lui désigna les autres équipements, comme la lampe à gaz et la sonnette électrique pour appeler le steward, qu'on ne trouvait que sur les paquebots de la White Star. « Les améliorations modernes commencent souvent comme objets de luxe », expliqua Julian. « Espérons qu'avant longtemps de tels appareils seront disponibles pour améliorer le sort de tous.

— Oui, répondit Ryszard qui se demandait comment il allait amener Julian à accepter ce qu'il venait de faire.

— Nous devrions ouvrir cette malle.

— Oui.

— Qu'est-ce qui ne va pas ?

— Vous êtes professeur, homme de science, vous appréciez les inventions, mais moi, je suis écrivain.

— Et ?

— J'adore les jeux.

— Vraiment ? »

Ryszard continua silencieusement à aider au déballage de la malle.

« Quelles sortes de jeux ?

— Ce à quoi je pensais, expliqua Ryszard en se sentant rougir, si toutefois vous en étiez d'accord, c'était, ce n'est qu'un petit jeu, que nous fassions semblant de ne pas voyager ensemble.

— Que nous fassions *quoi ?*

— Eh bien, nous pourrions nous être connus à Varsovie. Non, il serait mieux d'avoir fait connaissance juste avant l'embarquement. » Il sortit les chemises de Julian de la malle avec beaucoup de précaution. « Pour vous, je serai M. Kierul, et pour moi, vous serez le professeur Solski, et nous porterons la main à notre chapeau quand nous nous rencontrerons sur le pont.

— Alors que nous partageons la même cabine ?

— Qui le saura ? À part quelques heures pour dormir,

j'ai bien l'intention de me tenir toujours sur le pont ou d'explorer le bateau.

— Et en mangeant côte à côte ?

— En réalité, nous ne sommes plus à la même table. J'ai besoin de pratiquer l'anglais. Si vous êtes là, je suis sûr que je serai paresseux et que je ne parlerai que polonais avec vous.

— Soyez sérieux, Ryszard.

— Je suis sérieux. Je rassemblerai des éléments pour mes articles sur mes impressions d'Amérique…

— Nous ne sommes pas encore en Amérique !

— Ce bateau est plein d'Américains ! Il faut que je leur parle.

— Ne croyez pas que je sois dupe, dit Julian. Je connais la véritable raison.

— Laquelle ?

— Avoir le champ libre avec les jeunes filles disponibles. Ou alors vous pensez que ce vieux bonhomme marié va vous faire des sermons sur la luxure ? Allez-y ! »

Ryszard eut un grand sourire. (Comme si un autre homme pouvait entraver son zèle de séducteur !) La vraie raison c'était qu'il voulait rester seul avec ses pensées, sans l'obligation d'un dialogue. Mais il fut satisfait de laisser Julian s'arrêter à cette explication. En fait, il apparut inutile d'avoir imaginé un stratagème pour tenter d'échapper à la présence autoritaire de Julian au cours du voyage. Julian assista au premier dîner et disserta joyeusement (Ryszard l'observait depuis la table à laquelle il s'était assigné) sur Dieu sait quel sujet ennuyeux avec une Anglaise d'âge mûr ; il prit un copieux petit déjeuner le lendemain matin ; mais il ne parut pas au déjeuner. Ryszard alla voir ce qui n'allait pas et le découvrit en chemise de nuit en train de vomir désespérément dans le lavabo, et il l'aida à se remettre au lit. À partir de ce moment, bien que la mer restât calme pendant presque toute la traversée, Julian eut le mal de mer quasiment en permanence et ne sortit que rarement de leur cabine.

Ryszard ne fut jamais malade, même pendant la courte période de mauvais temps, et il prit cela comme un présage de futurs pouvoirs illimités. Ce voyage va faire de moi un écrivain, se dit-il, l'écrivain que j'ai rêvé de devenir. Si l'ambition est l'aiguillon le plus sûr pour écrire mieux, pour écrire plus, alors on doit cultiver l'ambition – en ayant toujours en vue le roman de sa propre vie. Aller en Amérique n'avait pas fait partie de ses rêves de vie romanesque avant que Maryna n'aborde le sujet l'année précédente, et Ryszard avait décidé que ce serait là – dans une prairie ou un désert, il la sauverait peut-être d'une attaque des Indiens, ou il trouverait une source et lui apporterait de l'eau dans ses mains, ou avec ces mêmes mains nues il attraperait un serpent à sonnette et le ferait rôtir sur un feu de camp alors qu'ils seraient égarés, mourant de soif et de faim – qu'il la prendrait enfin au distingué Bogdan. Maintenant, sur le bateau, à ses rêves de grands espoirs comme soupirant s'ajoutait la conviction d'une grande énergie comme écrivain. Les articles qu'il enverrait à Varsovie en tant que nouveau correspondant aux États-Unis de la *Gazeta Polska* pourraient composer un livre important. Mentalement, il rejetait dans l'oubli les deux romans à la sentimentalité excessive qu'il avait eu la témérité de publier alors qu'il était encore à l'université, et exultait : Mon premier livre !

Il ne s'était jamais autant senti écrivain, si délicieusement seul. Julian était mortifié d'avoir le mal de mer : il ne voulait absolument pas que son compagnon de cabine reste auprès de lui pour le soigner. Ryszard se réveillait d'ordinaire à cinq heures pétantes, mais il traînait un peu au lit – il trouvait que le balancement du paquebot l'excitait. (Le premier matin, il se masturba avec à l'esprit l'image d'un gros morse brun se tournant lentement d'un côté et de l'autre. Bizarre, se dit-il ; demain il faudra que je pense à Nina.) Puis il se levait, se lavait et se rasait ; Julian gémissait doucement, il ouvrait des yeux hagards et tournait la tête vers la paroi. Il n'y avait personne dans le couloir – comme les riches sont indolents ! – et pendant la courte heure qui le séparait du petit déjeuner, il avait le luxueux fumoir, avec ses canapés et ses fauteuils recouverts de cuir rouge, pour lui tout seul, afin d'étudier ses cartes, ses atlas, ses grammaires et ses dictionnaires anglais. Puis tout en mangeant le porridge insipide et ces étranges harengs fumés, il pouvait écouter et répondre dans un anglais que ne venait corrompre aucun mot de polonais. Il était placé à l'extrémité de sa table et par chance les passagers assis près de lui étaient tous de langue maternelle anglaise – des Américains au visage ordinaire, élégamment vêtus, hommes et femmes, et un évêque canadien, qui revenait de Rome où il avait reçu la bénédiction du pape, accompagné de son jeune secrétaire. Après le petit déjeuner, par n'importe quel temps, il sortait faire le tour de la partie supérieure du navire – l'utilisation de sa canne de Zakopane avec pommeau en os sculpté, une tête d'ours, pouvait passer pour de l'affectation sur le pont qui tanguait –, puis il s'installait dans un fauteuil inclinable et ouvrait son carnet. Jusqu'à midi, il consacrait son temps à décrire ce qu'il voyait : les marins qui briquaient le pont et astiquaient les poignées de cuivre, les passagers qui somnolaient, bavardaient et jouaient au palet, la forme des nuages et le vol des mouettes qui suivaient le navire, la couleur exacte et les irisations de la mer, magnifique et monotone.

Avant le déjeuner, il allait s'asseoir près de Julian, pour l'encourager à manger le bouillon et le riz qu'on avait apportés dans leur cabine, et il revenait après le déjeuner pour une visite plus longue afin de lui relater ses rencontres à bord, ses observations, et d'écouter les conférences de Julian sur l'Amérique : la nausée l'empêchait d'ouvrir l'exemplaire de *La Démocratie en Amérique* qu'il avait emporté pour lire pendant le voyage, cependant Julian avait beaucoup d'idées sur ce que Tocqueville avait dû dire dans son célèbre ouvrage. Puis Ryszard se précipitait dans la pièce sombre où se trouvaient dans une même édition les œuvres de Sir Walter Scott, de Macaulay, de Maria Edgeworth, de Thackeray, d'Addison, de Charles Lamb, et autres, enfermées derrières les vitres des hautes bibliothèques ; les noms des auteurs célèbres étaient gravés dans une calligraphie à enjolivements sur les lambris de chêne, et des citations à thème marin inscrites sur les vitraux. C'est là, dans la bibliothèque, qu'il écrivait ses lettres – à sa mère et à ses tantes, à des amis, à différentes femmes abandonnées auxquelles il avait promis qu'il reviendrait, et bien sûr à Maryna et à Bogdan (comme il aurait aimé n'écrire qu'à Maryna). Deux heures plus tard environ, il s'autorisait à retourner dans le fumoir, commandait un whiskey (une nouvelle boisson !), allumait sa pipe et, dans ce repaire bruyant réservé aux hommes, il s'offrait le plaisir d'un chaste rêve éveillé consacré à Maryna. Puis il retrouvait sa chaise longue et continuait la lecture du Tocqueville de Julian, aiguisait ses talents en matière de description en prenant des notes dans son carnet, ou bien rôdait sur le pont où, là encore pour aiguiser ses talents en matière de séduction et comme pour vérifier l'affirmation de Tocqueville qui disait que les États-Unis étaient moralement plus stricts que l'Europe et que les femmes y étaient plus chastes que les Anglaises, il flirtait résolument avec une jeune et belle Américaine sûre d'elle, originaire de Philadelphie, qu'il essayait de persuader de l'appeler par son prénom.

« Je ne vous connais assurément pas assez pour vous appeler par votre nom de baptême, dit-elle. Voyez donc, nous ne nous connaissons que depuis trois jours et, pendant l'un d'eux, je ne suis même pas montée sur le pont parce que j'étais, j'étais… indisposée.

— C'est comme votre "Richard", insista-t-il, en la caressant en esprit, mais nous l'écrivons différemment.

— Et que se passera-t-il si maman m'entend appeler par son prénom un gentleman que je connais à peine ?

— Même prononciation, dit-il, *Richard*. Est-ce si difficile ? »

Combien de temps faudrait-il pour coucher avec elle à terre ? se demanda-t-il.

« Mais vous ne le prononcez *pas* comme nous !

— Je le ferai (il rit) dès que nous serons arrivés à New York.

— En êtes-vous sûr ? répliqua-t-elle avec effronterie. Je n'en suis pas si sûre, monsieur… oh, je ne peux pas le prononcer ! Ils ont de drôles de prénoms dans votre pays.

— Alors apprenez-moi à le prononcer comme un Américain.

— Votre nom de famille ?
— Non : *Richard !* Vous êtes impossible. »
Et impossible – si Ryszard avait pensé à une plus grande intimité –, elle l'était en effet.

Un écrivain ne s'ennuie jamais, et ne doit jamais s'ennuyer – bienheureuse aptitude ! Le paquebot, Ryszard l'apprit en lisant des notices affichées sur le pont promenade et à l'entrée du Salon, proposait un grand choix de distractions quotidiennes : conférences, services religieux, jeux, réunions musicales. Mais rien n'était aussi distrayant que d'entraîner ses compagnons de voyage dans des conversations – comme la plupart des écrivains, c'était un auditeur attentif et rusé – et il n'y avait guère d'intérêt à parler de lui-même.

Il était sûr qu'il pourrait bientôt les comprendre. Mais il n'y avait aucune chance qu'eux le comprennent. Comme il l'avait découvert quand Julian et lui avaient pratiqué l'anglais dans des pubs et des restaurants pendant les quelques jours passés à Liverpool – ce qu'avaient confirmé ses premières conversations au cours des repas sur le navire –, les étrangers ne savaient absolument rien de la Pologne, de son histoire et de ses souffrances. Il avait cru que la pénible épreuve qu'endurait la Pologne depuis près d'un siècle l'avait fait connaître de tous dans le monde civilisé. En fait, il aurait pu aussi bien être tombé de la lune.

Au cours de chaque repas, les Américains lui assuraient que leur pays était le plus extraordinaire de la terre, la preuve en était que tous connaissaient l'Amérique et que tout le monde voulait y aller. Ryszard lui aussi venait d'un pays qui se considérait comme choisi pour un destin unique. Mais être un peuple élu pour le martyre produit un repli sur soi très différent de l'égocentrisme de ces Américains, qui provenait de leur conviction d'être exceptionnellement chanceux.

« En Amérique, comprenez-moi bien, le point essentiel c'est que chacun est libre », lui dit, lors de la troisième soirée, un de ses compagnons de table, un type bourru, au crâne dégarni marqué de taches de son, qui l'avait ignoré jusque-là, et il tendit brusquement sa carte à Ryszard en déclamant : « Augustus S. Hatfield. Homme d'affaires de l'Ohio.

— Cleveland », dit Ryszard, en glissant la carte dans sa poche. « Construction navale.

— Exact. Comme je n'étais pas sûr que vous ayez entendu parler de Cleveland, j'ai dit Ohio, parce que tout le monde connaît l'Ohio.

— Dans mon pays, répondit Ryszard, nous ne sommes pas libres.

— Vraiment ? Et quel est ce pays ?

— La Pologne.

— Oh, j'ai entendu dire que c'était très arriéré là-bas. Mais c'est la même chose partout où je suis allé, à part l'Angleterre peut-être.

— La tragédie de la Pologne n'est pas d'être arriérée, monsieur Hatfield. Nous sommes un peuple conquis. Comme les Irlandais.

— Oui, l'Irlande aussi est très pauvre. Avez-vous vu tous ces misérables crasseux qui sont montés à bord quand le navire a fait escale à Cork ? Je sais que la White Star doit les prendre, autant qu'ils peuvent en mettre en bas. Et c'est une bonne affaire, car ils ne doivent pas gagner gros avec nous, avec cette nourriture de luxe et tout ce personnel pour nous servir comme des princes. Mais, Seigneur, quand je pense à eux, que les dames présentes veuillent bien excuser cette allusion, entassés les uns sur les autres sur des couchettes nues, sans aucun sentiment de décence, mais vous connaissez ces gens, ils aiment ça, et boire, voler et…

— Monsieur Hatfield, j'ai mentionné les Irlandais parce qu'ils n'ont pas, eux non plus, leur propre État.

— Oui, les Anglais ont bien du mal à les mater. Je parie que parfois ils se disent que ça n'en vaut pas la peine et qu'ils voudraient pouvoir tout laisser tomber et rentrer chez eux.

— Tout un chacun veut être libre », dit calmement Ryszard, après s'être rappelé qu'un homme du monde considère comme vulgaire d'exprimer son indignation. « Mais aucun peuple ne pense autant à la liberté que celui qui a longtemps souffert sous un joug étranger.

— Alors, ils devraient venir en Amérique. Je veux dire, s'ils sont prêts à travailler – assez de fainéants et de crasseux. Comme je l'ai dit, en Amérique chacun est libre.

— Nous, les Polonais, nous rêvons de liberté depuis quatre-vingts ans. Pour nous, les Autrichiens, les Allemands et surtout les Russes…

— Libre de gagner de l'argent », ajouta sèchement l'homme, mettant un point final à la conversation.

Comme ils aimaient les marques de leurs privilèges, ces Américains, jamais las de se montrer l'ameublement luxueux du bateau – de leur partie du bateau. Comme ils oubliaient vite la vie qui se déroulait sous leurs pieds, dans ces labyrinthes sans air entre le pont supérieur et la cale dans laquelle les sept huitièmes des passagers du *Germanic* étaient logés à l'écart – environ quinze cents personnes, après que le bateau eut embarqué un complément de plusieurs centaines d'émigrants irlandais avant d'entamer la traversée de l'Atlantique.

Ryszard avait parfaitement conscience que les populations humaines étaient divisées entre ceux qui étaient confortablement installés, certains très confortablement, et ceux qui ne l'étaient pas. Mais en Pologne, l'âpreté des relations de classe était diluée dans la solidarité sentimentale de l'identité nationale, de la tristesse nationale. Un monde vertical et flottant n'offre rien pour adoucir la dureté des privilèges : vous étiez ici, en haut, répartis dans un grand espace, trop bien nourris, à la lumière, et ils étaient là-bas, au fond, entassés les uns sur les autres, rationnés, dans une obscurité malodorante.

Qu'avaient pensé les passagers privilégiés de première classe en écoutant hier matin, dans le Salon, la conférence du révérend A.A. Willit, « Le soleil, ou le secret du bonheur » ? Rien, sinon que le soleil – et le bonheur – étaient des choses merveilleuses. Et pourquoi devrait-il en être surpris ? Rien ne surprend jamais un homme du monde.

Et un écrivain – supposition rassurante ! – n'est jamais un intrus, ou c'est ce que croient les écrivains. Le deuxième jour du voyage, Ryszard avait fait une rapide descente dans le labyrinthe des troisièmes classes. (« Vous devriez aussi aller voir les soutiers », dit Julian quand il lui fit part de son intention. « Rappelez-vous ce que je vous ai dit à propos des manufactures de Manchester. ») Comme il avait négligé de se procurer un plan du bateau, il ne savait pas très bien où il se dirigeait tandis qu'il louvoyait et tirait des bords sur le sol incliné. Il contourna un espace mal éclairé aux relents de nourriture et de flatulence ; dans le vacarme général, il finit par distinguer des pleurs de nouveau-nés, des tintements de vaisselle en fer-blanc, des toux, des cris et des imprécations dans un Babel de langues, un air enjoué de concertina. Le roulis du navire semblait plus marqué en bas, et au premier bruit de vomissement, il eut lui aussi envie de vomir.

Autrefois, un billet de troisième classe donnait droit à une couchette suspendue, dans un espace humide, froid et sans air partagé par des douzaines de passagers des deux sexes, mais quand on se rendit compte qu'il s'agissait là d'une offense à la décence, les nouveaux paquebots comme le *Germanic* séparèrent les passagers seuls, hommes et femmes, les uns des autres, et des gens voyageant en famille. Ryszard entra dans un des dortoirs où étaient logés près d'une centaine d'hommes. « Oh, vise un peu l'aristo », entendit-il dans la semi-obscurité nauséabonde. Puis des rires. Et : « Il est venu voir les animaux du zoo. » Au quatrième niveau des couchettes, juste en face de lui, un gros visage très blanc le lorgna à l'envers : « T'as un ami par ici ? » dit le visage. « Fiche-lui la paix », hurla près de l'entrée une femme énorme, la tête couverte d'un fichu. Quand il s'en alla, elle lui demanda un shilling.

Le lendemain après-midi, il décida de faire une nouvelle tentative par une autre entrée. Il avait hésité en haut de l'escalier, en contemplant l'avis déconcertant affiché tout près – « Les passagers du Salon sont priés de ne pas jeter de pièces ni de nourriture aux passagers de troisième classe, ce qui crée des troubles et des mécontentements » –, puis il avait croisé le regard audacieux d'un matelot qui repeignait le bossoir d'un canot de sauvetage à quelques pas de là.

« Je ne vais rien leur jeter, dit-il d'un ton jovial.

— Vous voulez aller en troisième classe, sir ? demanda l'homme en posant son pinceau.

— C'est ça, oui, répondit Ryszard.

— Et que je vous accompagne ?

— Pourquoi ? Je n'ai pas le droit d'y aller seul ?

— Ben, c'est à vous de décider, sir. Si je vais avec vous, je vous montrerai où aller. »

L'intérêt que le matelot portait à l'escorter rendit Ryszard perplexe – et ce sentiment se renforça quand, en descendant l'escalier, il entendit : « Vous êtes un des premiers gentlemen de cette traversée à descendre. » Il avait supposé que la visite d'un passager de première classe devait être plus que rare. Le matelot poussa la grande porte de fer. Tout d'abord, comme la veille, il ne vit pas grand-chose. « Suivez-moi », dit le marin. Ils se trouvaient dans la partie réservée aux familles, des pièces plus petites avec des couchettes pour vingt ou trente personnes, et de chaque pièce, comme de chacune des nombreuses familles qui logeaient là, émanait un degré particulier de souffrance, d'hilarité ou de résignation. Dans l'une d'elles, un homme jouait du violon pour trois couples qui dansaient et un vieillard battait des mains en rythme ; dans une autre, obscure comme un cachot, des femmes couvertes de châles donnaient à manger à des enfants à même le sol tandis que l'on entendait des ronflements masculins sonores venant des couchettes ; dans une autre encore, quatre hommes serrés autour d'une lampe à huile se disputaient autour d'une partie de poker, et une vieille femme fredonnait en berçant un bébé qui pleurait. Le matelot le conduisit dans un couloir étroit qui donnait sur un autre plus large, fermé près de l'extrémité par deux couvertures marron.

« Mick », cria son guide. D'un box près du rideau de fortune sortit un homme qui ressemblait à un elfe avec des cheveux brun-roux, non, queue-de-renard – Ryszard avait déjà la main dans sa poche et serrait le dos de son carnet. « Voici l'homme qu'vous cherchez. Maintenant, j'vous laisse en de bonnes mains.

— C'est très aimable à vous, dit Ryszard.

— À vot' service gouv'neur », répondit le marin et il tendit la main. Ryszard y déposa un shilling ; la main resta ouverte – il ajouta un autre shilling. « Merci beaucoup. Et, Mick, oublie pas…

— Tire-toi, chien ! » grogna l'elfe en colère. « Et je m'appelle pas Mick ! »

« Salaud d'Anglais », grommela-t-il dans le dos du matelot. Il tenait une bouteille à la main. « Buvez un coup, dit-il à Ryszard.

— Je suis un journaliste polonais, commença Ryszard, et je souhaite parler à quelques passagers de la troisième classe pour un article que j'écris sur notre paquebot.

— Vous écrivez un article, hein ? » L'elfe pouvait aussi sourire. « Et combien vous voulez en rencontrer ?

— Eh bien, dit Ryszard, si je pouvais m'entretenir avec cinq ou six de vos amis…

— Cinq ou six ! s'écria le faux Mick. Vous voulez les entretenir. Les entretenir tous ensemble, hein ? » Il tapa du pied en gloussant. Un elfe sinistre, se dit Ryszard. « Là, asseyez-vous là-dessus. » On le poussait sur une corbeille retournée à côté du rideau et Ryszard ressentit une pointe d'inquiétude : allait-on se jeter sur lui pour le dévaliser ? Pas dans une embuscade tendue par des Apaches, par un guerrier sculptural penché sur lui avec son tomahawk, mais par un Fenian, un petit homme aux cheveux queue-de-renard qui agitait une bouteille de whiskey devant son visage ? Mais non…

« Vous croyez que mes nièces feraient l'affaire ? Je n'en ai que six, mes adorables nièces que j'emmène en Amérique. » Oh. Ryszard fut moins soulagé que gêné par sa propre naïveté. « Buvez, vieux. Je vous compterai pas grand-chose pour le coup à boire. Vous êtes un jeune homme robuste, je le vois bien. Vous êtes prêt, hein ? (Ryszard s'était levé.) Venez avec moi.

— Une autre fois », répondit Ryszard.

Alors l'homme se lança dans un flot de jérémiades d'où il ressortait (Ryszard ne comprenait pas tout) que nombre de gentlemen de la première classe avaient déjà eu recours aux services de ses jeunes filles, et que le gentleman étranger n'avait pas à se faire de souci, ses jeunes filles étaient très propres et en bonne santé, il s'en portait garant. Il souleva les couvertures qui pendaient. À l'intérieur, étalées sur une couchette dont les oreillers et les dessus-de-lit à brocarts pouvaient provenir du trousseau de quelqu'un, il y avait un enchevêtrement de jeunes filles aux yeux rougis, dont aucune ne semblait avoir plus de dix-huit ans. L'une d'elles pleurait. « Très propres et en bonne santé », répéta-t-il. Elles avaient l'air maigres et misérables, rien à voir avec les filles rondes et joyeuses des bordels de Cracovie et de Varsovie. « Alors, qu'est-ce que vous pensez de mes adorables jeunes filles ? »

L'une d'elles était jolie.

« Bonjour, dit Ryszard.

— Elle s'appelle Nora. Hein, petite ? »

La jeune fille hocha humblement la tête. Ryszard s'avança d'un pas hésitant. Il y avait une sorte de couche très basse dans l'autre coin. Et s'il attrapait la syphilis – et qu'il doive renoncer pour toujours à Maryna ? Mais il était déjà à l'intérieur.

« Je m'appelle Ryszard.

— Une seule vous suffira, hein ?

— Vous avez un drôle de nom, dit-elle. Vous allez aussi en Amérique ?

— Debout, mes beautés », hurla l'homme. Il chassa les autres et laissa retomber le rideau.

Au moment où Ryszard s'asseyait sur la misérable couche à côté de la fille, le bateau gîta brusquement. « Oh ! s'écria-t-elle, j'ai vraiment peur parfois (elle se mordillait le bout des doigts comme une enfant), je ne suis jamais montée sur un bateau avant, et se noyer, ça doit être quelque chose d'horrible. » Une vague de pitié qui ne cessait de grossir le submergea quand le mouvement de l'océan se calma. Elle était, il le voyait maintenant, plus jeune encore qu'il ne l'avait supposé.

« Quel âge as-tu, Nora ?

— Quinze ans, monsieur. » Elle tripotait les boutons du pantalon de Ryszard. « Presque quinze ans.

— Ah, tu n'es pas obligée de faire cela. » Il ôta sa main aux ongles rongés et la garda dans la sienne. « Y a-t-il eu beaucoup d'autres visiteurs de… d'au-dessus ?

— Vous êtes le premier aujourd'hui », marmonna-t-elle.

« Tout se passe bien, l'ami ? » cria la voix de l'autre côté du rideau.

« Que dit-il ? demanda Ryszard.

— Laissez-moi être gentille avec vous », dit la fille. Elle avait retiré sa main de son étreinte desserrée, et elle se jeta contre la poitrine de Ryszard. Il la serra contre lui, une paume posée au creux de ses reins, et caressa ses cheveux emmêlés.

« Il ne te bat pas, n'est-ce pas ? lui chuchota-t-il à l'oreille.

— Seulement si le monsieur se plaint », répondit-elle.

Il se laissa renverser sur le dos et sentit ses lèvres gercées lui effleurer la joue. Elle avait retroussé sa chemise de coton et frottait son bas-ventre osseux contre le corps de Ryszard. Elle commençait à l'exciter, malgré lui. « J'aimerais mieux pas », dit-il, et il glissa une main sous elle pour soulever sa poitrine de quelques pouces au-dessus de lui. « Je vais te donner l'argent et tu diras...

— Oh, s'il vous plaît, monsieur, s'il vous plaît, gémit-elle. Vous ne pouvez pas me donner l'argent, à *moi !*

— Alors je...

— Et il va découvrir que je ne vous ai pas plu et il va...

— Comment le découvrirait-il ?

— Il le découvrira, c'est sûr ! » Il sentait ses larmes dans son cou, le frottement de son pubis. « Il sait tout ! Il le verra à ma figure, pass' que j'aurai honte, et peur, et il regardera, vous savez, entre mes jambes. »

Ryszard soupira, fit glisser le corps fragile sur le côté, déboutonna son pantalon, sortit son pénis à moitié en érection, puis il la replaça sur lui. « Ne bouge pas », dit-il, s'insérant doucement entre ses cuisses décharnées, juste au-dessus des genoux. « Que faites-vous ? gémit-elle. Ce n'est pas le bon endroit. Vous devez le mettre là où ça me fait mal. » Ryszard sentit des larmes lui piquer les yeux. « On jouerait à un jeu, murmura-t-il d'une voix rauque. On dirait qu'on ne serait pas sur cet énorme, horrible navire, mais sur un petit bateau, et le bateau se balancerait et tanguerait, mais pas trop, et le bateau aurait ce petit aviron que tu dois tenir serré entre tes jambes sinon il risquerait de tomber dans l'eau et on ne pourrait jamais rentrer à la rame, mais tu peux fermer les yeux et faire semblant de dormir… »

Obéissante, la fille baissa les paupières. Ryszard lui aussi ferma les yeux, que des larmes de pitié et de honte piquaient toujours, pendant que son corps efficace faisait le reste. C'était l'histoire la plus triste qu'il eût jamais inventée. C'était le jeu le plus triste auquel il eût jamais joué.

« Julian… » commença Ryszard. Il était dans leur cabine et regardait l'homme plus âgé qui buvait délicatement un peu de bouillon. « Êtes-vous souvent allé dans des bordels à Varsovie, je veux dire, y êtes-vous allé avant d'épouser Wanda ?

— Même alors, je parierais que j'y suis allé moins souvent que vous », répondit Julian en réussissant à sourire. « Mais à présent ? Presque jamais. Le mariage m'a dompté.

— Cela peut être navrant », dit Ryszard, partagé entre le banal désir, qu'il ressentait en ce moment, de se confier à Julian et la détermination plus prudente de garder son aventure pour lui. « Navrant, répéta-t-il, en attendant que Julian le fasse parler.

— Moins navrant que le mariage, répliqua Julian. Que vaut la tristesse d'une heure sans amour à côté de toute une vie de cohabitation sans amour ? »

Ryszard se rendit compte que ce qu'il avait provoqué

sans le vouloir chez Julian, c'était le désir de se confier *à lui*. Pendant un instant, la faiblesse du jeune homme qui n'avait pas eu de père (il était mort avant la naissance de Ryszard) repoussa la seconde nature de l'écrivain dont le passe-temps favori était d'inciter les autres à parler d'eux-mêmes. Puis l'écrivain l'emporta.

« Je suis vraiment désolé d'apprendre que vous vous entendez mal, Wanda et vous.

— Que nous nous entendons mal ! s'écria Julian. Savez-vous de quoi je rêve, seul dans cette cabine, alors que je vomis tripes et boyaux depuis des jours ? Je vais vous le dire. Je rêve que nous arrivons en Amérique, que nous trouvons un site pour le phalanstère, et qu'alors, juste avant que les autres n'arrivent avec Maryna, je disparais. Et personne ne sait où je suis parti. Mais, vous verrez, je n'en aurai pas le courage. Il n'y aura pas de Nouveau Monde pour moi.

— Vous ne l'aimez absolument pas ?

— Trouvez-vous que je sois homme à aimer une telle imbécile ?

— Mais avant de l'épouser vous devez avoir eu au moins une petite idée de…

— Que savais-je des femmes ? Elle était jeune, je voulais une compagne, je pensais pouvoir la façonner et qu'elle me respecterait. Au lieu de cela, elle a simplement peur de moi. Et je ne peux m'empêcher de manifester mon exaspération. Ma déception. » Il gémit. « Vous n'imaginez pas à quel point je vous envie. Bienheureux célibataire, vous pouvez aller faire un tour chez les prostituées quand cela vous chante, la conscience en paix, et courtiser une femme idéale que vous ne posséderez jamais…

— Julian !

— Je ne suis pas censé évoquer vos visées sur Maryna, n'est-ce pas ? Tout le monde est au courant.

— Même Bogdan ?

— Comment ne serait-il pas au courant ? Il n'a pas à être aussi bête que ma Wanda.

— Et tous me trouvent ridicule.

— Disons… jeune.

— Je réussirai à la conquérir ! Vous verrez. Il y a aussi de la tristesse dans ce mariage. Je pourrais la rendre plus heureuse.

— Comment ? »

Ryszard pouvait difficilement dire à Julian qu'il avait l'intuition qu'un homme comme Bogdan ne savait pas comment rendre une femme sexuellement heureuse. « J'écrirai des pièces pour elle, dit-il.

— Ah ! la jeunesse », s'exclama Julian.

Brusquement, Ryszard se rendit compte que Julian n'était pas vraiment malade, qu'il était seulement tombé dans une crise de dépression, qu'il se cachait.

« Habillez-vous et venez sur le pont avec moi, dit-il. Vous vous sentirez mieux, je vous le promets.

— Pour flirter avec les jeunes filles ? Vous me ferez partager une de vos conquêtes ?

— Oh, mes conquêtes ! » Ryszard éclata de rire. « Laquelle voulez-vous ? L'Anglaise à lorgnon avec un exemplaire de *L'Histoire de l'esclavage blanc* dans sa pochette ? La danseuse espagnole avec des cymbales au bout des doigts ? La veuve française qu'on entend chantonner "Viens z'avec moi, mon amour" au petit chien blanc qu'elle promène sur le pont ? La comtesse romaine couverte de bijoux en strass qui espère rétablir la fortune de sa très ancienne famille en conquérant un riche mari américain ? La dame de Varsovie, oui, de Varsovie, nous ne sommes pas les seuls Polonais en classe Salon, qui crie à qui veut l'entendre qu'elle se rend en Amérique pour échapper au joug des Moscovites, ou sa sœur, qui a déjà le mal du pays (elle me rappelle Wanda, j'en ai peur) et qui vous montrera assurément le petit sachet de soie rempli de terre de Pologne qu'elle garde accroché entre ses seins ? L'Allemande, malheureuse en mariage, qui vous confie qu'elle ne pourrait jamais se sentir attirée par un homme qui ne partagerait pas son adoration pour Wagner ? L'Américaine (Julian, ces jeunes filles américaines sont incroyables !) qui vous recommande, pour votre santé, un voyage sur les chemins de fer de son papa ? La jeune Irlandaise malade qui voyage avec son oncle en troisième classe... » Il s'était mis à rire de ses inventions bouffonnes, bien qu'on ne soit pas censé rire quand on essaie d'être amusant, aussi pourquoi ne pouvait-il plus s'arrêter de rire, il riait si fort que ses yeux se remplirent de larmes, mais il poursuivit en bégayant et termina à bout de souffle : « Soyez le bienvenu auprès d'elles.

— Bravo, fit Julian.

— Alors, vous vous habillez maintenant ? »

Julian secoua la tête. « Je préfère vivre par procuration. J'attends avec impatience de lire l'histoire de chacune de ces dames dans votre prochain livre. Ne me décevez pas. Et maintenant, si vous voulez bien m'excuser, j'ai peur d'être à nouveau malade.

Comme il était irritant que Julian n'eût pas accepté son offre de le tirer de ce naïf apitoiement sur soi et de cette inactivité malsaine. Comme il était étrange que lui-même eût insisté, après avoir tant cherché à se débarrasser de la compagnie de Julian au cours du voyage ;

mais on ne peut pas plus ignorer un changement de temps intérieur que l'arrivée d'un grain sur l'océan.

En quittant la cabine, après avoir tout nettoyé derrière Julian, il retrouva le soleil, le vent et l'observatoire de son regard plein de mépris. Comme la plupart des écrivains intelligents, Ryszard s'était habitué depuis longtemps à être en réalité deux individus à la fois. L'un était un homme chaleureux, anxieux, plutôt puéril pour ses vingt-cinq ans, alors que l'autre… dans l'autre, détaché, impudent, manipulateur, s'épanouissait le caractère d'un homme beaucoup plus âgé. Le premier était toujours étonné par la manifestation de sa propre intelligence ; elle ne laissait jamais de l'étonner, de le ravir, quand les mots, l'éloquence, les idées, les observations lui *sortaient* simplement de la bouche, comme des oiseaux qui s'envolent. Le second était condamné à ne trouver personne suffisamment intelligent – et il voyait chaque chose comme un défi à ses capacités d'observation et de description, parce que profondément et aveuglément enfermé en lui-même (le « monde » n'est pas un écrivain).

Le premier individu était le jeune Polonais peu sûr de lui qui aspirait à devenir un homme du monde. Le second s'était toujours considéré, dans le secret de son cœur, comme quelqu'un de tout à fait différent des autres. Étant une de ces personnes extrêmement intelligentes qui deviennent écrivains parce qu'elles ne peuvent imaginer meilleur usage de leur sens de l'observation, de leur sentiment d'être différentes des autres, Ryszard savait que son intelligence pouvait aussi être un handicap : comment pourrait-il jamais devenir un bon romancier, s'il trouvait tout ceux qu'il rencontrait grotesques ou pitoyables ? On doit croire aux gens pour être un grand écrivain, ce qui veut dire qu'on doit continuellement revoir ce qu'on peut attendre d'eux. Ryszard ne mépriserait jamais une femme parce qu'elle était moins intelligente que lui, car la stupidité était une caractéristique que Ryszard trouvait en abondance chez tous ceux qu'il connaissait, y compris chez Maryna (dont il considérait l'intelligence comme… sympathique). Et, malgré ce qu'il avait dit à Julian, Ryszard se serait senti insulté si, en Pologne, chacun n'avait *pas* pensé qu'il était amoureux d'elle ; et à ces désirs, dont on pouvait facilement se moquer, d'un homme plus jeune pour une actrice célèbre, l'être qui voyait toujours à travers les gens, l'écrivain, donnait son accord fervent. Il tenait pour convenable, et même instructif, d'être mortifié par l'amour.

L'amour, un voluptueux sacrifice du jugement. L'amour, sans cesse changeant – autant en l'absence qu'en la présence de l'être aimé. La diversité de ses sentiments envers Maryna l'enchantait. Un jour, c'était du désir, rien que du désir. Il ne pouvait évoquer que la douceur de sa nuque blanche, la courbe de ses seins, le poids de sa langue rose. Le lendemain, c'était de la fascination. C'est le sujet le plus intéressant que j'aie jamais rencontré. Un autre jour : C'est seulement (seulement !) sa beauté. Si elle n'était pas exactement comme cela, ce visage, ces gestes, si elle n'avait pas cette voix, si elle n'était pas si grande, si elle ne portait pas ces vêtements de soie si doux, si expressifs, elle n'aurait jamais pu me transpercer le cœur. Et parfois, souvent : Non, c'est de l'admiration. Elle a un immense talent et une grande âme ; elle est sincère, ce que je ne suis pas.

Maryna, il le savait, aurait approuvé sa compassion pour les passagers d'en bas, et quand, deux jours plus tard, il redescendit en troisième classe – soit parce que Maryna l'aurait voulu, soit simplement parce qu'il devait éprouver une nouvelle fois, mais plus froidement, cette consternation, à ce moment-là Ryszard était délicieusement incapable de le dire –, il en revint aussi avec plus d'éléments qu'il n'en fallait pour son article sur la traversée, à partir de conversations qu'il réussit à avoir avec une douzaine d'émigrants abrutis ou stupéfaits. (Le vieil homme qui récitait des passages de l'Apocalypse, en expliquant comment Dieu avait décrété qu'avant la fin des temps chacun dans le monde viendrait en « Hamérique », Ryszard le garderait pour une nouvelle.) Il lui fallut deux jours pour que les odeurs de nourriture pourrie et de toilettes bouchées par la merde lui sortent des narines.

Elles y étaient encore quand le capitaine du *Germanic* prit Ryszard à part pour lui reprocher ses escapades, en lui expliquant que si bien sûr il ne pouvait interdire la « communication » entre les passagers du Salon et ceux de l'entrepont, la compagnie lui avait donné des instructions pour la décourager vivement. « Pour des raisons de santé », dit-il. C'était un homme énorme, une vraie baleine, chez qui ce langage châtié semblait déplacé, pensa Ryszard – parce qu'il supposait que le capitaine faisait référence au misérable commerce sexuel proposé en bas. Mais non, il apparut qu'il s'agissait d'un désagrément plus immédiat : si à New York les agents des services de santé qui examinaient les passagers de l'entrepont à la recherche de signes de maladies infectieuses ou contagieuses découvraient qu'il y avait eu des visites de passagers du Salon au cours du voyage, ces passagers pourraient eux aussi subir une quarantaine.

« Je vous suis reconnaissant de vous faire du souci pour moi », lui répondit Ryszard.

Ils se trouvaient au Fumoir, où tous les hommes étaient censés passer après le dîner (les épouses et les filles avaient le Boudoir des Dames pour leurs bavardages à bâtons rompus), et dans lequel Ryszard s'était dispensé de l'obligation des conversations polies pour rester assis à l'écart avec sa pipe, afin d'observer et d'écouter. Les hommes, rouges à cause de la boisson, parlaient essentiellement de valeurs et de pourcentages (il ne comprenait pas grand-chose à ce qu'ils disaient) ou se racontaient leurs exploits sexuels (il se demandait lesquels parmi eux étaient allés avec Nora) tandis que Ryszard... Ryszard cultivait un maintien élémentaire et une bonne humeur indifférente. Quelle distance immense ai-je réussi à franchir au cours de ce voyage, se disait-il. Il se sentait non seulement à des miles mais à des années du jeune blanc-bec qui avait embarqué à Liverpool. Comme l'intelligence voyage vite. L'intelligence voyage plus vite que n'importe quoi au monde.

Vers la fin du voyage, le temps se gâta (une journée de véritable tempête) et, comme s'il avait eu seulement besoin de ce défi, Julian se déclara guéri du mal de mer et capable de reprendre les habitudes de la vie à bord. « Je me sens tout à fait en forme, annonça-t-il à Ryszard. Comme si j'avais suivi un traitement. »

Ils étaient appuyés au garde-fou, au-dessus d'une mer redevenue calme, et Julian mettait Ryszard en garde sur certaines différences entre l'anglais d'Angleterre et celui des États-Unis (un bureau de vente des billets n'est plus un *booking office* mais un *ticket office*, bagage ne se dit plus *luggage* mais *baggage*, une gare se dit *station* mais aussi *depot*...) quand la jeune fille de Philadelphie apparut sur le pont.

« Oh, vous voici ! Je vous ai cherché partout.

— Ha ha », fit Julian.

Elle arrivait près d'eux.

« Bonjour, mademoiselle, dit Julian. Quelle belle journée, n'est-ce pas ? Et quel dommage, n'est-ce pas, que ce merveilleux voyage touche à sa fin ?

— Vous la voulez ? lança Ryszard en polonais. Elle est à vous.

— Que dites-vous ? demanda la jeune fille. Maman assure que ce n'est pas poli de dire quelque chose que les autres ne peuvent comprendre.

— Je disais au professeur Solski que vous m'aviez trouvé si charmant que vous étiez impatiente de rencontrer autant de gentlemen polonais qu'il vous est possible.

— Monsieur Krool, comment pouvez-vous dire une chose pareille ! Eh bien, c'est un mensonge !

— Excusez-moi, dit Julian, excusez-moi, mademoiselle, et il s'enfuit.

— Comme vous êtes vilain, s'écria la jeune fille. Maintenant, votre ami est parti. Si vous vouliez vraiment que je le rencontre, ce n'était pas la façon d'y parvenir. Eh bien, je crois qu'il était encore plus gêné que moi. » Elle se tut puis agita un doigt menaçant vers Ryszard. « Oh, vous êtes très, très vilain. Avez-vous *essayé* de mettre votre ami dans l'embarras ?

— Oui. Pour rester seul avec vous.

— Eh bien, nous ne pourrons rester seuls qu'une minute. Je dois retourner tout de suite dans notre cabine pour aider Maman à choisir ce qu'elle va porter pour le banquet d'adieu ce soir. Mais je vous ai apporté ceci. » Elle lui tendait un petit album de peluche rouge doré sur tranche.

« Un cadeau ? demanda Ryszard. Vous m'offrez un cadeau ? Vous êtes adorable.

— Oh, non, c'est à moi ! s'écria-t-elle. C'est ce que je possède de plus précieux, à part… » Elle s'arrêta, confuse. La liste de ce qu'elle possédait de précieux était très longue.

« Vous voulez quand même me montrer ce que vous possédez de plus précieux. Cela prouve que je vous plais. Qu'est-ce que c'est ?

— Mon livre d'autographes ! » s'exclama-t-elle d'un ton triomphant. « Et le fait que je vous le montre ne prouve absolument rien. Je le montre à tous ceux que je connais et à tous ceux que je rencontre, même s'ils ne me plaisent qu'un tout petit peu.

— Oh, fit Ryszard, l'air faussement consterné.

— Vous devez regarder à l'intérieur. Il y a des vers que des gens ont écrits pour moi. Chaque jeune fille en possède un. »

Ryszard en feuilleta les pages bleu œuf de rouge-gorge, saumon, grises, roses, chamois et turquoise. "Sois bonne, chère enfant, et laisse les autres être intelligents." Qui a écrit cela ?

— Mon père.

— Vous êtes d'accord ?

— Monsieur Karool, vous posez toujours les questions les plus bêtes !

— Richard. Et celle-ci ?

— Laquelle ? »

Il prit plaisir à réciter, avec son accent polonais

ridicule : « Dans la tempête de la vie / S'il te faut un parapluie / Puisse-t-il être tenu / Par un bel ingénu. » Si Maryna le voyait ! « Qui en est l'auteur ?

— Ma meilleure amie, Abigail. Nous étions ensemble au pensionnat de Miss Ogilvy, elle n'avait qu'un an de plus que moi, mais maintenant elle est mariée.

— Ce qui veut dire que vous l'enviez ?

— Peut-être que oui, peut-être que non. C'est une question très intime.

— Pas si intime que je peux l'être.

— Monsieur Kreel, vous devez vous arrêter. Et écrire quelque chose dans mon livre, ne m'avez-vous pas dit que vous étiez écrivain ? Si vous écrivez quelque chose, je ne vous oublierai jamais.

— Je dois écrire quelque chose pour que vous vous souveniez de moi ? Ne vous souviendrez-vous pas toujours de moi si je vous suis jusqu'à Philadelphie ?

— Vous venez à Philadelphie ?

— Voir l'Exposition du Centenaire, bien sûr. Vous m'avez dit que je devais la voir.

— Mais je…

— Et vous serez mon guide. » Il l'attira vers lui : pourquoi pas, ils allaient débarquer demain à New York. « Je vous serre contre mon cœur. Ne dites pas que nous devons nous quitter. Ou je trouverai une… » Et elle s'enfuit, elle aussi. Adieu, Miss Philadelphie.

Des rivages qui se rapprochent, des îles, un remorqueur, puis *l'île*, Manhattan, un vent chaud, et les mouettes, les cormorans, les faucons, volant en cercles au-dessus du *Germanic* quand il commença à remonter les flots pour finalement accoster, avec force vibrations et secousses, à l'embarcadère de la White Star dans la 23e Rue. À leur droite le *contra naturam* impitoyable d'une ville moderne, une ville attachée à redéfinir toutes les relations en acheteur et vendeur. Une ville prospère, une ville vers laquelle les gens voulaient émigrer. À n'importe quel prix, quels que soient les affronts.

On transférait encore le troupeau des passagers de l'entrepont du *Germanic* sur la barge qui leur ferait redescendre le fleuve jusqu'à Castle Clinton, l'ancien fort en bas de Manhattan où on les interrogerait et les contrôlerait, alors que les fonctionnaires des douanes, qui étaient montés à bord pour interroger les passagers de la première classe et pour vérifier leurs bagages, en avaient fini avec eux et leur souhaitaient la bienvenue en Amérique. Ryszard et Julian descendirent dans la chaleur de la rue et prirent une voiture de louage pour se rendre à leur hôtel.

Sa taille stupéfia même Julian. De Liverpool, il avait retenu une chambre double par télégraphe au Central Hotel – pour le nom. « On dirait une banque », dit Ryszard.

« Est-ce le temps normal ? » demanda-t-il à l'employé quand ils furent enregistrés (dans un pays libre, comme le fit remarquer Julian, il n'est pas nécessaire de produire une pièce d'identité), et il voulut aussi savoir où l'on pouvait acheter des timbres afin de poster son paquet de lettres. (« Donnez-lui simplement vos lettres, lui murmura Julian. Il le fera et portera les frais d'envoi sur notre note. »)

« Vous voulez parler de la vague de chaleur ? lui répondit l'employé. Oh, il peut faire encore plus chaud. Mais pas en juillet. Non, monsieur. Ce n'est rien. Vous devriez revenir le mois prochain ! »

À la suite des deux porteurs noirs qui s'élancèrent pour s'emparer de leurs malles et de leurs sacs, ils traversèrent l'immense hall et différentes zones de parfums, cuivre lustré, bois huilé, tabac à mâcher, jetèrent un coup d'œil dans la salle à manger caverneuse où quatre fois par jour les clients descendaient prendre leurs repas (Ryszard nota qu'apparemment la chaleur autorisait les hommes à dîner sans veste, et Julian expliqua que, comme sur le bateau, dans les hôtels américains, il n'y avait rien à payer en plus pour les repas, leur prix étant inclus dans celui de la réservation), atteignirent leur chambre immense avec un élégant ventilateur de plafond, mais leur peau leur dit qu'il était inutile, et ils décidèrent d'aller se promener tout de suite. C'est au moment où ils se retrouvèrent dans la rue que Ryszard, qui jusque-là n'avait fait qu'observer, juger et tirer des conclusions, depuis le moment où ils avaient débarqué deux heures plus tôt, connut son épiphanie. Ce fut peut-être en voyant la plaque de la rue quand ils sortirent de l'hôtel. Broadway. Ils étaient sur Broadway ! Son esprit vif se calma et il ne put que se dire : Je suis ici, je suis vraiment ici.

Sur le bateau, ce cruel microcosme, Ryszard n'était nulle part ; il pouvait donc croire qu'il se trouvait partout, le roi de la conscience. On arpente son monde d'un bout à l'autre, alors qu'il se déplace à la surface d'une uniformité sans repère. C'est petit, le monde. On pourrait le mettre dans sa poche. C'est cela la beauté du voyage sur un bateau.

Mais maintenant il était quelque part. Il n'avait pas été sidéré quand la destination avait été Saint-Pétersbourg ou Vienne (bien que depuis longtemps il eût la tête pleine d'images de ces villes, pour lui, mythiques), il n'avait pas été ébahi la première fois par la simple réalité d'où il se trouvait, ni que l'endroit ressemblât à ce qu'il imaginait. C'était New York qui produisait ce charme, ou peut-être l'Amérique, Hamérique, rendue trop mythique par un excès de rêves, d'espoirs, de peurs, qu'aucune réalité ne pourrait soutenir – parce que chacun en Europe se fait une idée de ce pays, est fasciné par l'Amérique, l'imagine idyllique ou barbare, et parce que quelle que soit la façon dont on la conçoit, c'est toujours comme une sorte de solution. Mais, quoi qu'il en soit, au plus profond, on n'est pas entièrement convaincu qu'elle existe vraiment. Pourtant elle existe !

Être si frappé qu'une chose existe vraiment signifie qu'elle semble tout à fait irréelle. Le réel c'est ce sur quoi on ne s'émerveille pas, par lequel on ne se sent pas interloqué : ce n'est que la terre ferme qui entoure votre petite flaque de conscience. Rendez-la réelle ! Rendez-la réelle !

Ce soir-là, ils revinrent à pied presque jusqu'au bout de l'île. Quand la nuit tomba, les rues restèrent toujours aussi encombrées, les chalands et les employés de bureau cédèrent la place à la foule venue se divertir, dans laquelle se trouvaient quantité de prostituées. Ils s'attardèrent dans Union Square et regardèrent les gens bien habillés entrer dans les théâtres ; sur Bleecker Street, ils lorgnèrent des femmes à demi nues assises sur les genoux d'hommes en manches de chemise, affalés sur leurs fauteuils dans un bar (« C'est ce que les Américains appellent, curieusement, un "saloon". Ou un bouge », dit Julian) ; ils parcoururent des rues où les locataires des taudis qui étouffaient avaient sorti des paillasses dans les escaliers de secours et sur les trottoirs pour dormir… Ryszard demeurait silencieux ;

Julian expliquait qu'un taudis à New York n'avait pas le même sens qu'un taudis à Liverpool parce qu'ici les gens avaient un espoir (« Aucun navire ne quitte New York chaque semaine rempli de pauvres gens qui émigrent vers Liverpool », ajouta-t-il). Mais Ryszard n'était pas dérangé par les platitudes de Julian, c'est à peine s'il les entendait. Il écoutait la voix qui parlait dans sa tête étrangement vide. Je suis ici. Où pensais-je que j'allais ? Je suis ici.

Cela existe... mais alors, et toi ?

Bien sûr, il y a les choses que l'on fait. Une façon de se comporter. Si l'on est un homme, partout où l'on va, on peut toujours se mettre en chasse de rencontres sexuelles. Si, homme ou femme, on préfère des plaisirs plus exotiques, comme l'art, on peut consacrer son temps à passer voir les offres locales, ne serait-ce que pour en déplorer l'insuffisance. Si l'on est journaliste ou écrivain de fiction jouant au journaliste, on veut avoir son content de misère locale. La servilité immuable des serveurs nègres au restaurant de l'hôtel, qui s'écriaient « Oui monsieur ! Oui monsieur ! » à la moindre demande, confirmait son impression que les gens les plus polis qu'on pouvait rencontrer à New York étaient ceux venus d'Afrique, qu'on avait amenés ici enchaînés, alors que ceux qu'on considérait comme une menace étaient les Européens qui avaient tout récemment choisi de venir ici. Il allait partout où on lui conseillait de ne pas aller : la vallée de masures et de baraques qui commençait à quelques rues à l'ouest de Central Park, des coupe-gorge sombres et effrayants comme Bayard, Sullivan et West Houston, même l'infâme Rag Pickers

Row et Bottle Alley, où vivaient les plus pauvres, les plus misérables et donc les plus dangereux. On lui avait dit que le risque de se faire délester de son portefeuille était le moindre des dangers qu'il encourait. On aurait pu penser qu'il venait de débarquer sur une île de cannibales.

Ryszard avait l'esprit de l'écrivain, perpétuellement inoccupé et disponible. Julian avait la consolation de ce qui l'intéressait – la science, les inventions, le progrès. Ce qu'il voyait en voyageant illustrait ou s'ajoutait à ce qu'il savait déjà. Julian se rendit seul à l'Exposition du Centenaire deux jours après leur arrivée. On y montrait les plus récents prodiges de la capacité d'invention des Américains – le téléphone ! la machine à écrire ! la polycopieuse ! – et il revint de sa journée à Philadelphie enchanté de ce qu'il avait vu. Ryszard s'était excusé, et pourtant son journal voulait un compte rendu de première main de ce jubilé national et de cette foire mondiale : il n'aurait pu supporter que Julian lui explique une nouvelle fois le moderne et le rationnel. C'était New York, sa crudité, son irrévérence qui attiraient Ryszard. En fait, il soupçonnait qu'il se serait senti encore plus chez lui ici trente ans plus tôt, dans la ville que Dickens avait stigmatisée, quand on pouvait encore voir des cochons dans les rues pavées. Avant de partir, il envoya trois articles à la *Gazeta Polska* – « La vie à bord d'un grand paquebot transatlantique », « New York : premières impressions » et « Mœurs américaines » ; le deuxième et le troisième étaient remplis de descriptions vivantes et d'une admiration pertinente de l'énergie de la ville.

Un des avantages de Ryszard sur Julian en tant que voyageur était son goût pour les plaisirs sexuels. Ayant eu, par hasard pendant la traversée, pour la première fois de sa vie un aperçu de l'abjection de la prostitution, Ryszard décida d'effacer ce savoir dérangeant par une visite agréable dans une maison close à terre. La soirée se termina de façon mémorable par une conversation avec un autre client, dans le salon d'un établissement de Washington Square quand, en redescendant d'une heure passée avec une affriolante Marianne, il s'arrêta pour boire une coupe de champagne et jouir du plaisir revigorant de sentir son esprit se remplir graduellement.

« Je suis incapable de placer l'accent, dit l'homme aimablement.

— Je suis journaliste, j'arrive de Pologne, répondit Ryszard pour se présenter.

— Moi aussi, je suis journaliste ! » Ce n'était pas la profession que Ryszard aurait supposée être celle de cet homme âgé, portant beau, au visage ridé, bâti comme un sportif. « Vous êtes venu ici pour écrire sur l'Amérique ? » Ryszard approuva de la tête. « Alors vous devriez lire mes livres. Je ne peux m'empêcher de les recommander.

— Je veux lire autant de livres que possible sur l'Amérique.

— Formidable ! À la bonne heure ! Les sujets vont peut-être vous paraître un peu limités. Je veux dire, je ne suis pas Tockveel…

— Qui ? demanda Ryszard.

— Tockveel, vous savez, ce Français qui est venu ici, ça doit faire près de cinquante ans.

— Tout à fait, dit Ryszard.

— Mais vous voyez, dans mes livres vous apprendrez des choses que la plupart des étrangers ignorent. Il y a celui de l'an dernier, *Les Sociétés communisantes des*

États-Unis, et celui d'il y a trois ans, *La Californie : pour la santé, le plaisir et la résidence*, et...

— Mais c'est, c'est... (Ryszard retrouva par bonheur le mot dans son vocabulaire respectueux)... prodigieux, monsieur...

— Charles Nordhoff. » Il tendit une main que Ryszard serra chaleureusement.

« Richard Kierul. » Mon Dieu, se dit Ryszard. Je change mon nom. En Amérique, je vais vraiment être Rich-ard. « Prodigieux, répéta-t-il. Parce que la Californie c'est là où je vais et où j'ai l'intention de rester quelque temps. Et je m'intéresse beaucoup aux communautés qui vivent selon un principe plus élevé, un principe de coopération mutuelle. » Il se tut un instant. « C'est, je suppose, ce que vous entendez par "communisantes".

— Oui, et il y en a eu des quantités au Texas, en Pennsylvanie et en Californie, partout, cependant ça n'a pas marché au bout du compte, bien sûr. Mais ce pays est comme ça. Nous essayons tout. Nous sommes un pays d'idéalistes. Ce n'est pas votre impression ?

— J'avoue, répondit Ryszard, que je n'en ai pas vu beaucoup jusqu'ici.

— Non ? Eh bien, vous n'avez pas vu la véritable Amérique. Sortez de New York. Ici, personne ne s'intéresse à rien d'autre qu'à l'argent. Allez à l'ouest. Allez en Californie. C'est le paradis. Tout le monde veut y aller. »

Est-ce que cela ne paraît pas très américain, dit-il à Julian, à qui il relata cette conversation (mais sans en mentionner le lieu) lors de son retour à l'hôtel, que l'Amérique ait son Amérique, sa meilleure destination, où tout le monde rêve d'aller ?

Ryszard ne s'aperçut qu'il avait épuisé sa capacité de choc et d'étonnement que lorsque Julian et lui fixèrent la date de leur départ. Il ne s'émerveillait plus ; tout était entièrement réel. En fait, par cette opération grâce à laquelle un esprit aiguisé est toujours prêt à maîtriser l'émerveillement, il avait décidé que ce qui le stupéfiait par son unicité n'était pas unique : cette arche de Noé des évadés de tous les déluges, de tous les désastres de la terre, qui formaient déjà le tiers de la plus grande ville du monde connu, ne serait pas la seule de son genre. Partout où il y a une promesse, il y aura cette laideur, cette vitalité, ce mécontentement, ainsi que cette autosatisfaction. Le dimanche, le troisième jour de leur séjour, Ryszard entra dans une église de Brooklyn pour y entendre un prêtre éminent, auteur d'un récent livre à succès, *Les Abominations de la société moderne*, faire un sermon sur l'inhumanité et l'impiété de New York. De telles dénonciations frappèrent Ryszard comme la vantardise à propos des extrêmes du climat. Nous avons le plus grand pays. Nous avons la métropole la plus pécheresse. Certainement pas. La circulation bloquée, des tourbillons de papiers gras, des chantiers de construction, des immeubles d'habitation moches et recouverts d'enseignes de magasins et de panneaux publicitaires, des visages de toutes les couleurs et de toutes les formes, ces arrivées, ces constructions et ces départs continuels – bientôt le monde sera rempli de cités de ce genre.

Une semaine après leur arrivée, ils partirent par le train qui traversait le pays. Pour terminer son article sur le voyage transatlantique, Ryszard avait passé plusieurs heures au Castle Clinton afin d'observer le débarquement matinal des passagers de la troisième classe qui attendaient la suite de leur destin dans l'immense hall et, parmi les panneaux écrits en caractères sévères, destinés à indiquer aux immigrants lesquels étaient les bienvenus et lesquels seraient vraisemblablement les exclus, il remarqua ce message plus engageant :

EN AVANT ! POUR LA CALIFORNIE !
LE PARADIS DU TRAVAILLEUR.
UN CLIMAT SAIN. UNE TERRE FERTILE.
PAS D'HIVERS RIGOUREUX. PAS DE TEMPS PERDU.
PAS DE MILDIOU NI D'INSECTES NUISIBLES.

Tel était le texte du panneau, avec le dessin d'une énorme corne d'abondance qui déversait une pluie colorée de fruits, de poissons, de légumes, de charrues, de maisons, de gens. Il revit le même dans le hall également bondé de la gare, et il le montra à Julian, alors qu'ils cherchaient le quai d'où partait leur train. Ils passeraient sept jours et sept nuits dans ce train qui faisait de nombreux arrêts, dont aucun, sauf celui de Chicago, ne durait plus d'une heure ou deux. Cette perspective enchantait Ryszard, mais beaucoup moins Julian depuis qu'il avait appris qu'il était à présent possible d'aller encore plus vite. Inauguré le 1er juin, le train express, qui ne marquait que quelques arrêts et roulait à la vitesse inimaginable de cinquante à soixante miles à l'heure, ne mettait que trois jours et trois nuits pour atteindre San Francisco. C'était ce train-là, décida Julian, qu'ils devaient prendre. Mais Ryszard regimba. « Il y a tant à voir, dit-il. Je dois *voir*. » Ryszard avait refusé qu'ils changent leurs billets.

« Pas de temps perdu, marmonna Julian, avec un signe de tête vers l'affiche.

— Le paradis du travailleur, s'écria Ryszard. Courage, camarade !

— Bon, au moins... d'accord. Pas de mildiou ni d'insectes nuisibles », déclama Julian en souriant.

« En avant ! Pour la Californie ! » entonnèrent-ils, heureux, ensemble.

Quatre

Hoboken, New Jersey
États-Unis d'Amérique
9 août 1876

Cher ami,

Oui, une lettre. Et vous pensiez : Le continent l'a mangée. Une lettre que j'ai composée pendant des jours dans ma tête, bien que j'aie absorbé trop de choses pour me souvenir de tout. Et quelle est la première chose qui vient à l'esprit ? Ces derniers moments à Varsovie. Votre visage renfrogné à la gare. Je ne vois pas la foule, je n'entends pas les étudiants qui me donnent la sérénade avec des chants patriotiques. Je vois la tristesse de mon ami. Cher ami ! Nous ne sommes pas perdus l'un pour l'autre, je vous le promets. Vous m'êtes, vous me serez toujours, si cher. Mais m'avez-vous manqué ? Je serai honnête, avec qui le serais-je sinon avec vous ? Non, pas encore. Je fus soulagée de vous voir vous courber, vous retourner et quitter le quai avant le départ du train. Un autre fardeau m'était enlevé : votre tristesse. Vous vouliez me faire partager votre mélancolie, votre conviction qu'on ne peut recommencer sa vie, que nous sommes tous prisonniers de ce que nous sommes devenus. Mais cela, je ne l'accepte pas, Henryk. Je peux changer, je le sais. Déjà, je ne suis plus la « même personne ». Illusion d'actrice, allez-vous dire : de quelqu'un habitué à changer de personnage, à revêtir la tenue d'une autre. Eh bien, je vais vous montrer qu'on peut le faire *sans* être sur une scène !

Êtes-vous allé vous saouler ? Évidemment. Vous êtes-vous dit : Ma Maryna m'a abandonné pour toujours ? Évidemment. Mais pas pour toujours – pourtant qui sait quand nous nous reverrons ? Votre détresse lors de mon départ vous fait croire que je vous suis plus nécessaire que jamais, dans vos souvenirs vous exagérez mes charmes, et vous oubliez quels chagrins vous ont apportés ma présence dans votre vie et votre triste affection pour moi. Vous me suivez en esprit : Elle est dans le train, elle est sur le bateau, maintenant elle arrive en Amérique, elle a commencé cette nouvelle vie dans un décor que je ne peux imaginer. Elle m'a oublié. Au bout de quelque temps, vous serez en colère. Peut-être êtes-vous en colère en ce moment. Vous vous sentirez plus vieux, puis vous vous direz : Elle vieillit, *elle* aussi. Bientôt, sa beauté se sera totalement envolée. Cette pensée vous procurera quelque plaisir.

Si cela vous console, alors imaginez-moi quand le train quitte la gare, je ferme la porte du compartiment, j'ôte mes gants et mon chapeau, je me verse un peu d'eau du pichet et plonge mon visage dans un tissu humide, ce qui ruine mon maquillage et fait ressortir les cernes gonflés sous mes yeux et les rides qui vont de mon nez à ma bouche, puis je m'effondre sur mon siège, en tremblant, sans savoir si je dois rire ou pleurer. Tous ces adieux ! Avez-vous eu conscience qu'ils ont failli me détruire ? Les jeunes acteurs en larmes réunis sur la scène nue du Théâtre Impérial l'après-midi où j'étais allée leur dire au revoir, la cohue de mes adorateurs pleins de reproches qui m'attendaient à l'entrée des artistes quand j'ai quitté le théâtre au crépuscule, et sur le trottoir, sous nos fenêtres, au cours des derniers jours, et, parce que je n'avais pu empêcher que l'heure de notre départ fût publiée dans les journaux, la procession des étudiants qui ont accompagné notre voiture, en criant et en chantant, jusqu'à la gare, et la couronne de rubans blancs et rouges avec ces mots « À Maryna Załężowska – la jeunesse polonaise » qu'ils m'ont offerte quand je suis montée dans le train. « Ils veulent que je me sente coupable », ai-je dit à Bogdan. « Non, m'a-t-il répondu (vous savez à quel point il peut être gentil), ils veulent que vous vous sentiez aimée. » Mais, ai-je pensé, n'est-ce pas la même chose ?

Je ne vois pas pourquoi on veut que je me sente coupable de partir !

Quand nous arrivâmes à Brême, et ce n'était que le début de notre voyage, je sentis que j'avais déjà vieilli d'un an. Il nous restait deux jours avant que le *Donau* lève l'ancre, deux jours sans rien avoir à faire, et je ne voulais que me reposer. Mais n'allez pas imaginer que j'étais malade. Et pas de migraine, absolument aucune. Je me sentais faible parce que quelque chose me quittait. Ou peut-être étais-je en train de me préparer pour un nouveau combat. « Vous avez prononcé une condamnation contre vous-même », m'aviez-vous dit à Zakopane. « Maintenant, vous vous sentez obligée d'effectuer votre peine. » Non, Henryk. Poussée à l'effectuer, je vous l'accorde ; obligée, jamais. Mais je me demandais si, au bout du compte, je n'allais pas flancher. Peut-être pensais-je encore que quelqu'un m'arrêterait. Peut-être ai-je toujours pensé que quelqu'un m'arrêterait. Il y en a tant qui ont essayé. Tant, y compris vous-même, qui me rappellent qui je suis, cette Madame Maryna qui leur est si importante, si nécessaire. À eux ou au théâtre. Ou à la Pologne. Alors qu'elle ne veut que devenir personne.

À Brême, j'ai dû subir un dernier adieu. Une dernière tentative pour m'arrêter. Il attendait à l'hôtel Cordelia, celui dont je ne peux parler qu'à vous. Et avec des fleurs ! Pas un de ces admirateurs qui s'attardent dans les halls, en général des jeunes gens avec des casquettes d'étudiants, qui bégaient et me tendent des fleurs, mais un vieil homme à l'air bourru avec un bizarre chapeau de feutre. D'abord, je ne vis que cela, alors que Bogdan, qui ne sait pas à quoi il ressemble, prenait les fleurs. Jusqu'à ce qu'il parle – « Bienvenue à Brême », c'est tout ce qu'il a dit –, je ne l'avais pas reconnu. Comment est-ce possible, Henryk, dites-moi ? Il n'a pas changé à ce point-là.

Je me retournai mais il avait disparu. Piotr se tenait derrière moi, avec Wanda. Je frissonnais, je devais être pâle, je sais que j'avais la voix rauque quand je rejoignis Bogdan à la réception. Nous y trouvâmes des lettres de Julian pour Wanda, pour nous celles de Julian et de Ryszard, les dernières postées de New York, pour Bogdan une lettre de sa sœur qui devait arriver l'après-midi (elle a tenu absolument à nous accompagner jusqu'au bateau), et pour moi une lettre de la Société Shakespeare de Brême, sollicitant l'honneur de me voir assister à une lecture de *Jules César* par de jeunes acteurs pleins d'avenir – et une note de l'homme au chapeau de feutre. Il avait lu dans un journal allemand que je partais en Amérique. Il était venu depuis Berlin pour voir Piotr, disait-il. Je ne lui refuserais sûrement pas le droit de dire au revoir à son fils.

Vous imaginez aisément mon appréhension à la perspective d'une telle rencontre, mais – vous me connaissez aussi sur ce point – je redoutais encore plus de passer pour lâche. Je laissai un mot au concierge, comme il le demandait, pour lui fixer un rendez-vous le lendemain après-midi, sur la promenade proche, au bord de la Weser. Je dis à Bogdan, qui faisait tout ce qu'il pouvait pour consoler la pauvre Izabela, que j'allais me promener avec le petit. Je dis à Piotr qu'il allait rencontrer un vieil ami de sa grand-mère. (Ne m'accusez pas de rouvrir d'anciennes plaies, Henryk !) Évidemment, il était en retard, et sans un mot il se précipita vers l'enfant, qu'il serra contre son vieux manteau, et naturellement Piotr se mit à brailler. Je dis à la domestique de le ramener à l'hôtel. Heinrich ne s'y opposa pas. Aucun au revoir, aucun regard paternel affectueux – Henryk, ce vieil homme raide et triste est toujours une brute. Puis nous marchâmes, mais il apparut vite que nous ne pouvions avoir une conversation en marchant côte à côte. « Quoi ? » ne cessait-il de dire. « Comment ? » « Êtes-vous devenu dur d'oreille ? » lui demandai-je. « Quoi ? » Nous allâmes dans le café de l'Altmannshöhe et nous nous assîmes au bord de l'eau. Je lui dis immédiatement que je ne lui permettrais pas de me faire des reproches. « Des reproches ! hurla-t-il. Pourquoi en ferais-je ? » Je lui dis que je ne permettrais pas non plus qu'il me crie après. « Mais je n'entends pas ma voix ! gémit-il. Tu vois bien que j'entends mal. » Puis il décrivit ces dernières années passées à Berlin et la femme avec qui il vit, qui a un cancer de l'estomac. « Je serai bientôt complètement seul. *Bald ganz allein, der alte Załężowski.* » Lui aussi m'accusait de l'abandonner ? Je lui demandai s'il avait besoin d'argent. Cela provoqua chez lui une démonstration extravagante d'indignation, ce qui signifie qu'au bout du compte il me prit effectivement de l'argent. Et, oui, il essaya d'entamer ma résolution. Tout d'abord, il évoqua les dangers d'une traversée de l'océan, comme si je n'en avais pas conscience, et il me rappela même l'attentat l'an dernier sur le *Mosel*, un sistership de notre *Donau*. Vous souvenez-vous avoir lu cela ? La bombe avait explosé prématurément, juste avant que le navire n'eût quitté Bremerhaven, tuant quatre-vingt-neuf personnes, et blessant cinquante passagers et membres d'équipage. Puis il me prédit solennellement que je n'aimerais pas l'Amérique. Ils n'ont aucun respect pour la culture, le théâtre tel que nous le connaissons ne signifie rien pour eux, ils ne veulent que des plaisirs plébéiens, et ainsi de suite, alors je lui assurai que je n'allais pas en Amérique pour y retrouver ce que j'abandonnais en Europe – *au contraire* !* Enfin, il déclara que je n'avais pas le droit de le priver de la possibilité de voir son fils – comme s'il avait jamais manifesté le moindre intérêt pour cet enfant ! Ce n'étaient que de bien faibles tirades, sans rien de leur force d'antan. Il avait une toux sèche et ne cessait de passer les doigts dans ses cheveux blonds clairsemés. Je ne pense pas qu'il ait jamais cru pouvoir m'arrêter. Il voulait seulement se montrer. Il voulait ma pitié. Il était pitoyable. Je n'ai éprouvé aucune pitié pour lui. J'étais débarrassée de lui, enfin.

Et pourtant... j'ai su alors que je l'avais vraiment aimé. Peut-être n'ai-je jamais autant aimé quelqu'un. Je l'aimais avec cette part de moi qui voulait être quelqu'un, quelqu'un qui ferait de grandes choses dans ce monde.

Même ce spectre pitoyable ne put ternir l'exaltation que je ressentis quand je montai sur le bateau.

Il y eut effectivement des dangers au cours du voyage, mais pas de ceux que Heinrich avait évoqués. La mer était calme, nos cabines confortables, pourtant le bateau semblait petit, je suppose qu'il *est* petit ; il a été construit il y a une dizaine d'années. Mais il y a la servilité allemande, destinée à vous faire oublier le penchant allemand à donner des ordres. Le capitaine nous flattait et s'affairait tellement autour de nous – il avait appris que j'étais une actrice célèbre et que Bogdan était comte – qu'on aurait pu croire que la réputation chancelante de la flotte de la Norddeutsche Lloyd reposait sur notre approbation. Au début, je fus irritée par la monotonie de la vie sur un transatlantique, où l'on est tellement enrégimenté et dorloté. *L'indolence n'est pas mon fort**. Mais un long voyage sur l'eau possède sa propre magie, à laquelle je finis par succomber. J'en devins tout à fait sauvage, même avec les membres de notre groupe, en particulier au dîner, avec les conversations obligatoirement futiles sur la musique d'un trio à cordes qui jouait Bizet et Wagner. Je préférais communier avec la mer, qui me rappelle un des énormes vides de l'univers.

J'étais sans cesse ramenée sur le pont supérieur où je me tenais près du bastingage et où je regardais l'eau qui se soulevait. Près du bateau elle était vert sale, plus loin de la couleur de l'étain terni. Parfois, je voyais d'autres bateaux, mais très, très loin. Même si je les regardais longtemps ils ne semblaient pas bouger – on les aurait crus verrouillés sur l'horizon – alors que notre petit *Donau* grinçant filait comme un projectile de vapeur et de fer, en labourant l'océan. Notre aventure commença à rimer dans mon esprit avec l'inexorable poussée du navire à travers les eaux, avec ma prise de conscience vertigineuse que c'était moi qui avais tout mis en mouvement : plus moyen d'arrêter les choses maintenant ! Je ne peux le dire qu'à vous, Henryk. L'idée que je pouvais me jeter dans l'océan me hantait. Je l'aurais peut-être fait, qui sait. Mais la folie d'un autre me ramena à la raison.

C'était le quatrième soir en mer, vers huit heures. Nous en avions fini avec le dîner une demi-heure plus tôt, j'avais accompagné Piotr dans la cabine qu'il partage avec Wanda pour le préparer pour la nuit et le border, et je venais juste de revenir dans notre cabine de luxe, où Bogdan m'attendait avec un cigare qu'il n'avait pas encore allumé. Je me souviens m'être penchée pour regarder avec lui, par le hublot, la lune qui venait de se lever, et nous nous rappelâmes en riant quelque chose de stupide que le capitaine avait dit à table à propos de la lune et de la mélancolie – j'avais déjà accroché ma pèlerine, enlevé mes bagues, mon collier et mes boucles d'oreilles, et sorti mon peignoir – quand le bateau sembla chanceler comme un vieux trotteur faible du jarret. Puis tout devint calme sous nos pieds, un calme menaçant. Nous entendîmes des cris dans le couloir ; Bogdan dit qu'il montait sur le pont voir ce qui se passait et je le suivis aussitôt. Le paquebot s'était arrêté. L'équipage courait partout, certains relâchaient la voilure, d'autres descendaient un canot de sauvetage par-dessus bord. Bogdan me retrouva pour m'apprendre la nouvelle. Le second avait aperçu quelqu'un dans l'eau. Un mousse avait découvert une paire de grandes bottines à lacets près du bastingage tribord. Un des premiers passagers à se précipiter sur le pont, un Anglais de notre table, se souvenait des chaussures : un gentleman ne porte pas de bottines au dîner – sauf peut-être un Américain. Aucun doute donc sur la personne disparue. On nous entoura et on nous demanda si nous avions eu récemment avec ce malheureux une conversation susceptible de jeter quelque lumière sur ce tragique accident. Pas précisément ! Sa chaise était à la table d'à côté ; depuis les présentations du premier soir nous ne nous étions jamais parlé. Il voyageait seul : un grand jeune homme aux yeux bleu pâle qui louchait, avec des lunettes à monture d'acier et un visage grave. Alors qu'il s'asseyait le premier soir, j'avais remarqué que son frac était une taille trop petit pour lui. Je n'avais pas du tout fait attention aux chaussures inadaptées de ce pauvre bougre. Nous étions penchés sur le garde-fou, en silence, et nous regardions le canot qui tournait autour du bateau en cercles de plus en plus grands. Il y avait toujours de la lumière dans le ciel, mais la mer était noire. Sur la passerelle, à l'aide d'un mégaphone, le capitaine hurlait des instructions aux marins du canot. Ces derniers agitaient des torches et hurlaient à leur tour vers la mer. Puis nous commençâmes à hurler nous aussi, car le ciel s'obscurcissait et bientôt la couleur de la mer envahirait celle du ciel, déjà nous devions faire un effort pour les distinguer l'un de l'autre. Mais l'Américain ne réapparut jamais à la surface de l'eau. Une demi-heure plus tard, le capitaine donna l'ordre au canot de revenir, on remit les moteurs en marche et le bateau repartit.

Bien sûr, il pouvait s'agir d'un accident : il aurait désiré retrouver le calme du pont après le dîner assommant, près du garde-fou, et comme il était jeune et américain, à peine plus âgé qu'un adolescent, il aurait ôté ses chaussures de façon insouciante, pour libérer ses doigts de pied et sentir les planches humides à travers ses chaussettes (Piotr aurait pu le faire ; *je* l'aurais peut-être fait moi-même, quand personne ne regardait !), puis il aurait aperçu quelque chose d'énorme, argenté, une baleine aurait-il pensé tout excité, il se serait penché et quand la mer s'était soulevée, quand le bateau s'était balancé…

Mais les choses ne s'étaient pas déroulées ainsi, n'est-ce pas ? Pourtant, peut-être n'avait-il pas *prévu* de le faire. Peut-être sortit-il simplement pour faire un tour sous le ciel nocturne, parfaitement serein, avec dans l'esprit rien que de très habituel, des appréhensions et des regrets supportables. Comme moi, il fut fasciné par le charme de la mer. Soudain, il lui sembla si facile de tomber. Mais qu'est-ce qui aurait pu lui faire quitter de plein gré la sécurité de ses pieds posés sur le pont, de sa poitrine appuyée contre le garde-fou, de ses joues et de son front caressés par la brise humide, pour un plongeon, le cœur qui s'arrête, les bras qui s'agitent, vers le choc de l'eau glacée ; abandonner l'air d'une bouche grande ouverte aspirant un mur d'eau qui s'écrase contre son visage, qui inonde sa gorge, qui enveloppe ses hanches et ses jambes, qui l'entraîne loin du bateau ? Quelle insuffisance d'imagination le fit sauter par-dessus bord ? Ou quel désespoir de jeunesse ? Mais nous sommes toujours portés inexorablement vers quelque chose. Quoi, qui, l'attendait quand le bateau accosterait à New York ? Une entreprise familiale dans laquelle il ne voulait pas entrer ? Une fiancée qu'il ne voulait plus épouser ? Une mère dont l'adoration excessive l'asservirait à nouveau ? Comme j'aimerais avoir pu lui expliquer qu'il ne devait pas obligatoirement devenir ce qu'il pensait être condamné à devenir. Car n'est-ce pas pour cela qu'on pense à mettre un terme à sa vie ?

Quelques-uns d'entre nous restèrent sur le pont un petit moment, en espérant encore apercevoir quelque chose sur l'eau – comme si redescendre tout de suite aurait signifié accepter sa mort. Le lendemain matin, au petit déjeuner, les gens ne parlèrent de rien d'autre. On reconnut qu'il était mal habillé, on remarqua qu'il se conduisait bizarrement, on conclut qu'il n'avait pas toute sa tête. Bogdan avait l'air très affecté. Piotr, qui avait écouté, l'air sombre, me demanda dans un murmure : « Pourquoi a-t-il enlevé ses chaussures ? » Comme je ne répondais pas – le suicide n'est pas une chose dont on veut qu'un enfant ait une image claire –, il déclara que l'Américain avait enlevé ses chaussures parce qu'il allait nager. Et s'il avait voulu nager dans l'océan, ce devait être un excellent nageur, et c'était possible, n'est-ce pas, qu'il soit toujours en train de nager. Alors un autre bateau le ramasserait. Je lui dis que c'était possible. L'après-midi même, le capitaine organisa une cérémonie à sa mémoire dans le Salon. On me demanda de réciter quelque chose et, considérant que je devais dire un poème allemand puisque nous étions sur un bateau allemand, je me lançai sans trop réfléchir dans :

Vorüber die stöhnende Klage
Elysiums Freudengelage
Ersäufen jedwedes Ach…
Elysiums Leben
Ewige Wonne, ewiges Schweben,
Durch lachende Fluren ein flötender Bach

et ainsi de suite, vous vous souvenez d'*Elysium* de Schiller. Mais à *Hier mangelt der Name dem trauernden Leide*, « Ici le chagrin douloureux n'a pas de nom », je ne pus retenir mes larmes. À ma demande, la petite paysanne que j'avais emmenée pour aider aux tâches ménagères chanta un hymne à la Madone – Aniela chante merveilleusement. Comme cela m'attriste de me souvenir de lui, ce jeune homme que je n'ai pas connu…

Je dois m'interrompre.

10 août

Je peux reprendre. Vous ai-je alarmé, cher ami ? Ne vous inquiétez pas pour moi. Je suis très solide. Vous savez que ces idées fantasques me sont habituelles. Il est dans ma nature d'imaginer, d'imaginer de façon vivante, ce que ressentent les autres.

Que vous dirai-je d'autre à propos de notre voyage sur le *Donau ?* Que j'ai mangé avec appétit, que j'ai pris de grandes bouffées d'air marin, que j'ai attendu que la traversée s'achève. Contrairement à plus d'un membre de notre groupe, je ne nourris aucune fantaisie sur le voyage. Pour lutter contre l'oisiveté ou les pensées morbides, j'ai étudié un autre manuel de grammaire anglaise et j'ai lu. Se perdre dans un livre est une grande consolation. Bogdan avait ses traités d'agriculture, mais il appréciait trop la traversée pour ressentir l'envie de se plonger dans la préparation des tâches qui nous attendent quand nous toucherons au terme du voyage. En fait, il m'a dit un soir qu'il souhaitait presque que nous n'arrivions jamais, que ce navire poursuive éternellement sa route. Piotr, qui semblait également enchanté, a à peine ouvert son précieux volume illustré de Fenimore Cooper, ces histoires bien connues de nobles Indiens reculant devant l'assaut de la civilisation ayant cédé devant la réalité exotique du paquebot qui traverse l'océan sous les étoiles. Il ne cesse de poser des questions à tout le monde sur le fonctionnement du moteur du bateau et sur les noms des constellations. L'ingénieur en chef, dont il est devenu le chouchou, l'a emmené dans la chaufferie. Bogdan, adorable et paternel, a passé des heures avec Piotr à potasser un atlas d'astronomie emprunté dans la bibliothèque personnelle du capitaine. Et j'avais le livre que vous m'avez offert, *L'Expression des émotions chez l'homme et les animaux*, et j'ai découvert avec plaisir que mon anglais me permettait l'exploit de le lire. Bien sûr, comme vous deviez le savoir, l'exposé de M. Darwin qui explique que l'expression de la peur, de la haine, de la joie, de l'orgueil et du reste chez les animaux est similaire à la nôtre, était faite pour m'intéresser. Et je vois pourquoi un tel sujet devait l'attirer, *lui*, car si nous sommes comme les animaux, c'est une preuve supplémentaire qui corrobore sa théorie selon laquelle nous descendrions d'eux. Eh bien, c'est peut-être vrai ! Si j'avais lu le livre à terre, cette idée m'aurait écœurée, mais en mer, où les êtres humains semblent insignifiants, semblent n'être rien, elle m'a rendue sensible aux blasphèmes de M. Darwin. Henryk, je n'ai pas résisté à votre livre.

Oui, j'accepte que les animaux ressemblent effectivement aux êtres humains à s'y méprendre. Ils sont comme des acteurs de la vieille école, avec une façon tout à fait prévisible d'exprimer ce qu'ils ressentent. En fait, le livre de M. Darwin est un manuel pour se surpasser. Malheur aux acteurs qui consulteraient ce livre ; ils y trouveraient confirmées toutes leurs mauvaises habitudes. Un bon acteur sera économe des signes manifestes du visage, des grands gestes – aussi naturels puissent-ils être. Le plus émouvant pour un public c'est une certaine retenue, une sorte de dignité dans la détresse. Cela n'a rien de commun, je m'empresse de l'ajouter, avec la répugnance bien connue des Anglais à montrer leurs sentiments. Car même M. Darwin, qui s'emploie à prouver que le langage des émotions est universel, doit reconnaître que ses compatriotes haussent les épaules bien moins souvent et avec moins d'énergie que les Français ou les Italiens, et qu'en Angleterre les hommes pleurent rarement alors qu'en Pologne, et en réalité sur presque tout le continent, les hommes versent des larmes tout à fait aisément et librement.

Et, à mon avis, il existe une différence irréductible entre les êtres humains et les animaux. L'idée de M. Darwin, selon laquelle chaque émotion a une façon naturelle de s'exprimer, suppose que chaque émotion est distincte. Cela peut être vrai pour mon cousin le singe et pour *mon semblable** le chien. Mais nous, les humains, ne sommes-nous pas capables de ressentir – sauf dans les moments d'urgence – au moins deux émotions à la fois ? Vous, cher ami, n'éprouvez-vous pas des émotions contradictoires à propos de mon départ ? Vous mordez-vous les lèvres, levez-vous les sourcils, contractez-vous les muscles du chagrin autour de vos yeux ? Non, on ne peut sans doute rien observer sur votre visage. Alors, suis-je en train de dire que vous êtes un bon acteur, Henryk ? Peut-être. On ne peut rien observer sur votre corps, à part votre démarche plus lente – sauf quand vous buvez. Et, pardonnez-moi de vous malmener, mais buvez-vous toujours autant ? Davantage ?

Ah, mais, me direz-vous, ce que je ressens à propos de ma chère Maryna et de son abandon n'est pas une émotion. C'est une passion ! Tout à fait. Tout à fait, cher ami. Et M. Darwin décrit non pas des passions mais seulement des réactions. Par émotions, tout ce que cet Anglais semble vouloir désigner, c'est ce que nous ressentons quand nous sommes pris à l'improviste, quand nous sommes surpris. Quelqu'un, que je ne reconnais pas au premier abord mais que j'ai des raisons de craindre, rôde dans un endroit plein de monde où je ne m'attends à rencontrer personne de connaissance, par exemple, oui, un hall d'hôtel dans une ville étrangère. Ou quelqu'un que je sais furieux contre moi – je ne vous ai jamais raconté cet incident – entre brusquement dans un endroit où je me sens parfaitement en sécurité quand je suis seule, comme dans ma loge. Je sursaute et, bien sûr, j'ai peur. J'entrouvre les lèvres, mes pupilles se dilatent, je hausse les sourcils, mon cœur bat violemment, mon visage pâlit, mes poils se hérissent sur ma peau, mes muscles superficiels frissonnent, ma bouche se dessèche, et ma voix devient rauque et inaudible – toutes ces réactions ont lieu en dehors de tout contrôle. Quand le stimulus cesse, je retrouve mon calme. Mais qu'en est-il de ces sentiments douloureux si longtemps contenus qui semblent avoir été maîtrisés et qui, sans aucun avertissement, inondent l'âme ? Où est ce désir amoureux non partagé ? Et la jalousie ? Et le regret ? – Oh, oui, le regret ! Et l'angoisse, l'angoisse à propos de tout et de rien ? Le répertoire de M. Darwin me paraît très britannique.

À propos de mentalité britannique, je dois vous parler de l'autre livre anglais que j'ai emporté pour lire sur le bateau – un roman, pas très récent, intitulé *Villette*. C'est le portrait d'une jeune femme qui a de hauts principes et de faibles espérances. Vous savez que j'ai toujours éprouvé de la sympathie pour un tel personnage. J'aime les femmes héroïques et j'attends le dramaturge qui dépeindra cet héroïsme dans la vie moderne, celui des femmes qui ne sont ni belles ni bien nées, mais qui luttent pour être indépendantes. J'imaginais même que quelqu'un pourrait adapter le roman pour la scène ; ce rôle serait un vrai défi – cela me reposerait des actrices et des reines ! – que j'aurais peut-être aimé avoir joué. Ce n'est pas pour cela qu'on m'a offert ce livre, le cadeau d'adieu d'une collègue de l'Impérial qui a passé son enfance en Angleterre. Elle pensait qu'une scène où l'héroïne voit Rachel jouer à Londres m'intéresserait. J'avançais dans le livre avec opiniâtreté (Miss Brontë a un vocabulaire plus étendu que

M. Darwin !), transportée par le personnage de Lucy Snowe, une jeune fille simple, consciente d'elle-même, pleine de passion cachée, jusqu'à ce que j'atteigne enfin le chapitre où on l'emmène au théâtre. Imaginez mon désarroi quand je découvris que l'héroïne, pour laquelle j'éprouvais tellement de sympathie, n'aime pas du tout Rachel. Bien qu'elle soit captivée, séduite par la puissance de Rachel – qui ne l'était pas ? –, elle ressent aussi de la répugnance pour la femme passionnée qu'elle voit sur scène. Elle la désapprouve tout à fait ! Elle juge la force expressive de l'impératrice de la scène excessive, peu féminine, rebelle – satanique !

Ne trouvez-vous pas étrange que le spectacle d'une grande actrice puisse éveiller une telle animosité, une telle peur ? En Pologne, comme en France, une actrice peut être accusée d'accorder trop librement ses faveurs, mais non de faire preuve de trop d'ardeur. Peut-être qu'en Pologne le théâtre signifie quelque chose qu'il ne peut signifier ailleurs, même au pays du divin Shakespeare. Pourquoi Lucy Snowe ne s'est-elle pas tout simplement amusée ? Pourquoi refusait-elle d'être transportée ? Pourquoi se sentait-elle menacée par la passion de Rachel ? Et cependant, le roman qu'a écrit Miss Brontë est très passionné. Peut-être l'auteur luttait-elle avec elle-même. Elle avait peur que ses propres passions bouleversent sa vie. Elle ne souhaitait pas changer, ni être changée.

Mais vous voyez, j'imagine ma propre tâche – et la résistance envers elle, de l'extérieur et de l'intérieur –, où que je me tourne. Pour une femme, il est plus dur de vouloir une vie différente de celle qu'on a décrétée pour elle. C'est plus facile pour vous, les hommes. On fait votre éloge si vous êtes téméraires, audacieux, si vous

vous battez, si vous avez un esprit d'aventure. Tant de voix intérieures disent à une femme d'être prudente, aimable, réservée. Elle doit craindre tant de choses, je le sais. N'allez pas croire, cher ami, que j'aie perdu tout sens de la réalité. Chaque fois que je suis courageuse, je joue. Mais il n'en faut pas plus pour être courageux, n'est-ce pas ? L'apparence de la bravoure. Le spectacle du courage. Comme je sais que je ne suis pas courageuse, pas courageuse du tout, cela me pousse à jouer les braves.

Dans notre pays, personne n'accuserait une actrice qui étale ses sentiments sur scène d'être un démon, oui, un démon, et de glorifier un personnage de rebelle – ce moralisme ne m'est pas familier. En Pologne nous aimons l'idée de la révolte, de l'esprit qui s'insurge, n'est-ce pas ? J'aime la part de révolte qui est en moi, car j'ai une conscience aiguë de ma facilité à céder, à répondre servilement à l'attente des autres. Comme je lutte contre cette immense part de moi qui est un esprit conquis, impatient d'obéir – une part plus vaste assurément parce que je suis une femme, élevée pour être servile. C'est en partie ce qui m'a attirée vers la scène. Mes rôles m'ont enseigné la confiance et la méfiance. Jouer a été un moyen de vaincre l'esclave en moi.

Imaginez alors ce que signifie pour moi d'abandonner la scène, où je suis autorisée à jouer de façon impérieuse. Ne pensez pas que cela ne représente pas un sacrifice. J'ai été mariée à la scène pendant près de vingt ans. Peut-être qu'un jour, en Californie – même maintenant, déjà en Amérique, écrire le mot CALIFORNIE me donne le frisson –, au bord du ruisseau, derrière notre petite hutte, pour l'amusement de notre colonie et de quelques jeunes Indiennes, jouerai-je une scène d'une de mes pièces préférées. Oui, je l'avoue, j'ai emporté certains de mes costumes – Juliette, Rosalinde, Portia, Adrienne. Cela me semblera sans doute tout à fait ridicule d'en revêtir un après une journée de dur labeur dans nos champs sous le ciel bleu, ou passée dans les collines, sur un cheval, un fusil à l'épaule. Comme tout cela m'apparaîtra artificiel ! Cependant, si je suis jamais tentée de retourner au théâtre, puissé-je me souvenir de ce que j'ai appris à propos de la méfiance des Anglo-Saxons envers les grandes actrices. Dieu merci je ne suis pas venue en Amérique pour monter sur scène !

12 août

Mais elle ne m'a rien dit de l'Amérique, devez-vous penser. D'accord, je peux vous dire sur New York quelque chose que tout le monde nous répète actuellement, c'est que la ville est tellement envahie d'immigrants que ce n'est plus qu'une extension de l'Europe – pas du tout l'Amérique ! Comme vous l'avez lu au début de cette lettre déjà trop longue, nous ne séjournons pas sur l'île de Manhattan. Bogdan a pensé que loger tous là-bas dans un hôtel correct serait une façon de gaspiller notre capital, nous avons donc demandé conseil au capitaine, qui nous a recommandé une auberge confortable et pas trop chère, près de l'endroit où la Norddeutsche Lloyd a ses débarcadères, de l'autre côté de l'Hudson. Ici, dans cette ville au bord de l'eau, dont le charmant nom indien signifie « pipe de tabac », avec une belle vue sur Manhattan, nous sommes en réalité dans un autre des trente-huit États !

Chaque matin, les plus intrépides d'entre nous prennent le ferry et passent la journée à explorer la ville – je dis les plus intrépides, car ceux qui traversent le fleuve ne sont plus qu'un petit groupe. Manhattan s'est révélé intimidant à la plupart de nos aimables compagnons ; et ils ne pensent qu'au départ, et à la pastorale qui nous attend. Wanda est totalement perdue sans Julian. Aleksander, bien qu'infatigable, est handicapé par son ignorance de l'anglais. Danuta et Cyprian doivent pourvoir aux besoins de leurs deux petites filles. Seul Jakub, qui va partout avec son carnet de croquis, se sent presque comme chez lui ici. J'ai peur qu'il regrette bientôt de devoir partir, mais je lui ai promis que la Californie se révélerait un sujet tout aussi riche pour un artiste. Je regretterai moi aussi. Une actrice est en général une spectatrice passionnée, et aucun spectacle n'est plus ensorcelant que celui que nous voyons jouer, dans toutes les langues connues, sur cette scène violente. Chaque race, chaque nation, chaque tribu du monde est représentée, au moins parmi les classes les plus pauvres – et la plupart des gens semblent très pauvres quand on s'aventure hors des rues principales. Je ne suis pas étonnée de trouver la ville si laide. Mais je ne m'attendais pas à voir autant de miséreux et de mendiants. On nous dit que les pauvres sont plus nombreux qu'il y a quelques années, non seulement parce qu'il y a de plus en plus d'immigrants dont la plupart arrivent sans rien, mais parce que – Bogdan a reçu quelques avertissements inquiétants de la part de son frère à ce sujet – l'économie doit encore se remettre de la grande crise (ici on l'appelle la « panique ») d'il y a trois ans. Les emplois, en particulier subalternes, sont rares et les salaires continuent à chuter. Mais manifestement cela ne décourage personne de venir ici dans l'espoir de jours meilleurs !

Hier soir, Bogdan et moi, nous nous sommes réservé une soirée en tête à tête et nous avons dîné au Delmonico, un restaurant réputé pour être le meilleur de la ville. Je peux témoigner que les nantis y sont aussi richement nourris et aussi calmes dans leurs manières que ceux de Vienne et de Paris. Au-dehors, tout n'est qu'agitation et bruit. Chariots, équipages, omnibus, fourgons, tramways, bousculades de piétons transforment chaque traversée de carrefour en aventure ; chaque immeuble est recouvert d'enseignes, on emploie des hommes comme kiosques ambulants, harnachés de publicités devant et derrière, et même sur la tête, tandis que d'autres glissent un prospectus dans la main de chaque passant, ou les jettent par poignées dans les tramways ; des cireurs de chaussures implorent le chaland depuis leurs petits étals, des marchands crient en tirant leur voiture à bras, et des groupes de musiciens, surtout des Allemands, font retentir leurs trompettes et leurs tubas dans vos oreilles. J'ai été surprise de voir autant d'Allemands, en plus grand nombre même que les Irlandais et les Italiens, chaque nation ayant son propre quartier. Henryk, il y a tant de misère et de pauvreté ici. Et de crimes : on nous conseille en permanence de ne pas nous aventurer là où vivent les pauvres, car le danger d'être agressé et dévalisé par des bandes de voyous est très grand. Jakub est le plus téméraire d'entre nous pour explorer ces quartiers grouillants ; il a déjà rempli cinq albums de croquis. Hier, il a passé tout l'après-midi dans le quartier des juifs, des juifs pauvres bien entendu, qui ressemblent tout à fait à ceux de Cracovie, les hommes à barbe noire, avec une petite calotte sur la tête, qui portent toujours leurs longs manteaux noirs par cette chaleur atroce.

Ce qui m'amène à mon unique sujet de plainte. Je n'ai jamais enduré une telle chaleur. Nous en souffrons tous. Piotr a de l'urticaire. La plus jeune des filles de Danuta pleure tout le temps. Avoir chaud signifie que je me sens trop habillée – je suppose que je le suis effectivement –, moins toutefois que les femmes d'ici qui portent encore des crinolines et qui, comme Danuta, Wanda, Barbara et moi l'avons remarqué, regardent avec envie (c'est ce que j'imagine) nos jupes légères. Évidemment, nous marchons beaucoup après être descendus du ferry. Hier, alors que nous nous promenions sur Broadway, la rue principale, une grosse femme qui portait une énorme crinoline sous une lourde jupe noire s'est affaissée sur le trottoir devant nous. J'ai cru qu'elle était gravement malade mais non, un passant a dit que cela arrivait souvent en août ; un cocher a détaché le seau d'eau de son cheval et, sans cérémonie, il lui en a aspergé un peu sur le visage, puis on l'a aidée à se remettre sur ses pieds et, sans plus d'embarras, elle a continué son chemin. Je sais qu'il n'est pas prudent de rester autant au soleil, mais nous n'avons pas d'hôtel où nous réfugier. Si l'on écoutait Piotr, nous nous abriterions toutes les heures chez un glacier. Ici, les glaces, préparées par des Italiens, sont délicieuses. Il aime aussi beaucoup une friandise indienne qu'on vend dans les rues, de petites boules légères et sèches faites de grains de maïs blanc éclatés, ainsi que les cacahuètes brunes enfermées dans une cosse pâle, mais je trouve ces dernières tout à fait indigestes. Ici, les gens boivent encore plus d'eau que de vin au cours des repas, et en hiver comme en été on consomme l'eau très fraîche : le verre est rempli de petits morceaux de glace en forme de cubes – je suis sûre que vous allez trouver cela tout à fait malsain. Aujourd'hui, en recherchant en vain de la fraîcheur, certains d'entre nous ont visité le grand parc situé juste au nord de la ville ; on l'appelle Central Park, bien qu'il n'ait rien de central. Il ne ressemble pas non plus à un parc à vrai dire – n'allez pas imaginer quelque chose comme un nouveau parc de Cracovie et encore moins notre majestueux et feuillu Planty –, car la plupart des arbres sont encore trop jeunes pour donner de l'ombre.

La communauté polonaise n'est pas importante, nos compatriotes se sont installés en plus grand nombre dans l'ouest, à Chicago. Bogdan a rendu visite à quelques responsables, qui lui ont fait part de leur désir d'organiser une réception en mon honneur. Je sens que je dois refuser tout en regrettant de les décevoir. Ils veulent accueillir la personne que j'ai cessé d'être. Mais l'actrice qui a été ne peut assouvir sa curiosité sur le théâtre, et le mois d'août, en plus d'être le mois le plus chaud, est aussi le début de la saison. En fait, comme m'en a grossièrement avertie Heinrich, ici le théâtre semble signifier autre chose que *chez nous**, et à Vienne, et à Paris. Le public s'attend à ce qu'on le divertisse, non à ce qu'on l'élève, et ce qui le divertit le plus c'est le grandiose et le bizarre. Nous avions pensé aller voir *La Grande Duchesse de Gerolstein* d'Offenbach, qui se joue sur une des plus grandes scènes d'ici, jusqu'à ce qu'on apprenne que la pièce était donnée par la Troupe d'opéra d'enfants mexicains, et que la prima donna, Señorita Niña Carmen y Morón, avait huit ans. Pouvez-vous imaginer entendre l'air de la duchesse « *Dites-lui qu'on l'a remarqué** » – y a-t-il plus ravissante chanson d'amour ? – chanté par le glapissement criard d'une petite fille ! Quelque chose pour Piotr peut-être, bien qu'il eût préféré je suppose le programme d'un autre théâtre, qui comprenait George France et ses chiens, Don Caesar et Bruno, la Troupe Hansell des Fauvettes alpines, Jenny Turnour la reine du trapèze, et un certain Herr Cline, qui danse un *pas de deux** sur une corde raide avec sa grand-mère. Aucun Shakespeare dans aucun théâtre, hélas, même si l'on m'a assuré qu'aucun auteur dramatique n'était plus joué en Amérique que Shakespeare. En dehors de farces et de mélodrames, qui ne semblent pas mériter le déplacement, même par simple curiosité, il n'y a qu'une comédie légère, anglaise bien sûr, intitulée *Notre cousin américain*, qui a connu un succès irrésistible dans tout le pays au cours des onze dernières années parce que c'est alors qu'il assistait à une représentation de cette pièce dans une loge avec sa femme et quelques membres du gouvernement que le Président Lincoln a été assassiné – par un acteur à l'esprit dérangé, comme vous vous en souviendrez. Les pièces convenables sont presque toutes anglaises ou françaises, mais si le public new-yorkais adore Wagner, les grands dramaturges allemands n'éveillent pas son intérêt. Si vous voulez voir Schiller, vous devez aller dans un des théâtres de langue allemande, où il est joué par une troupe de deuxième ordre venue de Munich ou de Berlin. Et, comme il est impensable de présenter une pièce de Krasiński, de Słowacki ou de Fredro en anglais, et qu'il n'y a pas assez de Polonais à New York pour permettre l'existence d'un théâtre en langue polonaise, nos sublimes dramaturges demeurent totalement inconnus ici.

J'aurais tant aimé voir sur scène un de ces éminents acteurs américains dont la réputation a atteint l'Europe, mais aucun ne joue actuellement. Nous sommes allés dans le magnifique théâtre dont le propriétaire est l'un d'eux, Edwin Booth (c'est son jeune frère qui a assassiné M. Lincoln), qui a ouvert avec une tragédie de Lord Byron, *Sardanapale.* Il paraît un peu mesquin de noter que l'interprétation laissait peu de place à l'imagination – votre M. Darwin aurait approuvé ! – étant donné que la pièce avait été transformée en une machine à grand spectacle. Une musique tonitruante, un décor écrasant, une centaine de personnages grouillant sur une scène immense – ici, c'est ce que le public apprécie avant tout. En plus d'une douzaine d'acteurs dans les rôles principaux, le « ballet italien » dans l'acte II comptait – je regarde le programme – « quatre danseurs de première classe, huit coryphées, six dames de ballet, quatre-vingt-dix-neuf extras, vingt-quatre boys nègres, douze choristes femmes, huit choristes hommes, et quarante-huit figurantes » ! Imaginez-les tous en train de faire des cabrioles pendant que la machinerie produit les effets les plus stupéfiants : un décor entier peut sortir du sol ou disparaître. Le dernier acte s'est achevé sur un incendie extraordinaire, que le public a vigoureusement apprécié, et nous aussi.

Ici, le meilleur c'est le plus grand – un préjugé pas plus absurde que de penser que le meilleur c'est le plus ancien. Le théâtre de Booth, dans lequel près de deux mille personnes peuvent s'asseoir, avec en plus de la place pour des centaines d'autres debout, est loin d'être le plus grand. Le Steinway Hall, dans lequel, nous a-t-on solennellement informés, Anton Rubinstein a fait ses débuts en Amérique, est encore plus vaste. En cherchant à impressionner Bogdan, je me suis retenue de mentionner, même fortuitement, que le grand pianiste était un invité habituel de nos soirées du mardi à Varsovie. Je me rends compte que, même s'ils se vantent d'avoir le plus grand et le plus grand nombre en tout, lorsqu'on en vient à l'art, les Américains sont étonnamment dépourvus de toute confiance patriotique en eux-mêmes. Il est faux de dire que le public ne réclame que des distractions plébéiennes. Mais on admet que les spectacles de qualité viennent de l'étranger. Ici, les acteurs étrangers font sensation, et s'ils sont français ou italiens, on s'attend à ce qu'ils jouent dans leur langue, que personne ne comprend. Rachel a triomphé avec *Adrienne Lecouvreur* dans le plus grand théâtre de la ville, le Metropolitan, il y a une vingtaine d'années ; et il y a dix ans, Ristori a fait une tournée couronnée de succès et fort lucrative dans tout le pays. En y repensant maintenant, je dois avouer que j'en éprouve une certaine pique d'envie. Mais non, n'en concluez pas que je rêve de reprendre ma carrière ici. Dans quelle langue ? Personne ne voudrait entendre notre langue maternelle, et on considère que l'autre langue dans laquelle j'ai été formée pour jouer, l'allemand, ne convient qu'au public d'immigrants.

Je ne dirai pas de mal d'une pièce intitulée *Sa Majesté Dollar* que nous avons vue au théâtre Wallack, pour terminer notre sélection de ce qui se joue ici. Au

Gilmore's Garden nous avons assisté à un concert de Madame Pappenheim, Émilie Pappenheim, une soprano ; Bogdan et moi, nous l'avons trouvée moins intéressante que son public qui était au comble de l'enthousiasme et qui applaudissait à chaque trille. Dans une galerie française, celle de Michel Knoedler, nous avons vu une salle de tableaux médiocres, et à la New York Historical Society (il n'y a pas de musée digne de ce nom ici) nous avons découvert des bas-reliefs en marbre provenant du palais de Sardanapale – une merveilleuse surprise après avoir vu leurs imitations extravagantes en papier mâché lors de notre soirée Byron. Nous emmenons Piotr partout avec nous, et voir la ville par ses yeux m'empêche d'être trop exigeante : tout enchante ce petit. On ne peut en dire autant de l'autre enfant sous ma garde – je veux parler d'Aniela, notre nouvelle domestique –, pour qui tout est simplement incompréhensible. On lui a dit qu'elle allait en Amérique, mais pour elle, Varsovie doit avoir été une Amérique (elle n'était jamais sortie de son village natal), ensuite elle s'est retrouvée dans un train (elle n'avait jamais vu de train), dans un hôtel dans une ville étrangère, dans un hôtel sur l'eau, comme elle appelait notre paquebot, et maintenant ici. Quand nous nous promenons j'entends sa rengaine : « Oh, Madame ! Oh, Madame ! » Imaginez-moi avec mon petit garçon d'un côté et cette fille rondelette au visage chevalin de l'autre, tous deux me serrent la main de crainte et d'étonnement. Vous l'avez aperçue à la gare et, sachant que j'apprécie la beauté sous toutes ses formes, vous vous demandez peut-être pourquoi je l'ai engagée. J'ai aussi étonné tout le monde à l'orphelinat de Szymanów quand je l'ai choisie parmi les six filles qui y étaient élevées et qu'on avait sélectionnées pour que je les interroge. Une des religieuses m'a prise à part pour m'avertir que je faisais une erreur, que les compétences d'Aniela en couture et en cuisine étaient très inférieures à celles des autres. Alors pourquoi la prendre ? Eh bien – vous allez sourire – à cause de sa voix. Quand je lui ai demandé si elle savait chanter, elle m'a regardée avec de grands yeux, la bouche entrouverte, puis sans refermer la bouche (mais en serrant les paupières) elle a chanté deux hymnes en latin et *Dieu sauve la Pologne*, à la suite. Je sais que cela peut paraître comique, mais sa voix m'a émue aux larmes. Je peux dire qu'elle a une agréable disposition, elle n'a que seize ans. Danuta et Wanda lui apprendront à cuisiner et à coudre. À dire vrai, j'ai besoin moi-même de quelques leçons ! Toute femme peut apprendre à tenir une maison, mais qui penserait apprendre à chanter à cette fille ?

Cependant, je vois bien que je vais devoir lui enseigner tout le reste. Tout d'abord, à ne pas avoir peur du monde. Ensuite, à ne pas avoir peur de moi. Avant que nous quittions Varsovie, je lui avais demandé si elle avait tout ce qui lui était nécessaire pour sa nouvelle vie que j'ai essayé, sans grand succès, de lui décrire. Elle s'est écriée : « Oh, oui, Madame. Tout ! » comme s'il s'agissait d'une épreuve qu'elle ne devait pas rater. Après notre départ, j'ai découvert qu'elle ne possédait en propre qu'une robe, une écharpe, une blouse et une veste de futaine matelassée. Le patron de l'auberge d'Hoboken m'a conseillé d'acheter des vêtements ici, avant de partir en Californie, car tout est moins cher dans les grands magasins à cause de la « panique » dont j'ai parlé plus haut. Alors vous imaginez votre

Desdémone allant hier faire les magasins, discutant âprement avec les vendeurs du prix d'un manteau, d'une jupe, d'un chemisier et de quelques sous-vêtements faciles à porter. Ici, le magasin des magasins, A.T. Stewart, un palace de fonte qui occupe tout un bloc d'immeubles, est considéré comme le plus grand du monde ; mais je préfère un établissement plus petit, Macy's, qui vient d'ouvrir un rayon de vêtements pour enfants dont la collection très raisonnable a amèrement déçu Piotr. Il s'attendait à ce que je lui achète une coiffe de plumes et un pagne d'Apache, et il a été inconsolable pour le reste de la journée !

15 août

Piotr m'a pardonné de l'avoir déçu : hier nous avons visité l'Exposition du Centenaire.

Le voyage en lui-même fut un spectacle, aussi bien à l'intérieur qu'à l'extérieur du train en regardant par les fenêtres, car il se trouve que les voitures des trains américains, même dans les prétendues premières classes, ne sont pas divisées en compartiments. Pendant quelque deux heures et demie nous eûmes une vue intime d'un nombre précis d'inconnus en sueur, et eux de nous, qui transpirions tout autant, en essayant de garder quelques restes de la dignité inutile du Vieux Monde. La plupart des passagers voyageaient *en famille**, et transportaient des paniers remplis de victuailles et de boissons, et le fait de nous en offrir aimablement, que l'on accepte ou non, leur donnait le droit de se conduire en amis – ce qui en Amérique signifie poser des questions. De quel pays venions-nous, allions-nous au Centenaire, que voulions-nous voir. « C'est trop grand pour tout voir », ne cessa-t-on de nous répéter. Nous n'étions que sept car Barbara et Aleksander, quand ils apprirent que Philadelphie se trouvait au sud et qu'il y ferait vraisemblablement encore plus chaud, restèrent à Hoboken ; rien ne réussit à les persuader de participer à cette excursion tant attendue. Danuta et Cyprian purent venir parce qu'ils laissèrent leurs petites filles avec Aniela, mais Danuta voulut qu'on la rassure sur le fait que leurs souffrances s'arrêteraient en Californie. Leurs souffrances ! Même si je leur rappelle que la Californie est connue pour son climat tempéré idéal, je redoute qu'ils n'aient pas compris à quel point notre vie là-bas pourra être difficile pour des raisons différentes, au moins pendant les premiers mois.

La ville de Philadelphie, ce que nous en vîmes entre la gare et le site de l'Exposition en dehors de la ville, est plus ancienne, plus élégante et plus propre que Manhattan. Le brouhaha de Manhattan m'a manqué ! Mais pour le plus avide connaisseur de foule, suffisamment de personnes nous attendaient dans l'Exposition, qui a déjà accueilli plusieurs millions de visiteurs depuis l'ouverture en mai.

Il nous fut impossible de voir tout ce qui est intéressant en une seule journée. Imaginez, Henryk, le plus grand édifice du monde, le principal bâtiment de l'Exposition, une structure colossale de bois, de fer et de verre cinq fois plus longue et dix fois plus large que le *Donau !* Imaginez – mais vous avez assurément lu cela dans les journaux polonais ou allemands. En fait, vous auriez dû lire un compte rendu de Ryszard ; je sais qu'il avait promis au moins un article sur le Centenaire à la *Gazeta Polska*. Mais comme nous l'apprîmes par la lettre qui nous attendait à l'hôtel de Brême, notre insouciant jeune journaliste n'est pas allé à Philadelphie. Il écrivait qu'il se sentait trop impatient de partir, et qu'à la place il écrirait un certain nombre d'articles sur la traversée du continent, par exemple sur Chicago se relevant de ses cendres après le grand incendie d'il y a cinq ans. Et qu'en arrivant dans les Territoires de l'Ouest, il verrait enfin de vrais Indiens, ne fût-ce qu'en une triste procession, fuyant les soldats invincibles du gouvernement qui protègent les pionniers. Cela me fit sourire. Car Chicago, où Ryszard ne dut passer que quelques heures, doit être déjà entièrement reconstruit ; Henryk, en Amérique, cinq ans représentent une très longue période ! Et la plus récente bataille contre les Indiens, au début de cet été, s'est soldée par la défaite humiliante de la cavalerie et la mort de son commandant, le général Custer. Comme Ryszard a une imagination débordante – peut-être encore plus nécessaire à un journaliste qu'à un acteur –, je ne serais pas étonnée que vous me disiez qu'il a envoyé un article sur l'Exposition du Centenaire !

Vous devez déjà être au courant des merveilles qu'on peut y voir, aussi je ne mentionnerai que ce qui est amusant et à une échelle singulière. (Vous voyez, je deviens déjà américaine !) Imaginez une cathédrale de six mètres de haut en sucre de canne entourée de personnages historiques en sucre glacé, un vase en chocolat pesant une centaine de kilos, et une réplique réduite de moitié du tombeau de George Washington, qui à intervalles réguliers – ceci enchanta particulièrement Piotr – ressuscite des morts alors que les soldats-jouets qui montent la garde le saluent. C'est le Georama que j'ai préféré : des dioramas immenses magiquement détaillés de Paris et de Jérusalem – tout cela et une maison japonaise, qui malheureusement n'était pas meublée.

Nous n'eûmes pas le temps de visiter le Pavillon de la Bible, la Cabane de rondins de Nouvelle-Angleterre, le Bâtiment du Café turc, celui du Cercueil (non, Henryk, je n'invente pas !), parmi les édifices plus petits, en revanche nous traversâmes rapidement la Galerie de la Photographie et le Pavillon des Femmes, où nous manquâmes la dame de deux cent quatre-vingt-dix kilos qui casse chaque jour une chaise, mais nous contemplâmes l'énorme statue d'une Iolanthe endormie, sculptée dans du beurre par une femme de l'Arkansas. Du beurre ? Par cette chaleur ? Oui, et du beurre frais, car elle refait sa sculpture chaque jour ! Enfin, nous dûmes garder deux heures pour les objets indiens dans le Bâtiment du Gouvernement. En plus des poteries, des armes et des outils, il y avait des wigwams et des figurines de cire représentant des guerriers indiens célèbres, en taille réelle et en grande tenue, ce qui permit enfin à Piotr de voir les calumets de la paix et les tomahawks dont il rêvait depuis si longtemps. Pauvre enfant, il ne cessait de me demander s'ils étaient bien réels, c'est-à-dire qu'il ne s'agissait pas de costumes et d'accessoires pour des acteurs. Je fus frappée par le modelage des visages. Les petits yeux noirs et cruels, les mèches grossières et ébouriffées et les grandes bouches animales étaient manifestement destinés à inspirer de la haine pour l'Indien, ce démon hideux. Aucune trace ici de ce respect envers la race indienne que nous inculquaient les romans d'aventures de notre enfance.

Vous avez entendu parler des nouvelles inventions ébahissantes : une machine, qui ressemble à un porc-épic, pour imprimer des lettres encrées sur une feuille blanche, une autre qui peut fabriquer de nombreux exemplaires d'une page unique produite par la machine à écrire, et une petite boîte qui envoie la voix humaine sur un fil électrique. À propos de cet instrument pour entendre à de très grandes distances, le téléphone, on nous a dit que son inventeur espère améliorer la qualité de l'audition de ce qui est transmis : si certaines phrases arrivent avec une netteté stupéfiante, seules les voyelles sont reproduites pour la plupart avec fidélité, les consonnes, elles, sont méconnaissables. Cependant, ce sera sans aucun doute perfectionné. Et quelle bénédiction pour l'humanité quand, par le moyen de cet appareil, n'importe qui pourra entendre un opéra italien, une pièce de Shakespeare, un débat au Congrès, un sermon de son prédicateur préféré, amené comme le gaz dans sa propre maison. Les possibilités d'instruction du public sont illimitées. Pensez à ceux qui n'ont pas les moyens d'acheter des billets de théâtre et qui pourront suivre la représentation au téléphone. Pourtant, je m'inquiète des conséquences de cette invention, la paresse humaine étant ce qu'elle est, car rien ne peut remplacer l'expérience qui consiste à entrer dans un temple de l'art dramatique, à s'asseoir parmi les autres spectateurs, et à *voir* jouer un grand acteur. Quand il y aura un téléphone dans chaque foyer, quelqu'un ira-t-il encore au théâtre ?

Parmi les nombreux monuments des sites de l'Exposition, vous auriez été particulièrement amusé par la Fontaine du Centenaire, érigée par l'Union catholique pour une abstinence totale en Amérique. (Imaginez les perspectives d'une telle ligue en Pologne !) Au milieu d'un vaste bassin, une immense statue de Moïse se dresse sur un piédestal de granit mal équarri, et autour du bassin sont placées les hautes statues de marbre d'éminents catholiques américains, dont les noms et les exploits me sont bien entendu inconnus, avec à la base de chaque statue une fontaine pour boire. Étanchez votre soif à cette source pure et vous n'aurez plus jamais envie d'alcool ? Pourquoi n'ai-je pu m'empêcher de penser à vous, cher ami ? Un gardien nous dit que, malheureusement, il avait été impossible d'achever la fontaine avant l'ouverture de l'Exposition. Je n'aurais jamais pensé qu'il y manquait quelque chose. Encore d'autres fontaines pour encourager la sobriété ?

J'étais tellement disposée à épouser l'amour des Américains pour les réalisations excentriques que je ne réussis pas à identifier un autre monument manifestement inachevé – ou plutôt, une partie de quelque chose d'inachevé. Le gouvernement français a envoyé à l'Exposition un gigantesque avant-bras dont la main invincible étreint une torche ; il est creux, et à l'intérieur, un escalier conduit à un balcon sous la torche. Je m'apprêtais à imaginer cette sculpture faite de cuivre et de fer, plantée sur un piédestal au centre de la ville de Philadelphie, et je fus presque déçue d'apprendre qu'il y aura un personnage entier attaché au bras héroïque, la Liberté en personne, un Colosse moderne qu'on fabrique à Paris qui un jour sera placé (comme celui de la Rhodes antique) dans le port de New York pour accueillir les immigrants à leur arrivée. Comment distingue-t-on, me suis-je demandé, ce qui est achevé de ce qui est simplement en cours dans ce pays ?

17 août

C'est la fin de l'après-midi et je continue cette lettre, à l'ombre d'un orme, derrière notre auberge d'Hoboken, après une journée grisante en ville. Nous sommes allés directement du ferry à la poste centrale où nous avons trouvé, comme nous l'espérions, d'autres lettres de Ryszard et de Julian. Après deux semaines passées au sud de l'État, ils ont trouvé une parcelle de terre complète, avec maison et granges, près d'une petite colonie de vignoble. Ryszard propose de rester un mois dans le voisinage de notre nouveau domaine ; il souhaite s'isoler pour écrire quelques histoires et profiter de la vie en plein air en compagnie des Indiens et des Mexicains ; il retournera au nord juste avant notre arrivée. Julian préfère nous attendre à San Francisco, où il y a une communauté polonaise très vivante. Bogdan et moi, nous avons passé le reste de la matinée à prendre nos dispositions pour le voyage. Demain, il emmènera Piotr à Philadelphie ; le petit a réclamé à cor et à cri une autre visite de l'Exposition. Le lendemain, nous partirons sur le *Colón*, en direction de Panama. Nous traverserons l'isthme par le train et nous embarquerons sur un autre bateau qui nous conduira à San Francisco, où je ne pense pas m'attarder (à moins, comme cela semble possible, qu'Edwin Booth y joue), mais prendre immédiatement le train pour le sud avec tout notre groupe réuni.

Comme il ne s'agit pas de paquebots modernes en acier, mais de bateaux à aubes, le voyage durera plus d'un mois. Pourquoi ne pas prendre le train transcontinental afin d'arriver en une semaine, allez-vous me demander. Eh bien, je m'incline devant les désirs de mon cher mari et de mon cher fils. Piotr m'a suppliée de ne pas le priver de la chance de monter sur un bateau en bois, Bogdan est tombé amoureux des voyages en mer, comme je vous l'ai dit, et moi, l'idée de savourer les contours du continent m'a assez plu. Ce que je vous ai raconté de mon idylle avec l'eau ne doit pas vous inquiéter, cher ami. Votre Rusalka – vous ai-je jamais dit que Rusalka était mon histoire préférée quand j'étais petite fille ? – compte vivre très longtemps sur la terre ferme.

Aspiwall, Panama
9 septembre

À la hâte. Le début de notre voyage fut un fiasco. Le *Colón* était tout petit – nous aurions dormi plus confortablement dans des tentes sur le pont que dans les cabines minuscules et fétides, en bas – et entretenu avec une négligence honteuse. Après deux jours en mer, le principal tuyau de vapeur explosa : il nous fallut deux fois plus de temps pour revenir, en nous traînant, vers les docks d'Hoboken ! Vous imaginez aisément la consternation de notre groupe et les reproches de Danuta et de Cyprian, qui n'ont qu'une envie : arriver le plus vite possible. Apparemment, certains avaient voulu eux aussi prendre le train, mais aucun n'avait eu le courage de s'opposer à moi. J'aurais dû me sentir un peu coupable. C'est peut-être le cas. Non, je ne le pense pas. Vous savez à quel point je déteste changer d'avis, renoncer à quelque chose une fois que je l'ai décidé. Nous nous étions engagés à faire le voyage par mer.

Chaque jour, je mémorise au moins vingt nouveaux mots anglais. *Seaworthy*, navigabilité – n'est-ce pas un joli mot ?

Après une courte attente à Hoboken, nous sommes repartis sur un autre bateau à aubes, plus grand et mieux aménagé, le *Crescent City*. Le voyage s'est déroulé sans encombre. Au coucher du soleil, les passagers se réunissaient sur le pont et chantaient à l'unisson des chants populaires comme *Darling, I am Growing Old* et *In the Sweet Bye and Bye* ; se joindre à eux apaisait les nerfs. Jusqu'aux derniers jours, quand le bateau mit le cap plein est pour passer entre Cuba et Haïti, nous eûmes constamment sous les yeux l'un des États américains.

Le matin, nous avons débarqué côté caraïbe de l'isthme dans le port situé sur une petite île couverte de sable, d'environ un kilomètre de long, et reliée au continent par la digue du chemin de fer. Je m'attendais à une ville. C'est un village avec une seule rue, ou plus exactement une longue rangée de maisons, surtout occupées par des boutiques dont les patrons à l'allure de voyous portent tous des chapeaux de paille souples et des costumes blancs qui ressemblent à des pyjamas – et c'est d'une laideur indicible. Quant à la chaleur, oubliez mes plaintes précédentes ; cela dépasse tout ce que nous avons enduré auparavant. *N'en parlons plus* !* – on ne peut que capituler. Il a plu pendant quelque temps et nous dûmes nous réfugier dans un bouge sordide, où une vieille négresse ivre nous a appris qu'ici, la saison des pluies, qui commence en avril, dure neuf mois ! Maintenant, la pluie s'est arrêtée et nous nous sommes installés à l'extérieur, sur des chaises humides, dans ce qui est considéré comme un café. Tout est humide. L'air lui-même est humide. Les cafards – il y en a partout – sont humides. C'est tellement humide que, si je tordais mon chemisier, j'agrandirais les flaques qui sont à mes pieds. Des femmes rondelettes, à la peau mate, très belles dans des vêtements violets et rouges, vont et viennent devant nos regards intimidés. Des vautours aussi, qui se promènent et s'affalent partout impunément : ils mangent les rats morts et les ordures que tout le monde jette dans la rue, il est donc interdit de les tuer. Je ne sais pas où sont passés les autres passagers. Bogdan et Cyprian sont partis chercher de l'eau et des fruits tropicaux pour les deux heures de train à travers des marécages et des jungles jusqu'à l'autre côté de l'isthme.

Aussi, imaginez-moi, qui sirote un verre de thé arrosé de rhum, devant une table rouillée, et qui contemple avec impatience et amusement ceux que j'ai en charge. Wanda, assise devant moi, qui soupire bruyamment. Barbara et Aleksander, la tête posée sur la table, trop épuisés pour se plaindre. Danuta partie quelque part avec ses petites filles, qui ont la diarrhée.

Jakub et Piotr à une autre table, qui dessinent tous les deux. Jakub dit que c'est un paradis pour un peintre – à présent il va vouloir rester à Panama ! Piotr dessine une carte : il vient de déclarer que quand il sera grand il creusera un canal dans l'isthme de Panama pour les bateaux. Je le trouve déjà trop grand, Henryk. Vous seriez étonné de voir comme ce voyage l'a changé, il est moins puéril, comme un vrai petit homme, en fait. Maintenant, c'est lui qui prend Aniela par la main et qui essaie de la consoler. La pauvre fille est terrifiée. Nos amis se montrent plus stoïques mais je sais qu'ils sont perturbés de voir à quel point tout est exotique. Barbara vient juste de demander d'une voix chevrotante s'il y a beaucoup d'Africains en Californie ! Je vais transcrire pour vous ce qui se dit en ce moment.

Piotr (il se relève d'un bond) : Non, des Indiens !

Barbara : Mais ne sont-ils pas noirs ?

Piotr : Non, rouges !

Barbara : Rouges ?

Aleksander : Ne sois pas stupide, Barbara.

Wanda : Je suis couverte de piqûres de moustiques !

Jakub : Et n'oubliez pas les jaunes !

Barbara : Des jaunes !!

Jakub : Oui, des Chinois. Les hommes ont une longue natte noire qui leur pend dans le dos.

Aniela (elle gémit) : Oh, Madame, nous allons en Chine ? Vous ne m'aviez pas dit que nous allions en Chine !

Maintenant, je vais devoir tout faire pour la calmer.

Plus tard

Acheté une ombrelle et une paire de sandales. J'ai des ampoules. Je vois Bogdan et Cyprian au loin, les bras chargés, qui viennent vers nous. Il recommence à pleuvoir. Les filles de Danuta pleurent. Un hideux cafard roux, énorme, traverse la table d'une allure tranquille ; Wanda pousse un hurlement. Le patron du café rit de Wanda. *Cucaracha !* crie-t-il, en se précipitant vers la table et en levant son torchon. Mon premier mot d'espagnol. Henryk, il s'est envolé. Des cafards volants, Henryk.

Le train va partir.

11 septembre
à bord du *Constitution*

Henryk, je vous ai écrit une lettre aux proportions vraiment américaines.

Et maintenant, je ne trouve plus rien à dire. La côte du Mexique est… non, vous n'attendez pas de moi des descriptions de guide de voyage.

Mais est-ce moi, votre Maryna, qui vous écris ? Je me suis vantée auprès de vous de mon désir de changement, mais je n'étais pas préparée au changement que ce voyage à lui seul a déjà accompli en moi. Je flotte dans le vide. Les rigueurs et les distractions du voyage sont mes seules préoccupations. Je comprends pourquoi on conseille les voyages aux neurasthéniques. Je ne pense presque plus à moi-même. Il ne reste que les questions pratiques. Ma vie intérieure s'est évaporée. La Pologne, la scène me semblent très loin.

La prochaine fois que j'écrirai, ce sera de Californie. Henryk, pouvez-vous l'imaginer ?

Votre M.

Cinq

Californie. Santa Ana, le fleuve ; *Heim*, foyer. Anaheim. Des Allemands. De pauvres immigrants allemands de San Francisco descendus au sud il y a vingt ans pour fonder une colonie, être fermiers, réussir. Des voisins allemands impassibles et économes. Surpris de voir que nous sommes si nombreux, et pas tous de la même famille, à partager une petite maison en bordure de leur ville. Ils nous demandent combien nous avons de fusils. Ils nous demandent si nous sommes une secte religieuse. Ils nous demandent si nos hommes peuvent leur donner un coup de main pour creuser un nouveau fossé d'irrigation. Ils nous demandent si Piotr ira à l'école ou si nous le garderons à la maison pour qu'il aide aux travaux des champs. Bien sûr qu'il ira à l'école ! La maison, de simples planches de sycomore au lieu de briques d'adobe, est trop petite – à quoi Julian et Ryszard ont-ils bien pu penser ! Le sol de chaque pièce, sauf celui de la cuisine, est recouvert de tapis, une coutume américaine apparemment. Oui, nous sommes ici pour bâtir cette nouvelle vie ensemble, oui. Mais avec tout ce vide qui nous entoure – l'Amérique n'est qu'espace –, il est absurde de vivre aussi entassés…

Ils ont une vue enthousiasmante sur la chaîne de Santa Ana à l'est et sur les montagnes de San Bernardino plus loin au nord et à l'est. Derrière la maison et sur les côtés, il y a des mélèzes d'Amérique, des poivriers, des figuiers et un chêne vert. Au-delà, il y a un champ de hautes herbes où des tas de foin et de maïs sèchent au soleil, et un vignoble qui s'étend à l'infini – tout ce qu'on voit au loin depuis la maison est magnifique. Ce qui est proche est plus consternant. La cour clôturée devant avec ses cyprès, son herbe folle et ses rosiers épars ressemblait, déclara Maryna, à un petit cimetière pauvrement entretenu.

« Un cimetière, maman ? Un vrai cimetière ?

— Oh, Piotr, dit-elle en riant, tu ne dois pas écouter tout ce que je dis. »

Mais ils écoutaient tous, ils attendaient tous qu'elle leur parle, leur rappelle, les convainque, les calme avec sa résolution inébranlable. C'était à cause de sa certitude, alliée à son égocentrisme puissant, à son impatience quand parfois ils se laissaient aller au découragement, à son exaspération à peine dissimulée devant leurs faiblesses, à sa façon de n'être jamais pleinement satisfaite malgré leurs efforts, et par-dessus tout, à ses silences, des silences admirables et intimidants, à sa décision de se tenir à l'écart des bavardages futiles, de ne pas répondre aux observations sans intérêt, aux remarques dictées par les conventions sociales ou aux questions inutiles (cela ne méritait pas mieux), n'ayant sans doute même pas entendu ce qu'on avait dit, c'était à cause de tout cela qu'ils voulaient lui plaire, ils sentaient qu'ils ne voulaient être nulle part ailleurs sur la terre qu'avec elle, et réaliser sa vision.

Mais comment créer la maisonnée utopique sur une

scène aussi limitée, aussi étriquée ? Tout d'abord en se contentant de ce qu'on avait et en endurant patiemment – talents dont Maryna s'était rendue maîtresse pendant les premières années de tournées avec la troupe de Heinrich dans les petites villes de Pologne (ces théâtres rudimentaires, ces logements délabrés) ; les inconforts actuels s'achèveraient bientôt. Oui, assura Maryna à chacun le lendemain matin de leur arrivée, il y aurait une deuxième maison d'adobe : Bogdan et elle demanderaient que des ouvriers mexicains du village voisin les aident à la construire. En attendant... Danuda, Cyprian et leurs filles devaient prendre la grande chambre, Bogdan et elle la deuxième, Wanda et Julian la plus petite. Piotr dormirait sur le canapé du salon ; Aniela sur un lit de camp dans un recoin de la cuisine. Barbara et Aleksander acceptèrent de bon cœur qu'on leur attribue une remise non loin du corral ; on mit les poutres, les échelles, les barils de clous, les seaux de peinture, les lattes, les marteaux et les scies dans la grange. Maryna aurait souhaité y dormir, simplement les premiers jours, seule. L'espace qu'elle convoitait, tout à fait séparé des animaux, des outils agricoles et du grenier à foin, était confortablement aménagé avec des tapis, des selles, des nattes, des harnais et des crânes de coyotes... mais non, elle ne pouvait pas imposer cela à Bogdan. Nos deux célibataires, Ryszard et Jakub, dans la grange.

Ayant laissé le déballage des affaires et la garde des trois enfants à Aniela, ils avaient visité leur terre sous la direction de la famille qui la leur louait et, vers la fin de cette première journée, senti qu'ils en avaient pris possession par tous leurs sens. Ils avaient accueilli dans leurs narines le riche assaut d'odeurs de plantes et de basse-cour, ils avaient arpenté une terre amplement irriguée, palpé la générosité des vignes chargées de raisins de Mission, ils s'étaient agenouillés au bord d'un fossé pour plonger les mains dans l'eau. Juste après le vignoble, on trouvait une nature impénétrable et brutale : une vaste plaine solennelle, parsemée de cactus et de buissons, plongée dans le silence. Ils contemplèrent le ciel d'un bleu profond, tandis que le soleil descendait lentement vers la crête des montagnes, éprouvant le besoin d'assimiler dans le calme cet excès de nouvelles impressions, sans autre idée que de se laisser tomber dans un fauteuil et de fixer le plafond ou d'aller se promener sous les arbres d'un parc ; ils se séparèrent et, un par un, marchèrent sans but dans le désert.

Aucun paysage, pas même la jungle marécageuse de l'isthme de Panama, n'avait autant frappé un seul d'entre eux que cet inconnu impressionnant. Et ils n'étaient pas poussés vers lui, ils ne le recevaient pas comme un paysage, mais ils marchaient dedans, ils marchaient sur ce désert, car il n'était que surface pâle, le ciel si haut et le sol si plat, et ils ne s'étaient jamais sentis si droits, si verticaux, la peau caressée par le vent chaud du Santa Ana, les oreilles bercées par le bruit étrangement importun de leurs propres pas. Quand ils s'arrêtaient, ils percevaient le sifflement de créatures très fines, couleur de désert, qui filaient sur le sol caillouteux. Des bêtes glissantes munies de crochets (un serpent !) mais là-bas, qui s'enfuyaient. Ici, rien n'est près de rien : ces sentinelles avachies avec des tresses, les yuccas, ces faisceaux de lances tombées, les agaves, et ces groupes ramassés de figuiers de Barbarie, si éloignés les uns des autres, si dissemblables – et rien n'avait de rapport avec quelque chose d'autre. Chacun seul, chacun séparé. Le sentiment du danger qu'ils ne pouvaient entièrement étouffer (et là, était-ce un scorpion ?) leur fit presser le pas pendant quelque temps, comme s'ils avaient pensé qu'ils pouvaient arriver vite quelque part. L'air pur leur donnait l'illusion que les montagnes se trouvaient très proches. Et quand ils se retournaient un instant pour voir le chemin parcouru, comme leur petit monde vert leur semblait étroit. Ils continuèrent à marcher, perdus dans l'éclat de leurs sensations, ils marchèrent, marchèrent : les montagnes ne se rapprochèrent pas. Leurs peurs avaient disparu depuis longtemps. La pureté de l'horizon, son austérité absolue, sembla d'abord les menacer, puis les exalter, puis les engloutir, puis les exciter. Leur véritable initiation au nihilisme séducteur du désert avait commencé. Le paysage monochrome, sans bruit et sans odeur, si radicalement inoccupé, produisait le même effet sur chacun d'eux : une enivrante impression de solitude, qui cédait lentement la place à une acceptation plus active de l'expérience de l'isolement. Tous étaient remplis du même désir que Maryna – être seul, vraiment seul (et que se passerait-il si je, si elle, s'il… ?) – et ils s'autorisaient à imaginer la disparition, quelque part là-bas, aussi, sans drame, sans culpabilité, de ceux qui se trouvaient le plus près. Imaginer, n'est-ce pas désirer ? La capitulation devant le dessèchement de l'émotion fut rapide, mais elle perdit son charme presque aussi vite, tandis que quelque chose, une peur plus profonde, les en éloignait, purifiés, assagis. Et ce fut l'heure de faire demi-tour, de revenir vers la terre humide et leurs vies moites.

Une seule parmi eux, qui errait dans le même étourdissement, s'était exclue de l'érosion de cette rêverie subversive et délicieuse, car malgré les avertissements prodigués à tous par Ryszard et Julian de se tenir à l'écart des cactus, Wanda n'avait pu résister à sa curiosité et elle avait voulu savoir ce que cela faisait d'en toucher un. Elle choisit la feuille charnue et duveteuse d'un cactus queue-de-castor. « Celui-là n'a pas d'épines », gémit-elle. « Comment aurais-je pu savoir qu'il y avait ces horribles… » Elle pleurnichait. « Mais les deux mains, Wanda ? Tu étais obligée de te servir de tes deux mains ? » Julian fulminait. Il l'avait amenée sur la véranda, avec une pince à épiler et une chandelle. « Il n'y a que toi sur terre pour vouloir toucher un cactus avec… » Il resta derrière elle, en grimaçant et en soupirant, et lui tint les épaules tandis que, une heure durant, Jakub et Danuta lui ôtaient les centaines de fines aiguilles plantées dans ses doigts et ses paumes. Quand les gémissements de Wanda furent couverts par le cri, sur lequel on ne pouvait se méprendre, de quelqu'un qui se trouvait tout près, tout le monde pensa à un autre désastre causé par un cactus. « Madame ! Madame ! » Maryna vola au secours de celle qui hurlait. Mais Aniela avait seulement trébuché sur les trois énormes aubergines qui gisaient comme de grosses bombes tombées derrière la maison, et elle avait voulu les ramasser mais avait découvert que chacune tenait fermement à la terre caillouteuse. Ryszard coupa la tige dure comme une corde avec son couteau de chasse et les détacha.

Alors qu'ils préparaient dans la joie le premier repas de leur nouvelle vie – les aubergines grillées sur un feu allumé dans la cour, auxquelles ils ajoutèrent quelques provisions achetées au village –, la dure lumière s'assombrit dans le ciel et ce fut la nuit, une obscurité piquée d'étoiles plus brillantes qu'ils n'en avaient jamais vu à Zakopane. « Des étoiles fixées dans l'ébène », dit Jakub. Danuta et Cyprian rentrèrent, Cyprian pour aller chercher un des télescopes que Bogdan avait apportés de Pologne, et Danuta pour mettre leurs petites filles au lit ; Piotr, qui se sentait autant négligé qu'heureux qu'on ne l'eût pas envoyé se coucher lui aussi, s'installa sur la véranda et s'exerça à répondre aux cris des coyotes. Bientôt tout le monde fut obligé de rentrer à cause d'énormes moustiques qui réussissaient à piquer à travers les vêtements et qui firent de cette première nuit (et des suivantes, pendant des semaines) une véritable torture. Mais même sans moustiques, ils auraient eu du mal à bien dormir tant ils étaient énervés par leur propre audace, et des rêves impressionnants ne cessaient de les tirer de leur sommeil. Julian rêvait des mains sanglantes de Wanda. Ryszard de son couteau. Aniela d'une mère qu'elle n'avait pas connue et qui ressemblait à la Vierge Marie dans la chapelle de l'orphelinat ; elle rêvait souvent de sa mère. Piotr rêvait de gens morts qui rampaient hors de leurs tombes et qui assiégeaient la maison. Bogdan rêvait que Maryna l'avait quitté pour Ryszard. Et Maryna rêvait d'Edwin Booth qu'elle avait enfin vu, une semaine seulement auparavant. Quelques heures après l'arrivée du *Constitution* dans la baie de San Francisco, Maryna avait appris que le grand Booth y jouait, au California Theatre, et le lendemain même elle le vit interpréter Shylock et deux jours plus tard Marc Antoine. Elle ne fut pas déçue. Elle pleura d'admiration. Dans ses rêves, il se penche vers elle. Il pose sa main sur son visage. Il lui dit quelque chose de triste, à propos de quelque chose contre lequel on ne peut rien, quelqu'un qui est mort. Elle veut lui toucher l'épaule ; l'épaule d'Edwin Booth est triste, elle aussi. Puis ils sont à cheval, ils galopent côte à côte, mais il y a quelque chose qui ne va pas avec le cheval qu'elle monte, il est trop petit, beaucoup trop petit ; ses pieds frottent sur le sol. Edwin Booth est enveloppé dans les draperies orientales qu'il avait dans le rôle du vieux Shylock, il porte même la toque jaune et les poulaines rouges du réprouvé, alors qu'il est vraiment Marc Antoine. Ils descendent de leurs montures près d'un cholla géant. Puis il lance sa toque sur le sol et, sous les yeux horrifiés de Maryna, saisit une branche épineuse du cactus à main nue et se hisse avec l'agilité d'un jeune homme. « Ne faites pas cela ! » hurle-t-elle. Il continue à escalader le cactus. Ces horribles aiguilles ne le martyrisent-elles pas ? « Descendez, s'il vous plaît ! » crie-t-elle. Elle pleure de peur. Il rit. Était-ce toujours Booth ? Il ressemblait un peu à Stefan. Mais non, ce ne peut être son frère qui est resté en Pologne, non, qui est mort. Accroché à la plus haute branche du cactus, il entame le grand discours de reproche et de provocation ; il déclame, d'abord tourné vers les cieux, puis s'adressant à elle quand il en vient à :

Ô, maintenant vous pleurez, et je vois que vous ressentez les coups de poignard de la pitié. Ce sont des larmes de miséricorde.]

Mais il y avait quelque chose de nouveau, non, de peu familier, non, de familier, dans les mots qui sortaient de sa bouche. Elle l'avait parfaitement compris à San Francisco, elle le comprenait parfaitement maintenant, même si le discours n'avait pas la même sonorité qu'au théâtre. Se pouvait-il qu'il le dît en latin ? Antoine était romain. Mais Shakespeare était anglais. Alors était-ce la sonorité de la langue anglaise ? Si tel était le cas, elle avait étudié et travaillé en vain. Cela la tracassait quand elle s'éveilla et se rendit compte, en riant toute seule, qu'elle avait rêvé qu'Edwin Booth jouait en polonais.

Une des raisons pour lesquelles Ryszard et Julian avaient choisi ce lieu, c'était sa proximité avec une communauté – parlant allemand de surcroît, il n'y aurait donc aucune barrière de langue – de fermiers de la première génération, qui autrefois n'en savaient pas plus qu'eux sur la vigne, les vaches, le labour et les rigoles d'irrigation.

Vingt ans auparavant seulement, ces champs fertiles et ce village prospère n'étaient que douze cents arpents de sable et de désert, un simple petit coin d'un ranch immense, que le propriétaire mexicain, convaincu que ce terrain ne nourrirait pas une chèvre, avait été heureux de vendre. Il fallait des immigrants européens, pour qui le désert n'était pas seulement quelque chose d'inconnu mais une sorte d'erreur qu'on pouvait corriger en y faisant venir de l'eau, pour penser que le sud de la Californie, qui présentait plus ou moins le même climat que l'Italie, était propice à la culture de la vigne.

La terre louée avec l'argent de Bogdan avait été travaillée par ses propriétaires (maintenant réinstallés dans un ranch au pied des montagnes) jusqu'à leur arrivée début octobre, à la fin des vendanges : on avait déjà cueilli et vendu la plupart des raisins. Cela semblait être le moment idéal pour commencer la location et reprendre leur suite.

Ils refusaient d'admettre que leur inexpérience fût un obstacle insurmontable. Il ne fallait que de l'assiduité, de l'endurance – et de l'humilité. Maryna se levait à six heures trente chaque matin, et saisissait immédiatement son balai. Ah, Henryk, si vous pouviez voir votre Desdémone, votre Marguerite Gautier, votre Lady Anne, votre princesse Eboli, aujourd'hui !

Prise entre deux désirs, distribuer les tâches à chacun et imposer le principe que tout travail était volontaire, Maryna avait simplement décidé de montrer l'exemple. Elle adorait balayer : ses vigoureux coups de balai s'accordaient à ses pensées. Et écosser les haricots, ce qu'elle aimait faire assise dans un fauteuil en bois de mancenillier, sur la véranda : l'absence totale de réflexion de cette activité ouvrait de grandes réserves de vacuité apaisante dont elle avait fait bon usage en tant qu'actrice. La scène ne lui manquait pas. Personne ne lui manquait. Bogdan était dans les vignes avec Jakub, Aleksander et Cyprian. Ryszard écrivait quelque part. Barbara et Wanda étaient allées au village afin d'y acheter le pain et la viande pour la journée. Danuta s'occupait de ses filles. Piotr revint en courant lui montrer un lézard mort qu'il avait trouvé ; Aniela et lui allèrent l'enterrer dans la cour avec une petite croix. Elle les entendit rire ensemble. La jeune fille faisait une excellente compagne de jeux. Ce n'était elle-même qu'une enfant. Si Kamila avait vécu, elle aurait seize ans à présent, l'âge d'Aniela. Cette enfant qui babillait, elle ne pouvait que l'imaginer sur ses genoux, dans la chaleur de ses genoux, jouant avec les haricots écossés dans la jatte… une jeune fille de seize ans. Ce souvenir lui était toujours douloureux – personne ne lui manquait, ni sa mère, ni sa sœur, ni son bon H, ni son mauvais H (comme elle avait surnommé Henryk et Heinrich), ni même Stefan. Seule lui manquait sa fille perdue.

Pour en finir avec le deuil ! Vivre dans le présent ! Au soleil ! Elle absorbait la lumière. Elle croyait sentir vraiment l'éclat du désert lui fermer la peau, assécher les larmes versées ou gardées en elle. C'était presque palpable, le recul de l'immense angoisse dans laquelle elle s'était débattue pendant tant d'années, et cet excès de vitalité, libérée du besoin de l'économiser pour les représentations. Les efforts qu'elle avait abandonnés – être sur scène (dans cet affolement, sa vie), récupérer après, ou se préparer avant d'y retourner – lui avaient paru tellement inévitables, tellement contraignants. Elle s'en était arrachée, à demi convaincue seulement de la nécessité de ce qu'elle faisait. Maintenant, c'était cette nouvelle vie, ce nouveau paysage, ce nouvel horizon qu'on ressentait déjà achevés. Comme tout avait été facile, en fin de compte. Henryk, vous m'entendez ? Changer de vie, c'est aussi facile que d'ôter un gant.

Personne ne se dérobait, chacun tenait à faire quelque chose d'utile. Wanda dit à Julian qu'elle pensait qu'on devrait repeindre la maison. Il y avait encore plusieurs arpents de raisin à cueillir et ensuite il faudrait amender les vignes – la période de calme dans le cycle immuable de l'année agricole étant toute relative. Aleksander fabriqua un épouvantail vêtu comme un soldat russe, afin de l'installer dans la vigne. Au bout de quelques jours, Bogdan et Jakub commencèrent à cueillir les grappes qui restaient. Mais ils venaient d'arriver, ils s'installaient, et le temps magnifique semblait une invitation à confondre efforts et progrès personnels. Julian se mit à expliquer à qui voulait l'entendre la chimie de la fabrication du vin. Danuta aidait Barbara à faire les exercices de son manuel d'anglais. Aleksander rassemblait une collection de spécimens de roches.

Jakub avait installé son chevalet. Ryszard donnait souvent des leçons d'équitation sur la jument alezane après ses heures d'écriture du matin. Ils restaient allongés dans les hamacs que Cyprian avait tendus d'un arbre à l'autre et ils lisaient des romans et des livres de voyage ; au crépuscule, ils levaient le visage vers le ciel rose et regardaient les nuages et l'immensité encadrée par les montagnes s'assombrir de conserve, jusqu'à ce que la lune de bronze s'élève au-dessus des montagnes et éclaire à nouveau les nuages ; une nuit, elle apparut plus grosse et plus rouge, comme marquée par l'empreinte à l'encre d'un pouce : Julian avait averti tout le monde qu'il y aurait une éclipse lunaire. Ils l'attendaient. Rien de meilleur que de rester simplement immobile. Et de se promener à cheval, lentement au début, puis au galop quand ils eurent pris confiance dans la liberté qu'offrait la haute selle mexicaine, dans le désert, souvent jusqu'aux contreforts des montagnes, parfois jusqu'à l'océan à vingt kilomètres à l'ouest.

Avant leur départ pour l'excursion vers la Californie, ils avaient envoyé Cyprian à Washington passer une journée au ministère de l'Agriculture, où il avait réuni une caisse de brochures sur la viticulture dans la partie sud de l'État. Manifestement, la raison voulait qu'on suive l'exemple des colons d'Anaheim : le village avait été fondé comme une colonie viticole. Mais Bogdan pensait que leurs quarante-sept arpents, deux fois plus que ce qu'exploitait chacune des cinquante familles d'origine, devraient aussi comprendre dix arpents d'orangers et cinq d'oliviers. S'ils n'avaient que le revenu d'une seule récolte, une maladie ou un coup de froid pouvait les anéantir. Avec plusieurs productions, il y aurait toujours quelque chose qui réussirait.

Tandis que les hommes débattaient, de la maison à la clôture, et de hamac à hamac, de leurs projets, les seules tâches qu'on ne pouvait reporter – nourrir les animaux et se nourrir eux-mêmes – retombaient sur les femmes. Personne ne pouvait aller remplir de foin ou d'avoine la mangeoire des vaches, jeter du grain aux poules ni donner de l'orge, du maïs ou du trèfle aux chevaux, sans parler de passer chez les voisins pour leur acheter du raisin, avant d'avoir pris un petit déjeuner, et un petit déjeuner qui leur plût. Certains voulaient du thé, d'autres du café, d'autres encore du lait ou du chocolat chaud, ou une soupe au vin ; tout le monde voulait des œufs, cuits de trois ou quatre façons différentes – quand il y en avait, parce que les poules avaient pris l'habitude de pondre n'importe où et les chiens errants trouvaient souvent les œufs les premiers. Tout cela faisait monter l'eau à la bouche et s'agiter les intestins, les leurs comme ceux des animaux, mais les leurs avaient les accents des goûts personnels, de l'histoire, et le fardeau de l'inconstance.

La préparation des repas pris en commun occupait la plus grande partie de la journée des femmes. Aucune d'elles n'avait une grande expérience de la cuisine, Aniela moins que les autres, qui se révélait nulle aux tâches domestiques, comme Maryna en avait été avertie. Toutes ronchonnaient dans le dos de Maryna – et elles sautaient sur la moindre occasion pour faire ce qu'elle leur demandait. Wanda, rendue inutile par ses mains bandées la première semaine, éclatait en sanglots quand on lui disait qu'on n'avait pas besoin d'elle dans la cuisine. Danuta entreprit de donner à manger aux trois enfants séparément. On chargea Barbara d'entretenir la réserve de café, de thé, de sucre, de lard, de farine et autres produits de base (elle sous-estimait toujours les quantités nécessaires) ainsi que d'acheter l'essentiel de leur nourriture quotidienne jusqu'à ce qu'ils puissent ne manger que les légumes qu'ils feraient pousser, boire leur propre vin, faire rôtir leurs volailles (chacun à son tour avait poursuivi une poule ou une dinde avec une hache, et était revenu à la cuisine les mains vides). Leur chasseur, Ryszard, rapportait des lapins et des cailles de ses promenades à cheval matinales au pied des montagnes. Il s'attardait dans la cuisine si Maryna s'y trouvait et, quand personne ne regardait, il glissait un morceau de papier dans la poche de son tablier… un poème ou un fragment d'histoire ; sur l'un d'eux on lisait simplement : « Puis-je vous raconter mon rêve ? » En Pologne, elle avait considéré les attentions de Ryszard comme allant de soi, comme faisant partie d'un environnement d'attentions flatteuses ; ici, dans les affres d'apprendre à faire une omelette ou des crêpes, elles la déconcentraient. Une fois, elle leva les yeux et vit qu'il était revenu et qu'il se tenait à la porte d'où il l'observait. Avec son avant-bras nu, elle essuya la sueur de son front d'un geste presque théâtral, et lui sourit, l'air moqueur. « Soit vous entrez m'aider, soit vous retournez écrire dans la grange. »

Il faudrait du temps avant qu'on pût laisser le soin de la cuisine à Aniela qui, elle aussi, ne cessait de rôder autour de Maryna dans l'espoir de lui faire plaisir et qui, pour cela, ne pouvait qu'entonner les hymnes anciens à la Sainte Vierge et à la Pologne. Mais la cuisine était déjà pleine de monde et Aniela se trouvait toujours dans les jambes de quelqu'un. Maryna l'envoyait gentiment au-dehors jouer avec Piotr et les filles. Alors Barbara, sans que personne ne lui eût rien demandé, prenait le relais et chantait à son tour. Elle n'avait appris qu'une chanson, une seule, en anglais, *Suwannee River*, qu'elle ne cessait de reprendre. Ce qui exaspérait Maryna, ce n'était pas l'accent ridicule de Barbara, enfin, un peu seulement. Mais ici, ils se trouvaient dans la partie la plus éloignée, la plus à l'ouest de l'Amérique, et Barbara hurlait d'une voix de fausset une chanson sur une rivière de l'est, ou peut-être du sud (Maryna ne savait pas très bien où elle se trouvait), une rivière que Barbara n'avait jamais vue et qu'elle ne verrait jamais. C'est vrai, Maryna ne connaissait pas de chansons sur l'immense océan Pacifique, encore moins sur la petite rivière Santa Ana, à lui proposer à la place. Cela ne l'empêchait pas de considérer la chanson de Barbara comme une impertinence, un manque de respect envers l'endroit où ils se trouvaient, envers le dieu Géographie lui-même.

Où se trouvaient-ils ?

Ils étaient très loin, oui… mais loin d'où ? Il aurait été stupide, et même déloyal, de déclarer : de l'Europe, de la Pologne. En outre, ce serait vrai de tout endroit où ils pourraient être en Amérique. Il valait mieux qu'ils pensent à eux-mêmes comme se trouvant loin d'un endroit d'Amérique – disons, de la seule vraie ville de l'État (la plus grande à l'ouest du Mississippi), avec trois cent mille habitants, des théâtres prospères et un groupe de Polonais émigrés, pour la plupart des familles qui avaient fui après l'échec des insurrections de 1830 et de 1863. Oui, ils étaient loin de San Francisco. Cette petite Anaheim, qui comptait moitié moins d'habitants que Zakopane, n'était rien. Pourtant, ils ne pouvaient pas la traiter de primitive. Ni dire qu'il s'agissait d'un village, au sens où ils l'entendaient : un endroit où des hommes s'étaient réunis, de tout temps, pour vivre. C'était un lieu que des gens avaient choisi, arraché au néant, qu'ils développaient avec ardeur – un lieu moderne.

Et tout cela semblait très américain, du moins tel que les nouveaux arrivants comprenaient leur nouveau pays, même s'ils avaient parfois l'impression de ne pas être vraiment en Amérique. Entre eux, ils parlaient polonais, allemand avec leurs voisins, ce qui était incontestablement une facilité pour ceux qui, comme Aleksander, avaient du mal à apprendre l'anglais, bien qu'il pût paraître étrange d'être venu de si loin et de continuer à parler dans la langue trop familière d'un de leurs conquérants. Mais – comme le fit remarquer Bogdan – c'était aussi cela l'Amérique, un pays étrange, peut-être le plus étrange de tous, qui accueillait toutes les nationalités européennes, et – l'interrompit Ryszard qui avait commencé à apprendre l'espagnol – l'anglais n'était pas non plus la langue des gens originaires de Californie.

Ils avaient imaginé une commune agricole endormie. C'était une ville miniature, aux rues dessinées avec suffisance à angle droit, et un commerce très actif. C'était la fin des vendanges et ceux qui avaient cueilli et écrasé les raisins remplissaient le village. Certains étaient les Mexicains qui accomplissaient les tâches subalternes dans le village et qui vivaient dans le hameau voisin. La plupart étaient des Indiens, des Indiens Cahuillas, qui descendaient rarement des montagnes sauvages de San Bernardino, sauf pour la moisson ; ils campaient juste après la ligne de saules qui formaient une haie vive entourant le village, et dormaient dans des tentes ou sur des tas de peaux à la belle étoile. Les Mexicains et les Indiens rivalisaient dans des concours de boisson, que les Mexicains interrompaient soit pour aller brailler des compliments aux jeunes Allemandes qui se trouvaient encore dehors en compagnie de leurs pères et de leurs frères ombrageux, soit pour aller allumer un grand feu de joie au beau milieu de Lemon Street et danser le boléro. Les Indiens les regardaient d'un côté, les Allemands de l'autre. Puis les Allemands allaient se coucher et abandonnaient leurs rues aux vendangeurs en ribote.

Quand Maryna et Bogdan se rendirent à la mairie afin de se présenter au maire, Rudolf Luedke, il leur assura qu'un tel désordre public était tout à fait exceptionnel, Anaheim étant une communauté respectable de familles pieuses et travailleuses, contrairement à cette ville satanique à une cinquantaine de kilomètres d'ici dont les habitants sans foi ni loi, et buveurs de tequila, s'amusaient à des combats d'ours et des bagarres au couteau (encore récemment la moyenne des meurtres était d'un par jour, tous pratiquement impunis) et, dans certaines maisons, il y avait des plaisirs qu'on ne peut mentionner en présence d'une dame… ce qui rappela à Maryna que Ryszard avait laissé entendre qu'il s'était énormément amusé lors de ses voyages à Los Angeles quand Julian et lui étaient venus à Anaheim la première fois. Herr Luedke les emmena voir les canaux d'irrigation – il cessa de parler allemand pour employer le mot espagnol, *zanjas* – qui formaient un réseau dans le village, et il leur signala que l'eau s'échappait toujours des rigoles pour se répandre dans les rues, sur quoi Bogdan fit remarquer que la nécessité permanente d'entretien et de réparation des canaux et des rues devait être une motivation importante pour donner des habitudes régulières aux gens du village. « Exactement », dit le maire. Il leur montra les églises, l'association de gymnastique et la Compagnie des eaux dont une pièce avait été utilisée comme salle de classe, et l'école proprement dite que possédait maintenant la communauté, deux pièces, dans laquelle irait Piotr. Il les ramena chez lui, pour qu'ils rencontrent Frau Luedke, qui leur présenta leurs filles, leur offrit du café et du schnaps, et les invita à rejoindre l'Association culturelle d'Anaheim, qui se réunissait à l'hôtel des Planteurs sur Lincoln Avenue, le premier mercredi soir de chaque mois. Maryna ne mentionna pas qu'elle avait été actrice.

Quelques jours plus tard, les festivités atteignirent leur point culminant avec l'arrivée du cirque Stappenbeck de Los Angeles. Dans l'après-midi une parade de créatures en cage et en liberté envahit Orange Street : un éléphant qui portait une tour bancale sur le dos, deux ours, un lion des montagnes au pelage mité, des singes et des perroquets. Piotr fut déçu quand Ryszard lui apprit qu'un lion des montagnes n'était pas du tout un lion mais un puma. « Je pensais qu'il y aurait de vrais lions en Californie », dit-il en faisant la moue. Et les tristes animaux de la ménagerie de Friedrich Stappenbeck n'impressionnèrent pas ceux qui vivaient parmi les animaux en liberté, qu'ils considéraient comme leurs âmes sœurs. Mais les Indiens – et tous les autres – s'enthousiasmèrent pour les numéros humains sous le chapiteau : les cracheurs de feu, les jongleurs avec des poignards, le contorsionniste, le magicien, le clown Oncle Sam, la femme minuscule qui volait en l'air sur son trapèze, et l'hercule, un jeune type costaud à l'air maussade avec une crinière noire et des jambes comme des rondins, qui souleva un intérêt particulier parce qu'il était né et avait été élevé dans la région. Les Indiens ne le reconnaissaient pas comme un des leurs, ce rejeton d'une squaw Cahuilla qui avait quitté ses montagnes pour aller travailler comme blanchisseuse dans un ranch (elle était morte quand il était tout enfant) et d'un *vaquero* qui avait dressé des chevaux pendant quelque temps au ranch. Mais les villageois se souvenaient très bien de lui comme d'un solitaire ombrageux, bien que personne ne pût lui reprocher aucun méfait. Son vrai nom, U-wa-ka, était mort avec sa mère ; au village et dans les contreforts des montagnes, on l'appelait Big Neck – Cou-de-Taureau. Deux ans auparavant, il avait tout simplement disparu ; on n'avait plus jamais eu de ses nouvelles. Et il était revenu, il avait grandi d'un pied, il portait un cordon de peau autour de son cou énorme, et un nouveau nom de cirque : Zambo, l'hercule américain. Il pouvait porter six personnes, trois sur chaque épaule, autour de la piste. Il pouvait prendre deux candidats à la lutte en même temps – une demi-douzaine se proposèrent dans le public – et les mettre au tapis. Il était au centre du tableau final, tous les animaux faisaient des cabrioles sous les claquements du fouet de Stappenbeck, et Matilda, l'Ange des airs comme l'appelait l'affiche, se tenait en équilibre au sommet d'une perche de neuf mètres que portait un Zambo triomphant, tandis qu'un orgue à soufflets, qu'on avait roulé jusqu'à la piste, avec Oncle Sam au clavier, émettait une série de sifflements discordants qui ressemblaient vaguement à ce cher vieux *Yankee Doodle*. Les Américains criaient « *Hurrah !* » ; les Allemands « *Hoch !* » ; les Mexicains « *Viva !* » ; et les Cahuillas poussaient des cris de joie.

« Raconte-moi une histoire, maman.

— Il était une fois…

— Non, pas ce genre d'histoire. Je veux dire, une vraie histoire.

— Qu'est-ce qu'une vraie histoire ?

— Une histoire avec des ours. Et des gens qui se font tuer. Et tout le monde pleure.

— Piotr ! Pourquoi tout le monde devrait-il pleurer ?

— Parce qu'ils vont mourir.

— Piotr !

— Mais c'est vrai. Tu m'as dit que c'était vrai quand je te l'ai demandé. Et oncle Stefan est mort et je t'ai vue pleurer. Et j'ai entendu Cyprian dire que la mule avait l'air malade. Et si tout le monde doit mourir, alors tu vas peut-être mourir un jour et…

— Mon chéri ! Pas avant très longtemps, je te le promets ! Tu ne dois pas y penser.

— Mais j'y pense. Et quand je pense à quelque chose, je ne peux plus m'arrêter. C'est là, dans ma tête, et cela ne cesse de me parler.

— Piotr, écoute-moi. Il ne faut avoir peur de rien, ici. Et je ne m'en irai plus jamais. Tout cela est fini.

— Mais j'ai vraiment peur.

— Peur de quoi ?

— De mourir. C'est pour ça que j'ai besoin d'un tomahawk.

— Oh, mon petit Piotr, à quoi cela te servirait-il ?

— Eh bien, je pourrais les tuer pour me défendre. Ils ont tous des armes. »

Et cela aussi était vrai. Tous les hommes portaient des revolvers. Et bien en vue.

Le lendemain matin, après la représentation donnée par le cirque, le village s'éveilla avec une nouvelle qui ne fit que confirmer la mauvaise opinion qu'ils avaient de Los Angeles et de tout ce qui en provenait. Stappenbeck avait été assassiné, Matilda enlevée, et l'assassin et ravisseur était l'hercule américain, Zambo. À la fin du spectacle, le public était parti, et les artistes se dirigeaient vers les roulottes dans lesquelles ils dormaient pour remplacer leurs costumes bariolés par des vêtements de travail en prévision de la longue nuit au cours de laquelle ils plieraient le chapiteau et rangeraient le matériel. Ils entendirent Stappenbeck crier au secours et ils revinrent aussitôt sous le chapiteau. Le patron du cirque se tordait, allongé sur le dos, près de la cage des singes ; Zambo, à califourchon sur lui, hurlait : « Jamais ! Jamais ! Jamais ! » ; et Matilda pleurait dans l'ombre. Les trois chanteurs comiques se précipitèrent sur le jeune homme et le frappèrent avec les os qui leur servaient de baguettes de tambour. Zambo les écarta d'un coup d'épaule et ils allèrent valdinguer dans la sciure sans se faire mal, à côté du patron qui agonisait. Puis Zambo saisit la trapéziste dans ses bras et s'enfuit dans la nuit.

Le contorsionniste essaya de remettre Stappenbeck sur ses pieds. Il avait les cheveux pleins de sang. On le transporta chez le maire et il vécut assez longtemps pour maudire son meurtrier et indiquer le motif du crime. Il avait surpris Zambo en train de dévaliser le coffre qui contenait la recette. Luedke s'entretint avec le shérif et, à l'aube, on rassembla une milice qui se lança à la poursuite du fugitif.

Où Zambo avait-il bien pu aller à pied ? Il avait souvent parlé de quitter le cirque pour aller vivre dans les montagnes de Santa Ana, indiquèrent le jongleur et le cracheur de feu. Mais Zambo, un voleur ? Non. Stappenbeck détestait Zambo, néanmoins le seul crime du pauvre garçon était d'avoir un faible pour Matilda, la nièce de Stappenbeck (le magicien disait que c'était sa fille adoptive). Stappenbeck fouettait Zambo sans raison, et ce pauvre Zambo n'avait jamais levé le petit doigt contre son bourreau, ni bronché ou poussé un cri. « Ils ne ressentent pas la douleur comme nous », dit le clown Oncle Sam.

Pour les villageois, qui n'avaient aucune raison de mettre en doute les dernières paroles d'un agonisant, le départ de Matilda avec Zambo ne faisait que prouver l'accusation lancée contre le métis. Voleur, assassin, avec pour couronner le tout l'enlèvement d'une femme blanche – un crime caractéristique des Indiens. Le shérif était sûr qu'on allait retrouver Zambo et la femme. Stappenbeck était le seul dans le cirque en possession d'une arme à feu.

Maryna, Bogdan, Piotr et les autres les regardèrent partir à cheval – des hommes à l'aspect menaçant avec des fusils Sharps et des Winchester, qui galopaient dans le désert.

Une intrigue pour Ryszard ! Il commença à l'écrire – sa version serait une histoire d'amour – l'après-midi même. Il conserva l'âge de Zambo, seize ans, mais diminua celui de Matilda d'une décennie pour la ramener à treize ans, et il les rebaptisa Orso et Jenny. La bien-aimée de *son* hercule d'Amérique était une angélique enfant à la veille de la féminité, et sans aucune parenté avec le patron du cirque, qui reçut le nom de Brandt. Au dîner, Ryszard annonça aux autres qu'il avait tout sauf la fin.

« Mais ce n'est pas fini », protesta-t-il quand on le supplia de révéler ce qu'il avait rédigé.

« La véritable histoire non plus, dit Bogdan. Nous ne savons pas si la milice les a retrouvés ou non. »

Ryszard alla chercher son manuscrit dans la grange et lut son histoire à haute voix.

Anaheim et son solide pittoresque : des cow-boys sur des mustangs qui renâclent, des fermiers installés loin de la ville qui attachent leur buggy à un poteau ; les beautés blondes locales, les *sen˜oritas* aux nattes noires de Los Nietos, les femmes des fermiers qui s'entassent dans la boutique de la modiste pour acheter des coupons d'indienne et de vichy et examiner les patrons dans des revues de mode ; on bavarde, on badine, on se vante, on marchande ; l'agitation en attendant l'arrivée du cirque. La parade de la ménagerie de Brandt dans Orange Street. La présentation de l'hercule balourd et de la petite trapéziste. Les ressentiments brutaux maîtrisés par un amour inavouable, l'innocence enfantine de Jenny troublée par l'éclosion de l'amour. Les explosions de fureur jalouse de Brandt. La force d'âme d'Orso pendant les terribles raclées. Il endure tous les mauvais traitements car il ne redoute que le renvoi et la séparation d'avec sa Jen chérie. Le spectacle sous le chapiteau. Les démonstrations de force d'Orso. La grâce et l'audace de Jenny. L'admiration de la foule. Après la représentation : les deux jeunes gens s'attardent sur un banc dans un coin obscur du chapiteau. Les expressions virginales de pitié de Jenny à propos des brutalités infligées à son camarade de cirque. Orso évoque son rêve de s'enfuir et d'emmener Jenny vers une vie de beauté et de liberté dans les montagnes de Santa Ana. Jenny qui pose sa petite tête sur le torse large comme une futaille ; Orso qui serre le banc de ses mains charnues. Il soupire. D'autres soupirs. Le premier aveu de leurs véritables sentiments l'un pour l'autre. Orso qui lève timidement la main pour caresser les cheveux de Jenny. Brandt dans l'ombre qui les épie puis qui se précipite. Orso qui n'offre aucune résistance et qui accepte de recevoir le fouet. Brandt qui se tourne vers Jenny et qui, pour la première fois, lève le fouet sur elle. Orso qui le jette à terre. La tête de Brandt qui heurte l'angle de la cage des singes. Orso qui prend Jenny dans ses bras. Leur fuite dans la nuit, à travers le désert et dans les montagnes, la milice qui les suit. Quelques heures d'un chaste sommeil. Les terreurs de Jenny. La tendre protection d'Orso. Leur fuite dans les montagnes bleues. Le froid, les animaux sauvages, la faim, l'épuisement…

Ryszard leva les yeux de ses feuilles. « J'en suis là.

— Très attachant, dit Bogdan. Vivant. Plutôt émouvant. »

Ryszard n'osait pas demander à Maryna ce qu'elle en pensait. Écrire une histoire d'amour et la lire à haute voix en sa présence et devant Bogdan et les autres lui semblait suffisamment audacieux. Et il ne voulait entendre aucune autre opinion. Il fuyait le regard moqueur de Julian.

« Un petit détail, dit Julian. Les montagnes ici. Je suppose que vous diriez qu'elles sont bleues.

— Et je le dis, espèce de… scientiste ! rugit Ryszard. En écrivant simplement le mot "bleu", je les rends bleues, c'est ainsi que procède un écrivain, et vous, mon lecteur esclave, vous devez les voir bleues.

— Mais elles ne sont pas…

— Alors qu'un peintre, continua triomphalement Ryszard, s'il pense que les montagnes sont bleues, doit vous les mettre sous les yeux, avec ses pigments il doit fabriquer une couleur que, peut-être, bien que ce que nous disions soit de peu d'importance, nous appellerons bleu…

— Ou violet, ou lavande, ou pourpre, dit Jakub gaiement.

— Et comment allez-vous terminer ? demanda Cyprian.

— De façon déchirante, sans aucun doute, répondit Ryszard. Soit *lento*, en insistant sur leurs épreuves et leurs souffrances, jusqu'à ce qu'enfin, ils trouvent refuge dans la caverne d'un lion des montagnes et s'y allongent pour mourir de faim et de froid dans les bras l'un de l'autre. Ou *allegro*, *allegro feroce*, la milice les coince dans un canyon, au bord d'un ravin. Vous devriez voir maintenant (il ajouta silencieusement "Maryna") là-haut, les buissons sont toujours verts : ce qui les trahit ce sont les paillettes sur la tunique rose à franges et sur les collants de Jenny, qui brillent au soleil. Quand la milice les cerne, l'Ange des airs prend Orso par la main et ils sautent ensemble dans le ravin, vers une mort certaine.

— Oh, fit Barbara dans un soupir.

— Je déteste les fins malheureuses, déclara Wanda.

— Ah, la voix de la lectrice inculte, ironisa Julian.

— En vérité, reprit Ryszard, gêné comme tout le monde par le mépris acharné de Julian envers sa femme, je ne suis pas convaincu, moi non plus, par ce double suicide. » De la galanterie, puis une bonne dose d'inspiration : « Peut-être ne devrait-on pas les rattraper.

— Oui, oui, approuva Wanda.

— Cette femme est incroyable, dit Julian.

— Ils pourraient échapper à la milice et rester dans les montagnes. Les montagnes bleues comme une meurtrissure, Julian. La belle et la bête s'installent dans un canyon éloigné où personne ne s'aventure sauf le trappeur le plus intrépide.

— Mais que mangent-ils, comment se protègent-ils du froid et des bêtes sauvages ? demanda Aleksander.

— Il est indien, répondit Cyprian. Il sait tout cela.

— À moitié indien, murmura Jakub.

— Mais pas Jenny, intervint Danuta.

— N'ayez pas peur d'une fin malheureuse, dit Bogdan, si cela semble plus vrai.

— Lecteurs, lecteurs ! s'exclama Ryszard. Je veux simplement raconter une bonne histoire. Que veut dire ce qui semble plus vrai ? Ce qui vous rend moins tristes ? Ne chargez pas de trop de responsabilités les épaules de ce rêveur ! Vous pensez que la fin que je vais choisir pourrait modifier ce qui arrive vraiment à ces pauvres diables ! »

Mais c'est exactement ce qu'il commençait à ressentir ; aussi, pour respecter ces sentiments de superstition, Ryszard consulta une des Mexicaines qui disaient la bonne aventure, ou *suertes*, afin de connaître leur destin. Les prédictions de cette femme – selon lesquelles on les poursuivrait et les tuerait – décidèrent pour lui ; la fin s'écrivit presque toute seule.

Orso qu'on repère en train d'escalader une pente très raide en portant Jenny dans ses bras ; les fusils qui crachent des flammes et qui grondent ; le bruit qui se répercute sur les parois du canyon, une balle qui traverse la tête de Jenny, et Orso qui tombe ; la milice qui le retrouve sur le sol en train de hurler de douleur, il berce la tête de Jenny dans ses bras, le lasso qui vole vers Orso et qui se referme autour de son cou en sifflant ; puis ils…

Non ! Non. Perds la milice. Sauve les enfants. Invente un vieux pionnier qui vit dans un isolement aventureux – cela fait des années qu'il n'a vu quelqu'un dans ses montagnes interdites – qui les accueillerait près de son feu de camp et qui se révélerait aussi bienveillant et généreux que le patron du cirque avait été cruel. Ils étaient terrifiés, il ranimerait leur courage. Ils avaient faim, il leur donnerait à manger. Il remuerait les cendres de son feu et poserait sur le grill un magnifique cuissot de chevreuil, et tandis qu'il les regarderait manger – peut-être avait-il été père autrefois – ses yeux se rempliraient de larmes. « Depuis, tous les trois ont vécu heureux ensemble », telle était la dernière ligne de l'histoire. C'est l'Amérique, se dit Ryszard, où l'on apprécie autant une fin heureuse larmoyante qu'un massacre joyeux et satisfait. Quand, deux jours plus tard, la milice rattrapa effectivement les fugitifs et ouvrit le feu, Matilda fut touchée à la colonne vertébrale (elle resterait paralysée à vie), et Zambo fut pendu. Ryszard n'eut aucun regret à propos du dénouement qu'il avait choisi. À quoi sert de transformer les événements réels en histoires si l'on ne peut pas tout changer, en particulier la fin ?

Et à quoi sert de raconter des histoires, si ce n'est pour éveiller le désir d'une autre vie que chacun porte en soi ?

En outre, Ryszard n'était pas d'humeur à relater l'histoire d'un amour impossible qui se révèle… impossible. Écrire c'est faire des tours de passe-passe : Ryszard voulait montrer qu'un amour impossible était possible. Sa propre passion pour Maryna était devenue une histoire interminable, inachevée, qu'il révisait continuellement, qu'il brodait, qu'il peaufinait, pour laquelle il trouvait des façons plus aisées de se la décrire. Il était ici, il vivait à côté d'elle sans oser l'approcher, comme un enfant, de peur d'être définitivement rejeté. Il soupçonnait qu'elle comptait sur ses attentions, ses pesantes attentions, qu'elle serait désolée de voir son ardent soupirant à la patience infinie se résigner, tout simplement. Mais le rôle était plus difficile à interpréter sans le décor dans lequel il avait été conçu. Il n'y avait pas de loges (il avait adoré la surprendre quand elle se regardait dans son miroir), pas de couloirs enfumés et éclairés au gaz, pas de voitures obscures. Les bordels de San Francisco avaient des miroirs, il y avait des miroirs à San Francisco et pas seulement dans les théâtres, mais de quelle utilité pouvait être le jeu captivant entre ces surfaces et ce qui se trouve derrière, pour un village éloigné comme Anaheim ? Il n'y avait pas de miroirs dans leur nouvelle vie. Seulement des vues.

Peut-être se serait-il senti moins déprimé s'il n'avait eu à supporter que la présence d'un mari, mais vivre avec quatre couples – tous, même le couple misérable que formaient Julian et Wanda, semblaient irrévocablement définitifs – lui donnait l'impression d'être plus éloigné de Maryna qu'il ne l'avait jamais été. (Pour affirmer sa différence de célibataire, il persuada Jakub de l'accompagner à Los Angeles passer un week-end chez les prostituées.) Il se retrouvait rarement seul avec Maryna, sauf pendant les leçons d'équitation. Il racontait les aventures solitaires qu'il avait vécues quand Julian et lui étaient venus en août, quand ils avaient vécu sous la tente et fait des explorations au-delà des zones habitées. N'y aurait-il aucune échappée de l'enclos conjugal ? Aucun nouvel apport d'énergie érotique ? « Venez vous promener avec moi », disait Ryszard. « Je vous ferai découvrir les montagnes. » « Bientôt, bientôt », murmurait-elle. Il avait rêvé de la protéger. Il n'y avait rien contre quoi il pût la protéger. Sauf si Bogdan devait disparaître d'une façon ou d'une autre. Dans les histoires rien n'est impossible. Bogdan pouvait tomber de cheval et se casser le cou, alors elle se rendrait compte…

Maryna mit pied à terre, et sans cérémonie tira sur le col de Ryszard. Ce voyage vers un vide libérateur, pour lequel il s'était proposé comme chaperon, appelez cela le désert sans ombre, appelez cela les montagnes inhabitées – elle y était déjà.

« Oh, Maryna, gémit-il. Y a-t-il quelque espoir pour nous ?

— Nous ? »

Il baissa la tête. « Moi.

— Je pense, dit-elle, qu'il y a de l'espoir pour vous.

— Et vous, Maryna ? Si déterminée à devenir posthume ! Avez-vous vraiment changé à ce point ? Est-ce possible, Maryna ?

— Plus que possible.

— Et ceci (il tendit le bras vers la terre qui les entourait) est la seule passion qui vous anime à présent ? »

Elle ne répondit pas.

« Mais n'est-il pas possible que vous vous trompiez vous-même sur ce que vous désirez vraiment ?

Ne vous sentez-vous pas prise au piège ? Le décor est beau, ce sont nos Ardennes, mais il ne change jamais. N'éprouvez-vous jamais d'impatience envers chacun – Julian, cette pauvre Wanda, Danuta, Aleksander, Cyprian, Barbara, même Jakub... non, je ne m'exclurai pas. Comment arrivez-vous à nous supporter ?

— Nous ?

— Et la brutalité des hommes et des animaux, les bottes lourdes de boue, les vêtements puants, la peau de vos mains dure et rougie, et les furoncles d'Aniela que vous ouvrez avec une lame de rasoir passée à la flamme (je vous ai observée, où avez-vous appris à faire cela ?) – ce n'est pas vous. Le fumier, la boue et la sécheresse – vous êtes faite pour le velours. Et toutes ces haines raciales qui s'accumulent chez ces nouveaux Californiens, sous la réconciliation de façade et leur avidité. Ici tout est dureté et vide. Cela va nous rendre durs et vides, Maryna. Attendez, ne dites pas à nouveau "Nous ?", cela va vous rendre dure et vide, même vous.

— Je suis désolée que vous me trouviez cruelle, Ryszard. Mais cela ne me dérange pas d'être vide.

— N'êtes-vous jamais désolée pour vous-même ?

— J'étais désolée pour moi-même en Pologne. Maintenant, je ne comprends même plus pourquoi. Mais ici ? Non, jamais. Vous voyez sans doute qu'être débarrassée de presque tout ce qui m'a distinguée des autres et de moi-même me réussit parfaitement. Cela me fait, vous allez vraiment me trouver cruelle, cela me fait rire. »

Absences : peluche, vestiges, obscurité, couloirs, sa propre histoire. Comment pourrait-elle expliquer cela à Ryszard ? Ici, chaque histoire apparaissait librement, sans racines dans de longues généalogies d'inquiétude ou d'obligation. La chute brutale de significations dans sa nouvelle vie agissait sur elle comme un manque d'oxygène. Elle était prise de vertige. Et cependant, tout cela était si familier. Les groupes soumis à une routine quotidienne difficile et une direction énergique étaient l'élément naturel de Maryna : l'esprit de groupe est fort chez les gens de théâtre. Et cette vie aux nouvelles racines était à peine différente de la vie des troupes itinérantes. Si certaines des tâches les plus simples de la ferme leur échappaient encore, il n'y avait rien d'étonnant, ils s'étaient préparés à la hâte, ils avaient appris leur rôle de fermiers à la dernière minute, juste avant d'entrer en scène. Pendant quelque temps, ils feraient une révision « de coulisses », comme disent les acteurs, jusqu'à ce qu'ils aient maîtrisé leurs rôles.

Le soir, ils ignoraient courageusement leurs muscles froissés, leurs dos endoloris, leurs tibias écorchés, leurs coups de soleil douloureux, et se réunissaient dans la salle de séjour pour potasser les brochures de Washington et les livres d'agriculture apportés de Pologne, et ils discutaient d'engrais et de clôtures, de la plantation d'une orangerie, de la réparation du poulailler, et de l'embauche de quelques ouvriers indiens ou chinois pour les aider. Bogdan marchait de long en large et exposait à grands traits ses plans pour les nouveaux bâtiments. Il parlait en phrases brèves et rapides et, dans une main, il serrait un verre de thé presque vide dans lequel tintait une petite cuillère. Une main que Maryna reconnaissait à peine, avec l'ongle du pouce noir et la grosse veine qui serpentait de l'articulation bronzée jusqu'au poignet ; un Bogdan qu'elle n'avait jamais connu, qui n'était plus entièrement occupé d'elle, qui faisait tout cela pour elle. Qui sombrait dans le collectif – pour elle.

Chacun était censé participer à ces discussions. En fait, les femmes – sauf Maryna – parlaient à peine, comme si elles supposaient qu'elles n'avaient rien à dire, ou qu'on allait les critiquer, ou que prendre des décisions était une affaire d'hommes. La vie à la ferme organisait les femmes pour de nouvelles soumissions, dictait à chacun de nouveaux programmes d'incompétence. Ils savaient comment leurs voisins les considéraient, comme des aristocrates choyés et sans aucun sens pratique, et ils hésitaient à leur demander de l'aide. Herr Kohler avait envoyé un de ses jeunes ouvriers agricoles mexicains pour leur montrer comment prendre soin de la vigne, dont le cycle allait recommencer. Les hommes regardèrent en silence tandis qu'il leur montrait comment tailler les longs sarments, répandre des engrais, butter la terre au pied des ceps. Et Kohler, qui leur vendait du lait, de la crème et du beurre, fut assez aimable pour dire à Pancho de leur apprendre aussi à traire ; mais aucune des femmes n'avait les mains assez fortes ni la bonne technique : elles avaient l'impression de torturer les vaches. Au bout de quelques jours, ils recommencèrent à acheter du lait dans une autre ferme voisine.

Maryna n'était pas de nature à se montrer charitable envers elle-même, jamais, ni indulgente envers les autres. Mais comme cela semblait mesquin sous ce soleil implacable de se tracasser parce que Barbara et Danuta trayaient les vaches à contrecœur.

La fatigue et le ronronnement des préoccupations communes semblaient n'avoir comme effet que d'accroître son immense sensation de bien-être physique.

D'autres absences : les mots, la mise en scène de soi-même, les énergies amoureuses. Des absences apaisantes. Des présences charnelles. Les relents pénétrants de la bouse fraîche et de leur propre sueur. Le halètement devant le fourneau, sur le tabouret de la traite, derrière la brouette, et les harmonies de la fatigue collective s'exhalant à la fin de la journée, en silence, autour de la table du repas. Toutes les sonorités réduites à ceci : le bruit des respirations, les seules respirations, les leurs, la sienne. Elle ne se sentit jamais aussi attachée aux autres qu'à cette époque, alors qu'elle se trouvait confinée dans une boîte fermée de respirations bruyantes ; jamais aussi optimiste à propos de la vie qu'ils s'efforçaient de construire. Facile à dire : cela ne durera pas. Chaque mariage, chaque communauté, est une utopie ratée. L'utopie n'est pas une sorte de lieu, mais une sorte de temps, ces instants trop brefs où l'on ne souhaite pas être ailleurs. Y a-t-il un instinct, un très vieil instinct, pour respirer à l'unisson ? L'utopie ultime, cela. À la racine du désir d'union sexuelle, il y a le désir de respirer plus profondément, encore plus profondément, plus rapidement… mais toujours ensemble.

En novembre, Maryna et Bogdan reçurent une lettre d'un compatriote qui vivait à San Francisco depuis près de vingt ans, Bruno Halek, un vieil homme astucieux et impertinent, qui avait une activité indéterminée et, manifestement, quelques moyens. Il s'était lié d'amitié avec Ryszard et Julian, la première fois où ils étaient allés à San Francisco, en juillet, et avait fait visiter la ville à tous les membres du groupe lors de leur arrivée fin septembre.

Halek demandait s'il pouvait venir rendre visite à ses amis dans leur village de Rhénanie producteur de vin, en plein désert. Il ne s'était pas dégourdi les jambes depuis longtemps, expliquait-il. Il n'aurait jamais songé entreprendre un voyage aussi long si le seul moyen de transport pour son corps, reconnaissons-le, énorme, était encore ce bateau à aube exigu – trois jours de bœuf séché et de haricots bouillis ! – jusqu'au port près de Los Angeles et, *tchouc-tchouc-tchouc*, en train pour les cinquante derniers kilomètres. Et imaginez cela, disait-il. Quand les Allemands allèrent au sud en 1859 (il en avait rencontré quelques-uns à l'époque, des lourdauds durs à la besogne ; ce serait amusant de les voir aujourd'hui), leur bateau était passé devant Los Angeles et avait jeté l'ancre à dix kilomètres de l'endroit où se trouverait Anaheim, et on avait dû amener les colons en canot jusqu'au rivage, où un groupe d'Indiens, engagés par ces deux Allemands malins qui possédaient la société de vins de Los Angeles, dont les gens de San Francisco avaient acheté des actions, les attendaient avec de l'eau jusqu'à la ceinture, pauvres diables, et tous les Allemands, hommes, femmes et enfants, s'étaient installés sur les épaules des Indiens qui les avaient portés ainsi jusqu'au rivage. Cependant ces jours épiques appartenaient au passé (même s'il aurait aimé connaître l'Indien suffisamment costaud pour le porter !) et comme maintenant il y avait un train pour Los Angeles, il avait grande envie de faire le voyage, non pas qu'il eût l'intention de s'imposer, il n'était pas du genre à dormir sous une tente ou dans une cabane et comptait donc descendre à l'hôtel, mais pour ce qui était de venir, il viendrait, si cette chère Madame

Maryna le permettait. Ne serait-ce, ajoutait-il d'un ton jovial, que pour goûter le vin.

Pouvait-il leur apporter quelque chose de San Francisco ?

Pas question que leur hôte descende aux Planteurs. Maryna et Bogdan firent enlever le canapé du petit salon pour le remplacer par un lit ; pendant la visite, Piotr coucherait dans la cuisine avec Aniela. Maryna méprisait la part d'elle-même qui cherchait à impressionner Halek (plus exactement à ne pas le décevoir), tout en étant convaincue que cela renforcerait l'amour-propre de chacun pour qu'il participe à l'effort consistant à rendre leur nouvelle maison aussi accueillante que possible, et elle saisit l'occasion de son arrivée pour inciter les autres à s'attaquer à des tâches longtemps reportées. Il fallait réparer le poulailler (leur hôte imposant demanderait à coup sûr quatre œufs au petit déjeuner) ; il fallait repeindre la maison, cirer les meubles, déballer d'autres livres – on laissa de côté le travail de la ferme et on engagea tout le monde à rendre la maison digne de recevoir une visite. Et il fallut remplir convenablement le garde-manger et faire provision de bouteilles d'excellentes aguardiente et tequila qu'on trouvait dans le village mexicain (Halek ferait sans aucun doute le dégoûté devant la profusion des bières allemandes d'Anaheim). Puis, une semaine plus tard, Bogdan et Maryna laissèrent à Danuta et à Barbara le soin de disposer des fleurs de laurier-rose dans de jolis paniers cahuillas, et ils se rendirent à la gare dans le buggy. Leur hôte descendit du train, encore plus gros que dans leur souvenir et en outre encombré de paquets attachés à l'aide d'une ficelle brune contenant des journaux de Pologne, des livres, des mouchoirs et des sachets de parfum pour les femmes, une mantille de dentelle pour Maryna, des soldats de plomb pour Piotr, des poupées et des sucettes pour les filles.

« J'ai une faim de loup », dit-il en entrant dans la maison.

Aleksander rit : « Nous avons toujours faim, nous aussi.

— C'est parce que vous travaillez trop dur, s'écria Halek. J'ai faim (sa main claqua sur son ventre immense) parce que j'ai faim. » Et il émit un bruit, à mi-chemin entre aboiement et grognement.

« Je me souviens de ça », dit Piotr tout heureux. Le spectacle des otaries hurlant sur les rochers depuis la terrasse d'un casino à flanc de falaise près de San Francisco était un plaisir obligatoire pour chaque visiteur de la ville. « Je peux faire le coyote, monsieur Halek. Écoutez. »

Ce fut pour eux l'occasion de lui faire faire le tour du propriétaire. Avant tout, ils l'emmenèrent voir le système d'irrigation d'Anaheim. « Je vois, gloussa-t-il, un village de Rhénanie avec des canaux hollandais. Nous sommes en Hollande ici. »

Ils lui montrèrent leurs deux vaches, leurs trois chevaux de selle ombrageux et la mule souffreteuse. Il leur demanda comment ils s'entendaient avec leurs voisins.

« Nous ne les voyons pas beaucoup, dit Cyprian.

— C'est bien ce que j'espérais, répondit Halek. Qu'auriez-vous en commun avec ces fermiers et ces boutiquiers grippe-sou ? Contrairement à la légende répandue par ce journaliste, Nordhoff, un autre Allemand, qui est venu ici il y a quelques années et qui a écrit un tas de bêtises sur Anaheim, comme vous le savez, il n'y a jamais rien eu de "communisant" dans ce village. »

Bien sûr, il avait raison – à la grande déception des colons polonais, qui avaient la tête farcie de Fourier et de Brook Farm. Les Allemands de San Francisco avaient été recrutés par un géomètre qui travaillait pour deux de leurs compatriotes, propriétaires de vignobles et d'une société de vins de Los Angeles, et qui cherchaient à agrandir leur affaire. Avec l'argent réuni par cinquante investisseurs, on acheta une parcelle de terre et on l'aménagea afin de la coloniser : on engagea des ouvriers chinois et mexicains pour creuser les fossés d'irrigation, des ouvriers mexicains pour planter les vignes, des ouvriers indiens pour construire les maisons d'adobe où vivraient les cinquante familles. Quand elles arrivèrent deux ans plus tard, les maisons et les vignes les attendaient. Au début, la société possédait tout, mais après quelques années, quand l'endroit eut dégagé des profits, la coopérative fut dissoute et chaque colon récupéra son investissement pour devenir propriétaire. Anaheim n'avait jamais été, même pas au début, une expérience de vie en communauté.

« Mais vous, Madame Maryna, vous et l'estimé comte Dembowski et vos amis, avec votre irrépressible idéalisme polonais, vous avez décidé de transformer la légende en réalité. Et pour cela, je vous tire mon chapeau. Mais je vous implore, n'oubliez pas la scène, qui est toujours en deuil après le départ de sa reine. Je suppose que vous n'envisagez pas, après un an environ de cette aventure, de revenir…

— Pas vous, non ! Je ne m'attendais pas à subir ce genre de reproches en Amérique, même de la part d'un compatriote. Non, ce n'est pas une aventure, mon ami. C'est une nouvelle vie, la vie que je veux mener. La scène ne me manque pas.

— Le confort auquel vous étiez habituée ne vous manque pas, Madame Maryna ? »

En réponse, elle lui lança, en anglais :

« *Oui, plus je suis dans les forêts d'Ardennes et plus je suis fou ; quand j'étais chez moi, l'endroit était meilleur ; mais les voyageurs doivent se contenter de ce qu'ils ont.*

— Je vous demande pardon ?

— Shakespeare, monsieur Halek. *Comme il vous plaira.*

— Et c'est ce que je fais, et c'est pourquoi…

— Mais je vous taquine, monsieur Halek ! Je le répète : la scène ne me manque pas.

— Vous êtes très courageuse. »

Il était enchanté, enchanté de voir ses amis minces et en bonne santé. C'était sans doute l'exercice qu'ils se donnaient, et dont son tour de taille l'excluait, hélas, bien que, il le reconnaissait, même lorsqu'il était jeune et mince, oui, il avait été mince autrefois, dit-il, en regardant Wanda (l'essentiel de ce qu'il disait s'adressait à Wanda, qui semblait stupéfaite que Halek pût flirter avec elle), même lorsqu'il était mince, il n'aimait que fainéanter. Manger, parler, jouer aux échecs (il chantait en réfléchissant à son prochain déplacement) étaient ses passe-temps favoris. « C'est votre petite Athènes rustique qui me séduit, conclut-il. Pas votre petite Sparte. » Ils prirent plaisir à lui raconter des histoires sur leur sottise – en réalité, devant Halek ils se sentaient comme des campagnards chevronnés. « J'aime les perspectives », déclara-t-il depuis le hamac qu'on avait spécialement renforcé pour lui le lendemain de son arrivée. « Et les animaux aussi, tant qu'ils gardent leurs distances. » Il était aussi déconcerté par le jeune et joli blaireau que Ryszard avait capturé, et dont il avait fait l'animal domestique de la maison, que par un scorpion géant vraiment terrifiant, qui traversait la cour à toute vitesse. « J'avoue avoir aussi peur des animaux qu'un juif a peur de l'eau », ajouta-il. Et, s'adressant à Jakub : « J'espère ne pas vous avoir offensé. »

Pour leur premier Thanksgiving – sans dinde : Piotr pleura et on épargna la bête hurlante –, Maryna sortit le linge de table en lin damassé qu'elle avait apporté de Pologne et accepta d'être exemptée de corvée de cuisine. Toutes les autres femmes se partagèrent la préparation du repas et Halek les étonna en offrant de faire le dessert. « Comment croyez-vous qu'un vieux célibataire comme moi ait jamais ce qui lui fait envie, s'il ne peut rien se confectionner ? » Cela s'appelait, leur apprit-il (une petite leçon d'anglais), un *shoofly pie*, un « gâteau chasse-mouches » – *shoo fly*, *shoo fly*, *shoo fly*, se mit à chanter Piotr –, parce qu'on devait chasser (*shoo*) les mouches (*fly*) qui se posaient sur la garniture de mélasse et de cassonade.

« *Shoo fly, shoo fly*…

— Arrête, Piotr, dit Maryna.

— Très sucré à l'intérieur, fredonna Halek. Rempli de douceur. On ne peut empêcher les mouches de s'en approcher.

— C'est délicieux, s'exclama Wanda. Je vous serais reconnaissante de m'écrire la recette.

— Allez-y, monsieur Halek, intervint Julian. Cela lui occupera l'esprit au moins pendant une semaine. »

Après le dessert, quand il ne resta plus sur la nappe que des miettes, les assiettes poisseuses et les tasses à café vides, Bogdan leur rappela qu'ils avaient négligé le rituel avec lequel ce dîner, le plus américain de tous, aurait dû commencer. « Je rends grâces que nous soyons ici tous ensemble, dit-il. Qui continue ?

— Piotr chéri, demanda Maryna, de quoi rends-tu grâces ?

— D'être plus grand, répondit-il joyeusement. Ne suis-je pas plus grand, maman ?

— Oui, mon chéri, oui. Viens t'asseoir sur les genoux de maman.

— Je rends grâces à l'Amérique, dit Ryszard, un pays assez fou pour déclarer que la poursuite du bonheur est un droit inaliénable.

— Je rends grâces que les filles soient en bonne santé, dit Danuta.

— Moi aussi, dit Cyprian.

— Barbara et moi, nous rendons grâces à Maryna et à Bogdan pour leur vision et leur générosité, dit Aleksander.

— Mes amis, murmura Maryna, en serrant Piotr contre elle et en enfonçant le visage dans ses cheveux. Mes chers amis.

— Maman, je veux m'asseoir sur ma chaise.

— Je rends grâces à l'Amérique pour son rêve d'égalité entre tous ses citoyens, même si ce rêve est loin d'être réalisé, dit Jakub.

— Je rends grâces à M. Halek pour le dessert, dit Wanda.

— Faites confiance à ma femme pour rabaisser le niveau du débat, dit Julian. Je pense que je devrais rendre grâces au fait qu'en Amérique le divorce est légal.

— Julian, je t'en prie ! s'écria Jakub.

— Aniela, appela Maryna.

— Et je remercie Mme Solski pour son bienveillant compliment », dit Halek avec un sourire.

Aniela entra.

« Aniela, dit Maryna d'une voix furieuse, nous rendons grâces pour les faveurs que nous avons reçues.

— Les faveurs, Madame ? Les faveurs ? J'ai fait quelque chose de mal ? »

Julian cacha son visage dans ses mains, puis il leva les yeux avec une grimace. « Je vous présente mes excuses, Maryna. Je ne pensais pas ce que j'ai dit. Je suis désolé.

— Ce n'est pas seulement à Maryna que vous devez présenter des excuses, dit Bogdan.

— Les maris ! rugit Halek. Ah, les maris !

— Les faveurs sont terminées, Madame ? Je peux retourner à la cuisine ?

— Je vais vous accompagner, mon enfant, dit Halek, et vous pourrez me dire vos faveurs. »

Bien sûr, il avait fait une cour effrontée à Aniela ainsi qu'à la malheureuse Wanda (ce qui mettait Julian en rage), mais il eut ce qu'il méritait le lendemain. Quand il sortit son pénis en érection et qu'il se précipita sur Aniela dans la cuisine, elle s'enfuit et il courut pesamment derrière elle, le pantalon grand ouvert, jusque dans le champ derrière la grange où il glissa dans un fossé d'irrigation. Aniela s'arrêta un peu plus loin, et regarda stupéfaite le pénis flotter dans l'eau. Le fossé assez large n'avait qu'un pied et demi de profondeur mais Halek, allongé sur le dos, avait beau grogner et bartoter, il était bien incapable de se relever seul. « Votre main, mon enfant ! » Il était plus trempé qu'une otarie. « Votre jolie main ! » Tout cela était sans aucun doute sa faute et on allait la punir – d'avoir tant plu au gros bonhomme ou d'avoir fui ses attentions, ce qui l'avait fait tomber dans l'eau, elle ne savait pas pourquoi au juste : tout ce qu'elle savait, c'était qu'elle se sentait coupable, ce qui voulait dire qu'elle avait sûrement fait quelque chose de mal. Aniela fit demi-tour et revint dans la cuisine en courant.

Les aboiements du chien de la maison, un chien errant qu'ils avaient adopté et que Bogdan, à la stupéfaction de leurs voisins allemands, avait baptisé Metternich, amenèrent Ryszard et Jakub au secours de Halek.

« Je suis un vieux polisson », crachota-t-il quand ils l'eurent sorti de l'eau. « Madame Maryna, qu'allez-vous penser de moi ? Pourrez-vous me pardonner ? »

Elle lui pardonna. Maryna n'eut pas de mal à pardonner à Halek ses bouffonneries scabreuses : il était d'une obésité ridicule et il retournait à San Francisco dans quelques jours. Il devint plus difficile de lui pardonner quand ils découvrirent, une heure après l'avoir raccompagné à la gare, que leur joyeux ami était kleptomane. Bogdan n'avait plus le coup-de-poing américain qu'il avait apporté de Pologne, Julian sa boussole, Wanda son livre de recettes, Danuta et Cyprian le gobelet de baptême de leur fille aînée, Jakub un volume des poèmes de Heine, Barbara et Aleksander une bouteille de vodka au cassis, Ryszard une ceinture de cuir à laquelle étaient attachées des griffes d'ours et une queue de serpent à sonnette qu'il avait achetées à un trappeur cahuilla lors d'une de ses expéditions dans les montagnes de San Bernardino. Halek emporta même le puzzle préféré de Piotr, « la locomotive accidentée ». Seule Aniela avait été épargnée, sauf si l'on comptait le pot de sucre qu'il avait chipé dans la cuisine. Et Maryna avait perdu un collier et les pendants d'oreilles assortis en argent noir : les Polonais à la mode avaient porté ce genre de bijoux de deuil, comme on les appelait, après l'échec du Soulèvement de 1863. Un cadeau de la grand-mère de Bogdan, qui faisait partie des objets auxquels elle tenait le plus.

L'indignation de Bogdan devant le vol du collier et des pendants d'oreilles apaisa quelque peu la tristesse de Maryna. « Ne vous désolez pas pour des bijoux, mon cœur. Ce vieux Halek les aimait peut-être encore plus que moi. Il y a si longtemps qu'il vit en Amérique.

— Vous êtes trop généreuse, lui répondit Bogdan d'une voix glaciale. Ce n'est pas normal.

— C'est lui qui a été trop généreux, plus que ne pouvait le tolérer sa nature.

— Vous comparez les babioles qu'il a apportées avec…

— Oh, Bogdan, ne vous tracassez pas. On doit toujours être prêt à tout quitter. »

La possession d'objets était une technique de consolation. Les brosses au dos argenté, la nappe et les serviettes damassées, les quatre grands coffres qui contenaient un millier de livres (où pourraient-ils jamais les mettre ?), les partitions musicales de Moniuszko et les chants de Chopin que personne n'avait joués sur le piano droit du petit salon (il était irrémédiablement désaccordé), les costumes qu'elle ne porterait jamais plus – tout ce qui n'avait pas été apporté pour des raisons purement pratiques signifiait le désir de garder foi dans son ancienne vie, et le besoin d'être consolée pour avoir tout abandonné. Mais pourquoi aurait-elle eu besoin d'être consolée ?

Les sombres malheurs des Polonais ne lui manquaient pas, ni le sombre climat, bien que le légendaire climat du sud de la Californie, qui leur semblait n'être qu'une absence de climat, n'eût cessé de les étonner. Ici, il ne semblait y avoir que deux saisons : un été chaud et sec, suivi d'un long printemps tempéré qu'on appelait l'hiver. Ils attendaient quelque chose de plus, une violence de la nature, un obstacle. En ce moment, là-bas en Pologne, les champs et les montagnes, les églises et les théâtres se trouvaient sous l'immense ciel gris et humide d'un véritable hiver – la route de Zakopane serait à nouveau impraticable –, tandis que les journées azurées et les nuits étoilées du Pays du soleil auguraient une transition de plus en plus facile d'un lieu à l'autre, d'une vie à l'autre.

La santé est promesse de plus d'avenir, tandis que les possessions renforcent les liens avec le passé. Chaque jour, Maryna se sentait plus forte, en meilleure forme, ce que les livres de propagande sur la Californie du Sud garantissaient à tous ceux qui voulaient faire le voyage, s'installer ici, occuper cette terre vide. Pour commencer, il y avait eu l'or ; maintenant, il y avait la santé. La Californie garantissait la santé, la Californie encourageait à faire l'effort d'être en meilleure santé. Vous serez au mieux de votre force et de votre forme quand la violence du besoin reculera ; quand les besoins céderont la place à une indifférence apaisante et énergique ; quand vous serez simplement reconnaissant de vivre, de revivre. Comme lorsqu'on se réveille, pendant ces premiers instants de déséquilibre – on naît à la lumière, on effleure un fourré de sensations premières, le corps lourd de sommeil tandis que l'esprit, alors qu'il se dégage encore d'un rêve (dont les événements sont si loin, de façon inquiétante ou comique, de la vie qu'on se rappelle vivre), l'esprit erre.

Ce n'est pas que tu ignores où tu te trouves ni pourquoi tu t'y es installée. Il y a la tête ébouriffée de

Bogdan sur l'oreiller d'à côté, pensa Maryna. Il y a ce bruit : ce cher homme grince des dents en dormant. Ce pourrait être Heinrich, avec la bouche ouverte et un ronflement nasillard, ou Ryszard qui se frotterait les yeux et qui chercherait ses lunettes sur la table de nuit, ou n'importe lequel parmi une douzaine d'hommes, et pourtant ce ne sont pas eux. Et pendant cet instant, cet instant seulement, cela n'aurait même pas d'importance. Car tandis que tu regardes autour de toi, tes sentiments, aussi bien envers ton compagnon de lit qu'à l'égard des meubles de cette chambre, sont également acceptés, également anesthésiés. Les boules de cuivre aux quatre coins du lit de fer ; l'armoire très simple dont la porte ferme mal ; les devises sur les murs, E PLURIBUS UNUM écrit avec des perles, HOME SWEET HOME, brodé en laine sur un canevas encadré de fleurs faites avec des cheveux – tout cela semble parfait, impersonnel et non choisi comme le décor d'une chambre d'hôtel dans laquelle quelqu'un s'est retiré pour écrire un livre ou mener une aventure amoureuse clandestine : le décor parfait pour une métamorphose.

Mais comme elle est incontrôlable, l'impulsion qui pousse à ajouter quelques touches personnelles, à améliorer les choses, à étendre l'espace des possessions. Dès le début, il avait été entendu qu'ils devaient créer plus d'espace pour eux-mêmes et pour les autres. Avec la construction d'une petite maison d'adobe pour Danuta, Cyprian et les enfants, puis d'une autre pour Wanda et Julian dans laquelle ils pourraient poursuivre leurs misérables disputes sans être entendus, puis avec la pose d'un nouveau plancher et de murs dans la cabane qu'occupaient Aleksander et Barbara, ils auraient un véritable phalanstère. Bien sûr, il serait fou d'investir plus d'argent dans une propriété louée, dont l'option d'achat ne commencerait pas avant six mois de location. Le propriétaire accepterait peut-être de la leur vendre dès maintenant.

Comme la future mariée qui, debout à l'église, à côté de son fiancé, se rend compte que, bien qu'elle aime vraiment cet homme et qu'elle veuille l'épouser, cela ne durera pas, cela se révélera une erreur, et envisage cela avant que son doigt ne reçoive l'alliance, avant que sa bouche ne forme le « oui », mais trouve plus facile de rejeter cette prémonition et de poursuivre le mariage, Maryna pensa : Il est futile de contrecarrer ce qui a été si ardemment conçu et entrepris de plein gré. Il fallait qu'elle aille jusqu'au bout parce que tout avait conduit à ceci. Comment pourrait-elle se trouver ailleurs qu'ici ? Et le scepticisme peut coexister avec la confiance. Avec cet espoir et ces efforts qui forment le caractère, comment pourraient-ils ne pas réussir ? L'espoir et l'effort, comme le désir, étaient des valeurs en eux-mêmes. Leur communauté serait toujours un succès même si elle échouait.

Ryszard apporta son encrier porte-bonheur de marbre vert mer pour la cérémonie. Quand Bogdan eut signé l'acte de vente et qu'il eut tendu l'enveloppe contenant les quatre mille dollars au propriétaire de la ferme, en présence de Herr Luedke, du secrétaire de mairie et de l'institutrice de Piotr (une charmante Gretchen de San Francisco qui, manifestement, avait tapé dans l'œil de Ryszard), ils revinrent à la maison pour fêter l'événement. Maryna regardait Bogdan avec une tendresse absolue.

« Wanda, tu ne peux pas attendre que nous soyons tous assis ! » marmonna Julian.

« Ragoût de bœuf aux oignons ! » s'exclama Aleksander en se servant largement dans la marmite qu'Aniela faisait passer autour de la table.

« Ce n'est pas du ragoût de bœuf aux oignons, c'est du *guïsado*, corrigea Piotr. J'en ai mangé après l'école chez Joaquin.

— Célébrons cette journée en parlant anglais », dit Maryna.

Qui de l'ambition se délivre
Et aime au grand soleil vivre
En cherchant pour son entretien
Est heureux avec ce qu'il obtient

chanta-t-elle. Et, comme s'il lui donnait la réplique, Ryszard reprit en chœur :

Qu'il vienne ici, vienne ici, vienne ici
Ici il ne trouvera
Aucun ennemi
Que l'hiver et la rigueur du climat.

« Bravo », s'écria Maryna. Bogdan se renfrogna. Dehors brillait un soleil implacable.

Six

Prunes, papa, patate, prisme.

« Je vous demande pardon ? s'étonna Jakub.

« Prunes, papa, patate, prisme. Vous n'avez pas besoin de les dire tous. Celui qui compte, c'est prisme, cela donne une agréable expression de la bouche. Mais prunes, papa, patate aident à démarrer. Vous êtes prêts ? »

La photographe avait installé son appareil près du chêne vert, derrière la maison.

« Prêts », répondit Maryna à une vingtaine de pas, les mains posées sur les épaules de Piotr. Bogdan, Julian et Wanda s'étaient regroupés à sa droite. À sa gauche se trouvaient Danuta, Cyprian et leurs petites filles, chacune tenant un petit lapin dans les bras.

La photographe rejeta en arrière son chapeau espagnol à bords plats (il était attaché sous le menton par un cordon), puis elle plongea sous le drap noir pour en ressortir quelques instants plus tard.

« Ne pourrait-on installer des caisses pour que ceux du deuxième rang montent dessus ?

— Aniela, quelque chose pour que toi et les autres vous soyez plus grands », dit Maryna en polonais sans tourner la tête.

« Je vais l'aider, proposa Ryszard. Il y a exactement ce qu'il nous faut dans la grange. »

Les petites filles laissèrent tomber leur lapin et trottinèrent derrière eux. Piotr courut le premier dans la grange et revint avec Ryszard et Aniela, installé dans la brouette sur les seaux à lait. Barbara, Aleksander, Ryzard, Jakub et Aniela regagnèrent leur place au deuxième rang.

« Vous vous rappelez ce que je vous ai dit ?

— Piotr, prunes, papa, patate, prisme, hurla Piotr. Piotr, prunes, papa…

— Très bien, mon petit ami. Maintenant, si vous pouviez convaincre votre mère, votre père et leurs amis de le dire… » Eliza Withington fixait le groupe en experte. « Les yeux grands ouverts, c'est bien. Maintenant, j'aimerais voir une expression agréable. Vous serez heureux d'avoir ce souvenir de vous-mêmes dans les années à venir. »

Et ils le seront effectivement. Et la lumière violente de ce chaud après-midi de mars deviendra le charme du sépia des jours passés. *Alors* nous étions comme *cela*. Jeunes et l'air innocent. Et si pittoresques. On reconnaît à peine Maryna dans sa tenue de colon, une robe sombre d'indienne, à jupons longs, les cheveux séparés par une raie au milieu et noués strictement sur la nuque. Bogdan porte une coquette veste droite en velours côtelé et un pantalon de laine enfoncé dans ses bottes en caoutchouc neuves. Piotr une chemise à carreaux et une culotte courte en jean, ses cheveux blonds coupés à la va-vite au niveau des oreilles et coiffés sur le côté – un petit Américain. Et, regardez, Ryszard porte un sombrero ! « Les pantalons étaient rouges », expliquera Ryszard à sa femme (sa deuxième femme) en se montrant du doigt sur la photographie et en regardant son propre regard décoloré. « Et la chemise de flanelle s'attachait avec une agrafe et un œillet, c'était ma chemise préférée. Devine combien m'avait coûté ma tenue, tout l'ensemble. Un dollar ! » Aniela se souviendra de son émotion quand elle avait mis le tablier blanc que Maryna lui avait acheté une semaine auparavant.

« Nous pensons avoir une expression agréable, dit Bogdan. Mais la photographe c'est vous.

— Plus agréable, ce serait mieux. Quelque chose de rêveur, si vous voyez ce que je veux dire. Une expression que d'habitude je n'aurais pas suggérée à une famille de fermiers mais vous ne ressemblez pas aux gens que j'ai vus dans cette communauté. » Quittant sa place derrière l'appareil, elle s'approcha de Danuta – « Permettez ? » – et elle redressa sa coiffe. Puis elle revint vers l'appareil photographique pour les observer à nouveau. « Ou alors, car vous êtes peut-être trop nombreux, une expression plus naturelle. Je veux dire, ne soyez pas trop détendus, mais comme un peu distraits – comme si vous passiez un bon moment. Parfois on peut avoir l'air trop grave, c'est ce que je dis toujours. Vous venez de quel pays, disiez-vous ?

— De Pologne, répondit Bogdan.

— Oh par exemple ! Et vous venez tous de Pologne ?

— Tous, dit Jakub.

— Eh bien, n'est-ce pas merveilleux, tous ces gens différents qui veulent venir en Amérique. Je veux dire, il ne me viendrait jamais à l'esprit d'aller en Pologne, c'est très près de la Russie, n'est-ce pas ?

— Tout près, dit Cyprian.

— Et la Russie est très grande, n'est-ce pas, comme l'Amérique. Mais je suis sûre que votre pays est aussi terriblement intéressant. Tous ces petits pays doivent être merveilleux à visiter et à photographier. J'irai peut-être en Europe, un jour, j'en ai encore le temps. J'irai avec mon chariot comme je le fais ici, et je m'arrêterai chaque fois que j'en sentirai le besoin, et je prendrai toutes les photographies que je voudrai. Vous croyez que les gens riront de moi ? Quelle est cette vieille folle de Californie, diront-ils. Peu importe, je me contenterai de les dévisager. Oh (elle rit en montrant Maryna du doigt), je vous ai vue sourire. »

La photographie de leur communauté, Maryna en avait eu l'idée quand elle avait vu l'annonce dans la *Gazette* hebdomadaire d'Anaheim :

Mme Eliza WITHINGTON
Artiste photographe
Daguerréotypes et Ambrotypes Excelsior !
Mme Withington, s'étant perfectionnée dans cet art,
ne peut manquer de vous satisfaire.
Sera à Anaheim pendant une semaine,
Hôtel des Planteurs, chambre 9.
Une visite s'impose. Prix raisonnables.
Ressemblance garantie.
« Conserver l'ombre quand la substance s'efface. »

Maryna envoya Ryszard au village pour rendre visite à Mme Withington et lui demander si elle pouvait venir prendre une photographie de quatorze personnes, dont trois enfants. Ryszard saisit l'occasion de passer une heure intime avec l'institutrice avant de se rendre à l'hôtel. Près de l'entrée, dans un chariot qui portait un panneau avec le dessin d'un appareil photographique sur un trépied, était assise une femme corpulente, assez âgée, portant un Stetson et un pardessus d'alpaga noir.

« Ce ne peut être que l'illustre Mme Withington, dit-il en touchant son sombrero neuf. Je ne m'attendais pas à vous trouver au-dehors, prenant le soleil. »

Il lui expliqua sa mission. Elle lui expliqua qu'elle trouvait ennuyeux d'attendre les clients éventuels à l'intérieur. « Je vis de la lumière et pour la lumière », dit-elle. Elle accepta de transporter son studio ambulant jusqu'à la ferme, le lendemain matin.

Les colons polonais furent fascinés par cet exemple de féminité américaine indépendante. Mais ils durent se contenter de la regarder décharger toutes les boîtes qui contenaient les fragiles plaques de verre, les paquets et les bouteilles de produits chimiques, le trépied aux pieds repliés et attachés, et le « chouchou », comme elle appelait son appareil photographique de Philadelphie ; dresser sa « tente noire », dans laquelle elle disposa ses sels et ses émulsions ainsi que les bacs pour révéler et développer les plaques ; détacher les pieds du trépied et le déplier, puis monter l'appareil photographique. Elle refusa toute aide des hommes et ne leur demanda que de l'eau pour remplir le bac dans lequel elle lava les plaques de verre de cinq pouces sur huit. Puis son visage s'illumina quand Julian lui dit qu'il avait été professeur de chimie, en Pologne, avant de devenir fermier en Amérique. « Ah, oui, dit Mme Withington, la photographie c'est de la chimie. Rien d'autre, n'est-ce pas ? » Elle l'invita à jeter un coup d'œil dans la « tente noire » exiguë alors qu'elle appliquait les sels photosensibles sur une plaque de verre qu'elle recouvrit de collodion liquide, et comme récompense elle eut les questions de spécialiste que Julian lui posa à propos de la supériorité du collodion sur le blanc d'œuf ainsi que son souci plein de respect concernant les propriétés explosives du principal composant du collodion, la nitrocellulose (« Oui, nous l'appelons fulmicoton », dit-elle gaiement). Jakub fut autorisé à les rejoindre quand il déclara qu'il était peintre en même temps que fermier. « Évidemment, la photographie c'est aussi de la peinture, remarqua-t-elle. C'est peindre avec la lumière. » Ses doubles objectifs Morrison tout neufs, dit-elle à Jakub, produiraient une ressemblance bien supérieure à ce que pourrait jamais réaliser un peintre.

Il y avait un endroit dans le nord qu'elle appelait chez elle – Ione City, un village minuscule dans les sierras – où elle avait un studio pour les portraits ; cependant, chaque année, plusieurs mois durant, elle était sur les routes dans son chariot, à la recherche d'escarpements et de gorges, d'étranges formations rocheuses et de cactus inquiétants qui méritaient d'être photographiés. Elle subvenait aux besoins de sa vie itinérante en s'arrêtant dans les villages pour offrir ses services. « Le mieux, ce sont les mariages et les enterrements », observa-t-elle. Anaheim avait été décevant sur les deux plans, et elle reprendrait la route après les avoir photographiés.

Elle avait parcouru l'État du nord au sud de nombreuses fois, leur dit-elle.

« Seule ? s'écria Barbara.

— Vous n'avez pas peur, madame Withington ? demanda Danuta. J'aurais tellement peur, moi.

— Jamais !

— Mais vous seriez sans aucun doute plus en sécurité, dit Ryszard, si vous emmeniez un assistant avec vous.

— J'ai mon Colt et je sais m'en servir », répliqua-t-elle, en se caressant la hanche.

Après la séance de photographie, ils l'invitèrent à partager leur repas de midi. Elle déclara qu'elle ne sentait jamais aussi heureuse que lorsqu'elle remontait dans son chariot et qu'elle s'en allait. « J'ai l'âme de quelqu'un qui ne tient pas en place, et la seule patience dont je peux faire preuve, je m'en sers pour mélanger mes sels et le collodion, préparer mes plaques, et me concentrer sur mon sujet avant d'en fixer l'image. Ce qu'il y a de magnifique c'est que chaque jour je peux regarder quelque chose de nouveau dans l'objectif. » Mais elle accepta leur invitation d'entrer prendre un verre de thé (« Vous n'auriez pas un peu de whiskey, non ? Bien sûr que non, vous buvez de la vodka, comme les Russes » ; « Dites plutôt que les Russes boivent de la vodka comme nous », répliqua Cyprian) et, quand elle fut installée sur le canapé du salon, avec un verre et une bouteille de whiskey, elle sembla disposée à s'attarder et à bavarder. « Je m'adresse en particulier à la dame qui a pris une position si gracieuse juste au moment où je m'apprêtais à exposer la première plaque (Maryna sourit à nouveau) et qui sourit de façon charmante quand elle le veut. Bien sûr, peu de gens voudraient avoir un portrait d'eux-mêmes en train de sourire. Dans les toiles des anciens maîtres, seuls les clowns et les fous sourient. Une photographie devrait nous montrer dans notre essence, comme nous essayons d'être, comme nous souhaitons qu'on se souvienne de nous, ce qui implique le calme.

— Les chiens sourient, madame Withington. M. Darwin lui-même le fait remarquer.

— C'est tout à fait vrai. Mais que veut dire le chien en faisant cela ? La bête est-elle heureuse ? Ou essaie-t-elle seulement de plaire à son maître ? Elle fait peut-être semblant.

— Que veulent dire les gens quand ils sourient ? demanda Ryszard. Nous faisons peut-être tous semblant.

— Je pense, dit Wanda, que nous…

— Wanda, contente-toi d'écouter, l'interrompit Julian. Je t'en prie.

— Et bloquer les muscles du visage, pour faire un sourire, alors que l'appareil ne peut prendre une photo simplement comme *ça* (elle fit claquer ses doigts), cela produit une expression qui semble contrefaite, ou pire. Quand il développe le négatif, le photographe peut découvrir qu'au lieu de sourire, le sujet semble sur le point de pleurer.

— Ou les deux, dit Maryna.

— Vous avez souvent posé pour un photographe, n'est-ce pas ? »

Maryna acquiesça d'un signe de tête.

« C'est bien ce que je pensais. Juste avant que j'enlève le cache de mon objectif, vous avez très légèrement soulevé les sourcils, ce qui a allongé l'ovale de vos joues. J'aime quand les gens savent ce qu'ils font. Êtes-vous déjà montée sur scène ?

— Oui, madame Withington.

— Mais je parierais que vous ne faisiez pas de numéro comique, madame Zawa… madame Zawen… Excusez-moi j'ai trop de mal à prononcer vos noms polonais. Je suis sûre que vous étiez impressionnante et grave, et quand vous souriiez, les gens recevaient votre sourire comme un cadeau, un cadeau rare qui leur était destiné. C'est ce que je ressens quand vous me souriez.

— Vous êtes très perspicace, madame Withington. Allez-vous souvent au théâtre ?

— Oh, par exemple, il n'y a pas de théâtre à Ione City ! Même quand c'était un camp de mineurs – ce n'était pas encore Ione City, les mineurs l'appelaient Punaise ou la Glacière –, ce n'était pas assez riche. Mais je suis arrivée là-bas il y a seulement vingt-cinq ans, de New York, où j'allais voir toutes les pièces et j'avais mes acteurs préférés et des albums pleins de coupures de presse sur eux. J'étais sûre que tout cela allait me manquer quand mon mari a entendu l'appel de la sirène qui parlait de l'or et que je l'ai suivi en Californie. Mais quand je me suis retrouvée seule après sa mort accidentelle, il est tombé d'une falaise, le pauvre homme, j'ai décidé d'apprendre l'art de l'héliographie, à l'époque il y avait surtout une demande de photographies d'hommes montrant des poignées de pépites ou revendiquant leur titre de propriété, et tout le monde trouvait cela original qu'une femme devienne photographe, et encore plus étrange photographe ambulante, avec toutes ces lourdes boîtes à transporter, mais je savais que j'étais forte – ce que je voulais vraiment c'était devenir géomètre, mais ils ne laissent pas encore les femmes faire cela –, enfin, aller voir des pièces ne m'a plus manqué du tout. J'aime que les gens soient simplement eux-mêmes, parce qu'ils ne savent pas comment faire autrement. Permettez-moi de vous parler d'une femme, photographiée récemment au cours de mes voyages, qu'un destin peu commun a rendue presque aussi naturelle qu'un paysage. » Elle parcourut la pièce des yeux. « Depuis combien de temps dites-vous que vous êtes en Californie ?

— Cela fait déjà six mois, répondit Bogdan.

— Et personne ne vous a encore parlé d'une femme remarquable, Eulalia Pérez de Guillén ? Tout le monde la connaît. Non ? Autrefois, elle possédait la région qui s'appelle aujourd'hui Pasadena, mais ce n'est pas pour cela qu'elle est célèbre. C'est parce qu'en décembre dernier, elle a fêté son cent quarante et unième anniversaire. Oui. Elle est revenue dans la vallée de San Gabriel et habite chez un de ses arrière-petits-enfants, car ses enfants et ses petits-enfants sont morts depuis longtemps, mais que peut-on attendre quand on a vu le jour en 1735 ? C'est là qu'elle est née et elle est revenue pour servir à l'église de la Mission comme elle le faisait cent vingt-cinq ans plus tôt quand elle était petite fille. Le mois dernier, j'ai fait un bel ambrotype d'elle dans le jardin de la Mission. Pouvez-vous l'imaginer ? Minuscule et penchée, une tête édentée, ridée et presque chauve – on aurait pu penser qu'à son âge, elle aurait été comme un buisson dans ce jardin ancien. Mais elle était remuante comme un jeune veau, elle ne savait même pas comment devenir solennelle comme le font les gens quand ils posent devant l'appareil photographique, et je n'ai pas pu m'empêcher de photographier son sourire bon enfant.

— *Quelle horreur**, s'exclama Bogdan.

— Elle ne sait tout simplement pas comment mourir, dit Ryszard.

— Une source d'inspiration pour nous tous », conclut Mme Withington. Elle termina son verre.

« Bien, il faut que j'y aille. J'espère être à Palm Springs dans quelques jours, et de là j'irai photographier des rochers dans le désert, ensuite on m'attend à Los Angeles. Un de mes collègues y a un studio où je ferai mes tirages et où je les monterai. Je devrais repasser à Anaheim dans trois semaines et si la photo ne vous plaît pas, vous ne serez pas obligés de me payer. Mais je sais qu'elle vous plaira. Vous avez des visages tellement intéressants. »

« Avez-vous jamais vu un tel personnage ? demanda Ryszard. Il n'y a qu'en Amérique qu'on peut trouver une femme comme elle, qui pense que les femmes ne sont pas différentes des hommes, qui passe sa vie à donner des ordres aux autres. En fait, c'est un homme. Ces cheveux roux, ce chapeau d'homme, ce Colt dans son étui, le whiskey du matin et toutes ces opinions invraisemblables. Magnifique, magnifique !

— Elle m'a plu, dit Maryna. Elle est courageuse.

— J'ai bien aimé l'histoire de la femme née en 1735, dit Barbara.

— J'aimerais voir son acte de naissance, dit Julian. Je n'en crois pas un mot. Personne ne vit aussi longtemps.

— Maman, crois-tu... »

Maryna tendit les bras vers Piotr et elle le prit sur ses genoux.

« Évidemment, ce peut être une bonne photographe, concéda Ryszard.

— C'est à coup sûr un bon sujet, dit Jakub. J'aimerais faire son portrait, mais elle me semble être la dernière personne capable de rester assez longtemps dans la même position pour un peintre.

— Oh non, oh par exemple, dit Cyprian en imitant la voix traînante et nasillarde de la vieille femme, je n'aime pas poser. Je suis quelqu'un qui bouge tout le temps. »

Maryna éclata de rire.

« Ce sera bien, dit Danuta, d'avoir un portrait des filles encore petites. »

La séance de photographie transporta tout le monde dans l'avenir, quand leur personne plus jeune ne serait plus qu'un souvenir. La photographie était une preuve – Maryna enverrait un des tirages qu'elle avait commandés à sa mère, un autre à Henryk, un autre à la sœur de Bogdan –, la preuve qu'ils étaient vraiment ici, qu'ils poursuivaient courageusement leur nouvelle vie ; pour eux-mêmes, un jour, ce serait une relique de cette vie lors de leurs débuts durs et difficiles, ou, si leur aventure ne réussissait pas (après six mois sur la nouvelle Brook Farm, les dépenses de la colonie s'élevaient à quinze mille dollars sans presque de rentrées), de ce qu'ils avaient tenté.

« Je me demande si je vais recevoir un choc lorsque je me verrai sur la photographie, dit Maryna à Bogdan quand ils se retrouvèrent seuls. Je ne pense plus jamais à mon apparence, maintenant que je ne suis plus obligée de paraître au mieux. »

Bogdan la rassura en affirmant qu'elle n'était pas différente (faux), qu'elle était toujours aussi belle, aussi belle pour lui (faux là encore). Mais cela n'apaisa pas Maryna. Poser, poser maintenant, lui avait laissé un arrière-goût étrange. « Cela me semblait naturel d'être photographiée en tant qu'actrice dans le costume d'un de mes rôles. Je savais ce que j'étais censée faire devant l'appareil photographique et comment je voulais apparaître. Aujourd'hui, je posais dans le vide. Je faisais semblant d'offrir quelque chose. Je jouais à être photographiée. »

Impossible de se sentir sincère quand on est photographié. Et impossible de se sentir la même personne après avoir changé de nom.

Le fils de Maryna fut le premier à se rebaptiser. Un jour, en février, il annonça qu'il s'appelait Peter, comme à l'école. Maryna, ébranlée par la fermeté de sa petite voix d'enfant, avait répliqué que c'était tout à fait impossible puisqu'il avait été baptisé Piotr et, en outre, quel enfant polonais patriote souhaiterait porter un prénom allemand ?

« Ce n'est pas allemand, maman. C'est américain !

— Ils peuvent t'appeler comme ils le veulent, mais ton prénom est Piotr.

— Maman, tu as tort ! Peter est un prénom américain.

— Piotr, cette discussion est close.

— Je ne répondrai pas et je n'obéirai pas quand tu m'appelleras Piotr », gémit-il et il s'enfuit dans la cuisine pour se jeter dans les bras d'Aniela.

Et il ne plaisantait pas, car des gens qui vivaient dans une buse de drainage devant laquelle il passait chaque jour en allant et en revenant de l'école lui avaient ordonné de changer de nom ; c'étaient des gens minuscules, pas plus grands que sa main, toute une famille, avec beaucoup d'enfants, et il avait l'habitude de s'arrêter pour bavarder avec eux, ils lui racontaient des histoires et lui disaient ce qu'il devait faire. Un jour Miguel, qui passait à proximité – Miguel était le garçon le plus fort de sa classe, il venait à l'école sur son propre poney –, le vit accroupi à côté de la buse de drainage dans laquelle il parlait : il mit pied à terre et s'accroupit à côté de lui ; son camarade polonais avait alors parlé à Miguel de la famille minuscule qui vivait là, et lui avait aussi appris que son prénom était en réalité Peter. Et ce fut un lien, Miguel et lui étaient maintenant de vrais amis. Aussi il devrait aller jusqu'au bout, même s'il avait peur de mettre sa mère en colère, en particulier parce qu'elle n'était plus aussi jolie.

Il remporta l'essentiel de la partie tout de suite : Maryna n'utilisa plus son prénom pour s'adresser à lui. Elle disait « chéri » ou « mon petit » – il répondait docilement aux paroles affectueuses –, mais cette interdiction exaspérait Maryna, et elle soupçonna Aniela d'avoir déjà capitulé devant la bataille menée par Piotr en faveur de son nouveau prénom. Cela dura deux mois. Puis, un matin, alors qu'il partait à l'école, Maryna lui dit : « Viens ici, une minute.

— Je ne peux pas, je vais être en retard !

— Fais ce que je te dis. »

Elle lui fit signe de s'asseoir à table.

« Qu'y a-t-il, maman ? » Elle s'assit en face de lui, et se mit à empiler les assiettes graisseuses du petit déjeuner. « Maman, je vais être puni, si je suis en retard. »

Elle croisa les mains sur ses genoux. Elle s'éclaircit la voix. « Très bien. J'abandonne. »

Pas besoin d'explication. Après une minute de silence, il sortit son ardoise de son cartable et la posa sur la table.

« Tu ne veux pas aller à l'école maintenant ? » lui dit-elle doucement.

Il sortit un morceau de craie et le posa sur l'ardoise.

« Et je vais dire à ton beau-père et aux autres… ce que nous avons décidé. »

Il poussa l'ardoise vers elle. Elle y écrivit son nouveau prénom en lettres capitales et la lui rendit. Il hocha solennellement la tête, remit l'ardoise dans son sac et partit à l'école.

Peu de temps après être devenu Peter, il hérita aussi de sa propre chambre. Avec les deux nouvelles habitations construites par les ouvriers indiens, il y avait maintenant des logements séparés pour Cyprian, Danuta et leurs enfants et pour Barbara et Aleksander. Chaque couple avait sa propre cheminée, et Julian avait construit un four extérieur avec le restant d'adobes, mais tous continuaient à prendre leurs repas ensemble dans la salle à manger de Bogdan et de Maryna, ou autour d'une longue table installée dans le jardin. Communisants de l'espèce la plus modérée, les amis avaient rapidement rejeté l'appel de Fourier pour l'abolition du mariage – le rêve fade d'un célibataire à vie, fit observer un Aleksander heureux en mariage –, mais ils furent d'accord pour reconnaître que la préservation des sentiments familiaux n'exigeait pas la perpétuation des lugubres repas de famille. Et ils devaient se réunir après avoir été dispersés par les centres d'intérêt de chacun et les travaux de la journée : habitués à parler tard dans la nuit, comme les Polonais cultivés l'avaient été depuis des générations, ils renâclaient à garder des horaires de fermiers, même si cela signifiait qu'ils auraient moins d'énergie pour le travail du lendemain.

Ils étaient encore loin d'avoir atteint la combinaison idéale de la fatigue physique et mentale. Mais au moins, la maison principale avait maintenant une bibliothèque (on avait déballé les derniers livres et on les avait rangés sur les étagères nouvellement construites) et un vrai piano, avec un couvercle et des pieds en cuivre, que Maryna avait commandé à San Francisco (il coûtait une fortune, sept cents dollars). Aucun vecteur de nostalgie n'est plus puissant que la musique : ils n'avaient pas eu conscience à quel point la Pologne leur manquait jusqu'à ce qu'ils commencent à faire de la musique ensemble après le souper. Ils avaient ardemment désiré écouter de la musique, ils avaient ardemment désiré écouter la musique des compositeurs polonais, une chanson de Kurpiński, une valse d'Ogiński, et surtout l'art radicalement expressif de Chopin. Mais ces musiques résonnaient différemment dans leur avant-poste à la limite extrême du vide américain, du sublime américain. Les polonaises et les mazurkas de Chopin, glorifiées dans le monde entier comme le symbole musical de la lutte des Polonais pour leur libération de l'autorité étrangère, semblaient maintenant la révélation involontaire d'un pathos patriotique. Ses nocturnes, avec leur flot exaltant d'humeurs variées, semblaient alourdis par la mélancolie de l'exil et le mal du pays.

Ils auraient pu soupirer et soupirer s'ils avaient voulu s'abandonner à un sentiment plein de mélancolie. Il était plus facile, plus intime, de le projeter sur ceux qu'ils avaient laissés là-bas.

Avez-vous soupiré, Henryk, quand vous avez reçu cette photographie ? Je la vois accrochée au mur de votre cabinet de consultation, au-dessus de votre bureau, dans un beau cadre de noyer. En observant nos visages et nos vêtements bizarres à la loupe, comme vous l'avez fait sans aucun doute, ne vous êtes-vous pas imaginé, ne serait-ce qu'un instant, sur le cliché ?

Ne regrettez-vous pas de ne pas être venu avec nous ? À présent le soleil vous aurait débarrassé de toute votre tristesse. Vous pouvez encore être un des nôtres, cher ami. Venez !

Et, plus loin, dans la même lettre : Non, je n'ai jamais de migraines en Californie. Comme on est transformé par le simple fait de se sentir bien, entièrement bien. Mais chacun se sent différent. Je ne vous ai pas dit que certains d'entre nous ont même de nouveaux prénoms ! Piotr ne répond plus qu'à Peter, les gens d'ici s'adressent à Bogdan en l'appelant Bob-Dan, Ryszard s'est abandonné à Richard et Jakub joue à être Jake. Nous allons tous parfaitement bien et personne plus que mon merveilleux petit garçon. Le nouveau Piotr, Piotr devenu Peter, Peter *tout court** – est un autre enfant. Plus grand, plus coriace, moins craintif. Il s'est fait des amis. Il monte à cru, comme les Mexicains et les Indiens. Il prend des leçons de piano avec une jeune dame du village. Henryk, vous ne le reconnaîtriez pas ! Nous devrions peut-être tous changer de prénom !

Comment aurait-elle pu se plaindre, même auprès d'Henryk ? Lui dire qu'ils n'avaient pas tous changé en mieux ? Cyprian et Aleksander semblaient en avoir assez des corvées et des charges, et Julian, bien que toujours aussi énergique, persécutait constamment la pauvre Wanda. Lui dire qu'une amitié féminine lui manquait ? Wanda ne pouvait être qu'un objet de sympathie et Maryna s'était rendu compte qu'elle n'aimait guère plus Danuta et Barbara, qui avaient le bonheur de vivre avec de gentils maris ; elles aussi étaient tellement, tellement, comment aurait-elle dit poliment, malléables. Lui avouer qu'elle était en révolte contre la vie même de couple, excepté son propre mariage, si particulier ?

Seuls l'obstiné et habile Ryszard, et le doux Jakub, leurs deux célibataires, – et ce cher Bogdan, bien sûr, tendu et protecteur comme il l'était – ne lui tapaient pas sur les nerfs. Lui dire qu'elle craignait d'être devenue stupide, par manque de stimulation intellectuelle, et qu'il lui devenait de plus en plus difficile de faire preuve de patience, qualité encore plus essentielle dans une communauté que dans un mariage ? Non, elle ne lui dirait rien de tout cela.

Mais, oui, elle dit à Henryk qu'il lui manquait.

La loyauté envers une entreprise collective en danger était une vertu enracinée dans sa vie professionnelle. On accepte le rôle principal dans une nouvelle pièce, on répète et on réalise que, malgré tous ses efforts et ceux des autres, cela ne marche pas, la pièce est moins bonne qu'on ne l'avait pensé ; mais elle n'est pas mauvaise non plus, et qui en comprend mieux que soi les vertus ? On l'aime comme on aime un enfant ingrat ; et elle marchera peut-être, après tout : chacun fait tant d'efforts pour la sauver, on a procédé à des coupures et à des changements dans le texte, on a imaginé une mise en scène plus vive et le décorateur a une nouvelle idée pour le dernier acte, ce serait une erreur de perdre espoir ; et avec ses camarades acteurs, on serre les rangs, on défend la pièce, on en fait l'éloge à tous ceux qui ne participent pas au travail collectif. On dit que tout va bien. Il n'y a souvent aucune hypocrisie dans cette attitude. On croit en ce qu'on fait. On doit y croire.

Elle ne pouvait savoir si les autres se plaignaient dans leurs lettres. Elle savait seulement qu'il dépendait d'elle de les garder en harmonie, éveillés, l'esprit tourné vers l'avenir : elle acceptait cette responsabilité.

Car elle possédait des pouvoirs auxquels elle ne pouvait renoncer. Sa présence, encore éclairée par les derniers reflets de tous les rôles héroïques et significatifs qu'elle avait joués, restait un gage de transformation. La femme qui barattait le beurre, qui faisait cuire le pain et qui guidait Aniela dans la préparation d'un dîner était autrefois allée courageusement, royalement, à la décapitation ordonnée par sa cousine la reine Élisabeth d'Angleterre, elle avait pieusement attendu les mains d'étrangleur d'Othello devenu fou, elle s'était hâtée de poser un aspic sur son sein en apprenant la mort de Marc Antoine, elle avait expiré dans une chambre solitaire, courtisane repentie, privée même de ses chers camélias. Elle avait fait toutes ces choses définitives, de façon majestueuse, poignante, irrésistible. Elle n'était peut-être plus exactement la même qu'en Pologne. Mais les rudes travaux n'avaient pas modifié sa façon de marcher, de tourner la tête pour écouter, de garder le silence ni de parler avec la plus grande séduction. Dans sa voix vibrante aux accents de violoncelle qui les exhortait à protester plus vigoureusement auprès des voisins dont le bétail avait dévoré leur récolte d'orge d'hiver, ils entendaient les cadences de la voix qui avait affirmé l'excellence de la pitié auprès de Shylock, nié l'arrivée de l'aube à Roméo en fuite, divagué dans le rêve coupable de Lady Macbeth et le désir lascif de Phèdre pour son beau-fils. Il faudrait beaucoup de temps avant que s'effacent ces auras de noblesse dissimulées.

Une reine qui a abdiqué restera toujours une reine pour ceux qui l'ont connue sur son trône. Mais Maryna avait fait le serment de ne pas révéler ici, en Californie, qui elle avait été ; ce qu'elle était aujourd'hui, une immigrante, n'avait pas besoin d'explication. Leur arrivée (leurs vêtements, leur nationalité, leur ignorance) avait créé quelque émoi. Mais après six mois, un temps très long en Californie, dont l'abondance connaissait une vitesse de changement encore plus rapide que le reste de l'Amérique, leur présence était presque considérée comme définitive. L'impression la plus vive de singularité que Maryna pourrait faire sur les villageois était de se présenter avec son mari et ses amis à la messe du dimanche à Saint-Boniface, toujours aussi digne, avec un nouveau chapeau.

Ils n'étaient plus les derniers intrus en date ; ils étaient presque d'anciens résidents. Il y avait même des Chinois maintenant, ils lavaient le linge et travaillaient dans les champs, ainsi que d'autres familles avec des noms américains, c'est-à-dire de paysans britanniques. En février, une communauté de vingt-sept adultes et de dix-neuf enfants, qui s'appelait Societas Edenica, s'installa dans un ranch de cent arpents au nord d'Anaheim. Au village la rumeur parlait d'une singulière organisation pour dormir, d'une étrange gymnastique de groupe, et d'un frugal régime alimentaire répugnant. Et il semblait que toutes ces coercitions avaient pour but de générer à la fois sainteté et santé. Les bâtiments qu'ils avaient construits étaient ronds et censés favoriser une meilleure circulation de l'air. De la même façon que le cercle était la perfection de la forme, la santé était la perfection, la seule perfection accessible, du corps et de l'âme. L'alcool et le tabac étaient interdits ainsi que la viande, toute nourriture touchée par le feu, tout ce qu'on n'aurait pu manger dans le jardin d'Éden. Notre situation d'êtres déchus, prêchait leur responsable, un certain docteur Lorenz, n'est que notre abandon de la vie saine de nos ancêtres originels. Adam et Ève, vous savez ce que cela signifie, disaient les villageois qui, chaque fois qu'ils trouvaient un prétexte pour traverser le territoire de la colonie, étaient frustrés de ne jamais rencontrer personne dans la tenue d'Adam ou d'Ève.

Il s'agissait d'un projet de vie idéale qui n'était pas du tout du goût de Maryna et de Bogdan. Mais cette préoccupation militante pour la santé mise en application à Edenica attira au moins deux membres de leur propre communauté non doctrinaire. Danuta et Cyprian avaient renoncé à la viande avant l'arrivée des Édénistes, et plus récemment ils avaient demandé qu'on cuise leur nourriture séparément, sans sel, et qu'à chaque repas on prépare des bols de pommes râpées, d'amandes pilées et de raisins secs écrasés afin qu'ils puissent s'en nourrir pendant que les autres compromettaient leur digestion avec des ragoûts trop épais et des rôtis trop gras.

La nourriture étant un moyen d'entretenir l'amitié, on eut l'impression que, par ces refus austères, Danuta et Cyprian avaient rompu une sorte de pacte tacite avec la communauté.

« À mon avis, vous allez bientôt manger de la purée de glands, comme les Indiens, dit Aleksander.

— *J'apprécie votre sarcasme**, rétorqua Cyprian avec aigreur.

— Du calme, mes amis, s'interposa Jakub. Comme on dit à Rome, *vivi e lascia vivere.* »

Mais Danuta et Cyprian refusèrent qu'on les tourne en ridicule, et continuèrent à critiquer avec ardeur le régime alimentaire des autres. Danuta apprit à Aniela comment préparer un dessert qui, Maryna en était convaincue, venait directement du livre de recettes d'Edenica, une sorte de crème faite de farine et d'eau parfumée au jus de fraise.

« Délicieux, n'est-ce pas ? dit Danuta.

— Je ne dirais pas que c'est aussi bon qu'un gâteau "chasse-mouches", répondit Wanda.

— Vraiment ? fit Julian. Pas aussi bon qu'un gâteau "chasse-mouches", Wanda. Tu en es sûre ?

— C'est immangeable, dit Aleksander. Mais comme vous le voyez, *mon cher** Cyprian, je le mange. »

Ils avaient mis en commun leurs énergies, leurs ressources, leurs espoirs, une idée simple de la courtoisie et de la réalisation de soi. Ils étaient sûrs, Bogdan était sûr, il n'était pas excessif de le penser, que la ferme ferait bientôt des bénéfices. Ils n'avaient pas renoncé quand les choses avaient été très dures, dans les premiers mois et, à présent, les tâches qui avaient paru tellement décourageantes, depuis la traite des vaches jusqu'à l'entretien de la vigne, étaient devenues quotidiennes. La vigne endormie avait commencé à montrer des signes de vie, et on avait bêché la terre pour aérer les racines. Étant arrivés très tard l'automne précédent, ils n'avaient trouvé qu'un acheteur pour la production de leur vignoble et avaient vendu leur raisin pour deux cents dollars, mais il y avait de bonnes raisons de croire qu'ils en tireraient beaucoup plus cette année. Dépourvus de l'aiguillon de leur propre incompétence, ils s'étaient installés dans une appréciation désabusée de la lenteur du cycle agricole.

Quelle différence pour leurs artistes : Jakub avait achevé un cycle de peintures sur des sujets indiens au cours des derniers mois, et Ryszard, dont les travaux d'écriture avaient fourni quelques revenus supplémentaires à la colonie – il donna les deux tiers de l'argent gagné avec ses articles sur l'Amérique qu'on venait de publier en recueil en Pologne –, avait écrit suffisamment de nouvelles pour un autre livre, avait presque terminé un roman qui était situé dans un camp de mineurs des sierras, et commencé à réfléchir à un long roman situé dans la Rome antique, à l'époque des persécutions des Chrétiens sous Néron. Quand il n'écrivait pas, il allait chasser – la majorité qui consommait de la viande dépendait encore de ses razzias – et, récemment, il avait acheté un étalon, un cheval mexicain, qu'il avait payé huit dollars ; trop cher en fait, car on pouvait en avoir un pour cinq dollars à Los Angeles, alors qu'un cheval américain, bon pour le travail et l'attelage, coûtait partout de quatre-vingts à trois cents dollars.

Il avait trois ans, il était gris pommelé, plutôt grand et fort, et avait mauvais caractère comme la plupart des mustangs. Ryszard avait négligé les conseils des voisins, et ne lui avait pas coupé la crinière et les poils trop longs des boulets. Ce qu'il voulait c'était un cheval sauvage qu'on aurait dressé pour lui. Au début, Ryszard ne pouvait le contrôler qu'en l'étranglant presque avec son lasso, mais un mois de lutte patiente, durant lequel le cheval avait appris à accepter d'être caressé dans un premier temps pendant qu'on lui donnait à manger, puis tandis qu'on le lavait et le brossait, en avait fait le compagnon le plus affectueux et le plus fougueux que son cavalier eût pu désirer. Ryszard entraîna Maryna dans l'écurie pour qu'elle le vît seller Diego, ainsi qu'il avait baptisé son cheval, et fixer la bride sur sa tête broussailleuse.

« Et combien de pages ce matin ?

— Vingt-trois. Les vingt-trois dernières pages de *La Petite Cabane*. J'ai fini mon roman.

— Bravo.

— Fini. Terminé. Et il est bon, Maryna, vraiment bon. Et, à votre avis, qu'est-ce qui m'a poussé à travailler si bien ?

— Oh, vous voulez me faire deviner ce que je sais déjà, dit Maryna. L'ambition ?

— J'ai toujours été ambitieux. L'ambition n'est qu'une des quatre passions affectives d'après – ose-t-on encore évoquer son nom ? – M. Fourier. Non, Maryna, ce n'est pas l'ambition.

— L'amitié ? (Elle souriait.) Votre amitié pour moi ?

— Maryna, vraiment !

— Un sentiment familial ? proposa-t-elle en caressant la crinière hérissée du mustang.

— C'est la passion que vous n'avez pas mentionnée. Ou, ajouta-t-il avec audace, que vous avez oubliée.

— Je ne l'ai pas oubliée.

— Parce que je ne vous laisserai pas l'oublier !

— Et parce que j'attends que cette toquade vous passe. La vie en serait plus facile ici.

— Ainsi, vous pensez que je ne suis amoureux que de l'actrice.

— Non. Je n'ai pas une si piètre opinion de moi.

— Ou de moi, j'espère. Maryna, ne savez-vous pas que je vous aime vraiment ? »

Elle soupira et s'appuya contre la tête du mustang.

« À quoi pensez-vous ? demanda doucement Ryszard.

— En ce moment ? Je vais vous décevoir. Je pensais à mon fils. »

Maryna, Maryna, ainsi commençait la lettre que Ryszard glissa dans sa poche. La conversation d'hier dans l'écurie. Qu'avez-vous dû penser de moi ? Ryszard qui se languit d'amour, Ryszard le graphomane – je vous importune avec mes espoirs, je suis beaucoup trop pris par l'écriture. Même Jakub abandonne son chevalet au bout d'un certain temps pour enlever le fumier de l'écurie, alors que moi, je m'isole pour écrire, je m'en vais au galop avec mon fusil (ce que je peux difficilement considérer comme un travail). Vous avez proposé que ce temps soit consacré à des buts communs, et je demeure séparé des autres.

Il est évident que je ne suis pas fait pour être fermier. Étiez-vous destinée à devenir fermière, Maryna ? Une matérialiste, liée pour toujours au quotidien des labours et des bénéfices ? Un seul d'entre nous était-il destiné à devenir fermier ? J'avoue que je regimbe quand je vois Bogdan semer du maïs ou tailler la vigne, et que son visage expressif, d'ordinaire toujours prêt à laisser s'épanouir un sourire sarcastique, est renfrogné à cause de la fatigue. Et vous à ses côtés, votre visage transparent d'insatisfaction brillant sous le soleil de Californie. Nos âmes sont-elles purifiées par le labeur physique, comme le prêchent les écrivains russes ? Nous pensions choisir la liberté, le loisir et l'autosuffisance. Au lieu de cela, nous nous sommes astreints à la répétition jour après jour des mêmes tâches agricoles. Et il en sera toujours ainsi, Maryna. Et même quand la vie ici deviendra moins rude, dès que la ferme commencera à rapporter et que nous pourrons engager des ouvriers locaux pour faire l'essentiel du travail – est-ce la vie que nous avions envisagée ? Car ce n'est pas le repos que nous recherchons, Maryna. Voulez-vous vraiment vous reposer ?

Les gens comme nous ne devraient pas s'installer comme *colons* dans ce pays – encore moins dans un village, je suis sûr qu'ils sont tous comme notre prosaïque Anaheim, et pas à New York ni à San Francisco non plus : n'importe quelle ville moyenne d'Europe est plus belle et plus civilisée qu'une ville américaine ne le sera jamais. Non, on doit être continuellement par monts et par vaux pour connaître ce que ce pays a de mieux à offrir. Comme le fait un chasseur, ici où la chasse est beaucoup plus qu'un loisir : une nécessité, pas seulement pratique mais spirituelle, une expérience unique de liberté. Au-delà des frontières de ce qu'on appelle la civilisation, ici où la terre est divisée et constitue la propriété privée, s'étend un territoire que seul peut fréquenter celui qui a un talent de chasseur. Ce territoire commence de l'autre côté de notre rivière. Tout y est à une échelle que vous ne pouvez imaginer – les cerfs y sont deux fois plus gros qu'en Pologne, l'ours américain, le grizzly, est plus gros, plus fort, plus féroce que n'importe quelle espèce d'ours européen. Et le ciel, Maryna, le ciel nocturne est encore plus noir, plus rempli d'étoiles qu'il ne l'est dans notre vallée ; et l'on y a des rêves et des visions deux fois plus vastes que la vie. Oh, je ne vous le cacherai pas, j'ai bu une décoction amère à base de stramoine que les Indiens utilisent pour leurs cérémonies sacrées. Mais nul besoin de drogue pour être plongé dans un état bachique. À la fin d'une journée de chasse passée avec mes compagnons au visage dur, quand nous découpons notre proie et que nous nous allongeons autour d'un feu de camp pour nous régaler des morceaux de viande rose et fumante, j'éprouve un sentiment sauvage d'unité avec la création. Et ensuite, enchanté et le ventre plein, je me glisse sous ma tente, un morceau de toile accroché à des branches basses, avec en dessous de la place pour une seule personne (il pourrait y en avoir pour deux), et seul (hélas), je sombre immédiatement, comme si j'avais bu une gorgée de laudanum, dans le sommeil.

Je vous ai observée heureuse dans l'incendie d'un coucher de soleil vu depuis notre vallée et devant le spectacle du grand Pacifique soulevé par la houle après un galop jusqu'à la côte. Je vous promets une joie non moins vive dans les hautes montagnes dangereuses. Quand vous serez avec moi, nous serons deux personnages dans quelque opéra romantique, moi le baryton chantant le rôle d'un brigand des Alpes et vous ma *mezzo innamorata*, une princesse qui traverse les montagnes pour se rendre à son mariage sans amour pour raison d'État, que j'ai sauvée de l'avalanche dans laquelle ont péri tous les autres membres de son escorte. Et si vous en avez envie, nous pourrions aller plus loin, redescendre par l'autre versant, sur une terre blafarde et vide dominée par des cactus de trente ou quarante pieds de haut. Un pays lunaire, Maryna. Avec la verveine des sables qui colorie le désert en rose. Et la nuit tombée, nous pourrions filer au grand galop vers les étoiles.

Je n'ai pas l'intention de vous présenter à mes compagnons, sauf si vous le désirez. Mais vous ne serez pas déçue si vous les rencontrez vraiment. Leur vie, toujours aux limites du danger, et libre de toute jovialité banale, a engendré une remarquable race de solitaires. Ils ne vous rappelleront pas nos bergers de Zakopane qui, tout au long des mois qu'ils passent seuls dans les hauts Tatras, restent bien à l'abri dans la sécurité de lieux ancestraux, de leur famille, de leur religion. L'Américain est quelqu'un qui abandonne toujours tout derrière lui. Et le vide que cela crée dans son âme est un sujet d'étonnement pour lui aussi.

Je pense à un pionnier qui s'appelle Jack Goodyear – vous n'aimez pas ce nom américain ? – que j'ai rencontré plusieurs fois lors de mes très longues randonnées dans les montagnes. Bien que par nature il soit peu attiré par le travail intellectuel, son mode de vie à la Robinson Crusoé a développé chez lui une touchante tendance à l'introspection. Je me souviens de m'être reposé une fois sur les planches nues de la cabane de Jack ; c'était tard le soir, un long moment était passé sans qu'aucun de nous deux ait dit quoi que ce fût, et il venait de jeter un fagot de branches de laurier séché dans le feu. Puis, sans prévenir, il a rompu le silence pour me dire que parfois il avait l'impression qu'il y avait deux Jack : un qui abattait des arbres, chassait le grizzly, soignait ses abeilles, montait un nouveau toit sur sa cabane, transportait une ruche blanche abandonnée à l'intérieur pour s'en servir comme fauteuil, faisait cuire sa farine de maïs avant d'y ajouter du miel ; et l'autre – « Par Dieu, ne cessait-il de répéter, par Dieu » –, l'autre qui ne faisait que regarder le premier. Il m'a dit cela de la façon la plus simple.

Deux Jack. Deux Ryszard. Deux Bogdan, je n'en doute pas. Et deux Maryna, j'en suis sûr. Dites-moi que vous n'avez pas l'impression de jouer dans une pièce. Dites-moi qu'il n'y a pas une Maryna qui pétrit de la pâte pour faire du pain, qui lave des vêtements dans le baquet rond, dans le jardin, qui désherbe les planches de légumes, et l'autre, qui se tient merveilleusement droite, comme vous seule savez le faire, qui se regarde avec étonnement et incrédulité. Dites-le-moi. Je ne vous croirai pas.

Maryna, venez vous promener à cheval avec moi…

22 mars. Visite chez le dentiste, Herr Schmidt. Pas incompétent. Molaire supérieure gauche arrachée. Agité au réveil. Ai-je dit quelque chose sous l'effet de l'éther ? Je faisais un rêve très tendre sur… Mais j'ai assurément dû parler polonais et par conséquent on ne m'a pas compris. Et si je n'avais pas cessé de prononcer le nom de ce garçon à haute voix ?

23 mars. Peau cuivrée. Pommettes. Pensées impures.

24 mars. M. ne voit pas à quel point je dois lutter contre mon inertie naturelle. Son penchant pour la fatigue physique a eu une bonne influence sur moi. Ce qui me rend fort c'est d'être fort pour elle.

25 mars. Nous avons été capturés pour toute l'éternité, près de la maison, sur une plaque de verre humide par une photographe itinérante, une femme âgée, tout à fait étrange. M. l'a bien aimée. Une occasion de divertissement pour notre communauté, ai-je pensé, mais pour M. cela semblait faire naître une sorte de pressentiment. Ou de regret – comme si nous faisions le premier pas vers l'acceptation de l'échec de notre colonie, en nous assurant que nous aurions en notre possession une image de ce que nous sommes actuellement.

26 mars. J'ai toujours eu horreur de me faire remarquer ou de paraître différent aux yeux des autres. Assailli par les doutes, je n'ai jamais rien fait de scandaleux. J'étais seulement obstiné, distrait. Ce n'est que dans un théâtre que je me sentais libre de prêter attention à tout ce qui se passait autour de moi. En regardant une pièce, en compagnie d'acteurs, je me retrouvais dans un état surnaturel de conscience. Je pensais que je ne me marierais jamais. J'aimais sans toutefois vouloir séduire. Puis tout est devenu possible avec M. Elle m'a envoûté. Elle avait besoin de moi. Les charbons éteints de mes émotions se sont embrasés. L'amour peut-il être fondé sur l'adoration ? me suis-je demandé. Oui, a répondu mon cœur.

27 mars. Il m'est tellement habituel de soutenir M. dans tout ce qu'elle veut faire. Pendant longtemps, j'ai pensé que son désir d'aller en Amérique n'était qu'un caprice. Pire : je craignais que ce ne fût qu'un acte de désespoir, pas du tout réfléchi. Aussi, il était de mon devoir de faire que ce désir *signifie* quelque chose – ou quelque chose d'autre. Je l'ai entendue répéter à Henryk presque phrase pour phrase mes idées sur la façon dont on pourrait adapter les nobles doctrines de Fourier à notre aventure. Je suppose que cela n'avait pas d'importance que je sois en train d'écouter. Une actrice n'est pas l'auteur de la pièce et cependant les vers n'en sont pas moins les siens. Les spermophiles ont ravagé la planche d'artichauts.

28 mars. M. traite toujours P. comme un bébé. Les actrices font des mères entêtées, possessives et négligentes. Il veut prendre des leçons de piano. Il serait plus judicieux d'encourager son intérêt pour la mécanique. Ce garçon est déjà trop nerveux. À moins qu'il ne soit un futur virtuose du piano, ce que je n'ai aucune raison de penser, la passion de la musique ne peut que renforcer ses penchants morbides et efféminés. M. sera peut-être moins enthousiaste à propos de ces leçons quand elle se rendra compte que le professeur de piano, la charmante fille du secrétaire de mairie, Herr Reiser, est déjà l'objet des désirs frivoles de Ryszard.

29 mars. M. et Ryszard se ressemblent de bien des façons. Je comprends, je suppose que j'envie, l'actrice, qui a l'autorisation de s'afficher sous les traits d'une autre. Je me sens beaucoup plus sévère à l'égard de l'écrivain, qui croit détenir le mandat de dire ce qu'il pense du monde. Mais je ne peux m'empêcher d'admirer sa confiance en soi et sa joie, presque la manière américaine de rechercher son bonheur.

30 mars. L'inconvénient de tenir un journal, c'est que je note tout ce qui me contrarie. Ce soir je pourrais rédiger tout un sermon sur la laideur d'un mariage sans amour. Wanda porte maintenant les cheveux tirés en arrière avec une frange frisottée – *le dernier cri** apparemment parmi les dames du village – et Julian se montre impitoyable.

31 mars. J'essaie de ne pas me montrer irritable. M. ne peut imaginer que j'aie le moindre sujet de critique à son égard. Elle me considère comme un miroir qui l'admire. Peut-être est-ce sa conception, celle de l'actrice, d'un mariage heureux. Mais je sais que la confusion de mes sentiments est ce qui fait de moi l'homme qu'il lui faut. Seulement je considère sa mauvaise conduite comme mauvaise, seulement je vois sa vulnérabilité, son désarroi, seulement je sais qu'elle ne veut absolument pas être possédée par quelqu'un.

1er avril. Une journée passée dans les champs m'a rendu optimiste. La plupart des greffes que nous avons faites le mois dernier ont pris, les vignes ont fleuri, les premières grappes apparaissent, ainsi que les feuilles pour les protéger. La terre sableuse *est* fertile, et nous travaillons de façon plus experte que jamais. Ramon, dix-sept ans. Mes sentiments sont plus aigus ici. Je ne peux contrôler ce que je ressens. Je ne peux en contrôler les échos dans ma chair et dans mon cœur. Mais je peux contrôler ce que je fais. Je ne trahirai pas M.

2 avril. Jacinto, vingt-cinq ans. Cheveux bouclés. Une cicatrice sur l'avant-bras droit. Dents blanches. Une main calleuse dans sa chemise à moitié ouverte. La courbe de ses seins. Debout devant moi.

3 avril. Cet après-midi je suis allé à cheval, avec Ryszard, jusqu'à un campement d'Indiens dans les contreforts de Santa Ana. Des bandes d'enfants faméliques se sont précipités hors des wigwams et des quelques cabanes d'adobe grises couvertes de joncs – une impression de tristesse et de pauvreté. Un ancien a donné l'ordre à quelques femmes de nous servir une bouillie de glands accompagnée de pain noir fait de farine de glands. Comme dessert nous avons eu des *tuna*, les fruits rouges des figuiers de Barbarie, et comme boisson du jus de manzanita. Sur le chemin du retour, Ryszard et moi nous nous sommes demandé si l'insensibilité des Indiens à la douleur était la preuve de leur infériorité. J'ai soutenu que plus on était sensible, plus on était élevé racialement et culturellement. Il m'a accusé d'être victime du préjugé le plus aveugle. Je suis sûr qu'il s'est dit : Un Dembowski *penserait* cela. Ryszard me plaît, en dépit de tout. Il est intelligent. Il a une nature saine. Quelle chance pour moi qu'il ne puisse offrir à M. la fidélité dont elle a besoin, qu'il ne remarque même pas qu'elle attache de l'importance à son petit jeu avec l'institutrice de P. et avec Fraulein Reiser.

4 avril. Des bouffées d'espoir, comme des bouffées de désir. Recommencer. Combien doit-on abandonner pour avoir le privilège de « recommencer » ? Pendant plus de cinquante ans, les Européens ont dit : Si cela ne marche pas, nous pourrons toujours aller en Amérique. Des amants mal assortis socialement fuyant l'interdiction de leur union par les familles, des artistes incapables de trouver le public qu'ils savaient que leur œuvre méritait, des révolutionnaires écrasés par l'impuissance de toute tentative révolutionnaire – en Amérique ! L'Amérique est censée réparer l'échelle européenne des blessures ou simplement faire oublier ce qu'on voulait, y substituer d'autres désirs.

5 avril. Staszek, Józek. Le jeune berger qui m'a donné la plume. Le petit-fils de Mme Bachleda. Je n'avais jamais imaginé que la Californie serait le théâtre de nouvelles tentations. En fait, je pensais laisser ces désirs furtifs dans notre malheureux pays. À la place, c'est comme si ma faiblesse m'avait précédé. Pendant l'exploration de New York, la descente de la côte atlantique, la traversée de l'isthme, la remontée de la côte californienne, l'attente à San Francisco puis le départ pour venir ici, les fantômes réincarnés de ces désirs dangereux m'attendaient déjà. Et avec eux, une voix calme et ferme qui dit, comme elle ne l'a jamais fait en Pologne : Pourquoi pas ? Tu es à l'étranger, personne ne sait qui tu es vraiment. C'est l'Amérique, où rien n'est permanent. Où rien n'est considéré comme ayant des conséquences immuables et fixes. Où l'on considère que tout bouge, change, se démolit, se mélange.

6 avril. Cloué sur place ce matin par une scène idyllique de camaraderie tout droit venue des poèmes de « Calamus », de Whitman. Joaquin, dix-neuf ans. Une chemise de coton ample, un pantalon en daim. Assis sur une souche, en train de jouer d'une sorte de petite harpe à une corde qu'on appelle un *chiote*. Des poignets nerveux, de larges mains. À côté de lui, assis par terre, les jambes repliées, la tête nonchalamment posée sur la cuisse de Joaquin, un autre garçon, pas plus de quinze ans, chantait. Je crois qu'il s'appelle Doroteo. Des sourcils parfaitement dessinés au-dessus de grandes paupières. Ses lèvres lourdes et animées. Quand je lui ai demandé de me traduire sa chanson, il a rougi.

À l'ombre du magnolia j'ai rêvé de toi.
Je me suis réveillé et tu n'étais plus là.
Je me suis rendormi à force de pleurer.

J'ai rougi à mon tour. Je voulais lui caresser la jambe du genou jusqu'à l'aine.

7 avril. Cela fait dix-huit mois que M. a proposé pour la première fois de venir en Amérique. On nous a dit que les pluies de printemps sont terminées. Il va faire sec jusqu'en novembre. De difficiles moments de doute quand je pense à l'argent (principalement le mien, mais aussi celui d'Aleksander, l'héritage de sa tante) qui me glisse entre les doigts. Je suis le seul qui pense à l'argent, et je suis le moins préparé, par éducation et par tempérament, à y penser. Les autres doivent aussi s'inquiéter, mais ils n'osent pas exprimer leurs préoccupations, comme s'ils allaient remettre en cause mes compétences. Cependant, il y a des raisons d'être optimistes. Je n'avais pas tout à fait compris la crise de l'industrie vinicole, qui a atteint son point le plus bas il y a deux ans. Le raisin vendu huit dollars la tonne et parfois donné aux cochons. Mais les prix remontent, ils retrouveront bientôt leur cours d'avant 1873, autour de vingt-cinq dollars la tonne. Cet automne ou l'automne prochain, nous pourrions gagner plusieurs milliers de dollars.

8 avril. Rêvé de Francisco. Sa main sur le pommeau de fer de sa selle. Il est naturel de se sentir attiré par la beauté. M. était si belle.

9 avril. Au village ce matin, pour confier au maréchal-ferrant un cheval qui doit être de nouveau ferré et acheter du grain pour le bétail, j'ai été une fois encore frappé par la simplicité et l'aspect utilitaire des bâtiments. On peut facilement imaginer en détruire un, voire tous. Conversation sur l'irrigation avec cet imbécile de Kohler.

10 avril. Expérience humiliante de ne pas avoir de passé. Personne ne sait qui était mon grand-père, et s'ils le savaient ils n'en auraient cure. Le général qui ? Ils ont peut-être entendu parler de Pułaski, mais c'est parce qu'il est venu en Amérique, ou de Chopin, mais c'est parce qu'il a vécu en France. En Pologne, le sentiment que j'avais de ma propre dignité ne venait ni de mon nom ni de mon rang, et je m'en félicitais. J'étais trop différent de ma famille – j'avais de plus grands idéaux, d'autres faiblesses. Mais j'étais fier d'être polonais. Et ici, cet orgueil, comme le simple fait d'être polonais, est non seulement dépourvu de sens, mais c'est aussi un handicap car il nous rend démodés.

Lors de notre arrivée, la plupart d'entre nous ont été déçus de n'avoir que des étrangers pour voisins, et non de vrais Américains. Cependant, plus je connais les villageois, plus je vois que ce sont de vrais Américains, même s'ils parlent toujours allemand. Ce qui est européen, indolent, démodé, n'a pas sa place ici. Et pour quelqu'un qui arrive d'Europe, devenir américain semble plus facile que je ne l'aurais pensé. Mais cela ne sera jamais facile pour les Mexicains. Les Mexicains pauvres seront toujours des étrangers de basse origine pour ces Américains de fraîche date, alors que les rares Mexicains fortunés me rappellent l'aristocratie de chez nous – ils sont braves, hautains, extravagants, hospitaliers, cérémonieux, paresseux – et destinés à être poussés à l'écart par les Américains avec leur sens implacable des choses pratiques et leur passion pour le travail. Le destin de l'ancienne Californie est scellé.

11 avril. « Je m'appelle Billy, dit le jeune garçon aux cheveux poil de carotte au rodéo. Et vous ? » Des dents blanches, une cicatrice sur le front. « Bob-Dan », dis-je. « Heureux de vous rencontrer, Bob. » Hennissements et culbutes des chevaux. Malédictions des cow-boys mexicains qui enfoncent leurs éperons de bois dans le flanc sanglant de leurs broncos. Meuglement des bœufs, renversés, immobilisés, marqués au fer rouge. « Non, pas Bob, dis-je ; Bob, puis Dan. » Il m'appelle Bobby.

12 avril. Je crois ne m'être jamais senti en aussi bonne santé, aussi content de moi, réduit à une aussi agréable simplicité, que ce matin, par une température de 32 degrés à dix heures, alors que depuis le grenier je jetais des broquetées de foin pour les chevaux. Lu *Études sur le vin* de Pasteur, l'après-midi.

13 avril. J'ai décidé d'avoir une conversation franche avec Dreyfus, le seul juif d'Anaheim autant que je sache et, ce qui ne doit pas étonner, l'homme le plus intelligent du village. Il dit que la seule façon de réussir dans notre entreprise, c'est de créer notre propre société de vins. Nous devons nous développer ou périr.

14 avril. Un désir interdit, qui cherche à se libérer en territoire étranger. La malédiction du désir. Mais il n'y a rien d'énigmatique dans le fait que je sois violemment attiré par ces garçons et tout à fait amoureux de M. L'amour que j'ai pour elle est ma seule stabilité.

15 avril. Une solution consisterait à planter d'autres variétés de raisin. À partir d'un cépage, apporté ici par les religieux espagnols qui ont fondé les Missions, on fait tant de sortes de vins. Les liqueurs, le cognac, l'angélique et l'angélique pétillante, le porto, le sherry et autres vins doux, aussi inégaux qu'ils soient, sont acceptables – le raisin *criolla* se gonfle de sucre avec tout ce soleil. Mais les vins secs, le riesling, le clairet, étant trop faibles en acide, sont plats et sans intérêt. Pourtant tout le monde en boit. Et pas seulement en Californie. Les sociétés vinicoles d'ici en vendent de plus en plus sur la côte Est, et en exportent même en Europe. Il est tout à fait possible que le vin devienne américain, avec une norme américaine d'excellence, tout comme le bonheur est destiné à devenir américain, avec une norme américaine définissant ce qu'est être heureux.

16 avril. Sommes-nous fous d'être venus ici ? Cette possibilité n'est pas à exclure. Suis-je fou ? Un mari complaisant qui tourne la tête tandis qu'un autre homme courtise sa femme ? Mais elle ne me quittera pas pour lui. Ryszard n'est pas un homme pour elle. Je ne suis pas fou.

17 avril. Je suis né il y a trente-cinq ans, ce qui fait de ce jour mon anniversaire *à l'américaine**. Notre coutume de fêter l'anniversaire le jour de la fête du saint dont on porte le prénom est impensable ici, et pas seulement parce que ce n'est pas un pays catholique, avec un calendrier religieux qui conserve pieusement les histoires et les traditions les plus anciennes. Ce qui est souverain en Amérique, c'est le calendrier personnel, le parcours personnel. *Mon* anniversaire, *ma* vie, *mon* bonheur.

18 avril. Deux jeunes Indiens jouent à saute-mouton. L'un avec des cheveux noirs comme la crinière d'un cheval et des dents limées. 38 degrés. Et ce n'est pas encore l'été. Je devrais me procurer un livre sur l'élevage des porcs. Et un autre sur l'apiculture et la fabrication de l'hydromel. En parlant avec les gens du village, j'en ai déduit que ce sont les activités qui exigent le moins de travail et qui assurent le meilleur profit : les porcs et les abeilles. L'hydromel est très en vogue ici mais ils ne le font pas comme il faut. Julian et moi, nous en avons fabriqué un peu, et il nous a semblé très bon. Cependant cela ne ferait pas de mal d'avoir les vraies recettes.

19 avril. Je suis entré trop tard dans sa vie pour pouvoir imaginer la modeler à mon gré. Je n'avais pas l'intention de la transformer. Je l'aimais exactement comme elle était. J'étais un second mari idéal. Le mari d'une grande actrice – c'était un rôle que je savais jouer. Je voulais qu'elle me considère comme faisant partie du décor, et maintenant je découvre que c'est moi qui considère qu'elle aussi fait partie du décor. Mais je n'ai jamais pénétré dans les recoins les plus reculés de son cœur. Il est étrange que je sois autant convaincu que M. ne me quittera jamais.

20 avril. Juan María, Doroteo, Jesús.

21 avril. Ryszard nous a proposé de nous emmener en excursion, seulement M. et moi, pendant deux jours dans les San Bernardino. J'ai dit à M. que je ne pouvais pas abandonner le travail que je fais avec Aleksander à l'étable, mais qu'elle devrait y aller. Ryszard comptait sans doute sur mon refus.

22 avril. M. partie avant l'aube avec Ryszard et le vieux Salvador en escorte. Ryszard était armé de sa carabine Henry à quatorze coups, d'un revolver et d'un couteau de chasse. Salvador portait assez d'armes pour deux bandits. M. a pris un revolver, elle aussi. Au souper, chacun semblait sans entrain, n'ayant plus personne pour qui jouer son rôle. Peut-être craignent-ils qu'elle ne *les* quitte. La plus désemparée était Aniela. « Comment Madame peut-elle coucher dehors », ne cessait-elle de répéter. P. a demandé si l'absence de sa mère signifiait qu'il pouvait se coucher plus tard et faire ses exercices au piano. La maison paraissait vide et je suis allé marcher longtemps vers minuit. Loin de notre ferme, dans l'immensité et la sincérité de la nature, sous le ciel nocturne illimité, j'ai soudain été saisi par la vision de l'énorme fausseté des relations humaines. Mon amour pour M. m'est apparu comme un mensonge fantastique. Un mensonge également ses sentiments pour moi, pour son fils et pour les membres de notre colonie. Notre vie semi-primitive, semi-bucolique, notre nostalgie de la Pologne est un mensonge, le mariage est un mensonge, toute la façon dont la société est constituée n'est que mensonges. Et je ne vois pas ce que je peux faire de cette révélation. Rompre avec la société et devenir révolutionnaire ? Je suis trop sceptique. Quitter M. et suivre mes désirs honteux ? Je ne peux imaginer une vie sans elle. Revenu à la maison et assis pour écrire ceci, je me dis à nouveau : La maison est vide.

23 avril. Ils sont revenus ce soir. M. exubérante, racontant tout ce qu'elle avait vu. Elle a une vilaine blessure, et le coupable n'est pas quelque bête sauvage mais une tasse de thé bouillant ; la paume de sa main droite n'est qu'une cloque qui suppure. Je ne pense pas qu'elle ait découvert qu'elle était amoureuse de Ryszard. Mais comment saurai-je jamais si quelque chose s'est passé entre eux ? Ma femme est une actrice.

Alors qu'ils avançaient vers l'est, en direction des montagnes, leurs chevaux traversèrent le lit sableux très large de la rivière saisonnière d'Anaheim. Après toutes ses supplications, Ryszard fut stupéfait que Maryna eût accepté de partir en excursion. Maintenant il la surprendrait en lui montrant qu'il ne supposait pas qu'elle lui avait accordé quoi que ce fût d'autre. La patience est la vertu cardinale du chasseur : il ne continuerait pas sa poursuite. Il ne lui montrerait pas non plus ce qu'ils voyaient. Dans cette position avantageuse du silence, cela passerait comme une intrusion, comme s'il pensait qu'elle ne pouvait voir seule le troupeau de chèvres angora, les coqs faisans perchés sur les cactus, l'antilope sur la colline, le vol de tourterelles roses suspendues au-dessus d'eux. Il avait honte de son flot de paroles toutes prêtes. Les paroles lui venaient facilement – elles sortaient de lui et remplissaient tout de lumière. Il était inutile de parler.

Vers midi, ils s'arrêtèrent sur une crête élevée des San Bernardino. Salvador montra un très grand chêne noir à la limite de la gorge et cria quelque chose à Ryszard en espagnol.

Ryszard secoua la tête. « *No quiero oirlo.* »

Salvador se signa, mit pied à terre, attacha les chevaux et commença à ramasser du bois pour faire un feu.

« Qu'a-t-il dit ? demanda Maryna.

— Que l'on a attrapé un voleur de bétail ici, l'été dernier.

— Exactement ici ?
— Oui.
— Et que lui a-t-on fait ? »

Salvador avait allumé le feu, et il sortait sa vaisselle de fer-blanc – une casserole, une bouilloire, des assiettes, des timbales – pour une collation.

« On l'a pendu.
— Dans cet arbre.
— J'en ai peur. Oui. »

Maryna poussa un grognement et s'avança vers le feu. Ryszard la suivit, sortit une couverture d'une de ses sacoches et l'étala par terre pour qu'ils s'assoient.

« Je ne vous demanderai pas si vous êtes fatiguée.
— Merci.
— Vous regrettez d'être venue ?
— Ryszard, Ryszard, cessez de vous tourmenter en vous demandant si je suis heureuse ou non d'être ici. Et avec vous. Je le suis.
— Maintenant, je sais que vous m'aimez. Vous avez prononcé mon prénom deux fois.
— Oui, comme vous le faites. (Elle rit.) Maryna, Maryna ! »

Il crut que son cœur allait exploser de bonheur.

« Vous êtes heureuse, Maryna ? demanda-t-il doucement.
— Ah, le bonheur, dit-elle. Je pense avoir une grande capacité pour le bonheur. »

Ce n'était pas le moment d'expliquer à Ryszard ses nouveaux arrangements avec elle-même en ce qui concernait le bonheur et la satisfaction. Le bonheur dépendait du fait de ne pas être pris au piège dans son existence individuelle, une boîte avec son nom dessus. On devait s'oublier soi-même, oublier sa boîte. On devait s'attacher à ce qui permettait de sortir de soi, ce qui agrandissait le monde. Les plaisirs de l'œil, par exemple – elle se souvenait de son plaisir fou la première fois où elle avait mis le pied dans un musée : c'était avec Heinrich, il l'avait emmenée à Vienne, elle avait dix-neuf ans, et un besoin urgent d'être initiée. C'était une jeune fille. La force que donne le fait d'être une femme, et d'être plus âgée, c'était qu'elle avait moins besoin de partager ces moments lumineux où elle sortait d'elle-même. Mais elle n'avait pas oublié, bien que Ryszard semblât penser le contraire, les joies de la main, de la bouche et de la peau.

Salvador leur donna des assiettes de biscuits secs et de bœuf fumé, ainsi que des timbales de thé japonais sucré au miel.

Ryszard posa sa timbale sur la couverture en faisant la grimace et secoua sa main qui le cuisait. Il vit que Maryna tenait toujours la sienne.

« Vous ne trouvez pas que c'est trop chaud ? »

Maryna hocha la tête et sourit. « Je ne suis pas sûre de ne pas vous aimer. »

Ryszard crut qu'un poignard lui transperçait le cœur. Il prit sa timbale, toujours aussi brûlante, et la relâcha aussitôt : « Maryna, posez votre thé !

— Je vous aime peut-être, continua-t-elle. Je le pourrais peut-être. Mais, bien sûr, je me sens coupable quand j'aime quelqu'un que je ne suis pas censée aimer.

— Maryna, laissez-moi voir votre main.

— Quand j'avais neuf ans, juste après la mort de mon père (elle posa sa timbale de thé et frissonna), on m'a mise dans une école religieuse, pendant un an.

— Votre main. »

Elle tendit la main, la paume levée. Elle était rouge.

« Salvador ! » cria Ryszard.

« *Señor ?*

— Imbécile ! Imbécile ! » Il se releva vivement et attrapa le pot de miel. « Vous me permettez de vous en mettre ? » Il vit des larmes dans ses yeux. « Oh, Maryna ! » Il se pencha sur sa main, souffla dessus et y appliqua du miel. « Vous avez moins mal ? » Quand il la regarda à nouveau, elle avait les yeux secs et brillants.

« J'avais une institutrice, sœur Felicyta, et je me suis rendu compte que je l'aimais plus que ma mère, plus que n'importe qui au monde. Aussi, je me suis exercée à ne pas la regarder en face, jamais. Elle croyait que j'étais très timide, ou très pieuse, avec mes yeux baissés, et je ne pensais qu'à presser mes lèvres contre son beau visage.

— Permettez-moi de vous embrasser, Maryna.

— Non.

— Alors, je ne vous prendrai jamais dans mes bras ? Jamais ?

— Jamais… Qui sait ce que cela signifie ? La seule chose que je sache vraiment c'est que la perspective de me retrouver dans une… d'avoir à dissimuler, d'avoir à choisir, m'est insupportable. J'ai besoin d'une vie simple.

— Vous trouvez que le mariage est simple.

— Oh, ce n'est pas simple ! Bogdan n'est pas simple. Mais je suppose que la complexité de Bogdan me suffit. » Ils restèrent assis en silence quelque temps.

« Maryna ? »

Elle se releva. « J'aimerais qu'on reparte. »

Quand ils furent à nouveau en selle, Ryszard vit qu'elle tenait ses rênes de la main gauche et qu'elle gardait la main droite, enveloppée dans un mouchoir, contre sa poitrine ; il lui prit ses rênes pour faire traverser un ravin pierreux aux deux chevaux avant de remonter une pente raide couverte de broussailles. Derrière lui, elle disait quelque chose à propos d'un tourment particulier qui rendait la vie de Bogdan très difficile, quelque chose sur le fait (mais elle ne pouvait en dire plus) qu'il ne savait pas qui il était. Puis ils semblèrent se disputer, ce qui était la dernière chose que voulait Ryszard, surtout après qu'elle lui eut virtuellement promis qu'elle serait à lui un jour.

« Si mon grand-père avait été officier d'état-major sous Napoléon et si ma femme était une héroïne nationale, dit de façon fort peu digne Ryszard en se retournant pour parler, je pense que je m'interrogerais pour savoir qui je suis.

— Vous n'êtes pas aussi intelligent que vous l'êtes d'ordinaire », répondit-elle sèchement.

Mais elle sembla lui pardonner quand le terrain devint plus égal, elle reprit ses rênes de la main gauche et ils galopèrent de conserve pendant quelque temps, le visage levé vers le soleil radieux et quelques traînées blanches de nuages dans un ciel parfaitement bleu, tandis que Ryszard pensait à sa joie et à l'étonnante petite leçon de Maryna sur la façon de supporter la douleur.

À la nuit tombante, ils campèrent sur l'autre versant de la montagne, et un Salvador inquiet leur servit du porc salé et du pain sur des assiettes en fer-blanc, et bredouilla à nouveau ses excuses. « *Señora, perdóneme, mil disculpas, perdóneme.* » Il avait tellement de cals aux mains, dit-il, il ne s'était pas rendu compte à quel point les timbales étaient brûlantes. « *Ahora no está caliente, señora, está frío !* » Ryszard traduisait.

« Pas la viande, j'espère », dit Maryna en riant.

Maryna fut enchantée comme une enfant par le lit que Salvador lui prépara avec des petites branches de manzanita et de céanothe finement taillées, recouvertes de plusieurs couches de mousses noires et de fougères luisantes. Puis Ryszard laissa Salvador près du feu, avec son fusil, veillant sur Maryna endormie – il avait à nouveau assuré à Ryszard qu'aucun serpent à sonnette ne pouvait se glisser par-dessus le lasso en crin de cheval qu'il avait disposé en cercle autour d'elle –, et il s'éloigna du camp pour marcher sous les arbres baignés par le clair de lune, et pour fumer sa pipe. La pensée de Maryna, endormie sous sa protection, dans la vaste nature, sous le ciel nocturne illimité, était l'accomplissement d'un vieux rêve – ils étaient deux flèches fines qui traversaient l'immensité de l'univers –, et une sensation exquise de triomphe le saisit. Il aimait. Il était aimé. À présent, il en était sûr. Le vent s'était levé et la forêt silencieuse semblait bruisser et chuchoter. Puis dans cet instant d'attention profonde, il entendit, à son grand désarroi, à sa grande frayeur, un froissement sinistre. Ce pouvait être, il s'en souvint, le bruit de glands mûrs qui se détachaient et froissaient les feuilles en tombant sur le sol. Ce pouvait être aussi l'avancée furtive d'un *ursus horribilis*, prêt à bondir de derrière un arbre et à lui déchirer la gorge avant qu'il ait pu pousser un cri. Et il avait laissé son fusil près du feu de camp. Aiguillonnés par la peur, tous ses sens lui donnaient de nouvelles informations. Il put même détecter, parmi toutes les odeurs de la forêt, la puanteur lointaine d'un sconse. Et des bruits – le hululement des chouettes et un autre bruissement plus faible ; puis… un silence bienvenu, qu'il accueillit avec un soulagement et une gratitude qui lui coupèrent le souffle, comme si la nature elle-même lui avait envoyé un message rassurant. Tout allait bien, tout irait bien. Non pas qu'il s'imaginât être invulnérable, Ryszard était trop rationnel pour cela. Mais rien ne pouvait vaincre son immense sensation de bien-être et d'autosatisfaction. Même si ma vie devait s'achever maintenant, se dit-il, je penserais encore : Mon Dieu, quel voyage j'ai fait.

24 avril. « Notre communauté est comme un mariage », me dit M. aujourd'hui, et brusquement je suis sur mes gardes. « Je ne parle pas de *notre* mariage, ajoute-t-elle en riant. J'entends par là un mariage qui a mûri dans les compromis, les déceptions et la bonne volonté permanente – à l'évidence, je ne pense pas non plus à Julian et à Wanda ! Ce vieux canasson de mariage, les époux trouvent désespérant de penser qu'il va continuer pour toujours, sans réussir à imaginer d'y mettre fin. » C'est un éclair de l'ancienne M., celle que j'aime le plus : impatiente, cinglante, autocritique, autocratique.

25 avril. Il semble très américain que les pieds de vigne soient de vrais buissons. Les gens d'ici pensent que c'est plus efficace : on ne s'embarrasse pas de treillages, etc. Mais ce que j'en pense c'est : pas de support mutuel, pas d'attaches, pas d'interpénétration. Chaque pied de vigne est seul. Il lutte, lutte pour l'emporter sur ses voisins.

26 avril. Si je trouve un bon livre sur le séchage des grappes afin d'obtenir des raisins secs, je pourrai mettre quelques milliers de dollars dans nos coffres. Cet après-midi, Julian et moi, nous avons visité deux maisons de séchage au village, mais toutes deux fonctionnent mal. Pourtant, la vigne locale est bien meilleure pour les raisins secs que pour le vin ; en outre, les raisins secs se vendent beaucoup mieux. Gardiner m'a dit qu'il a vendu huit mille dollars le raisin sec produit sur vingt arpents. Les yeux bruns et brillants de Jacinto.

27 avril. Nous pourrions essayer de nous diversifier beaucoup plus. Des olives et des oranges bien sûr, des citrons, des grenades, des pommes, des poires, des prunes – et tout cela rapporte beaucoup. Les figues aussi qui sont vendues au poids, et non comme en Pologne, attachées sur un long fil. Il semble que le sol soit trop sec pour les bananes, et si les pastèques poussent très bien, elles sont parfaitement inutiles – trop bon marché. Ici, les gens plantent aussi beaucoup de tabac, mais essentiellement pour leur propre consommation. Ils font peu de sériculture ; pourtant, les vers à soie se développent rapidement et les cocons sont magnifiques, mais on m'a dit que cela faisait « beaucoup trop de travail » pour les Américains.

28 avril. En Pologne, je pensais que j'étais ce que je devais être. L'Amérique signifie : on peut lutter contre son destin.

29 avril. Nous avons été réveillés, cette nuit, par notre lit qui se déplaçait sur le sol. Un « petit » tremblement de terre, d'après les villageois, ce qui apparemment est commun en Californie, même si c'était le premier que nous ressentions. M. et P. ont dit tous deux que cela leur avait plu, M. prétendant en avoir eu la prémonition dans son rêve. Un rêve de Cracovie, bien sûr. Au moment où elle s'est réveillée, elle a entendu la trompette de la tour de Sainte-Marie ! P. vit maintenant dans l'espoir d'un fort tremblement de terre, comme celui d'il y a vingt ans, avant l'arrivée des colons d'Anaheim.

30 avril. Notre jument s'est fait mordre par un serpent à sonnette, mais apparemment elle va s'en remettre. Quant à moi, j'ai été irrité. M. sait que je ne le voulais pas. Maintenant je le veux plus qu'elle. « Vous avez peut-être des doutes sur votre propre sincérité », lui dis-je de façon caustique. « À quoi sert la sincérité sans la sagesse », me répond-elle de sa voix la plus adorable, la plus chaude. Cela me rassure, mais pas entièrement. Elle pensait affirmer sa liberté et sa pureté, pas une vie de famille et le travail domestique. Je ne pense pas qu'elle voulait vraiment avoir un foyer.

1er mai. Si je ne me sens pas libre de réaliser mon désir, ce n'est sûrement pas parce que j'encourage le désir de quelqu'un d'autre. Même en ce qui concerne les sentiments, je reste un amateur, un dilettante.

2 mai. La semaine dernière, près de Temescal, un ouvrier indien est entré dans les cabinets où se trouvait la femme du fermier et, a-t-elle prétendu, il a essayé de la violer, mais ses cris ont permis qu'elle soit secourue avant que « le pire » n'ait eu lieu. Le pauvre garçon a été attaché et castré sur-le-champ par le mari furieux et laissé dans la grange où il s'est vidé de son sang pendant la nuit. Nous l'avons appris aujourd'hui. Il semble infâme de penser : Nous n'avions *pas* à apprendre cette histoire horrible.

3 mai. Jakub me parle longuement des crimes commis sur les Indiens. Apparemment, après la ruée vers l'or, on a réduit les Indiens en esclavage et ce jusqu'à il y a cinq ans environ. Il se conduit comme s'il était le seul parmi nous à avoir des sentiments moraux.

4 mai. Cela peut échouer. Mais je ne dois pas échouer.

Je ne dois pas échouer pour M. Nous ne produisons pas la plus grande partie de ce dont nous avons besoin. Nous ne vendons pas la plus grande partie de ce que nous produisons.

5 mai. 37 degrés. Les succès implacables de ces Californiens me mettent hors de moi. J'ai été élevé dans une appréciation spécifiquement polonaise de la noblesse de l'échec. (Il semble vulgaire de réussir, et ainsi de suite.) Des sauterelles ont envahi nos champs.

6 mai. Wanda ne se sent pas bien et elle a quitté le souper très tôt. Julian a dit qu'elle avait de la fièvre. Nous sommes tous inquiets. Comme on pouvait s'y attendre, Danuta a proposé un changement de nourriture, et elle nous rappelé que lorsqu'une des petites est tombée malade, elle ne l'a nourrie que de fruits et de grains germés, et en deux jours elle n'avait plus de fièvre.

7 mai. Cyprian m'a emmené chez le docteur Lorenz. Mince, pâle, avec des sourcils épais au-dessus des yeux pénétrants, une barbe de patriarche, et une voix tonitruante. Le modèle même du chef de secte religieuse. Chaque membre de la communauté a le titre de Travailleur dans le Jardin de Dieu, mais j'ai vu que leurs tâches quotidiennes ne comprennent pas de travail agricole – la ferme est tenue entièrement par des ouvriers mexicains –, ce qui explique peut-être pourquoi les colons ressentent le besoin de plusieurs heures d'exercices acharnés après leurs prières du matin. J'ai visité la maison des hommes et la maison plus petite où logent les enfants. Ces bâtisses, comme celle dans laquelle dorment les femmes, sont parfaitement rondes. Maris et femmes ont le droit de passer la nuit du samedi ensemble. On m'a expliqué les principes du régime alimentaire édénique, et on nous a invités à partager un repas ignoble de gruau, de farine de blé et d'orge moulue très fine et arrosée de jus de fruit.

8 mai. M. me dit que Ryszard a demandé à Julian pourquoi Wanda et lui n'avaient pas d'enfant. D'après Julian, il semble que ce soit elle qui ne peut pas en avoir. M. pense ouvrir une école d'artisanat pour les petites Indiennes.

9 mai. Les gens qui ont créé Anaheim y sont venus pour vivre mieux qu'à San Francisco. Notre installation ici n'était que fortuite et nous vivons moins bien qu'en Pologne. Si notre communauté échoue, ce ne sera pas à cause du manque de réalisme de tous les systèmes utopistes mais parce que nous avons renoncé à trop de choses agréables. Nous voulions inventer la vie, non pas la gagner ; gagner de l'argent n'était pas, n'a jamais pu être, notre principale motivation. Nous sommes amers de penser que si nous abandonnons, nos voisins vont dire que c'est parce que nous n'avons pas assez travaillé – qu'après avoir planté nous nous sommes assis sur la véranda ou nous sommes restés couchés dans nos hamacs en attendant que ça pousse. Ce n'est pas vrai. Au contraire, nous travaillons plus qu'eux. Mais nous pensons à autre chose. Le bon sens qui leur vient naturellement nous fait défaut.

10 mai. Je suis allé seul à cheval, jusqu'au débarcadère d'Anaheim, plus de quarante kilomètres aller et retour, et je me suis senti tout à fait capable de le faire. Une partie du rivage était couverte de pyrite de fer – ici, on l'appelle « l'or des fous » –, j'en ai rempli un sachet pour P.

11 mai. D'autres ont échoué avant nous. Brook Farm. La colonie fouriériste que Kalikst Wolski a fondée à La Réunion, dans l'État du Texas. Nous savions tout cela. En fait, c'est alors que nous mettions au point nos projets d'émigration que j'ai lu le triste compte rendu que Wolski fait de son aventure, et qu'il a publié après que ses amis et lui furent revenus en Pologne. Mais même aujourd'hui, je pense que nous avons eu raison de ne pas nous laisser décourager par l'échec d'un autre groupe qui tentait de faire vivre une communauté coopérative selon les directives de Fourier, ici, en Amérique. Ce serait comme perdre la foi dans le mariage à cause de Wanda et de Julian. On a le droit de dire : *Mon* mariage sera différent.

12 mai. Notre aventure semblera peut-être très polonaise. Je connais notre réputation à l'étranger, parmi ceux qui éprouvent de la sympathie à l'égard de la tragique histoire de notre nation. Nous manquons de sagesse politique – regardez nos insurrections qui n'ont jamais eu aucune chance de succès. Nous sommes faciles à duper – Napoléon n'a pas eu de mal à nous convaincre que les légions de notre nation devraient verser leur sang pour lui ; il lui a suffi d'agiter l'Aigle Blanc sous notre nez, et nous sommes entrés en Russie au grand galop en 1812, mon grand-père en tête. Notre tendance à l'enthousiasme a quelque chose d'infantile et d'handicapant ; assurément incompatible avec une bonne administration, l'intelligence, la discipline, la modération, et les autres qualités nécessaires dans la montée des grandes luttes de toutes les nations pour leur survie dans une ère d'industrialisation et de militarisme. On peut toujours compter sur nous pour la bravoure et des actes de courage personnel, mais il y a une certaine suffisance dans nos attitudes nobles. L'accusation la plus cuisante : nous sommes une nation de dilettantes.

13 mai. La Pologne est pleine de monuments. Nous commémorons le passé parce que le passé est un destin. Nous sommes des pessimistes naturels, nous croyons que ce qui est arrivé arrivera à nouveau. Voici peut-être quelle est la définition d'un optimiste : quelqu'un qui nie le pouvoir du passé. Ici, le passé n'est pas réellement important. Ici, le présent ne réaffirme pas le passé mais le remplace et l'annule. La faiblesse de tout attachement au passé est peut-être ce qu'il y a de plus frappant chez les Américains. Cela les rend superficiels, et futiles, mais cela leur donne une très grande force et une très grande confiance en eux-mêmes. Ils ne se sentent écrasés par *rien*.

14 mai. Vers cinq heures cet après-midi, Wanda a essayé de se pendre dans la grange. Elle n'a pas réussi à bien fixer la corde qui n'a dû rester attachée à la poutre qu'un instant après qu'elle eut sauté de l'échelle, mais sa chute a cependant serré le nœud coulant – elle serait morte étouffée en quelques minutes si Jakub ne s'était pas trouvé en haut dans son repaire et si, après avoir entendu le bruit, il n'était arrivé à temps pour enlever l'échelle, desserrer le nœud et courir chercher du secours. Nous l'avons transportée inconsciente jusque chez nous et j'ai filé au village à cheval chercher Higgins ; il lui a mis un cataplasme autour du cou, pour soigner ses meurtrissures, lui a plâtré son bras cassé et lui a donné de l'hydrate de chloral. Il est deux heures du matin ; il vient de partir. Bien sûr, elle doit rester ici pendant plusieurs jours. M. est toujours avec elle. Aleksander et Barbara ont pris Julian pour la nuit. Il se donnait en spectacle devant la maison, en pleurant et en hurlant qu'il allait se tuer lui aussi, que c'était la seule chose qui satisferait tout le monde, mais *lui* ne se raterait pas. Mais maintenant, d'après Barbara, il reste sans bouger, la tête entre les mains. M. lui a interdit de venir voir Wanda.

15 mai. Wanda souffre toujours énormément, elle est incapable de manger et même de boire. Higgins, qui est venu aujourd'hui, dit qu'elle va bien et il insiste pour qu'elle garde le lit quelques jours. Personne ne sait quoi faire. Julian est contrit, mais combien de temps cela durera-t-il ? « Je sais que je ne suis pas intelligente », c'est tout ce qu'elle a réussi à me dire dans une sorte de chuchotement rauque. Tout cela est si pitoyable, mais aussi sordide et dégradant. Elle a supplié M. qu'on laisse Julian venir la voir.

16 mai. Nous avons presque autant de raisons que Julian d'avoir des remords. Vivre en communauté signifie qu'on assume la responsabilité des autres, pas seulement la sienne et celle de sa famille. Chacun désapprouve la façon dont Julian s'est conduit envers Wanda ; en tant que communauté, nous aurions dû le mettre au pas.

17 mai. Wanda est retournée auprès de Julian. Après son départ de la maison, M. était presque en pleurs. Maintenant, elle est furieuse. Je lui rappelle que personne ne peut savoir ce qui se passe dans un couple.

18 mai. Comme Julian et Wanda ne mangent plus à la maison, M. a dit à Aniela de leur porter leurs repas. Quand nous sommes allés les voir ce soir, Wanda a parlé de crise de nerfs, sans doute à cause de la dureté du travail, et Julian était d'accord : elle avait travaillé trop dur.

19 mai. Julian et Wanda vont retourner en Pologne au début du mois prochain. Ce qui s'est passé est tellement épouvantable que personne n'ose leur demander de rester, bien que, Dieu le sait, il est peu vraisemblable que les choses aillent mieux entre eux quand ils seront là-bas. Julian aura une raison supplémentaire d'accuser Wanda ; ce sera à cause d'elle qu'ils auront quitté leurs amis, abandonné la grande aventure, renoncé à l'Amérique, sa faiblesse l'aura déshonoré. M. est très triste. Jakub va peut-être prendre leur maison. Ryszard préfère rester dans la grange. Rien d'autre n'a changé, mais tout a changé, je le sens. Nous allons échouer.

20 mai. Je n'ai pas envie d'écrire quoi que ce soit ce soir.

21 mai. Ni aujourd'hui.

22 mai. En Amérique, on pense que tout est possible. Et tout *est* effectivement possible ici, encouragé par la capacité d'invention et le talent pour la profanation des Américains. L'Amérique a respecté sa part du contrat. La faute, l'échec, sont les nôtres.

23 mai. Aujourd'hui, le dîner s'est très mal passé. Barbara a appris par un voisin qu'à Edenica une enfant malade était en train de mourir lentement de faim à cause d'une alimentation de pommes râpées, de riz et d'orgeat, et qu'on n'avait appelé aucun médecin. Danuta et Cyprian affirment qu'il y a une campagne de calomnies contre la colonie.

24 mai. Abattage d'un arbre mort près de la grange avec Aleksander. À un bout de la scie passe-partout, j'ai perdu le rythme et la lame s'est tordue. En Amérique, il est difficile de penser que l'échec a sa propre noblesse.

25 mai. N'attends pas d'être un soleil couchant. (J'ai lu cette maxime quelque part.) Les gens prudents abandonnent les choses avant d'être abandonnés par elles. Les gens sages savent comment transformer chaque fin en triomphe.

26 mai. Ce ne peut être simplement parce que nous n'avions aucune expérience : les Allemands qui sont venus s'occuper des vignobles il y a vingt ans n'en avaient pas non plus ; parmi eux il y avait un graveur, un brasseur, un armurier, un charpentier, un hôtelier, un forgeron, un mercier, un chapelier, deux musiciens, et deux horlogers. Nous n'étions assurément pas moins capables d'apprendre ce qui était nécessaire pour faire de notre aventure un succès. Mais leur objectif principal était de réussir en tant que fermiers. Nous voulions devenir fermiers pour mener une vie rurale tranquille.

27 mai. Dispute avec Danuta et Cyprian. La petite fille malade a été retirée d'Edenica par les autorités du village et une plainte a été déposée contre Lorenz pour avoir mis la vie d'une enfant en danger. Il doit passer au tribunal du village lundi prochain. Danuta et Cyprian nous ont assuré qu'il serait innocenté. M. a été particulièrement tendre ce soir. Maintenant endormie.

28 mai. Ce matin, je suis allé à cheval jusqu'aux montagnes et je suis revenu au crépuscule. Environ quatre-vingts kilomètres. Je ne me sens pas du tout fatigué.

29 mai. Réunion pour décider de ce qu'il convient de faire. Danuta et Cyprian veulent continuer. Jakub veut bien continuer et, quoi qu'il arrive, il veut rester en Amérique. Barbara est bouleversée par une lettre de sa mère – son père est malade et on ne s'attend pas à ce qu'il vive encore longtemps –, mais Aleksander et elle n'envisagent pas de rentrer en Pologne car ils ne seraient sans doute pas à Varsovie à temps. Aleksander m'a déjà assuré que la consternation qu'il a exprimée à propos de nos perspectives ne signifie pas qu'il regrette de s'être joint à notre entreprise, et je veux le croire. Nous sommes d'accord pour continuer jusqu'en octobre, jusqu'aux vendanges, pour voir si nous pouvons vendre le raisin à un bon prix. M. dit qu'elle pourrait gagner un peu d'argent pour que nous restions ensemble jusqu'à ce que la ferme devienne rentable en remontant sur scène pendant quelque temps.

30 mai. 37 degrés à midi. Je n'aimerais pas penser que je pousse M. sur scène afin d'avoir une excuse pour mettre un terme à notre vie ici, ce que nous appellerons une aventure, un interlude. Puis je pense : Mais elle veut vraiment remonter sur scène.

31 mai. Je suppose qu'il vaut la peine de noter que les charges contre Lorenz ont été abandonnées. Apparemment, la communauté a versé une somme d'argent substantielle au fonds de construction de la nouvelle école. Vu Doroteo admirer un chapeau de paille dans la vitrine d'une boutique du village. Il m'a montré qu'il avait quinze cents – « Le chapeau coûte "deux unités" », a-t-il dit, le mot d'argot en Californie (?) pour vingt-cinq cents – et il m'a demandé de le lui acheter. Sentiment de honte.

1er juin. Nous avons accompagné Julian et Wanda à la gare ce matin. Ils prennent le transcontinental express à San Francisco demain. Leur bateau quitte New York pour Bremerhaven dans dix jours.

2 juin. Je suis harcelé par des questions inutiles. Comment savoir ce qui nous pousse à prendre une direction plutôt qu'une autre dans la vie ? Comment est-il devenu inévitable que nous soyons venus en Californie et pas ailleurs ? Trouvé Doroteo dans la cuisine essayant de se faire comprendre par Aniela. Demandant si nous avions besoin d'un ouvrier agricole de plus. Portant le chapeau.

3 juin. Journée d'oisiveté et de discussions sur notre avenir. Barbara a reçu une lettre de sa mère : son père est mort.

4 juin. Barbara et Aleksander m'ont pris à part après souper. Ils ont décidé de rentrer en Pologne cet été.

5 juin. Danuta et Cyprian ont annoncé leur intention de rester en Californie : ils vont s'installer à Edenica. M. a essayé de les en dissuader, en vain. On ne peut discuter avec des fanatiques. C'est manifestement une folie qu'ils entretenaient depuis longtemps. Et la prospère communauté de Lorenz a de meilleures chances de survivre que la nôtre. Peut-être n'avons-nous pas été assez radicaux ou excentriques. *Ay, Doroteo.*

6 juin. Quand on y repense, il est facile de dire que nous devions échouer, que nous étions naïfs, que nous aurions dû savoir : des intellectuels européens qui pensaient pouvoir être des pionniers, et ainsi de suite. Nous ne sommes pas les premiers et certainement pas les derniers à croire en la possibilité d'une vie meilleure, peut-être sur une terre étrangère où, nous a-t-on dit, on prend un nouveau départ. Ceux qui sont incapables d'idéalisme nous couvriront de leur mépris. Mais il n'y a rien de honteux à parier sur ce qu'il y a de mieux dans notre nature. Ce monde serait bien pauvre si personne n'éprouvait jamais plus les mêmes sentiments que nous.

7 juin. Jakub est parti hier pour New York. Comme cadeau d'adieu, il nous a offert, à M. et à moi, trois toiles qu'il pense être les meilleures qu'il a peintes ici. Un petit portrait de deux visages tristes, une jeune femme et un homme barbu : Jessica et Shylock. Un portrait grandeur nature de M. assise, lisant. Une scène à Los Nietos : une Mexicaine, avec une cohorte de jeunes enfants accrochés à ses jupes, qui suspend de longues bandes de bœuf fumé à une sorte de fil à linge tendu entre deux eucalyptus. Les toiles sont magnifiques. M. est découragée par le départ de Jakub.

9 juin. M. s'est lancée avec Aniela dans un nettoyage féroce de la maison. Elle dit qu'elle se sent très calme. Je dois parler à August et à Beate Fischer.

12 juin. M., Ryszard et moi nous sommes allés cet après-midi à la taverne du débarcadère d'Anaheim, manger du flet fraîchement pêché et regarder le soleil se coucher sur l'océan. Nous étions purgés de tout désir devant ce magnifique décor, et nous nous sentions presque comme lors de notre arrivée, euphoriques et reconnaissants. À la veille de notre départ, nous nous conduisons comme de nouveaux arrivants. Ou de futurs touristes. Le Pacifique semble tellement définitif, immense et indifférent, on a l'impression de ne pouvoir aller plus loin, de ne pouvoir faire que demi-tour, revenir sur ses pas. Mais bien sûr, c'est une illusion.

13 juin. M. ne voulait pas d'une nouvelle vie, mais d'un nouveau moi. Notre communauté en a été l'instrument, et maintenant elle est bien décidée à remonter sur scène. Elle n'envisagera pas son retour en Pologne, dit-elle, avant d'avoir montré ce qu'elle peut faire devant le public américain, et elle me met au défi de citer tous les obstacles qui existent entre elle et la célébrité en Amérique.

15 juin. M. se prépare à partir à San Francisco. Dès qu'elle sera installée, P. et Aniela la rejoindront.

16 juin. Les Fischer, qui savent pertinemment toutes les améliorations que nous avons apportées à la propriété, y compris les deux nouvelles constructions, disent qu'ils veulent bien nous racheter la ferme deux mille dollars de moins que ce que je la leur ai payée en décembre. Je vais rester pour rechercher d'autres offres. *17 juin*. Un seul d'entre nous a-t-il jamais compris l'instabilité de l'économie ici ? Ou la masse de travail nécessaire pour faire tourner une ferme ? Peut-être aurions-nous dû aller dans les mers du Sud.

Sept

C'était comme une escapade ; comme partir de chez soi ; comme raconter des mensonges – et elle raconterait beaucoup de mensonges. Elle recommençait ; elle rejoignait son destin, ce qui lui donnait la riche sensation de ne s'être jamais égarée.

Maryna arriva en ville fin juin. Sa peau avait oublié le climat maritime vivifiant de San Francisco, elle avait laissé s'enfuir de son esprit les vues de la magnifique baie et de l'océan, en l'absence de brume, depuis le haut des rues en pente au cœur de la cité construite de façon insouciante, mais elle se souvenait de chaque détail de l'immense entrée flanquée de colonnes du bâtiment, au bas de Nob Hill, vers lequel tendaient tous ses désirs.

Bogdan avait pris des dispositions pour que Maryna reste chez le vieux capitaine Znaniecki et son épouse. Une femme respectable, coupée temporairement de sa famille, pouvait difficilement vivre seule. On avait choisi les Znaniecki parce qu'ils étaient gentils et protecteurs et parce que le capitaine avait épousé une Américaine, ainsi Maryna ne parlerait pas tout le temps polonais. En outre, Znaniecki, géomètre en chef et enquêteur pour le bureau du cadastre, connaissait apparemment tout le monde – depuis les membres du Bohemian Club jusqu'au gouverneur de l'État – et il faudrait des pressions concertées pour obtenir une audition auprès du redoutable Angus Barton, le directeur du California Theatre, responsable des spectacles. Le lendemain de son arrivée, Maryna s'était rendue dès le matin à pied jusqu'à Bush Street et s'était glissée dans le théâtre. Comme un gladiateur que le défi et la peur ont entraîné jusqu'au dernier rang de l'amphithéâtre vide la veille du combat, tout en haut, au-dessus du sable de l'arène soigneusement ratissé sur lequel aucun sang n'a encore été répandu, Maryna entra dans une loge pour voir le rideau rouge et l'ampleur de la scène plongée dans le calme et l'obscurité. Mais la scène n'était pas obscure : une répétition était en cours. Un homme grand et voûté vêtu de noir avait bondi de son siège au dixième rang et il descendait l'allée à toute vitesse : elle se demanda s'il pouvait s'agir de Barton. « Ne me dites pas que tout ira "bien" ce soir, hurla-t-il à l'un des acteurs. Si je déteste quelque chose, c'est bien cela. Si tout ira "bien" ce soir, alors tout peut aller "bien" maintenant. » Oui, ce devait être Barton.

Le problème, comme elle le confia à Henryk dans une lettre, c'était qu'elle se retrouvait rarement seule. La nouvelle de son arrivée s'était répandue (mais comment aurait-elle pu aller quelque part dans le monde où il y avait des Polonais, et y rester incognito ?) et tous les membres de la communauté polonaise de San Francisco voulaient être invités pour la rencontrer. Il lui était difficile d'alimenter les feux étouffés de l'ambition et la peur de l'échec tout en étant entourée par l'adoration démonstrative de ses compatriotes déracinés. Et le soir, on ne parlait que polonais bien que le capitaine Znaniecki, un réfugié ayant échappé à la vague d'assassinats et d'incendies criminels provoqués par Metternich (et perpétrés, ce qui est horrible, par les paysans polonais) qui avait décimé l'aristocratie et l'intelligentsia libérales, favorables à l'insurrection, dans la partie autrichienne de la Pologne, trente ans plus tôt, fût autant passionné par la politique de son nouveau pays que par les catastrophes qui s'abattaient régulièrement sur sa patrie. Il se disait socialiste – tout en confiant à Maryna qu'il craignait que le socialisme n'ait pas grand avenir ici, en Amérique, où l'admiration du pauvre pour le riche semblait encore plus inattaquable que la fidélité dont bénéficiaient, en Europe, les monarques et les prêtres – et il entreprit de lui expliquer la différence entre les deux partis américains, mais à la fin, Maryna comprit seulement que les républicains voulaient un gouvernement central fort et les démocrates une union fédérale d'États assez libre. Elle supposa qu'il avait été plus facile de saisir ces histoires de partis avant la guerre de Sécession, avant que soit réglée la question de l'esclavage, quand aucune personne sensée ne pouvait manquer d'être républicaine ; elle ne voyait pas très bien sur quoi les Américains se querellaient maintenant. Un soir, Znaniecki l'invita à entendre « le Grand Agnostique », Robert Ingersoll, qui attirait des foules immenses à San Francisco avec ses sermons athées. Maryna fut impressionnée par la réceptivité du public.

Elle avait interrompu la suite d'approbations qui encouragent un acteur avec, pour son art, des conséquences que Maryna devait à présent déterminer. J'adore la témérité, écrivit-elle à Henryk, et se demanda si elle disait la vérité.

Elle quitta les Znaniecki et s'éloigna de ses compatriotes flagorneurs en prenant un meublé dans un quartier très proche. Elle mit tous ses bijoux en gage, aucun ne valait grand-chose en dollars, et elle en tira assez pour vivre, très frugalement, pendant deux mois. Elle avait besoin de solitude pour reconstituer les instincts, la technique, les insatisfactions et ce goût pour l'effronterie qui avaient fait d'elle l'actrice qu'elle avait été. L'art de marcher, le port droit, aisé et le pas assuré ne nécessitaient pas d'être revus. L'art de ne penser qu'à elle, essentiel à toute vraie création – cela, elle ne pouvait le retrouver que seule.

Maintenant, il n'y avait plus qu'elle et cette ville, elle et son ambition, elle et la langue anglaise, ce maître cruel qu'elle allait soumettre et plier à sa volonté.

« Volonté, dit Miss Collingridge. Pas *volontai.* »

Elle avait trouvé Miss Collingridge alors qu'elle traversait le plancher incliné de son salon, un volume de Shakespeare pressé contre la poitrine, pour aller jeter un coup d'œil par le bow-window. Elle regardait rêveusement dans la rue en se récitant des vers d'*Antoine et Cléopâtre*, quand elle se rendit compte qu'une femme petite et ronde, les cheveux jaunes recouverts d'un grand chapeau de paille, les yeux levés vers elle, la fixait. Maryna lui sourit involontairement. La femme porta la main à sa bouche, puis la retira lentement ; sourit ; hésita un moment ; fit la roue (sa pèlerine tournoya) ; et poursuivit son chemin.

Elles se revirent quelques jours plus tard, Maryna s'étant autorisé une promenade l'après-midi dans le quartier chinois – son appartement se trouvait à quelques rues de Dupont Street – après huit heures d'étude et de déclamation. Elle avait tourné dans une ruelle éclairée par des lanternes, attirée par le vacarme irrégulier de la musique et des voix criardes qui passaient par les balcons dorés des maisons de thé ; par les portes ouvertes des boutiques décorées de fanions, on apercevait un extraordinaire désordre d'ivoires sculptés, de plateaux de laque rouge, de bouteilles de parfum en agate, de tables en teck incrustées de nacre, de boîtes en bois de santal, de parapluies en papier huilé et de peintures représentant des sommets de montagnes. Près d'elle flânaient, au milieu des coolies à l'allure plus rapide vêtus de tuniques de coton bleu, plusieurs messieurs portant des manteaux de brocart couleur lavande et des pantalons bouffants en soie, avec des brins de soie rouge cerise entrelacés dans leur longue natte, et derrière elle – Maryna s'écarta pour les admirer – marchaient très lentement deux femmes avec de belles têtes lisses et des bracelets de jade qui leur tombaient sur les mains, et chacune s'appuyait sur une domestique ; son regard tomba par hasard, sous l'ourlet de leurs robes somptueuses, sur des moignons longs de trois pouces dans des chaussures de soie brodée d'or, et avant qu'elle ait pu se rappeler avoir un jour lu quelque chose sur la coutume des riches familles chinoises de briser les os des pieds des petites filles et de maintenir les orteils attachés contre les talons jusqu'à ce qu'elles aient terminé leur croissance, son estomac se souleva et un flegme âcre lui emplit la bouche. Le choc lui avait retourné les entrailles.

« Êtes-vous malade ? Voulez-vous que je coure chercher un médecin ? » Quelqu'un se trouvait près d'elle alors qu'elle luttait contre un malaise. C'était la jeune femme dont elle avait croisé le regard l'autre jour depuis sa fenêtre.

« Oh, c'est vous à nouveau », dit Maryna d'une voix faible. Tout en essayant de contenir une nouvelle nausée, elle sourit à la vue de l'effet revigorant que son accueil avait eu sur celle qui voulait la sauver : cette dernière se précipita dans une boutique et en ressortit avec un éventail de plumes blanches qu'elle agita énergiquement devant le visage de Maryna.

« Je ne suis pas malade, expliqua Maryna. J'ai seulement vu deux dames chinoises qui… deux femmes avec…

— Oh, les femmes aux petits pieds. Cela m'a aussi soulevé le cœur, la première fois.

— C'est très aimable à vous de… très aimable, reprit Maryna. Je vais tout à fait bien maintenant. »

Le temps que la jeune femme la raccompagne à pied jusque chez elle, chacune avait appris tout ce qu'elle avait besoin de savoir sur l'autre pour sentir qu'elles étaient destinées à devenir amies. Pourquoi aurais-je dû regarder par la fenêtre à ce moment précis ? écrivit-elle à Henryk. Et pourquoi lui aurais-je souri ? Il y a quelque chose d'un peu romantique là-dedans. Et je n'avais pas encore entendu son doux contralto ni son admirable élocution ! Enfin, voilà, cher ami. Le premier *coup de foudre** que j'aie connu, après une année entière passée en Amérique, est pour une femme autoritaire, un peu garçon manqué, qui porte des chapeaux ridicules, des pèlerines de serge sans forme et qui me dit qu'elle a chez elle, comme animal domestique, un jeune cochon adulte. Mais vous savez déjà que je peux me laisser séduire par une voix de miel.

La nouvelle amie de Maryna l'avait félicitée pour sa maîtrise de la grammaire et du vocabulaire anglais, et alla jusqu'à dire que c'était un jugement professionnel et désintéressé. Miss Collingridge – Mildred, dit-elle timidement, Mildred Collingridge – était professeur de diction. Elle donnait des cours d'élocution aux riches épouses dans les nouvelles demeures de Nob Hill.

Maryna lui avait expliqué qu'elle s'était donné deux mois, pas plus, pour préparer son audition. Elle allait montrer à ce *Meester* Barton de quoi elle était capable.

« Mister, dit Miss Collingridge. Pas *Meester.* »

Elle se mit au service de Maryna pour un salaire de misère offert avec reconnaissance (Maryna n'avait pas les moyens de donner un sou de plus), et elle vint chaque matin à huit heures chez Maryna pour travailler avec elle les rôles qu'elle réapprenait en anglais. Assises côte à côte, devant la table à abattants près de la fenêtre du salon, elles disaient les vers, mot à mot, et, quand les voyelles avaient été martelées, les consonnes ciselées et un passage entier poli à la satisfaction des deux femmes, Maryna notait sur son texte les pauses, les accents, les respirations, les aides à la prononciation. Puis elle se levait, marchait de long en large et déclamait tandis que Miss Collingridge restait à table et lui donnait la réplique (sur le ton le plus neutre, comme Maryna le lui avait recommandé). Ce n'était jamais le professeur qui mettait fin à leurs longues journées passées ensemble : Maryna avait trouvé une partenaire de travail aussi infatigable qu'elle. Mais parfois, sur l'insistance de Maryna, elles s'arrêtaient pour aller faire une promenade. Maryna ne s'était pas rendu compte, alors que l'austérité de la campagne l'apaisait, à quel point lui avaient manqué la palpitation et le parfum de la vie de la cité.

« Cité, dit Miss Collingridge. Pas *citai.* »

Le capitaine Znaniecki passait souvent en début de

soirée pour lui apporter, dans des plats couverts, les bonnes recettes polonaises qu'il avait enseignées à sa femme, et pour voir comment Maryna se débrouillait. Quand elle lui parla de Miss Collingridge, il lui dit : « Chère Madame Maryna, vous n'avez besoin d'aucun professeur. Prononcez les mots simplement, comme ils sont écrits, comme vous les prononceriez en polonais – c'est bien plus que suffisant, et vous ne feriez que gâter la forme de votre bouche ou vous endurcir la voix en essayant de produire des sons impossibles ou durs. Et surtout, n'essayez pas de prononcer le *th* comme eux, car vous n'y arriverez jamais. Un simple *t* ou un simple *d* sont bien plus agréables à l'oreille que leur *th* zézayant – et en outre, je vous l'assure, les Américains trouvent du charme aux accents étrangers. Plus votre accent leur paraîtra exécrable, plus vous leur plairez. »

Il avait dit qu'elle ne pourrait jamais apprendre à prononcer correctement l'anglais. Et s'il avait raison ? Elle deviendrait une sorte de phénomène, qu'on applaudirait parce qu'elle était ridicule et non merveilleuse. Alors comment pourrait-elle jamais représenter quelque chose d'idéal en tant qu'artiste ? Mais elle ne suivrait pas ses conseils.

Elle s'exerça encore et encore à prononcer l'infernal *th* – impossible de placer la langue pour former le son sans arrêter le cours d'une phrase. Peut-être faut-il avoir une dentition américaine, disait-elle à Miss Collingridge pour plaisanter. Elle avait vu un grand panneau à l'angle de Sutter et de Stockton : DR BLAKE'S INDESTRUCTIBLE TEETH – les dents indestructibles du docteur Blake.

« Tee*th*, dit Miss Collingridge. Pas *teece*. »

Dans sa bouche, chaque mot était comme un petit

paquet avec une drôle de forme. *Theatre, thespian, therefore, throughout, thorough, Thursday, think, thought, thorny, threadbare, thicket, throb, throng, throw, thrash, thrive... That, that, that. This, this, this. There, there, there.*

En plus de Miss Collingridge, Ryszard était la seule personne que Maryna avait vue avec plaisir au cours des premières semaines à San Francisco. Mais à la fin elle dut le renvoyer.

Ryszard avait quitté Anaheim pour le nord avant Maryna. Il l'avait attendue lors de son arrivée. Le 4 Juillet, ils écoutèrent la musique et les discours ardents et regardèrent les défilés, les feux d'artifice et les pompiers qui passaient à toute vitesse dans leurs voitures rouges pour aller éteindre les nombreux incendies. Un autre jour, ils louèrent un tilbury pour un après-midi de promenade au bord de l'océan. Elle se sentit attirée vers lui. Ils se tinrent par la main. Leurs mains étaient moites. Elle était heureuse, et cela tenait sans doute au fait qu'elle était amoureuse. Elle ne se trouvait plus à la tête d'un clan, et temporairement elle n'était plus épouse ni même mère – plus responsable des autres ; libre d'agir uniquement pour elle. (L'avait-elle jamais fait ?) Mais s'étant privée à la fois d'un mari et d'un enfant, voulait-elle assumer la charge d'un amant ?

Elle ne voulait que penser aux rôles qu'elle préparait.

Ryszard lui proposa d'aller au théâtre. « Pas encore, répondit-elle. Je ne veux pas être influencée par quelque chose que j'y verrais, et me dire : Oh, voilà ce que font les acteurs américains, ou voilà ce qu'applaudit le public américain. Afin de découvrir ce qu'il y a de plus profond dans mon propre talent, je dois découvrir tout ce qu'il y a en moi. »

Ryszard fut enchanté de la voir se muer à nouveau en artiste exigeante. « Il ne m'est jamais venu à l'idée, dit-il humblement, d'un ton admiratif, de supposer que je devrais me passer de l'inspiration que je trouve dans les livres des autres écrivains.

— Oh, cher Ryszard, n'appliquez pas à vous-même ce que je dis, répliqua-t-elle avec générosité et tendresse. Je dois me concentrer. C'est la seule façon que je connaisse pour savoir comment être.

— C'est votre génie.

— Ou mon handicap. (Elle sourit.) Je reconnais qu'aller au théâtre me manque. »

Le lendemain soir, Ryszard loua une loge au China Theatre, sur Jackson Street, une bâtisse de deux étages aux couleurs vives, avec un toit de tuiles aux angles retroussés. Après les premiers coups de gongs et de cymbales de l'orchestre en manches de chemise au fond de la scène, alors qu'un, deux, trois, finalement une vingtaine d'acteurs aux costumes colorés et encombrants jaillissaient de derrière un morceau de tissu à gauche et se mettaient à crier l'un vers l'autre avec des voix de tête, Maryna tira la manche de Ryszard dans un geste enfantin. Puis quelque chose se passa, une sorte de coup de théâtre, parce que brusquement six acteurs sortirent de scène en courant par une ouverture à droite, dissimulée de la même façon que la première.

« Magnifique, n'est-ce pas ? dit Ryszard. Aucune entrée et aucune sortie à décider – les acteurs entrent toujours en courant par la gauche et sortent à la même vitesse par la droite. Aucun personnage à construire à partir de ses ressources personnelles – *celui-ci* est un homme de valeur parce qu'il s'est peint un masque blanc sur le visage, et *celui-là* est un homme cruel parce qu'il s'est peint le visage en rouge. Aucune dissimulation de la mécanique du spectacle – quand on a besoin d'un accessoire, quelqu'un l'apporte sur scène et le donne à l'acteur ; quand on doit rajuster un costume, l'acteur se met un peu à l'écart des autres et l'habilleuse arrive pour rectifier le costume. Aucun… » Pourquoi suis-je en train de bavarder comme cela, se reprocha Ryszard, alors qu'elle peut voir tout ce que je vois et même plus ?

Maryna applaudit en jubilant les culbutes, les lions et les dragons de papier mâché. « Je pourrais rester ici toute la nuit ! s'exclama-t-elle, en exagérant. Je voudrais que cela ne s'arrête jamais. » Ah, se dit Ryszard, tout va toujours très bien.

Le lendemain matin, Miss Collingridge emmenait son cochon, frappé d'une affection à l'estomac, chez le vétérinaire ; elle avait prévenu Maryna qu'elle ne pourrait peut-être pas arriver à leur séance de travail avant la fin de l'après-midi. Ryszard profita des quelques heures libérées par cet heureux contretemps pour proposer à Maryna, exceptionnellement, une promenade en plein jour ; il vint la chercher et l'emmena en ferry faire le tour de la baie avec un arrêt au Golden Gate Park. Elle pensait toujours, lui déclara-t-elle, aux merveilleux artifices du divertissement de la veille.

« J'aimerais vous montrer un autre théâtre chinois, dit Ryszard. Mais ce n'est qu'un parterre avec des bancs et des places debout, il n'y a pas de loges pour les dames, et le soir où j'y suis allé, j'étais entassé dans la foule, le manque d'air et la chaleur étaient insupportables, et dans le public, en plus des Chinois, on comptait quelques butors et, je peux en témoigner, des pickpockets. L'intérêt de l'expérience (non, je n'ai perdu que deux dollars et mon mouchoir) c'est qu'ils ne font ni de l'opéra ni du cirque. La scène est beaucoup plus petite que celle de la nuit dernière, aussi j'étais prêt à voir un spectacle plus simple. Vous savez, une de ces pièces dans lesquelles le soleil apparaît, suivi par un dragon, le dragon essaie d'avaler le soleil, le soleil résiste, le dragon s'enfuit et alors le soleil exécute une danse de victoire que le public applaudit avec frénésie. Pas du tout ! *Loin de là** ! À ma grande surprise, tout était parfaitement compatible avec la réalité.

— J'aimerais savoir, cher Ryszard, ce que vous entendez par réalité.

— Tout d'abord, répondit Ryszard, l'intrigue de la pièce que j'ai vue. Bien sûr, je n'ai pas compris un traître mot de ce qu'on disait, mais l'histoire m'a semblé limpide. Cela concernait un écrivain désespérément amoureux, enfin peut-être pas tout à fait désespérément, d'une jolie dame beaucoup plus riche que lui.

— Et mariée, sans aucun doute.

— Par chance, non. La dame était entièrement libre, à part l'obstacle de la différence de fortune, de répondre à l'amour de l'écrivain.

— Ryszard (Maryna riait), vous inventez tout cela.

— Non, je le jure.

— Et s'est-elle donnée à l'écrivain impécunieux ?

— Ah, c'est ce qui a rendu le drame que j'ai vu l'autre soir aussi semblable à la vie. Les acteurs entraient et sortaient, discutaient l'un avec l'autre, certains même bondissaient et sautaient, mais à la fin il n'y eut ni mariage ni enterrement. Apparemment pour la logique de l'esprit chinois, cela n'a aucun sens qu'une histoire qui expose la vie des protagonistes sur plusieurs mois – voire plusieurs années – soit représentée en une soirée. Non, une pièce devrait durer autant de mois et d'années que l'histoire qu'elle raconte. Si quelqu'un souhaite la suivre, qu'il revienne.

— Et comment croyez-vous (je pose la question à l'écrivain), comment croyez-vous que se termine la pièce, quand elle se termine ?

— Je pense que, étant donné qu'en Chine les événements qui ont lieu selon nos conceptions sont hautement improbables, la dame accordera son amour à l'écrivain sans le sou.

— Vraiment ?

— Cependant, continua-t-il, les lois du suspens théâtral exigent que la cour du jeune homme dure très longtemps.

— Vous en êtes sûr ? Peut-être êtes-vous pessimiste.

— Il s'est passé un mois depuis que j'ai vu cet épisode. Je suppose que l'écrivain énamouré n'a pas encore réussi à gagner la main de la charmante "Fleur de Thé"...

— Ryszard...

— Mais peut-être a-t-il déjà gagné l'appui de plusieurs relations influentes qui lui ont promis de plaider sa cause. (Il eut un sourire grave.) Vous voyez comme je suis patient.

— Ryszard, je veux que vous vous éloigniez pendant que je me prépare pour l'audition.

— Vous me chassez, grommela-t-il.

— C'est cela.

— Pendant combien de temps ? Est-ce comme dans la pièce chinoise ? Des semaines ? Des mois ?

— Jusqu'à ce que je vous rappelle. Si je réussis, je vous accueillerai chaleureusement.

— Et après, qu'arrivera-t-il ?

— Ah, vous voulez connaître la fin, s'écria-t-elle. Vous ne pouvez être à la fois un personnage de la pièce et son auteur. Non, vous devez attendre dans le suspens. Comme moi.

Quel suspens ? Comment pourriez-vous échouer, *vous ?*

— Je peux échouer, dit-elle solennellement.

— Si Barton vous refuse, c'est un idiot et il ne mérite pas de vivre. Je reviendrai pour le tuer. »

Elle répéta cela à Miss Collingridge en s'attendant à faire rire la jeune femme.

« Idiot, dit Miss Collingridge. Pas *eediot.* Et tuer, pas *tuai.* »

« Miss Collingridge me prédit, rapporta-t-elle à Ryszard, que ma destinée est d'être aimée par le beau sexe. » Maryna ignora la grimace de Ryszard et poursuivit : « Et vous devriez en être satisfait. Parce que jusqu'à présent, je dois vous dire qu'aucun Yankee ne m'a encore dévisagée, aucun ne m'a fait de compliment. Mais, si l'on en croit ce qu'on dit ici, ce que femme veut Dieu le veut, j'en suis contente. »

Quelques jours plus tard, Ryszard quitta la ville et choisit de rester éloigné de Maryna en compagnie de deux immigrés polonais âgés, des anciens du Soulèvement de 1830 contre la Russie, qui vivaient à Sébastopol, un village à une soixantaine de kilomètres au nord de San Francisco. Ici, c'est parfait pour écrire, lui dit-il dans sa première lettre, car je n'ai absolument rien d'autre à faire ; mes deux vieux soldats ne me laisseront pas me mêler des tâches ménagères. J'écris beaucoup de choses, lui dit-il dans sa deuxième lettre, en particulier une pièce pour vous, ce que, inutile de me le rappeler, je vous avais autrefois promis, oh, cela me semble très loin, de ne jamais tenter. Certains matins, en la relisant à ma table de travail, je la trouve tout à fait superbe. Penserez-vous de même ? Maryna, ma Maryna, charmante Fleur de mon Cœur, j'espère que vous couvrirez la pauvreté de ma pièce de votre manteau royal.

Elle lui écrivit pour lui demander ce qu'elle devait proposer à Barton pour ses débuts américains. Elle avait une préférence pour Shakespeare (Juliette ou Ophélie), mais trouvait plus sage de commencer par une pièce dont la langue originelle n'était pas l'anglais : son accent écorcherait moins les oreilles. *La Dame aux camélias*, peut-être. Mieux encore, *Adrienne Lecouvreur* ; jouant une actrice, au pire elle apparaîtrait comme… une actrice. La pièce était en vogue sur les scènes américaines et une des préférées des stars européennes en tournée, à commencer par Rachel elle-même, qui avait ouvert son unique tournée en Amérique avec celle-ci, à New York, vingt ans plus tôt.

La Dame aux camélias, répondit Ryszard. C'est une bien meilleure pièce. Si vous me permettez, j'ai toujours trouvé *Adrienne Lecouvreur* larmoyante et criarde. Vous devez le savoir, Maryna, même si vous aimez cette pièce. Je dois vous avouer que la fin me laisse indifférent, sauf quand vous la jouez. Et ce parce que, etc.

Elle demanda l'avis de Bogdan. *Adrienne Lecouvreur*, lui répondit-il. *Adrienne* sans aucune hésitation. Ses lettres d'Anaheim étaient toujours laconiques. Elles contenaient des nouvelles rassurantes de Peter, des nouvelles décourageantes sur ses efforts pour vendre la ferme, mais peu de chose sur l'état d'esprit de Bogdan. Elle lui était reconnaissante de faire en sorte qu'elle ne se sente jamais mal à l'aise de l'avoir laissé avec l'enfant. Elle enverrait chercher Peter et Aniela bientôt – dès qu'elle aurait passé l'audition. Elle devait consacrer tout son temps à la préparer. Elle avait besoin de ne penser qu'à cela. Elle voulait vivre entièrement seule. Elle se rendit compte qu'elle ne le serait peut-être jamais plus.

« Vous parlez de génie, dit Angus Barton, bien que Maryna n'y eût pas fait allusion. Et le génie parle dans chaque langue, je ne dis pas que ce n'est pas vrai. Et je ne dis pas que vous n'étiez pas une sorte de star dans votre pays, tous vos compatriotes ici, à San Francisco, qui m'ont écrit des lettres, qui sont venus au théâtre, qui m'ont imploré de vous voir, qui m'ont donné des articles sur vous, que bien sûr je ne peux lire, ils n'ont pas pu tout inventer, n'est-ce pas, mais nous sommes en Amérique, et vous dites que vous voulez jouer en anglais même si cela n'a aucun sens pour une actrice étrangère de venir ici et de ne pas jouer dans sa propre langue, car notre public y est habitué, et il pense qu'il peut comprendre dès l'instant qu'il connaît l'histoire, cependant je reste fidèle à l'idée démodée selon laquelle quand il s'agit d'une pièce de théâtre, le public doit comprendre le texte. Et je ne dis pas que le public américain n'a pas ouvert les bras à des acteurs étrangers, mais ils venaient de pays dont les Américains aiment le timbre, comme la France ou l'Italie, et j'ai peur que votre pays n'en fasse pas partie, et ils viennent ici en tournée, avec tout merveilleusement préparé, et tout le monde est impatient de les voir, puis ils rentrent chez eux. Et je ne dis pas que je ne vais pas vous faire passer une audition, ne serait-ce que pour que vos amis cessent de me harceler, je veux bien le faire, mais vous devez accepter que je sois honnête avec vous, je vous critiquerai honnêtement, je ne mâcherai pas mes mots.

— Oui, répondit Maryna.

— Et je ne dis pas que je pense qu'il s'agisse d'une complète perte de temps de vous consacrer une heure mercredi matin, désolé de ne pouvoir passer plus de temps avec vous maintenant, j'ai un rendez-vous dans quelques minutes, mais je ne veux pas vous donner de faux espoirs, vous me semblez être une femme sympathique, très digne, très décidée, cela me plaît, j'aime qu'une femme ait de l'énergie, qu'elle sache se dresser pour se défendre, mais dans ce pays, il faut aussi se plier, tout le monde le fait. Et je ne dis pas que vous n'avez jamais entendu cela auparavant, mais le théâtre doit être une affaire qui tourne, ici les gens ne se font pas d'idées bien compliquées du théâtre, comme en Europe. Et je ne dis pas que vous ne le savez pas, mais ce que je vois devant moi c'est une dame, et peut-être que dans votre pays une dame raffinée comme vous peut faire une grosse impression, vous pouvez impressionner le public avec cela ici aussi, mais le public ne veut pas qu'on lui serve toujours des actrices, même pas les gens riches de San Francisco, et nous en avons beaucoup maintenant avec le gisement d'argent de Comstock, comme feu M. Ralston qui a construit ce théâtre ainsi que le Palace Hotel, il aimait énormément le chic européen. Et je ne dis pas qu'il n'y a qu'une bande de snobs qui habitent les demeures de Nob Hill, qui retiennent des loges au California, parce que les gens riches aiment penser qu'ils ont de la culture, que c'est pour cela que la ville a tellement de théâtres, et qu'il y a un bon nombre de juifs dans la société ici, et à mon avis ce sont les plus cultivés, mais vous ne pouvez pas jouer seulement pour eux. Alors je ne dis pas que San Francisco n'a pas quelques personnes qui savent très bien ce qu'elles voient, quand Booth passe ici ou une des grandes stars d'Europe en tournée, toutes espèrent jouer au California, parce que tout le monde sait qu'après le Théâtre Booth de New York c'est le meilleur théâtre du pays, et cela fait qu'il est très difficile de plaire à notre public, en particulier aux journalistes d'ici, qui n'attendent que de crever la baudruche d'une grande réputation étrangère. Mais je ne dis pas que les gens ordinaires ne vont pas au théâtre eux aussi, et si vous ne leur plaisez pas rien ne marche. Il faut qu'ils acclament et qu'ils rient et qu'ils se donnent des coups de coude dans les côtes et qu'ils pleurent. Je me demande si vous pouvez jouer des rôles de comédie. Non, à votre air, sans doute pas. Bien, cela règle la question. Vous devrez les faire pleurer.

— Oui », répondit Maryna.

Il lui lança un regard perçant. « Je ne vous décourage pas, je ne vous désarme pas avec mon bavardage ?

— Non.

— Ah, je vois. Vous êtes fière, vous avez confiance. Vous êtes sans doute intelligente. Bien, grogna-t-il, ce n'est pas un avantage pour un acteur.

— On me l'a déjà dit, monsieur Barton.

— Je le suppose.

— Mais vous auriez pu vous montrer plus condescendant. Vous auriez pu me dire que l'intelligence n'était pas un avantage pour une femme.

— Oui, j'aurais pu vous le dire. Je me souviendrai donc de ne pas vous le dire. » Il la fixait avec curiosité et irritation. « Je vais vous dire, madame je-ne-peux-pas-prononcer-votre-nom. Finissons-en. Êtes-vous prête à faire quelque chose dès maintenant ? »

Bien sûr, elle ne l'était pas. « Oui.

— Et nous nous quitterons bons amis, d'accord ? Sans rancune. Et j'aurai le plaisir de vous inviter dans ma loge n'importe quel soir de cette semaine.

— Je ne vous ferai pas perdre votre temps, monsieur Barton. »

Barton referma bruyamment son bureau. « Charles ! Charles ! » Un jeune homme passa la tête par la porte entrouverte. « File au bureau de Ames et dis-lui d'attendre, je ne serai libre que dans une demi-heure. Et envoie William mettre quelques lampes sur la scène, ainsi qu'une table et une chaise.

— Une chaise suffira, dit Maryna.

— Oublie la table ! » hurla Barton.

Alors que Barton la conduisait depuis son bureau dans un labyrinthe de couloirs, il demanda : « Et qu'allez-vous me présenter ?

— Je pensais à Juliette. Ou à Marguerite Gautier. Ou peut-être à Adrienne Lecouvreur. Ce sont des rôles que j'ai joués de nombreuses fois dans mon pays et que j'ai appris en anglais. (Elle s'arrêta, comme si elle hésitait.) Je pense que si vous n'avez pas d'objections, je vais vous montrer mon Adrienne. C'est le rôle dans lequel j'ai fait mes débuts au Théâtre Impérial de Varsovie, et il m'a toujours porté chance. (Barton siffla et secoua la tête.) Oui, le moment fort de l'acte IV quand Adrienne récite à sa rivale, devant une brillante assemblée, la tirade insultante de *Phèdre*, et de là directement dans l'acte V.

— Peut-être pas tout l'acte V, dit rapidement Barton. Et je n'ai pas besoin de *Phèdre*.

— De toute façon, continua imperturbablement Maryna, j'aurai besoin des bons offices d'une jeune amie qui m'attend dans le foyer et qui a mon exemplaire d'*Adrienne*, afin qu'elle me rejoigne sur scène pour lire.

— Nous avons eu Ristori à San Francisco avec sa troupe, qui a joué cela il y a seulement deux ans. Mais elle était au Bush. Bien sûr, elle l'a joué en italien. Elle a peut-être dit une tirade en anglais – peu importe, on ne comprenait pas un seul mot de ce qu'elle disait. Elle a payé la plupart de ses critiques, le public est venu et à la fin ce fut un succès.

— Oui, dit Maryna. J'étais sûre que la pièce vous était familière. »

Ils avaient atteint les coulisses. Devant elle il y avait la scène faiblement éclairée, avec au centre une chaise en bois qui l'attendait. Une scène ! Elle allait à nouveau marcher sur une scène ! Maryna s'arrêta un instant, un instant d'hésitation authentique, tant elle était envahie par l'émotion et la joie, et elle pensa que Barton allait interpréter cela comme du trac. Non, pas même du trac, mais une panique ordinaire, la panique de l'amateur qui s'est fait passer pour une professionnelle, et dont le mensonge va être découvert.

« Eh bien, fit-il, vous y êtes.

— Oui, j'y suis.

— La scène est à vous », dit-il, et il s'en alla par l'escalier à droite, dans lequel il s'arrêta pour sortir de sa poche une enveloppe qu'il ouvrit avec un coupe-papier.

« Oubliez vos doutes, dit Maryna qui pensait à sa maudite lettre, et *Si vous avez des larmes, préparez-vous à les verser.*

— Ah, Marc Antoine aux plébéiens. (Barton se retourna pour la regarder.) Vous devriez entendre Edwin Booth dire ces vers.

— Je l'ai entendu.

— Vraiment. Et puis-je vous demander où vous avez vu notre grand tragédien ? Je ne savais pas qu'il avait fait des tournées en Europe. »

Elle frappa légèrement du pied. « Là où je suis en ce moment, monsieur Barton. En septembre dernier. Je l'ai vu jouer Marc Antoine et aussi Shylock.

— Ici ? Ainsi vous êtes déjà venue au California Theatre ! Mais bien sûr, vous m'avez dit que vous étiez dans cet État depuis déjà quelque temps. (Il avait rejoint son siège au milieu du dixième rang.) Eh bien, il faut vraiment que vous soyez mon invitée cette semaine. »

Maryna fit signe à une Miss Collingridge apeurée d'enlever son chapeau de marin, de venir sur scène et de s'asseoir sur la chaise, d'où elle lirait (sans émotion) le texte de Maurice, l'amant d'Adrienne Lecouvreur, et, à la fin de l'acte, les quelques lignes de Michonnet, le souffleur de la Comédie-Française, le meilleur ami d'Adrienne ainsi que son soupirant sans espoir.

— Souvenez-vous, ne jouez pas. Donnez-moi seulement la réplique.

— Donnez, murmura Miss Collingridge. Pas *donnai.* »

Maryna sourit. « Et ne vous inquiétez pas pour moi, dit-elle à voix basse. Tout ira (elle souriait toujours, mais pour elle-même), tout ira “très bien”. »

Maryna tourna le regard vers le théâtre vide. Comment pourrait-elle donner le meilleur d'elle-même dans ces conditions sinistres ? Pas d'admirateur ami sur les sièges, pas d'autre acteur, pas de décors peints, pas d'accessoires (aurait-elle dû demander quelque chose, un bougeoir, un chausse-pied, un éventail pour remplacer le bouquet de fleurs empoisonnées ?), pas de public pour la stimuler. Seulement la chaise à qui s'adresser, avec Miss Collingridge assise dessus, et un homme réticent pour la juger. Et Miss Collingridge semblait si pitoyable, si petite. Peut-être pouvait-elle imaginer que Ryszard était assis à sa place sur la chaise. Et aurait-elle sa voix, la voix impérieuse de Maryna audible sans effort (sans effort !) au dernier rang du deuxième balcon, pour dire le texte d'Adrienne en anglais ? En Amérique !

« Simplement la scène de la mort, la seconde partie de l'acte V, monsieur Barton. Ne désespérez pas. Je vais commencer, dit-elle (la voix n'était pas celle de l'actrice), quand j'aurai ouvert le petit coffret qui contient les fleurs envoyées par la princesse de Bouillon, que je crois envoyées par Maurice et que j'embrasse. Je commence avec ma réplique quand Maurice, qu'on vient d'introduire dans mon appartement, me dit (une voix plus pleine, moins neutre) : « *Adrienne ! Mais ta main tremble. Tu souffres beaucoup*… Miss Collingridge… »

Maryna regardait fixement la chaise.

Adrienne ! Mais ta main tremble. Tu souffres beaucoup…, dit Miss Collingridge d'une voix égale, sans expression.

Le gant était jeté.

Non, non, plus maintenant. Les mots coulaient aisément de sa gorge. La voix de l'actrice. Elle posa la main sur son cœur. *La douleur n'est plus là*. Elle porta la main à sa tête. *Mais là*…

C'est dit.

C'est singulier, c'est bizarre… continua-t-elle. *Mille objets divers et fantastiques passent devant moi… se succèdent confusément et sans ordre*… C'était le contraire de ce qui se passait dans la tête de Maryna, où s'était installée une clarté ferme et tranchante.

Et les mots du délire lui jaillirent de la bouche.

Où en étions-nous ? Qu'est-ce que je te disais ? Je ne sais plus… il me semble que mon imagination s'égare… et que ma raison, que je cherche à retenir, va m'abandonner… Je ne le veux pas… en la perdant, je perdrais mon bonheur… Oh ! Non… non… je ne le veux pas ! Pour lui d'abord, pour Maurice, et puis pour ce soir… Le délire produit par l'action délicate du poison sur le cerveau. *On vient d'ouvrir, et la salle est déjà pleine.* Pas encore de douleur physique. Ne pas se tordre de douleur. *Je conçois leur curiosité et leur impatience ; on leur promet depuis si longtemps cette pièce… Oh, oui, depuis longtemps… depuis les premiers jours où je vis Maurice… on ne voulait pas remonter l'ouvrage… c'est trop vieux, disait-on… Mais moi, j'y tenais… J'avais une idée… Maurice ne m'a pas encore dit : « Je vous aime ! » ni moi non plus… je n'ose pas… et il y a là certains vers que je serais si heureuse de lui adresser, à lui, devant tout le monde, sans que personne s'en doute… C'est une bonne idée, n'est-ce pas ?*

Mon amie, ma bien-aimée, reviens à toi, dit Miss Collingridge dans le rôle de Maurice, toujours parfaitement neutre. Maryna regarda Miss Collingridge. Elle se balançait d'avant en arrière sur la chaise, elle levait le visage sur lequel la passion apparaissait sans fard, vers Maryna, et cette dernière sentit l'émotion de Miss Collingridge qui passait en elle et qui agitait et apaisait certains endroits tendres et troublés. *Tais-toi donc*, dit-elle, en Adrienne, à Miss Collingridge, *il faut que j'entre en scène.*

Elle était reconnaissante envers Miss Collingridge ; on ne peut donner le meilleur de soi sur une scène si l'on ne se sent pas aimé. Sans amour, un acteur se flétrit. Imaginez devoir jouer cette scène dans ce théâtre vide, uniquement pour Barton, sur qui elle concentrait toute son attention. *Oh ! Quelle nombreuse, quelle brillante assemblée ! Comme tous ces regards tournés vers moi suivent chacun de mes mouvements !… Ils sont bons de m'aimer ainsi…* Au début, il avait pu ne pas du tout faire attention, il lisait sa lettre, puis il se laissa aller sur le dossier de son fauteuil, croisa les mains derrière la tête et sembla fixer le sommet du proscenium : elle le chassa de ses pensées avec mépris ; mais quand elle regarda à nouveau, elle vit – il était penché en avant, les bras croisés sur le dossier en face de lui – qu'elle avait fini par l'intéresser.

Adrienne ! Adrienne… elle ne me voit plus… ne m'entend plus. Le ton vif, charnel, la voix à la diction parfaite de Miss Collingridge, dans le rôle de Maurice.

Oui, Maryna le vit, elle tenait Barton maintenant. Maintenant, il allait voir de quoi elle était capable.

Quelqu'un ne peut-il l'aider ? N'a-t-elle pas un ami ? continua Miss Collingridge en Maurice, en se contrôlant toujours avec ténacité. Puis elle dut reprendre, le vieux Michonnet venant d'entrer : *Ce qu'on m'a dit est-il vrai ? Adrienne en danger ?* – un redoublement de désespoir qui brisa le sang-froid de Miss Collingridge, car elle se leva de sa chaise pour répondre d'une voix rauque, en Maurice : *Adrienne se meurt !* et elle s'enfuit vers le côté de la scène.

Que fait cette sotte, se demanda Maryna, avant de se rendre compte qu'elle lui avait rendu un véritable service en lui abandonnant la chaise.

Ah ! quelles souffrances… qui donc se trouve près de moi ? murmura Maryna d'une voix plaintive. Maurice ! Et vous aussi, Michonnet !… Dès que je souffrais vous deviez être là… ce n'est pas ma tête, c'est ma poitrine qui est brûlante… j'ai là comme un brasier… comme un feu dévorant qui me consume…

Empoisonnée, gémit Miss Collingridge dans le rôle de Michonnet, depuis son coin obscur.

Maryna jeta un coup d'œil vers le visage ébahi de Barton, au dixième rang. Il semblait fasciné. Mais l'avait-elle fait pleurer ? *Ah, le mal redouble… Vous qui m'aimez tant, sauvez-moi !* Puis, oh doucement, sur le ton d'une accusation étonnée : *Je ne veux pas mourir.*

C'était la réplique qui ne manquait jamais de déclencher des flots de larmes dans le public, une réplique qui touchait chaque cœur, sauf les cœurs endurcis ou partiaux. Maryna en entendit l'écho dans sa tête et s'autorisa à penser qu'elle ne l'avait jamais si bien dite. *Je ne veux pas mourir !* Elle se permit quelques pas vacillants avant de s'asseoir, lentement.

Tantôt, j'eusse imploré la mort comme un bienfait… dit-elle calmement, *mais à présent*, sans élever la voix, *je ne veux pas mourir*. Avec un peu plus de fermeté. *Mon Dieu ! exaucez-moi !* Pas trop fort. Barton peut recevoir chaque syllabe dans son cœur vide. *Mon Dieu ! Laissez-moi vivre… quelques jours encore… quelques jours près de lui… Je suis si jeune, et la vie s'ouvrait pour moi si belle.*

Ah, c'est affreux, gémit Miss Collingridge dans le rôle de Maurice.

La vie ! s'écria Maryna. Maintenant, le decrescendo serait meilleur. *La vie !*

L'Adrienne de Restori, après celle de Rachel, aurait essayé de se relever après ces mots, en vain, elle serait retombée sur la chaise. Maryna avait toujours joué cet instant de cette façon, elle aussi – le public l'attendait –, mais l'inspiration lui donna une nouvelle idée, meilleure. Elle tourna violemment le corps pour faire carrément face au fond de la scène, comme si Adrienne voulait épargner à son amant et à son vieil ami le spectacle de l'agonie qui dévastait ses traits, et elle resta le dos tourné à Barton pendant trente longues secondes sans fin. Puis, lentement, elle se retourna vers lui, une autre Adrienne, un autre visage, celui de quelqu'un déjà mort. *Vains efforts !... Vaine prière !... mes jours sont comptés !... je sens mes forces et l'existence qui m'échappent !... Ne me quitte pas, Maurice... bientôt mes yeux ne te verront plus... bientôt ma main ne pourra plus presser la tienne...*

Adrienne, Adrienne ! cria Miss Collingridge.

Michonnet et Maurice n'avaient plus de texte, alors elle avait lancé la dernière tirade d'Adrienne, quelques phrases seulement pour terminer, et si elle voyait chaque ride creusée sur le visage cireux de Miss Collingridge sur le côté de la scène, elle ne distinguait absolument plus le visage de Barton. *Ô triomphes du théâtre ! Mon cœur ne battra plus de vos ardentes émotions !... Et vous, longues études d'un art que j'aimais tant, rien ne restera de vous après moi.* Le ton de la noble lamentation comme si, un instant, Adrienne avait totalement oublié son sort. *Rien ne nous survit à nous autres... rien que le souvenir.* Mais elle se souvient maintenant ! Maryna jeta un regard d'aveugle autour d'elle. *Le vôtre, n'est-ce pas ?* (Elle vit Miss Collingridge hocher la tête à travers ses larmes sur ce *le vôtre*, en situation.) Et, comme dans un rêve, elle termina : *Adieu Maurice... Adieu Michonnet... Adieu mes deux amis !...*

Il y eut un silence. Elle entendait Miss Collingridge qui pleurnichait. Puis Barton se mit à applaudir très lentement, de façon sonore, en rythme. Maryna reçut chaque coup comme une gifle. Puis il sortit un mouchoir, se moucha bruyamment, et hurla dans le théâtre obscur : « Qu'on dise à Ames que je ne peux pas le rencontrer du tout. Madame, je... non, attendez, je monte sur scène.

— Miss Collingridge, dit doucement Maryna, voulez-vous me retrouver chez moi à quatre heures cet après-midi ? Je dois entendre le verdict de M. Barton sans témoin. » Il était cruel de la renvoyer mais Maryna devait affronter seule son destin. Barton s'avança en respirant avec bruit, et lui prit les mains. « Puis-je vous inviter à déjeuner avec moi ?

— Peut-être. Mais avant, dites-moi, quel est mon sort ?

— Votre sort ?

— Me donnerez-vous une semaine ?

— Une semaine ! s'écria-t-il. Je vous donnerai des semaines. Autant que vous en voulez. »

« Je suis un bilieux, Madame, dit Barton, en attaquant le déjeuner copieux offert au Fountain Bar. Me pardonnerez-vous ?

— Il n'y a rien à pardonner.

— Non, non, je vous demande pardon du plus profond de mon cœur. J'ai pensé que vous étiez une débutante. Même pas, j'ai pensé que vous étiez une dame de la haute société qui rêvait de monter sur scène. Je n'avais jamais imaginé que j'allais voir une grande artiste. » Il soupira. « Vous êtes peut-être la plus grande actrice que j'aie jamais vue.

— Vous êtes trop aimable, monsieur Barton.

— Vous voulez dire que je suis un imbécile. Eh bien, je vais me rattraper. »

Il a dit qu'il allait se rattaper, Henryk. Tout s'est bien passé, Bogdan. Ryszard, venez.

Ils étaient assis dans un des bars les plus chics de la ville, à l'angle des rues Sutter et Kearny, un endroit très couru, remarqua Barton, des banquiers.

« Comme vous le voyez », ajouta-t-il avec un hochement de tête devant les allées et venues d'hommes consultant en permanence une bande de papier qui se déroulait dans un panier posé par terre, et il expliqua : il s'agissait de renseignements, toujours de dernière minute, venues par le câble sous-marin, nécessaires à la conduite des grandes transactions commerciales, ici à San Francisco. « Des nouvelles du monde entier, transportées sous les océans pour arriver sur une bande de papier à peine plus large que l'anneau de mon cigare.

— Comme c'est pratique, dit Maryna.

— Même Ralston avait l'habitude de venir au Fountain. Quel dommage que vous n'ayez pu le rencontrer, c'était l'homme le plus riche de la ville, mais nom de Dieu, passez-moi l'expression, Madame, il est allé se baigner dans la baie et s'est noyé accidentellement l'après-midi même où il a appris qu'il avait fait faillite. Des problèmes avec son associé. (Il rit.) Le type, là-bas, qui joue avec la chaîne de montre en or massif qui lui barre la poitrine.

— Pouvons-nous revenir à *nos* affaires, monsieur Barton ?

— Entendu. »

Ils commencèrent sur un désaccord. Barton ne pensait pas qu'elle dût faire ses débuts américains avec

Adrienne Lecouvreur. Il considérait que *La Dame aux camélias* serait mieux.

Adrienne d'abord, dit Maryna. Vers la fin de la première semaine, *La Dame aux camélias*. Puis une, ou peut-être deux pièces, de Shakespeare. Elle pensait qu'elle devrait commencer avec Ophélie ou Juliette, dont le pathétique était pour elle comme une seconde nature. Car, bien qu'il n'y eût pas de rôle shakespearien qu'elle aimât autant que Rosalinde, elle préférait attendre, pour jouer *Comme il vous plaira*, d'avoir encore réduit son accent. Avec les comédies de Shakespeare, dit-elle, elle avait l'impression que le public écoutait différemment. On s'attend, expliqua-t-elle, à une grâce linguistique plus marquée.

« Suis-je claire ? ajouta-t-elle.

— Très claire, répondit Barton.

— Mais vous n'êtes peut-être pas d'accord. »

Il sourit. « Je vois qu'il sera difficile de ne pas être d'accord avec vous.

— Pendant que vous êtes dans ces dispositions, monsieur Barton, dit-elle vivement, je pense que nous devrions discuter de mon contrat, de mes appointements et des dates que vous pouvez me proposer. Et des autres acteurs, bien sûr – je vous fais confiance pour me procurer un Maurice de Saxe aussi princier que les Maurice avec qui j'ai joué en Pologne. Vous me parlerez aussi, mais pas trop, des critiques dramatiques d'ici. Je ne peux pas me plaindre de la façon dont j'ai été traitée par les critiques, mais je ne les ai jamais aimés. Ils commencent toujours par penser que vous allez échouer. Je me souviens, quand j'ai fait mes débuts au Théâtre Impérial de Varsovie, les critiques étaient très sceptiques. Que j'aie choisi, oui, *Adrienne Lecouvreur* fut considéré comme de l'impertinence. Comment osais-je, moi, une simple actrice polonaise, toucher au rôle écrit pour l'immortelle Rachel, et qui, à l'époque, était devenu la propriété d'Adélaïde Ristori ? Mais j'ai triomphé. Dans ce rôle, on m'a proclamée reine du théâtre polonais, et à partir de là, je ne pouvais me tromper. (Elle sourit.) On savoure mieux un triomphe quand on a dû d'abord surmonter un mur de scepticisme.

— Tout à fait », approuva Barton.

Quand ils revinrent au théâtre, Barton l'emmena visiter l'entrepôt de décors, les intérieurs et les extérieurs, précisément étiquetés (chambre en chêne, palais gothique, salon anglais, palais vénitien ancien, clairière dans la forêt, balcon de Juliette, salon modeste, taverne, lac au clair de lune, cuisine rustique, donjon, salle de bal française, côte déchiquetée, salle d'audience, rue de Rome, quartiers des esclaves, chambre à coucher, défilé dans les rochers), et la salle des accessoires (trône, échafaud, couches royales, arbres, sceptre, berceau, rouet, épées, rapières, dagues, tromblons, bijoux de strass, coffret, fleurs artificielles, coupes, flûtes à champagne, aspic de caoutchouc, chaudron de sorcières, crâne de Yorick) ; il la présenta au chef des peintres de décors et à l'accessoiriste ainsi qu'à leurs assistants couverts de poussière ; il lui montra les aménagements de la loge de la star et le foyer plein de dignité. Il n'y avait pas encore d'acteurs dans les lieux. Barton lui assura qu'elle aimerait le Maurice de la compagnie avec qui, supposa-t-elle à la façon dont il en fit l'éloge (« un acteur viril, de la vieille école »), il serait facile de travailler, et qui ne devait pas être très alerte.

Et quand ce fut terminé – ils étaient revenus dans le bureau de Barton –, il lui proposa une semaine de représentations qui commencerait dans dix jours, le 3 septembre ; le directeur général du California avait tenu à engager un spectacle de variétés très populaire pendant cette semaine-là, mais il serait ravi de céder les Georgia Minstrels, Hermann le Magicien et le professeur O.S. Fowler, le célèbre phrénologue, au Bush Theatre ou au Maguire's. Puis en octobre, elle pourrait avoir trois semaines de plus – quatre si elle le désirait.

« Il y a autre chose. Votre nom, chère Madame – bien sûr il est dans les lettres que m'ont adressées vos amis, mais auriez-vous l'amabilité de me l'écrire ? » Il regarda le morceau de papier. « M.A.R.Y.N.A. Z.A. et un drôle de L.E.Z.O.W.S.K.A. Oui, je me souviens. Et maintenant, s'il vous plaît, prononcez-le pour moi. »

Elle s'exécuta.

« Voudriez-vous répéter ? Le nom de famille. J'ai peur qu'il ne se prononce pas comme ce que je vois. »

Elle lui expliqua que le *ł* polonais, le *l* barré, se prononçait comme un *w*, le *e* avec un crochet en dessous « en », le *z* avec le point au-dessus « zh » et le *w* comme un *f* ou un *v*.

« Je vais essayer. Une seule fois. Zalen, non, Zawen… Je dois zézayer, n'est-ce pas ? (Il rit.) Mais soyons sérieux, chère Madame. Vous vous rendez compte, n'est-ce pas, qu'aucun Américain ne saura jamais prononcer votre nom correctement. Et je suis sûr que vous ne voulez pas entendre écorcher tout le temps votre nom, et ce qui m'inquiète, c'est que très peu de gens feront l'effort de le dire. (Il se renversa dans son fauteuil.) Il doit être plus court. Peut-être pourriez-vous enlever le Z.O.W., qu'en dites-vous ?

— Je serais heureuse d'améliorer mon nom étranger si difficile à prononcer, dit-elle avec insouciance.

N'est-ce pas ce que font beaucoup de gens quand ils arrivent en Amérique ? Je suis sûre que feu mon premier mari, dont je porte le nom, Heinrich Załężowski – non, je pense que je ne vais pas vous expliquer pourquoi il s'appelle Załężowski et moi Załężowska, c'est beaucoup trop pour un esprit américain – en serait très amusé. » Et amusée elle-même à la perspective de gâter la dernière bribe de souveraineté que Heinrich avait sur elle, elle reprit le morceau de papier, écrivit quelque chose, et le rendit à Barton.

« Z.A.L., fit-il. Nous oublions le *ł* polonais, d'accord ? » Il nota le hochement de tête de Maryna. « Z.A.L.E.N.S.K.A. Zalenska. Pas mal. Étranger, mais pas difficile à prononcer.

— Presque aussi facile que Ristori.

— Vous vous moquez, Madame Zalenska.

— Appelez-moi Madame Maryna.

— Nous devrons aussi faire quelque chose à propos du prénom, j'en ai peur.

— *Ah ça, non* !* s'écria-t-elle. C'est réellement mon prénom.

— Mais personne ne peut le prononcer. Voulez-vous vraiment que les gens disent "Madame Marynaaah" ? Mary-naaaaah. Mary-naaaaaaah. Non, vous ne le voulez pas.

— Que proposez-vous, monsieur Barton ?

— Eh bien, vous ne pouvez pas vous appeler Mary. Trop américain. Marie, c'est français. Voyons, et si nous ne changions qu'une lettre ? Regardez. »

Sur le papier, il avait écrit M.A.R.I.N.A.

« Mais c'est ainsi que mon prénom s'écrit en russe ! Non, monsieur Barton, une actrice polonaise ne peut absolument pas porter un prénom russe. » Elle allait dire : Les Russes sont nos oppresseurs, et elle se rendit compte à quel point cela paraîtrait puéril.

« Pourquoi pas ? Qui en Amérique connaît la différence ? Et les gens pourront le prononcer. Ils diront Mareena. Ils penseront que c'est italien. Cela sonne bien. Qu'en dites-vous ? Marina Zalenska. (Il la regarda comme s'il flirtait.) Madame Marina. »

Elle se rembrunit et se détourna.

« Bon, c'est une affaire réglée. Les contrats seront rédigés cet après-midi. Et maintenant, puis-je porter un toast pour l'occasion ? (Il sortait une bouteille de whiskey du tiroir de son bureau.) Je dois vous dire, ajouta-t-il, que toute personne qui travaille pour moi doit payer une amende de cinq dollars si elle est prise en train de boire dans le théâtre. Les acteurs, dix dollars. (Il remplit à moitié deux verres.) Sauf Edwin Booth, bien sûr. On fait toujours des exceptions, et je dis à juste titre, pour ce pauvre Booth. Sec ou à l'eau ? »

Marina Zalenska. Marina Zalenska. Marina – quel était le problème avec Edwin Booth ? – Zalenska. « Je vous demande pardon ? Oh, sans eau. » Marina, la mère de Peter. Il faudrait aussi changer le nom de famille de Peter.

Ainsi tout est réglé, Henryk. Les dates, les rôles, mon cachet très généreux, mon nom mutilé. Non, le directeur ne picole pas. Et quand j'ai pris une cigarette, il a simplement dit : « Ah », et il a sorti ses allumettes. C'est le premier Américain que je rencontre qui ne semble pas sincèrement choqué de voir une dame fumer. Je pense que je vais très bien m'entendre avec ce M. Barton. Je lui plais, il a un peu peur de moi, et il me plaît, il est astucieux et il aime vraiment le théâtre. J'ai dîné avec lui et sa charmante femme, un simple repas familial, soupe de maïs à la crème, crabes à la diable, côtelettes d'agneau à la sauce tomate, pommes de terre farcies, poulet rôti, glace à la banane, gâteau roulé, café, et je ne dois pas oublier les tiges crues de céleri disposées sur la table dans de grandes coupes en verre, pour qu'on les croque à volonté, tout au long du repas. Mon solide appétit vous aurait fait sourire.

D'après son miroir, le seul ami sincère de l'actrice, Maryna admit qu'elle était plus mince que lorsqu'elle avait quitté la Pologne, pourtant elle savait qu'elle ne paraîtrait pas trop mince, vraiment mince, quand tous les costumes qu'elle avait apportés auraient été réajustés ; que son visage avait vieilli, en particulier autour des yeux, même si elle n'ignorait pas que sur une scène, avec la magie normale du maquillage et de la lumière du gaz, on ne lui donnerait pas plus de vingt-cinq ans. Il est certain, écrivit-elle à Henryk, que la vivacité et l'entrain d'une jeune fille gaie sont maintenant loin de moi, mais ma joie et mon enthousiasme sont intacts. Je crois pouvoir donner une imitation impeccable des émotions qui peuvent se dérober à moi dans la vie réelle. Je n'ai jamais été une grande actrice d'instinct, mais je suis infatigable et forte.

Quatre jours avant ses débuts américains, alors que les répétitions commençaient, Maryna s'installa dans une suite somptueuse au dernier étage du Palace Hotel. Une idée de Barton, une extravagance de Barton. Comme il l'expliqua : « Les gens vont savoir que vous êtes au Palace et ils vont en prendre bonne note. Pour M. Ralston il n'y avait rien de mieux que le Palace. Nous sommes le deuxième théâtre d'Amérique. Le Palace est le plus grand hôtel du monde. » Maryna aimait les hôtels : être dans un hôtel, n'importe lequel, avait signifié, et signifierait à nouveau, qu'elle avait un théâtre où aller. Considérer le luxe comme étant simplement son dû après les privations des derniers mois, tout en acceptant les regards inquisiteurs de l'autre côté de l'immense Grande Cour avec son dôme de verre de couleur ambre, sept étages plus haut, et les montées nez à nez dans l'espace confiné garni de miroirs de l'ascenseur hydraulique, était en soi une sorte de représentation. Dans toute la ville, des affiches annonçaient les débuts américains de la grande actrice polonaise Marina Zalenska, bien que Barton n'ait pas réussi à convaincre un journaliste de l'un des quotidiens de demander un entretien. Des membres de la communauté polonaise de San Francisco, qui attendaient avec impatience le triomphe imminent de leur trésor national, envoyaient des bibelots, des livres et des fleurs, mais le présent le plus attentionné avait déjà été déposé à la réception quand Maryna arriva au Palace : un petit écrin doublé de velours qui contenait son collier d'argent noir et ses pendants d'oreilles, le cadeau précieux de la grand-mère de Bogdan, avec une carte : « De la part d'un admirateur anonyme », et on avait barré ce dernier mot pour écrire au-dessus : « méprisable ».

Elle les porta avec bonheur, ses bijoux de deuil miraculeusement retrouvés, jusqu'au lundi soir, quand elle les remplaça par les bijoux d'Adrienne.

Désireux de choyer son étonnante « découverte », Barton avait offert quatre répétitions d'*Adrienne* avec la troupe au grand complet, y compris une « couturière » le jour de la première. D'habitude on ne répétait que les nouvelles pièces. Pour le répertoire, quelques heures le jour même de la représentation, avec les tirades débitées à toute allure et les problèmes techniques passés en revue, étaient considérées comme suffisantes. Maryna remarqua l'agacement de ses camarades acteurs obligés de venir quatre jours de suite à dix heures du matin ; pour elle, ces journées n'avaient rien de monotone. Le premier matin où Maryna fut admise au California par l'entrée des artistes ne lui parut pas être un événement moins fantastique que le soir lointain où, petite sœur de Stefan, elle était entrée pour la première fois par une entrée des artistes. Et le concierge du théâtre de Cracovie où Stefan jouait *Don Carlos* n'était-il pas grincheux et lent à réagir comme celui d'ici, qui portait le nom sinistre de Chester Cant ? Mais tous les théâtres se ressemblent, se dit-elle gaiement : les odeurs, les plaisanteries, la jalousie. Le concierge du Théâtre du Globe a fort bien pu servir de modèle à l'immortel ronchonneur au service de Macbeth, qui tarde à ouvrir les portes du château à des visiteurs nocturnes et bruyants et qui s'imagine être le portier de l'enfer.

« Votre concierge shakespearien », dit-elle à James Glenwood, son aimable Michonnet, arrivé lui aussi de bonne heure pour la répétition, mais après s'être disputé avec le concierge maussade – elle entendit le raffut depuis le foyer. « *Je croyais avoir laissé entrer des gens de toutes professions qui par le chemin des primevères vont aux feux de l'enfer*, récita Maryna d'une voix aimable. Mais espérons que ce n'est pas le cas de notre M. Cant. » Devant le visage sans expression de Glenwood, elle ajouta : « *Macbeth*, acte II. »

Le visage de Glenwood se raidit : « Je vois que vous ignorez que nous ne prononçons jamais ce nom (il toussa bruyamment), qu'il s'agisse de la pièce ou du personnage. Nous ne le prononçons pas. Jamais.

— Très intéressant ! Est-ce une sorte de superstition américaine ?

— Vous pouvez appeler cela une superstition, répondit Kate Egan, la princesse de Bouillon trop âgée de la compagnie, qui venait d'entrer dans le foyer avec Thomas – Tom – Deane, le Maurice impassible.

— Vous voulez dire que les acteurs américains, quand ils jouent la pièce, ne peuvent prononcer le nom de Mac...

— Oh, s'il vous plaît, ne le répétez pas, dit Deane. Oui, bien sûr, les trois sorcières disent *Sur la lande / Pour y rencontrer...* qui vous savez, comme Banquo, Duncan et les autres quand vient leur texte. Mais ailleurs que sur la scène – jamais !

— Mais pourquoi, au nom du ciel ?

— Parce qu'on a jeté un sort sur la pièce, expliqua Deane. Elle apporte le désastre. Toujours. Il y a une trentaine d'années à New York, il y a eu deux mises en scène de la pièce écossaise en même temps, la première avec Macready, qu'on considérait comme le meilleur interprète anglais de Shakespeare après Kean, la seconde avec notre grand Edwin Forrest. Certains en ont été troublés, je crois qu'il y avait beaucoup d'Irlandais parmi eux, ils ont dit que le fait qu'un Anglais joue la même pièce dans une autre salle était une insulte pour notre acteur américain, et ils se sont rassemblés devant le théâtre le soir de la première représentation avec Macready, ils ont arraché des pavés et les ont lancés dans les fenêtres, puis ils ont commencé à casser les portes. La police a ouvert le feu et des douzaines de personnes furent tuées.

— Eh bien, je m'assurerai de porter des amulettes de magie blanche quand je jouerai Lady... (Maryna regarda ses collègues anxieux d'un air espiègle) la dame d'Écosse. »

Ryszard n'avait pas osé lui demander quand Bogdan arriverait. Maryna avait seulement dit qu'elle espérait qu'il se résignerait bientôt à revendre la ferme aux Fischer, car ce qu'il perdrait serait couvert plusieurs fois par ce qu'elle allait gagner avec la première semaine de représentations et les quatre autres semaines que Barton lui avait offertes en octobre. Pour le moment, la seule rivale de Ryszard était Miss Collingridge qui (pour une fois !) n'attendait pas dans la loge à la fin de la répétition, au cas où Maryna aurait voulu travailler encore son texte.

« Elle est presque amoureuse de vous, ronchonna-t-il.

— Elle *est* amoureuse de moi, à sa façon respectueuse.

— Alors je suis de tout cœur avec elle. Qui aurait pensé que nous avions tant de choses en commun, votre petit professeur de diction et moi ?

— Ryszard, ne vous apitoyez pas sur votre sort. Miss Collingridge ne le fait pas.

— Miss Collingridge n'est pas déçue. Miss Collingridge n'espère pas plus d'intimité avec son idole que celle dont elle profite déjà.

— Oh, s'écria-t-elle. Vous ai-je vraiment déçu ? »

Ryszard secoua la tête. « Je suis un balourd. Je vous harcèle. Ce que je viens de dire est impardonnable. Je vais m'en aller. (Il eut un grand sourire.) Jusqu'à après-demain.

— Et qu'allez-vous penser, dit-elle, si je vous encourage un petit peu ? Si je reconnais que quelque chose s'est relâché dans mes sentiments et… (Elle rougit.) Vous *devriez* peut-être vous en aller. Je suis seule ici, j'ai peur d'avoir la migraine, je me frotte le front et les tempes avec de l'eau de Cologne, et je me rends compte que je ne pense pas à Adrienne, à Marguerite Gautier ou à Juliette, mais à vous. Et, en pensant à vous, je ressens toutes sortes de sensations physiques pas très différentes du trac, ma respiration s'accélère, mes membres ne tiennent pas en place, et quelques autres troubles que la pudeur m'interdit de mentionner.

— Maryna ! »

Elle leva la main. « Mais, notez bien, l'empereur n'a pas dit oui. Car je me demande : Est-ce l'amour ? Ou est-ce l'aspiration féminine de céder au désir importun de l'homme ? Je crains que vous m'ayez vaincue de guerre lasse, Rich-ard » – elle prononça son nom à l'américaine pour l'agacer. Une petite tape.

« Ma-ree-na », répondit-il doucement, et il attira la main de Maryna contre son cœur.

Elle était reconnaissante à Bogdan qu'il ne l'eût pas encore rejointe, et elle était inquiète de le voir arriver pour la première, mais Maryna ne s'était pas encore avoué qu'elle devrait bientôt choisir entre les deux hommes. Cependant, quand elle les imaginait tous deux debout dans sa loge, alors qu'elle se maquillait et donnait des instructions à la couturière, tous deux préoccupés, tous deux anxieux pour elle, ce qui lui venait à l'esprit, c'était : Quel visage vais-je regarder ?

Puis, le samedi, un télégramme d'Anaheim :

ACCIDENT STOP TOMBÉ DE CHEVAL STOP PAS DE FRACTURES MAIS CONTUSIONS MULTIPLES Y COMPRIS VISAGE MAINS STOP PAS PRÉSENTABLE STOP SAN FRANCISCO IMPENSABLE MAINTENANT HÉLAS

Maryna ne parla pas à Ryszard de sa déception ; elle s'avoua être plus en colère que soulagée. Si Bogdan ne pouvait être présent à sa première alors il devait sentir... Qu'il en soit ainsi, pensa-t-elle. Et elle se demanda ce qu'elle entendait par là.

Dans la nuit du dimanche, Maryna rêva que juste avant d'entrer en scène, Barton l'informait qu'elle devait jouer en russe.

Le lundi, trois heures avant le lever du rideau, Maryna était dans sa loge, où elle exécutait quelques rangements rituels. Ryszard était debout à côté, nerveux comme un mari, avec des gants de chevreau blancs tout neufs et des bottes de cuir verni, espérant arborer la bonne nuance de fermeté rassurante afin de lui montrer son soutien et lui calmer les nerfs. (Il se souvenait de cet air sur le visage expressif et ironique de Bogdan.) Il l'avait accompagnée depuis l'hôtel, il l'avait vue s'abandonner à l'habilleuse, il avait épinglé les nombreux télégrammes reçus de Pologne sur une plaque de liège fixée au mur près du miroir, en plaçant en haut ceux qu'elle avait mis à part – Henryk, sa mère et Józefina, Barbara et Aleksander, Tadeusz, Krystyna, et de jeunes acteurs du Théâtre Impérial –, puis il sortit faire les cent pas dans le couloir. Ryszard revint à sept heures et demie, et lui dit dans un argot savoureux que l'éclairage était prêt (le préposé au gaz avait allumé les lampes des « pendrillons », avec une torche et une longue perche, et le « brûle-pattes », devant le rideau, puis il les avait « baissés au bleu »), on avait ouvert les portes et le public – il avait vu que leurs compatriotes étaient venus en force – remplissait la salle.

Comme Adrienne n'apparaît pas dans l'acte I, Barton avait donc tout à fait le temps pour venir lui parler du public. C'est vrai, la salle n'était pas comble mais un grand nombre d'amateurs de théâtre étaient présents ainsi que la reine des Juliette américaines, Rose Edwards, engagée au California pour la semaine suivante où elle devait jouer le premier rôle dans la pièce britannique très appréciée *East Lynne*.

« Attendez que Rose vous voie, s'écria Barton. C'est une bonne actrice, qui n'est pas bête non plus. Peut-être me dira-t-elle qu'elle n'ose pas prendre votre suite et vous pourrez profiter de sa semaine.

— Je doute qu'une actrice qui a du succès puisse faire une telle offre, dit Maryna en souriant. Vous êtes très astucieux, monsieur Barton, pour me remonter le moral. »

Mais où est ma peur ? se demanda Maryna quand elle eut chassé les deux hommes pour sa dernière préparation intime et l'épreuve du miroir, alors qu'elle attendait que le régisseur de scène l'appelât pour son entrée au deuxième acte. Debout dans les coulisses, elle ne constatait toujours pas les symptômes frénétiques du trac, les paumes moites, le cœur qui bat la chamade, l'estomac noué. Il lui sembla qu'elle devait être folle d'avoir la certitude que tout se passerait bien. Puis elle se rendit compte qu'elle avait une peur bien plus grande que tout ce qu'elle avait connu dans sa vie, mais sa peur était extérieure, comme un impossible épaississement de l'air. Elle était sanglée dans sa peur – une peur froide sans résonance physique, sauf un rétrécissement de la peau –, et à l'intérieur, elle se sentait remplie de calme et d'espace. Avec plus d'espace qu'il n'en fallait pour tous les mots qu'elle portait en elle : des mots anglais derrière lesquels il y avait les mots de la pièce en polonais, et derrière eux les mots français de la pièce originale, qu'elle avait étudiée quand elle préparait pour la première fois le rôle à Varsovie... mais tout devait rester à l'intérieur, protégé de la peur. Sa peau surtout, du cuir chevelu à la plante des pieds, était la barrière contre le manteau de fer de la peur ; la partie supérieure de son corps – sa bouche, sa langue et ses lèvres, son cou, ses épaules, sa poitrine – était le vaisseau dans lequel étaient rangés les mots humides qui se mettraient à couler, en anglais, quand elle entrerait en scène.

Elle commencerait, comme elle s'en souvint juste avant de s'avancer dans la lumière, sans le choc de l'ovation qui, en Pologne, accueillait invariablement son entrée, arrêtant la représentation et l'empêchant de prononcer sa première réplique pendant quelques minutes. Il n'y aurait – sauf ceux venant de ses compatriotes – que quelques applaudissements polis. Elle avait vu, même avec le grand Booth, que les publics américains n'applaudissaient pas après les tirades célèbres que beaucoup connaissaient par cœur. (« À l'opéra, oui », lui avait dit Barton.) Comment ce nouvel animal montrait-il de l'enthousiasme, de l'indifférence, du déplaisir, l'empressement à se laisser apprivoiser ? Elle savait interpréter les applaudissements polonais, les toux, les murmures, les spectateurs qui bougeaient sur leurs sièges. Mais ce public semblait trop calme. Comment devait-elle comprendre cela ? Quand elle commença la fable des deux pigeons (*Deux pigeons s'aimaient d'amour tendre...*), toutes les toux s'arrêtèrent ; quand elle termina, il y eut un moment de silence, puis une tempête d'applaudissements, de cris, d'appels. Tom Deane tenta cinq fois d'entamer le texte de Maurice avant de réussir à poursuivre. Il avait l'air absolument inconsolable. Quand l'acte s'acheva, Maryna quitta la scène en transe alors que le public hurlait, battait des mains et tapait des pieds. Pendant l'entracte, Ryszard parcourut le foyer avec Barton et Miss Collingridge. « Splendide ! Splendide ! » ne cessait-il d'entendre au-dessus des conversations animées, des révérences mutuelles, des sourires, des poignées de main et des signes de reconnaissance. Un homme portant haut-de-forme salua Barton avec un : « Dorénavant, elle vaut trente mille dollars par an ! » – le directeur de l'*Evening Post*, expliqua plus tard Barton à Ryszard – et sa femme, imposante dans sa robe du soir à traîne, dit que l'anglais de Madame Zalenska avait une pointe d'accent étranger, et qu'elle devait le garder tel, car c'était de la « douceur incarnée ». Miss Collingridge ne rendit pas à Ryszard son sourire de traître.

Maryna revint pour le troisième acte comme si elle flottait sur une vague d'énergie qui paraissait monter du plus profond d'elle. Elle se sentait auréolée, calme, les membres légers, invulnérable. Dans le pavillon obscur, lieu de la première rencontre d'Adrienne avec sa rivale pour l'amour de Maurice, traditionnellement, dans les mises en scène, la princesse de Bouillon s'approchait d'Adrienne avec une bougie afin de pénétrer le déguisement de la femme inconnue qui lui avait proposé, de façon chevaleresque, de la sauver d'une situation compromettante. Réceptive, figée, Maryna regarda la bougie s'approcher de plus en plus d'elle, la flamme pointée vers l'énergie qui était en elle, jusqu'à ce que des bruits dans le public qui heureusement couvrirent le « Oh, mince ! » et le « Excusez-moi ! » de Kate Egan lui fassent comprendre qu'un morceau de son voile avait pris feu. En se demandant si Egan s'excusait du juron ou de sa maladresse, Maryna jeta le voile en feu sur le sol puis, dans le même mouvement, elle dissimula à nouveau le visage d'Adrienne avec son écharpe de soie moirée, et tendit la main pour conduire la méchante princesse en sûreté. Certains spectateurs pensèrent que tout était dans la mise en scène ; d'autres applaudirent ce jeu audacieux inventé par l'actrice polonaise.

Il y eut des rappels à la fin du troisième et du quatrième acte.

La prononciation des mots qu'elle avait si longtemps travaillée, afin de les dire correctement, n'était qu'une partie du flot d'événements rythmiques qui lui traversaient le corps. Quant à l'accord inévitable de certaines répliques avec certains de ses sentiments (quel acteur, quel que soit le rôle, ne ressent pas cela ?), une seule fois, et presque à la fin, Maryna se permit de penser à ce qu'elle disait. Quand Adrienne dit dans son délire : *Et il y a là certains vers que je serais si heureuse de lui adresser, à lui, devant tout le monde, sans que personne s'en doute…*, Maryna pensa en elle-même : Si c'est un succès, alors j'ai adressé les mots d'amour d'Adrienne à Ryszard.

C'est une bonne idée, n'est-ce pas ?

On doit aimer quelqu'un.

Ce fut une représentation d'Adrienne aussi bonne que toutes celles qu'elle avait toujours données – et un triomphe qui allait au-delà de ce qu'elle avait espéré. Onze rappels, onze. Puis des centaines de personnes qui se pressèrent en coulisse pour la féliciter, y compris tous les Polonais (sauf leur ami voleur, bien qu'elle fût sûre que Halek devait se trouver dans la salle), épanouis, bavards, qui se jetaient dans les bras les uns des autres. Le vieux capitaine Znaniecki ne put s'empêcher de lui reprocher carrément d'avoir accepté que son prénom fût russifié, puis il versa des larmes de joie et d'orgueil ; Maryna pleura aussi et le serra dans ses bras. Ce qui lui donna le plus grand plaisir fut l'hommage d'une femme aux cheveux auburn, portant une robe du soir et des chaussures de brocart, qui fut presque la première à arriver dans le foyer, et qui se présenta comme Rose Edwards. « Je suis à vos pieds, Madame », dit-elle.

Deux heures après la fin de la représentation, Maryna put enfin quitter le théâtre.

En arrivant à l'hôtel avec Ryszard, elle s'arrêta à la réception pour envoyer à Bogdan un télégramme portant un seul mot : VICTOIRE.

Une demi-heure après qu'ils se furent souhaité une bonne nuit dans le hall, Ryszard, installé au Palace depuis deux jours, vint dans la suite de Maryna. Elle l'attendait. Elle savait qu'elle l'attendait parce qu'elle ne s'était pas déshabillée pour se mettre au lit, elle n'avait même pas commencé à préparer un de ses disgracieux secrets de beauté : des carrés de papier brun macérés dans du vinaigre de cidre qu'elle portait contre ses tempes pendant son sommeil, et qui gardaient la peau autour des yeux lisse et sans rides. Elle savait qu'elle l'attendait parce qu'elle avait baissé les becs de gaz jusqu'à ce que la pièce soit dans l'ombre. Elle savait qu'elle l'attendait parce qu'elle regarda fixement pendant longtemps l'immense lit d'acajou, avec une tête de lit qui s'élevait jusqu'à la moitié du mur de quatre mètres cinquante, se demandant pour la première fois en quoi il ne lui plaisait pas, puis elle enleva tout d'abord un, puis deux, puis trois des six oreillers ventrus de plume d'oie pour les entasser en bas d'une penderie.

Ils s'embrassèrent tandis qu'elle fermait la porte ; ils s'embrassaient encore alors qu'elle le conduisait vers la chambre, de petits baisers rapides et appuyés qui étaient comme des mots, comme des pas : elle sentait qu'elle l'attirait vers elle avec sa bouche. Quand ils tombèrent sur le lit, toujours habillés, serrés l'un contre l'autre, la force de leurs corps qui s'unissaient sépara leurs têtes. La bouche de Maryna se sentit solitaire. Pendant ce temps, leurs bras et leurs jambes entremêlés cherchaient la meilleure position, l'intimité révélatrice. « Je crois que je suis gênée, dit-elle près de son visage. À cause de toi, je me sens comme une petite fille. »

Elle se leva pour se déshabiller et Ryszard la prit par le poignet. « N'enlève pas encore tes vêtements. Je sais à quoi tu ressembles. J'ai vécu si longtemps avec ton corps dans mon esprit. Tes seins, tes cuisses, ta grotte d'amour… je peux tout te dire sur eux.

— Mais je ne suis pas une petite fille », dit-elle.

Il lâcha son bras et se leva. Séparément, solennellement, ils enlevèrent leurs vêtements. Il serra son corps long et doux dans ses bras.

« Je peux te donner mon cœur, Ryszard. Mais je ne peux te donner ma vie. Je ne suis pas Adrienne Lecouvreur. (Elle rit.) Je ne suis qu'une actrice en pleine maturité qui trouve du plaisir à incarner cette jeune fille fougueuse. »

Il s'allongea sur le lit et lui ouvrit les bras. Elle s'allongea sur lui. « Tu sens le savon, murmura-t-elle.

— Maintenant, c'est toi qui m'intimides, dit-il.

— Le voyage a été si long pour chacun de nous avant d'atteindre ce lit.

— Maryna, Maryna.

— Je saurai que tu ne m'aimes plus quand tu ne diras plus mon prénom qu'une seule fois.

— Maryna, Maryna, Maryna.

— Quand on attend quelque chose pendant trop longtemps, cela ne devient-il pas… ? Oh… » Elle eut un halètement.

« Qui dit que nous avons attendu trop longtemps ? demanda-t-il.

— Plus de questions ! » gémit-elle et elle l'attira plus profondément en elle, en l'enveloppant avec toutes les parties de son corps.

Après qu'ils se furent inondés de plaisir et furent retombés séparément, allongés côte à côte, Ryszard lui demanda si elle l'estimait moins parce que pendant tout ce temps durant lequel il l'avait aimée, il avait continué à connaître beaucoup de femmes. « Sois honnête avec moi, Maryna. »

Elle lui répondit par un sourire vague et radieux.

En vérité, Ryszard n'avait jamais cru que Maryna serait sienne un jour. Son amour pour elle, dans ce qu'il avait de plus vrai, avait été voilé par le sentiment cuisant que toute consommation était improbable. Mais il ne pouvait outrepasser le désir. Comme beaucoup d'écrivains, Ryszard ne croyait pas vraiment au présent, mais seulement au passé et à l'avenir. Et il avait détesté vouloir quelque chose qu'il pensait ne jamais obtenir.

Tu as ce que tu voulais, et donc tout va bien.

Elle s'endormit après qu'ils eurent fait l'amour une seconde fois, la tête posée sur la poitrine de Ryszard et une jambe en travers de ses cuisses : il avait encore envie d'elle, mais il fallait qu'elle dorme car elle devait être épuisée ; il essaya de la rejoindre dans le sommeil mais en fut empêché par un désir trop fort, et par sa joie. Il passa le reste de la nuit à glisser vers le sommeil, en portant le corps de Maryna, mais à chaque fois qu'il allait sombrer, il se réveillait en pensant : Mais je suis toujours éveillé. À l'aube il s'endormit vraiment, pour s'éveiller quelques heures plus tard et la trouver encore en travers de lui, et il se demanda s'il pouvait bouger sans qu'elle le sût ; il fallait qu'elle continue à dormir, le plus tard possible, afin de retrouver toutes ses forces pour une autre *Adrienne* ce soir.

Mais elle ne dormait plus et le couvrait de baisers. « Oh, comme je me sens vivante ! s'écria-t-elle. Tu m'as rendu mon corps. Quelle représentation je vais donner ! Et tous nos amis polonais qui ont dû se demander pourquoi Bogdan n'est pas ici, à San Francisco, vont être sûrs que c'est à cause de toi. Mon Maurice va sans aucun doute remarquer, quand je me blottis contre sa poitrine pour réciter la fable des deux pigeons, que la petite Adrienne n'est pas aussi timide qu'hier soir. M. Barton va se demander : Qu'est-il arrivé à cette dame très digne de Pologne ? Le succès semble lui être monté à la tête. À la tête ! » Elle se pencha et se mit à lui embrasser l'aine.

« La dame de Pologne est amoureuse ? demanda Ryszard.

— La dame de Pologne est absolument, impudiquement, indécemment, imprudemment amoureuse. »

Après deux autres représentations d'*Adrienne*, le mardi soir eut lieu la première de *La Dame aux camélias*, et après une troisième représentation de cette dernière pièce, le samedi en matinée, Maryna termina la semaine avec une autre représentation d'*Adrienne*. Les salles étaient toujours combles, les ovations toujours plus longues et plus enthousiastes, et la cohorte d'admirateurs aux riches vêtements, qu'un Barton épanoui conduisait en coulisse, toujours plus imposante. Elle les accueillait par leur nom après leur première visite, et les énergies liquides de la représentation s'asséchaient rapidement dans la bousculade de ces échanges dans le foyer – elle était charmeuse (« Oui, merci, merci beaucoup... ah, vous êtes trop aimable »), facilement amusée, intouchable. S'ils savaient le prix que j'ai payé – que je dois continuer à payer – pour faire ce que je fais ! Et maintenant, elle avait un autre secret : l'étourdissement qui suivait d'ordinaire la représentation s'alourdissait de l'attente du plaisir sexuel. Mais il fallait renvoyer les admirateurs et donner leurs fleurs à son habilleuse et aux accessoiristes pour faire de la place aux fleurs du lendemain, avant qu'elle puisse enfin rentrer à l'hôtel avec Ryszard.

Le plus grand des hommages floraux qui s'entassaient dans sa loge avant la représentation du samedi soir était un immense panier tressé en forme de tour avec des gradins de fleurs rouges, blanches et bleues. Une feuille carrée bordée d'or pendait du beffroi.

« Un poème, dit Maryna. Sans signature.

— Évidemment ! s'écria Ryszard. C'était inévitable. Tu as conquis le cœur d'un autre écrivain. Donne-moi ce poème et je vais te dire, en toute objectivité, si mon nouveau rival a ou non du talent.

— Non (Maryna éclata de rire), je vais te le lire. Ce n'est sans doute pas aussi difficile qu'un sonnet de Shakespeare et, heureusement pour moi, Miss Collingridge n'est pas ici pour reprendre ma prononciation.

— La chance est avec moi.

— *Là, mon cher, tu exagères* !* Les hommes jaloux sont peut-être passionnants sur scène mais dans la vie réelle ils deviennent très ennuyeux.

— Je *suis* ennuyeux, dit Ryszard. Les écrivains sont ennuyeux.

— Ryszard, mon doux Ryszard, s'écria-t-elle (il gémissait de bonheur), tu vas cesser de ne penser qu'à toi et tu vas m'écouter.

— Je ne fais que cela.

— Chut…

— Mais tout d'abord, il faut que je t'embrasse », dit-il.

Ils s'embrassèrent et n'eurent plus envie de se séparer.

« Tu veux toujours m'accabler avec le poème de mon rival ?

— Oui ! » Elle reprit la feuille de papier, la tint devant elle, et déclama, dans ce que les critiques polonais avaient appelé son registre d'argent :

Ici, sans la voix de la gloire précédée,
Tu arrivas hier, une simple étrangère.
Faible la bienvenue par nos soins préparée –
Et de nos sympathies tu ne profitas guère ;
Non pas…

« Oh, Madame Mareena, chère Madame Mareena, chantonna Ryszard. Sympa*th*ies. Pas *sympaties.*

— Sympa*th*ies, c'est ce que j'ai dit, balourd », s'écria Maryna et elle se pencha pour l'embrasser avant de continuer :

Non pas comme l'artiste adorée par les siens –
Mais comme une novice indigne de soutien.

— Ah, mon rival est critique dramatique !

— Silence ! » dit-elle. Elle replia la main droite et avec le pouce et l'index elle se frappa la poitrine, deux fois, un vénérable geste théâtral, fit semblant de se racler la gorge et laissa tomber de sa fameuse voix de velours :

Quel changement ! Depuis cette nuit mémorable,
Seul est resté l'éclat de ton art admirable.
Malgré le poids des fers d'une langue étrangère…

« Des fers ! cria Ryszard.

— Ryszard, je ne te laisserai pas m'interrompre !

Malgré le poids des fers d'une langue étrangère,
Autour de ton talent rôdait l'envie amère ;
Mais chacun enchanté reconnaît ton succès –
Le succès le plus grand et le moins espéré.

— Mais ce petit critique dramatique est en train de baiser l'ourlet de ta robe.

— Et pourquoi pas ? »

Garde tes souvenirs de Pologne en…

Elle s'arrêta.

« Qu'y a-t-il, Maryna ? Ma chérie !

— Je ne… je ne sais pas si je peux lire la dernière strophe.

— Que dit de toi cette brute ? Déchire ce poème !

— Non. Je peux finir, bien sûr. »

Garde tes souvenirs de Pologne en ton cœur,
L'Amérique aujourd'hui te veut comme une sœur.

Elle reposa le poème et se détourna.

Tu as obtenu ce que tu voulais et tu es désespérée.

« Maryna, dit Ryszard. Maryna chérie, ne pleure pas, je t'en prie. »

Le lendemain de la première, en milieu de matinée, sept journalistes rivaux et énervés avaient installé leur camp dans l'immense salon du Palace Hotel ; Maryna apparut à midi. Ryszard était descendu une heure plus tôt pour leur dire que Madame les rejoindrait bientôt, et pour adresser un télégramme au directeur de la *Gazeta Polska* lui annonçant l'envoi prochain de son compte rendu complet des débuts américains de Maryna, qui à coup sûr ferait battre d'orgueil tous les cœurs polonais. Le lendemain, quand son directeur lui apprit qu'un journal concurrent de Varsovie dépêchait quelqu'un à San Francisco pour couvrir l'événement, Ryszard expédia aussitôt non pas un mais deux longs articles, le premier décrivant en détail la prestation de Maryna, et le second l'accueil extatique, le premier soir, du public et de la critique, qui étaient, comme il l'écrivait : « Tous, jusqu'au dernier, envoûtés par l'ensorcellement féminin et le génie incomparable de notre diva polonaise. » Nul besoin de rappeler à ses lecteurs qui avait été Maryna, il suffisait de rendre compte de ce qu'elle était, vraiment et glorieusement, devenue.

Qu'avait-elle été ? Et qui ? Tel était le sujet de la conversation habile de Maryna avec les journalistes locaux enthousiastes qui attendaient au Palace ce matin-là ; et il y en eut beaucoup plus dans les jours suivants. Accorder des entretiens entraînait la réécriture du passé, à commencer par son âge (elle supprima six années), ses antécédents (le père professeur de latin au collège devint professeur à l'université Jagiellonian de Cracovie), ses débuts d'actrice (Heinrich devint directeur d'un important théâtre privé de Varsovie, dans lequel elle avait fait ses débuts à dix-sept ans), les raisons pour lesquelles elle était venue en Amérique (visiter l'Exposition du Centenaire), et en Californie (pour se soigner). À la fin de la semaine, Maryna avait commencé à croire elle-même en certaines de ces histoires. Après tout, elle n'avait pas manqué de raisons pour émigrer. « J'étais malade. » (Était-elle vraiment malade ?) « J'ai toujours rêvé de monter sur une scène en Amérique. » (Ai-je *vraiment* rêvé de faire mon retour sur scène ici ?)

Puis il y avait les inventions inutiles. Maryna savait pourquoi elle disait avoir trente et un ans : elle en avait déjà plus de trente-sept. Ou pourquoi elle disait que seule une fatigue extrême, résultat d'années de surmenage en Pologne, l'avait conduite à accepter une période de solitude campagnarde (« Pouvez-vous m'imaginer, messieurs, en compagnie des poulets et des vaches pendant dix mois ? » disait-elle en riant) : elle ne voulait pas que quiconque puisse penser qu'elle avait fait partie de ceux qui menaient une vie simple. Mais pourquoi avait-elle dit que la ferme se trouvait près de Santa Barbara ? Personne n'aurait eu une moins bonne opinion d'elle si elle avait dit que la ferme était à côté d'Anaheim. Et pourquoi raconter des histoires différentes aux différents journalistes ? En général, son père était un éminent lettré, spécialiste de lettres classiques, qui enseignait encore dans l'ancienne et prestigieuse université de Cracovie et qui, lorsque sa fille brûla d'envie, « comment dites-vous, de monter sur les planches », dit-elle joliment, s'était violemment opposé à ses rêves de carrière d'actrice (« mais j'étais déterminée et j'ai quitté Cracovie pour Varsovie où j'ai fait mes débuts en 1863 ») ; pourtant, plus d'une fois ce père fut un homme des montagnes, fils unique d'un inadapté, un rêveur, qui apprit par cœur les vers des grands poètes polonais pendant les longues semaines solitaires dans les hauts Tatras où il gardait le troupeau de moutons familial, et qui avait quitté son village pour Cracovie dans l'espoir d'être admis à l'université, sans jamais réussir à trouver mieux qu'un humble emploi, ni à s'intégrer à la vie de la cité, sans vivre assez longtemps pour être fier, comme elle savait qu'il l'aurait été, de sa fille actrice. Peut-être se lasse-t-on de raconter toujours la même histoire.

Elle aurait pu dire qu'elle ajustait simplement ses souvenirs pour qu'on la comprenne : une tâche d'étranger. (Et, oui, elle disait : « Oui, je suis particulièrement satisfaite d'avoir fait mes débuts américains à San Francisco. ») Ou elle reconnaissait, avec un sourire, qu'affabuler était simplement un plaisir d'actrice. Un vieil acteur du Théâtre Impérial lui avait appris que Rachel avait raconté sur elle-même les mensonges les plus extraordinaires aux journalistes quand elle était venue jouer à Varsovie vingt ans plus tôt. (« Comme beaucoup de gens qui ont trop d'imagination, disait cet homme charmant avec une grande délicatesse, Rachel avait un penchant pour ce que d'autres auraient appelé des mensonges. ») Mais il n'est pas facile de se rappeler parmi les histoires qu'on raconte sur sa vie lesquelles sont vraies, quand on les raconte si souvent. Et toutes les histoires correspondent à quelque vérité intérieure.

Bien sûr, il est impossible, et imprudent, de s'expliquer entièrement quand on est devenu un étranger.

Certaines vérités ont besoin d'être développées pour s'adapter aux conceptions locales de vraisemblance (elle le savait, les Américains aimaient que ceux que couronnaient la richesse et le succès leur parlent des épreuves et des rebuffades qu'ils avaient connues à leurs débuts), alors qu'il valait mieux ne pas mentionner du tout certaines vérités qui ne prenaient leur juste valeur que chez soi.

Le lendemain matin de ses débuts américains, trois candidats au rôle d'imprésario personnel de Maryna attendaient aussi dans le hall du Palace, en se mesurant d'un œil maussade, mais Maryna signa avec le premier avec qui elle s'entretint, Harry H. Warnock, qui était recommandé par Barton. Ryszard fut troublé, comme il le dit plus tard à Maryna, par la rapidité avec laquelle elle s'était procuré cet époux professionnel. « Époux ? » Évidemment, Ryszard ne l'aimait pas, insista-t-il lourdement, mais ce n'était pas la question. Se rendait-elle compte qu'à partir de maintenant, Warnock serait toujours avec elle (avec nous, voulait-il dire), était-elle sûre que c'était le genre d'homme dont elle pourrait supporter longtemps la présence, et ainsi de suite, et Maryna n'avait peut-être pas compris toute l'importance de la décision qu'elle venait de prendre, car les imprésarios personnels n'existaient pas dans le théâtre polonais. Pourtant, Warnock s'était montré convaincant : il avait proposé une petite tournée à la fin du mois, dans l'ouest du Nevada (Virginia City et Reno) et dans le nord de la Californie (Sacramento, San José), un début à New York en décembre et ensuite une tournée nationale de quatre mois. Et Maryna était impatiente et enivrée par le triomphe. Ils se mirent d'accord sur le répertoire. Maryna jouerait essentiellement du Shakespeare – elle avait interprété quatorze héroïnes de Shakespeare en Pologne et avait comme projet de les rejouer toutes – tout en continuant à proposer *Adrienne Lecouvreur* et *La Dame aux camélias*, ainsi que quelques mélodrames dans les communautés plus provinciales qui assuraient le succès de toute tournée. (« Mais pas *East Lynne !* dit-elle. – Pour qui me prenez-vous, Madame ? Je sais quand je traite avec une grande artiste. ») L'argent promis était prodigieux. En fait, ils allaient tomber d'accord sur tout, quand Warnock mentionna qu'il était heureux que, hier soir, certains amis polonais de Maryna avaient pensé à lui dire qu'elle était comtesse. Il en ferait bon usage en la transformant en star !

« Ah, non, monsieur Warnock ! (Maryna plissa le nez de dégoût) cela ne serait pas bien du tout. » Une telle profanation du nom de famille ne lui serait jamais pardonnée par le frère de Bogdan. « C'est le titre de mon mari, pas le mien », dit-elle. Et, espérant toucher le démocrate qui sommeillait dans cet homme rondelet avec un diamant sur son épingle de cravate : « Artiste – actrice – est un titre qui me suffit.

— Nous ne parlons pas de vous, Madame Marina, nous parlons du public, répondit Warnock d'un ton conciliant.

— Mais c'est moi qui suis sur les programmes ! Comment puis-je être à la fois Marina Zalenska et comtesse Dembowska ?

— Facile, répliqua Warnock.

— Impensable en Pologne, s'écria-t-elle, et elle sut qu'elle avait déjà perdu.

— Eh bien, nous sommes en Amérique, dit Warnock, et les Américains adorent les titres étrangers.

— Et… et ce serait pour moi tellement vulgaire de me faire appeler comtesse dans ma vie professionnelle.

— Vulgaire ? Cette remarque est d'un affreux snobisme, Madame Marina. Les Américains ne se sentent pas humiliés quand on leur dit que ce qu'ils aiment est vulgaire.

— Mais les Américains aiment les stars, dit-elle, avec un sourire dur.

— Oui, admit-il, les Américains aiment les stars. (Il secoua la tête avec une expression de reproche.) Et s'ils vous aiment, vous pouvez gagner beaucoup d'argent.

— Monsieur Warnock, je ne suis pas tombée d'une autre planète. En Europe, le public raffole des stars. Les gens aiment adorer, nous le savons. Cependant, en Pologne comme en France et dans les pays de langue allemande, le théâtre est d'abord un des beaux-arts et nos principaux théâtres, ceux qui sont soutenus par l'État, se consacrent à un idéal de… »

Pendant que Maryna, assise avec Warnock dans l'une des salles de réception du Palace, essayait calmement de faire ressentir à l'imprésario de sa future carrière américaine, ne serait-ce qu'un instant, le prestige et les privilèges qu'apportait une carrière au Théâtre Impérial de Varsovie – sécurité de l'emploi et promotion sociale, exemption de conscription dans l'armée du Tsar, et la garantie pour tous, à la retraite, d'une coquette pension à vie (« Un acteur est un fonctionnaire », dit-elle ; « Un quoi ? » s'exclama-t-il) –, Rose Edwards faisait les cent pas dans le bureau de Barton, et donnait de la voix. « Comme tu le sais, Angus, je ne suis pas née de la dernière pluie, et je dois te dire carrément que je ne peux pas jouer après un tel génie. Et dans ce cher vieux *East Lynne !* – Je vais me faire éreinter par les critiques.

Penseras-tu du mal de moi si j'annule ma semaine ? Non, tu es un ami. Annonce que je suis malade, Angus. Et, en tant qu'ami, peux-tu envisager de payer ma note d'hôtel, mes frais de déplacement pour venir ici et pour continuer mon voyage avec autant de confort jusqu'au prochain engagement d'une semaine ? Oui ? Non ?

— Chère, chère Rose ! beugla tendrement Barton. Ce que j'annoncerai demain dans tous les journaux c'est que, de ta propre volonté, tu as annulé ton engagement ici en faveur de Madame Marina. Le public applaudira la noblesse de ton geste, il t'accueillera avec encore plus d'enthousiasme la prochaine fois que tu joueras au California, et je vais non seulement te rembourser tes dépenses comme tu me l'as demandé, mais je vais aussi te donner cinq cents dollars. »

Ainsi Barton put-il annoncer à Maryna que, comme il l'avait espéré, Rose Edwards lui abandonnait sa semaine.

Pendant cette deuxième semaine, Maryna reprit les rôles d'Adrienne et de Marguerite Gautier et, se lançant enfin vraiment dans la langue anglaise, elle ajouta Juliette à son répertoire. Tom Deane fut ravi de jouer son Roméo, James Glenwood fit un frère Laurent attachant, et une Kate Egan déprimée proposa sa version de la nourrice de Juliette, ce que Maryna lui pardonna comme elle lui avait pardonné d'avoir mis le feu à son voile – uniquement par mégarde ? bien sûr que non – lors de la première représentation. La Juliette de l'année précédente au California Theatre dut se sentir bien triste d'avoir été reléguée au rôle de la nourrice et obligée de se montrer joviale et vulgaire face à des gros titres comme « Les débuts au California Theatre marquent une nouvelle époque de l'art dramatique » et « La plus grande actrice du monde fait ses débuts américains à San Francisco ».

Maryna s'arma contre la jalousie qui accompagne invariablement le succès en se souvenant de sa première année au Théâtre Impérial. Son arrivée avait été reçue comme une insulte virulente par le vieux système, modelé sur la Comédie-Française, selon lequel les acteurs étaient principalement recrutés dans les cours d'art dramatique impériaux, tandis que les rares acteurs formés ailleurs et admis dans la compagnie devaient commencer à l'échelon le plus bas. L'invitation qu'avait reçue Maryna de la part du nouveau président à l'esprit réformateur, le général Demichov, de venir de Cracovie à Varsovie pour douze représentations comme artiste invitée était sans précédent ; tout comme le contrat à vie, qui comprenait aussi le droit de choisir ses rôles, que Demichov lui proposa, une véritable humiliation pour les autres acteurs. Maryna avait très bien compris les mines renfrognées et les bouderies de ses nouveaux collègues, avant qu'elle les contraigne à l'aimer. Elle-même voyait toujours d'un mauvais œil le succès de toute rivale putative. (Un fantasme indigne : Oh, si seulement Gabriela Ebert pouvait la voir en ce moment !) Mais les acteurs américains semblaient être d'une générosité stupéfiante. (Elle essaierait de les imiter pour améliorer son caractère.) En Amérique, les acteurs parlaient souvent en bien les uns des autres, et semblaient prêts à l'admiration.

Maryna jugeait tout à fait naturel d'être submergée par l'admiration, comme d'avoir trouvé la liberté d'accepter l'amour de Ryszard. Si une voix lui disait : Une telle idylle ne peut durer, elle ne l'entendait pas.

Ryszard, lui, l'entendait, elle s'élevait partout. Il se

sentait pesant, plein de reproches : exactement ce que, quelques jours après qu'ils furent devenus amants, il avait promis à Maryna qu'il ne deviendrait jamais. Elle avait tiré *cela* de lui avec une question qui lui donna le frisson. « Maintenant que tu m'as (ils se prélassaient au lit un matin), que vas-tu faire de moi ? » Mais, pensa-t-il, je l'aurais dit de toute façon ; je voulais qu'elle me considère léger, léger, léger.

« Quelle question, mon amour ! Je vais te regarder. Tant que je pourrai te voir chaque jour, je serai heureux.

— Simplement me regarder ? Quand n'as-tu pas pu le faire ?

— Maintenant (il l'attira contre lui), je te vois... de plus près. »

Mais, bien sûr, ce n'était pas aussi simple.

Ryszard se considérait comme un esprit libre, dégagé de toute jalousie. Comment aurait-il pu penser autrement ? Jusqu'alors, les femmes qu'il avait possédées, il ne les aimait pas, et la femme qu'il aimait, il ne la possédait pas. Mais à présent qu'il la possédait, ou le croyait, il était furieux contre tous les admirateurs de Maryna. Et, bien sûr, il y avait les lettres de Bogdan, et le télégramme occasionnel, que Maryna ne cherchait pas à dissimuler, et cela signifiait des réponses de Maryna à Bogdan. Mais Ryszard n'avait aucun droit d'attendre qu'on l'informe de cette correspondance. Au début, il lui avait été reconnaissant de ne pas mentionner Bogdan. C'était comme s'il avait été banni par magie de l'univers. Aujourd'hui, il avait l'impression que Maryna protégeait Bogdan en ne parlant jamais de lui.

Tout explosa dans une tirade au début de la deuxième semaine, après sa première apparition dans le rôle Juliette.

« Et ce lourdaud, le consul du Guatemala qui vient en coulisse chaque soir, et il n'est même pas guatémaltèque, quel est son nom, Hangs…

— Hanks, répondit Maryna. Leslie C. Hanks.

— Hangs[1] c'est mieux. Tu flirtais avec lui. »

C'était peut-être vrai. Chaque homme lui paraissait plus attirant. Pourquoi Ryszard ne comprenait-il pas qu'*il* l'avait rendue plus sensible aux attentions des hommes ; c'était parce qu'elle était avec *lui* – mais non, il était simplement jaloux, de plus en plus jaloux. Bogdan n'avait été qu'amusé quand d'autres hommes flirtaient avec elle et qu'elle répondait à leurs avances. Il savait qu'elle ne pensait à rien de sérieux. Il savait que cela faisait partie naturellement du vertige, de l'hypocrisie et du besoin insatiable d'être aimée qui est le lot de chaque actrice. Mais, se disait-elle, Ryszard est un enfant, Bogdan est un homme.

Le lendemain soir, ce fut un agent de change du nom de John E. Daily[1] et la même scène recommença, Ryszard s'emporta dans le salon de la suite de Maryna et fut sur le point de retourner passer la nuit dans sa chambre au deuxième étage. Maryna se mit à rire quand il s'écria : « Je vais les tuer tous les deux. »

Mais de telles mesures désespérées furent inutiles, comme devait le rapporter un Ryszard à peine calmé. Quelques jours plus tard, alors qu'il se promenait dans Market Street, en ne pensant (assura-t-il à Maryna) qu'à sa bouche entre les cuisses de Maryna, Ryszard vit l'agent de change sortir en courant d'un immeuble (il

1. Jeux de mots sur les noms des personnages. *Hangs* : « qui s'accroche », « importun », mais aussi « pendre » (voir un peu plus loin). Et *Dearly* : « tendrement » (*dear* : « cher ») pour *Daily* : « quotidien ». (N.d.T.)

apprit que c'étaient les bureaux de son cabinet de courtage), le visage rouge, l'air mauvais, en criant quelque chose par-dessus son épaule à un homme qui arrivait derrière lui à toute vitesse, puis il remonta la rue – il venait vers Ryszard ; alors son poursuivant, que Ryszard reconnut comme étant le consul du Guatemala, sortit un pistolet et fit feu dans le dos de Daily. L'agent de change avança encore de quelques pas, toussa, tira sur son col et tomba mort aux pieds de Ryszard.

« J'aurais peut-être tué Dearly moi-même s'il avait continué à envoyer tous ces petits *billets doux**. Enfin, Hangs a tiré le premier.

— Ryszard, ce n'est pas amusant.

— L'ennui, continua-t-il, c'est que maintenant je ne peux plus m'éloigner de San Francisco. En tant que témoin du meurtre, il faudra que je témoigne au procès, qui n'aura vraisemblablement pas lieu avant novembre.

— Et M. Hanks a-t-il avoué le mobile de son crime ?

— Non. Il refuse de le dire. Cela n'a pas d'importance, il sera pendu. Sauf s'il dit qu'il venait de découvrir que Dearly était l'amant de sa femme et que le choc lui a fait perdre l'esprit. Apparemment, à San Francisco, on n'est pas pendu quand on tue l'amant de sa femme, à condition de le faire au moment où on le découvre. La police pense qu'il s'agit d'une mauvaise spéculation sur les actions des mines du Nevada dans laquelle Dearly l'avait entraîné…

— Alors que tu les soupçonnes de s'être battus pour moi.

— Maryna, je n'ai pas dit ça.

— Mais tu y as pensé. »

Et ils eurent leur première querelle qui, ce soir-là, se termina au lit. « Si je suis jaloux de tout le monde c'est parce que je t'aime tant, lui expliqua stupidement Ryszard.

— Je sais, dit Maryna. Mais tu dois cesser. » Elle s'apprêtait à dire : Bogdan n'était pas jaloux de *toi* en Pologne, mais elle s'aperçut qu'elle ne savait pas si c'était vrai.

À la fin de la deuxième semaine de triomphe de Maryna à San Francisco et deux jours avant son départ pour une tournée de trois semaines organisée par Warnock qui la conduirait tout d'abord dans les communautés minières de l'ouest du Nevada, d'une richesse phénoménale, Barton donna une soirée d'adieu. Quand on demanda à Maryna de porter un toast, elle tendit son long bras, leva son verre et, en regardant la lumière diffuse des chandelles, elle lança d'une voix chantante : « À mon nouveau pays !

— Pays, murmura Miss Collingridge. Pas *paisse.* »

Ryszard l'accompagnerait, ainsi que Warnock, qui était déjà parti en avant pour tout préparer, et Miss Collingridge, qui avait accepté avec joie de prendre la charge du secrétariat de Maryna mais qui dit qu'elle espérait que Madame l'appellerait désormais par son prénom.

« Bien sûr, Miss Collingridge, si vous y tenez, répondit Maryna avec un sourire et un haussement d'épaules.

— Collingridge, dit Miss Collingridge. En un seul mot. Pas…

— Je serai ravie, chère amie, dit Maryna, de vous appeler Mildred. »

Il y avait quatre cent cinquante kilomètres jusqu'à Virginia City, la capitale du Comstock Lode – le Gisement Comstock –, la plus grande ville entre San Francisco et Saint-Louis. « Mais ce n'est pas une ville normale, avait prévenu Warnock avant de partir, et le voyage est lui aussi une vraie aventure. » On pouvait considérer comme tout à fait spectaculaires les virages en épingle à cheveux sur la voie ferrée qui ceinturait la falaise de granit au sommet couvert de neige, les fines structures des ponts à chevalet jetés au-dessus de canyons d'un mile de profondeur – la traversée légendaire par le Central Pacific de la « Grosse Colline », comme on appelait jovialement les sierras, lui expliqua-t-il. Mais le meilleur viendrait quand ils seraient presque arrivés, après avoir changé de train à Reno. Le reste du trajet pour Virginia City, trente kilomètres à vol d'oiseau, quatre-vingt-cinq si l'on était passager d'une voiture Pullman jaune citron de la Virginia and Truckee Railroad (une autre entreprise extrêmement profitable du regretté M. Ralston), leur ferait suivre une piste plus à pic qu'escarpée, et qui ne cessait de tourner autour des montagnes dénudées avant d'atteindre la ville de légende près du sommet. « Mais je sais que vous avez les nerfs solides, Madame Marina, conclut-il.

— C'est vrai. (Elle sourit. Les Américains aimaient vraiment leurs merveilles.) Merci, monsieur Warnock, je suis prête à tout. »

Il assura à Maryna qu'elle oublierait la souffrance du voyage à Virginia City en découvrant le plus célèbre théâtre de la ville et le luxe de son Hôtel International de six étages, qui rivalisait avec le Palace de San Francisco le plus somptueux et le similor, le doré et le cristal, la marqueterie et le cloisonné, les verres en cristal de Vienne, et les cordons de sonnette en riche brocart de Florence, tout cela avec une sorte de refus courageux de se rappeler que la ville était carrément construite sur les mines. « Vous savez, dit-il, des portes qui brusquement ne ferment plus, des fenêtres que vous n'avez pas essayé d'ouvrir qui, tout à coup, se brisent. » Ryszard le regardait avec une aversion évidente. « Prête à tout », répéta Maryna d'un air songeur. « Des affaissements de terrain », dit Miss Collingridge d'un ton cassant. « Exactement, répondit Warnock. De temps en temps. »

Elle commença la semaine de représentations dans la ville légèrement pentue avec *La Dame aux camélias.*

Le directeur de scène du Piper's Opera House avertit Maryna de ne pas s'attendre à ce que la troupe puisse lui offrir une distribution d'aussi grande qualité que celle du California Theatre. « Mais ce sont de bons acteurs, notez bien, et tous connaissent des douzaines de rôles sur le bout des doigts. La star peut nous faire savoir au dernier moment si nous jouerons *Roméo et Juliette*, *L'Octavon*, *Richelieu*, *Notre cousin d'Amérique* ou *La Dame aux camélias*, peu importe, nous sommes prêts à jouer. Et comme je le dis toujours à mes acteurs, la première règle c'est de donner le centre de la scène à la star et de ne pas se mettre sur son chemin. Mais si vous avez besoin d'aide, nous pouvons vous en donner aussi. Je me souviens de la première fois où Booth est venu jouer *Hamlet* ici, au Piper. Il devait se dire que dans une ville aussi fruste, nous ne serions peut-être pas à sa hauteur. Ce qui semblait l'inquiéter le plus c'était le cinquième acte, mais je lui ai assuré qu'il aurait une tombe comme il faut et tout ce qu'il demandait, et nous avons fait un peu mieux encore, je suis prêt à parier que nous lui avons donné quelque chose de plus vrai que tout ce qu'il avait connu dans sa longue carrière. J'ai fait découper un morceau du plateau, j'ai engagé deux mineurs de l'Ophir pour jouer les courageux fossoyeurs et ce soir-là, ils ont pelleté d'intéressants spécimens de minerai sur la scène avant de sortir le crâne de Yorick, et quand Booth s'est écrié : *Me voici, moi, Hamlet le Danois !* et qu'il a sauté dans la tombe d'Ophélie pour se battre avec Laerte, il a été étonné, vous auriez dû voir sa tête, quand il a atterri un mètre cinquante plus bas sur du rocher. »

Bien sûr, le grand acteur n'avait pas dit un mot de remerciement et heureusement il ne s'était pas blessé, poursuivit le directeur de scène du Piper. « Mon Dieu, c'est un homme étrange, rêveur. Mais, je le sais, les génies sont ainsi. » Il dit à Maryna qu'il avait conseillé à Booth, lorsqu'il aurait quitté Virginia City, de s'arrêter à une source particulière située à deux kilomètres à l'ouest de Carson City, très fréquentée par les gens atteints de rhumatismes et de mélancolie. C'est une « source soupe-de-poulet », on l'appelle ainsi parce que, si on y ajoute du poivre et du sel, l'eau prend le goût d'une légère soupe de poulet, et elle est vraiment très nourrissante.

« Et je vous la recommande également, chère Madame.

— Merci, monsieur Tyler, mais je ne suis ni rhumatisante ni mélancolique. Du moins, pas encore. »

Les gens dans la rue l'appelaient : Camiiille, Camiiille. L'un d'eux était un homme grand avec un large pansement sous le menton, et Ryszard décida qu'il devait se remettre d'avoir eu la gorge tranchée. Chacune des trois pièces que Maryna interpréta au cours de la semaine l'amenèrent à contrefaire la mort – en Adrienne, elle mourait dans un délire épouvantable ; en Juliette, dans une pâmoison sensuelle, en tombant sur le corps de son Roméo ; en Marguerite Gautier, dans une protestation convulsive contre l'injustice de la mort – mais, de façon générale, on reconnaissait que son plus grand succès dans la mort était dans *La Dame aux camélias*, et, au cours d'une représentation, rapportait le principal journal de la ville, *The Territorial Enterprise*, deux spectateurs, à différents endroits de la salle de mille places, furent tellement transportés d'horreur en voyant Marguerite Gautier se dresser de sa couche et retomber morte, sur le sol, avec un fracas terrible, qu'ils furent tous deux frappés de paralysie et qu'ils restèrent cloués sur leur siège pendant une heure entière après la fin du spectacle.

Comment *The Territorial Enterprise* aurait-il pu mieux rendre compte de la magie des interprétations de Maryna ? Les histoires incroyables, les canulars, les farces étaient la signature très admirée du journal pour répondre à un paysage d'improbabilités. Virginia City était elle-même une histoire incroyable – la découverte fortuite par plusieurs prospecteurs ignorants, une vingtaine d'années plus tôt, d'un gisement de quartz riche en minerai d'argent juste sous la surface du sol, près du sommet de la montagne qui s'appelait alors Sun Peak : des magnats de San Francisco qui savaient comment l'exploiter en avaient fait l'entreprise minière la plus lucrative de l'histoire du monde. Très récemment, des mineurs avaient pioché dans un bloc d'argent presque pur de seize mètres de large et de neuf mètres de profondeur. Les reportages sérieux avaient peu de chance d'être entendus tant qu'il y aurait des histoires vraies de ce genre.

Vers la fin de la semaine, Maryna fit savoir qu'elle aimerait beaucoup voir l'intérieur de cette fabuleuse montagne et aussitôt elle reçut une invitation signée de

Jedediah Forster, le contremaître des plus grandes des mines fabuleuses, les Consolidated Virginia. Quand elle arriva au bureau de la mine avec Ryszard, on lui fournit une casquette, un pantalon et une sorte de manteau et, après avoir enfilé sa tenue dans une réserve proche, elle revint au bureau où l'accueillit un bel homme, très grand, vêtu de daim avec des boucles d'argent, Forster en personne. Il serait honoré – il s'inclina – de servir de guide à Madame Zalenska, tout en espérant qu'elle comprenait que la mine était mal équipée pour recevoir des visiteurs, en particulier une dame aussi distinguée. Il fit signe à l'un des hommes qui se trouvaient dans le bureau de le suivre avec une lampe à huile et il conduisit Maryna et Ryszard à l'extérieur, vers un appentis de briques qui abritait un cadre de fer avec un plancher de bois brut, dans lequel il entra en premier. Dès que la cage commença sa lente descente brinquebalante, l'air s'épaissit et l'humidité se chargea d'une odeur fétide et pénétrante qui piquait le nez et râpait la gorge. Ils entendaient l'eau qui tombait en cascade dans le puits tandis qu'ils descendaient de plus en plus profond et, quand la cage commença à se balancer d'un côté à l'autre, Ryszard tendit le bras pour protéger Maryna du contact de la paroi rugueuse et humide. (À quoi *cette* expérience peut-elle être bonne ? se demandait Maryna, en luttant pour ne pas céder à la panique. Une de ces aventures irréfléchies dans lesquelles on se lance en ignorant où l'on est et ce qu'on ressent ?) La cage s'arrêta enfin et déchargea ses passagers devant l'entrée obscure d'un tunnel bas et étroit. Ils commencèrent à marcher et à descendre de plus en plus. Les mineurs, nus jusqu'à la ceinture, maniaient leurs pioches et leurs pelles dans une chaleur insupportable. Un travail d'enfer ! « Nous sommes à dix-neuf cents pieds sous terre », dit leur guide qui, après en avoir demandé l'autorisation à Maryna, enleva sa veste de cuir et apparut en chemise de soie immaculée.

Ryszard décida de ne pas ôter sa veste, bien qu'il eût aimé le faire, même s'il accepta poliment de se laisser conduire pour voir l'eau qui montait dans la salle voisine, et la nouvelle machine qu'on avait descendue pour la pomper. Le directeur élégamment vêtu de la Consolidated Virginia, qui resta avec Maryna, n'imaginait pas qu'une dame pût s'intéresser au fonctionnement d'une mine. Cependant, il était extrêmement heureux de se trouver en sa compagnie.

« C'est la deuxième mine que je visite, fit remarquer Maryna qui n'avait rien d'autre à dire. Il y a quelques années, on m'a montré la célèbre mine de sel qui se trouve au sud de Cracovie, ma ville natale en Pologne.

— Une mine de sel. J'ai peur que les gens d'ici ne considèrent pas que ce soit une vraie mine.

— D'accord, colonel Forster (on avait dit à Maryna qu'on donnait le titre de colonel aux directeurs de mines), le sel n'a pas la valeur de l'argent, mais la mine elle-même mérite d'être visitée. Vous voyez, elle est en activité sans discontinuer depuis le treizième siècle.

— Et on n'en a pas encore extrait tout le sel ? Ils doivent travailler très lentement dans votre pays. Mais on ne doit pas être poussé à travailler en fonction du profit que, j'imagine, on peut tirer du sel.

— Je vois, mon cher colonel, que je ne vous ai pas bien expliqué ce que comprend cette immense mine, cette mine royale polonaise. Ce n'est pas seulement une entreprise, comme tout ici en Amérique. Et vous ne devez pas supposer que nos mineurs polonais manquent de zèle. Au cours des siècles, ils ont creusé un vaste monde souterrain sur cinq niveaux, avec des kilomètres de galeries spacieuses qui relient plus d'un millier de salles, dont beaucoup sont d'une taille gigantesque. Certaines sont soutenues par tout un entrelacs de poutres, d'autres par des piliers de sel aussi épais que les grands arbres du nord de la Californie, et plusieurs de ces cavernes souterraines, si longues et si larges qu'elles semblent infinies, sont sans aucun support au milieu. Dans deux des plus vastes, il y a des grands lacs qu'on traverse sur des barques à fond plat. Mais ce n'est pas seulement à cause de ces perspectives impressionnantes, dignes de la caverne de Platon, que les mines ont attiré autant de touristes distingués, à commencer par le grand astronome polonais Copernic ; Goethe lui-même a pensé qu'elles méritaient qu'on les visite. Le plus intéressant pour le visiteur c'est que, lorsqu'ils ont percé les salles et qu'ils en ont extrait tout le sel, les mineurs sculptent des personnages grandeur nature, en sel, pour décorer les salles abandonnées.

— Des statues, dit Forster. Ils perdent du temps, alors qu'ils sont au fond de la mine, à sculpter des statues.

— Oui, les statues des rois et des reines de Pologne – il y a une statue remarquable d'une des matyres fondatrices de mon pays, Wanda, la fille de Krakus. Et, bien sûr, il y a des statues religieuses dans les chapelles à chaque niveau, où les mineurs prient chaque matin, la plus magnifique et la plus ancienne est dédiée à saint Antoine de Padoue : il y a des colonnes avec des chapiteaux sculptés, des voûtes, des images du Sauveur, de la Vierge et du saint, un autel et une chaire avec toutes leurs décorations, et deux prêtres représentés en prière devant le sanctuaire du saint – tout est sculpté dans la pierre de sel noire. Une fois par mois, on y célèbre une grand-messe.

— Une église dans une mine. Parfait. »

Manifestement, le colonel ne la croyait pas. Il reconnaissait une histoire extraordinaire quand il en entendait une.

Quand ils furent rentrés à l'hôtel, Maryna prit beaucoup de plaisir à raconter à Ryszard comment elle avait coupé le sifflet à leur guide imposant.

« Je connais une autre histoire de mine de sel, dit Ryszard. Malheureusement, ce n'est pas moi qui l'ai inventée mais Stendhal. Dans la mine de sel de Hallein, près de Salzbourg, les mineurs ont la jolie coutume de jeter une branche coupée en hiver dans les galeries désaffectées ; ils la reprennent deux ou trois mois plus tard et, sous l'effet de l'eau saturée de sel qui a imbibé la branche et qui s'est évaporée, la plus petite brindille est recouverte d'une épaisse croûte de sel faite d'un dépôt étincelant de petits cristaux. Ces bijoux sont proposés aux touristes qui visitent la mine. Stendhal affirme que tomber amoureux ressemble à ce processus de cristallisation. En plongeant l'idée de celle qu'il aime dans son imagination, l'amant la pare de toutes les perfections, comme des cristaux sur la branche sans feuilles.

— Comme tu as fait avec moi.

— Avec d'autres femmes, pendant une semaine ou deux, je l'avoue. » Ryszard rit.

« Pas avec moi.

— Ma très chère, ma sans pareille Maryna !

— Pourquoi pas aussi avec moi ? Je ne suis peut-être

qu'une branche d'hiver. Sur une scène, je scintille et j'éblouis mais…

— Maryna !

— Je ne comprends pas pourquoi tu m'as raconté cette histoire. »

Et Ryszard se dit : Je ne le comprends pas, moi non plus. Comment puis-je être aussi stupide ? Que suis-je en train de faire ? Et il fut sans doute idiot, non, lâche, de répondre : « S'il te plaît, ma chérie, ne nous querellons pas maintenant. » Maintenant ? « Jamais ! »

En quittant le Piper's Opera House par l'entrée des artistes, vers minuit, après la dernière représentation, Maryna, Ryszard et Miss Collingridge rejoignirent quelque deux mille personnes qui, à la lueur du clair de lune et des feux de joie, levaient les yeux vers une femme vêtue d'une robe courte et de collants au moment où elle enjambait la balustrade de fer forgé au-dessus de l'entrée du théâtre ; ils suivirent la foule qui descendait Union Street alors que la femme descendait aussi la rue très en pente, très haut au-dessus de leurs têtes ; et ils applaudirent avec la foule quand Miss Ella LaRue quitta la corde et donna un petit coup de pied bravache sur le toit d'un immeuble de briques au coin de D et de Union. « Un spectacle réconfortant, dit Ryszard à Maryna. Des hanches énormes, n'est-ce pas ? » ajouta-t-il en espérant agacer Miss Collingridge. Puis ils remontèrent C Street à la recherche d'autres divertissements et franchirent les doubles portes de verre du Polka Saloon.

Si les mines fonctionnaient en permanence, les bars aussi. Les mineurs arrivaient juste après leur temps de travail pour jouer leurs gains au faro, au monte et au poker (ils se méfiaient des jeux plus compliqués et des machines à sous), et Maryna pria ses compagnons d'aller s'amuser tandis qu'elle regardait le spectacle.

Ryszard alla s'installer au bar et bientôt un reporter de l'*Enterprise* lui racontait l'histoire de la découverte dans une grotte fermée de la montagne d'un « homme en argent » – un pauvre Indien emmuré dans une grotte il y avait très très longtemps, et dont le corps avait été changé, au cours des siècles, par la nature du terrain, les vapeurs et le transfert de substances métalliques, en un bloc d'argent ; plus exactement, le corps ayant été envoyé pour examen à Carson City, en sulfure d'argent mêlé de cuivre et de fer. Pendant ce temps, Miss Collingridge s'extasiait devant la mascotte du bar, Black Billy, qui, contrairement aux nombreuses chèvres qui vivaient dans les tunnels des anciennes mines et qui recherchaient de l'herbe sur les pentes de Mount Davidson, était la plus privilégiée ou la plus audacieuse avec la ville entière à sa disposition : Billy vivait et mangeait du tabac dans C Street.

Maryna resta tranquille avec son verre de champagne pendant tout un quart d'heure, avant qu'un géant barbu vêtu d'une chemise rouge à carreaux se lève d'une table proche et titube vers elle, une bouteille dans une main et un géranium rouge dans l'autre, en beuglant : « Oh, Jiou-lie-ette, Jiou-lie-ette, pourquoi es-tu Jiou-lie-ette ! » Elle regarda dans la salle à la recherche de Ryszard pour qu'il intervienne, mais une femme se trouvait derrière l'intrus et le chassait déjà. « Va-t'en maintenant, Nate. Ne dérange pas la dame. Elle a travaillé dur et elle a le droit de rester en paix dans mon bar en buvant un verre sans être importunée par ses admirateurs. »

Celle qui l'avait sauvée s'attarda près de sa table. Grosse, étroitement corsetée, couverte de rubans, un peu ivre, quarante-cinq ou cinquante ans, évalua Maryna. « Je veux simplement vous dire que c'est un grand honneur de vous avoir dans mon bar. » Elle sourit et Maryna vit qu'elle avait été très belle autrefois. « Je n'arrive pas à croire que c'est vous, assise là. C'est comme si une reine était entrée ici. Une reine ! Ici au Polka !

— Nous dansons la polka en Pologne, dit gaiement Maryna.

— Sans rire ? dit la femme. Et moi qui pensais que c'était une danse cent pour cent américaine ! » Elle se tut un instant. « Vous devez avoir envie d'être seule. Et je ne vous en blâme pas. Vous devez être continuellement entourée de gens.

— Asseyez-vous près de moi, dit Maryna. Mes amis vont revenir dans un instant.

— Je peux ? (Elle s'effondra sur une chaise.) Je peux ? Je ne parlerai pas trop, je vous le promets. (Elle regarda Maryna, l'air stupéfait.) Je veux simplement vous dire, vous étiez si… (elle soupira) si merveilleuse hier soir. Vous savez qu'on joue beaucoup de pièces à Virginia et j'y vais toujours quand je peux, je les vois toutes, ou presque, tout le monde vient ici, même Booth, et j'ai vu trois de ses Hamlet. Il est même venu au Polka. Une fois, il s'est installé exactement à cette table.

— Je suis heureuse d'être à la table de M. Booth, dit Maryna en souriant.

— Exactement où vous êtes assise. Très poli, pas de grands airs du tout, mais il semblait si triste. Et il s'est saoulé comme un grand seigneur, mais le lendemain soir on ne l'aurait jamais cru. Il est magnifique, je ne dis pas non, mais je préfère les actrices et vous êtes la meilleure. On peut vraiment ressentir quelque chose quand une femme souffre, enfin c'est ce que je pense. Prenez celle que vous venez de jouer, la dame française qui doit chasser le beau jeune homme qui l'aime vraiment et qui fait semblant qu'elle ne l'aime plus, je n'arrive jamais à dire son nom, ce n'est pas le même que le titre de la pièce.

— Marguerite Gautier.

— C'est ça. Nous avons eu beaucoup de Dames aux camélias, mais vous êtes la meilleure. Je n'ai jamais autant pleuré à une représentation de *La Dame aux camélias* de toute ma vie.

— C'est un rôle splendide pour une actrice, reconnut Maryna.

— Et la façon dont vous jouez Juliette, c'était magnifique, et l'autre, j'ai vu tout ce que vous avez joué cette semaine, la pièce sur l'actrice française, quel est son nom, vous savez ?

— Adrienne.

— C'est elle. Vous l'avez jouée beaucoup mieux que cette Italienne qui est venue ici il y a deux ans, j'ai oublié son nom, et elle l'a jouée en italien, mais cela ne m'a pas gênée, quand quelqu'un est bon, on comprend les sentiments.

— Adélaïde Ristori.

— Bon. J'aime bien Adrienne. Mais celle que je préfère de toutes, c'est Marguerite.

— Ah, cela m'intéresse beaucoup, dit Maryna. Pouvez-vous me dire pourquoi vous préférez Marguerite ?

— Parce que Juliette c'est seulement une gentille petite, et elle devrait être heureuse, et ça n'a rien à voir avec elle ces familles qui ne s'entendent pas. Et l'actrice française, j'ai encore oublié son nom…

— Adrienne.

— Exactement. Elle est bien aussi. Et ce n'est pas de sa faute si l'homme qu'elle aime doit être poli envers cette horrible princesse qui se précipite pour l'empoisonner. C'est seulement un manque de chance, si vous voyez ce que je veux dire. Mais Marguerite, elle ressemble plus à la vraie vie. Je veux dire, elle n'a pas été si bonne, elle n'est pas innocente, comment pourrait-elle l'être, elle est allée avec beaucoup d'hommes, elle est comme résignée, elle ne croit plus à l'amour, pourquoi devrait-elle y croire, après tout ce qu'elle a vu des hommes, et elle en rencontre un qui est vraiment différent et elle veut changer de vie. Mais elle ne peut pas. Ils ne la laissent pas faire. Il faut qu'elle soit punie. Elle doit redevenir ce qu'elle était. » La femme se mit à pleurer.

« Allons, madame… madame… je suis désolée, vous ne m'avez pas dit votre nom, dit Maryna en lui tendant un mouchoir.

— Minnie. Comment avez-vous su que j'étais mariée ?

— Je ne le savais pas, bien sûr. Je l'ai simplement supposé.

— Eh bien, vous avez raison. Je suis mariée. (Elle se tamponna les yeux.) Mais vous savez comment c'est. (Elle inclina sa chaise en arrière de façon instable.) On n'épouse pas l'homme qu'on aime.

— Je suis désolée de l'apprendre », dit Maryna.

La femme fit signe à l'un des garçons qui lui apporta un Sazerac.

« En vieillissant, je me suis mise à aimer ces drôles de boissons de San Francisco. Quand j'étais jeune, le whiskey pur me convenait très bien, bourbon, whiskey de seigle, de maïs, n'importe lequel. Vous voulez autre chose ? Mon barman prépare un Brandy Smash vraiment bon.

— Non, merci. Mes amis vont revenir dans un moment, et il faudra que je parte.

— J'espère que je ne vous dérange pas. Mais vous me paraissez être une femme à qui l'on peut se confier. Vous êtes actrice, vous comprenez tout…

— Tout juste.

— Permettez-moi de vous expliquer pourquoi j'ai dit cela, à propos du mariage et du reste, c'est une bonne histoire au début, même si je ne pense pas que vous pourriez en faire une pièce, pas avec la façon dont elle s'est terminée.

— Je ne recherche pas de nouveau rôle, dit doucement Maryna. Mais je suis heureuse d'écouter votre histoire. J'aime les histoires. »

Et Minnie commença.

« C'était il y a vingt-cinq ans, non, plus… et j'habitais en Californie, à Cloudy Mountain, je ne sais si vous en avez entendu parler. Il y avait ce type qui me courait après, le shérif, c'était un gros joueur aussi, mais pas un mauvais bougre dans son genre, je le voyais bien, et quand il m'a dit qu'il m'aimait, je savais que c'était vrai, il n'essayait pas seulement de se glisser sous ma jupe. Il n'arrêtait pas de me dire : Épouse-moi, Petite, épouse-moi, il m'appelait Petite, et quand je lui ai rappelé qu'il avait une femme à la Nouvelle-Orléans, il m'a dit que ça ne faisait rien, pass'que c'était moi la femme qu'il voulait. Et vous n'allez peut-être pas me croire en me voyant maintenant, mais je n'étais pas vilaine, et j'avais le cœur pur, j'étais encore jeune fille, même si j'avais ce bar où venaient tous les mineurs, le Polka, j'appelle tous mes bars le Polka, et la plupart d'entre eux, i' me traitaient vraiment avec respect, comme si j'étais leur petite sœur, même si certains ne le faisaient pas et j'y pouvais pas grand-chose, je veux dire que c'étaient des bons clients. Pourtant je n'aimais pas cette partie du travail, ça me rendait triste, mais je le laissais pas voir, je chantais et je riais toujours et je me demandais s'il y avait un moyen de sortir de cette vie, mais il n'y en avait pas. Alors je me suis dit : Le shérif n'est pas un mauvais type, au moins il m'aime, et d'une certaine façon j'y réfléchissais, mais je ne laissais rien voir.

« Et puis j'ai rencontré cet autre type dont je suis devenue vraiment toquée, il était tellement romantique, il me disait que j'avais un visage d'ange, moi qui tenais un bar. Mais c'était lui qui avait un visage d'ange, je n'ai jamais vu un homme qui lui ressemblait. Il avait un visage osseux mais lisse aussi, on avait envie de toucher ses joues, et il avait un grand front et parfois ses cheveux lui tombaient dans les yeux, de grands yeux noirs avec de beaux cils, qui se plissaient quand il souriait, il avait un sourire lent, très lent, c'était comme s'il vous embrassait avec son sourire. Rien que de le regarder, ça me traversait, j'avais les jambes en coton. Mais il y avait un problème, c'était un bandit, c'était sa vie, je suppose que ça lui était arrivé comme ça, et on l'avait considéré comme un bandit, recherché pour meurtre, alors il a senti qu'il fallait qu'il s'en aille. Quand il était bandit, il était déguisé en Mexicain, il s'appelait Ramerrez, pass'que tout le monde sait que quantité de Mexicains sont bandits. Mais quand il se faufilait à Cloudy pour me faire la cour il était nippé comme un petit gandin de Sacramento et il se servait de son vrai nom, Dick Johnson. Et alors il m'a dit qu'il était celui qu'on appelait Ramerrez que tout le monde recherchait, mais que depuis qu'il m'avait rencontrée il ne voulait plus être Ramerrez, et il m'a promis de s'acheter une conduite et je sais qu'il était sincère. Et je lui ai parlé moi aussi, je lui ai dit tous mes secrets et il m'a écoutée, et c'était merveilleux, je n'avais jamais connu ça, quelqu'un à qui on peut parler, quelqu'un devant qui on peut déballer son cœur. J'en ai presque oublié qui j'étais ! Et pendant ce temps-là, le shérif recherchait Ramerrez partout et personne savait que Ramerrez c'était en réalité Dick. Mais le shérif, Jack, rien ne lui échappait quand il s'agissait de moi. Il a vu que je m'intéressais au type de Sacramento, sans savoir que c'était Ramerrez. Que je m'intéressais ! J'en étais folle, oui ! Et quelle femme, si c'est une vraie femme, n'aime pas un bandit plus qu'un shérif, vous le savez, vous êtes femme, et actrice, et vous pouvez jouer toutes les femmes, les anges et les pécheresses…

« Et devinez avec qui je me suis mariée ? C'est lui, là-bas, à côté du coffre-fort, avec un six-coups à la ceinture, on est propriétaires du bar tous les deux. Le shérif. Mais il a laissé tomber ça, quand il a vu qu'il y avait plus d'argent à se faire dans les bars, et dix ans plus tard, quand on a découvert le Gisement Comstock, on est venus ici, pass'qu'il faut pas être vraiment malin pour comprendre qu'il y a beaucoup d'argent à se faire avec les mineurs assoiffés qui ont fini leur journée. Mais pourquoi je me suis installée avec lui, c'est ce que je me demande, alors que j'étais tellement amoureuse de Dick que j'avais pris mon courage à deux mains pour partir avec lui, la tête pleine de rêves. On a dû quitter la Californie, que j'aimais tendrement, pass'qu'on le recherchait partout pour meurtre, ils voulaient le pendre s'ils l'attrapaient, alors on est allés au Nevada qui, à l'époque, n'était ni un État ni même un territoire, tant que personne ne savait ce qu'il y avait sous cette montagne toute la région n'était qu'un comté de l'Utah, et on a erré pendant un temps sans argent et on avait de plus en plus faim. Alors Dick est redevenu Ramerrez et j'ai eu peur, en pensant à la vie qui m'attendait, toujours se cacher, se sauver, avoir peur, alors je l'ai quitté et je suis revenue en Californie, et Jack, il m'a pardonné et j'ai vu qu'il m'aimait toujours, alors j'ai su qu'il fallait que je change d'opinion sur lui, mais ça ne voulait pas dire que je devais l'épouser. Pourtant je l'ai fait. D'abord on a été comme mariés là-bas, à Cloudy, par le juge de paix, un vrai, même avec sa femme toujours vivante à la Nouvelle-Orléans, mais j'ai pensé que je devais le prendre au sérieux, et finalement elle est morte, comme ça je suis vraiment Mme Rance maintenant, et ça fait longtemps. Et j'ai quand même fini au Nevada, il y a déjà quinze ans. Et parfois, je reste éveillée toute la nuit à côté de Jack, dans les hauteurs les chèvres courent sur les toits de tôle, comme sur notre maison, et le bruit de leurs sabots me tiennent éveillée, et je ne peux m'empêcher de me dire que j'aurais dû rester avec Dick, même s'il avait dû reprendre sa vie de bandit. Je n'ai peut-être pas assez pensé à moi-même. Ou je n'ai pas eu le courage, tout simplement. Dick disait toujours, il y avait un poème qu'il récitait tout le temps :

Aucune étoile n'est jamais perdue quand on l'a vue une fois,]
Nous pouvons toujours être ce que nous aurions pu être.

Je me le dis souvent maintenant. (Elle prit la main de Maryna et la tint serrée.) Mais ce n'est pas vrai.

— Maryna ? » dit Ryszard.

Elle lui assura d'un regard qu'il n'avait à la sauver d'aucun « danger », et elle les présenta l'un à l'autre.

« C'est votre mari ? demanda Minnie. Je l'ai vu sortir de l'hôtel avec vous.

— C'est mon bandit.

— Ah, ah ! fit Minnie.

— De quoi avez-vous bien pu parler, les deux dames ? demanda Ryszard avec nervosité. Ou n'est-il pas permis à un homme d'être au courant de votre secret ?

— Et allez-vous faire la même erreur ?

— Oui. Je crois.

— Mesdames, mesdames, protesta Ryszard, soudain inquiet. Maryna, il est tard. Vous devez être fatiguée. Permettez-moi de vous raccompagner à l'hôtel.

— J'ai l'impression d'entendre un mari, dit Minnie.

— C'est peut-être pour cela que ce n'est pas une erreur.

— Vous saurez vous y prendre mieux que moi. Vous êtes belle. Vous êtes une star. Tout le monde vous aime. Vous pouvez faire tout ce que vous voulez.

— Je le peux ? Non, je ne le peux pas. »

Miss Collingridge, qui sentait la chèvre, se tenait près de Ryszard. « Madame Marina, avez-vous besoin de quelque chose ?

— Je crois qu'elle veut que vous rentriez à l'hôtel, elle aussi », dit Minnie.

Cette question, Ryszard s'était entendu la poser pendant des jours et des jours. La question. Finalement, de retour à l'hôtel, après avoir fait l'amour, il la posa.

« Tu ne vas pas accepter que je reste avec toi, n'est-ce pas ? »

Il avait aussi entendu la réponse de Maryna. Pourtant, il fut étonné de l'entendre vraiment.

« Non.

— Mais tu m'aimes ! s'écria-t-il.

— C'est vrai. Et tu m'as rendue très heureuse. Mais, comment dire, la chose *à deux** n'est pas, ne sera jamais aussi importante pour moi. Je le comprends maintenant. *Déformation professionnelle**, si tu veux. Je veux aimer et être aimée, qui ne le veut pas, mais je dois être en paix… avec moi-même. Et avec toi, je m'inquiéterais, pour savoir si tu es lassé ou impatient, ou si tu n'écris pas assez. Et j'aurais raison de m'inquiéter. Qu'as-tu écrit au cours du dernier mois – à part les articles sur moi ?

— Cela n'a pas d'importance ! Je suis trop heureux pour écrire !

— Cela a de l'importance. Écrire c'est ta vie, comme le théâtre est la mienne. Tu ne veux pas de la vie que je mène. Tu ne le sais pas actuellement, mais tu le découvriras très vite, dans un mois, dans un an au plus. Tu n'es pas fait pour être l'époux d'une actrice. Crois-moi, cela ne durera pas.

— Parle pour toi, terrible femme ! » Il frappa de la main sur le cadre de la fenêtre.

« Qu'entends-je, Richard ? Serait-ce le bruit des cristaux de sel qui tombent de la branche d'hiver ?

— Oh, Maryna !

— Tu me demandes, et tu as tout à fait le droit de me le demander, si je t'aime vraiment. Et j'ai envie de dire – oh, Ryszard chéri, tu sais ce que je *veux* dire. Et ce que je veux c'est l'amour aussi, mais pas comme tu l'entends. Pourtant, c'est la vérité, je ne sais jamais exactement ce que je ressens quand je ne suis pas sur une scène. Non, ce n'est pas vrai. Je ressens un intérêt intense, de la curiosité, de la pitié, de l'angoisse, le désir de plaire – tout cela. Mais l'amour, ce que tu entends par amour, ce que tu veux de moi… je n'en suis pas sûre. Je sais que je ne ressens pas l'amour de la même façon que je l'interprète devant un public. Je ne ressens peut-être pas grand-chose, tout simplement.

— Maryna, Maryna chérie, tu ne réussiras pas à m'en convaincre. Je t'ai tenue dans mes bras, j'ai vu ton visage comme personne ne l'a jamais vu… » Il s'arrêta. Est-ce vrai ? se demanda-t-il. Il reprit. « Maryna, je te *connais*.

— Oui, maintenant, dit-elle. Je ressens beaucoup de choses actuellement, et c'est pour toi, pour personne d'autre. Mais je sens aussi que cela m'éloigne de toi pour nourrir à nouveau les personnages que je crée sur scène. Tu m'as tant donné, cher, cher Ryszard.

— Tu me rends très malheureux.

— Peut-être, répondit-elle d'un ton songeur, est-ce parce que j'ai pensé que je ne serais plus jamais amoureuse qu'il m'était égal de ne plus jouer, et j'ai cru que je pouvais abandonner le théâtre. Mais maintenant je l'ai retrouvé et…

— Et quoi ?

— Je ne l'oublierai plus jamais.

— Tu vas vivre sur le *souvenir* de notre amour ? Cela te suffit, Maryna ?

— Peut-être. Les acteurs ne s'intéressent pas tellement à la vie réelle. Nous voulons seulement jouer.

— Tu penses que je suis un obstacle à ta carrière ? Que je t'en détourne trop ?

— Non, non, je ne veux pas te tromper.

— Je vois. Tu me chasses pour mon bien.

— Je ne dis pas cela.

— En réalité, je pense que tu me chasses pour ton bien. Mais tu n'as pas le courage de l'admettre. Non, Maryna, la vraie raison pour laquelle tu me rejettes ce n'est absolument pas parce que tu te préoccupes de mon bonheur.

— Oh, Ryszard, il y a tant de raisons.

— Tu dis vrai. Voyons si je peux les deviner toutes. La peur du scandale – une actrice abandonne mari et enfant pour un autre homme ! Le désir de sécurité – une actrice quitte un homme riche pour un écrivain sans le sou ! Le refus de perdre ses privilèges de classe – une grande actrice échange son mari aristocrate contre un homme mal né…

— Ah, tu m'offres un de tes catalogues de virtuose.

— Attends, je n'ai pas fini, Maryna. La peur de faire fi des conventions – une actrice quitte son mari pour un homme de dix ans plus jeune qu'elle ! Le refus de perdre une réputation durement acquise, tout en élevant un bâtard dont elle prétend que le père a été son mari. Tu pensais que je n'étais pas au courant j'imagine, parce que ce cher Bogdan fait semblant de l'ignorer.

— Je suppose que là, je n'ai pas le droit de te demander de ne pas me faire mal.

— Sans parler de l'égoïsme, de l'insensibilité, de la futilité… » Ryszard s'arrêta. Des mots irrévocables. Des mots qu'il n'avait pu taire. Il se mit à pleurer.

Ce n'était pas seulement parce qu'il perdait Maryna. C'était la fin de sa jeunesse : de sa capacité à aimer avec vénération, de souffrir sans défense. De quoi allait-il rêver quand il ne rêverait plus de Maryna ? C'est le sentiment le plus douloureux que j'aie jamais éprouvé, se dit Ryszard. Souffrait-elle, elle aussi ? Et essayait-elle,

elle aussi, de dominer ses sentiments afin de ne pas s'y noyer ? C'est la chose la plus triste que je connaîtrai jamais, se dit-il. Il se trouvait dans un endroit obscur dans lequel il n'y avait que des souffrances. Puis un éclat de soulagement. Oh, les livres qu'il allait écrire, avec encore moins d'obsessions pour venir le distraire ! Plus jamais – et cette pensée le traversa comme une vague de honte – je ne serai « trop heureux » pour écrire.

Huit

Maryna n'eut pas d'autre choix que de croire l'histoire que Bogdan lui raconta quand il la rejoignit enfin à l'hôtel Clarendon de New York, début janvier. Cela ne lui ressemblait pas de fabuler. Comme il le fit lui-même remarquer, raconter des histoires le démangeait rarement.

« Et ma peur... » Le mot fut coupé avant d'avoir pu s'épanouir. « Et je m'inquiétais en pensant que vous mouriez d'ennui et de frustration là-bas, à Anaheim.

— Pas du tout, dit-il. Quelque chose coule toujours pour remplir le vide.

— Pauvre Bogdan. » Elle eut un sourire amoureux, vigilant. Ils étaient assis côte à côte sur l'ottomane. Elle posa la main sur sa nuque.

« Ah, vous ne devez pas vous sentir désolée pour moi. Vous êtes censée me croire.

— Faites que je vous croie, dit-elle en s'appuyant contre son épaule. Me considérez-vous comme naïve ou simplement trop amoureuse si je crois tout ce que vous dites ?

— Trop amoureuse ? Rien ne me plairait plus, répondit-il en lui prenant la main, qu'il porta contre sa joue. Alors je pourrais être sûr que même si vous n'ajoutiez pas foi à mon aventure, vous ne refuseriez pas non plus de me croire.

— Allez-y, murmura-t-elle.

— Ben Dreyfus, vous vous souvenez de lui, n'est-ce pas, m'avait dit que quelques années plus tôt, il avait entendu parler d'un culte bizarre au Sonora, dont chacun des membres était chargé de concevoir une machine réalisable pour voyager dans le ciel. Pas un ballon à air chaud, à la merci des mouvements du vent, mais un dirigeable qui pourrait s'élever du sol par sa propre puissance et, une fois en l'air, voler dans la direction désirée. Quelques-unes de ces machines-oiseaux se sont vraiment élevées en l'air, racontait-on, avant de s'écraser. Quand il a essayé d'en découvrir plus, on lui a dit que le groupe s'était dispersé et que son chef, un Allemand du nom de Christian von Roebling, s'était installé dans le sud, à Montoya Beach, près de Carpinteria. Apparemment, von Roebling continuait ses recherches, parce qu'un ami de Dreyfus, qui est descendu de San Francisco par bateau en août, a juré avoir vu un *quelque chose*, absolument pas un ballon, traverser un nuage au-dessus de la côte, près de Carpinteria. Comme il ne peut se passer bien longtemps, dit Dreyfus, avant qu'il y ait des machines volantes automotrices, il a supposé que cela vaudrait la peine de voir où en étaient arrivés ces casse-cou, car il pensait à un possible investissement ; et – il s'est montré si honnête, il m'a même prêté de l'argent pour payer les dettes des machines et des vivres, ce dont je ne vous avais pas parlé – je lui ai proposé de prendre contact avec von Roebling en son nom. Aussi, après m'être remis de mon accident, j'ai remonté la côte – vous vous souvenez de la semaine où nous n'étions plus du tout en contact ? Vous vous trouviez à Virginia City, où vous faisiez pleurer les mineurs et où vous descendiez dans un puits et dans les entrailles d'une colline au trésor. Et moi, je recherchais quelque Dédale charlatan qui m'emmènerait dans les airs.

— Ce que j'ai fait, s'écria Maryna, n'était absolument pas dangereux. Bogdan ! Soyez prudent !

— Oh, Maryna, suis-je imprudent ? dit-il. J'ai pris une chambre à l'auberge du village, j'ai bavardé avec les gens dans les bars, mais personne ne connaissait qui que ce soit du nom de von Roebling, et je suis allé rôder dans les dunes en scrutant le ciel bleu. Quelques jours plus tard, j'étais prêt à abandonner, et je me suis rendu à l'épicerie afin d'acheter des provisions pour le voyage du retour. Le seul autre client était un type grisonnant qui portait des lunettes grandes comme le masque d'un bandit, il achetait... des barils de clous, je crois. J'ai reconnu un léger accent allemand et je me suis présenté. Il m'a dit s'appeler Dellschau, quelque chose comme cela, mais j'ai soupçonné avoir trouvé von Roebling. Tout en le suivant à l'extérieur du magasin, je lui ai dit en allemand que mes intérêts scientifiques m'avaient appris le travail qu'il dirigeait et je lui ai demandé la permission d'être là en observateur la prochaine fois que quelqu'un tenterait de lancer une machine dans les airs. Il est resté silencieux un long moment ; j'espérais qu'il se révélerait être une de ces personnes secrètes qui désirent autant qu'elles craignent l'intrusion d'autrui. Mais alors il m'a fait savoir, dans un anglais atrocement incertain, que ma curiosité pourrait avoir des conséquences très désagréables ("Bogdan !" s'écria Maryna) parce que s'il y avait la moindre vérité dans cette *phantastisch* histoire, cette *blödsinn* que j'avais entendue sur les aéros et un aéroclub, ses propres termes, car je ne les avais pas employés, je comprendrais assurément que de voir une de ces machines de près, sans parler de les observer en vol, serait *streng verboten* à tous sauf aux vrais membres du club. Son conseil, et il le répéta, était de débarrasser la ville *schnell*.

— Mais vous ne l'avez pas fait.

— Bien sûr que non.

— Et avez-vous fini par voir quelque chose ?

— Pas en l'air. Sur la plage, un soir très tard, j'étais allé me promener au clair de lune et là, non loin devant moi, il y avait une masse sombre que j'ai d'abord confondue avec une pirogue à balancier. Cela avait la forme d'un canoë, mais en beaucoup plus gros, avec quatre ailes, deux de chaque côté, une sorte de corbeille dans la partie la plus large dans laquelle deux aéronautes pourraient s'asseoir, et des hélices attachées à la proue et à la poupe.

— J'en ai fait des dessins, maman.

— Peter, tu n'y étais pas !

— Non, mais je sais tout et… je vais te montrer ! »

Il fila dans l'autre chambre de la suite et revint avec un grand carton. Bogdan étala les dessins à leurs pieds.

« Ils sont joliment coloriés, dit Maryna.

— Maman, c'est de la science !

— Oui, ils sont très précis, approuva Bogdan. Les parties de navigation semblaient très claires – les hélices et, regardez, il y a le gouvernail. Mais rien de ce que j'ai pu distinguer ne donnait de renseignements sur la façon dont l'appareil est mû. Pas de moteur à vapeur, ce qui implique que le moteur, la chaudière et une quantité considérable d'eau et de carburant seraient assez peu encombrants et assez légers. Mais si ce n'est pas de la vapeur, quoi alors ? Qu'ont-ils pu inventer pour soulever du sol quelque chose de plus lourd que l'air ?

— Un dragon, dit Peter. Ils ont un dragon domestique et il lance la machine dans les airs avec sa queue.

— Peter !

— Je ne fais pas le bébé, maman. Je plaisante.

— J'ai voulu m'avancer, reprit Bogdan, mais alors j'ai vu quatre hommes qui s'approchaient avec des torches. L'un d'eux était von Roebling. Ils étaient armés et j'ai décidé de retourner en ville.

— Des revolvers, dit Peter. Ils avaient tous des revolvers. Tout le monde a-t-il aussi des revolvers à New York ?

— Non, mon chéri ! répondit Maryna. Nous ne sommes plus au Far West. Maintenant, sois gentil et va lire dans l'autre salon.

— C'était destiné à te faire rire, dit Peter. Mais comme je ne t'amuse pas, je pense que je vais descendre dans le hall retrouver Aniela et Miss Collingridge. » Il claqua la porte.

Maryna fronça les sourcils. « Et alors ?

— À l'aube, quand je suis revenu au même endroit, tout avait disparu. »

Maryna se dit : Il a peut-être tout inventé. Bogdan cherche peut-être à me distraire, lui aussi.

« Il doit bien sûr sembler ridicule que quelqu'un qui est récemment tombé de cheval pût espérer être emmené à des centaines de pieds en l'air dans quelque machine extravagante qui ne pouvait assurément rester en l'air bien longtemps. »

Puisqu'il lui rappelait cet accident auquel elle n'avait pas vraiment cru sur le moment, Maryna lui demanda une nouvelle fois s'il avait été gravement blessé en septembre.

« Vous voulez connaître la nature exacte de mes blessures ? Pourquoi ? Vous me trouvez couvert de cicatrices ou handicapé ? » Il se leva. « Je vous l'ai déjà dit. Cela ne mérite pas d'être raconté à nouveau.

— Je suis désolée », dit-elle tendrement. Puis, après un silence : « Avez-vous dit à von Roebling que vous aviez aperçu sa machine ?

— Surtout pas. Mais je dois retourner bientôt en Californie et j'essaierai peut-être de lui parler à nouveau.

— Et si ces... ces aéros volent réellement, vous associerez-vous avec Dreyfus comme investisseur ?

— Sûrement pas. » Il se rassit à côté d'elle et lui prit la main. « Si j'ai retenu une leçon de l'aventure rurale de l'année passée, c'est que je ne deviendrai jamais un homme d'affaires. Dans un avenir prévisible, ma chère, la seule personne de cette famille qui gagnera de l'argent c'est vous. »

L'argent était la raison pour laquelle ils ne s'étaient pas retrouvés dès que Maryna avait décidé de rompre avec Ryszard. L'argent – et le refus de Ryszard de quitter San Francisco, qui avait comme excuse d'attendre d'être appelé comme témoin au procès de Hanks. Les affaires de Bogdan à Anaheim n'étaient pas encore réglées, et cela aurait été de la folie de tout liquider à la hâte afin de venir pour le retour de Maryna au California Theatre en octobre, tant que Peter et lui habitaient la Californie du Sud : une folie ruineuse. Il pouvait sembler indécent de se plaindre de devoir faire des économies et des sacrifices, comme le faisait chaque jour Maryna auprès de Warnock, alors qu'elle mettait de côté mille dollars par semaine, beaucoup plus, comme ce cher vieux capitaine Znaniecki avait cru bon de le lui rappeler, que ce que la plupart des ouvriers d'Amérique gagnaient en un an. Mais la plupart des gens n'avaient ni les dépenses ni les responsabilités de Maryna. Au moins elle put envoyer un peu d'argent à Bogdan pour rembourser les dettes qu'il avait accumulées à Anaheim ; sauver la famille démunie de Cyprian et de Danuta qui, déçus de leur vie à Edenica, souhaitaient rentrer à Varsovie (elle leur paya le voyage) ; régler entièrement, comme le voulaient l'honneur et l'indignation, l'amende scandaleuse de cinq mille roubles exigée par le Théâtre Impérial de Varsovie pour rupture de contrat (elle avait supplié le directeur – un ami d'antan ! – de prolonger d'une année supplémentaire son autorisation d'absence d'un an, mais il avait refusé). Et devant elle se précisaient les dépenses du voyage à New York, six semaines à l'hôtel jusqu'à ce qu'elle perçoive à nouveau un salaire quand elle débuterait à la mi-décembre (Warnock lui avancerait l'argent pour l'hôtel mais on ne pouvait lui demander de payer aussi pour Bogdan, Peter et Aniela, et elle-même paierait déjà pour Miss Collingridge), et, la plus onéreuse de toutes les dépenses à prévoir, les costumes. Elle avait pu se débrouiller à San Francisco. Les costumes d'Adrienne et de Juliette étaient parmi ceux qu'elle avait apportés de Pologne, alors que pour celui de Marguerite Gautier elle avait emprunté de l'argent au capitaine Znaniecki, engagé une couturière et s'était à peu près équipée elle-même ; mais à New York, elle débuterait dans *La Dame aux camélias* et les cinq costumes devaient être vraiment somptueux. À New York, inutile de l'expliquer à Maryna, on attendait beaucoup des costumes du premier rôle féminin. Encore plus, fit remarquer Warnock, qu'à Paris.

Mais la publicité du spectacle n'aurait assurément pas été aussi vulgaire à Paris. Le travail de Warnock dans ce domaine – les programmes annonçant les débuts new-yorkais de la « comtesse Zalenska du Théâtre Impérial russe de Varsovie » – lui avait donné envie de rentrer sous terre. La *comtesse* Zalenska, au nom du Ciel, qui est-ce ? Et, oh, devait-on dire *russe* ? Mais Bogdan se contenta de rire quand il vit cela. « *Que veux-tu, ma chère**, c'est l'Amérique. Pourquoi devraient-ils comprendre quelque chose aux étrangers, pour commencer ? Warnock pense qu'il y a une fortune à gagner avec toi, il n'en est pas moins inquiet. Fais-moi confiance, Maryna, il se rendra vite compte qu'il n'avait pas besoin d'attacher mon titre de noblesse, hors de propos, à ton nouveau nom charmant. »

Elle sentit que son calme, son calme bienveillant, l'envahissait. Il n'avait pas trop changé : si, hâlé comme un campagnard quand il était arrivé, un peu alourdi, et il avait pris la manie de se ronger les ongles ; non, c'était le même. Bogdan eut la gentillesse, la grande gentillesse, de feindre ne pas s'intéresser à ce qu'était devenu Ryszard : Maryna lui apprit d'elle-même que leur ami, ayant eu la malchance de voir un homme en tuer un autre dans la rue, avait été retenu à San Francisco pour témoigner au procès du meurtrier, et qu'ensuite il était rentré en Pologne. Maryna, qui trouvait pesantes ses pensées impossibles à partager, s'autorisa avec reconnaissance à se sentir soulagée, puis rasséréné, grâce à l'ingénieuse réserve de Bogdan.

Elle avait été si inquiète avant son arrivée. Pendant un mois, elle n'avait établi de relation paisible qu'avec son mannequin de fil de fer et de tissu sur lequel elle fabriquait les nouveaux costumes pour *La Dame aux camélias*. Elle s'était disputée avec la couturière à propos de la magnifique robe de bal de l'acte IV ainsi que de la tenue de l'agonisante (une chemise de nuit en mousseline blanche d'Inde) de l'acte V. Tout le monde l'énervait.

Elle était très agitée le soir de la première. Ce qu'elle pouvait identifier comme du trac lui parut être de circonstance, mais il ne s'agissait pas seulement de trac et cela ne passa pas. Cynique et désespérée au premier acte, angoissée et vulnérable et acceptant finalement l'amour d'Armand au deuxième – elle sut qu'elle simulait la souffrance et la joie de Marguerite Gautier aussi bien qu'elle l'avait toujours fait. C'était l'émotion que l'histoire ne lui donnait pas l'occasion d'exprimer – la colère – qui la rendait si nerveuse. Enfin, au troisième acte, elle eut la possibilité de s'en décharger. Une Marguerite transportée de bonheur vit à présent avec son Armand bien-aimé à la campagne, tout près de Paris ; ce matin, il est allé en ville régler une affaire rapide, et elle est seule dans une pièce ensoleillée qui donne sur le jardin, vêtue d'une robe de cachemire d'un rose fleur de pêcher, bordée d'une cascade de dentelle sur le devant et d'un volant étroit en bas, des manches courtes prolongées au coude par des manchettes de dentelle, une fraise de dentelle autour du cou, et du côté gauche une poche de dentelle en forme de coquillage ornée d'une rosace rose, qui fut particulièrement appréciée de plusieurs critiques. Nanine, sa domestique, vient d'annoncer l'arrivée d'un monsieur qui souhaite lui parler. Marguerite, qui croit qu'il s'agit de son notaire (à l'insu d'Armand, elle a mis en vente tout ce que contient sa demeure parisienne), a demandé qu'on le fasse entrer. Bien sûr, ce n'est pas son notaire.

Mademoiselle Marguerite Gautier ? Un homme digne et âgé est apparu sur le seuil de la porte en fond de scène à droite, puis il est passé devant le canari vivant que le directeur de scène, tenant zélé du réalisme théâtral, a cru bon d'installer dans le décor. *C'est moi, monsieur*, dit Maryna. *À qui ai-je l'honneur de parler ?* Le canari se mit à gazouiller. *À M. Duval.* Cui-cui. Cui-cui. On aurait cru qu'il y avait deux oiseaux dans la cage. *À M. Duval ?* Cui-cui-cui. *Oui, mademoiselle, le père d'Armand.* Maryna était censée dire la réplique suivante d'une voix calme mais troublée – calme, elle, avec l'abominable cui-cui de cet oiseau ? *Armand n'est pas ici, monsieur.* Cui-cui-cui-cui. *Je le sais, mademoiselle !... Et c'est avec vous que je désire avoir une explication. Veuillez m'écouter.* Écouter ? Comment pouvait-elle écouter quelque chose ? *Mon fils, mademoiselle, se compromet et se ruine avec vous.* Cui-cui-glou-tit-crou-trit-cui-cui. Maryna, qui en avait assez enduré, marcha vers le fond de la scène, décrocha la cage et la jeta par la fenêtre à meneaux ouverte, puis elle retraversa avec grâce la scène inclinée vers son rendez-vous avec la douleur.

Elle s'inquiéta vraiment à l'idée d'avoir pu choquer des spectateurs – tout le monde n'allait sûrement pas croire que cela était dans la mise en scène ! – mais fut rassurée quand, quinze minutes plus tard, au moment où Marguerite se rend enfin compte que son amour pur et désintéressé pour Armand ne sera jamais accepté par le père du jeune homme, elle entendit la salle se remplir du bruit des spectateurs qui pleuraient et vit le souffleur jeter son texte par terre et s'enfuir pour se moucher en cascade dans un coin des coulisses. Malheureusement, un des critiques refusa de lui laisser oublier totalement l'incident. Le lendemain, la critique du *Sun* disait : « La manifestation la plus originale du caractère emporté caractéristique des plus grandes actrices, la défenestration d'un canari braillard. » Maryna fut consternée de voir cela mentionné par écrit. Les critiques ! Ils ne cherchent qu'à se moquer et à trouver la faute ! Mais elle fut encore plus furieuse contre sa jeune secrétaire et professeur de diction à la docilité inébranlable, qui fit une intrusion violente dans sa loge dès la fin du spectacle. « L'oiseau ne chante plus maintenant, Madame Maryna. Cet oiseau a une commotion, j'en suis sûre. » Miss Collingridge *détestait* ce que Maryna avait fait à l'oiseau.

En fait, Maryna soupçonna Miss Collingridge d'être derrière une visite de protestation de deux rustres aux yeux écarquillés de la Société américaine pour la prévention de la cruauté envers les animaux, qui frappèrent à la porte de sa loge une heure avant la représentation du lendemain et qui lui demandèrent de leur présenter un canari indemne et gazouillant. Maryna les expédia avec brusquerie en leur disant que tous les oiseaux et animaux étaient sous la garde de sa secrétaire, qu'ils pourraient trouver en s'adressant à son imprésario, troisième porte à gauche. Elle espéra que le canari voudrait bien chanter.

Pendant quelques jours Maryna crut avoir décidé de renvoyer Miss Collingridge à San Francisco. N'y avait-il personne sur qui elle pouvait compter pour trouver soutien et sympathie ?

Mais au cours de la deuxième semaine, juste avant Noël, alors qu'elle jouait *Adrienne Lecouvreur*, titre que Warnock l'avait convaincue de raccourcir en *Adrienne* (« *Adrienne Lecouvreur* avec en vedette la comtesse Marina Zalenska ? C'est une bouchée de mots étrangers trop grosse pour qu'on demande de l'avaler même à des New-Yorkais. – Monsieur Warnock, je vois que vous avez décidé de me rendre folle. Il n'existe aucune personne du nom de comtesse Zalenska. La comtesse Dembowska, oui. Le nom de mon mari. Mais l'actrice dont vous avez si aimablement entrepris de promouvoir le destin est purement et simplement, comme vous dites, vous, les Américains, Marina Zalenska. – O.K. », répondit Warnock), juste au moment où elle commençait à jouer *Adrienne*, Maryna reçut des nouvelles de Bogdan : il était en route vers l'est, et lui amenait Peter et Aniela. Et Bogdan s'était montré si encourageant, et elle avait besoin d'encouragements parce que pour la troisième semaine de sa saison à New York, elle donnerait *Roméo et Juliette* et *Comme il vous plaira*. C'est vrai, pour *La Dame aux camélias* et *Adrienne* elle n'avait eu que des éloges – l'*Herald :* « Elle a gagné tous les cœurs » ; le *Times* : « Succès populaire, triomphe artistique » ; la *Tribune* : « C'est une grande actrice » ; le *Sun* : « La plus grande actrice depuis Rachel » ; le *World* : « À ne pas manquer ». Peu importe. Elle pouvait toujours échouer avec Shakespeare.

« Je vois que non seulement vous avez joué comme prévu, mais les critiques ont fait de même, dit Bogdan. Une belle gerbe de louanges.

— Des phrases, pour que Warnock en truffe le nouveau programme, répondit Maryna d'une voix lugubre.

— Oubliez Warnock.

— Hélas, je ne peux l'oublier. Il dirige ma vie. Mais dites-moi, ai-je été aussi bonne qu'en Pologne ?

— Meilleure, je pense. Comme vous le savez fort bien, ma chère, les obstacles vous réussissent.

— Et mon anglais ?

— Non, non (il rit), pour vous rassurer sur ce chapitre, vous devez consulter l'indispensable Miss Collingridge. »

« *Armong I loaf you* (Armang je fous éme)», telle fut la réponse de Miss Collingridge. Puis, voyant le regard horrifié de Maryna et le sourire de Bogdan, elle ajouta, charitable : « Mais pas toujours. »

Bogdan apportait le soutien ; Bogdan apportait l'harmonie. Il donna son approbation amusée à cette adjonction à l'entourage de Maryna, un nouveau spécimen chaleureux et asexué de féminité américaine. Et Miss Collingridge appréciait Bogdan, il l'impressionnait ; mieux encore, elle devint l'amie de Peter, tout de suite et sans effort. Dans la famille nouvellement reconstituée de Maryna, Aniela était une exception, et son visage granuleux et pâle se plissait sous l'effet de la jalousie. Cette Américaine qui possédait tant de chapeaux différents, était-ce une autre servante ou l'amie de Madame ? Pour se risquer hors du cocon polonais d'Anaheim, Aniela avait appris à compter jusqu'à vingt en anglais, et à dire de sa petite voix discordante : *that one*, *half*, *more*, *good*, *thank you*, *it's too expensive*, *good-bye* (celui-là, la moitié, plus, c'est bien, merci, c'est trop cher, au revoir). À New York, grâce à l'enseignement et à la douceur de Miss Collingridge, elle avait déjà acquis des phrases très utiles telles que *Madame est occupée*, *Madame se repose*, *Posez ces fleurs là-bas s'il vous plaît*, *Je donnerai votre message à Madame*. Et ce n'était qu'un début. Aniela devait accepter Miss Collingridge, que pouvait-elle faire d'autre ?

« Tout est redevenu comme cela devait être, dit Maryna alors qu'ils s'endormaient ensemble dans le grand lit de la suite de l'hôtel Clarendon. Je vous ai, si vous pouvez me supporter. J'ai Peter. J'ai la scène…

— Est-ce vraiment l'ordre qui convient ? murmura-t-il.

— Oh, Bogdan », s'écria-t-elle et elle l'embrassa férocement sur la bouche.

Au contraire de la scène, où l'adultère d'une femme ne restait jamais impuni, la vie réelle, comme le remarqua Maryna avec reconnaissance, n'avait pas besoin d'être un mélodrame. La vie était un long bain chaud, la vie était un massage à la glycérine et une séance de pédicure. La vie c'était ne jamais rester oisif, toujours essayer de se surpasser, commander trois nouvelles perruques, jeter un canari par la fenêtre d'une scène, faire pleurer des inconnus. La vie était une conversation tranquille sur Peter avec Bogdan.

« Ne vaudrait-il pas mieux le mettre en pension avant que je ne parte en tournée ? Ce n'est pas une vie pour un enfant.

— Je pense que nous devrions le garder avec nous pendant la tournée et au moins pour l'été. Miss Collingridge et moi, nous lui ferons l'école. C'est trop tôt pour lui d'être à nouveau séparé de vous.

— Il est furieux contre moi. »

Elle lui apporta du sucre candi. Il le jeta. Elle lui acheta des cadeaux. Il les cassa. Elle lui fit la lecture. Il lui demanda de s'arrêter.

Bogdan ne répondait pas.

« Hier, il m'a dit qu'il aimait Aniela plus que moi.

— Il est en colère parce que vous êtes partie. Et comme c'est un enfant, il n'est pas obligé de cacher ses sentiments.

— Mais je peux compenser maintenant. Il oubliera. Croyez-vous qu'il oubliera ? Il ne peut pas rester en colère.

— Je pense qu'il ne restera pas en colère, dit Bogdan.

— Je lui ai promis de ne plus jamais le quitter.

— Excellente promesse. »

Vous auriez pu venir, Henryk. En ce qui me concerne, cher ami, vous n'aviez plus d'excuse, dès l'instant que j'étais à New York, qui est *beaucoup* plus proche de notre vieille Europe. Bogdan aurait aimé que vous fussiez ici, car il ne pouvait pas y être. (Je suis heureuse de vous dire qu'il est avec moi maintenant.) Mais… *passons**. Ainsi, j'ai enfin fait mes débuts à New York. Naturellement – permettez-moi de me vanter – ce fut un succès. Je me suis prouvé une fois pour toutes qu'avec suffisamment de force, on pouvait surmonter n'importe quel obstacle. Les salles sont toujours pleines (pour les galas en soirée, les billets sont vendus aux enchères), les journaux sont enchantés par moi, les femmes m'adorent. Et cependant – cela vous étonnera-t-il ? – je ne décolère pas. Ou est-ce de la tristesse ? Car je suis vraiment seule dans mon triomphe ; je ne peux m'abuser sur ce point. Où étaient mes amis ? Où est la communauté d'amis en laquelle j'ai cru ? Où est la Pologne ? À coup sûr, tous les Polonais que nous avons rencontrés ici l'an dernier étaient dans la salle pour la première, mais parmi les vrais amis, le seul présent était Jakub, qui, comme vous le savez, vit à New York depuis six mois maintenant. Et qu'est-il advenu de notre merveilleux artiste ? Il a trouvé un emploi d'illustrateur dans un magazine populaire, le *Frank Leslie's Weekly*, et il passe ses journées devant une table dans les bureaux de l'hebdomadaire, à proximité des autres illustrateurs. Il dit qu'il espère toujours reprendre la peinture, « à côté ». Quel dommage. Et Jakub a appris par un ami de Cracovie que Wanda venait de faire une nouvelle tentative de suicide. Pourquoi ne m'en avez-vous pas parlé ? Affreux, affreux, affreux ! Je sais que les gens faibles réussiront toujours à se faire du mal si c'est vraiment ce qu'ils veulent. Mais même ainsi…

Maryna avait évoqué le pouvoir de la volonté, comme elle le faisait si souvent avec Henryk – il y avait un reproche là-dedans, ainsi qu'une fanfaronnade –, mais volonté n'était peut-être qu'un autre mot pour désir. Elle voulait absolument cette vie, quel que fût le prix à payer : cette solitude, cette euphorie. L'approbation quasi amoureuse de la foule innombrable de ceux qu'elle ne connaîtrait jamais, ou à peine ; sa propre insatisfaction, douloureuse et stimulante. Elle aurait été anéantie si les critiques avaient été autre chose que des louanges. Si Maryna devait croire ce qu'elle lisait sur elle-même, son jeu était à l'opposé de la déclamation. Sa « simplicité », sa « subtilité », son « art délicat et raffiné », son « naturel absolu » semblaient très originaux à New York. Mais elle ne croyait pas ce qu'elle lisait, en particulier quand cela se résumait à des éloges, et pour des qualités totalement antithétiques. Il n'y avait assurément rien de naturel dans son naturel, qui était inventé pour chaque rôle à partir d'un millier de jugements et de décisions minuscules. Beaucoup de choses, elle le savait, pouvaient être améliorées. Sa voix possédait toujours la même puissance, elle l'admettait, mais une année loin de la scène avait affaibli la précision du contrôle qu'elle avait sur sa respiration. Elle sentait que parfois les mots manquaient de mordant. Il fallait qu'elle modifie encore plus le débit de certains passages. Mais quand elle aurait tout rectifié, et cela le serait après avoir joué huit fois dans la semaine (et le dimanche, Maryna vint au théâtre pour travailler sur la scène vide pendant quelques heures), ne risquait-elle pas d'avoir des effets vocaux trop amples ?

Elle avait peur que la résurgence de ce sentiment de maîtrise contrefaite ne la pousse à trop charger son interprétation. C'est une chose d'être expressif de façon continue, ce qu'est l'art de jouer ; c'en est une autre pour l'acteur, par vulgarité ou pour ne s'être pas surveillé, d'en faire trop. Elle dit à Bogdan : « Je donnerais dix ans de ma vie pour m'asseoir une seule fois au milieu du public afin de me voir jouer, et peut-être apprendre ce qu'il convient d'éviter. »

L'autorité sur la scène équivaut à la capacité de projeter de façon continue et pénétrante, avec aisance, l'essence d'un personnage. Au naturel, il y a de nombreux moments où l'on n'est pas en représentation, beaucoup de gestes qui ne sont pas indispensables ; au théâtre, les personnages révèlent leur essence en permanence. (Toute autre chose serait dérisoire, vague, vaseuse, au lieu de donner une signification et une forme.) Jouer un rôle c'est montrer ce qu'il y a d'énergique dans une personne, ce qui est soutenu.

Les gestes essentiels sont les gestes qu'on répète. Si je suis malveillant, je suis malveillant tout le temps. Voyez mon regard mauvais, ma mine renfrognée. Je montre les dents (si je suis un homme). Quand je pense à la souffrance que je vais infliger à mes victimes crédules, j'en frémis, de façon visible. Ou bien, je suis bonne (comme les femmes peuvent être bonnes). Voyez, je souris, je regarde tendrement, je me penche pour soulager ou je me recule, pitoyable, pour fuir les avances bestiales de celui-contre-qui-je-suis-sans-pouvoir-pour-me-défendre.

Tout le monde était d'accord pour dire que c'est ainsi qu'il fallait procéder. Le public ne peut se tromper sur qui aimer, qui prendre en pitié, qui mépriser. Mais montrer sa propre essence, cela doit-il signifier qu'on amplifie les signes qui nous permettent de la reconnaître ? Si l'on avait le courage de ne pas être aussi insistant depuis le début, cela ne serait-il pas plus fin, plus vrai ? Plus fascinant ? Chaque soir, quand elle entrait en scène, Maryna se promettait : Je vais retenir quelque chose. Je ne vais pas être entièrement lisible. Davantage de contradictions, s'ordonnait-elle, même au risque d'être déroutante. Être un feu qui couve sous la cendre.

Et *mon* essence ? se dit Maryna. Que montrerais-je si je jouais mon propre personnage ?

Mais un acteur n'a pas besoin d'avoir d'essence. Ce serait peut-être une entrave pour un acteur d'avoir une essence. Un acteur n'a besoin que d'un masque.

En essayant d'analyser quelque chose d'ineffable qu'elle apportait à ses rôles, les critiques avaient recours à des mots comme « subtil » et « aristocratique ». La présentation de ce qui avait enchanté San Francisco ne réussit pas à New York. Maryna avait ravi plus d'un reporter en Californie avec ses histoires de débuts très difficiles, quand faire des tournées dans la province polonaise signifiait jouer dans des manèges d'équitation et des granges aussi souvent que dans des théâtres. Ici, à New York, on s'intéressait plus à ses idées sur le théâtre, pourvu que celles-ci fussent édifiantes. Mais quel espoir y avait-il de rectifier aucune des incompréhensions impudentes qui encombrent le transfert d'une grande carrière d'un pays dans un autre ? Tout acteur (chanteur, musicien, danseur) a reçu un enseignement, a des mentors, une généalogie artistique, une généalogie morale aussi ; mais Maryna Załężowska, dotée de noms tout aussi imprononçables, ne signifiait rien ici. Elle avait un talent orphelin. Et comment expliquer en Amérique le sentiment caractéristique d'une mission alimentée par les habitudes polonaises d'attachement à des rêves impossibles ? « Nous, Polonais, nous sommes un peuple très théâtral », déclara-t-elle de façon sommaire au nouveau groupe de journalistes qui l'interrogeait.

En Pologne, elle avait représenté les aspirations d'une nation. Ici elle ne pouvait représenter que l'art, ou la culture, que beaucoup craignaient comme quelque chose de frivole, de snob ou de moralement dérangeant. Bogdan lui fit remarquer avec un sourire que les Américains semblaient avoir besoin qu'on leur garantisse en permanence que l'art n'était pas seulement de l'art mais qu'il servait un but, moral ou civique, plus élevé.

Pour ses premiers entretiens avec la presse newyorkaise, elle avait sous le coude la traduction en anglais, faite par Ryszard, d'un des hommages les plus chers à son cœur, publié dans la revue théâtrale polonaise *Antrakt* : « Dans chaque rôle qu'elle interprète, Załężowska est pleinement en accord avec l'époque dans laquelle elle vit, comme la musique de Verdi soupire, pleure, souffre, aime et crie dans le langage de toute l'humanité. Comme Verdi est le plus grand compositeur de l'époque, Załężowska en est la plus grande actrice. » Mais Maryna soupçonnait que cela n'aurait aucun sens pour personne ici qu'un éminent critique théâtral de Pologne l'ait comparée, à cause du caractère universel de son expressivité – et non parce qu'elle portait les aspirations de sa nation –, à Verdi. Les Américains pourraient en conclure que cela signifiait que son génie manquait de subtilité et n'était que de l'opéra.

À la place, Maryna déclara : « Messieurs, vous ne m'imaginez pas avec un recueil de coupures de presse, n'est-ce pas ? Moi, qui lis rarement les critiques et qui n'ai même jamais songé à conserver ce qu'on a écrit sur moi ! »

Elle avait réussi à gagner les critiques à sa cause, y compris le redoutable William Winter de la *Tribune*, le plus puissant critique dramatique du pays. Il est vrai que Winter ne put s'empêcher de déplorer avec douceur le choix de Madame Zalenska pour ses débuts new-yorkais. « Était-il vraiment nécessaire pour cette artiste exquise (et comtesse qui plus est, notez-le bien !) de commencer la conquête de nos cœurs en interprétant cette créature douteuse, aux poumons fragiles et à la vertu plus fragile encore ? » Bien sûr, Winter lui pardonnait. Il n'y avait pas eu ne serait-ce que le murmure d'une telle critique dans ce bon vieux San Francisco ou la tempétueuse Virginia City, et Warnock dut expliquer à Maryna que l'Ouest avait l'esprit plus ouvert (relâché, disaient certains), alors que l'Est de l'Amérique (« Rappelez-vous qu'il s'agit de tout un continent et que nous sommes cinquante millions ! »), et en particulier le milieu du pays, pouvaient être « un peu » troublés par la vertu d'une femme représentée sur une scène, ce qui signifiait que Maryna devrait se préparer à endurer « une bonne quantité » de sermons sur les menaces à la morale publique que représentait la pièce bien connue de Dumas, au succès également bien connu.

Heureusement, tous les critiques ne s'inquiétaient pas de savoir si leur nouvelle idole avait rabaissé son art en jouant une femme déchue. La très influente Jeannette Gilder, de l'*Herald*, qui était devenue une admiratrice convaincue de Maryna, s'intéressait plus aux parures de la courtisane, un intérêt, souligna Bogdan, qu'on n'aurait pu imaginer d'après les choix vestimentaires de Miss Gilder, qui comprenaient haut col et cravate, chapeau melon et manteau d'homme. « Les bras, que sa robe laisse nus, sont recouverts de gants de chevreau à douze boutons couleur crème, qui montent jusqu'au coude, et de là jusqu'à l'épaule ils sont entourés d'un ruban de velours attaché par un bijou », écrivait Miss Gilder en décrivant l'entrée renversante de Marguerite Gautier au premier acte. Et n'était-il pas amusant, continua Bogdan, que les costumes que portait Maryna dans *La Dame aux camélias* fussent les plus copiés par les censeurs et les élégantes ?

Ce fut Bogdan qui le premier lui signala (elle aurait été la dernière personne à le voir, dit Maryna) que les dames de New York commençaient à imiter ses manières, ses gestes et ses coiffures (comme dans l'acte I de *La Dame aux camélias*, où elle relevait ses cheveux très haut sur la tête avec des boucles et des rubans), et les chapeaux Zalenska avaient fait leur apparition dans les boutiques les plus chics, ainsi que les gants Zalenska, les broches Zalenska et l'*Eau polonaise*, une nouvelle eau de Cologne – sur l'étiquette, on voyait un portrait ovale de Maryna superposé à une scène de salon avec un jeune homme au piano qui avait les longs cheveux de Chopin et son visage sensible de phtisique. Des photos d'elle dans le costume de *La Dame aux camélias* étaient exposées dans les vitrines des pharmacies et on en vendait chez les marchands de tabac. Les journaux publiaient chaque jour les rendez-vous de Madame Zalenska. Maryna n'avait toujours pas repris le poids qu'elle avait perdu, et si elle était trop spectrale elle ne paraîtrait pas à son avantage dans le costume tant admiré du premier acte de *La Dame aux camélias*, une robe du soir ajustée à crinoline bleu canard avec une traîne de velours vert sombre. Mais elle était obsédée par les photographies de la nouvelle star qui régnait sur Paris, Sarah Bernhardt, celle qui avait un visage d'oiseau et une silhouette décharnée. Pour se préparer à une future rivalité, Maryna se jura de ne pas reprendre de poids.

Après quatre semaines au Théâtre de la Cinquième Avenue, et une semaine supplémentaire de travail sur sa garde-robe de scène (resserrer, relâcher) qui remplissait maintenant deux douzaines de malles dont s'occupait une couturière allemande, Maryna partit à la conquête de l'Amérique, en se produisant avec des troupes locales dans tout le pays, sauf le Far West. À Philadelphie, le principal critique de la ville admira « la croix et le diadème de diamants d'une valeur de quarante mille dollars » (comme Warnock en avait fait courir le bruit) – en strass, bien sûr – qu'elle portait dans l'acte IV de *La Dame aux camélias*. L'erreur, l'erreur de Warnock, décida Maryna, avait été de ne donner que *La Dame aux camélias* pendant la semaine au célèbre Théâtre d'Arch Street. Maryna fut déçue par Philadelphie. Les villes de Baltimore et de Washington, où elle joua en outre *Comme il vous plaira* et *Roméo et Juliette*, furent séduites avec plus de pertinence. Puis elle remonta la côte en bateau vers la ville, lui avait dit Warnock, où elle jouerait – uniquement Rosalinde et Juliette – devant le public le plus cultivé du pays, et dans l'un de ses théâtres les plus vénérables. (« Le *Musée* de Boston, monsieur Warnock ? En Amérique, est-ce habituel pour un théâtre de s'appeler Musée ? – Seulement à Boston, chère madame. ») Son nouvel ami William Winter, New-Yorkais convaincu, était plus sceptique sur la capitale tant vantée de la rigoureuse Amérique. Même Boston, dit-il pour rassurer Maryna en plaisantant, ne pourrait la défier avec des publics tels que ceux qui remplissaient les théâtres de Londres à l'époque de David Garrick, des publics qui connaissaient si bien leur Shakespeare que lorsqu'un acteur se trompait dans son texte, écorchait un mot ou même plaçait mal un accent, il risquait de se faire siffler ou reprendre bruyamment par l'orchestre et la galerie. Mais, oui, reconnut-il, Boston était plein de fins shakespeariens. Maryna attendait ce défi avec confiance. Comme, grisée par les louanges (malgré toute sa vigilance), elle passait moins de temps à contrôler son anglais, le choc qu'elle reçut le lendemain de la première au Musée de Boston, où elle avait joué ce qu'elle croyait être sa Rosalinde la plus aisée, fut d'autant plus grand quand elle lut dans l'*Evening Transcript* que l'éminent critique dramatique trouvait son accent enchanteur, en particulier dans les passages sentimentaux de *Comme il vous plaira*, mais que c'était un obstacle quand on en venait aux exigences du badinage shakespearien.

« C'est vrai, n'est-ce pas ? pleura-t-elle auprès de Miss Collingridge qu'elle avait immédiatement convoquée dans sa suite de l'hôtel Langham pour une séance d'entraînement. Depuis combien de temps suis-je en train de baisser ?

— À Philadelphie, vous avez dit *ozer* au lieu de *other*, à Washington vous avez dit *loaf* au lieu de *love* et *strent* au lieu de *strength*, et à Baltimore vous avez dit *bret* au lieu de *breath*, *trone* au lieu de *throne* et *larrrk* au lieu de *lark*.

> *It was the nightingale, and not the lark,*
> *That pierced the fearful hollow of thine ear.*
> (C'est le rossignol et non pas l'alouette
> Qui a percé le fond craintif de ton oreille.)

C'était le pire.

— Chère Mildred, comment faites-vous pour me supporter ?

— *Armong, I loaf you* (Armang, je fous éme).

— Suffit, Mildred. J'ai compris. »

Si seulement les uniques frustrations de Maryna avaient été de garder un excellent accent anglais pour rendre justice à Shakespeare !

Toronto fut meilleur ; Buffalo et Pittsburg se dirent enchantés par ce nouvel ornement exotique de la scène américaine ; Cleveland et Columbus rayonnèrent littéralement de plaisir. Comme Maryna avait commis l'erreur de dire à Warnock qu'il ne lui avait jamais fallu plus de deux jours pour apprendre un nouveau rôle, ce fut trois jours seulement avant leur arrivée à Cincinnati qu'il l'informa qu'elle n'était pas seulement annoncée dans *Adrienne* et dans *Comme il vous plaira* mais aussi, le samedi en matinée, dans *East Lynne*. Maryna furieuse lui rappela qu'elle l'avait informé qu'elle ne s'abaisserait jamais à jouer *Beast Lynne* (*Bête Lynne*), comme elle disait – « Je suis une artiste, monsieur Warnock, tonna-t-elle, pas une marchande de larmes ! » –, néanmoins, pendant le deuxième mois de tournée, ayant succombé aux arguments de Warnock, à son insistance, elle joua *East Lynne* à Cincinnati, à Louisville, à Savannah, à Augusta, à Memphis et à Saint-Louis. Warnock avait eu raison bien sûr de lui assurer : « C'est de l'argent à la banque. – C'est quoi ? – Je veux dire, le public adore cette pièce. – Parce qu'ils veulent pleurer ? – Eh bien, oui, les gens aiment pleurer au théâtre, presque autant qu'ils aiment rire, et qu'y a-t-il de mal à cela, chère madame ? Mais ce qu'ils aiment par-dessus tout c'est regarder une grande actrice. Et cette grande actrice c'est vous ! »

Aucune prouesse théâtrale n'était plus agréable au public que celle qu'offrait une intrigue qui obligeait le personnage principal à partir et à revenir dans l'histoire sous un déguisement ou transformé par la souffrance, comme quelqu'un d'autre et dont la véritable identité, tout à fait évidente pour ceux qui avaient payé pour voir la pièce, restait insoupçonnée à ceux qui se trouvaient sur la scène. Tel est le rôle vedette dans *East Lynne* – en réalité, deux rôles. Un des personnages est Lady Isabel, sans volonté et facile à tromper qui, sous l'influence néfaste d'un débauché intrigant, quitte un mari aimant et ses enfants. L'autre est la pécheresse repentante, prématurément vieillie par le supplice de la contrition, qui revient dans son foyer sous les traits d'une gouvernante à lunettes et cheveux gris, « Mme Vine », pour s'occuper de ses propres enfants. Son cri, lorsque le plus jeune des trois, un simple nourrisson quand elle était partie, meurt dans ses bras – *Oh, Willie, mon enfant, mort, mort, mort ! Et il ne m'a pas connue, il ne m'a jamais appelée maman !* – déclencha dans le public des explosions d'affliction. Et les larmes jaillirent à nouveau quand, au moment de sa mort, elle renonça à l'incognito et implora le pardon de son mari – *Que ce que je suis disparaisse de ton souvenir, pense à moi (si tu le peux) comme la jeune fille innocente et confiante que tu as prise pour femme* –, qui le lui accorda, puis elle le supplia de ne pas punir, à cause de son propre abandon, les deux enfants qui leur restaient – *Sois bon et aime Lucy et le petit Archie*, murmura-t-elle d'une voix rauque. *Que le péché de leur mère ne retombe pas sur eux !*

Jamais, jamais ! s'écria l'acteur qui jouait le rôle d'Archibald dans cette compagnie locale – l'Amérique avait des douzaines d'Archibald, mais il n'y aurait qu'une Isabel, la meilleure, la plus affreusement triste, comme Maryna apprit à l'interpréter. Il baissa la tête. Maryna vit des pellicules sur le col d'Archibald. Elle tournoyait dans une douleur inextinguible. Que suis-je en train de faire, se demanda Maryna alors que, petit à petit, elle s'abandonnait à l'ivresse indestructible et au pathos éhonté d'*East Lynne*.

Elle recherchait une terrible tranquillité.

À Chicago, où elle joua au Hooley's Opera House pendant dix jours, elle fut importunée par les fleurs, les cadeaux et les supplications de la colonie polonaise de la ville, toujours plus nombreuse, la plus importante d'Amérique. Le dimanche, après la grand-messe à Saint-Stanislaw avec Bogdan et un banquet interminable organisé par monsignor Klimowski, Maryna donna un récital poétique dans la salle de réunion contiguë à l'église (la recette serait distribuée aux paroissiens nécessiteux), au cours duquel elle dit des poèmes de Mickiewicz, des extraits de *Mazepa* de Słowacki, et certains de ses passages célèbres de Shakespeare : la tirade de Portia sur la clémence, la scène de la folie d'Ophélie, le délire de somnambule de la dame d'Écosse. Dire Shakespeare en polonais la rendit insouciante. Des hommes pauvres et bourrus, des femmes aux yeux rougis, fichu sur la tête, vinrent lui baiser les mains.

Tant de voyages pour faire la même chose dans chaque nouvel endroit rapetissait le monde. Une nouvelle ville se réduisait à la taille et à l'ameublement de sa loge, à la plus ou moins grande incompétence des acteurs locaux, à la sécurité de voir Bogdan à son poste (en coulisse, comme il le préférait, ou dans une loge, comme le voulait souvent Maryna, où elle pouvait mieux le voir quand elle était sur scène), et à la chaleur qu'il lui témoignait en lui assurant que tout s'était bien passé.

En tant que jeune actrice dans la troupe de Heinrich, Maryna pensait avoir tout connu de la dureté des tournées. Mais en Amérique, le besoin de repos était à peine reconnu : les Américains avaient inventé la tournée continue, représentation sur représentation, avec seulement un jour ou deux entre une ville et la suivante. Enfermée dans son compartiment de train, Maryna écoutait les mots de ses rôles dans le claquement des roues. Bogdan lisait. Il pouvait continuer à lire quand, après un arrêt dans un endroit désert, on les aiguillait sur une voie de garage pendant une heure tandis que des trains plus privilégiés passaient près d'eux en grondant. Peter regardait par la fenêtre, en marmonnant tout seul pendant que Maryna ne cessait de se lever et de s'asseoir, de s'asseoir et de se lever. Elle savait qu'il valait mieux ne pas l'interrompre, pour l'avoir fait une fois.

« Vingt-huit quoi, mon chéri ?

— Maman, tu gâches tout !

— Pour l'amour du ciel, Peter, je gâche quoi ?

— J'additionnais les numéros des wagons de marchandises. Il y avait un 1, un 9, un 8, un 7, un 3 et puis tu…

— Excuse-moi. Retourne à tes calculs.

— Maman !

— Qu'ai-je encore fait ?

— Il faut que j'attende un autre train. »

Très souvent, elle n'avait pas une nuit complète de sommeil, mais son endurance était phénoménale. Elle pouvait dormir quand elle le voulait et se réveiller reposée au bout d'une heure.

Warnock attendait qu'elle se plaigne.

« Je ne me plains pas, comme vous le voyez, monsieur Warnock », dit Maryna au beau milieu de la nuit, tout en sirotant une tasse de thé, au bout de leur wagon, quelque part dans le Wisconsin glacial. Elle venait de donner deux représentations en soirée au Grand Opera House de Milwaukee et allait jouer trois soirs à l'Academy of Music de Kansas City. Ils s'étaient arrêtés dans une gare de marchandises et le train avait fait des embardées en avant et en arrière, dans des crissements et des vibrations, pendant plus d'une heure. « Ces épouvantables voyages en train de nuit. Les hôtels miteux où vous nous avez logés dernièrement ma famille et moi. Les terribles acteurs avec lesquels je suis obligée de jouer. C'est la première tournée de Marina Zalenska en Amérique, et j'ai beaucoup à apprendre. Je dis seulement, écoutez-moi s'il vous plaît, car je ne le répéterai pas, *cela* ne se reproduira plus. »

La Pologne c'étaient des cercles – tout était familier, saturé, centrifuge. Ici, le pays, toujours plus immense et à peine marqué, s'étalait et élevait des pics dans toutes les directions. Continuellement en déplacement d'un endroit inconnu à un autre, Maryna ne s'était jamais sentie aussi concentrée, aussi solide, aussi imperméable à son environnement. Les urgences et les satisfactions du jeu la cuirassaient. Juliette et Rosalinde de Shakespeare ; Adrienne et Marguerite Gautier ; même la misérable Lady Isabel d'*East Lynne* – comme elle était bien en leur compagnie. Parfois, elles pénétraient dans ses rêves et se parlaient entre elles. Elle essayait de les consoler. Elles réussissaient à la consoler. Souvent, il lui semblait suffisant de n'avoir comme pensées que les leurs.

Pendant ce temps, quelque chose s'éloignait au point qu'elle ne pouvait plus en parler. Quelque chose aperçu par intermittences était recouvert. Elle se rappelait quand ses cheveux étaient tombés pendant sa fièvre typhoïde trois ans plus tôt, et qu'elle avait découvert à son grand étonnement deux taches rose sombre à l'arrière de sa tête, l'une sous le sommet et l'autre au-dessus de la nuque. En tenant un miroir à main sous l'angle correct, elle avait contemplé avec répulsion le reflet de ces taches de naissance dans le grand miroir de sa loge derrière elle. Mais seuls son perruquier et son coiffeur virent l'arrière de son cuir chevelu, bientôt recouvert d'un premier duvet, puis toute sa masse de cheveux noirs repoussa, et il était peu vraisemblable qu'elle fût à nouveau obligée de voir son cuir chevelu dénudé.

On voit, on saisit, quelque chose de contrariant, quelque chose de disgracieux apparaît indistinctement… puis ce n'est plus là, et il n'y a aucune raison de le rechercher, aucune raison d'insister sur ce qu'on ne peut plus voir. Avec quelle facilité un savoir perturbant devient un savoir inutile.

À supposer que, durant leur longue séparation de l'an dernier, Maryna et Bogdan aient tous deux recherché de l'affection ailleurs, comme cela est nécessaire : ils n'allaient pas s'imposer mutuellement des histoires connues sans qu'il fût besoin de les raconter. L'amour, l'amour d'un couple marié, est plein de silences généreux. Ils seraient généreux l'un envers l'autre.

Maryna croyait savoir ce qui la liait de façon aussi irrévocable à cet homme. Il est juste assez prudent pour que je me sente encore libre.

Mais n'était-il pas présomptueux de supposer que Bogdan serait toujours à ses côtés, qu'il assisterait à chaque représentation ? En Pologne, c'était le comte Dembowski, un patriote, un connaisseur. En Amérique, c'était un homme qui avait un rôle au lieu d'une occupation : se tenir près de son épouse dans le centre brûlant de sa gloire.

« Je m'inquiète pour vous, mon chéri. La malédiction de ma profession c'est qu'elle exige que je pense toujours à moi. Je vous suis tellement reconnaissante de votre présence, de votre soutien, de votre amour…

— Vous vous inquiétez pour moi ? dit Bogdan. Je ne le pense pas. » Allait-il lui faire des reproches ? Non. « Vous me demandez de vous rassurer.

— Je le suppose », admit Maryna, calmée et soulagée.

À l'extrême ouest de la tournée de Maryna – une semaine au Boyd Opera House d'Omaha –, Bogdan la quitta et retourna en Californie du Sud. Son but déclaré était la recherche d'une propriété à acheter, une maison dans laquelle ils pourraient se retirer chaque fois que Maryna ne serait pas en tournée. Elle présuma que Bogdan allait retourner à Carpinteria pour tenter de pénétrer dans le mystérieux aéro-club et, connaissant Bogdan, elle était sûre qu'une fois qu'il aurait obtenu l'autorisation d'assister à un vol, il demanderait bientôt à devenir lui-même aéronaute.

« S'il vous arrivait quelque chose, lui dit Maryna, ce me serait insupportable. Mais vous devez faire ce que vous avez à faire. »

Impossible pour Bogdan de rassurer Maryna par lettre étant donné qu'elle était en déplacement constant ; et ils se mirent d'accord pour ne s'envoyer de télégramme qu'en cas d'urgence. Sa tournée se terminerait en juin par une semaine à Brooklyn, au Park Theatre, avec *La Dame aux camélias*, *Adrienne* et *Roméo et Juliette*. Ils avaient des billets sur le paquebot S.S. *Europa* pour début juillet. Si tout allait bien, Bogdan l'aurait déjà rejointe à New York à ce moment-là.

Bien sûr, il voulait qu'elle s'inquiète. C'était son droit de mari. Comme c'était le devoir de Maryna, envers son art, envers son équilibre mental, de ne pas trop s'inquiéter.

À la vérité, elle préférait que Bogdan ne lui dévoile pas tous ses projets ; le moins qu'elle pouvait faire, c'était lui donner le droit d'avoir quelque aventure secrète de son côté. Il voulait sa crédulité. Peut-être volaient-ils vraiment. Et ils s'écrasaient assurément.

Non, Maman, je ne peux rester plus longtemps. Le projet a toujours été qu'après une semaine j'irais à Zakopane. Le médecin qui a soigné Stefan et qui est un de mes grands amis, le docteur Tyszyński, c'est ça, et à qui je dois rendre visite quand je serai là-bas – non, il n'habite plus à Cracovie. Oui, maintenant il vit toute l'année à Zakopane. Maman, je ne comprends pas, *veux-tu* que je me sente mal ? L'hôtel me convient parfaitement. C'est beaucoup mieux ainsi, et j'ai tant de choses de faire. Mon retour triomphal. Quelle ironie, Maman. C'est une visite absolument privée, tu le sais. Tout le monde s'accroche à moi. Pourquoi ? Mes admirateurs cesseront de vous harceler, toi et Józefina, dès que je m'en irai, je te le promets. Je vais peut-être écrire une « Lettre d'Amérique » pour *Antrakt* pendant que je suis ici cette semaine, qu'en pensez-vous Bogdan ? Non, je n'aurai jamais la paix d'esprit dont j'ai besoin à Cracovie, je l'écrirai à Zakopane. À Varsovie ? Pourquoi devrais-je aller à Varsovie, Maman ? Il n'en est pas question. S'ils veulent me voir, mes amis de Varsovie peuvent prendre le train pour Cracovie. Parce que je suis mortellement mécontente de l'administration du Théâtre Impérial. Je considérais le directeur comme un ami, oui. Jusqu'à ce que j'apprenne que ce n'était qu'un bureaucrate vindicatif de plus. Vous n'êtes pas d'accord, Bogdan ? Nous ne l'avons jamais envisagé. Je ferais des scènes. Et je dois garder mon calme. Même si j'ai très envie de saluer mes anciens collègues et si je regrette en particulier de ne pas voir Tadeusz sur la grande scène de l'Impérial, je n'irai pas à Varsovie. Demander qu'on me reprenne ? Maman, as-tu perdu l'esprit ? Je suis toujours offensée, bien sûr. Mais ce n'est pas pour cela que je reste en Amérique. Nous avions prévu depuis toujours de revenir en juillet et août pour rendre visite à nos familles. Pour retrouver nos amis. Bogdan devrait partir directement pour Poznań afin d'aller voir plusieurs propriétés Dembowski, hélas, il doit discuter de questions d'héritage avec son frère. Cela me rend folle de venir si près et de ne pas la revoir. Nous avions quitté New York, nous étions déjà en pleine mer ! Bogdan a un chagrin immense. C'était une femme extraordinaire, Józefina. Pas du tout moderne, très irrévérencieuse. On ne trouve plus de femmes comme elle en Pologne. Bogdan, ma mère a un soupirant, si je peux m'exprimer aussi poliment. Tout dans ce pays continue-t-il encore et toujours ? Elle a près de quatre-vingts ans ! Gliński, le boulanger de la rue Floriańska, un rustre avec une grande tête en pain de sucre et des moustaches enfarinées, je peux être sûre de le trouver là quand je viens de bonne heure le matin pour passer une heure avec *le petit**. Vraiment ? Ce n'est pas mon intention. Je suppose qu'il n'y a pas de mal à cela. Il laisse Peter l'accompagner à la boulangerie et s'occuper. Oui, Maman, il s'appelle Peter maintenant. Non, je t'assure, c'est aussi un prénom américain, mais je suis certaine qu'il te laissera l'appeler Piotr. Maman, pourquoi es-tu surprise qu'il n'ait pas oublié le polonais ? Il le parle avec Aniela. Ma secrétaire ? Aniela en a-t-elle parlé, ou Peter ? Elle est américaine. Elle ne connaît pas un mot de polonais. Bien sûr, elle *pourrait* l'apprendre, mais pour quoi faire ? C'est l'Amérique, Maman ! Aniela rayonnait quand je lui ai dit qu'elle venait avec nous et que Miss Collingridge retournait en Californie pendant ces deux mois. Mais rentrer en Pologne ne semble pas l'émouvoir du tout. Peut-être parce qu'elle n'a pas de famille. Cette douleur affreuse que j'ai au cœur. Non, je me parle à moi-même, Maman. Je suis si heureuse de voir que tu vas bien, Maman. Croyez-moi, Henryk, la plus grande satisfaction que j'attends de cette visite, c'est de vous voir. Bogdan, cher Bogdan, êtes-vous sûr que vous ne voulez pas que j'aille avec vous à Wielkopolska ? Ignacy n'oserait pas. Maman, cesse d'essayer de me persuader d'aller à Varsovie. Oui, j'ai eu une amende. Je te l'ai déjà dit. Chaque théâtre a un barème d'amendes qu'on inflige aux acteurs pour mauvaise conduite de toute nature. Maman, bien sûr qu'on ne m'avait jamais infligé d'amende auparavant ! Dix mille roubles, Maman. Oui, *dix*. C'est ce que m'a coûté le rachat de ma liberté. Ah, tu comprends maintenant. J'ai distribué tous les cadeaux que j'avais apportés pour mes sœurs et frères et pour leurs familles, Henryk, j'ai laissé Peter à la garde de ma mère et de Józefina, tout le monde le dorlote. Non, Peter, tu ne peux pas venir avec moi à Zakopane. Mais Aniela reste avec toi. Non, Maman ne s'en va pas longtemps. Maman sera de retour dans une semaine environ. Maman, je ne veux pas manger de crêpes aux pommes. Je suis tout à fait rassasiée, merci beaucoup. Maman, j'ai… j'ai trente-huit ans ! Bogdan, devinez ce qu'a dit Aniela ce matin avant que je quitte la rue Poselska. « Ce n'est pas aussi animé qu'en Amérique. » Elle-même est certainement moins occupée ! Hélas, moi aussi. Henryk, vous auriez dû être à la gare quand nous sommes arrivés de Brême. La foule, les fleurs, les chansons. Exactement comme lorsque je suis partie. J'étais très émue. Je ne pouvais savoir ce que je ressentirais en rentrant chez moi, Bogdan, et vous ? Toutes mes péripéties américaines pouvaient m'apparaître comme un voyage sur la Lune. Mais pas du tout, Bogdan, non. L'adulation des Américains est superficielle alors que l'adulation des Polonais a des profondeurs que… vous savez ce que je veux dire. L'entretien, oui. Un seul. Asseyez-vous ici, je vous en prie. Voulez-vous du café ? Je ne dispose que d'une heure. Oui, je suis très heureuse en Amérique. Assurément, le théâtre est vu d'une façon très différente là-bas. Non, ils ont d'excellents acteurs. Je ne pense pas que vous ayez jamais entendu parler d'Edwin Booth ? Mais il va sans dire que j'ai l'intention de jouer à nouveau en Pologne ! Je serai toujours avant tout une patriote polonaise et une actrice polonaise. Cependant, en tant qu'artiste moderne, je veux que mon art soit vu par beaucoup de gens. Il semble tout à fait naturel de jouer en anglais, et j'ai le projet de jouer une saison à Londres l'an prochain. Avec les miracles des transports modernes, il est possible de porter son art partout. Les grandes distances ne me décourageront jamais. À cet égard, je suis devenue tout à fait américaine. Bogdan, devez-vous partir maintenant ? Restez encore quelques jours. Bogdan, comme notre vieille Cracovie semble petite et belle. Rien n'a changé. Rien ! Je sais que c'est absurde, Henryk, mais je redoute de revenir à Zakopane. J'ai peur de trouver le village changé. Vous savez ce qu'on éprouve lorsqu'on revient quelque part après une longue absence. Même un endroit qu'on a fui, on veut le trouver exactement comme on l'a quitté. Les mêmes images horribles sur le mur, le même chien endormi sous la table, les mêmes chiens de porcelaine sur le manteau de la cheminée, les mêmes classiques reliés cuir que personne n'a lus dans la bibliothèque, le même chardonneret qui chante faux devant la fenêtre. Il vient à Cracovie, Bogdan. Il écrit, il aime se moquer de moi, prétendre qu'il ne peut me garantir que Zakopane n'a pas continué à changer. Oh, mon cher. Ces rides sur votre visage, Henryk. Je vais me mettre à pleurer. Non, ce ne sont pas les rides, vous le savez. C'est parce que vous êtes ici. Et vos cheveux qui ont blanchi. Et quel est ce tremblement de votre main ? Laissez-moi vous prendre à nouveau dans mes bras, mon cher Henryk, mon ami bien-aimé. J'aurais dû venir à Zakopane, pardonnez-moi. J'aurais pu détourner les yeux en passant devant les chalets construits par les gens aisés de Cracovie. J'aurais peut-être dit que je ne reconnaissais plus notre Zakopane, mais vous ne m'auriez pas crue. Vous savez comme j'exagère. Vous n'avez pas oublié que votre Maryna est actrice, n'est-ce pas ? Laissez-moi à nouveau embrasser vos joues. C'est vrai, je veux que rien de ce que j'ai quitté n'ait changé, et pourquoi devrait-il en être autrement ? Je ne suis pas partie si longtemps. Deux ans seulement. Vous ne pouvez *pas* dire que deux ans font une éternité ! Qui se conduit de façon théâtrale en ce moment ? Vous riez de moi, Henryk ? Oui, c'est vrai, *moi*, je veux que ceux que j'ai quittés me trouvent changée, en mieux. Eh bien ? Oui, je *suis* plus forte. Oui. Pour la première fois de ma vie, je comprends ce que signifie être seule. Pourtant, je ne suis jamais seule. Vous comprenez. Non, je ne vous ai *pas* quitté pour de bon, mon cher, mon très cher ami. C'est seulement cela : que signifie être la plus grande actrice polonaise ? Rappelez-vous, quand le sommet de mon ambition c'était d'être meilleure que Gabriela Ebert. Maintenant, évidemment, je veux être meilleure que Sarah Bernhardt. Mais *suis-je* meilleure que Sarah Bernhardt ? Je ne le saurai jamais si je reste en Pologne. J'ai besoin d'épreuves, de défis, de mystère. J'ai besoin de sentir que je ne suis *pas* chez moi. C'est ce qui me rend forte, je le sais maintenant. J'ai besoin de fuir hors de moi-même, vous pouvez comprendre cela, Henryk. Et je ne parle pas seulement d'être sur scène, d'imiter, de transformer. Car que signifie jouer ? Jouer, bien sûr je ne peux le dire qu'à vous, Henryk, ce n'est *pas* représenter. Le théâtre ? Faux-semblant et flagornerie. Non, je ne suis pas désabusée. Bien au contraire. Des orchestres d'étudiants me donnent la sérénade sous les fenêtres de mon hôtel. Chaque jour, des monceaux de fleurs s'entassent près de l'entrée. L'autre jour, j'ai entendu Peter dire à ma mère que ce qu'il aimait dans les pièces c'est que les gens ne meurent pas vraiment, ils font seulement semblant ! Délivrez Peter de maman et de Józefina et emmenez-le faire du cheval, Jarek. Il ne doit pas rester toute la journée dans l'appartement ou dans la boulangerie. Il a besoin d'exercice, il a besoin d'aller dehors. Et après que j'eus quitté notre phalanstère – pas de moqueries, Henryk ! – j'ai connu des moments difficiles, mais je ne pouvais demander à Bogdan de m'aider, il avait sa part de problèmes avec la ferme. J'ai vendu ce que j'ai pu, j'ai mis des bijoux et des dentelles en gage, parfois je n'avais même pas assez d'argent pour une livre de thé et un peu de sucre, et j'allais me coucher le ventre vide. Mais la pauvreté n'était pas le pire. Car après une joie inattendue, il y a eu aussi une grande douleur. Je suis plus forte par ce que j'ai sacrifié. Pardonnez-moi de ne pas en dire plus.

Je sens qu'en parler, même à vous, serait la plus grande infidélité à l'égard de Bogdan. Vous savez ? Il… il vous a parlé quand il est revenu ? Non, bien sûr. J'étais sûre qu'il se montrerait une âme digne et discrète. Il n'a jamais parlé de moi ? Pas une seule fois ? C'est parce qu'il est très en colère contre moi. Alors, Henryk, *comment* l'avez-vous appris ? Mais pourquoi poser cette question ? Vous me connaissez mieux que quiconque. Je suis un monstre. J'ai gâché l'amour. Je suis une mauvaise mère. Je mens à tout le monde, y compris à moi-même. Non, je ne veux pas que vous me donniez l'absolution, Henryk. Non, non, je le suppose. Oui ? Vous ne trouvez pas que je sois un monstre ? Je vais enfouir ma tête au creux de votre épaule. Et vous me soutiendrez de votre bras. Comme cela m'est agréable. Mon Henryk, mon très cher ami, et *vous*, comment allez-vous ? Je ne parle que de moi. Bogdan doit aller affronter sa famille de grincheux. Il doit aller se recueillir sur la tombe de sa grand-mère. Elle était féroce. Je l'admirais et je la craignais. Pour Bogdan, elle était *toute tendresse**. Il va revenir et nous passerons quelque temps à Paris avant de nous embarquer à Cherbourg, fin août, et pendant tout le mois de septembre j'auditionnerai des acteurs pour la troupe que je constitue pour ma tournée d'automne et d'hiver, qui commence par six semaines à New York. Ma chère Krystyna, laisse-moi te regarder. Bien sûr, nous pouvons travailler ton Ophélie pendant quelques jours. Rien ne me ferait plus plaisir. Viens à l'hôtel demain après-midi. Bien. Bien. La démarche gauche. Cela me plaît. Tu peux même trébucher quand tu offres ton petit bouquet à Gertrude. N'aie pas peur d'oser. Tu peux tenter n'importe quel effet, à condition qu'il ne soit pas trop prolongé. Empare-toi du rôle, que la façon dont je le joue ne t'influence pas. Quand la grande Rachel est venue jouer sa dame d'Écosse (cesse de me regarder comme si tu ne savais pas de qui je parle quand je dis dame d'Écosse !) à Londres et qu'on lui a dit que leur grande Mme Siddons avait déjà épuisé toute possibilité de jeu dans la scène de somnambulisme, Rachel a répondu : « Sûrement pas *toute* possibilité. J'ai l'intention de me lécher la main. » Ton imagination la plus folle, Krystyna. Titube, Krystyna. *Brava*. Tu as beaucoup de talent. Mais tu es timide. Un acteur doit tirer un ou deux coups de pistolet. Même Ophélie n'est pas qu'une victime. Prends garde aux répliques molles, aux actions molles, aux sorties molles. Ne dites pas cela, Henryk. Je reviendrai bientôt. Eh bien, pour voir comment vous vous débrouillez sans moi. Henryk, Henryk. Je n'ai plus le droit de vous taquiner ? Faut-il que vous soyez maussade ? Ne soyez pas triste, Henryk. Ah. Vous *allez* me le demander, vous ne pouvez pas vous en empêcher. Alors vous allez avoir votre réponse : Je suppose que personne ne me manque. Je suis tellement occupée. Parfois, Bogdan me manque, ce qui peut paraître étrange, puisqu'il est presque toujours avec moi. Cela ne vous semble pas étrange ? En effet. L'époux modèle ? Lointain-intelligent-indulgent ? Vous parlez comme Ryszard. C'est quelque chose qu'il aurait pu dire. Mais *vous* ne pouvez me froisser, mon très cher Henryk. Vous savez, je ne suis pas aussi égocentrique qu'il peut paraître. Je m'inquiète de ce que Bogdan n'ait pas assez de choses à faire. Il aime avant tout la Californie et il est en train de négocier l'achat d'une propriété située dans un très beau canyon, dans les montagnes de Santa Ana, un endroit pour que nous soyons ensemble quand je ne jouerai pas. Évidemment, je joue toujours. En Amérique, un acteur qui a du succès donne de deux cent cinquante et jusqu'à trois cents représentations par an. Elle m'aide beaucoup. C'est moins une secrétaire qu'une sorte de gouvernante, je pense. Très stricte et très servile. Tout le monde a besoin d'une gouvernante, même moi, et Peter l'adore. Józefina, as-tu jamais pensé à te remarier ? Je comprends pourquoi tu as quitté le théâtre, tu n'es pas assez futile ni assez égotiste pour être actrice, et il est vraiment très louable de ta part de rester avec Maman. Mais tu dois aussi penser à toi. Ne te renfrogne pas, Józefina. Le mariage n'est peut-être pas toujours la meilleure solution pour une femme, mais *toi*, ma sœur chérie, avec ces rides profondes sur ton front adorable, tu as besoin de te consacrer à quelqu'un. Mieux, à un idéal ou à une cause, comme le fait Henryk. Tu aurais dû être institutrice. Oui, c'est un homme fascinant. Une âme noble. C'est vraiment admirable, sa mission médicale à Zakopane. Et tu pourrais… Ah, tu es encore plus jolie quand tu rougis, Józefina. Henryk, j'ai une idée pour vous. Mais je ne peux encore vous la dire. Je vais vous la faire découvrir par vous-même. Oui, en Amérique, les tournées sont astreignantes, et elles peuvent durer jusqu'à trente-deux semaines. Mais la vie d'un acteur principal comprend toujours sa partde plaisirs, pour l'essentiel des plaisirs enfantins : escapades, rêvasseries, faux-semblants, colères. Votre sourire, Henryk, signifie-t-il que vous me pensiez tout à fait incapable de lucidité ? Et l'on s'attend, *on s'attend* à ce que je sois ardente, dominatrice, d'humeur changeante, avide d'affection ; et j'aurai une famille élue et indulgente, prête à tout : les autres acteurs, mon imprésario tyrannique, Miss Collingridge, l'habilleuse… et Bogdan sera avec moi une partie de l'année, bien que je ne puisse espérer qu'il voyage tout le temps avec moi. En Californie, il a des aventures qui sont à lui seul. A-t-il formé une sorte d'attachement ? Il ne m'a parlé de rien, ce dont je lui suis reconnaissante, mais quoi qu'il en fût, ou en soit, il veut toujours vivre avec moi. Peter, Maman parle avec oncle Henryk. Oui, Aniela et toi, vous pouvez aller à la boulangerie. Non, Maman, je ne serai pas là pour le dîner. Bogdan revient demain. Dans quelques jours, nous allons à Poznań où nous resterons une semaine avec la sœur de Bogdan. C'est mon ange gardien, Henryk. Oui, je sais que ce n'est pas ce que vous m'avez demandé. Je ne le sais pas. Mais je le veux. J'ai besoin de lui. Je me sens bien avec lui. Il ne provoque pas d'angoisses en moi. Je ne m'ennuie jamais avec lui. J'*espère* que je l'aime. Ce serait tellement injuste si je ne l'aimais pas. Je l'*aime* effectivement. Ah. Vous êtes très sévère avec moi, Henryk. Mais vous avez raison, bien sûr. Je vous l'ai dit, je suis mauvaise. Je n'aime personne. Non, je ne me sens pas écrasée par l'amour des autres. Quelle idée ! Mais *vous* ne devriez pas vous inquiéter encore pour moi. Vous êtes trop bon avec moi, Henryk. Beaucoup trop bon. *Laissez-moi* pleurer. Je gâche tout. Je ne rends personne heureux. Vous secouez la tête. Mais je suis inconsolable, Henryk. Non, je ne joue pas. Vous dirai-je ce que signifie jouer, Tadeusz ? Jouer, ce n'est *pas* représenter. L'art de l'acteur consiste à exploiter l'œuvre d'un auteur pour montrer sa capacité à séduire et à contrefaire. Un acteur est comme un faussaire. Bogdan, une grande nouvelle. Tadeusz et Krystyna vont se marier. Peu m'importe que les gens se conduisent de façon prévisible, pas vous ?

Ils étaient destinés l'un à l'autre. Je suis sûre que cette petite sotte ne va pas abandonner sa carrière pour devenir une bonne épouse. Elle a du talent, plus de talent que Tadeusz. Et je serai la marraine de leur premier enfant. Oh, Bogdan, c'est tellement affreux d'être vieux. Je *déteste* vieillir. Vous dites cela parce que vous êtes si bon, et que vous m'aimez, mais je sais à quoi je ressemble. Ma belle Cracovie. Les villes américaines sont d'une laideur inimaginable, Józefina. Si laides, si… irrespectueuses. Mais le pays, ah le pays, les montagnes, les déserts, les prairies, et les fleuves impétueux, sont plus grands, plus exaltants et plus déconcertants que dans tous nos rêves d'Amérique. Vous ne pouvez imaginer à quel point… le sud de la Californie est héroïque. J'espère que vous la verrez un jour, Henryk. On respire différemment là-bas. L'océan, le désert, dans toute leur sublime neutralité, donnent une idée radicalement différente de la façon de vivre. On prend de grandes respirations et l'on sent qu'on peut faire tout ce à quoi son esprit s'attelle. Non, Maman, je ne suis pas malade. J'ai seulement besoin d'une journée de repos. Trop de fêtes, trop de larmes, trop d'entretiens. On m'a parlé de propositions imminentes pour mon retour sur la scène polonaise, que je ne pourrai pas refuser, y compris la direction de mon propre théâtre. Bogdan, pourquoi ne suis-je pas bien ici ? Est-ce parce que je pense en permanence à Stefan ? Maintenant, je me souviens pourquoi j'ai voulu quitter la Pologne. C'était parce que, parce que… non, je ne sais pas pourquoi. Même aujourd'hui. Tout ce que je sais c'est que je me sens nerveuse. Un théâtre à moi. Un théâtre polonais. Que pourrais-je vouloir de plus ? Je suis revenue pour parader, être admirée et m'assurer qu'ils m'aimaient encore et que je leur manquais, pour que tout le monde me supplie de revenir, et cela ne me donne aucun plaisir, absolument aucun. Barbara, je ne me souviens pas de t'avoir vue aussi satisfaite, ma chère. Penses-tu parfois à nos Ardennes ? Quel rêve enchanteur ce fut. Comme nous étions vaillantes ! Je suis très fière de nous. Aleksander, nous allons acheter une terre dans le Santiago Canyon. Le ranch Hunnecott. Vous vous souvenez. Nous devons tous nous y retrouver un prochain été, quand la maison sera finie. Bogdan veut élever du bétail mais nous aurons la main-d'œuvre nécessaire, on ne vous demandera pas de donner à manger aux chevaux ni de traire les chèvres, je vous le promets ! Ce sera fabuleux. Vous deux, Danuta, Cyprian et leurs filles et... Oh, ne me rappelez pas cela ! Je n'arrête pas d'y penser. Et il n'y a eu personne pour l'en empêcher ! C'est horrible. Horrible. Nous inviterons Julian, bien sûr. Mais je sais qu'il refusera de venir. Et Jakub de New York. Ryszard ? Cela va sans dire, n'est-ce pas, Bogdan ? Habite-t-il toujours au même endroit à Varsovie ? À Genève ? Depuis quand ? Pourquoi Genève ? Non, nous n'avons pas eu de nouvelles récentes de lui. Et vous viendrez aussi, Henryk. Pas en Californie, ce n'est pas un pays pour vous. Cette année, je vais avoir ma propre compagnie et je vais faire une tournée nationale beaucoup plus longue. En Amérique, un premier rôle est « dirigé » comme une entreprise et le directeur vient en tournée. Vous voyagerez avec nous comme médecin de la troupe. Il y a toujours quelqu'un qui tombe malade. Oh, c'est une idée merveilleuse. Pensez-y, Henryk. J'inviterai peut-être aussi Józefina. Ma sœur est une femme remarquable, vous ne trouvez pas, Henryk ? La nostalgie, Aleksander ? De la

Pologne ? Les pistes des Tatras bordées d'épicéas, les allées de châtaigniers de Cracovie, ce genre de choses ? Oh. De mon ancienne vie. Je crois que ce n'est pas ce que je ressens. Non, Henryk, rien ne me rendra nostalgique. J'ai formé mon cœur à résister au passé. L'Amérique est parfaite pour cela. L'Amérique, l'Amérique ! répliquez-vous – à propos, je préfère ce ton-là. Si vous pensez que je trouve dans mon nouveau pays tout ce que je *veux* y trouver, vous avez raison, Henryk. L'Amérique est très bien aussi pour cela. Tu as fait ces petits pains de l'empereur tout seul, Peter chéri ? Ils sont exquis. Bogdan, j'ai appris quelque chose de très intéressant l'autre jour. D'après Henryk, il n'y a pas longtemps, la nostalgie était encore considérée comme une maladie grave et parfois fatale. On estimait que l'automne était l'époque la plus dangereuse et le métier militaire une profession particulièrement vulnérable. Virtuellement, n'importe quoi, une lettre d'amour, une photo, une chanson, une cuillerée du savoureux gruau de son enfance, quelques syllabes avec l'accent de sa région natale entendues dans la rue, peut déterminer le déclenchement de la maladie. Les cas qu'il a lus ont tous été publiés dans des revues médicales françaises, mais il semble invraisemblable que seuls les Français soient capables de mourir de leur attachement au passé. Nous avons pensé que les Polonais devaient avoir été encore plus susceptibles de contracter cette maladie, tout comme les Américains sont devenus experts pour se libérer du passé. Oui, c'est délicieux, Maman. Non, Maman, je ne veux pas de côtelette de porc ni de chou-fleur avec de la chapelure et du beurre. (Mon Dieu !) Maman, je ne suis *pas* trop maigre. L'actrice la plus admirée d'Europe aujourd'hui, la reine de la scène française, ne pèse que… oh, et puis qu'importe ! Maman, as-tu une idée, la *moindre* idée, de qui je suis ? La question même, Bogdan, que je lui ai posée. Le déclin de cette maladie est sans doute un des nombreux bienfaits des progrès de la civilisation : le moteur à vapeur, le télégraphe, le courrier régulier. Mais vous connaissez Henryk – l'optimisme est étranger à sa nature, et il est aussi incapable de renoncer à une observation acérée –, il dit que selon *lui* le déclin de ce sentiment sous sa forme mortelle annonce simplement la naissance d'une nouvelle maladie, l'incapacité de s'attacher à quelque chose. Bien sûr que je pense parfois à Ryszard, Henryk. Docteur. Pouvez-vous me prescrire quelque chose pour tuer la douleur ? Ou est-ce l'engourdissement ? Je ne devenais pas seulement égoïste. Je paniquais. Il m'a coupé le souffle. Je me sentais partagée aussi. Bogdan, Henryk m'a dit hier, vous savez comme il peut être caustique : « La Pologne vous aime. La Pologne a besoin de vous. Mais vous n'avez plus besoin de la Pologne. » Que puis-je lui répondre ? Henryk, il y a deux sortes de personnes. Celles, comme vous, cher ami, qui ne se sentent bien que là où tout est compréhensible, familier. Et celles, la race à laquelle j'appartiens, qui se sentent coincées, étouffées, irritables quand elles sont chez elles. Ce qui ne m'empêche pas d'être une patriote fervente. Ce que j'admire le plus chez Józefina, Henryk, c'est qu'elle a un grand cœur. Oh, Bogdan, comment Ignacy a-t-il pu être aussi intransigeant ! Ce doit être terrible pour vous. Nous méritons un peu de vacances maintenant. Je suis heureuse que nous ayons fait l'effort de raccompagner Henryk à Zakopane. Deux Californiens du Sud expérimentés allaient-ils reculer devant un voyage de deux jours en charrette ? Ne devons-nous pas nous réjouir en voyant les progrès qui sont arrivés dans le village, à commencer par le nouveau dispensaire d'Henryk, magnifiquement équipé ? C'est toujours notre Zakopane, rude, âpre, délicieusement isolé, et nous avons banqueté, quels festins, et marché, quelles randonnées, nous sommes montés plus haut que nous n'en avions l'intention, pour avoir un panorama familier, et les montagnards ont été si accueillants. Je sais que vous pensiez que nous resterions jusqu'à dimanche. Mais nous n'aurions fait que rendre Henryk encore plus malheureux. Nous lui aurions encore plus manqué si nous étions restés plus longtemps. Le front de Józefina, ses cheveux. Vous ne la trouvez pas adorable, Henryk ? Vous êtes aveugle, mon ami. Où sommes-nous ? Nous sommes à Zakopane. Mais je ne voulais pas aller à Zakopane. Nous sommes à Cracovie. Mais je ne veux pas rester à Cracovie. Peter, embrasse ta grand-mère, tes tantes, tes oncles et tes cousins. Bien sûr, tu peux dire au revoir à M. Gliński ! Bogdan, Bogdan chéri, je sais que vous allez me trouver capricieuse et impardonnable, mais je ne veux pas rester aussi longtemps que nous l'avions prévu. Partons pour Paris maintenant. J'ai besoin de vêtements oui, des jours et des jours d'essayage. Et chaque soir, nous irons au théâtre. *Elle* joue peut-être à la Comédie-Française. Je sais que je vais la haïr *et* tomber amoureuse d'elle. J'ai déjà un pincement au cœur quand je pense à la sonorité des voyelles de Racine telles qu'elle doit les déclamer, et aux majestueuses tirades. Je n'aimerais peut-être pas voir son *Adrienne Lecouvreur* ou sa *Dame aux camélias*, mais son *Hernani* ou sa *Phèdre* – plus que tout au monde. Dans la mesure où elle ne sait pas que je suis dans la salle. Maman, je ne manquerai pas de revenir l'été prochain. Et Józefina et toi, vous viendrez vivre avec nous en Amérique, quand Bogdan et moi, nous aurons notre ranch. Toi, trop âgée ? Ne sois pas ridicule, Maman. Oh, Pologne. Ne sois pas un amour perdu. Sois ma force, sois ma fierté, le bouclier que je transporte dans le monde entier. Oh, Ryszard, tes mains, ta bouche, *ton sexe**. Bogdan, tout va toujours bien ? Pour moi, oui. Je suis résignée *et* triomphante, Henryk. Qui aurait pu penser qu'il en serait ainsi ?

Ils quittèrent la Pologne fin juillet ; ils allèrent à Paris, où Maryna passa trois semaines, elle y créa une douzaine de nouvelles garde-robes, elle posa pour son portrait, elle alla au théâtre (elle vit effectivement Sarah Bernhardt en Doña Sol dans *Hernani* de Victor Hugo, et elle alla ensuite en coulisse offrir un hommage courtois à sa magnifique rivale), elle visita les musées et l'Exposition universelle ; puis elle prit le bateau à Cherbourg le 20 août et arriva une semaine plus tard, à temps pour le dernier mois malodorant de l'été, à New York. Ils habitèrent à nouveau dans le quartier des théâtres, près d'Union Square : la suite à l'hôtel Clarendon était remplie de fleurs qui pourrirent rapidement dans la chaleur accablante et abrutissante. Maryna avait trouvé *son* hôtel, elle y descendait toujours quand elle jouait à New York ; et au cours de cette deuxième tournée nationale, elle accumulerait d'autres préférences inflexibles. Ceux qui sont des itinérants professionnels veulent qu'on les accueille et qu'on s'occupe d'eux de façon sérieuse, et avec familiarité, dans les étapes les plus longues de leurs circuits. S'installer dans la même chambre, dans l'hôtel habituel, prendre chaque souper dans le même restaurant – le plaisir réside dans le fait qu'on a le moins de choses possible à décider.

Maryna avait été si heureuse de revenir en Amérique, puis elle se montra incapable de réprimer une grande déception (elle se sentit abandonnée par son imagination) dès qu'ils accostèrent. Mais qu'il s'agît de frustration parce qu'elle n'était jamais vraiment comprise, ou d'impatience parce que tous étaient si américains, de façon pittoresque, amusante, sérieuse ou complaisante (les avait-elle imaginés autrement ?), la déception, la frustration et l'impatience furent balayées quand elle commença à auditionner des acteurs pour sa troupe. Pour se sentir bien, solide, il suffisait d'entrer chaque matin dans un théâtre, celui où elle jouerait pendant six semaines à partir de début octobre, et de prendre la direction des choses. Quand elle en ressortait, en début d'après-midi, elle se sentait affaiblie par la lumière du soleil, la chaleur et la foule prétentieuse et brutale. Elle devait se rappeler que ce n'était pas l'Amérique mais seulement New York, suffisante, couverte de sueur, à l'étroit et surpeuplée. Son pays – la partie de cette nouvelle terre que Maryna imaginait pouvoir affirmer comme étant son pays – ce n'était pas New York, là où commençait l'Amérique des immigrants, mais là où l'Amérique courait vers l'autre océan et s'achevait. Bogdan avait besoin de la Californie, la fin et le commencement ultime, et elle aussi.

Pour sa deuxième saison à New York au Théâtre de la Cinquième Avenue, Maryna reprit, avec encore plus de succès, son Adrienne, sa Marguerite Gautier et sa Juliette, et pendant les deux dernières semaines elle remporta un nouveau triomphe avec le rôle-titre de *Frou-Frou*, une autre pièce française très appréciée sur le salaire de l'adultère. L'histoire ? Ah, l'histoire ! Gilberte de Sartorys, enjouée et immature, dont le surnom est Frou-Frou, a introduit chez elle sa sœur, modeste et célibataire, Louise, un parangon de vertu féminine, qui inévitablement finit par remplacer l'épouse-enfant gâtée dans l'affection de son petit garçon et de son mari, à la suite de quoi, s'imaginant trahie par sa sœur, Frou-Frou se sauve avec son ancien prétendant, un mufle qui n'a jamais cessé de la poursuivre, pour revenir quelques années plus tard, repentante et mortellement affaiblie, auprès d'un mari qui lui pardonne et l'autorise à embrasser leur enfant avant de mourir.

« Je trouve que ce n'est pas aussi sirupeux que *East Lynne*, dit Maryna. Oui ? Non ?

— *East Lynne* est anglais, *Frou-Frou* est français, répondit Bogdan. Le public américain pleure plus abondamment sur le destin de femmes déshonorées quand elles sont étrangères.

— *Et* riches. *Et* titrées, fit observer Miss Collingridge.

— Bogdan, dites-moi que cette pièce n'est pas aussi mauvaise.

— Comment le pourrais-je ? Regardez comment elles se terminent toutes les deux, alors que vous êtes étendue et prête à expirer dans le salon aux nobles proportions de la maison que vous avez, de façon folle et criminelle, abandonnée. Dans *East Lynne*, vos derniers mots sont, nous les connaissons tous par cœur : *Ah, est-ce la mort ? Il est si dur de se séparer ! Adieu, cher Archibald ! Mon mari autrefois, que j'aime maintenant dans la mort, comme je n'ai jamais aimé ! Adieu, jusqu'à l'éternité ! Pensez à moi parfois, gardez un petit coin dans votre cœur pour moi… votre pauvre… coupable… perdue… Isabel !* Rideau.

— Un rideau moisi, j'imagine », conclut Maryna. Elle riait.

« *Ah, est-ce la mort ?* fit Peter.

— Tu ne dois pas nous interrompre, toi, protesta Maryna en le serrant dans ses bras.

— *Pensez à moi parfois, gardez un petit coin dans votre cœur pour moi*, reprit Miss Collingridge.

— Vous aussi ! s'écria Maryna.

— Alors que, poursuivit Bogdan, alors que dans *Frou-Frou* vous dites à la place – mais vous pouvez utiliser le même canapé, recouvert d'un autre tissu – *Ah, mon ami, comme il est dur de mourir maintenant… Non, ne vous désolez pas pour moi.* Cela à votre époux, votre sœur, votre père, tous très malheureux, à qui l'on a donné l'instruction de pleurer dans leur mouchoir pour que le public puisse mieux fixer son attention sur vous. *Je n'avais plus rien à espérer. J'allais mourir dans le désespoir, seule et loin de tous… mais ceux que j'aime sont autour de moi… et je meurs l'âme en paix… heureuse.*

— Épargnez-moi ! s'écria Maryna.

— Et il y a une musique douce et des chagrins bruyants pour accompagner vos dernières paroles : *Vous pardonnez tous… vous pardonnez… à Frou-Frou… la malheureuse Frou-Frou !* Rideau. Maintenant, dites-moi, n'est-ce pas la même pièce ?

— C'est la même pièce.

— Mais pourquoi Frou-Frou doit-elle mourir ? demanda Peter. Elle pourrait se lever d'un bond et dire : J'ai changé d'avis.

— *Cela* ferait une sacrée différence, reconnut Maryna en lui embrassant les cheveux.

— Puis elle irait en Californie, monterait dans un dirigeable et dirait : Essayez de m'attraper si vous le pouvez.

— J'aime beaucoup mieux cette fin, dit Miss Collingridge.

— Moi aussi, admit Maryna. Oui, je deviens tout à fait américaine. J'aimerais beaucoup mieux une fin heureuse. »

« Impossible », dit Bogdan. Le calendrier de la tournée était impossible. « Vous allez vous tuer. »

Lors de sa première tournée, Maryna avait été limitée à ne jouer que dans des théâtres qui avaient des compagnies permanentes, et aujourd'hui, il y en avait beaucoup moins qu'une dizaine d'années plus tôt. Avec sa propre troupe, treize femmes, douze hommes, elle pouvait jouer à chaque fois qu'il y avait un théâtre, et chaque ville en Amérique en possédait un, dont beaucoup s'appelaient Opéra pour les faire apparaître plus respectables, bien qu'aucun opéra n'y fût jamais joué.

Dans le seul État de New York, Warnock l'avait fait engager pour une ou deux représentations à Poughkeepsie, Kingston, Hudson, Albany, Utica, Syracuse, Elmira, Troy, Ithaca, Rochester et Buffalo.

Après une semaine à Boston, cette fois au Globe Theatre, venait une suite de soirées à Lowell, Lawrence, Haverhill, Fall River, Holyoke, Brockton, Worcester, Northampton et Springfield.

En Pennsylvanie, entre la semaine à Philadelphie et les quatre jours à Pittsburg, des représentations uniques à Bradford, Warren, Scranton, Erie, Wilkes-Barre, Easton,

Oil City – « Oil City. Un nom inhabituel pour une ville de l'est de l'Amérique, si je ne me trompe », murmura Bogdan.

Dans l'Ohio…

« Kalamazoo, dit Peter. Ce doit être un nom indien.

— Mon beau-fils me rappelle, continua Bogdan, que dans le Michigan *tous* les engagements de Madame sont pour une seule soirée. Kalamazoo, Muskegon, Grand Rapids, Saginaw, Battle Creek, Ann Arbor, Bay City, Detroit. Huit villes en dix jours.

— Le chef Saginaw et sa femme Detroit campent près de Bay City sous l'Ann Arbor après Battle Creek et avant de descendre les Grand Rapids sur un radeau pour revenir à Kalamazooooooo, dit Peter.

— Vous avez sauté Muskegon, remarqua Miss Collingridge.

— Mais ils n'oublieront pas d'emmener leur petit garçon qui s'appelle Muskegon.

— Parfait, fit Miss Collingridge.

— Courir tout le pays (Bogdan replia la carte) et chaque nuit, pendant des semaines de suite, dormir, si toutefois on dort, dans une chambre d'hôtel différente et inconfortable ? Voulez-vous tuer votre star, monsieur Warnock ? Ces engagements pour une seule soirée qui se suivent impitoyablement devraient être retirés du calendrier.

— Mon cher monsieur, vous devez plaisanter. Les arrêts d'une nuit assurent les plus gros bénéfices de la tournée. »

Maryna se déclara au-dessus de la querelle et prête à affronter toutes les fatigues ; Bogdan resta indigné ; Warnock était hors de lui. Il voyait s'effondrer toute la tournée, à moins que…

La solution de Warnock, Bogdan dut le reconnaître, était astucieuse.

« Notre wagon privé ? Est-ce habituel en Amérique ? » demanda Maryna.

Pas du tout. Sa troupe serait la première à parcourir le circuit des théâtres par un moyen de transport jusqu'ici réservé aux magnats du chemin de fer et aux présidents décédés. Faire partie de la vague qui annonçait l'avenir plaisait à Maryna. Le wagon attirerait l'attention de la presse et cela plaisait à Warnock.

Dans chaque ville visitée, on invitait les journalistes à bord pour qu'ils s'émerveillent devant le plafond à claire-voie, de hauteur double, les légendes de l'eau sur les fresques du plafond (Moïse dans les joncs, Narcisse près du miroir de son étang, le roi Arthur dans sa barque funèbre), les intérieurs en noyer d'Amérique sculpté, les rideaux des fenêtres en velours, les lampes à gaz et les ustensiles argentés, les tapis de Perse et le piano droit dans le salon de Madame, la peau de zèbre, la psyché au cadre doré et le portrait grandeur nature de la grande actrice à cheval, en tenue de l'Ouest, dans sa chambre. En plus d'une grande suite avec salle de bains et toilettes privées pour Madame et son mari, il y avait un bureau douillet et une chambre attenante pour l'imprésario de Madame, des chambres pour le fils et la secrétaire de Madame, et deux rangées de couchettes confortables pour les acteurs et la domestique personnelle de Madame et l'habilleuse de Madame, « les aménagements pour le sommeil des dames et des messieurs étant séparés la nuit par un rideau au milieu de la voiture », qu'on repliait pendant la journée afin de libérer l'espace et d'y installer les fauteuils et le mobilier des repas ; à l'autre bout du wagon, il y avait trois toilettes, une cuisine et des placards pour les vêtements et la literie. Warnock fit savoir que la conception et l'aménagement intérieurs de l'ancien wagon-lit de vingt et un mètres de long de la Wagner Sleeper avait coûté neuf mille dollars. À l'extérieur, de chaque côté, des panneaux ovales peints en bordeaux foncé annonçaient en lettres rondes et dorées : COMPAGNIE ZALENSKA, HARRY H. WARNOCK, IMPRÉSARIO. Son deuxième prénom, il aimait le rappeler, était Hannibal. Le nom du wagon, son nouveau nom, était *Pologne*.

L'acquisition d'un wagon privé et d'un second wagon pour les bagages, avec des logements pour leur personnel de couleur très compétent (cuisinier, deux serveurs et gardien) et un espace ingénieusement partagé pour les costumes et les décors peints, permit à Warnock d'ajouter plusieurs soirées uniques.

Plus d'emballage et de déballage des bagages ! Ils dormirent et mangèrent dans le train pendant des semaines de suite, et chaque jour ou un jour sur deux, il y avait une nouvelle ville et un nouveau théâtre.

En arrivant, Maryna et Warnock se rendaient directement au théâtre, où les rejoignaient bientôt Bogdan et le reste de la troupe – Warnock pour contrôler la recette et s'entretenir avec les machinistes des problèmes techniques qui pouvaient se poser avec les toiles de fond si les cintres étaient trop bas ou si les coulisses n'offraient pas l'espace requis, égal à la moitié de l'ouverture du proscenium ; Maryna pour prendre possession de la loge de la star où elle accrochait l'itinéraire à côté du miroir afin de se souvenir du nom de la ville, du théâtre et du régisseur. Dans l'après-midi, on devait parfois organiser une brève répétition si l'on n'avait pas joué la pièce depuis une semaine ou plus, et l'on devait réserver du temps pour des échanges polis avec une délégation de passionnés de théâtre du cru, un poète à lavallière, une jeune femme brûlant d'envie de monter sur les planches et sa maman, le directeur du journal de la ville, et la présidente de la section locale de l'Union chrétienne féminine de tempérance. Puis Maryna revenait dans sa loge, se maquillait, enfilait son costume, allait sur scène pour la représentation, recevait les personnalités du lieu au foyer, choisissait quelques fleurs dans les nombreux bouquets et revenait à la gare vers minuit, où le wagon *Pologne* et le wagon à bagages étaient accrochés à l'arrière d'un train en partance pour la ville où ils avaient leur prochain engagement.

Mener cette vie d'actrice entièrement en tournée, sans théâtre pour y répéter et y jouer les pièces, signifiait que Maryna ne pourrait jamais développer un vaste répertoire en anglais. (Au Théâtre Impérial elle avait interprété cinquante-six rôles !) Cependant, avec six pièces parfaitement répétées, la compagnie Zalenska offrait déjà plus que la plupart des grands acteurs d'Amérique qui parcouraient le pays en tous sens. En fait, certains acteurs choisissaient année après année de ne partir en tournée qu'avec leur rôle le plus populaire, et ils devenaient de moins en moins ambitieux pour eux-mêmes et de plus en plus méprisants à l'égard de leur public. Mais un acteur se méfie toujours, et à juste titre, de son public. (Si les spectateurs savaient que les acteurs les jugent !) Étourdis de fatigue et soulagés que les efforts soient terminés, les acteurs qui se regardent dans le miroir de leur loge en s'étalant de la crème sur le visage pour enlever leur maquillage émettent aussi des verdicts sur la « salle » de la soirée. Attentive ?

Stupide ? Amorphe ? On ne pouvait rien faire face à la stupidité, mais Maryna avait ses trucs pour dominer, reprendre ou réveiller un public amorphe – comme de s'approcher à l'avant-scène, regarder le public et augmenter le volume et le vibrato de sa voix – et faire taire un public qui tousse. La toux vous indique que le public souhaite être ailleurs. (Dans un récital, personne ne tousse pendant les dix premières minutes, ou pendant les bis.)

Les théâtres n'étaient pas toujours pleins. Les raisons pouvaient en être le mauvais temps, la publicité insuffisante, l'avidité des directeurs de théâtre qui avaient mis les billets à des prix excessifs, ou des manifestations organisées contre des pièces jugées par trop étrangères ou trop associées à New York. « Que New York garde ses tragédies de chambre à coucher. L'Ohio se concentrera sur des sujets plus élevés », disait une lettre envoyée au journal de Lima, incitant au boycott de la Compagnie Zalenska au Théâtre Faurot, dans *La Dame aux camélias*. Elle était signée : une mère américaine. À Terre Haute, le critique n'évoquait la « grâce féminine » de Maryna dans le rôle de Marguerite Gautier que pour lui reprocher de « faire ainsi qu'une vie de péché semble tendrement attirante ».

Maryna ayant carrément refusé de programmer quelques représentations supplémentaires et propitiatoires d'*East Lynne* dans l'Ohio et l'Indiana, Warnock, qui espérait détourner l'attention du public, annonça que Madame Zalenska avait perdu « la croix et le diadème de Marguerite Gautier, d'une valeur de quarante mille dollars » : bien qu'il eût immédiatement envoyé un câble au plus grand bijoutier de Paris et que le courrier contenant une croix et un diadème encore plus coûteux fût déjà à bord du prochain navire en partance de Cherbourg, en attendant que le trésor arrive en Indiana, lui, Harry H. Warnock, ne pouvait répondre de l'état d'esprit de sa star. Maryna lui reprocha de l'avoir rendue ridicule. Pas du tout, expliqua Warnock, le public américain s'attend à ce qu'une célèbre actrice soit séparée de ses bijoux au moins une fois par an.

« Ses bijoux de strass ? Ou ses vrais bijoux ?

— Madame Marina (il grogna d'impatience), une star est toujours négligente avec ses objets de valeur.

— Qui a dit une telle stupidité, monsieur Warnock ?

— Cela a été prouvé il y a une vingtaine d'années par Barnum…

— Mais bien sûr. (Maryna poussa un soupir de théâtre.) J'ai entendu parler de ce Barnum.

— … quand il a lancé Jenny Lind. Le rossignol suédois, comme l'avait surnommée P.T., et ce fut un vrai coup de génie, perdit tous ses bijoux trois fois au cours de sa tournée. »

Et Warnock avait raison. Quand il eut divulgué l'histoire des bijoux, les salles furent toujours combles pour *La Dame aux camélias*.

À supporter également : après sept rappels pour une *Dame aux camélias* enlevée à l'Academy of Music de Fort Wayne, l'homme obèse, avec une perruque jaunâtre de travers, qui réussit à se frayer un chemin dans la foule des admirateurs les bras chargés de présents qui encombraient le foyer (ils avaient déjà réussi à lui remettre une statuette en bronze de Hiawatha, les discours complets d'Ulysses S. Grant, et une boîte à musique posée sur une table voisine et qui répétait inlassablement le *Carnaval de Venise*) et qui tint absolument à ce que Maryna accepte en cadeau sa très chère, et grosse, et reniflante, chienne carlin anglaise couleur champagne. « C'est pas les bijoux, Madame Zee, mais je parie qu'elle vous permettra d'être heureuse quelque temps.

— Je vais l'appeler Ug », dit Maryna, tout sourire. Elle était épuisée, et même maussade, ce soir-là.

« S'cusez-moi ? » dit l'admirateur.

De façon inattendue, Maryna, qui n'aimait que les grands chiens sans problèmes respiratoires, dut promettre à Warnock qu'elle ne se débarrasserait pas d'Ug. Une autre maxime de Warnock : « Toutes les actrices célèbres ont des petits chiens comme animaux familiers » – et il fut inflexible. Mais Miss Collingridge, qui devrait s'occuper de l'animal, fut autorisée à le rebaptiser Indiana.

À Jacksonville, on offrit à Maryna un couple de bébés alligators citron vert.

« Ceux-là, vous n'êtes pas obligée de les garder », dit Warnock. Miss Collingridge leur avait déjà trouvé une grande cage et elle déversait délicatement entre leurs mâchoires ouvertes des pots d'insectes et d'escargots ainsi que des morceaux de bœuf crus et saignants.

« Ah, mais je veux les garder, répondit Maryna. Je leur ai déjà donné des noms polonais. Celle-ci est Kasia. Et son compagnon Klemens. Miss Collingridge m'a affirmé que c'étaient des créatures agréables, dont les petites dents blanches ne sont pas encore assez pointues pour faire beaucoup de mal.

— Vous vous moquez de moi, Madame Marina.

— Comment pouvez-vous imaginer une chose pareille ? Vous ne savez pas que Sarah Bernhardt a comme animaux domestiques un petit lion, un guépard, un perroquet et un singe ?

— Sarah Bernhardt est une actrice française, Madame Marina. Vous êtes une actrice américaine.

— C'est vrai, monsieur Warnock. Ou devrais-je dire : tout à fait vrai. Quoi qu'il en soit, si je n'étais pas condamnée à passer ma vie dans un wagon de chemin de fer, j'aurais déjà acheté...

— D'accord, dit Warnock. Gardez les alligators. »

Quand Warnock la fit poser pour un photographe avec Kasia et Klemens, en déclarant aux journalistes que les alligators avaient été offerts à Madame Zalenska à la Nouvelle-Orléans, Maryna, qui n'aimait pas beaucoup multiplier les mensonges, fut curieuse de savoir pourquoi.

« Parce que la Nouvelle-Orléans, cela fait beaucoup mieux que Jacksonville.

— Beaucoup mieux ? Dans quel sens, mieux, monsieur Warnock ?

— Plus romantique, plus étranger.

— Et c'est une bonne chose en Amérique ? Soyez patient avec moi. J'essaie seulement de comprendre.

— Parfois oui, parfois non.

— Mais bien sûr. Alors annoncez qu'ils m'ont été donnés à la Nouvelle-Orléans par une devineresse créole de quatre-vingt-quatorze ans pour écarter de moi un maléfice qu'elle a vu suspendu au-dessus de ma tête. Et que, bien que j'aie ri de la prophétie de la vieille folle, après qu'un morceau de tuyau de plomb est tombé des cintres à quelques centimètres de moi pendant les applaudissements de *Roméo et Juliette* à Nashville, j'ai fini par me sentir plus en sécurité dans mon boudoir avec ces créatures sinistres plutôt que sans elles.

— Voilà, vous êtes dans le coup ! s'écria Warnock.

Je vois, chère madame, que vous avez compris… tout compris.

— Monsieur Warnock, j'ai toujours compris. Je n'étais pas d'accord. C'est tout. »

Avant son *Comme il vous plaira* au Schultz Opera House de Zanesville, dans l'Ohio, le public eut droit à une conférence par un certain professeur Steele Craven sur « Shakespeare et l'esprit comique ». Au Doheny's Opera House de Council Bluffs, dans l'Iowa, des numéros de variété (un ventriloque, un acrobate sur monocycle, des chiens savants) précédèrent sa *Juliette* sur une avant-scène de six mètres de large. Au Chatterton's Opera House de Springfield, dans l'Illinois, il y eut d'abord un spectacle noir comique de vingt minutes, intitulé *Élisa s'enfuit sur la glace*, puis *Frou-Frou*. À l'Owen's Academy of Music de Charleston, en Caroline du Sud, *Adrienne* suivit « un pot-pourri de morceaux de Bellini, de Meyerbeer et de Wagner ». Au Pillot's Opera House de Houston, le public fut préparé à *East Lynne* par le monologue d'un fantaisiste, Thadeus – « mais je réponds si on m'appelle Têtard » – Murch. Depuis les coulisses Maryna l'entendit continuer encore… et encore : « Têtard parce que quand j'étais petit, je n'étais pas grand. Murch parce que mon papa s'appelait Murch. Doodleball Murch. Et il s'appelait Doodleball parce que… » Bogdan explosa. Soit Warnock s'assurait que rien n'était programmé avant la Compagnie Zalenska, soit Madame annulait le reste de la tournée.

Une autre bénédiction que conférait la confortable dualité du mariage : comme Bogdan exprimait l'indignation et la consternation qu'elle ressentait, Maryna était libre de prétendre donner une autre réponse plus indulgente. Ensuite, c'était son tour de dire : « Mais qu'espérez-vous, mon chéri ? C'est l'Amérique. Ils ont besoin de savoir qu'ils s'amusent. Mais les grossiers artisans aiment aussi ce que je leur offre. »

Au Ming's Opera House d'Helena, dans le Montana, une certaine Mme Aubertine Woodward De Kay joua, en l'honneur de Maryna, la *Mazurka Opus 7 n° 1* et la *Polonaise en la bémol majeur* de Chopin, avant que le rideau puisse se lever sur *La Dame aux camélias* par la Compagnie Zalenska, à la suite de quoi elle offrit un banquet à toute la troupe dans la résidence De Kay. C'était si naïf, cela partait d'une si bonne intention. Ma délicatesse européenne est en train de s'effriter, se dit Maryna. Je suis heureuse de plaire.

Son répertoire comprenait maintenant trois nouveaux rôles de Shakespeare qu'elle avait interprétés en Pologne : Viola de *La Nuit des rois*, Béatrice de *Beaucoup de bruit pour rien* (elle aimait ces histoires de couples mal assortis ou en lutte où tout s'arrangeait à la fin !) et Hermione du *Conte d'hiver*, dans lequel Peter jouait le tout petit rôle de Mamillius, le fils infortuné d'Hermione. Elle savait pourtant qu'il aurait mieux valu pour Peter qu'il fût en pension, mais elle ne pouvait supporter l'idée de s'en séparer déjà. Et elle avait dû laisser partir Bogdan.

« Je vous envie. Je ne saurais mener deux vies à la fois, dit Maryna, sans regarder Bogdan dans les yeux. J'ai déjà payé un prix élevé pour mener celle-ci.

— Je ne pars pas, déclara Bogdan.

— Si, je veux que vous partiez. Je ne manquerai pas de travail quand vous ne serez plus là. »

Elle se sentait héroïque. Elle fut étonnée que certains la trouvent mélancolique. « Vous sembliez un peu triste quand je suis entrée, hasarda la journaliste très maternelle du *Memphis Daily Avalanche*.

— Y a-t-il un visage polonais qui n'ait une pointe de tristesse ? répondit Maryna. Mais je ne suis triste que lorsque mon mari n'est pas avec moi. Nous sommes ensemble en permanence, mais récemment il a dû se rendre en Californie pendant quelques mois, pour affaires, et il me manque tout le temps. »

Le télégramme était daté du 23 février 1879 :

VON ROEBLING ACCEPTE OBSERVATION VOL
STOP NE DEMANDE PAS AUTORISATION MONTER

Que faisait donc Bogdan ? Elle espérait qu'il ne l'inquiéterait pas. Elle ne lui avait pas demandé de la rassurer.

Le télégramme suivant arriva huit jours plus tard :

DIX MINUTES EN L'AIR STOP SPECTACLE INCOMPARABLE

Spectacle depuis le sol ? Spectacle depuis les airs ? Mais comment croire ce que disait Bogdan ? Elle se serait encore plus inquiétée s'il n'y avait pas eu six représentations en soirées uniques dans le Missouri et cinq dans le Kentucky. Son répertoire comptait maintenant neuf pièces – dont cinq de Shakespeare – qu'elle avait jouées dans trente-quatre théâtres au cours des seuls deux derniers mois. Elle décida d'y ajouter *Cymbeline* quand ils atteignirent le Nebraska et qu'ils firent demi-tour dans le MidWest. Elle découvrit que *Cymbeline* était une des pièces les plus populaires du Barde en Amérique. Le public aimait le flot des réconciliations qui emporte à la fois le pernicieux et soi-disant séducteur de la vertueuse Imogène et son mari coléreux, si facilement dupé.

Les maris ont toujours raison. Une femme coupable doit mourir. Si elle est vraiment infidèle, qu'elle meure vraiment. Si elle est soupçonnée à tort d'être infidèle, alors qu'elle fasse semblant de mourir – et attende, le temps nécessaire, que l'homme qui s'est stupidement mis en fureur retrouve la raison et lui pardonne.

Bien sûr, ce n'était plus vrai. Ils vivaient dans les temps modernes. Un mari n'a pas toujours raison. Mais on attend toujours qu'une femme déclare une dépendance entière à l'égard de son mari.

Bogdan ! Époux ! Allonge-toi près de moi. Prends-moi dans tes bras. Réchauffe-moi. Sombrer avec toi dans le sommeil me manque.

Un nouveau télégramme, daté du 17 mai 1879 :

MARYNA MARYNA MARYNA STOP TOUT EST COMPLET STOP IL Y A DE L'EAU PARTOUT

Puis le silence. Était-il devenu fou ? Allait-il disparaître pour toujours ?

Mais bien sûr, je peux vivre sans lui. Tant que je suis en tournée. Ces tournées me permettent de garder mon équilibre. Le mouvement, l'agitation et la conscience d'être obligée de chasser les mauvaises pensées font taire les penchants les plus fous.

Époux ! Ami ! Fais ce que tu as à faire. Mais ne me torture pas. Je n'en ai pas la force. Pas encore.

« Chaque appareil est construit selon un principe différent, raconta Bogdan quand il revint. Celui-ci s'appelait *Aéro Cœur. Aéro Corazón.* Parfois, simplement *Corazón.*

— S'appelait ? Il s'est écrasé ?

— Maryna, vous avez compris. Je me suis bien élevé. Presque à la verticale, le trait distinctif de cet aéro c'est qu'il n'a pas d'ailes. À la verticale, sans aucun vol en rase-mottes, jusqu'à une centaine de pieds. Puis là, il a plané pendant dix minutes stupéfiantes, sublimes !

— Dites-m'en plus.

— Ah, Maryna. Je suis complètement stupide. Que suis-je en train de nous faire ? Je suis possédé.

— Non, vous ne l'êtes pas. Vous me racontez une histoire.

— Je ne raconte pas d'histoires !

— Si. » Elle rit doucement.

« Que voulez-vous savoir ?

— À quoi cela ressemble-t-il ?

— À une cloche géante, avec une cabine entièrement fermée, et une hélice énorme et très large qui sort du toit, et quand cela se met en mouvement, c'est comme un couvercle tournant. Je vous ai dit qu'il n'y avait pas d'ailes, n'est-ce pas ? Oui, bien sûr, je vous l'ai dit. La puissance qui soulève est alimentée par quelque chose que les inventeurs appellent des “presse-air”, un tube par lequel de l'air comprimé est projeté sous l'appareil. Les “presse-air” et l'hélice font monter l'appareil à la verticale jusqu'à une hauteur prédéterminée, ensuite il s'arrête, et vole horizontalement dans la direction où il est pointé – mais cela n'a pas marché cette fois-là. Jusqu'à cent trente kilomètres à l'heure, prétendent Juan María et José.

— Je croyais que les inventeurs étaient allemands.

— Presque tous.

— Et quand l'aéro est tombé, vos amis mexicains

s'en sont tirés sans une égratignure. Vous me l'auriez dit s'ils avaient été tués ou…

— Oui, *Corazón* est magnifiquement préparé pour la catastrophe. Un ballon qui a trois fois sa taille, qu'on appelle un compensateur, se gonfle très rapidement pour freiner une descente trop brutale et des pattes élastiques sortent sous l'appareil pour l'empêcher de se briser en se posant.

— Mais vous n'êtes pas monté avec eux ?

— Maryna, je vous avais dit que je n'y monterais pas.

— Et vous n'y êtes pas monté.

— J'étais sur le point de demander qu'on m'emmène. Mais j'ai craint d'être incapable de maîtriser ma peur. Je savais, ils savaient, que l'atterrissage serait contrôlé, décevant, pas fatal. Pourtant, il n'y a aucune certitude. C'est cela l'aventure, n'est-ce pas ? Elle a des fleurs dans les cheveux mais elle n'a pas de visage.

— Quoi, Bogdan ?

— Oh, et Dreyfus *est* intéressé. Et je pense pouvoir obtenir que von Roebling le rencontre. Alors, j'aurai accompli ma mission. Maryna, Maryna, je vous en prie, ne secouez pas la tête ainsi ! »

Quitter l'Amérique ? Parce que – la plus américaine des raisons – il était « temps de se remettre en route » ? Warnock ne comprenait pas. « Mais vous venez de commencer en Amérique. Vous pouvez gagner une fortune ici. Tout le monde vous aime. »

Comment un homme comme Warnock aurait-il pu comprendre l'attrait que Londres exerçait sur une véritable adoratrice de Shakespeare ? Être actrice en Angleterre, pas seulement en anglais ! En Angleterre elle s'épanouirait et dépasserait tout ce qu'elle avait réalisé lors de sa deuxième tournée américaine encore plus couronnée de succès.

« Non, il n'en sera rien », dit Warnock.

Devant un Warnock déconcerté et en colère qui continuait à prédire que cette entreprise londonienne serait un échec, elle s'en remit à Edward Dudley Brownlow, l'imprésario anglais. Le 1er mai 1879, elle fit ses débuts à Londres dans *La Dame aux camélias*, mais pas sous le titre de *Camille* – l'absurde traduction anglaise – car la pièce était sous le coup d'une interdiction de Lord Chamberlain. Ayant toujours vénéré l'Angleterre non seulement parce que c'était le pays de Shakespeare mais aussi le lieu de naissance de toute liberté civile, Maryna fut étonnée d'apprendre l'existence d'une censure gouvernementale à Londres. Tout comme à Varsovie. Non, pas comme à Varsovie, car la censure anglaise était si faible qu'on pouvait la contourner en changeant un titre de pièce. Et Maryna aimait assez le nouveau titre conciliateur, *Heartsease* (*La Paix du cœur*), qui semblait agréablement dénué de sens, et elle fut déçue d'apprendre par Brownlow que *Heartsease* était simplement le nom d'une autre fleur, la pensée. Elle se sentit rétrogradée comme la fleur qui servait de signature à la courtisane au cœur pur. Ce Lord Chamberlain n'obligerait sûrement pas la « dame aux camélias » à mourir au cinquième acte sur un lit jonché… de pensées !

Elle avait choisi *La Dame aux camélias* plutôt qu'une pièce de Shakespeare pour la même raison qui l'avait fait débuter en Amérique avec *Adrienne Lecouvreur* : son accent aurait moins d'importance dans une pièce française. Le nouveau masque avec lequel elle avait appris à produire les sons de l'anglais d'Amérique, avec la mâchoire un peu lâche, dut, avec l'aide de Miss Collingridge, être resserré pour Londres. Les ruptures des syllabes durent être réexaminées pour devenir plus tranchantes, le point d'articulation des consonnes fut déplacé du fond de la bouche vers l'avant, et les lèvres rendues plus minces. « Snobs comme ils le sont, les Anglais aiment repérer des défauts dans notre accent américain, fit observer Miss Collingridge. Ils trouvent à redire en particulier à ce qu'ils décrivent comme l'intonation traînante des acteurs américains. – Traînante ! s'exclama Maryna. Quand m'a-t-on entendue avec une voix traînante ? » Maryna n'arrivait pas à s'avouer qu'elle trouvait l'anglais intimidant. Elle s'était habituée à l'attaque relâchée des phrases des Américains – leur volubilité, leur familiarité. En Amérique, personne ne s'intéressait au destin tragique de la patrie de Maryna, mais elle se sentait quand même la bienvenue. Ici, les journalistes au col de chemise sale et ses compagnons de dîner titrés supposaient qu'elle allait les raser à propos de la Pologne, alors qu'elle espérait faire la conversation en anglais. Sur la saison théâtrale à Londres. Sur M. Disraeli et M. Gladstone. Sur le temps.

Maryna avait prévu que les Anglais ne seraient pas conquis aussi rapidement que les Américains. Elle n'avait pas imaginé qu'ils ne se laisseraient pas conquérir du tout, sauf sous certaines conditions. Elle paria avec elle-même que si la moitié seulement des critiques des journaux londoniens mentionnaient son accent « enchanteur » ou « charmant », elle réussirait à transférer sa carrière, son triomphe et le reste, en Angleterre. Tous les articles furent flatteurs. Chaque critique mentionnait son accent.

On faisait son éloge, mais on ne la portait pas aux nues. Contrairement aux Américains, les Anglais ne savaient pas quoi faire des étrangers en quête de quelque chose. (La possibilité de devenir anglais ne leur était pas offerte.) Et elle, Marina Zalenska, était doublement étrangère : une Polonaise d'Amérique.

Fin mai, quand sa saison au Court Theatre (*La Pensée*, *Roméo et Juliette*, *Comme il vous plaira*) se termina, elle alla, avec Bogdan et Miss Collingridge, voir, et peut-être admirer, le célèbre couple romantique Ellen Terry et Henry Irving, au théâtre d'Irving, le Lyceum. Prête à s'incliner devant ces nouveaux dieux de la scène anglaise, Maryna fut presque déçue, dit-elle à Bogdan, de découvrir qu'elle était aussi bonne qu'Ellen Terry qu'elle observa attentivement ce soir-là dans le rôle-titre de la pièce vieillotte mais toujours populaire de Bulwer-Lytton, *La Dame de Lyon ;* quant au grand Henry Irving, dans le rôle du héros de basse origine, il lui sembla, avec sa démarche traînante et sa voix faible et gutturale, tout à fait inférieur en grâce et en qualité d'élocution à Edwin Booth.

Maryna eut au moins la satisfaction de savoir que, si une carrière en Angleterre ne lui avait pas été interdite parce qu'elle s'était consacrée corps et âme à jouer en langue anglaise, elle aurait pu rivaliser avec Terry. Mais elle ne pourrait lutter contre Sarah Bernhardt, qui devait arriver bientôt pour jouer au Gaiety en français.

Le jour où Sarah Bernhardt et la Comédie-Française se faisaient glorieusement acclamer dans *Phèdre*, Maryna partit pour une tournée d'été dans les provinces anglaises. Elle proposa sa Rosalinde et sa Juliette, ainsi que son Ophélie et sa Viola, que Brownlow était impatient de présenter lors de la prochaine saison d'automne à Londres ; mais Maryna n'avait aucun désir de prolonger son séjour, à militer pour une approbation plus insistante. Peut-être, se demanda tristement Maryna, avait-elle épuisé le nombre d'exploits impossibles que sa volonté rendait possibles. Même s'il en était ainsi, il restait toujours le presque impossible. Le simplement très difficile.

Il avait fallu ce séjour en Angleterre pour comprendre à quel point il était plus simple (cela n'avait-il pas été simple ?) de s'imposer en Amérique : un pays où les gens croient en la volonté.

Lors d'un dîner donné en son honneur par Lady Wolsington, Maryna était placée à côté de l'impressionnant romancier et critique théâtral américain, Henry James, récemment installé à Londres, et M. James lui avait demandé si elle accepterait de venir prendre le thé, le mardi suivant, au Café Royal, où il lui dit avec une franchise indirecte qu'il espérait qu'elle ne le trouverait pas le moins du monde prédateur si… il hésita en caressant sa barbe soyeuse et bien taillée ; il avait déjà hésité plusieurs fois depuis qu'ils s'étaient assis devant la table au plateau de marbre.

« Si quoi, cher monsieur James ?

— Si j'avoue être ce que je ne peux décrire que comme très intéressé, sinon fasciné, à la fois en tant que romancier et, je prendrai la liberté de vous confier un de mes espoirs les plus chers, futur auteur dramatique, fasciné, disais-je, par l'actrice en tant que *type* contemporain. Je ne parle pas de l'actrice comme personne capable d'une force expressive hors du commun, cette force expressive étant dans une certaine mesure associée à une perspicacité qui lui permet de prendre des risques, nécessaires dans la mesure où ces atouts, la force expressive, l'audace, forment son art, mais l'actrice, l'actrice contemporaine, en tant que plus brillante incarnation du *succès* féminin. » M. James parlait avec un accent marqué, parfois au début, plus généralement à la fin du méandre de ses phrases.

« Il ne semble pas que j'aie obtenu un succès complet à Londres, dit Maryna. Du moins pas autant que je l'avais espéré, bien que je vous sois reconnaissante pour votre article amical.

— Ah, vous devez donner une chance aux Anglais, chère Madame Zalenska. J'ai peur que vous ayez été gâtée par notre franchise yankee. Car malgré le manque d'*étendue* de ces îles compactes, il y a beaucoup plus de *surface* ici, on dit une chose et on en entend une autre, ils sont prudents, ils peuvent être soupçonneux, ils ne sont pas enclins à faire de grands efforts, ils préfèrent être considérés comme un peu lents plutôt que trop doués, ils, comment dire, ils *se retiennent*. Mais je prédis qu'ils viendront. » Il cherchait à être aimable, sans aucun doute.

« L'Angleterre n'est pas aussi vague ni aussi ouatée que l'Amérique », déclara-t-il. Lui-même était vague et ouaté, de la plus belle façon – cet homme enrobé, verbeux, et manifestement brillant. Il était futile, dit-il d'une voix encourageante, de s'attarder sur les différences entre l'Angleterre et l'Amérique, et il invita Maryna à les considérer comme « un gros ensemble anglo-saxon… » M. James était-il récemment retourné dans sa ville natale, New York ? Avait-il jamais mis les pieds en Californie ? Sûrement pas. « … un gros ensemble anglo-saxon, tellement destinées à se fondre l'une dans l'autre qu'insister sur leurs différences n'est qu'oisiveté et pédanterie, disait James, et cette fusion interviendra plus rapidement, poursuivit-il, si on la considère comme assurée et si l'on traite la vie des deux pays comme une continuité, une vie plus ou moins *convertible.* »

Convertible, peut-être pour un Américain, se dit Maryna. Ou ce genre d'Américain. Car M. James – avec son accent, ses hésitations, sa raideur, sa courtoisie opaque et inquiétante – lui semblait parfaitement anglais. Peut-être pour un écrivain…

« Deux chapitres du même livre, entonna James, comme s'il lisait dans ses pensées.

— Ou deux actes de la même pièce.

— Exactement », dit James.

Mais non, pas pour les acteurs. Elle pourrait devenir une actrice américaine, mais jamais une actrice anglaise.

Elle reconnaissait le vieil air américain, qui réunit « vouloir énergiquement » et « prendre tout comme allant de soi ». En fin de compte, Henry James était très américain. Il s'était arrangé pour avoir à sa disposition une grande réserve de volonté.

Un acteur anglais pouvait toujours venir en Amérique : beaucoup l'avaient fait. Le père d'Edwin Booth, Junius Brutus Booth, qui, jeune acteur, avait joué avec Edmund Kean et avait été son rival sur la scène londonienne, avait quitté femme et enfant pour une marchande de fleurs de Bow Street et s'était enfui avec elle en Amérique, pour y fonder une nouvelle famille de dix enfants et faire une des plus grandes carrières d'acteur en Amérique. Impensable pour un acteur américain de s'enfuir en Angleterre pour y faire une carrière aussi illustre. Les Américains acclamés par la critique londonienne, comme Charlotte Cushman l'avait été à la génération précédente avec Portia, Béatrice, Lady Macbeth et son Roméo (sa sœur tenait le rôle de Juliette), n'étaient pas censés rester en Angleterre.

Maryna et Bogdan rentrèrent en Amérique après une brève visite à Cracovie fin août. Un échec n'en est un que s'il est reconnu. Le public anglais avait été des plus accueillants, dit-on à la foule des journalistes qui se bousculaient, suaient et hurlaient sur le quai de la White Star. Oui, elle fit un signe de tête, elle avait été tentée de rester à Londres. (« Non, non ! S'il vous plaît, messieurs ! Je n'ai pas, je le répète, je n'ai *pas* dit que j'abandonnais la scène américaine. ») Mais elle était très heureuse – ceci était vrai – d'être revenue en Amérique.

L'Amérique : pas seulement un autre pays. Alors que le cours injuste de l'histoire européenne avait décrété qu'un Polonais ne pouvait pas être citoyen de Pologne (mais seulement de Russie, d'Autriche ou de Prusse), le cours juste de l'histoire du monde avait créé l'Amérique. Maryna serait toujours une Polonaise – aucun moyen de faire autrement, et elle ne le voulait pas non plus. Mais, si elle le choisissait, elle pouvait aussi être une Américaine.

Elle commença immédiatement à préparer la nouvelle saison à New York et une autre tournée nationale. Incapable de pardonner à Warnock d'avoir eu à nouveau raison, Maryna, en accord avec Bogdan, engagea un directeur très zélé qui portait le nom « délicieux » d'Ariel N. Peabody.

« Plus délicieux encore que nous le pensions, raconta Maryna à Bogdan. Je me suis souvenue à quel point M. Warnock était content de son deuxième nom et j'ai pensé que M. Peabody aimerait peut-être qu'on lui demande le sien. “Vous voulez dire le N. ?” s’écria-t-il. (Maryna pencha la tête comme Peabody ; elle imitait sa voix de façon mystérieuse.) “Ah, cela va peut-être vous amuser, Madame Marina. Le N. remplace” – pause – “le nom est” – geste du bras, révérence – ”Nothing. (Rien.)”

— L’Amérique ne déçoit jamais, remarqua Bogdan.

— *Nomen, omen.* Peut-être ne ressemblera-t-il en rien à M. Warnock. Fini le charlatan, j’aime ce mot, plus de diamants perdus, de chiens de manchon, d’alligators, d’histoires incroyables – *rien* de tout cela.

— Je n’y compterais pas, dit Bogdan. Mais une Marina Zalenska n’a pas besoin d’un A. Nothing Peabody pour lui dire ce qu’elle doit faire. »

« Son succès a grossi comme une avalanche », annonçait le *Norfolk Public Ledger.* Elle continua à ajouter des pièces de Shakespeare à son répertoire : à partir de 1880, *Mesure pour mesure*, et l’année suivante *Le Marchand de Venise* et, enfin, « la pièce écossaise ». Quant à être une star, de style américain : à la fin de sa troisième tournée nationale, Maryna pensait qu’elle possédait ce rôle à fond.

Cela consiste à voyager dans son appartement sur roues somptueusement aménagé, un wagon de chemin de fer privé, avec des fenêtres gothiques aux vitres gravées, un piano, un boudoir suffisamment grand pour une commode d’acajou et un lit à colonnes, alors que les autres acteurs et votre personnel suivent dans un second Pullman privé ; à avoir un carlin nommé Indiana ; à avoir une grande aquarelle de votre animal domestique qui décore un panneau du petit salon de votre wagon privé ; à avoir besoin de la suite la plus grande, la plus luxueuse à chaque fois que vous descendez dans un hôtel, les meilleurs hôtels et les mets les plus délicats ; à griffonner quelques mots sur le papier de lin le plus fin avec un en-tête en relief, les paroles habituelles de remerciement à ceux qui ont essayé de vous divertir ou de vous plaire, des mots aimables aux jeunes femmes éblouies assez courageuses pour demander un entretien (« Vous n'imaginez pas le nombre de jeunes filles qui m'écrivent chaque jour pour me demander conseil sur la façon de se lancer dans cette profession, mais comment puis-je les encourager, tant qu'il n'y a pas de théâtres permanents en Amérique ? »). Cela consiste à fréquenter d'autres légendes vivantes : Longfellow est votre ami intime, Tennyson vous a reçue à Londres et Oscar Wilde vous a accueillie avec une brassée de lys blancs et vous a annoncé qu'il allait écrire une pièce pour vous. Cela consiste à ne pas respecter les conventions, mais pas du tout comme Oscar Wilde : la méfiance particulière que vous avez à l'égard des conventions – vous êtes une dame et vous fumez – est le genre de chose que les gens espèrent apprendre sur vous. Cela consiste à vous montrer indifférente à l'égard de ce que vous possédez, à être incapable de rien jeter, à acheter continuellement : les journaux de New York ont rapporté que lorsque vous êtes revenue de votre dernier voyage à Paris (« et d'une brève visite dans sa Pologne natale ») vous avez débarqué avec soixante-cinq bagages. Cela consiste à avoir de nombreuses résidences : « Bientôt, elle et son mari, le comte Dembowski, iront passer un mois dans leur ranch, en Californie du Sud. La maison principale, récemment terminée, a été dessinée par un ami de Madame Zalenska, l'éminent architecte et amateur de théâtre, Stanford White. »

En Pologne, on vous permettait d'exercer dans une certaine mesure l'art de l'apitoiement sur soi, mais on attendait de vous que vous soyez sincère et que vous ayez aussi des idéaux élevés – les gens vous respectaient pour cela. En Amérique, on attend de vous que vous manifestiez les confusions d'une ardeur intérieure, que vous exprimiez des opinions que nul ne doit prendre au sérieux, que vous ayez des manies excentriques et des besoins extravagants, qui montrent la force de votre volonté, de votre appétit de vivre, l'étendue de votre amour-propre – autant de choses excellentes.

En promenade (Boston, Philadelphie, Chicago) dans votre brougham privé, vous vous arrêtez sur un coup de tête devant une librairie et vous en ressortez avec une douzaine de poètes reliés dans le meilleur vélin, le meilleur maroquin ou en veau raciné. Elle a des goûts exclusifs, rapportaient les journalistes. Elle dépense royalement à gauche et à droite, disaient-ils, avec une liberté digne d'une princesse. En même temps, on s'attendait à ce que vous vous conduisiez en femme avertie avec l'argent et en négociatrice impitoyable, mais aussi en personne charitable (vous êtes harcelée de lettres d'immigrants polonais indigents) et au-delà de tout reproche, c'est-à-dire casanière, et en mère dévouée. Une femme doit toujours déclarer que sa famille compte plus que sa carrière.

Bien sûr, sa vraie famille c'était sa troupe, dont le tableau de service qui changeait en permanence ne cessait de progresser, grâce aux conseils féroces et souples de Maryna.

« Le rideau se lève, vous devez saisir le public. » En disant cela elle pouvait saisir le poignet de l'acteur.

« Fixez le public du regard puis subtilisez-lui son âme avec votre voix. En utilisant pleinement votre diaphragme, d'accord ? » Et elle mugissait : « Pas de glapissements, pas d'emphase ! »

Elle passait en revue les trucs et les pièges de la scène. Mourir, expliquait-elle, ne devrait être ni trop rapide ni prolongé à l'excès. Elle donnait des instructions techniques pour tousser, s'évanouir et prier. À un acteur qui avait l'habitude d'être paralysé de trac en coulisse longtemps avant son entrée en scène, elle prescrivit « un départ de la loge à la dernière minute ».

« N'ayez pas peur de vous retourner vers le fond de la scène, recommandait-elle. Le visage peut en dire trop, mais le public peut lire ce dont il a besoin, pas plus, sur votre dos. »

Et : « Ne bougez pas la tête quand vous parlez. Cela enlève de la force au cou. »

Et : « Ne laissez pas descendre la voix. La voix devrait sortir mais vers un autre acteur. Votre voix est trop dirigée *vers* le public. »

Des paquets de gingembre arrivaient régulièrement de Chinatown à San Francisco, et Maryna pouvait imposer à tous les membres de sa troupe les mérites de fréquentes infusions de thé au gingembre : si on le buvait bouillant et si l'on mangeait la fine tranche de gingembre qui se trouvait au fond de la tasse, cela résolvait presque tous les problèmes de voix de dernière minute, disait-elle. Elle fit remarquer que si la peur et l'anxiété rendaient les hommes thermiques – « Thermiques ! » s'écria Miss Collingridge avec plaisir – et s'ils devaient par conséquent être vigilants sur les taches de transpiration qui apparaissaient dans la partie supérieure de leur costume, sous le coup des mêmes émotions, les femmes avaient froid, et elles devaient donc veiller à s'emmitoufler avant la représentation et pendant qu'elles n'étaient pas sur scène.

« Mais Madame, dit Warren Bancroft (Roméo, Bénédict, Orlando, Armand Duval et Maurice pendant la deuxième saison de la compagnie), je deviens toujours froid comme de la glace quand j'ai le trac.

— Absurde », répondit-elle.

« Jouer ne devrait jamais être facile, dit-elle, en crachant le mot *facile*. Cela signifie que vous vous êtes oublié. Vous avez oublié où vous vous trouviez. Vous ne devez jamais, jamais, oublier que vous vous trouvez sur une scène. Ainsi, vous aurez toujours peur. Vous avez peur mais vous êtes un conquérant. Quand vous êtes sur scène, quel que soit votre rôle, vous êtes un conquérant. Vous devriez vous sentir très grand quand vous êtes debout sur une scène. Tout en vous devrait se raidir et se contracter autour de votre peur. Même dans la douleur, qui est concave, vous restez une ligne droite. Et cette ligne va tout droit jusqu'au dernier rang du plus haut balcon. Tenez cette ligne ! Devenez une source de lumière. Vous êtes une bougie. Gardez le dos droit, ne rentrez pas le cou dans les épaules. Sentez la flamme qui s'élève au-dessus de votre tête. »

À propos d'Abner Dixey, renvoyé après la première saison (il avait joué Jacques dans *Comme il vous plaira* et Malvolio dans *La Nuit des rois* et, de façon encore plus impassible, le capitaine Levison, le débauché rusé d'*East Lynne*), elle disait brièvement : « Il ne transformait rien. Un acteur transforme. »

« La plupart des règles pour se comporter comme il faut sur scène, leur dit-elle, s'appliquent aussi dans la vie réelle. » (« Sauf, ajouta-t-elle, avec un sourire joyeux et énigmatique, sauf quand elles ne s'y appliquent pas. ») Une de ces règles est : ne jamais reconnaître un contretemps. Une fois, dans *Mesure pour mesure* au Taylor Opera House de Trenton, l'acteur qui jouait Claudio, le frère condamné à mort, en se jetant aux pieds d'Isabelle pour l'implorer d'accéder à la demande abjecte d'Angelo (le prix pour lui sauver la vie), a renversé le banc de la prison ; tout en maintenant la même frénésie d'élocution exigée par le malheur extrême de Claudio, il a prestement relevé le banc. Quand le rideau est tombé, au moment du dernier des nombreux rappels que Maryna a généreusement partagés avec le jeune acteur, une nouvelle recrue de la troupe, elle lui a dit doucement : « N'essayez jamais de réparer un incident pendant une représentation. Cela oblige le spectateur à le remarquer. »

Il est vrai que certains incidents sont difficiles à ignorer, comme lorsque, dans *Macbeth* au McVicker's Theatre de Chicago (« Évidemment, c'était la pièce écossaise ! »), ayant stupidement essayé de faire son entrée dans la scène de somnambulisme les yeux fermés, Maryna avait trébuché et un tendon de sa cheville s'était rompu. Elle avait continué la scène jusqu'à la fin, sans un murmure, sans une grimace, et sans que sa démarche en fût modifiée.

Vos remarques sont dures, maternelles, justes. Votre exemple est lumineux.

Les membres de la compagnie vous le rendent avec adulation et peur, et avec une dévotion parfaite et anxieuse.

Vous vous faites admirer, vous les stupéfiez. Vous êtes au zénith. Vos pouvoirs, vous le sentez, sont illimités.

Au Colorado, ils remplirent des salles entières de spectateurs sous le charme. Après la dernière représentation d'une semaine passée au Tabor Grand Opera House, de Denver – *Juliette* (comme on appelait *Roméo et Juliette* dans le calendrier de la compagnie), *Adrienne*, *La Dame aux camélias*, *Le Conte d'hiver* –, Peabody organisa pour la compagnie un dernier souper avec alcool à volonté dans le bar de leur hôtel. Quand Maryna vint les rejoindre, la plupart des hommes, mais pas seulement les hommes, étaient joyeusement ivres, et l'aguicheuse Laura Fitch, qui jouait la méchante reine d'Angleterre dans *Cymbeline*, Audrey dans *Comme il vous plaira* et Paulina dans *Le Conte d'hiver*, debout sur une table, finissait de déclamer :

Encor trop jeunes pour savoir
Tout le poids de nos désespoirs,
Avons appris par notre mère
Qu'au tombeau gisait notre père.
Puis longtemps nous l'avons veillée
Et morte nous l'avons pleurée ;
Deux orphelines nous errons
Depuis la Suisse, à l'abandon !

« Ahem », fit James Bridger, le nouveau Mercurio de *Roméo et Juliette*, Pierre de touche dans *Comme il vous plaira*, et le fidèle Gaston dans *La Dame aux camélias*, qui, dans la vie, est amoureux de Laura. « Alors, où est ma scène ? » Il sauta sur le bar avec l'agilité de Mercurio, se frappa la poitrine et brailla :

J'ai ruiné ma santé dans la lutte pour la richesse !
Dit le banquier sur un ton piteux…

« Oh ! » Et il sauta à terre.

En voyant Maryna, tout le monde se rapetissa dans une solennité coupable et infantile.

« Je vous en prie ! Ne vous interrompez pas pour moi !

— Nous ne faisions que plaisanter, Madame, et nous nous récitions des vers de mirliton », dit Cornelia Scudder, la jeune actrice à qui Maryna avait confié les rôles de Célia dans *Comme il vous plaira*, de Perdida dans *Le Conte d'hiver*, d'Héro dans *Beaucoup de bruit pour rien* et de Louise, la sœur vertueuse de *Frou-Frou*.

« Alors, j'insiste, continuez. » Maryna aimait Cornelia. Son regard alla de visage en visage. « Personne ne veut jouer pour moi ? Personne ne veut me faire rire ? » Elle sourit devant leur air embarrassé. « Très bien. » Elle hocha gravement la tête. « Alors je vais devoir jouer pour vous. Quelque chose que vous allez trouver particulièrement intéressant, je crois, bien que ce soit en polonais. »

Maryna commença dans un souffle. Sa voix à peine timbrée devint voilée puis liquide. Au début, son élocution fut pleine d'hésitations, révélant un esprit lourd de sentiments, des sentiments amoureux, des sentiments d'amertume, incertain de ce qu'il voulait exprimer. Puis sa voix s'accéléra et elle passa à un rythme élevé et moqueur. Des phrases dithyrambiques, enchaînées qui se brisèrent en sons rudes, tranchants, puis un rire léger, fou, et des sanglots et des gémissements. Le regard fixé dans le vide, elle donna à sa voix un ton rauque, brisé par la douleur, et acheva sur une montée palpitante, disant une détermination et un espoir renouvelés.

Pris sous le charme de Maryna, les acteurs la regardaient en silence. Miss Collingridge, assise en face de Maryna, griffonna quelque chose sur un morceau de papier et le lui donna par-dessus la table. Maryna fronça les sourcils. Quelqu'un osa enfin parler. « Stupéfiant », haleta Horace Petrie, leur nouveau Posthumus dans *Cymbeline*, Angelo dans *Mesure pour mesure* et Banquo dans *Macbeth*.

« Chut », fit Mabel Hawley, qui avait un emploi de servante (la nourrice de Juliette, Nanine dans *La Dame aux camélias* et Joyce dans *East Lynne*) mais, pour apaiser son mécontentement prêt à déborder, on lui avait aussi donné le rôle de la princesse de Bouillon dans *Adrienne*.

« Quoi que ce soit, Madame, je me suis fait prendre », dit Harry Kellogg, le corpulent prince de Bouillon à bouclettes de la troupe dans *Adrienne*, Henri de Sartorys dans *Frou-Frou*, Léontès dans *Le Conte d'hiver* et le duc dans *Comme il vous plaira*. Il venait d'une famille de baleiniers de New Bedford dans le Massachusetts.

« Était-ce un poème, Madame ? demanda Mabel. Un monologue tiré d'une tragédie polonaise ? »

Maryna sourit et alluma une cigarette.

« Qu'était-ce, Madame ? Qu'était-ce ? » s'écria Charles Whiffen, Iachimo dans *Cymbeline*, Claudio dans *Mesure pour mesure*, Orsino dans *La Nuit des rois* et Archibald Carlyle, le mari trompé dans *East Lynne*.

« J'ai simplement… » commença-t-elle, tout en dépliant négligemment le billet de Miss Collingridge. Elle lut : « Vous avez récité l'alphabet polonais. Deux fois. » Maryna éclata de rire.

« Dites-nous ! Dites-nous, Madame !

— Dites-leur, Mildred, ce que j'ai récité.

— Une prière », déclara la jeune femme d'un air provocateur. Elle rougit.

« Exactement, approuva Maryna. Une prière d'acteur. Dans mon pays triste et dévot, il y a une prière pour chaque chose. »

Miss Collingridge sourit.

« Mildred, vous n'avez pas étudié le polonais derrière mon dos, n'est-ce pas ? » lui demanda Maryna, le lendemain matin dans le train qui les conduisait à Leadville pour une représentation de *Frou-Frou*. Vêtue d'une robe de dentelle, elle était allongée sur une chaise longue et agitait sa cigarette d'un geste paresseux ; Miss Collingridge secoua la tête. « Alors, si je ne vous connaissais pas si bien, je dirais que vous êtes vraiment diabolique.

— Madame Marina, c'est la plus belle chose que vous m'ayez jamais dite.

— Et comment il était, mon alphabet ?

— En anglais, on dit : "Et comment était mon alphabet ?"

— Noté, dit Maryna. Et l'alphabet ?

— Grandiose », soupira Miss Collingridge.

Maryna ne put jamais comprendre pourquoi, en Amérique, il y avait un tel soupçon devant les arts, même parmi les gens cultivés, et une telle antipathie à l'égard du théâtre. Une femme, à qui Maryna fut présentée dans le hall de l'hôtel Plankinton de Milwaukee, se vanta de n'avoir jamais mis les pieds dans un théâtre. « Quand je vois les portes d'un théâtre, je change de trottoir. » Pourtant dans chaque ville américaine on n'en finissait pas de compter les jeunes filles qui pensaient (ou dont les mères pensaient) qu'elles étaient faites pour la scène.

Une ou deux pourraient devenir actrices. Aucune de celles qu'elle avait vues – et Maryna voulait être magnanime – ne serait jamais une star.

L'autorité, l'excentricité, le soyeux – voilà ce qui fait une star. Et une voix inoubliable. On pouvait *tout* faire avec la voix, quand on savait quelles notes devaient être mises en avant, et lesquelles laissées dans l'ombre. Le contrôle de la respiration donne tout ce dont on a besoin : un phrasé continu, une palette de couleurs éclatantes, de subtils changements de timbre, la secousse d'un cri, un murmure cristallin ou un arrêt inattendu. La voix s'élève sans effort, sans précipitation, pure – tout le théâtre est sous son charme dans un silence respectueux. Qui ne se sent pas meilleur en entendant la noble défense d'Isabelle ?

Mais l'homme, l'homme orgueilleux
Vêtu d'une courte et brève autorité,
Ignorant avant tout ce dont il est le plus assuré,
Son essence cassante comme verre, tel un singe coléreux,
Qui joue devant le ciel de fantastiques ruses,
Et fait pleurer les anges…

On peut amener chaque spectateur à méditer, à se sentir profond, ne serait-ce qu'un moment. Ou, avec *Voici l'odeur du sang… encore*, et simplement les doigts qui s'agitent au bout d'un beau bras sagement collé contre le corps, tandis qu'on baisse les yeux vers la main coupable et paralysée (inutile de la sentir, de la lécher ni de la tenir près de la flamme de la bougie), on gémit, on soupire, cela sonne comme une cloche avec *Tous les parfums de l'Arabie ne purifieraient pas cette petite main. Oh, oh, oh…* on pourrait, on pouvait ébranler chaque cœur dans le théâtre.

Parfois, Maryna faisait répéter un acteur dans un nouveau rôle de minuit à cinq heures du matin, elle était prête pour son premier rendez-vous à neuf heures, et elle avait une journée bien remplie avant de jouer le soir. Elle ne semblait jamais fatiguée. Quand on l'interrogeait, comme cela arrivait souvent, sur ses secrets de beauté, elle répondait d'abord : « Une vie heureuse... mon mari et mon fils, mes amis, ma vie au théâtre, une juste quantité de sommeil, du bon savon et de l'eau. » En Amérique, il était habituel pour une star de prétendre n'être, sous l'enveloppe des privilèges, pas différente des autres, ce que les autres, tout en n'imaginant que faiblement ces privilèges, savaient être faux. Les admiratrices de Maryna furent plus heureuses quand elle commença à « approuver » des produits qu'elles pourraient acheter : les crèmes de beauté et la lotion capillaire *Angel Star* d'Harriet Hubbard Ayer.

Elle souhaitait trouver une crème ou une lotion qui lui plairait, en particulier depuis qu'elle avait commencé à utiliser à contrecœur le nouveau maquillage à base grasse. Standardisés comme tant de choses de la vie moderne, les nouveaux éléments de maquillage arrivaient tout prêts, sous forme de bâtonnets ronds, numérotés et étiquetés. Ils étaient plus rapides à appliquer que le maquillage sec, et plus sûrs aussi si l'on en croyait la rumeur qui affirmait que certains produits chimiques employés dans la préparation des poudres, tels que le bismuth, le minium et le blanc de céruse, étaient de vrais poisons. (Si seulement il était possible d'utiliser à la fois les maquillages secs et gras – comme les navires faisant la navette sur l'Atlantique, qui avaient de grandes cheminées d'où sortait de la fumée mais qui arboraient aussi en complément un gréement de voiles, en cas de panne des moteurs !) Et Maryna dut se résigner aussi à une lumière dure et peu flatteuse. Sans odeur, sûre (la sécurité est-elle *si* importante ?), plus vive (oh, vraiment beaucoup plus vive) – ce qui était saisissant dans les rues était un désastre au théâtre. La lumière du gaz épaisse et douce, avec ses taches et ses ratés charmants, conférait l'illusion nécessaire à plus d'une scène que l'électricité révélait maintenant dans sa nudité et sa pauvreté. On lui avait dit qu'Henry Irving et Ellen Terry avaient refusé qu'on remplace le gaz par l'électricité au Lyceum – jamais. Mais en Amérique, personne ne peut rejeter les impératifs souvent déplaisants du progrès. La lumière du gaz était périmée et ce fut sa fin. Le préjugé favorable des Américains pour ce qui est nouveau décréta : tout ce qui existe peut être amélioré. Ou doit être remplacé. Maryna oublia vite si elle avait signé une lettre, datée du 7 mai 1882 et publiée dans de nombreux magazines sous le titre « Tribut de Madame Zalenska à une invention américaine », à cause des honoraires qu'on lui avait donnés ou parce qu'une fois elle avait utilisé ce nouveau produit amusant :

Cher Monsieur,

En octobre dernier à Topeka, dans le Kansas, j'ai acheté plusieurs boîtes de vos Plaquettes de Feutre (le Polisseur dentaire idéal) pour les dents et je les utilise depuis. J'ajoute volontiers mon témoignage à ceux que vous avez déjà quant à leur valeur, et je crois que cette invention finira par supplanter la brosse à dents faite de poils. Je crains seulement d'être un jour démunie de plaquettes de feutres dans un endroit où il me sera impossible de m'en procurer.

Je vous prie d'agréer, Monsieur, l'expression de mes sentiments les meilleurs.

Marina Zalenska

Il devint plus difficile – cela arrive-t-il toujours aux grands acteurs ? – de se rappeler la différence entre ce qu'elle disait et ce qu'elle pensait. Quand elle eut salué son ami, M. Longfellow, comme le plus grand poète américain – elle avait arrêté sa tournée pour réciter « Le Naufrage de l'Hesperus » et dire quelques mots lors de son enterrement –, Bogdan osa le lui reprocher. « Vous ne pensez pas *vraiment* que Longfellow est un aussi bon poète que Walt Whitman ? s'écria-t-il.

— Je… je ne sais pas, répondit Maryna. Vous pensez que je deviens stupide, Bogdan ? C'est tout à fait possible. Ou simplement très conventionnelle ? Je ne devrais pas du tout aimer cela. »

Appelée à jouer avec Edwin Booth, pour une représentation de bienfaisance d'*Hamlet*, au Metropolitan Opera de New York, Maryna chanta la chanson d'Ophélie sur la musique que Moniuszko avait composée pour elle quand elle avait interprété le rôle, bien des années plus tôt, à Varsovie. « Ah, le spectre de mon père ! » s'écria Booth quand Maryna frappa à la porte de sa loge une heure avant le lever de rideau ; elle voulait lui montrer la précieuse partition originale. Il était assis, en costume, dans l'obscurité, et buvait ; elle distinguait à peine son visage fin. La loge sentait l'urine. Elle avait très souvent entendu dire qu'il était d'une nature songeuse et triste, qu'il avait connu une jeunesse misérable, consacrée à servir un père tyrannique et fantasque, et qu'il ne s'était jamais remis de la mort de sa jeune femme bien-aimée, après seulement trois ans de mariage, suivie, peu de temps après, par l'acte infâme de son jeune frère, John Wilkes Booth. Maryna avait ses raisons d'être maussade, mais aucune ne pouvait se comparer à celles d'Edwin Booth. Elle n'abusa plus jamais de la solitude de l'acteur.

Elle se sentait calme. Elle espérait que ce n'était pas seulement parce qu'elle vieillissait. Chaque soir, après s'être maquillée et avoir revêtu son costume, elle choisissait une scène et travaillait à se remettre en mémoire certains passages : à ce moment-là, elle était lucide, concentrée, angoissée. Dans sa loge, entre les actes, un kimono écarlate et magenta (cadeau de l'ambassadeur du Japon à Washington, un admirateur) jeté sur son costume, une écharpe de laine autour de la gorge pour garder les muscles de la voix au chaud, une cigarette tenue dans une petite pince d'or fixée à une bague qu'elle glissait à son index, Maryna rêvassait au-dessus d'un plateau posé sur ses genoux contenant des cartes à jouer à peine plus grandes que l'ongle du pouce... jusqu'à ce que l'appel du régisseur de scène la tire de sa partie.

On ne triche pas quand on fait des réussites. Mais on n'accepte pas non plus toutes les donnes qu'on se distribue ; on redistribue jusqu'à ce qu'on voie une donne (par exemple, avec deux rois et au moins un as) qui assure plus de chances de gagner. Parfois, elle méditait ; ou faisait des projets ; ou se souvenait, par exemple, de Ryszard. Souvent, ce n'était que le désir doucereux et insidieux de faire une autre partie. Il y avait aussi des nouvelles de Ryszard. Il s'était marié. Henryk lui avait écrit le premier, et les autres avaient suivi. Elle fut traversée d'un éclair de jalousie, chauffée à blanc. (Oui, elle avait été assez vaniteuse pour penser qu'il n'aimerait jamais quelqu'un d'autre.) Le regret semblait lui vider les entrailles ; puis la colère la glaça. (Il ne lui vint pas à l'esprit qu'il s'agissait d'un mariage sans amour.) Elle se distribua des cartes. Elle perdit. Quand on perd, on doit rejouer. On se dit : Une seule partie. Mais même si l'on gagne, on veut quand même rejouer.

« Je souhaite parler à Madame Zalenska et à ses enfants », dit la grande femme décharnée qui fit son apparition à l'entrée du wagon de Maryna.

Une heure plus tôt, ils s'étaient rangés dans le dépôt de la gare de Lexington, dans le Kentucky, pour deux nuits, et l'on se demandait comment cette dame avait pu passer malgré Melville, leur habile gardien, qui avait l'ordre de n'admettre personne sauf les membres de la compagnie. Les jeunes femmes qui rôdaient près de l'entrée des artistes ou qui arpentaient la chaussée devant l'hôtel (quand Maryna était dans leur ville pour une semaine de spectacles) en espérant apercevoir leur idole étaient même connues pour se risquer dans l'enceinte obscure de la gare. Mais celle-ci, Maryna le voyait bien, n'aspirait pas à monter sur scène.

« Que puis-je pour vous aider ? demanda Maryna en se levant.

— Vous êtes Madame Zalenska et... (ses yeux bleu pâle firent le tour de la longue table où Bogdan, Miss Collingridge, Peabody et une demi-douzaine d'acteurs venaient de s'asseoir pour souper avec Maryna) ce sont vos enfants ? »

Maurice Barrymore, trente-cinq ans (un acteur anglais talentueux, qui aspirait à devenir auteur dramatique et qui, depuis plusieurs saisons maintenant, était, pour Maryna, Roméo, Orlando, Claudio, Maurice et Armand Duval), et Francis McGivern, soixante ans (frère Laurent, Angelo, Michonnet et le père d'Armand) éclatèrent de rire.

« Du calme, les enfants, ou vous allez recevoir une fessée et on va vous envoyer au lit sans souper ! dit Maryna. Comme nous savons tous qu'une grande actrice n'a pas d'âge, je vous remercie pour le compliment, madame...

— Mme Wenton.

— ... mais malheureusement, je n'ai qu'un enfant et il est loin d'ici, dans une pension près de Boston.

— Je parle de votre troupe. Eux aussi sont vos enfants, les enfants de votre âme, et leur salut dépend entièrement de vous. »

« À votre avis, combien y a-t-il de fanatiques religieux en Amérique ? » murmura Bogdan à Miss Collingridge.

« Pourquoi chuchotez-vous, monsieur ? Vous devriez écouter ce que je dis à votre mère.

— Je ne suis pas acteur, madame, alors mon âme est peut-être à l'abri de tout danger immédiat. Et je défie quiconque de considérer ma relation avec cette dame comme filiale. »

Eben Stopford, Charles le lutteur dans *Comme il vous plaira* et le portier de *Macbeth*, frappa la table avec le plat de son énorme main.

« Je vois que l'on se moque de moi.

— Madame Marina, dois-je raccompagner cette dame vers la sortie ?

— Non, non, Eben. Tout va bien. »

Avec un sourire triomphant Mme Wenton s'approcha de la table et regarda le visage de Maryna de façon intense. « Accepteriez-vous d'avoir un entretien avec moi ? Un entretien privé. Je suis envoyée en mission sacrée par celui que mon cœur aime.

— Un entretien privé. Très bien. Mais j'inviterai monsieur, qui vous a dit qu'il n'était pas acteur, à se joindre à nous. »

Dans le salon en contrebas, à l'extrémité du wagon, Bogdan prit une revue sur la table basse, s'assit dans un des canapés, croisa les jambes et se renfrogna. Maryna installa l'intruse devant elle, dans le fauteuil, à côté de la bibliothèque. Melville, à qui Maryna avait décidé de ne pas faire de reproches pour avoir failli dans son rôle de sentinelle, apparut avec le café. Leur hôte importune le chassa d'un geste brusque, et regarda bouche bée Maryna insérer quelque chose dans un petit tube d'or qu'elle se plaça entre les dents, se pencher en avant quand Bogdan se leva et gratta une allumette afin d'en oindre l'extrémité avec une flamme, puis se reculer en posant l'avant-bras sur l'accoudoir de son fauteuil recouvert de dentelle.

« Vous n'avez jamais vu une dame avec une cigarette ?

— Non !

— Eh bien maintenant, vous en avez vu une, dit Maryna. Soyez assez aimable de maîtriser votre étonnement et dites-moi ce que vous attendez de moi, ou laissez-moi retourner dîner.

— Puis-je commencer maintenant ? Vous m'écouterez ?

— Vous pouvez commencer, madame Fenton.

— Wenton. Je ne sais si je peux avec cette fumée qui vous sort des narines et de la bouche.

— Vous pouvez, dit Maryna. Essayez.

— La nuit dernière, mon fils m'est apparu du monde supérieur. Mon petit garçon, trois ans seulement quand il s'est noyé dans le bassin derrière notre maison, et il avait des étoiles dans les yeux. “Mère, a-t-il dit, allez voir Madame Zalenska. Dites-lui que le plancher de la scène n'est qu'une grille sous laquelle brûlent les flammes de l'enfer. Prévenez-la, mère, que si elle continue à répandre de mauvais exemples, il n'y aura aucune pitié pour elle. Un jour, elle fera un pas, rien qu'un pas, et ce plancher s'ouvrira sous elle avec un craquement, et elle tombera dans l'abîme embrasé, et les autres acteurs tomberont avec elle.” »

Mme Wendon regardait fixement Maryna d'un œil humide et implorant.

« Je suis désolée d'apprendre ce que vous me dites à propos de votre fils. Quand cet accident atroce a-t-il eu lieu ?

— Il y a bien des années. Mais il est toujours avec moi. “Mère, m'a-t-il dit la nuit dernière, pour le bien de l'humanité, allez supplier Madame Zalenska de se sauver et de sauver les nombreuses âmes qu'elle entraîne dans la corruption.”

— Maryna, ne…

— Corruption ? Je corromps quelqu'un ?

— Oui ! » Et l'intruse se lança dans une longue tirade contre les pièces dans lesquelles apparaissait Maryna en distinguant en particulier *Adrienne*, une histoire qui glorifie la scène ; *La Dame aux camélias*, l'histoire d'une courtisane ; et *Frou-Frou*, l'histoire d'une femme frivole qui abandonne son mari et son petit garçon. « Ces trois pièces, conclut-elle, sont les créations diaboliques d'auteurs français.

— Le fait que ces malheureuses femmes, Adrienne,

Marguerite et la pauvre Gilberte, meurent à la fin de la pièce, ne vous apaise-t-il pas ? Même si elles sont aussi mauvaises que vous le dites, ne sont-elles pas suffisamment punies ?

— Mais avant d'être punies, vous, Madame Zalenska, avec votre art, vous les avez rendues très séduisantes.

— Alors, je devrais être punie, moi aussi ? Est-ce ce que vous me dites ?

— Maryna, permettez-moi…

— Non, Bogdan, je veux entendre tout ce que Mme Wenton a à dire. Je veux la comprendre.

— Il n'y a rien à comprendre, Madame Zalenska. Je viens au nom de la morale et de la religion.

— Quelle religion, si je puis me permettre ?

— Je suis évangéliste. J'appartiens à toutes les religions.

— Vraiment ? En Amérique, il y a un si grand nombre d'Églises et on m'a même dit qu'il y avait des familles dans lesquelles chaque membre appartenait à une Église différente. Et vous croyez à *toutes*, madame Wenton ? Extraordinaire. Je n'appartiens qu'à une seule, l'Église catholique romaine, et je suis ses préceptes de charité et d'amour.

— Je remercie le ciel de ne pas faire partie de l'Église de Rome, mais tous, Romains ou non, nous connaissons la différence entre le bien et le mal. Dieu vous a donné du talent. Un talent magnifique. Pourquoi ne pas le mettre au service du bien ? Pourquoi jouez-vous des pièces aussi immorales ?

— Vous ne pensez sûrement pas que Shakespeare est immoral.

— Un autre magnifique talent dévoyé ! Pas tout, mais oui, Shakespeare abonde en outrages aux bonnes mœurs ! Le désir, soi-disant l'amour, est le thème de *Roméo et Juliette* et du *Songe d'une nuit d'été*, avec tous ces couples qui couchent ensemble sur le sol, et dans les deux pièces *Comme il vous plaira* et *La Nuit des Rois*, une femme fait des cabrioles en *collants* ! Et il y a de la sorcellerie dans celle qui montre une femme qui pousse son mari à tuer le roi après que les sorcières ont prophétisé…

— Je vous en prie, ne le dites pas, dit Maryna.

— Dire quoi ?

— Madame Wenton, quelle pièce aimeriez-vous que je joue ? *Le Mystère de la Passion*, peut-être.

— Est-ce encore une pièce française immorale ? D'après son titre, je…

— Non, non, c'est une pièce religieuse, jouée en Autriche. Le sujet en est les souffrances du Christ.

— Écoutez-moi, Madame Zalenska. Vous avez une grande présence, quelque chose parle à travers vous. C'est un don de femme. Soyez une femme sur une tribune au lieu d'être une créature peinte sur une scène, qui fait semblant d'être quelqu'un qu'elle n'est pas. Votre voix serait celle du cœur. Vous devriez être prédicatrice !

— Et que deviendrait mon art ?

— L'art est une illusion ! La plus grande illusion du monde. Tout comme la renommée.

— Et l'argent ?

— L'argent n'est pas une illusion mais un piège.

— Délicate distinction, dit Maryna. Mais je ne peux imaginer une Américaine qui pense que l'argent est une illusion pure et simple.

— Pourquoi critiquez-vous ce grand pays qui s'est montré si accueillant envers vous ?

— Ah, s'écria Maryna en écrasant sa cigarette et en se levant. Vous avez raison. C'était une critique, facile et peu originale même – qui n'a pas dénoncé la romance des Américains avec l'argent ? – mais j'ai le droit, le droit américain, de dire ce que je pense de mon pays adoptif. Car, ainsi que vous le savez peut-être, mon mari et moi – nous sommes arrivés ici il y a sept ans – nous sommes devenus citoyens américains. Je suis très reconnaissante envers ce pays. Et croyez-moi, je ne pense pas non plus que l'argent soit une illusion.

— Maryna, c'est l'heure… dit Bogdan.

— Oui. Oui. Puis-je vous demander, madame Wenton, si vous allez souvent au théâtre ?

— J'y suis obligée (elle regardait Maryna la tête dressée), pour noter les progrès de l'infamie.

— Alors vous voudrez assurément voir la pièce que je suis en train d'apprendre en ce moment et que nous jouerons samedi à Louisville, au Macauley. Il y a une scène dans laquelle un jeune mari est terriblement excité par sa femme qui danse devant lui une ardente tarentelle en secouant son tambourin. »

Mme Wenton se leva rapidement.

« Peut-être aimeriez-vous que je la danse pour vous maintenant.

— Vous persistez dans vos façons diaboliques.

— Je persiste.

— Mon fils sera très déçu. “Mère, me dira-t-il, vous avez échoué à sauver Madame Zalenska.” J'espère qu'il ne sera pas en colère contre moi. » Elle s'en allait mais elle se retourna. « Souvenez-vous que les portes de l'enfer sont ouvertes.

— M. Lincoln serait-il tombé ailleurs qu'aux portes

même de l'enfer ! déclama Maryna. On m'a dit qu'après qu'il eut rencontré sa fin tragique au Ford's Theatre, on a fermé toutes les salles de spectacle pendant des semaines, tandis que de leurs chaires les pasteurs du nord lançaient le jugement de Dieu contre ma profession satanique.

— Je suis née et j'ai été élevée au Kentucky, aussi je n'ai pas versé de larmes sur la mort de cet athée, M. Lincoln. Cependant, un théâtre est un triste endroit pour mourir.

— Cela ne me dérangerait pas de mourir dans un théâtre, dit Maryna. En réalité, je crois que je n'aimerais mourir nulle part ailleurs.

— Je prierai pour vous, pauvre âme égarée.

— Ah, madame Wenton, qu'a-t-on à faire avec des gens comme vous ? Vous et ceux de votre espèce, vous gâcherez les chances du théâtre de devenir autre chose qu'un divertissement superficiel dans ce pays. Vous… vous allez gâcher l'Amérique !

— En attendant, dit Bogdan qui jeta sa revue par terre, vous avez gâché notre souper. Maryna, venez ! Venez ! »

3 décembre. La pièce avec la tarentelle. Des frémissements de désir. L'incursion d'une fanatique religieuse. Des menaces pathétiques, des diatribes. Les feux de l'enfer. La damnation. M. raisonneuse, fascinée.

4 décembre. La raison, je suppose, pour laquelle M. s'enflamme pour cette pièce. C'est le contraire de *Frou-Frou*. La femme-enfant gâtée a fait semblant d'être infantile et sotte parce que c'est ainsi qu'elle plaît à son mari. Elle se révèle très intelligente. Elle ne fuit pas sa famille afin de poursuivre une relation illicite. Le problème : elle a fini par se rendre compte qu'elle est mariée à un homme indigne. C'est le mari qui est coupable, qui n'est pas pardonné. Aucune allusion en direction du public pour lui dire que d'aller vivre seule – afin de découvrir qui elle est ! – pourrait se révéler un désastre. La pièce ferme les yeux sur l'abandon de son foyer et de ses enfants. Trois enfants, comme dans *East Lynne !*

5 décembre. Si le désir est interdit, il s'enfle et bouillonne. La lune est plus petite que le nuage qui la cache. Ce dernier séjour en Californie. Je suis allongé. Le murmure de la rivière. Sourires impatients, et duvetés, cuivrés, consentants… Des choses rêvées d'être soudain si précises. Je suis devenu triste. Comme si je les avais perdus. Un désir sali. Commencé à rêver de M. Ne peux la quitter. Jamais. Jamais. Jamais.

6 décembre. Est et ouest. Sécurité et imprudence. Famille et danger. Amour et désir. Ramener Juan María à l'est pour qu'il rejoigne la compagnie comme portier ou serveur ? Est-ce ce que je veux ?

7 décembre. Sans doute une erreur de faire à Louisville l'essai de notre nouvelle pièce du vieux monde, déjà célèbre. Une épouse ne peut quitter son mari et ses trois enfants au Kentucky, ai-je dit à M. Le Kentucky ne le permettra jamais. Elle devra rester et faire ce qu'il y a de mieux. Le regard de M. Au minimum, nous changerons le titre. Les Américains n'ayant aucune imagination, le public va peut-être croire que c'est une pièce pour enfants. Le samedi suivant, le trottoir devant le théâtre Macauley, encombré de voitures d'enfant. Et Maurice pense que donner à l'épouse un prénom scandinave aidera le public à comprendre la pièce. Suggère Thora. Thora et son mari, Torwald ? Un peu trop scandinave, non ?

8 décembre. Le problème, bien sûr, c'est la fin. Les publics américains accepteront-ils l'idée d'une femme qui quitte son mari et ses enfants, non pas parce qu'elle est mauvaise mais parce qu'elle est sérieuse ? Cela paraît peu vraisemblable. Ne vaudrait-il pas mieux, dis-je à M., que la pièce s'achève sur la réconciliation de l'épouse et du mari ? Il a l'air repentant. Elle peut lui donner une seconde chance. Et si elle tient absolument à le quitter, partir dans une nuit d'hiver glaciale semble tout à fait improbable. Il doit être près de minuit. Où pourrait-elle aller à cette heure ? À l'hôtel, s'il y a un hôtel dans ce petit village ? Tout cela n'est-il pas un peu mélodramatique ? Ne pourrait-elle attendre jusqu'au matin ?

9 décembre. Je pensais que vous aimiez les fins heureuses, dis-je. – Mais je pense que c'*est* une fin heureuse, réplique M. Vous ne voyez pas pourquoi elle veut partir ? – Trop bien, dis-je. Tout le monde rêve de briser les chaînes du mariage et de recommencer. – Oui, répond M., mais je ne le peux pas maintenant. Et vous Bogdan ? – Voulez-vous que je réponde à cette question ? dis-je. Je pensais que nous parlions de la fin de la pièce. – Époux, époux, dit M., nous parlons toujours de nous-mêmes quand nous parlons d'autre chose. Oui, répondez. – Alors pourquoi ne peut-on changer la fin ? ai-je demandé. Je ne pars pas, ai-je dit.

11 décembre. M. accepte, à contrecœur. Nora – non, Thora ! – pensera partir. Mais elle ne le fera pas. Elle pardonnera à son mari. Si les choses se passent bien ici, nous pourrons rétablir la vraie fin quand nous jouerons la pièce à New York.

12 décembre. Première de *Thora* hier soir. M. magnifique. Maurice très convenable en mari obtus. Public déplorable. Critiques furieux, malgré la fin heureuse. Exactement ce que je craignais. Outrage à la morale chrétienne et à la famille américaine. Et, oh, la tarentelle.

Thora, d'Henrik Ibsen, avec Marina Zalenska dans le rôle-titre, ne fut jouée qu'une fois, à Louisville, dans le Kentucky.

Alors que Maryna continuait à rechercher une nouvelle pièce, Maurice Barrymore dit qu'il avait décidé d'en écrire une pour elle, qui ne pouvait échouer, sur le thème dont elle avait si souvent parlé en sa présence, et de façon émouvante : le martyre de la Pologne sous les oppresseurs russes. Le titre en était *Nadjezda*, d'après l'un des deux rôles qu'il créait pour Maryna : une belle Polonaise dont le mari a été emprisonné par les Russes parce qu'il a participé au Soulèvement de 1863. Le prince Zabouroff, le chef de la police, réussit à convaincre Nadjezda de lui céder en échange de la promesse de libération de son mari ; mais au lieu de cela, Zabouroff envoie le mari devant le peloton d'exécution et il rend le corps criblé de balles à Nadjezda qui confie le soin de sa vengeance à leur petite fille, avale du poison, s'écroule sur le corps de son mari et meurt. Et Maryna jouerait aussi le rôle de la jolie fille, Nadine quand, devenue grande, elle venge la mort de ses parents. Zabouroff, qui mène toujours une vie de débauché rapace, a invité Nadine dans son bureau un soir ; alors qu'il se précipite sur elle, Nadine réussit à le poignarder avec un couteau qu'elle a pris sur une table proche dressée pour leur souper intime. À la fin de la pièce Nadine avale du poison et meurt dans les bras de son amant (le rôle que Barrymore avait écrit pour lui-même) quand elle découvre que c'est le fils de l'homme qu'elle vient de tuer.

Maryna ne pouvait refuser de monter la pièce : c'était un cadeau que lui faisait Maurice, et Maurice était un acteur superbe. Elle l'aimait vraiment beaucoup, beaucoup. Si seulement l'affection qu'il avait pour elle ne lui avait pas inspiré cette caricature larmoyante du patriotisme des Polonais, de la souffrance des Polonais, de l'esprit chevaleresque des Polonais. Par exemple, quand, avant de s'enfuir, Nadine allume deux bougies près de la tête de Zabouroff et dit une brève prière… Maurice, vraiment !

« Larmoyante ? Oh. Ce que je veux dire c'est qu'elle se repent de sa violence, vous voyez. Je dirais que ce geste pieux est émouvant, Madame Marina. Vous ne trouvez pas ?

— Je ne trouve pas, Maurice. C'est de la sentimentalité, pas de la piété. Nadine est peut-être effrayée par sa propre violence mais elle ne se repent pas. Le chef de la police tsariste mérite de mourir. »

Après quelques représentations à Baltimore, Maryna donna la première de *Nadjezda* à New York, en février 1884, au Star Theatre, et elle la joua plus de cinquante fois au cours de la tournée nationale de printemps et d'été.

Comme Maryna ne reprit pas *Nadjezda* l'année suivante, l'auteur hypocrite l'envoya à Sarah Bernhardt en lui déclarant à quel point il serait honoré si elle voulait bien la lire ; pour écrire les deux rôles principaux, il avait à peine le courage de l'avouer, il avait pensé à elle.

Et Sarah Bernhardt dut aimer un peu sa pièce puisque manifestement elle la passa à Victorien Sardou, son auteur dramatique habituel et son amant ; deux ans plus tard, elle ouvrit la saison à Paris dans une pièce de Sardou qui rappelait beaucoup *Nadjezda*. À coup sûr, Sardou avait fait quelques modifications d'expert. L'histoire qui, à l'origine, s'étalait sur vingt ans avait été condensée dans une action qui se déroulait entre la fin d'une soirée et l'aube du matin suivant. Le Soulèvement polonais vaincu de 1863 était devenu un soulèvement républicain vaincu à Rome à la fin du dix-huitième siècle, la noble épouse polonaise une fougueuse cantatrice italienne et le mari qui attend son exécution, un amant ardent et un peintre. Au lieu d'une mère et d'une fille et de deux suicides, il n'y avait plus qu'une héroïne, la cantatrice, qui après avoir gagné la liberté de son amant (le croit-elle) et tué le brutal chef de la police, monte sur le toit d'un château près du Tibre pour assister à la fausse exécution qu'on lui a promise, découvre qu'elle a assisté à une véritable exécution, et se tue en sautant.

Maryna resta insensible au désespoir de Maurice. C'est vrai, elle avait abandonné *Nadjezda*. Mais il n'aurait pas dû l'envoyer à Sarah Bernhardt. Il était justement puni.

Même si Sardou avait conservé apparemment ces absurdes bougies de chaque côté du cadavre du chef de la police, Maryna trouvait qu'il avait beaucoup amélioré la pièce de Maurice. En fait, maintenant que les protagonistes n'étaient plus des patriotes polonais, Maryna commença à la convoiter. Peabody écrivit à Sardou afin de proposer ses conditions pour que Maryna acquière les droits de sa pièce en Amérique.

Avant qu'elle pût décider si elle allait se montrer aussi ignoble à l'égard de Maurice, Sardou câbla un refus poli. Avait-il craint que Maurice n'envisageât de lui intenter un procès pour plagiat ? Plus vraisemblablement, le veto devait venir de Sarah Bernhardt, qui n'aurait jamais accepté que le rôle le plus couronné de succès de tous ceux écrits pour elle tombe dans les mains de Marina Zalenska.

Ignorant la trahison projetée par Maryna, et toute poursuite devant les tribunaux étant impossible, l'auteur malchanceux de *Nadjezda* proposa de replagier sa propre pièce et de transformer la *Tosca* de Sardou en histoire de la guerre de Sécession. Lydia, non, Annabelle, la belle épouse d'un espion de l'Union, condamné à mort par un tribunal militaire de Géorgie, supplie un général confédéré d'épargner la vie de son mari. Ce dernier, le général Donnard, l'ancien soupirant d'Annabelle, lui propose un marché particulièrement abominable et qu'en outre il n'a pas l'intention de respecter. Dans la serre de la demeure sudiste de Donnard, George, le majordome chaleureux, a allumé les chandeliers d'argent étincelants sur la table dressée pour un souper nocturne composé d'huîtres et de champagne, tandis que son maître attend l'arrivée de l'adorable requérante, qui s'imagine naïvement…

Hors de question, Maurice ! Hors de question. Ce fut Bogdan qui mit son veto à l'idée, et Maryna retourna à ses triomphes déjà assurés.

« Écoutez, Bogdan : "La plus grande actrice du théâtre américain est polonaise. En fait, Madame Zalenska n'a d'autre rivale vivante que Sarah Bernhardt, qu'elle" écoutez bien ! "qu'elle surpasse en grande partie."

— Qui a écrit cela ? Ce n'est pas William Winter… ?

— Certainement pas ! (Elle rit en imitant la voix grinçante de Winter.) Les Américains doivent montrer une ferme détermination pour empêcher une utilisation immorale du théâtre, sous l'apparence de buts très sérieux. Je parle de la mode qui consiste à présenter d'atroces "pièces à thèse". Il a vraiment détesté notre petit coup d'essai risqué avec Ibsen, vous vous souvenez ?

— Votre adoratrice éternelle, Jeannette Gilder ?

Même pas ! Un critique du magazine *Théâtre* que je n'ai jamais rencontré.

— Alors ça y est, Maryna. Vous avez gagné.

— Il ne me reste plus qu'à croire ce que je lis. »

L'année suivante, elle devait faire une tournée nationale avec Edwin Booth : Ophélie et Hamlet, Desdémone et Othello, Portia et Shylock, et dans *Richelieu*, un drame de Bulwer-Lytton, dans lequel Booth avait connu un succès comparable à son *Hamlet*, elle jouerait Julie de Mortemar, la pupille sans défense du Cardinal. Encore une femme victime !

« Pauvre Maryna, dit Bogdan. Ce surmenage a mis sa capacité à croire à rude épreuve. Des critiques obséquieux, qui n'osent faire autre chose que chanter ses louanges. Un mari sournois, qui n'ose peut-être pas lui dire la vérité mais qui n'en a pas moins essayé de faire savoir à défaut de dire… ce qui semble trop cruel pour être dit.

— Si vous voulez partir, répondit Maryna, vous devriez le faire. Je suis assez forte maintenant.

— Préparer un sac, enlever mon alliance et vous la

jeter au visage, ouvrir la porte, claquer la porte, et m'en aller sous la neige dans la nuit ?

— Ce n'est pas la seule existence que vous pouvez mener.

— On peut dire cela de beaucoup de gens, répondit Bogdan.

— Mais Bogdan, en cet instant, c'est à vous que je le dis.

— Vous pensez que je suis lâche.

— Non, je pense que vous m'aimez. Comme un mari aime. Une amitié. Mais, nous le savons tous les deux, il y a d'autres sortes d'amour. » Elle tendit la main alors qu'elle finissait de s'attacher les cheveux. Il lui passa la boîte de bâtonnets de maquillage. « J'ai toujours souhaité vous voir trouver ce dont vous avez besoin, j'espère que vous le croyez.

— Je ne le trouverai pas.

— Non ?

— Je suis un homme fait. D'une seule pièce. Terminé. Mon Amérique, c'est vous. Encore vous. Quand je suis... là-bas, je... vous n'imaginez pas comme vous me manquez.

— Et vous n'imaginez pas, Bogdan chéri, parce que je ne l'ai pas compris moi-même, à quel point je vous aime. Aimeriez-vous que j'essaie d'abandonner la scène à nouveau ?

— Maryna !

— Je le ferais pour vous.

— Maryna, ma chérie, je vous interdis ne serait-ce qu'imaginer de faire un tel sacrifice pour moi.

— Je ne sais pas si ce serait un si grand sacrifice. (Elle se massait les joues et le front avec une fine couche de beurre de cacao.) Comme vous le dites, j'ai – mais je n'aime pas ce mot – j'ai gagné. Il ne reste qu'à continuer, qu'à me répéter, en essayant de ne devenir ni grossière ni usée. Quel genre de monstre serai-je devenue quand j'aurai fait vingt tournées nationales ? Trente ? Quarante ? (Elle eut un rire de petite fille.) Quand je me résignerai à jouer la nourrice de Juliette ? Non, je ne pourrai jamais me résigner à jouer la nourrice ! J'aimerais mieux jouer une des sorcières de *Macbeth !*

— Maryna !

— J'adore vous scandaliser, Bogdan, dit-elle en prenant sa voix de gorge. *Macbeth.* Je le répète. *Macbeth.* Croyez-vous que nous allons être frappés par la foudre ?

— Vous êtes toujours capable de m'ensorceler, Maryna. Au point de me faire perdre l'esprit. Je suis effectivement monté dans l'aéro avec Juan María et José. J'ai continué à voler avec eux.

— C'est bien ce que je pensais. Vous êtes très courageux. » Elle se leva, et tendit les mains pour lui prendre le visage.

« Vous êtes très bonne, dit-il. J'ai pensé que j'allais disparaître en moi-même. Peut-être ai-je espéré que l'appareil *allait* tomber et s'écraser.

— Mais il n'est pas tombé, Bogdan chéri. (Elle l'embrassa sur la bouche. Il la prit dans ses bras.) Et vous voyez, aucun éclair de foudre. Pourtant, cela aurait été agréable de mourir ensemble maintenant. Le fracas. Le feu. Les cendres.

— Maryna !

— Et maintenant, comme vous avez réussi à me faire pleurer, vous devez libérer mon petit royaume. Comment puis-je me maquiller, si je reste là sous une bruine de réconciliations ? Partez, mon amour. Partez ! (Elle avait un sourire radieux.) Et assurez-vous (elle entrouvrit la bouche et leva les yeux vers le plafond comme si elle recherchait un souvenir) de bien mettre le verrou pour que n'entre aucun intrus importun. »

Maryna s'assit et se regarda dans le miroir. À coup sûr, elle pleurait parce qu'elle était tellement heureuse – sauf si une vie heureuse est impossible et que ce que l'être humain puisse atteindre de plus élevé soit une vie héroïque. Le bonheur arrive sous de nombreuses formes, avoir vécu pour l'art est un privilège, une grâce, et les femmes ont un talent pour renoncer au bonheur sexuel. Elle entendit le grincement caractéristique de la porte de la loge qui se refermait. Elle écouta le bruit du loquet.

Neuf

« Voyez-vous, ma chère Marina… je pense que nous pouvons nous dispenser des Madame Marina et des Monsieur Booth maintenant que nous sommes seuls, et je suis épuisé, saturé d'applaudissements, saoul comme j'en ai besoin… je dois vous dire que je n'ai pas approuvé quand vous êtes venue sur le devant de la scène ce soir et que vous m'avez touché. Gardez les yeux fixés sur moi d'un bout à l'autre, en ignorant ceux qui sont dans le tribunal, aucune objection. Nous sommes tous deux d'accord que le discours s'adresse à Shylock. *La clémence ne se commande point, elle tombe du ciel comme une douce pluie.* Non, ce n'est pas vrai, mais ce n'est pas le propos, ici, mon propos, mon propos… c'est… Portia essaie de convaincre Shylock et par là même de l'émouvoir. Mais on ne l'émeut pas facilement. Il a trop de sujets de plainte. Portia peut être émue elle-même par ce misérable bougre. Mais Portia ne toucherait jamais Shylock. Même si elle ne touche que son épaule. Son épaule, ou n'importe quelle autre partie de son corps. Pas de contact ! Shylock souffre. (*Il regarde le verre qu'il tient à la main.*) Et souffrir est très… stimulant. (*Il lève les yeux.*) Je suppose que vous vouliez montrer que Portia est très féminine sous sa robe rouge d'homme de loi, très féminine, et par conséquent, elle sait, sans qu'on ait besoin de le lui dire, que l'ogre a des sentiments, des affections, des passions, des blessures. Mais c'est un geste bêtement sentimental. (*Il secoue la tête.*) Vous êtes monstrueusement sentimentale, madame, personne ne vous l'a jamais dit ? Moi, je préfère les grands gestes de courroux. Ce qui ne veut pas dire que je ne vous toucherai pas avant la fin de la soirée, si j'ai encore quelque chose à boire. Ne me dites pas que vous êtes mariée, ni que vous n'êtes plus jeune, ou quoi que ce soit du même genre. Vous avez treize ans de moins que moi, sauf si vous mentez sur votre âge, comme toute femme séduisante qui veut s'en tirer à bon compte, mais laissons cela, le contact physique et le reste, pour plus tard, quand l'idée nous prendra. (*Il se met debout devant la cheminée.*) Pour l'instant, j'insiste seulement pour que vous buviez avec moi. Pas de résistance de grande dame ? Excellent signe. Excellent. Mais hocher la tête et sourire, votre sourire infaillible de séduction, et toucher vos jolis cheveux, ce n'est pas assez. Je veux entendre un solide "Oui Edwin. Oui… Edwin." *Brava !* Très bien. (*Il finit son verre.*) Et un "très bien" pour toi, Ned ! (*Il pose le verre vide sur le manteau de la cheminée.*) Ned, c'est ainsi qu'on m'appelait quand j'étais petit. Mais vous, vous ne pouvez pas m'appeler Ned. Pas quand vous commencez seulement à m'appeler Edwin. Ned, ce serait trop intime, vous ne trouvez pas ? Et nous nous en sortons mieux, vous et moi, avec de modestes moments d'intimité. Nous sommes des acteurs. (*Il pose le pied droit sur le pare-feu.*) Ne souhaitez-vous jamais redevenir une enfant, Marina ? Ah, *vous* non plus. Quelque chose que nous avons en commun. Et pourtant, je soupçonne que nous n'avons pas *grand-chose* en commun, vous et moi, à part être acteurs. Soit, c'est déjà beaucoup. Non, Marina ? M'écoutez-vous vraiment, Marina ? Je vois que votre regard se détourne, gêné, disons vers le buste de Shakespeare posé sur la bibliothèque. Regardez bien. Vous trouverez un portrait ou un buste de Shakespeare dans chaque pièce, ici. Vous voulez que je vous le descende ? (*Il va jusqu'à la bibliothèque.*) Non ? Vous voyez, vous feriez beaucoup mieux de me regarder. (*Il donne une tape sur la tête de Shakespeare.*) Jouer, Marina, c'est ce que nous faisons, vous et moi. Nous avons joué ensemble devant un public, ce soir. Assez bien, devrais-je ajouter. Et, *sans** public, nous continuerons à jouer l'un avec l'autre, n'est-ce pas ? Mais bien sûr, nous serons parfaitement, parfaitement sincères. (*Il salue comme sur une scène.*) Qui vais-je interpréter ? Je pense, voyons, je pense que je vais incarner Edwin Booth. Quelle idée exceptionnelle. C'est un personnage qui semble beaucoup plus intéressant que Shylock, et tout aussi malheureux. Notoirement malheureux, il broie du noir, il a tout ce qu'il faut pour jouer les rôles tragiques. Cependant, ne pensez pas que je sois trop tyrannique, je préférerais… ce soir… que vous ne jouiez pas Marina Zalenska. (*Il va chercher une bouteille de whiskey dans un placard.*) Pourriez-vous y réfléchir ? Simplement pour me faire plaisir. Vous avez sans aucun doute d'autres "moi" dans votre répertoire. Je trouve vraiment très amusant que, durant ces dix dernières années, tout le monde ait été d'accord pour reconnaître que la plus grande actrice de langue anglaise dans le monde était une Polonaise. Avec un accent polonais. Oui, Marina.

Personne ne parle plus de votre accent, cela fait partie de votre magie, mais il est trrrès trrrès prononcé. Ah, pour l'amour de Dieu, ne faites pas la moue, madame. Je ne nie pas que, avec l'accent et tout, vous phrasez mieux que la plupart de celles dont c'est la langue maternelle. Un autre verre ? Bien. Je suis curieux de voir quand cela aura un effet sur vous. (*Il tourne autour d'elle.*) Vous êtes ravissante, Marina Zalenska. Soit je suis parfaitement sincère, soit je veux simplement vous flatter. Qu'en pensez-vous ? Ou ni l'un ni l'autre. Je suis peut-être un perroquet. (*Il crie comme un perroquet.*) N'ayez pas peur. Mon père faisait cela parfois. En coulisse. Il minaudait, hurlait, poussait des cris. Juste avant d'entrer en scène, où il devenait immédiatement noble, éloquent, mélodieux. Que disais-je ? Oh oui, *ils* disaient. “La personne la plus ravissante que j'aie jamais rencontrée.” Cela ne vous inquiète pas, Marina ? Ne vous êtes-vous jamais demandé : Au nom de Dieu, qu'ai-je bien pu faire pour que les gens me trouvent si ravissante ? (*Il lui embrasse la main.*) Vous savez sans doute que je n'ai eu aucun succès en jouant Roméo et que je l'ai vite retiré de mon répertoire. Tout comme Bénédict… je n'ai jamais été un bon Bénédict ! Je n'ai jamais pu être assez léger. Il y a quelque chose de terre à terre en moi. Je ne m'en échapperai jamais. Ah, très bien. Nous devons faire ce que nous faisons le mieux. Vous n'êtes pas d'accord ? Je préfère jouer les scélérats. Quel dommage que nous ne jouions pas *Richard III* pendant cette tournée. (*Il se tord et devient difforme.*) Ce fut le premier grand rôle de Père. Et vous avez été Lady Anne – mais pas encore avec moi, hélas –, qui ne peut résister à Riri le Bossu quand il joue à l'amoureux. (*Il se redresse.*) Dites-moi, *êtes-vous* vraiment beaucoup plus jeune que moi ? Ne rougissez pas, madame ! Croyez-vous que nous sommes sur une scène ici ? Alors ? Votre secret sera en sécurité avec moi. Je vois que vous hésitez. Je vois que vous voulez me plaire. Je le pensais. Eh bien, vous êtes toujours ma cadette de sept ans. Et toujours aussi belle. Capital pour une femme. Suis-je trop sardonique ? Avez-vous besoin de quelque baume ? Tous les acteurs ont besoin d'être flattés. Qui le saurait mieux qu'Edwin Booth ? Voyons, que puis-je dire pour vous plaire et qui, en plus, soit vrai ? Ah, oui. (*Il tend le doigt vers elle.*) Vous marchez très bien. J'ai aimé la façon dont vous marchiez ce soir. Vous n'oubliez pas que la pièce se situe à Venise. Portia marche comme sur du marbre. Je m'en souviendrai. Cela signifie que je vais vous le voler. À partir de maintenant, Shylock lui aussi marchera sur du marbre. (*Il traverse la pièce. Sa démarche devient affectée. Il s'arrête. Il rit.*) Vous voyez, je travaille encore le rôle après toutes ces années. Quand mon père devait jouer Shylock, il marmonnait en hébreu. Ou en quelque chose qui ressemblait à de l'hébreu. Une fois, alors qu'il jouait Shylock à Atlanta, il est allé dans le meilleur restaurant de la ville et a commandé du jambon et des légumes verts, mais quand le garçon lui a apporté l'assiette, il l'a jetée par terre en hurlant : “Impur ! Pouah ! Impur ! Pouah !” et il est parti en courant. Évidemment, moi qui suis l'âme même de la rationalité, je ne pense pas une seule minute comme Shylock quand je ne suis pas sur scène avec le grand manteau marron et le chapeau jaune à larges bords du juif, tenant une canne noueuse dans ma main droite, qui porte un anneau. (*Il tend la main vers elle.*) Je ne pense pas non plus comme Othello, sauf quand je me suis fait aussi noir que le Maure. Ni même comme Richard III, bien que j'aime le rôle. Même chose pour Richelieu. Hamlet… peut-être. On pourrait dire que j'ai une faiblesse pour Hamlet. Non pas parce que tout le monde pense que je ressemble à Hamlet. Moi, ressembler à Hamlet ? Pouah ! comme aurait dit mon père. Pourtant, Hamlet me rappelle quelque chose que j'ai en moi. C'est peut-être qu'Hamlet est un acteur. Oui, Marina, c'est tout ce qu'il est. Il joue. Il semble n'être qu'une chose, et sous cette apparence, qu'y a-t-il ? Rien. Rien. Rien. Le costume, d'un noir d'encre, qu'il porte à la cour dans la deuxième scène. Le deuil ostentatoire et obstiné de son père. Chaque père meurt, comme le lui rappelle Gertrude, et elle a tout à fait raison : *Pourquoi cela te semble si étrange ?* Et Hamlet hurle, il hurle, vous savez : *Semble, madame ? Non, cela est. Je ne connais pas le "semble".* Mais il connaît très bien le "semble". Il ne connaît rien d'autre. C'est là son problème. Hamlet donnerait tout, vraiment tout, pour ne pas être acteur, mais il est condamné à l'être. Condamné à être acteur ! Il attend de franchir l'apparence et le spectacle, pour simplement *être*, mais il n'y a rien de l'autre côté de l'apparence, Marina. Il n'y a que la mort. Que la Mort. (*Ses yeux parcourent la pièce.*) Je cherche mon crâne de Yorick. L'aurais-je égaré ? Yorick ! Je veux dire, Philo ! Où es-tu ? Qu'ai-je fait de ce crâne ? (*Il ouvre le bureau à cylindre. Jette des papiers sur le sol.*) Un accessoire, un accessoire. Mon royaume pour un accessoire ! Mes derniers mots auraient été beaucoup plus retentissants si j'avais pu brandir un crâne. Il n'y a que la mort. Que la Mort. Avez-vous entendu le M majuscule du second "mort" ? Les grandes représentations sont faites de détails aussi minuscules. Mais je suis sûr que vous l'avez entendu, Marina. Quel meilleur public que vous un tragédien écrasé pourrait-il avoir ? (*Il tend la main vers elle.*) Ma petite princesse. Ma reine polonaise. Vous avez aimablement consenti à tenir compagnie à Ned alors qu'il sombre dans l'alcool. Vous savez qu'il est tout à fait inoffensif, car il est tellement ivre, alors votre vertu est sauve. Même si vous êtes une femme mariée et respectable, pas si jeune, et ainsi de suite. Mais prenez garde au vieux Ned. C'est un sournois. (*Il fait une pirouette.*) Peut-être fait-il seulement semblant d'être ivre. Peut-être est-il seulement dérangé. Et par conséquent un péétite peu, péétite peu dangereux. Comme Hamlet, c'est un sournois aussi. Il fait semblant de ne pas jouer. Et il donne des leçons de théâtre aux autres. *Dites cette tirade, je vous prie, comme je viens de vous la dire, sans la moindre hésitation.* Ne trouvez-vous pas que les indications qu'il donne aux acteurs sont plutôt évidentes ? Tout à fait. *Accordez l'action à la parole et la parole à l'action.* Tiens, il est aussi banal que Polonius ! Où est le feu ? Où est la témérité ? Je devrais peut-être jouer Hamlet en marchant sur la pointe des pieds, toute la pièce du début à la fin, comme mon père a joué Lear une fois à Buffalo. Ou dans un murmure, comme il a joué Iago une fois à Philadelphie. Bien sûr, mon père était fou. Ou ivre. Ou les deux à la fois. On ne saurait facilement choisir. Comme moi, c'est ce que vous vous dites, Marina ? N'est-ce pas ? Oh. Je pensais que vous seriez sincère avec votre vieil ami Ned. (*Il s'assoit à côté d'elle sur le divan.*) Mais Hamlet est-il fou ? Cela a fait couler beaucoup d'encre. Je dirais qu'Hamlet *doit* être considéré comme fou parce que seul un fou peut penser à se déguiser en fou, alors qu'il y a un tel choix de déguisements. Mais peut-être pas. Il n'y a peut-être pas un tel choix. Si l'on suppose que la folie est le *seul* déguisement possible, qu'en pensez-vous Marina, dans ce cas-là le choix d'Hamlet est parfaitement sensé. Un prince de Danemark tout à fait excellent, rationnel, charmant, comme je le dis toujours. Un peu malheureux, à coup sûr. Très malheureux, en fait. Mais si être malheureux c'était être fou, eh bien dans ce cas nous serions tous fous. (*Il enlève ses chaussures et se masse les pieds.*) Je vous ennuie ? J'espère que non parce que maintenant j'en viens à votre rôle. (*Il saute sur ses pieds.*) Mais Ophélie *devient* folle, ce n'est donc pas intéressant. Délirer sur les fleurs. Hamlet n'a pas été gentil avec elle. Pauvre petite. Hamlet enfonce la lame de son épée dans le ventre de son père. D'accord, sa mère lui tapait sur les nerfs. Et il a pensé qu'il y avait un rat derrière la tapisserie. (*Il prend le pique-feu dans la cheminée et le brandit comme une épée.*) Et la voilà qui va se jeter à l'eau. Comprenez-vous la folie, Marina ? Je ne le pense pas. Je parierais que vous êtes experte dans l'art d'écarter vos peines. Pas entièrement bien sûr. Ai-je raison ? Un péétite péétite peu de souffrance. Ah, vous, les Européens. Vous avez inventé la tragédie alors vous pensez en avoir le monopole. Et nous, les Américains, nous sommes tous des optimistes immatures. C'est vrai. Je sens même arriver un accès d'optimisme immature. Comme c'est rafraîchissant ! Ahhhh… Un autre whiskey, Marina ? Vous savez, la seule fois où je vous ai vue faire une Ophélie qui semblait vraiment folle, c'était la semaine dernière à Providence quand, contrairement à votre habitude, distraite, cela aurait-il pu être par moi, qui rongeais mon frein à côté de vous en coulisse, vous avez fait votre entrée au quatrième acte les mains vides et, tout à fait calme, vous avez commencé à distribuer votre bouquet de fleurs à Gertrude, à Claudius et à Laerte. Des fleurs invisibles. Père aurait apprécié. (*Il se verse un verre.*) Vous ai-je dit que mon père poussait des cris comme un perroquet ? Je me souviens d'un *Hamlet* à Natchez, lorsque pendant la scène de folie d'Ophélie, une voix hors scène s'est mise à faire des cocoricos, et à coup sûr, c'était Père, perché en haut d'une échelle en coulisse. (*Il pousse un cocorico.*) Comme cela. Aussi, chère Ophélie, regardez autour de vous quand vous devenez folle. Cela peut être contagieux. Ma mère s'inquiétait ainsi quand Père était en tournée, et quand j'ai eu quatorze ans, elle m'a envoyé avec lui pour que je sois son habilleur et son compagnon. Non pas pour apprendre à être acteur, tout sauf cela ! Johnny devait devenir l'acteur, l'héritier. Père disait que je serais ébéniste, aussi ce fut un signe important quand il m'a invité à dévorer du Shakespeare avec lui, un soir, à Waterbury. Amer, ai-je pensé. Délicieux, a-t-il dit. Quelques pages de *Lear*. Alors qu'Hamlet, nous parlions d'Hamlet, était un prince qui espérait, à juste titre, être l'héritier. (*Il retourne près de la cheminée.*) Ne pensez-vous pas que c'est le père d'Hamlet le fou ? Je trouve cela complètement fou de se transformer en fantôme pour revenir hanter son propre fils. Mais au moins Hamlet n'avait pas de frère pour revenir le hanter. Vous savez, après avoir tiré le premier coup de feu, Johnny a sauté de la loge présidentielle sur la scène et a hurlé son texte. *Sic semper*, vous savez. Et il s'est cassé la jambe. (*Il va vers le bureau en boitant.*) J'ai envie d'un autre verre, Marina. Oui ? Un des signes qui indiquaient que mon père avait une envie d'alcool irrésistible, c'était un geste particulier, comme ceci (*il fend l'air derrière sa tête de la main droite*), et quand je voulais l'empêcher de boire, c'était une partie de mon travail, il faisait ce geste menaçant et me criait : "Dehors, jeune homme, dehors ! Par Dieu, monsieur, je vais vous engager sur un navire de guerre, monsieur." De pures inepties, comme vous voyez. On ne pouvait rien faire pour l'arrêter. Sauf le déshabiller après et laver le vomi. (*Il lève son verre.*) À toi, vieille taupe. C'était un grand acteur. Vous devez me croire sur parole, Marina. Vraiment grand. Il avait subjugué Londres en Richard III, à vingt et un ans, et il était salué comme le rival et le successeur de Kean. Et quelques années plus tard, il a fait ses débuts new-yorkais dans le même rôle. Mon père en scélérat bossu a fait partie de ma vie depuis ma plus tendre enfance. Il entrait sur scène côté cour sous une tempête d'applaudissements. La première chose qu'on voyait, c'était son pied levé qui sortait des coulisses, puis le reste suivait, tête baissée. Il descendait lentement la scène, jusqu'à la rampe, en cognant distraitement dans son épée qu'il écartait de son corps en la tenant par le baudrier. Quarante années ont passé et je peux entendre l'épée cogner et sentir l'étrange silence de trois milles personnes qui attendaient qu'il ouvre la bouche. *Maintenant voici l'hiver de notre déplaisir...* Je suppose que le style de jeu de Père était boursouflé et cabotin. C'est sans doute ainsi qu'on le jugerait d'après les critères d'aujourd'hui. Personne ne disait de *lui* qu'il était introspectif et intellectuel, comme on le dit de moi. (*Il rit.*) Il obéissait à ses terreurs. Il reconnaissait le démon en lui. Père avait fait le serment de ne jamais manger de viande, “de la chair morte”, disait-il, mais une fois il a violé sa règle, alors pour faire pénitence, il a rempli ses chaussures de petits pois secs, il y a fixé des semelles de plomb et il est allé péniblement à pied de Baltimore à Washington. Il pensait qu’il était mauvais. Il savait, à certains moments il savait, qu’il était fou. “Je ne sais pas lire ! Je suis un enfant de l’orphelinat ! Je ne sais pas lire ! Conduisez-moi à l’asile de fous !” a-t-il hurlé un jour au milieu d’une représentation de *Lear* au Wieting de Syracuse. On l’a sorti de scène sous les sifflets. Mais de tels éclats sur scène étaient rares. Oh. Que vois-je ? Je suis toujours en chaussettes ! (*Il remet ses chaussures.*) Je jacasse ainsi sur mon père parce que cela me fait si mal de parler de mon frère. Quand je parle de Johnny, je pleure. (*Il lève la main d’un geste impérieux.*) Pas encore. Attendez. “Tuer un roi est un haut exploit, a déclamé Johnny. Bientôt, vous verrez, le nom de Booth sera connu partout.” J’ai pensé que Johnny prenait une pose. Comment prendre un acteur au sérieux ? Ce n’est que duperie, vanité et vantardise. Un acteur essaie toujours de se rendre intéressant. Tout d’abord, il doit se rendre intéressant pour lui-même. Puis pour les autres. Vous trouvez-vous intéressante, Marina ? (*Il cherche son verre des yeux.*) Menaces, augures – et nous n’entendons que ce que nous voulons bien entendre. L’épouse de Lincoln a-t-elle fait attention, quand le Grand Émancipateur lui a raconté le rêve qu’il avait fait, dans lequel il était entraîné seul dans un fleuve obscur ? Non, ils sont allés au théâtre. (*Il rit.*) On admirait déjà beaucoup Johnny. Qui sait s’il n’aurait pas connu un plus grand succès que moi, et même que Père, s’il n’avait pas… s’il avait vécu. Il était merveilleux dans les rôles romantiques. Roméo, tous. Les scélérats n'étaient pas pour lui, Richard III et Iago et le seigneur d'Écosse, ni les grands trompeurs, tels Hamlet et Othello. Il recevait chaque semaine des centaines de lettres de femmes et de jeunes filles qui se languissaient d'amour, sans parler des missives de femmes assez heureuses pour bénéficier de ses faveurs. (*Il se met à pleurer.*) Johnny voulait qu'on l'aime. (*Il sort un mouchoir brodé.*) Si je me mets à pleurer, allez-vous penser que ce sont des larmes d'acteur ? Ce sont des larmes d'acteur, vous le savez. Un acteur n'a-t-il point d'yeux ? Si vous le piquez, ne saigne-t-il point ? Je jouais au Boston Theatre quand c'est arrivé. Au début, on a pensé que c'était une conspiration familiale, et Junius, mon frère aîné, a été arrêté, mais on l'a relâché aussitôt. On ne m'a pas arrêté, mais la police a épié mes moindres mouvements. Tous les Booth ont reçu des menaces de mort. (*Il regarde pensivement ses mains.*) Johnny et moi, nous étions comme chien et chat à propos de la politique ; j'étais pour l'Union, pour l'abolition. J'avais voté deux fois pour Lincoln. Johnny pensait qu'il avait tué un tyran. Il s'attendait à ce qu'on l'acclame comme un héros. Sa mort a été déchirante. Et les Booth seront toujours *sa* famille. Qu'est un acteur comparé à un régicide – non, au meurtrier d'un saint ? Pourquoi n'ai-je pas été lynché ? J'y étais prêt. Quand, des années plus tard, quelqu'un a vraiment tenté de me tuer – et ce n'était pas quelqu'un qui haïssait le théâtre, il l'adorait au contraire, un fou qui voulait monter sur les planches comme on a dit dans les journaux –, je n'étais plus prêt. Je crois qu'on appelle ce genre de folie l'histriomanie. Vous connaissez l'histoire. Non ? (*Il se rassoit.*)

Cela s'est passé à Chicago, au McVicker's, pendant une représentation de *Richard II*. Un certain Mark Gray se trouvait au deuxième balcon avec un pistolet. J'étais sur scène, dans un donjon du château de Pomfret, bien lancé dans le dernier soliloque du jeune roi triste :

J'ai étudié comment je pouvais comparer
Cette prison où je vis et le monde ;
Et comme le monde est populeux,
Et qu'ici il n'y a autre créature que moi,
Je n'ai pas pu le faire.

Il a tiré sur moi, deux fois. Je n'ai survécu que parce que j'ai changé mon jeu de scène habituel. Sur *Je n'ai pas pu le faire*, je plongeais toujours la tête dans mes mains pendant quelques instants. Cette fois-là, sur une impulsion, je me suis relevé. (*Il se lève.*) Et alors, qu'est-il arrivé après que le pauvre type m'eut manqué ? Oh, ce fut une très belle représentation. Le grand tragédien – moi-même, Marina, votre humble serviteur – s'est avancé calmement jusqu'à la rampe et, pointant le fou du doigt, il a demandé qu'on se saisisse de lui mais qu'on ne lui fasse pas de mal, puis il a quitté brièvement la scène pour aller rassurer sa femme qui se trouvait en coulisse comme d'habitude et qui était devenue tout à fait hystérique, puis il est revenu et a posément repris la représentation. (*Il rit.*) On m'a beaucoup admiré pour mon *sang-froid**. Qui aurait pu savoir que mon cœur bondissait dans ma poitrine comme un lion ? Et qu'il a continué à battre et à cogner encore une nuit et un jour ? J'avais été, enfin, j'avais *semblé*, si courageux. Mais même cela s'est retourné contre moi. Car plusieurs journaux ont dit que j'avais organisé cet attentat contre moi-même afin d'avoir plus de publicité pour ma semaine de représentations. Un truc publicitaire. Nom de Dieu ! Mais une société dans laquelle tout est à vendre et dans laquelle chaque événement de valeur est *barnumisé* doit finir par rendre tout le monde cynique. Pour que le public soit convaincu que je n'avais pas engagé un fou pour me tirer dessus, il aurait fallu que je sois sérieusement blessé. Ou mieux, mort. Ainsi, on aurait pu parler avec bonheur de la tragique malédiction qui pesait sur la famille Booth et de tout le reste. (*Il se verse un autre verre.*) Plus tard, on m'a donné une des balles : elle m'était passée près de la tête, et on l'avait retrouvée fichée dans le décor ; je l'ai fait monter sur une douille d'or où était écrit « Pour Edwin Booth de la part de Mark Gray », que j'ai portée à ma chaîne de montre comme talisman. Aimeriez-vous voir cette sinistre relique ? (*Il sort sa montre.*) Diable, il est tard. Ce n'est pas que je sois fatigué. Votre présence, Marina, m'a… redonné le moral. Vous m'avez vu pour la première fois, quand avez-vous dit ? au California, il y a douze, treize ans ? J'étais bien meilleur à l'époque. Bien meilleur. Vous aimez admirer, n'est-ce pas ? Moi aussi. Buvons à Henry Irving. Non, vous avez tort. C'est un *très* bon acteur. Son Hamlet est peut-être même plus subtil que le mien. (*Il lève son verre.*) Vous ne buvez pas à Irving ? Dieu, vous êtes loyale, madame. Je suis presque ému. Je ne dirais pas que mon Hamlet est sans mérite. En réalité, j'ai à mon crédit un joli jeu de scène, pour le Danois affolé. Quand je préparais mon Hamlet au Winter Garden, j'ai acheté une épée avec une garde ornée de pierres, je l'ai rapportée chez moi et je l'ai accrochée au pied de mon lit. Toute la nuit je n'ai cessé de me relever et de craquer des allumettes pour la voir, en la changeant de position, jusqu'à ce que je me rende compte en un éclair que – *Anges, ministres de la grâce, défendez-nous !* – l'épée était en réalité une croix et qu'on pouvait l'utiliser, la garde haut levée, pour protéger Hamlet contre le spectre de son père. Bien sûr, trop d'originalité et on détruit Shakespeare. Mais un péétite péétite peu d'originalité, comme vous diriez, chère Marina... J'ai été un prince de Danemark original et vraiment fou. On raconte que Mme David Garrick est venue trouver Kean pour lui dire : "Davy avait l'habitude de faire une chose merveilleuse dans la scène du cabinet d'*Hamlet* et vous ne la faites pas. Il renversait une chaise quand il voyait le spectre." Kean a essayé ; quand il voyait le spectre, il se levait, mettait les talons sous le pied de la chaise et la faisait basculer. Mais il n'a jamais bien réussi à le faire. Il se disait : "Est-ce bien ?" Fatal ! (*Il renverse une chaise.*) Vous voyez, on ne peut pas tout reproduire. Je peux renverser une chaise jusqu'au jour du Jugement dernier, et je ne le ferai jamais comme Garrick. (*Il renverse une autre chaise d'un coup de pied.*) Aimeriez-vous essayer ? Une femme peut peut-être faire ce geste maintenant. Pourquoi Ophélie au cœur brisé ne renverserait-elle pas une chaise ? Dépêchez-vous, Marina, si vous voulez me voler cette idée. Tout va plus vite aujourd'hui. C'est la vie moderne. Je ne m'y habituerai jamais. Mais je n'y suis pas obligé. Vous non plus. Je me souviens d'un directeur de théâtre en Californie, j'étais encore très jeune, dont la seule idée pour mener une répétition était de crier sans cesse à la troupe : "Dépêchez-vous ! Ah mais, ça ne va pas du tout ! Du nerf ! Du nerf ! N'attendez pas les répliques !" J'aurais aimé le voir faire répéter *Hamlet.* Dans *Hamlet*, on doit aller lentement. *Ô… misérable rustre… esclave… que je suis.* C'est une faiblesse qui m'a ramené sur la scène. Après la… calamité, et étant donné la haine justifiée que tout le monde portait au nom de Booth, j'avais décidé d'abandonner la scène à jamais. Ma retraite a duré moins de six mois. Il fallait que je gagne mon pain. Des amis me disaient que je devais revenir, que je le devais au Théâtre. On m'accusait de lâcheté. Et je voulais vraiment que les gens pensent à autre chose quand ils entendraient le nom de Booth. Je suis revenu ici, au Winter Garden, dans le rôle d'Hamlet. J'ai gardé toutes les affaires de Johnny pendant les cinq années suivantes. À ce moment-là j'avais ouvert ma folie, mon temple de l'art dramatique. Bien sûr, nous n'aurons jamais de théâtre national, comme en France, mais nous pouvions avoir un théâtre dirigé par un acteur sérieux, dans lequel les valeurs artistiques prendraient le pas sur le point de vue commercial. Ha. Vous savez combien de temps a duré le Théâtre Booth. Soit j'étais nul en affaires, soit une telle entreprise ne peut pas marcher en Amérique, ou les deux. Oui, les deux. (*Il prend des bûches dans le panier à bois.*) Et une nuit, très tard, avec un menuisier de théâtre que j'avais emmené pour m'aider, j'ai jeté tous les vêtements de Johnny, ses livres, ses souvenirs, jusqu'au dernier costume de sa garde-robe de scène (il en avait hérité certains de Père) dans un four de la cave du Théâtre Booth. Il y avait les journaux de Johnny et des paquets, des paquets de lettres, chacune écrite par une main féminine différente, et joliment attachées avec une ficelle. (*Il lance des bûches dans le feu.*) Les femmes aimaient Johnny. La façon dont sa tête et sa gorge se dressaient au-dessus de ses épaules était vraiment très belle, et la pâleur d'ivoire de sa peau, le noir de ses cheveux épais, les paupières lourdes sur ses yeux ardents, sa bouche charnue… (*Il remue les bûches avec le pique-feu.*) Les Booth ont quelque chose d'oriental. Notre père se vantait que nous étions en partie juifs : son grand-père, John Booth, était un orfèvre juif, dont les ancêtres, qui s'appelaient Beth, avaient été chassés du Portugal. Cela devrait me plaire. C'est même peut-être vrai. (*Il se retourne pour faire face à Maryna.*) Notre père était trop petit, comme moi. Il avait les jambes arquées. C'est son portrait qui est là. Non, ne vous levez pas. (*Il décroche le portrait et l'apporte là où Maryna est assise.*) Les lèvres de Père sont une ligne droite, on n'y voit pas de courbe. On disait que son nez aquilin était ce qu'il avait de plus beau, mais quand j'avais dix ans, je vivais toujours à la ferme près de Baltimore avec ma mère, mes frères et mes sœurs, il s'est bagarré à Charleston, où il jouait, avec le maître de manège d'une écurie. (*Il raccroche le tableau. Revient près de la cheminée. S'accoude au manteau.*) Comme vous l'avez vu, mon père avait eu l'arête du nez cassée. William Winter situe la déformation en dessous, vers la pointe. Mais vous connaissez la précision des critiques. Quand elle était petite, mon Edwina les appelait les cricris. "Ne t'inquiète pas pour les cricris, papa." Ils ne valent pas mieux que le public. Flatter le public, mépriser le public. Non. On doit *haïr* le public. Je suppose que je devrais être reconnaissant pour la façon dont j'ai été accueilli après… 1865. Je ne le suis pas. Ils peuvent vous lécher le visage. Ils chialent et bavent… je parierais que *East Lynne* a fait verser plus de larmes que la guerre de Sécession… et ils vous coupent la tête. (*Il crache dans la cheminée.*) Ressentent-ils vraiment ce qu'ils ont l'air de ressentir ? Et puis ce sont *vraiment* des idiots. Raison de plus pour l'acteur de ne pas se soucier d'être sincère. J'espère être inspiré de temps en temps. Mais sûrement pas "ressentir" mon personnage. Quelle idée ! De toute façon, on ne peut répéter infiniment ses propres sommets d'inspiration sans être amené à des gestes destructeurs. Une fois, j'ai réussi à pisser alors que j'étais dans la tombe d'Ophélie sans que personne ne me voie, sauf Laerte stupéfait. Une fois, alors que j'agonisais dans les bras d'Horatio, et lui avec son *Bonne nuit, doux prince* pressait lugubrement sa joue contre la mienne, je lui ai murmuré des obscénités à l'oreille en le regardant blêmir. Mais c'est ce que je fais avec les hommes. Avec les femmes je suis très chevaleresque et protecteur. (*Il s'assoit devant Maryna, prend un cigare dans l'humidificateur sur la petite table près de sa chaise.*) Aimeriez-vous en goûter un ? Vous êtes sûre ? Combien en avez-vous fumé dans votre vie ? (*Il llume son cigare.*) Pas plus d'un, si ? Mais ce n'est pas suffisant pour se faire une opinion. Tout exige qu'on s'y habitue, les plaisirs autant que les douleurs. (*Il laisse tomber son cigare sur le tapis.*) Non, non, ne vous inquiétez pas. (*Il se lève rapidement.*) Je n'ai pas l'intention de mettre le feu à la maison. (*Il jette le cigare dans la cheminée.*) J'ai un léger étourdissement. Oui, je vais m'asseoir. (*Il s'assoit près d'elle.*) Vous n'avez pas peur du vieux Ned ? Il est inoffensif, comme vous voyez. Ce cher vieil ivrogne de Ned. (*Il lui prend la main.*) Aucun danger que notre *tête-à-tête** tardif se transforme en *corps à corps**. Ah, je vous ai fait sourire.

Est-ce mon français insensé ? J'essaie de vous impressionner. Vous, les Européens, vous êtes nés en parlant français, n'est-ce pas vrai ? Bien sûr, nous avons Shakespeare. Shakespeare nous rend vertueux. Son roi Henry VIII déclare : *C'est une sorte de bonne action que de bien dire*. Shakespeare me rendrait presque vertueux. Comme je serais bas sans lui. Je peux toujours m'élever à un niveau supérieur grâce à ses paroles. Puis je me dis : Cette façon de me voir en Shakespeare a gâché Shakespeare. J'ai empoisonné Shakespeare. J'ai tué Shakespeare. Puis je me dis : Non, espèce de fou, que dis-tu ? (*Il se frappe le front.*) Ce n'est pas toi, c'est Shakespeare. Shakespeare est trop bon pour nous. Que peut signifier le paradis des mots pour nous, maintenant, en Amérique ? Quel usage la démocratie peut-elle faire du beau et du noble en art ? Rien, rien du tout. Ce qui compte, c'est que j'ai eu un énorme succès. J'ai gagné beaucoup d'argent et je l'ai dépensé aussi vite que j'ai pu dans différentes entreprises absurdes, comme mon théâtre. Je me suis enlisé jusqu'aux yeux dans les sables mouvants de la ferveur populaire et j'ai perdu ma vie en rêveries. Voilà, Marina, un panorama de mon esprit. (*Il se lève.*) Je vais mieux. Non, je peux rester debout. Marina, j'ai une fille adulte. Vous avez un fils à l'université. J'espère qu'il ne veut pas devenir acteur. Ne laissez pas s'épanouir l'arbre du talent. Abattez-le, madame. Abattez-le. (*Il vacille.*) Non, je vais bien. Vous ne pensez pas rentrer en Pologne, n'est-ce pas ? On ne doit jamais revenir sur ses pas. Jamais. Non, non… J'ai seulement besoin de m'appuyer sur quelque chose. (*Il va vers le manteau de la cheminée.*) Voici un sujet de débat pour nous ! Une femme peut-elle être un grand acteur ? Et

Ned pense : Pas si elle veut être un parangon de féminité. Il y a quelque chose de banal, d'apaisant en vous, Marina. Peut-être que toutes les grandes actrices ont cela en elles, avec l'exception possible de Sarah Bernhardt, pas de grimace, madame, mais les efforts qu'elle déploie pour ne pas paraître banale semblent futiles et théâtraux. Des lions comme animaux domestiques, mon Dieu ! Dormir dans un cercueil garni de satin. Je ne le crois pas, remarquez. Mais elle *dit* qu'elle le fait. Non, un grand acteur est agité, rarement affable, profondément… en colère. Où est votre rage, Marina ? (*Il prend le pique-feu et le tient de façon théâtrale.*) Il n'y a rien de dangereux en vous, Marina. Vous n'avez pas accepté votre catastrophe. Vous en avez joué, vous avez négocié avec elle. Vous avez vendu votre âme afin de pouvoir penser, de temps en temps, que vous êtes heureuse. Oui, vendu votre âme, Marina. Quelle perspicacité, Edwin. (*Il agite le pique-feu.*) Bien sûr, vous ne le pensez pas. Vous croyez que je vous agresse. Et c'est ce que je fais. C'est le droit de quelqu'un comme moi qui a accepté *sa* catastrophe. (*Il repose le pique-feu.*) Ah, Marina, je devrais vous apprendre à jurer. Cela pourrait ajouter du caractère à la sérénité de ces traits. (*Il marche de long en large.*) N'ayez pas si peur d'échouer, Marina. Cela est bon pour l'âme. Seigneur, nous exerçons vraiment une profession corruptrice. Nous pensons soutenir la beauté et la vérité, et nous ne faisons que propager la vanité et le mensonge. Oh, vous me trouvez trrrèès américain maintenant. C'est vrai, je *suis* américain. Et vous l'êtes aussi, ô reine polonaise qui avez abdiqué, et si vous n'y prenez garde, les anciennes vérités de la Nouvelle-Angleterre vous auront, vous aussi. Vous ne remarquerez même pas que votre esprit s'est égaré, et que vous êtes devenue mélancolique et très critique. Mais vous aimez la Californie, un bon signe, chez une Européenne. Alors vous êtes peut-être à l'abri. Je ne sais pas si j'accepterai votre invitation d'aller vous rendre visite dans votre ranch. Je ne suis plus d'humeur pour la Californie. J'ai besoin d'être cloîtré, enfermé, *urbanisé*. Parlez-moi de votre mari qui est là-bas. Quand il a fait son apparition pendant notre semaine dans le Missouri, vous étiez charmants tous les deux. (*Il prend une petite photographie sur le bureau.*) Voici un autre portrait. La mère d'Edwina. Mary. Ma première femme était un ange. Vous savez ce qu'est un ange : une femme qui ne pense qu'à son mari. Ma seconde femme est devenue folle. Pendant les dernières années de sa vie misérable, elle était persuadée que j'avais une autre femme cachée quelque part, avec laquelle j'étais vraiment heureux. Si cela avait été vrai ! Mon père avait deux femmes. Celle qu'il a abandonnée en Angleterre et notre mère. (*Il repose la photographie.*) Aimez-vous les fins heureuses, Marina ? Je fais croisade contre. Oui, c'est vrai. Vous aimez sans doute la façon dont on a dénaturé *Le Roi Lear* pendant une centaine d'années en Angleterre et en Amérique, avec le bannissement du fou, une idylle entre Edgar et Cordelia, et Cordelia et Lear qui peuvent vivre. Une des rares choses dont je sois fier, c'est d'avoir mis un terme à cela. Je n'aime pas les fins heureuses. Pas du tout. Mais seulement parce qu'elles n'existent pas. (*Il s'assoit. Prend la main de Maryna.*) Le dernier acte doit être une chute, vous ne trouvez pas ? Comme dans la vie. La vieillesse est une chute. Mourir, si l'on a de la chance, est une chute. Qui pourra critiquer une pièce parce qu'elle ne se termine pas sur sa note la plus élevée ? *Hamlet* ne peut s'achever sur les derniers mots d'Hamlet, n'est-ce pas, Marina ? Fortinbras doit venir et détourner le public du destin pitoyable d'Hamlet. Nous pouvons maintenant le pleurer, si le cœur nous en dit. Ou non. (*Il se relève.*) Il est tard, cela ressemble-t-il à une chute ? Il est presque minuit. *De quoi ai-je peur ? De moi-même ? Il n'y a que moi ici*, comme le dit le roi Riri quand les spectres le harcèlent dans la plaine de Bosworth. Je n'ai pas envie de vous laisser partir, Marina. *Nous avons entendu les carillons de minuit, maître Shallow !...* mais un Américain ne les a jamais entendus. Vous devez avoir entendu des carillons de minuit, Marina, là-bas, en Pologne. Nous n'avons pas de carillons de minuit en Amérique. J'aimerais en entendre un jour, un jour, quand je ne penserai pas à un sonnet de Shakespeare ! C'est l'heure du verre de la chute. (*Il se verse à nouveau du whiskey.*) Ce n'est pas vrai que les vers de Shakespeare me courent en permanence dans la tête. Il y a des jours où je ne pense à rien, quand je ne parle pas, ne récite pas. Je bois. Je dors. Je marche. J'ai l'air mal luné. Donnez-moi votre main, Marina. Non, j'ai une meilleure idée. Fermez les yeux, Marina. Ne craignez rien. Et presto, abracadabra ! et autres cris de charlatan et charabia. Ouvrez les yeux. Voici le crâne ! (*Il le brandit.*) Mon crâne de Yorick. Ce n'est pas le crâne d'un pauvre diable, Marina, déterré du carré des pauvres et vendu à un théâtre. C'est le crâne d'un criminel. Je connais même son nom. Philo Perkins. Pendu pour le vol d'un cheval. Pas de pitié pour lui, tombant comme une pluie douce, et ainsi de suite. Quand ce pauvre bougre est monté sur l'échafaud et qu'on lui a demandé sa dernière volonté, qu'a-t-il répondu ? Eh bien, qu'ensuite, sa tête ayant été arrachée à son cou, on veuille bien, s'il vous plaît, la couper, tout enlever proprement, et offrir le crâne avec ses compliments, pour un usage évident, au grand tragédien Junius Brutus Booth. Oui, le voleur de chevaux était un ardent habitué des théâtres. En particulier un admirateur de Père qu'il allait voir jouer chaque fois qu'il le pouvait. Et ses bourreaux ont bravement exaucé sa demande et cette *chose* grise comme du bois fut le crâne de Yorick de Père pendant de nombreuses années avant qu'il me le donne. Et les gens disent que les Américains ne s'intéressent pas vraiment au théâtre sérieux ! Voilà, voilà, voilà… (*Il pose le crâne au centre du tapis. Il se recule et le regarde.*) Suis-je en train de souffrir ? J'entends des gens chuchoter dans mon dos. Pauvre Edwin Booth. Pauvre Edwin Booth. Et je ne veux pas les décevoir. Alors je souffre. C'est mon rôle. Une vie entière à paraître maussade, torturé, déchiré par la douleur. Je serais le pire des monstres si je ne souffrais pas. Mais cela me serait égal d'être le pire des monstres. La mort de Mary. La mort de… Johnny. Je n'ai peut-être pas du tout souffert. Je suis simplement devenu très maigre, comme une page dans un livre. Si l'on peut dire "je souffre", on ne souffre pas vraiment, Marina. On est un acteur. (*Il pose une lampe sur le tapis, à côté du crâne.*) Parfois, je pense que je suis simplement en train de devenir mon père. Que tous les processus qui me font de plus en plus ressembler à mon père prennent de la force, de la vitesse, ils se précipitent comme un fleuve vers la fin, vers la chute d'eau et ils me feront basculer dans les tourbillons obscurs, et je me noierai dans cette folie. Sauf que je mourrai avant. J'y veillerai. Même si l'Éternel a dressé ses lois contre le suicide… Je joue, Marina. Vous l'avez sans doute remarqué. Vilain Ned. C'est à peine s'il pense un mot de ce qu'il dit. Je ne me tuerai pas. J'ai trop peur. Père était seul quand il est mort, complètement seul. J'avais déjà dix-neuf ans. Il m'avait laissé à San Francisco. À la Nouvelle-Orléans, il est monté dans un bateau du Mississipi pour Cincinnati ; le cinquième jour, il est tombé par-dessus bord, comme cela. (*Il s'effondre par terre.*) Non, ne m'aidez pas à me relever. J'ai perdu le cours du temps et des événements, et je vis dans le brouillard. On me dit que je n'ai jamais été aussi bon. Ce ne peut être vrai. Hein, Philo ? (*Il se relève avec difficulté.*) Mais nous n'avons pas été mauvais ce soir, je crois. Et vous avez accepté de revenir au club avec moi. Je peux inviter une femme respectable chez moi parce que je vis dans un club d'acteurs. Mais c'est chez moi, vous savez, et vous êtes dans mes appartements privés. Puis-je vous toucher le visage ? Je vous toucherai le visage, que cela vous plaise ou non. Je vois que cela vous plaît. Vous êtes sacrément attirante, Marina. (*Hoquet.*) Je vous l'ai dit, je ne suis pas un Roméo. (*D'autres hoquets.*) On peut endurer tant de souffrances et puis vient l'heure de la comédie du désir. Ou non. *A-t-on jamais courtisé une femme de cette façon ? A-t-on jamais gagné une femme de cette façon ?* Parfois j'aimerais avoir consacré autant de temps à apprendre le nom des constellations que j'en ai passé à apprendre par cœur les grands rôles du Barde. Quand on tombe dans les ténèbres, Marina, il devient difficile d'imaginer que, lorsqu'on ne sera plus là, la lumière brillera toujours. Oui, quand on a compris, vraiment compris, qu'on allait mourir, l'astronomie est la seule consolation. Regardez le théâtre céleste,

Marina. (*Il ouvre la fenêtre en grand.*) Ayons froid. Il neige. Vous voudrez bientôt rentrer au Clarendon. Regardez les étoiles, Marina. Et les arbres, et les lumières jusqu'en haut de l'avenue. Vous avez froid ? Voulez-vous que quelqu'un vous réchauffe ? Venez dans la chambre, Marina. Je vous montrerai un secret. J'ai un portrait encadré de Johnny à côté de mon lit. Vous pourrez vous mettre au lit avec moi. Je ne suis peut-être pas trop saoul pour vous faire l'amour. (*Maryna se lève.*) Oui, appuyez-vous sur moi. Non, bon sang, je vais m'appuyer sur vous. Attendez, attendez. Comment puis-je savoir tant de choses sur vous, devez-vous vous demander. J'ai *joué* avec vous, madame. Je vous ai vue feindre. Rien n'est plus révélateur. Pour moi, vous êtes aussi nue que si vous étiez mon épouse. Et je suis votre époux en art. Votre époux âgé. Votre époux décrépit et dément. Votre époux courtaud, aux lèvres minces, aux cheveux longs, fou…

— Cela suffit, Edwin, dit-elle. Cher Edwin.

— Ah, la pitié d'une femme. Absolument imméritée. Acceptée avec la plus grande reconnaissance. L'appel généreux, bienveillant, sans limites d'une femme pour un sursis.

— Arrêtez, Edwin.

— Je vais m'arrêter. À la vérité, il y a un jeu de scène que j'aimerais retravailler maintenant, si vous n'y voyez pas d'inconvénient. C'est après votre entrée, quand Portia dit… enfin, c'est au moment où Shylock dit, à vous, Portia… je veux dire, Marina, je pense que nous pouvons améliorer cet instant. Peut-être, je ne suis pas sûr, pouvez-vous me *toucher*. Je ne suis pas entièrement opposé à un nouveau jeu de scène, ici. Je ne suis pas autant attaché à la tradition. Et la répétition vide me dégoûte. Mais je déteste l'improvisation. Un acteur ne peut pas simplement *inventer*. Pouvons-nous nous promettre, l'un à l'autre, ici et maintenant, de toujours nous dire d'abord quand nous allons faire quelque chose de nouveau ? Nous avons une longue tournée devant nous. »

Composition et mise en pages
Nord Compo à Villeneuve-d'Ascq

Impression par Laballery à Clamecy (Nièvre)
Dépôt légal : octobre 2021
N° d'édition : 2512-1 – N° d'impression : 106501
Imprimé en France